# 先生方敬

王成章 著

人民出版社

# 目录
CONTENTS

先生方敬

# 前　言
## 大地上的声音

车行宋庄。

一路上，时任江苏省连云港市赣榆区委常委、宣传部部长的许思文都在谈方敬先生，难怪不少人称他工作上是"拼命三郎"。

在许部长到赣榆区任职之前的二十多年，方敬多次婉拒市县领导安排的媒体采访，我问许部长："你是怎样三顾茅庐把方老请出山来的？"

"方敬老人秉承'善为人知，并非真善'的美德信条，从来都是默默做事，婉拒媒体采访。习近平总书记指示要讲好中国故事，传播好中国声音，我们责无旁贷。"

许思文在调研中了解到：华东师范大学原教师方敬从 1978 年开始，每年都从上海回到父亲出生的地方——宋庄镇任庄村捐资助学；1998年，他退休 7 年后，便彻底搬到了任庄村。多年来，他捐献了二百多万元的积蓄，资助任庄村二百六十余名寒门学子上了大学。他还用自己的所学所长反哺桑梓，嘉言善行垂范乡里、教化乡民，感化了十里八乡。当地民风乡风得到淳化，文明新风扑面而来，名不见经传的小渔村成为远近闻名的省级文明村。多年形成的职业敏感让许思文意识到方敬这个典型的时代价值、榜样作用和示范意义，就多方了解、收集方敬事迹，并千方百计寻找机会拜访方敬先生，在闲聊中获取他的第一手资料和感人故事。

在收集方敬先进事迹的过程中，一位崇礼尚文、无私奉献的当代乡贤，胸怀苍生、担当道义的教育名家，信念坚定、初心如磐的老党员形象在许思文内心深处扎下了根……媒体聚焦后，一时间方敬登上了全国各级主流媒体和众多自媒体头版、头条、黄金时段，成为全国读者、网民心目中的"当代乡贤"、新"网红",他的先进事迹深深打动了全国人民。2016 年 11 月,方敬荣登"中国好人榜";2017 年 11 月,方敬众望所归当选全国道德模范。

车行如箭,许思文继续侃侃而谈:"方敬先生应该是传统知识分子中,最后一批儒者的代表。"

他反问我:"你看现在还有真正的儒者吗?很多人唯利是图,而方敬先生那一批人,他们身上的仁爱、道义、担当的精神,所体现出传统的、热诚的、大气的东西,现在真的很少了。由于价值导向的错乱,有人追求浮躁、浮华,人心沉不下去。

"你说当年钱三强、邓稼先、王淦昌这些人,为什么能把'两弹一星'造出来?是他们对国家深沉的爱。在民族忧患之际,他们要铸造国之重器。我觉得你写方敬先生,就要写这最后一批儒者在国家风雨飘摇之际,挺身而出;在国家建设时期,风雨无阻;在新时代建设时期,风雨兼程。

"有句名言'铁肩担道义,妙手著文章',妙手著文章的有了,但我们社会还缺少担道义的人。所以让你来写方老师,弘扬大义于天下。我还是相信,星星之火可以燎原。"

许思文眉头微锁:"要思考做人啊,要思考人性的光辉,方老身上就有人性的光辉。他心里没有自己,没有装着私利,他装的是人间的大爱。

"你这本书要让人思考,人从哪里来,要到哪里去?人活着为了什么?什么样的人能留下来?留下些什么?现在不少人追求的是物化的东西,方老师则走到了精神的境界,他的精神境界是一般人难以理解的。

"丰子恺在《我与弘一法师》中讲人生三重境界:一是物质生活;二是精神生活;三是灵魂生活。人生就是这样一个三层楼,李叔同就走到了第三层。王国维也说古今之成大事业、大学问者,必经过三种境界:昨夜西风凋碧树,独上高楼,望尽天涯路;衣带渐宽终不悔,为伊消得人憔悴;众里寻他千百度,蓦然回首,那人却在灯火阑珊处。方老师就是登上了第三层楼、达到第三种境界的贤者。"

许思文继续他的思考："文化最高的境界是精神，精神最高的境界是信仰。儒家思想的精髓就是'仁者爱人'，爱人者，人恒爱之；敬人者，人恒敬之。方老师对自己苛刻，对他人宽容。一般人不理解方敬——为了一群本不相识的人去一个偏僻的地方做事情，有人说是乡愁，这哪里仅仅是乡愁？他生在上海长在上海工作在上海，方老师坚持的是信仰，是教育救国。一个没有信仰的民族，是没有希望的。

"'己欲立而立人，己欲达而达人'，'达则兼济天下，穷则独善其身'，'居庙堂之高则忧其民，处江湖之远则忧其君'，'己所不欲，勿施于人'，这些话说得多好啊！真正的士人，都怀有天下兴亡匹夫有责的情怀。'为天地立心，为生民立命，为往圣继绝学，为万世开太平'，是北宋哲学家张载的名言。当代哲学家冯友兰将其称作'横渠四句'，这后面'三为'的前提是'立心'。方老师到宋庄这个地方来，他是为这个地方的父老乡亲、为家乡的青少年'立心'。在宋庄，在赣榆，很多年轻人是听着方老师的故事长大的。他对人的激励，可能要传几代。人们发自内心地敬重他，因为大德者让人敬重。领导干部要'明大德，守公德，严私德'，'明大德'放在最前面，不明大德，何谈'守公德，严私德'啊？"

许思文说："方老的故事很多，有一次，中央电视台记者汤涛看到方老书房里有一本《共产党宣言》，就问方老为什么看这本书？方老说我是个老党员啊。他顺口就问：方老你怎么理解党性？方老师讲，讲党性首先要讲良心，没有良心哪有党性啊？

"新华社采访的时候，记者们跟我说：感觉跟老爷子讲话，就像听孔子在讲课一样，心灵上得到一种涤荡，是完完全全的震撼——世上还有这样一位长者、一位行者。

"区委宣传部曾拿出5万元褒奖方老师的感人义举，但方老师又悉数拿出用于资助身边的贫困生。

"从北京回来后参加区里一个活动，记者问方敬总书记接见他后有什么想法。方老说：总书记日理万机，非常累，非常辛苦，当时我就想，如果我们每个共产党员都能把自己的事情做好，总书记就可以轻松一点。台下掌声雷鸣。村民给他献花，他说，我这次到北京，不是为我，是代表宋庄，代表赣榆去的。听后大家心里都暖暖的。

"有一次开会，有一个嘉宾是上海的书画家，我讲到历史上上海与连云港的渊源，说到了方敬老师。结果那个书画家很激动，一把抢过话筒说：那就是我的恩师！我们找了他好多年！现在我们在上海有几个搞书画的学生，都是'文化大革命'时期恩师创办的'地下学店'学员。没有方老师当年的教育，就没有我们的今天。

"无数革命先烈在我们的前头英勇地牺牲了，回想赵一曼、邱少云……那一批共产党员，是真正有信仰的。周文雍、陈铁军手挽手走向刑场，他们把自己、个体融入到民族的未来，将生死置之度外。赵一曼给儿子写遗书：宁儿啊，母亲不用千言万语来教育你，就用实行来教育你。在你长大成人之后，希望不要忘记你的母亲是为国而牺牲的！

"你看我说远了吧……"

"好的作品是什么呢？拷问人性的作品是最好的。无论是电影或文章，能够有生命力的都是拷问人性的作品。那些搞笑的娱乐的，都是一时的。

"目前社会正处在转型期，好的书是会给人以正能量的。往往传世之作，恰是在平静的环境中，如一块大石砸下去，激起涟漪。或者在沉闷的环境中，响起一声炸雷。"

许思文的话，发自肺腑，落地有声。

生活的哲理告诉人们：每当人们困惑于精神的贫乏，企图为摆脱困境挣扎，就一定会在我们的山巅之上诞生英雄并傲视一切。

于是，我们的心灵总为曙光彻照！

于是，我开始了这本书的写作。先后采访了方敬的学生、同事、朋友、家人，以及宋庄村民数百人，展开了前所未有的大调查、大采访和大求真。

一路行走、一路采写、一路不断体察着人性的光辉，有些采访是在泪光中进行的。我仿佛触摸到了历史的天空，感悟到了信仰的力量。

天上的星星啊，你们比得上方敬在大地上的故事多吗？

"方老师的故事本来就很感人，不需要任何拔高"，不少受访者告诉我。方敬的长子方亚平也说："爸爸生前真诚而低调，他不需要神话，希望你写出一个真实的他。"

是啊，他就是这样一个低调而倔强的老人，就是这样一个没有人生休止符的奉献者。

美丽的生命从来无须雕琢，因为它本就简洁而深刻。

我仿佛听到了一首悠远的歌，从远古传来，带着中华民族的真挚，绵绵不绝，回响不断。我也把一首长歌献给他——方敬。

世界上有两样东西最能震撼人心：头顶上灿烂的星空，内心里崇高的道德。

泱泱华夏，大地苍茫；千秋万代，信仰为大。

叩响信仰之问，塑造信仰之魂。作为一个历史追踪者，我有责任向读者作出诚实的报告。

让土地为文学注入生命的血浆。

# 第一章
## 一支蜡烛在自己的光焰里睡着了

一面鲜艳的党旗覆盖在方敬的遗体上。

当他亲吻大地、仰望星空、向往大海之后，终于找到了独属于他的心灵归宿！

悲伤打击着人们。

悲伤重重地打击着方敬的亲友们！

这无尽悲伤似乎传导到不远处的黄海海面，人们仿佛听到波涛也在呜咽。"你看那海儿都哭了。"

2018年10月27日，生活在江苏省连云港市区的很多人，一大早就看到了连云港市委组织部微信公众号发布的消息："乐观豁达、一生行善的方老师还是没能抵过病魔，于2018年10月26日23时10分离我们而去，方老师一路走好！"

而在方敬先生的故乡赣榆区，26日午夜，一位曾由方敬指导过书法的小学教师亚伦的悼文迅速刷屏了：

秋风凝寒了这个季节，沉月落寞了这个城市。

一位享誉四海的长者，悄然离开了他曾行善和教化了几十载的故土、乡梓！

曾是这一方水土的文明象征、曾是这一片山海的道德标志。

如今，那一款痴情不再钤印、那一泓心血不再行书。

曾经被吾等小辈亲昵地称呼为"老爷子"的方敬老前辈、老革命，昨夜，生命熄灭了最后的一丝光亮，灵魂化作了沧海飞舞的蝴蝶。

怀念方老——

当我们的家乡、当我们的城市需要提升精神坐标和文化品位的时候，有一个默默捐助了 27 年的老人含蓄而又飘逸地走来了，带着艺术家的情怀与风骨、文人的忠诚与良知、智者的进取与深睿。他用一种博学纵横的气质、大爱无私的风范、深邃前瞻的胸怀，和我们相逢在一个引领新风、创建文明的心灵路口，让我们感动、让我们振奋、让我们一生受用不尽……

感恩方老——

当我们的新文明、当我们的新风尚需要促进和飞跃的时候，就是这样一位吞吐百家、谈笑天地的当代乡贤，一位舍弃繁华、回归故里的知识分子，一位毫不利己、专门利人的共产党人，他用其高尚的人格精神与坚韧的自我意志，释放了一份大爱无疆的家国情怀，赐予了一份砥砺前行的精神感召，凝聚了一份建设家乡的向心力量，坚定了一份文化优越与文明传承的乐观与自信！

以爱之名，悼念中国好人方敬——

就是寻找一种新乡贤精神：耄耋之年却发扬了"撸起袖子加油干"的精神风貌，矜贫恤独恩泽后人，并为当地经济文化的发展作出了卓越的贡献！

悼念中国好人方敬，以爱之名——

就是寻找一种乡情乡恋：迟暮之际却"不忘初心、继续前进"，凝聚人心促进和谐，让宋庄文明传承并富甲一方！

方敬老先生精神不逝，因为他是一位真正的长者和楷模。

方敬老人家品格永存，因为他是一位真正的乡贤和典范。

黄海岸边层层叠叠的文峰塔，可以呈现家乡发展的广袤璀璨，却难以写意一位先生的风雅情怀；吴山脚下漫漫卷卷的金银花，可以表现当代城市的文明内涵，却难以诠释一位游子的奉献精神。

云天辽阔夜无眠；树影婆娑忆往事。

方老，承蒙您的启迪，是您让我和我的学生，变得真诚坚定、乐观向上，使得生命展露出光明的情调；

方老，幸逢您的教诲，是您让我和我的学生，变得友善纯净、乐观丰盈，使得人性焕发出本真的光芒。

以爱之名，我们会永远铭记中国好人的初心；以爱之名，我们会继续传承道德模范的精神！

永远怀念您、老爷子！

老爷子、您一路走好！

夜风，从城市上空轻轻拂过，像信使一样轻叩着城市的每一个窗台，传递着这一令人叹惋的讯息。是啊，一切都来得太突然！但他还是倒下了。与呜咽的大海一样，整个赣榆开始悲啼，泪流成河。

消息迅速传遍了大江南北，传遍了长城内外。

方敬老人真的走了！

他在宋庄度过了生命中最珍贵的二十多年，他为故乡奉献了自己的全部，这是怎样炽烈燃烧而又痛快淋漓的人生啊！

这一生，方敬奔波了一辈子，奋斗了一辈子，奉献了一辈子。

这一生，可谓踏遍红尘，既有荆棘密布，也有繁花似锦。有人说他傻，有人笑他痴，他却报之一笑："回报乡梓是我的梦想，我放弃那么多，就是为了教育；干得那么累，为了啥？还是为了孩子。"

超然于世，至情至真，这就是方敬！

2018 年 5 月，笔者开始采访方敬先生，笔者想直接或迂回曲折地潜入他的生命和灵魂。在他晚年的讲述和回忆中，难免会出现某种记忆偏差或错觉；笔者在现场聆听着他的心声，我也追随着他的身影，穿行在无尽的岁月中，一路追踪着他跋山涉水的足迹。

那时看到他受访一小时后就略显疲态，我就主动结束采访。后来每次采访都不超过一个小时，好让老人得以休息。

他几次在桌前或床前告诉笔者：离大去之日不远矣。

2018 年夏天的高温有人说 50 年一遇，整整一个酷热的夏天，方敬先生的身体一直不好，瘦骨嶙峋。尤其 7 月以后，整个人陡然瘦脱形了，一顿饭只能吃一小碗米粥。靠着坚强的毅力，他挺过了这个罕见的酷暑。

我在心里期盼着秋天，我一直跟他说到了秋天就好了。我想象着秋高气爽的时节，先生的饮食能够调节好，能康健起来。

在老人面前，所有的人都面露笑容；可一转身，他们的泪水都夺眶而出，泪珠摔在地上，无声地绽成了一朵朵泪花。

在这期间，我接到了方敬在内蒙古的好友贾海珊的短信，他想请方敬为他题写"特等功臣布和吉雅"8个字，是当地爱国主义教育基地用的，是为中华功臣树一块万古流芳碑，以示"南北同心，民族团结"。

我告诉他，您让方老写的字估计最近写不了，因为他正卧床，等他康复后再写吧。

事实上，在采访和看望方敬的过程中，我已经把贾海珊的想法转告给了方敬老人，他也觉得无法写字了。

贾海珊对方敬非常崇敬，但也不想勉为其难，他告诉我：方老很累，病中怕不宜。

为了满足贾海珊的愿望，我请连云港市书法家协会原主席陈凤桐先生书写了"特等功臣布和吉雅"8个字，快递给了他。

贾海珊再次发来信息：因我耳聋，从儿媳那儿得知你发来有关方老的信息。请你回示：海州离方老家近吗？近日去他家吗？我要快递长白参给方老补一补。

初秋时节，方敬的身体确实见好一些。有一天，我从长期照顾他的亲友微信里看到他骑着电动车上街买菜的视频，马上打电话问候祝贺他，电话中他叹了一口气，对身体不表乐观。

……

如今，他竟然走了。

这个小小的院落，这座简朴的景清书苑，我来过许多次。而今，它和我以前来时不同。这一次，我没有敲门，他也没有在里面应声。走进书房，所有的摆设都还没有变。方敬的遗体还在卧室，我默默地走进里间，一眼就看到：靠东墙的小床上，方敬头向南脚冲北，静静地仰卧在那里。一面鲜艳的党旗，覆盖在他极度瘦削的身上。

因为床头写字台的遮挡，我看不见他的脸；走到床尾，看见方敬头戴青呢鸭舌帽，双目紧闭；瘦削的脸上眉棱清奇，鼻高面平，两颊苍白。他的几乎全白的马尾辫仍然扎着，全白的胡须自然疏散。

　　　　　　　　　　　　　　　　　　先生方敬

若不是他身披的党旗告诉我一个老共产党员毕生的信仰，若不是他微张的嘴巴让我感受到他生命最后的呼吸，若不是床尾燃着的寿香让我清晰地懂得，这是为他而燃，而不再是他对先父母的供奉……我几乎以为，他是睡着了。

后来我得知，方敬身上的青呢中山装，是 2017 年去北京接受习近平总书记接见的时候穿的。谈起后事的时候，方敬不许学生们买衣服，说是浪费。他说：我还有两身像样点的衣服，一身西服，一身中山装，你们看着办，随便给我穿哪身都行。那身西装，也是那年为去北京买的，因为方老太瘦，西服穿着不舒服，就买了呢子的中山装，正好天气也变冷了，就穿中山装去了北京。方敬的学生吴德运悄悄给方老买了鸭舌帽和寿鞋——此地老人升天都要穿的青帮白底绣莲花的鞋子。

按照方老遗愿，一切从简，没有哀乐，也没有举哀。安安静静的，大家商量事情也都是小声的。

人们想到了他的遗嘱：遗体捐献给徐州医科大学用于教育教学和科学研究。

当你理解了他的信仰，你会明白什么才叫一生无悔，什么才能称之为中国的脊梁。


10 月 27 日下午。景清书苑。

从外面看，仍然是静静的，方敬的儿子儿媳都还没从上海和深圳赶到。

景清书苑里，众弟子和亲友静静守在卧室。厨房那边，几个女学生挤在一起，哀哀哭泣，虽未号啕，然而因为隐忍哽咽，更是伤心。趋近询问，原来是方敬的学生祁苏云和祁颖。这两个女孩，都十分年轻，气质无一例外的沉着稳重，落落大方。正是无忧无虑的年纪，如今却无限悲伤。

祁苏云说，中秋节那天，我抱着两瓶郎酒满心欢喜地去看他，永远忘不掉他看我的眼神，说不出来那种滋味。他问我，苏云啊，你带的什么，我说郎酒。他对我说：爷爷不能喝了哦……听完这句话，我的泪水实在无法控制。和爷爷相识二十余年，从未听他主动说不能喝酒这种话，看到他瘦弱的身躯我心窝子都疼，泪水怎么也止不住……他对照顾他的我舅妈方芳说把最好的月饼给苏云，他从来都是把最好的东西给学生给别人。

笔者看到，方敬的餐桌上至今还摆放着功德林净素苏式月饼、杏花楼广式月饼……

祁苏云说，祁家与方家是世交。我爷爷解放前在上海就认识方敬老师，那时候方老师也只是十几岁的青年，爷爷知道方老师有学识，很钦佩。我爷爷读过私塾，思想比一般老人开放一些。在当地任村，以前都有些重男轻女的，可是祁家男多女少，到苏云，爷爷看着孙女，格外金贵。

恰巧那年方老师回宋庄定居，祁爷爷就特地带着刚上小学的苏云拜见方老师，要孙女跟着方爷爷学习。正因为这一层关系，苏云在方爷爷面前多了一份倚仗与熟稔，感情愈加深厚。

苏云常在方老师家写作业，初中时方爷爷告诉她要"站如松、坐如钟、行如风、卧如弓"。

苏云说，你说方老师具体教我什么，说不清。但是在一天当中，你肯定会有所学的。他会教你做人，比如有一次我们五六个小孩子一起择菜，菜叶子扔在地上没有捡，他就会告诉我们该把菜叶子也收拾了。比如一个桌子坐4个人吃饭，吃菜的时候你只能吃自己面前那盘菜的四分之一，因为你喜欢吃哪个菜，别人可能也喜欢吃。他教给我们的道理，是家长达不到的。再比如，当时村里还重男轻女嘛，很多女孩子学习比男孩子好，可是家里会让男孩子继续读书，让女孩子辍学。这种情况方爷爷是绝对不允许的，他会到家里去做工作。

方老师说，你一定要出去见见世面。比如你小学毕业、初中毕业，甚至高中毕业，我肯定要带你们出去转一转，看一看。

说着，苏云又哭了。这时候过来一个男青年，我给他让位置，苏云说，是我爱人，没关系。原来苏云刚刚怀孕，尚在敏感期，哭得有气无力；她爱人倒是很理解她，也不劝阻，只在附近进出徘徊，可见内心是心疼着急的。

苏云说，小时候方老师中午会骑电动车把我带过来，边吃边聊。去年他从北京领奖回来，到我家吃饭，就像一家人。那张沉甸甸的合影照片，我永远记在心里。

祁颖哭着说，方爷爷特喜欢帮助人。我家姊妹3个，上大学负担重。我认识方爷爷很偶然，我家住他家对面，有一次他拿一个水壶，问我哪儿有修水壶的，我就带他去了。我爸就会修电器，家里开了一个店，但我觉得爸爸会修电器不会修水壶，就带他去另一个村子的店里了，后来才知道爸爸也能修。当天下午方老师请我去他家吃饭，他做了一个甜点，非常好吃。我吃了一半，就留给我爸吃，因为爸爸特别喜欢吃甜的。那天方老师也请我爸了，我爸来得晚。方老师问我为什么不吃完，我说了原因，他说，你吃吧，你吃完了，我再给你爸做。我还是没有吃，一直等到我爸来。这件事情让方老师很感动。他跟我爸讲，这么小的孩子就知道心疼大人了，没想到这么小的孩子会这么孝顺。以后他天天把我带在身边，一直带了很多年。他说我是他的"警卫员"，我也不知道什么是警卫员，就是喜欢。

方爷爷最早住在前面他一个亲戚那儿，对面是派出所。我和苏云几个孩子跟着他一起练武，就在派出所的院子里练。那时候是四年级吧，每天5点半起床，确实有点早，可是大家都坚持下来了。现在我们身上的优点，都是向他学的。练武主要是打拳，就是锻炼身体。打完拳，在方老师家吃个早饭就回去背书包上学，每天都这样。

他给我家帮助很多，跟我爸感情也非常好，就像是我们的家人。小老祖，小老祖，他经常这么喊我爸，因为我爸祁洪省在村里没有比他辈分高的。我妹妹上高中的时候，方爷爷每年都给3000元。当时还有一个弟弟在读书，他不管我家有没有钱都给钱。妹妹读研，方老师还送了一台笔记本电脑。这不光是钱的事情，我们的困难他都记得。

我们这些学生来，方老师都亲自做饭给我们吃；如果我们不来，他就吃点稀饭就点腐乳，非常简单，他的钱都花在别人身上（哭）。

我来看他，之前有时候不打电话，想给他个惊喜，就会看见他吃稀饭咸菜；看见我来，立马起来炒菜。他的好酒都留给别人喝，他只尝一点点，他喝便宜的沱牌大曲。

我爸腰椎间盘突出，我在读初中，方老师代表我家决定做手术。爸爸腰椎突出的地方非常危险，手术不好就会瘫痪。方老师从上海请来专家，在县医院做的手术，很成功。方老师还带着我去陪医生吃饭，还有吴德运老师夫妇，他们给我爸爸送饭，我印象很深。

方老师生病了，我爸来看他，他说不要告诉孩子。我爸回去跟我讲，我就请假回来了。他看见我就说：你爸爸真是的，我没让你来呀（哭）！

我妹妹也经常来看他，今年中秋节才来过。我下午才告诉她方爷爷去世的消息，她在苏州，赶不过来。方爷爷经常骑着电动车，看见谁家有困难就给钱。当时村里面很多人说他傻，包括说他是"愣梅花"呀什么的，无所谓！他因为到了一个高度，很多人都无法理解。

祁颖说，这么多年，方老师不要任何宣传。你看到方老师身上盖着党旗吗？我觉得，他就是为了这面党旗（哭）。我们现在很多的好习惯，都是当年他给我们养成的，那是父母无法给我们的。比如说，方老师说好5点钟吃饭，你就是迟到一分钟他也不会等你。他教给我们的人生观念、时间观念、价值观念等等，会跟随我们一辈子。

我和父母不能说的话都可以和方老师说，谈对象的事情也和他说。我上大学的时候他就说过，按照什么样的标准找对象。他说，只有人品和健康重要，其他都是次要的。找了对象肯定要带给他看啊，我弟弟妹妹都是。然后他会给我们写字祝福，方老师给我写了很多字。我结婚的时候送了我一幅字，还送了一对印章。我给他讲一件心事，他也会把他类似的事情讲给我听。我爸爸现在搞养殖，方老师上海来人，没见过养殖，方老师就带过去看看，然后打点鱼带回来。

……

方敬的长子方亚平和爱人吴晓路匆匆从上海赶到了。

亚平直奔内室，轻轻掀开父亲脸上的盖布，父亲是安详的，却又那么瘦小。他直愣愣的目光碰向父亲，心揉碎了。他强忍着泪水，从卧室来到客厅，一个人坐在那里。他手捧着脸很久，终于忍不住哭出声来。

晚6时，次子方列平和爱人曹杨从深圳飞过来了，夫妻俩一齐跪在父亲的遗体旁。曹杨泪流满面，一声声带有上海口音的"爸爸呀"，令人热泪盈眶。

列平亲吻爸爸的手，凑近爸爸的脸颊，然后哭着拥抱近期一直照顾爸爸的方芳。

列平说他和爸爸在一起的时间稍多一些。就在10天前的10月16日，他们夫妇还在景清书苑接受了我的采访。

随后，方敬上海的学生解钢、李红旗、陈祯和、韦明、田绪宝等人来了。

6时16分，方老入殓。遗体移出卧室，来到书房。一身青呢衣服，嘴巴微张，似乎仍有话说。

冥冥中，他的目光仿佛在凝望远方，又像在注视来往的学子。

解钢脸色凝重，一遍遍地给老师上香，口中喃喃着，似乎与老师有说不完的话；李红旗磕头"咚咚"有声，似乎要把已经长睡的老师叫醒。

方敬在宋庄教过的学生们，陆续从外地赶来了。

方敬的弟子、雕塑家解钢沉痛地告诉笔者：一切情缘终须了，即使百年也是一瞬而已，唯道心可传，所谓见贤思齐也！

解钢说，上次与李红旗一起来送我为方老师做的塑像，临别时还没跨出门，泪流不止，便知道是永别……老师其实一直在等我，知道我们去，便说塑像到了。那一刻，他是兴奋的，数天未起竟能颤抖地坐起，凝视着铜像良久。其时我心痛不已，先生视我如子，我却不能报于万一，仅以小像聊慰我师面对生死的那份坦然。

10月28日上午，连云港市委书记项雪龙与宣传部部长滕雯专程赶赴"景清书苑"吊唁并慰问方敬家人。

项雪龙说，对方老的不幸去世，感到非常惋惜和痛心。方老做人很低调，他无私忘我，关怀寒门学子，这种淡泊名利、无私大爱的美德让社会温暖花开。每一个党员干部都要以方老为榜样，学习他情系桑梓、心系乡邻的精神。要继承他的崇高精神，弘扬他的优秀品质，使之成为新时代奋斗者的价值追求，把他没有完成的事业继续下去，这才是对逝者最好的告慰。

项雪龙为家人送上了慰问金，他紧紧握住方亚平、方列平的手动情地说，希望你们遵循父亲的遗志更坚强地走下去，将老人助人为乐、无私奉献的精神发扬光大。

两个儿子表示，会将父亲身上的正能量传播出去。

方亚平因心情激动而哽咽，他说，作为家人，非常感谢政府多年来对父亲的关爱和照顾。父亲是一个不要名利的人，他身上覆盖着党旗，这是党和政府对父亲一生的肯定，我感到欣慰并为父亲骄傲。

方列平说，平时我哥在上海，我在深圳，但我也下载了赣榆的"红榆伞"（赣榆区委宣传部公众号），一直关注家乡的报道和建设。我同意哥哥的意见，遵从父亲的遗愿从简办好后事。

方亚平随后把省市领导送来的装着慰问金的信封，转手交给父亲在景清书苑的大弟子吴德运，说："这些慰问金，我都没有打开过，我代表父亲捐给景清书苑。"吴德运再三不收，亚平说："你一定要收下，父亲一辈子身传言教，我在用行动实践父亲的遗愿！"

赣榆区委书记孙爱华等区领导也在第一时间来到景清书苑，对方敬的逝世表示沉痛哀悼，向亲人表示亲切慰问。区委常委、宣传部部长许思文满怀深情地说："方老的博大胸怀无疆大爱，其乡贤精神道德榜样，感动一座城，润泽一方人，确为连云港骄傲、江苏榜样、国之模范。"

宋庄镇纪委书记李宝勇与方敬相识已有16年，是方敬的书法弟子，正忙着料理方老的身后事。"方老师为家乡做了三件大事：一是拿出毕生积蓄，成立基金会，资助贫困学生，改变了村民对教育的观念；二是为书法爱好者无偿教授书法知识，传播书法艺术；三是身体力行引领乡村文明，消除社会不文明现象，提升村风民风。"

这两年，社会各界也一直在表达对方敬的爱戴。

2017年4月，春风拂过，田间地头油菜花花浪翻滚。华东师范大学老龄办、教育学部离退休教师事务部负责人来到宋庄镇看望方敬老师。

2017年教师节前夕，时任连云港市委书记的杨省世专程看望方敬，他说："您是我们大家的老师！我来看看您，祝您节日快乐！"

2017年11月重阳节前夕，市委常委、宣传部部长滕雯看望方敬。

2018年新春佳节来临之际，江苏省委书记、省人大常委会主任娄勤俭专程赴赣榆登门看望慰问全国道德模范方敬。

2018年9月13日，上海华东模范中学校长徐怡敏、副书记陈佳彦、副校长刘建国、工会主席王春和吴斌老师驱车前来景清书苑看望老校友方敬先生。

2018年9月25日，区委常委、宣传部部长许思文到方敬家中致以双节慰问。

……


10月29日，守灵之夜。

方敬的16个入室弟子，来了11个。大师兄吴德运没有通知另外几位女士，其中还有一位怀孕的。

其实从28日下午开始，吴德运就一直在思考，明天就要给方老师送别了，该如何给老师守灵呢？

他知道方老师喜欢李叔同，喜欢看《城南旧事》，也特别喜欢《送别》这首歌。方老师的好友潘文彦是漫画家丰子恺的入室弟子，而丰子恺就是李叔同的学生。

他的脑海里幻化出解钢为李叔同创作雕塑的情景，解钢全神贯注，一尊李叔同雕像完美地再现了……

夜渐渐深了，烛光摇曳，每个人的眼睛都红红的。为了打破过于悲伤的气氛，方亚平有意地和弟子们讲父亲生前的故事。谈及没通知女弟子，他对吴德运说：你是我父亲的学生，你知道我父亲向来尊重女性，移风易俗嘛，他以无声的行动告诉世人……

吴德运拿出早已打印好的歌词——李叔同先生创作的《送别》，分发给每一个师弟。

知师莫如徒啊，吴德运真是一个有情怀的人，他发自内心地为方老师设计了这个深情而又浪漫的送别之夜。

歌声响起来了——

长亭外，古道边，

芳草碧连天。

晚风拂柳笛声残，

夕阳山外山。

天之涯，地之角，

知交半零落！

一壶浊酒尽余欢，

今宵别梦寒。


长亭外，古道边，

芳草碧连天。

问君此去几时来，

来时莫徘徊。

天之涯，地之角，

知交半零落！

人生难得是欢聚，

唯有别离多。

……

唱完了一遍，再唱第二遍。

他们唱了一遍又一遍。

夜冷了，每个弟子披一件黄大衣。喉咙唱哑了，还继续唱。

方敬先生的亲友们也跟着唱。

歌声缭绕在景清书苑的每一个角落，不断地往夜空里发散。

他们一直唱到凌晨时分。

方敬四弟方锡廉的儿子方宏第二天对笔者说，大伯喜欢音乐，特别喜欢俄罗斯音乐和歌曲。"文化大革命"期间家里的手摇唱机，会成为每次聚会的核心。守灵之夜和大伯的学生们整晚一起唱大伯所喜欢的歌，我发自内心地感动、震撼，在歌声中离去、送别，也许是最美好的祝福。

　　在追悼方敬的日子里，方锡廉和爱人汪玉珍从新疆给"老方家"自创的家庭刊物《纶华》寄来了他们的《一点想法》：

　　大哥远离我们而去，悲恸之余，我们深感他留给我们的精神财富，一定要珍惜。

　　他在世时实践了一个真正的共产党员的追求，死后他将遗体献给了徐州医科大学，证明了他是一个彻底的唯物主义者，值得我们永远学习。

　　记得我和玉珍50岁时，他送了我们3个字"孺子牛"，我们没辜负他的期望。很巧，当我们80岁时，二哥（方锡礼）专门找人刻了一枚印章送给我们，刻的是"俯首甘为孺子牛"，我们也永远不会忘记。

　　二哥的一生同样证明，他是一个真正的共产党员。

　　大哥、二哥对我们有同样的期望，我们十分高兴。他们自己的一生，就是这样实践着。

　　因此，我们建议："俯首甘为孺子牛"，应成为我们家风的组成部分。令我们高兴的是，我们的后代中，已有不少人具备了这种朴实的品格。


　　从27日到30日，鲜花，挽联，黑纱；亲人，学生，群众……景清书苑小小的房间里来了一拨又一拨送别的人。灵堂正中悬挂着方敬老人的遗像，室内摆放着他的爱人章锦秀和子女的花篮；社会各界敬献的花圈和花篮从书苑门口一直摆放到屋后、大街……

　　挽联上对于方敬的称呼，除了先生，更多的是"方老师"和"方爷爷"。

　　"我爷爷奶奶在我很小的时候就去世了，在方爷爷身上我感受到了爷爷般的关爱。"宋庄中学初三女生任文悦受方敬资助多年，回忆起方爷爷的点点滴滴，小姑娘几度哽咽，一度泣不成声。

她说，从四年级起，她每周六都会到方爷爷家学习书法，与方爷爷有着很深的感情。前两天，当她听到爷爷去世的消息，始终不愿相信，直到看到络绎不绝前往悼念的人时，她才真正意识到，方爷爷已经永远地离开了她。"方爷爷除了教我书法外，还经常给我讲做人的道理，他的教导好像就在我耳边。我一定按照方爷爷的教诲，好好学习，做一个对社会有用的人，尽自己的努力去帮助更多需要帮助的人。"

"艰苦的求学时代，能碰上方老师真是人生大幸"，一位从上海远道而来的学生说。今年过年时，他来看望方老师，想起老人已88岁高龄，他便写了一幅"寿"字相送。"给老师收拾遗物，我看到这个'寿'字保存完好，但老师却已与世长辞，悲伤之情，实在难以言表。"

11月30日，是方敬先生去世的第五天，清晨有些寒冷，却没有阻挡住人们沉重的脚步。

从早上6点多钟开始，就有不少群众自发地前往景清书苑，为心中的儒者、贤者、长者方敬老人送行。

不少外地曾与方敬有过交集的人士和他的学生、挚友，来到灵堂前，含泪献上深深的鞠躬；并绕棺一周，瞻仰方老遗容。方亚平和方列平时刻陪伴在灵堂前，面容憔悴而悲伤。

数以千计的群众从四面八方赶来，他们神情肃穆，手持白菊，向方老的遗体鞠躬，做最后的告别。

一副副满怀赞扬和思念的挽联异常醒目：

"青山垂泪，绿水含悲，方老一路走好。"

"良操美德千秋在，高风亮节万古存。"

"痛失良师箴言常在耳，深铭大义教益再求谁？"

……

上午9时20分，在景清书苑北面的这条300米长的路上，聚集了来自全国各地前来吊唁的人，他们有的专程赶来，有的慕名而来，来送方老最后一程。他们有的带来了自发谱写的《好人似方敬》原创歌谱，有的送上了情深意长、发自肺腑的挽联，不少人自带鲜花前来追悼；来自宋庄小学和中学的约两百名学生，手执白菊缅怀方爷爷。此时的方老，安详地躺在花海中。两个儿子望着棺中的父亲，不禁哽咽。

徐州医科大学专用遗体运送车辆赶到，大家深知即将与方敬永别，便不约而同地站立在街道两侧，举起各自带来的挽联。

江苏省委宣传部副部长葛莱，连云港市委常委、宣传部部长滕雯前来参加方敬遗体告别暨捐赠仪式。

上午10时，遗体告别仪式开始。人们依次缓步来到方敬的灵柩边，默默地向他鞠躬。沉浸在悲痛氛围中的人们，用眼泪和祝福祈祷方老一路走好。在几千名群众的目送中，方敬的遗体缓缓放入车中。此时大家再也抑制不住悲伤之情，纷纷涌向灵车，哭声大作，"方老师，一路走好啊！"

方亚平和方列平按捺不住心中的悲痛："爸爸，再见了！爸爸走好，一路走好！"

方亚平告诉现场记者："父亲被查出癌症后，便萌生了捐献遗体的念头。虽然我的性格比较传统，但在这件事情上我不传统。这是造福于人的，是件好事。"

方列平说："父亲一辈子都在做好事，把最后的身躯捐出去，算是完成了他最后的心愿，我们都理解。"

载着方老遗体的车辆缓缓启动，现场的群众不由自主地跟着车辆痛哭着向前行走。送行队伍向西延续了千米，因为人太多，灵车用了近半个小时才缓缓离去。

灵车经过的道路，是方敬老人常行走的。道路两旁的绿化树都轻舞婆娑，它们在用另一种方式向老人致意。

不少人感叹："一生中从没见过这么盛大的追思场面！"

徐州医科大学基础医学院党委书记孙甫存说，方老生前捐赠了自己全部的积蓄用于教育，逝世后仍坚持将遗体捐赠给徐州医科大学用于医学教学事业，这种精神值得我们每一名师生学习。

来自徐州的周长芝曾与方敬一同获评第六届全国道德模范，她曾拿出所有积蓄办养老院，陪伴219位老人走完人生最后的旅程。听闻方敬逝世的消息，不禁悲从中来，特意赶来送方敬最后一程："方老的精神值得我永远学习，虽然方老离开了我们，但未来我将继承他的精神，去帮助更多孤寡无依的老人。"

送别方老遗体后，10时20分，方敬追思会在宋庄镇乡贤广场开始。在舒缓悲伤的哀乐中，大家依次肃立、默哀、鞠躬致意，深切悼念这位令人尊敬的长者……

区委宣传部部长许思文致辞：方敬同志一生忠于党和人民，其精神令世人钦佩景仰。我们要大力弘扬、传承他情系桑梓、一生奉献、无私助人、重教崇礼、淳化乡风、甘于清贫、淡泊名利的精神，把这一崇高的事业继续完成下去；要立足新时代、弘扬新风尚、传递正能量，凝聚起建设美好家乡、造福人民群众的强大精神力量。

一个送别者大声朗诵着他写的诗：

心中装着教育事业，

唯独没有他自己！

为家乡教育倾其所有的方敬，

让人肃然起敬！

今天，我们以爱之名，

送别"中国好人"方敬！

一个颤巍巍的老大娘一边抹着眼泪一边告诉我：俺们前后庄邻都记得方敬的好！一打听，老人竟是当年令日本鬼子闻风丧胆的孤胆英雄宋继柳的妹妹宋继香。

方老遗体出发后，细心的人合计了一下，共收到花圈200多个，花篮200多个，还有盆花100多盆。

花圈和花篮由村支部回收处理，不焚烧，因为污染环境不符合方老遗愿。

一件小事让方亚平感触尤深："我和爱人住在大众浴池，31日吃完早饭，我因为身体不好，看见一辆电动小车经过，以为是出租车，我就招了一下手。车主摇下窗子，我问你载人吧？她说我不载、我不载，急匆匆走了。我俩走了没几步，那辆车又开回来了。她叫我俩先上车，她问你们到哪里？我就说了爸爸的地址。

"她为什么返回来？她说看见我臂膀上的黑纱了。我穿着深蓝衣服，这个黑纱很不显眼，她也不知道我是谁。她是在送小孩上学回家的路上，却返回来送我。这很小的一件事情，就体现出这里的民风。我很感动，这就是开花结果！"

同样住在大众浴池的解钢和李红旗，也碰到这种"免费送达"景清书苑的事情。

走过88个春秋的方敬老人虽然永远离开了，但他留下的爱心，已成为人们心中永不熄灭的一盏明灯。众多主流媒体纷纷跟进报道，《光明日报》记者郑晋鸣、新华社记者夏鹏、《新华日报》记者程长春等媒体人，在缅怀和传承中凝聚力量。

"'心中装着教育事业，唯独没有他自己'，这正是'现代乡贤'方敬对教育事业担当与奉献的生动写照"，《新华日报》记者吉凤竹写道。她说，方敬老人情系家乡、热爱家乡、奉献家乡的可贵品质和高尚情怀，展现了当代共产党人的精神风貌，时代需要这种先进典型引领。我们将通过报道，让更多的人了解方敬，以方敬的先进事迹教育激励广大党员干部，努力工作、默默奉献，作出不愧于党和人民的业绩。

《现代快报》记者王晓宇之前报道过全国许多优秀典型人物，他说："一般来讲优秀典型人物有很多共性，很多方面正如方老所说的那样：把自己的人品扶得更正，让自己的灵魂变得更加清纯。他要把方老的故事讲给更多的人听，感动更多的人，让更多人的灵魂得到洗礼，让更多的人从中感受到道德的力量。"

"每一次采访方老的先进事迹都是一次心灵的洗礼，每一个先进典型背后都有很感人的故事。"《连云港日报》记者张晨晨多次采访方敬老人的感人故事，他说："方老用大爱温暖社会，点亮了一盏精神世界的明灯，无愧于道德模范的称号。他生动诠释了利他精神的内涵，树立了道德境界的新标杆，必将鼓舞更多的人把助人当作快乐，把奉献作为幸福。"

"爱教育胜过爱生命，爱他人胜过爱自己，方老正是用质朴的情怀诠释了简单中的丰富、平凡中的伟大！"《扬子晚报》驻连云港站记者张凌飞这样概括方老的"人生亮点"。他说："方老是生活节俭到了近乎'自虐'程度的老人。几十年来，他把自己省吃俭用的每一分钱都奉献给了需要帮助的孩子们。仅凭这一点，我对他就有一种说不出的敬畏。这样的人生该是一种怎样的人生？这样的奉献该有一种怎样的境界？这些都给我留下许许多多的思考。"

莲之品节，松之风格。方敬老人的感人事迹和崇高精神，深深地打动了记者们，成为他们笔触下激励人鼓舞人的美好文字。

2018年11月5日，央视新闻频道《新闻直播间》在17时35分，以《生前捐资助学，身后遗体捐赠——道德模范方敬去世》为题，报道了方敬的感人事迹，播出时长为3分30秒。


11月14日上午9点，在任庄墓地方敬父母墓地右前侧，方敬的学生孟庆珍和方芳、李卫东等来了。吴德运亲自注胶，为方敬安下衣冠冢——小小的黑色大理石方盒。方敬重返父母身边，和父母永在一起。45度倾斜的小屋顶上，遵方敬遗嘱，镌刻的是宋悦亲笔：

儿敬侍奉永年

弟子宋悦奉命志

方敬去世的那几天，笔者没有一天不被一种强烈的情感激励着，没有一天不在新的讲述细节里丰盈与成长着。方敬离去了，他散尽了自己的光华，以最轻盈的方式离开了。他最后的轻盈而洁净的肉身，他亦含笑赠予这个世界。只有他的故事，在亲人、学生、乡邻们中间继续传说，在任庄、在上海、在新疆、在武汉、在北京、在哈尔滨、在内蒙古……在所有他曾用智慧的火把照耀过的心灵间传递。什么是勇气，什么是力量，什么是智慧，什么是艺术与美，什么是规矩与爱……方敬用他的一生用心上着这一堂堂课，那些活着的人记得他的人和读到此书的人，都是聆听者。而下课的铃声，将永不响起。

陪同我采访的赣榆区作家韦庆英，感慨地写起了诗：

那去向天国的人，把肉身舍弃在人间；那执笔天涯的殉道者，每片树叶都刻着他的名字。

他是余晖遍地的人，谁走近他谁就会变得明亮；跟在他后面的人，都被注入了新的灵魂。

法国大文豪雨果在出席另一个大文豪巴尔扎克的葬礼时发表演讲："今天他安息了，在他进入坟墓的这一天，他同时也步入了荣誉的宫殿。从今往后，他将和祖国的星星一起，熠熠闪耀于我们上空的云层之上。"这句话同样适用于方敬。

方敬逝世的消息传到上海，他就读过的、曾给他一生影响的上海华东模范中学的"老华模"师生一片痛惜。

老同学、原学生会主席钱玉音深情地撰文《痛悼同窗方敬》：

这里是26日午夜，休息前我要看一眼电脑，点开华模群，"痛悼方敬"4字赫然在目！我的心震惊不已，可诅咒的时刻，来得这么快？几天前，刚听到你精神尚好，还可玩牌，我满心期望你可多留人间。岂料老天不佑人啊，夺我善良！几天来，我心恍惚，虽师长同窗对你的哀悼刷满屏，但我心中一幕幕出现的，都是生龙活虎、洒脱乐观、坚毅坦荡的你啊！只在看到手持白花的青年学子、高举书写着"青山垂泪、绿水含悲"横幅的乡亲，站满宋庄长街；徐州医科大学专车载着你徐徐远去的瞬间，才切实地感到你——我可亲可敬的方敬真的撇下我们远行了，永不可能回来地远行了！我止不住泪流满脸……

方敬啊，我心目中的你，是才华横溢、多情多义、一身正气、敢斗邪恶、不惧病魔、情操高尚、助人为乐的方敬！我们的好同窗，华模老师心中的好学生！

1983年复校时，我和同学们意外地得到了一张有34位师生、在35年前拍的、48届我班高中毕业生集体照，照片上年轻的13位老师端坐前座，豆蔻年华的21位男女毕业生的我们齐刷刷地站列其后，这是记录人生青春年华阶段的永远的纪念，我喜出望外。原来，1948年，我们刚考完毕业考试、拍好照，由于形势紧张，组织上通知我们立即撤出市区隐蔽起来。我和左羲东未及向将要分别的母校、老师、同学道一声别，更顾不上那张毕业纪念照，就匆匆离开家和市区，隐蔽在郊区一个地方……在35年后的复校师生重聚时刻，有情有义的你，悄无声息地把我们的毕业照放大重印，分赠给我班师生，使我拥得了珍贵的、无可替代的纪念品，我从心底里感谢你这份情谊。

今年6月1日，意外地收到你的信，内容写的是：医院无把握，不会对九旬老人（指左羲东）开心脏手术，费用最巨，也值。弟仍在助学，所余不多，但凑三五万尚可，如需请来电立即奉上。原来是：当时我虽明知你重病在身，但想到羲东的病情，我回忆起你当初心脏装支架，是你在中山医院的一位学生接诊帮助，手术顺利，效果很好。所以自作主张，来问你的学生仍在中山吗？电话里你说已三四年未联系，我说那千万不要再麻烦了；大约我也说到手术费用等情况，但绝无向你求助之意，过了几天却收到你的上述来信。我为你不顾自身重病而帮助同学的无私精神感动万分，随即去电请你千万不要考虑。在我未收到你的来信时，我在电话里向左羲东表示：这一大笔手术费用，我们想凑一点，被左羲东断然拒绝，语言犀利，吓得我再不敢提。你的信也是以后才告诉羲东的，她很感激。而方敬你有困难，却从未在同学面前提起。读书时，吃不起午饭，被景清老师发现，才被老师带着一起去吃午饭。姚晶老师最近还说，景清老师带方敬去吃午饭，是很多很多次，说方敬的父亲是一般警员。费国华老师说："文化大革命"结束时方敬的父亲已死，家中十分困难，景清老师、姚晶老师各给方敬100元接济。后来方敬要还，老师是不要还的。方敬，你是心中怀着"滴水之恩，涌泉相报"并付之行动，以报答师恩啊！

……

数月前，当我知道你的病情恶化，便血不止，但为了不打搅别人，把电话线拉掉了时，我们老师同学非常着急，我试着打，果然无法打通。幸而同样有情有义的胡有咏，他早几年已设法与你身边的学生建立了一条"地下通道"，从那儿知道你的两位儿子将要赶到。我想儿子要来总要用电话，隔天我试着打去，果然通了。我首先要求你以后绝不可

先生方敬

再把电话线拉掉，你答应了。你说便血有时止住了，但仍是痛。我劝你去医院，你坚定地说："浪费，没用的。"再劝也无用，我就问你儿子来了没有？你说："还没来，儿子身体也不大好，他们也是60多岁的人了。"我内心感动，到这个时候了，仍如此体恤孩子。回想到过去，我和羲东、有咏等同学都感到你长期与家里分开，缺少家庭相互照顾，一次我向你提出，你说："我腿伤，6楼爬不上；调房子，谈何容易，章锦秀（你爱人）也来住过一段时期，但她身体不好，看病不便，只好回去，没办法。"我听了，一时无语。不久，第二次我又去电，对你说，胡文巧老师患癌骨转移，华山医院备有3个等级的止痛药，听母校王老师说，现在一般医院都具有这种止痛办法，我劝你为了减少痛苦，是否考虑去医院。你告诉我家中有人24小时照顾，痛了，静静地躺着，不叫一声；如呻吟叫喊，对不起老师。我说，老师怎会责怪你？我想你实在太苛求自己了。我又不忍心也不便细问你的转移情况到底如何？哪儿最痛？当我第三次去电，是当地时间上午9时多，但铃响多时，无人接。我想病人休息，总应有护理人在旁。我心慌了，立即去电有咏，不久有咏传来好消息：我去电时，你正沉睡，近几天精神尚好，还能玩麻将。联想到前几天，母校领导去看望，你告诉领导已一个月未跨出家门。而过了几天，看到你出门骑车上街的照片，我心一松，幻想着可能有转机，绝不会如过去说的，能否拖过年也不知。在我10月11日收到从母校转来的你9月24日的来信，你说体重只剩88斤，一天要痛20—30次；唯一的进步，除吃粥外，还能吃些别的食物，现在只是度残年，无法治疗，人很累，但我心中很坦荡。你要我不要把病情告诉华模师生，以免惊动更多的人。其实有咏通过"地下通道"，一切都能及时知道，母校领导也抓紧安排去看望你了。在几年的病程中，你始终坦然，对病魔毫无惧色，精神不倒！并处处考虑别人。包括过去几年，你约十次来沪，你考虑大家年纪大了，都设法隐瞒，复发又瞒了大家两年多。不久前，我看到一则消息，说癌细胞是饿不死的，只有增加病人营养，提高抵抗力，才有希望战胜或延长生命。我想到我们的华药同学住在医院，所进鼻饲，以前家里烤煮，现在医院有配好的相宜营养品，鼻饲入体内，所以又与左义东等商量，是否转到上海来！虽认为困难很大，只要你愿意，再想办法。我准备再去电给你，此时有咏传来消息，说上海医院认为你再也承受不起长途跋涉，也不能做任何手术，宜在当地保守疗法，我们才死心。这期间，振坤、梅鸥等老师同学都十分关心，共出主意。没想到10月26日午夜，收到你走的噩耗！

如今，斯人已逝，徒叹何用！只有以你廿多年前劝我的话作勉励，你说：活着的人，就要振作起来，做该做的事。首先，我们殷切期望你的家人锦秀同志、亚平、列平节哀保重！我们师生团结一致，守望相助，祝祖国日益昌盛；在保护好自身健康情况下，尽可能努力携手我们的学弟、学妹学习和发扬你的精神！继承你的优秀思想品德！方敬，安息吧！

95岁的袁鹰老师，听力衰退多年了，平时极少接听电话。钱玉音在一次晚餐前总算和袁老师直接通上话了。提起方敬，袁老师说从报上看到他被评为全国道德模范，钱玉音告诉老师：2017年方敬去北京出席授奖会后，要去看您。那时他已坐轮椅，在马路上叫车子，花了半个多小时仍未叫到，失望中回去。袁老师不相信：竟有此事？当听到方敬已逝世时，袁老师大吃一惊，问何时去世的？直说太惋惜了！

听说我正在写方敬先生的书，袁鹰先生让钱玉音转话如下：方敬道德高尚，乐于助人，爱生如命；书法绘画精湛，奉献教学终身！——袁鹰于北京。

有一个插曲：2017年春天，笔者供职的连云港报业传媒集团，策划拍摄一组《美德照亮港城》系列微电影。在全市精挑细选了10个典型人物，方敬是其中之一。报社委托笔者在全市组织作家创作微电影，微电影《乡贤方敬》应运而生。

该剧女演员吴永灵在《秋日感怀——送方敬》中如此回忆：

2017年5月份，我们在连云港拍摄《美德照亮港城》系列剧。是正能量把剧组人员聚到了一起，导演跟我说起构想我当时没有犹豫，能够在《乡贤方敬》里出演，我很欣慰。

来到方敬老师家，一进门，便是一个大厅。大厅内摆满了桌子和书柜，还有书架子等。他的大桌子上全都是笔墨纸砚，还有一些字画。墙四周也都挂着字画，还有就是几张放大的泛黄了的老照片，后来从方敬老师口中得知那是曾经教过他的几位老师的照片，其中有一位老师叫胡景清，方老师的"景清书苑"就是根据他的名字命名的。方老师站起来给我们让座，他挂着一个特殊的拐杖，确切说应该是个拐架——用来助行的一个架子。

方老师特别和蔼，就是一个长者，特别平易近人，有艺术家的风范；穿着也很朴素，他戴着一副金丝边眼镜，稍长一些的白发在脑后扎了一个小马尾辫子，头上戴着一个黑色的发夹，把额前的头发拢到了后边，显得干净利落。

采访时他说了很多，他说他退休之后就想着做点有意义的事情。他觉得上海很先进，不缺教育。他想把余热发挥到更需要他的家乡——那个当时还很贫穷很落后的任庄村，于是他毅然决然地选择了从大上海回到自己的家乡。

方老师还说：一个国家不能没有教育，教育可以救国；一个人不能没有良心，没有良心就没有党心……

我们聊了很多，聊他的学生，他的日常生活。可以看出老人非常喜欢人多热闹点儿，剧组去了很多人，老人家特别开心。我觉得他就像一个老父亲，因为我爸爸原来也是老师，所以觉得他更像我父亲。微笑中带着亲切，严肃里又带着友好。看着方老长长的白胡子，我摸摸自己的下巴开玩笑说我没有，方老师您知道您的胡子有多少根吗？他笑着说：不知道，没数过。他笑得很可爱，像个老小孩儿一样。

我去剧组的时候带了自己写的几本诗文集《心愿》，感到方老师文化底蕴非常深厚，我就送给了他一本，他当时就给我写了一幅字——"诗，思也"。题完字的时候我哎呀了一声，心想：绝呀！真是浓缩了的精华。"诗，思也"，是无思不诗，思而成诗也。我特别激动，如获至宝一般。

听说，他临走前嘱托了后人三件事：第一件是在他的遗体上覆盖鲜红的党旗，方敬始终不忘自己是一名共产党员；第二件就是将他的遗体捐赠给徐州医科大学做医学研究用；第三件是在父母坟茔旁，修建小小的衣冠冢，他要永远陪伴着父母。

有人说他是时代的楷模、英雄，也有人说他是当代的陶行知。可他说他谁也不是，他就是一个教书匠。这个大爱无私为社会默默奉献了一生的教书匠，在这个金秋的季节离开了我们。每每想到这儿，我的鼻子就酸酸的，眼泪禁不住掉了下来……

一位赣榆城南的名叫单宁的学生回忆：

因为公司业务的需要，10月下旬我到长三角一带联系业务、开拓市场。

10月28日，出差在外的我百无聊赖，拿出手机打开微信。当翻到"城南往事88"群时，一个惊人的消息出现在我眼前："第六届全国道德模范、中国好人、当代乡贤——方敬老师于2018年10月26日23时逝世。"

泪水顿时盈满了我的双眼，下面的内容是什么我怎么也看不清了。

我要买票，我要回家，我要给好人——方敬老先生送最后一程。

坐在奔驰的火车上，车轮撞击铁轨的咣当声击打着我的心田；方敬先生对我的教诲像窗外飞驰而过的景象一样，一幕幕出现在我的脑海。

我是1985年考入城南中学高中部的。由于中考期间感冒，我发挥失常，考分离重点高中赣榆中学的分数线差了一点，心灰意懒地进了城南中学。面对刚刚迁校的城南中学校园，满眼是泥泞和野草，我纠结于就读与复读之间，学习提不起劲头，偶尔开个小差，成绩时好时差。

记得是某年春节的初二，受家住任庄村的高中同班同学相恒化的邀请，我约上同班3个志同道合的同学到任庄玩，顺便去看看大海，散散心。

经过一个多小时的骑行，上午8点多到了相恒化家。焦急等待的他告诉我们来得太晚了——看不到海上日出了。得知我们为赶时间是饿着肚子来的，恒化拿出了煎饼、端出了虾酱——"来，都过来。这是宋庄特产——煎饼和虾酱，多吃点，每人管饱哦。"

吃饱喝足，当我们提出快点到海边时，恒化神秘一笑："不急不急，我带你们到一个地方看看，保证你们看了以后不想走了。"

几个人走过几户院落，来到一个不大的小院。门额题写"景清书苑"，古色古香。

敲门进屋，满屋的墨香扑面而来。一个长方形的案桌置于堂屋正中，上面摆放着文房四宝。一位老者端坐案前，刚写了一半的作品——蝇头小楷置放于面前。四周墙壁上挂的更多：

西边墙上挂的是"奋发向上""搏击""雄鹰展翅""勿以善小而不为，勿以恶小而为之"；

东边墙上挂的是"宁静致远""不积跬步，无以至千里""穷则独善其身，达则兼济天下"……

寒暄后，方老问过我的姓名，让我们随便看。

我目光落在"雄鹰展翅"上，赞叹字写得遒劲有力。方老说："这几个字笔画多、难度大。习字者多不从笔画多的字开始。"

我指着"奋发向上"问方老：着墨为什么越来越重，笔画越来越粗？方老笑着说："这4个字有两个繁体字，笔画数越来越少。为了左右平衡，笔画必须逐渐加粗。你只要奋发了，学识就会越来越多。"

当了解到我学习时而认真、时而贪玩时，方老幽默地告诉我们：年轻人要"奋发向上"、学海"搏击"才能"雄鹰展翅"。生活中"勿以善小而不为，勿以恶小而为之"；学习方法上要注意"宁静致远"、懂得"不积跬步，无以至千里"。长大后"穷则独善其身，达则兼济天下"。

一语惊醒梦中人。

方老的话，如醍醐灌顶般直达我的五脏六腑，使我汗颜，更使我震撼。

我暗下决心：我要改变自己，就从今天开始。

学生相恒化后来在新加坡某航运公司任轮机长、大副，他回忆道：

虽然恩师已驾鹤西去，但几十年前，他回故乡教书育人的好多事，却历历在目，好像就在昨日。

记得1982年春节前，方教师时任上海虹口区业余大学校长，百忙中抽空回到祖籍任庄村。回来的第二天，便召集了村里和我一般大的七八个学生，大家围坐在一张干净的八仙桌旁，当时有我和祁德晓、方芳、祁小密（祁丽）等多人。方先生先纠正了大家的坐姿，让我们挺胸、收腹、直腰，又教大家简单的礼仪，如"见了面要问好，不要任何时候都问'吃了吗?'"……他慈祥和善的面容，极富磁性的话语，沁人心脾，给我们留下了深刻的印象。

方老师逐一纠正了我们错误的拿笔方法，每人面前放一本他从上海带来的行书字帖。和书店里卖的一般行书字帖不一样，都是从名家的碑文上拓印出来的，分赠给了我们。弥足珍贵，我保存了数年。

他让我们一字字按照字帖去写，而不让把纸放上去描。每人极认真地写了10余个字后，他便逐人逐字讲解。从字的结构、高矮肥瘦，讲到每个字的意思……

从上海来追悼的学生中，有一个是中国储运总公司上海分公司总经理，他叫韦明——

我们一家和方老师认识是在解放初期，我父亲当时在工厂，方老师到工厂宣传和讲课，晚上是扫盲课。我父亲退下来前是厂长。

我是1959年出生的，认识方老师是在"文化大革命"初期。1966年刚读小学一年级，"文化大革命"时社会很乱，学校秩序全被打乱了，基本不上课了。我们没人管，当时方老师境况也不好。他怕我们随波逐流不学无术，甚至怕我们在社会上学坏了惹事，就把我们有秩序地组织起来学习。清晨让我们练武术锻炼身体，晚上教我们练书法。方老师对我的影响很大，我现在的一切都离不开方老师对我的教育和培养。就这样一直坚持读书到高中，然后入伍参军，在海军舰艇部队入党。方老师每次来信都要求我有空要学习数理化，给我寄来《数理化自学丛书》。我在部队除了训练之外，就是自学。退役回到上海分配在一家央企，方老师马上找我谈话，说国家急需人才，鼓励我去考上海电视大学。当时方老师已经是上海虹口区业余大学的校长，但是我的数理化基础不是很好，以前上学不像现在初、高中这么规范。为了学好微积分，方老师把自己的朋友——大学老师潘老师介绍给我，帮我辅导，使我

1986 年顺利毕业。

方老师一再教育我，必须要为我们这个国家、这个社会多做些有益的事情。我从一个普通员工，一步步成长为团委书记、副总经理、总经理。在总经理岗位上多次荣获了中央国资委某集团（公司）"经营管理之星"和"铸造辉煌的人"称号……我感恩方老师，我要把自己的力量完全贡献给社会，贡献给企业，将方老师的精神发扬光大，去影响员工乃至我们的下一代。

感动是一泓清泉，可以洗净内心的风尘；感动是一缕阳光，可以照彻封闭的灵魂；感动是冬日的轻雪，浸透你的肌肤；感动是暗夜里，那一轮如钩的月亮；感动是一种崇高的养分，使人奋进。

当感动这个词和一位叫方敬的老人连接在一起时，它是世间最纯净心灵土壤上绽放的花朵，是长空中一抹绚烂的晚霞。

初心即是永远。甘地曾说：我的生命就是我的讯息。

"亦余心之所善兮，虽九死其犹未悔。"

方敬如一片静美的秋叶落下了，却给了我们一个金黄的秋。他用几十年如一日的行为，诠释了一辈子只做好事不做坏事，诠释了做高尚的人，做脱离了低级趣味的人。他的真情似泉水，直抵心灵，方敬的精神不灭！

一条河，流进荒漠可以变成一片绿洲。

一盏灯，站到水里就能成为一座航标。

青天浩浩，白云悠悠。方敬是赣榆的名片，他是无私大爱的符号，他也是中国的名片。他是一条永恒的起跑线，钤印着别人向往的远方。

# 第二章
# 在上海屋檐下

深蓝的天空中，盘旋着几只苍鹰，像风帆一样穿行、翱翔。

它们并不寂寞，在它们的身下，响起了一串串音符。

八十多年过去了，追忆似水年华，方敬也会问自己，来到人世前，你在哪里？是不是在远方，在那一片了无尽头的苍茫里？

最难忘的是童话般的童年。曾经的声音、气味、温度和色彩，虽被时光之风吹散成纷纷扬扬的碎片，然而就像电影蒙太奇，每一次回首，流逝的生命又会被剪辑成更美好的模样。

你看到那莲荷的生命历程——菡萏清雅，超尘拔俗，暗香疏影，风华绝代，以有限的生命摇曳着无限风情。在轮回中向死而生，让绽放与凋零，各展其美。

1931 年 1 月 31 日清晨 5 时，一个男婴呱呱落地，降生于上海格兰路（现杨浦区隆昌路）一间租住的直不起腰的角楼里，一声声响亮的啼哭是他给这个世界的最初问候。上小学报名时校长给他起名字叫方锡敬，直到 20 世纪 80 年代初，他自己改名为方敬。《周易·系辞》曰："君子敬以直内，义以方外，敬义立，而德不孤。"以敬心矫正内在的思想，以义德规范外在的行为，方敬把正直作为自己的一生追求。

他属马，坐了马年的末班车。

一个刚刚降生的婴孩睁开眼，第一次看见的世界是个什么样子呢？当然一个婴孩不可能有任何记忆，何况那是一个乱世。几个月后的 9 月 18 日，"九一八"事变爆发，中华民族抵抗日寇入侵的 14 年抗战从此开始。日寇在东北得手后愈加觉得弱肉强食的现代进化论，也可适用于国家与民族之间的物竞天择，愈加穷兵黩武，走上了全面发动侵华战争的不归路。而在中国沦陷后，原本处于中国腹地的华北大地，一变而为前线，在日寇步步紧逼的铁蹄声中颤抖。随着华北局势骤然吃紧，中国的内忧外患愈演愈烈。除了对整个中国虎视眈眈的日寇外，大小军阀也在不断掀起烽火狼烟的内战，把无辜百姓拖进一场接一场的血腥战争，国难当头，民生维艰。

方敬的父亲名叫方传纶，这是按方氏壮猷堂的家谱起的。1905年出生，属蛇。家谱中的排辈计16个字：厉广兆新、传家有绪、金梁玉柱、治国安邦。老人家是传字起，他们弟兄4个分别为经、纶、诗、书，父亲排行第二。有一妹妹嫁到宋庄镇南面的大沙村，夫家姓董。

父亲早年丧母，家境十分贫寒。兄弟4人中唯他一人自幼在当地私塾读过两年半书，其间经常为有病的母亲停课。因家在海边，开荒种的几亩地都是盐碱地，只种杂粮，产量极低，挨饿是常事。

母亲户口簿上开始用的是方潘氏。至于潘建华3个字，是子女长大后替她起的大名。就因父亲读过两年半私塾，母亲很为之自豪。

母亲是邻近的柳杭村人，家里没有男孩，共姐妹4人，她行三。因此母亲被当男孩子养了，经常和小朋友在海边水里扑腾。母亲六七岁裹过小脚后又被放开，所以方敬姊妹们见到的是母亲介乎天足和小脚之间的"解放脚"。

裹脚，又称缠足，俗称包脚，是从年幼时就开始，用布帛紧扎女孩的双足，使足骨变形如弓，古人把这种畸形的脚叫作"弓足"，美其名曰"金莲"。由于将除大踇趾以外的4个脚趾折断后弯向足心，造成双足严重致残，小腿肌肉严重萎缩，大腿肌肉也不健全。

母亲早年丧母，外祖父一生坎坷，在海上打渔为业，当过船老大。没有现代装备，他只凭怀中的罗盘，即使是黑夜也能行驶在茫茫的大海中。

母亲从小是由自己的姐姐照料长大，姐姐出嫁后，她也只能跟着去，但这并非长久之计。附近有一人家，儿子有病，奄奄一息，母亲被这家人娶进门"冲喜"。不料3天后，这家人的儿子就归了西。母亲随即被赶出门，又回到她大姐家。为了给母亲寻找依靠，她大姐到处打听。得知任庄有个青年叫方传纶，家里虽穷，但人品好，长得俊，尚未娶妻。托人说成了这门亲事，由姐姐作主与方传纶成婚。那是兵荒马乱苦难的1927年，方传纶22岁。

新婚不久后母亲就怀孕了，因为家里很贫困，又即将有孩子，为了谋生，父亲下定决心外出打工。同时为避孙传芳、吴佩孚的战乱，临走时带了100块铜板（折为一块银圆）上路了，离开那盐碱地的故土任庄村，一路边打工挣点伙食费，边赶路来到大上海。后在十六铺码头落脚，凭着年轻力壮和自己勤劳的双手，父亲在上海十六铺码头当搬运工挣钱谋生。只要有饭吃，有地方睡觉，出大力流大汗对于农民来说也不为难过。

码头按活儿给钱，干得越多，挣钱越多。一堆货物，定个价，就由几人负责干。老码头往往要讲个价，而方传纶是新工人，尽量要多干活，工价争讨就不厉害，干的活也就多。他从船上肩扛200斤盐包、黄豆包、米包，脚踏长而又窄的跳板把货扛到码头上，甚至还背到4层楼的仓库里。

刚到上海，举目无亲，一开始是露宿街头。不久寻找到一家较远而偏僻的人家，再三和那家户主商量，那家人看方传纶忠厚老实，便答应每晚租借场地让他过宿。户主要的租金，方传纶满口答应一定按月付清。

尽管每天所得的报酬甚低，但他非常省吃俭用，以便积聚些钱早日把妻子和新生孩子接到上海一起生活。在上海打工几个月，和房东也熟悉了，方传纶就向房东提出租上面角楼作宿舍，房东很快就答应了。

这样一直干到1928年8月，好不容易积攒了一点钱，租了一间直不起腰的三层楼的角楼，向房东借了两张条凳、3块长铺板搭起一张床，但是白天床要拆了，房东另有他用。父亲匆匆忙忙到乡下把妻子和6个月的女儿接到上海，住进那个角楼开始过起小家庭生活。

方敬和二弟方锡礼就出生在这低矮的角楼里。

角楼没有天棚，屋顶是薄薄的小黑瓦片，只有一扇很小的窗户，窗下是二层楼屋顶瓦鳞。因为空气不对流，夏天角楼里极其闷热。冬天寒气从薄瓦及瓦片缝内毫不留情地吹进角楼。但就这样他们都已经非常满足了，总算在异地他乡，尤其是大上海有安身之处了。

小方敬虽说顽皮但很懂事，每次看见为养活一家人而耗尽了精力的父亲，微笑地带着他挣来的吃的喝的回到家里。长大后他能从父亲的微笑里，感觉到那骨子里的一股韧劲。

能让这个家庭充满欢声笑语的还是母亲，那一天到晚系着围裙、戴着套袖操持家务的家庭主妇。在母亲身上，有不同于父亲的另一种坚韧。在她的笑容里，洋溢着一种举重若轻的乐观，还有一种源自天性的豁达，像她那双清澈透明的眼睛一样明亮。

方敬的二弟方锡礼，这样回忆自己的出生和当时困顿的生活：

我还没出世到人间，就给母亲痛苦与磨难。在那矮矮的阁楼里，又是炎热的三伏天，母亲难产，当时没钱进医院，请了接生婆到家里来。母亲为了我被疼痛折腾了三天三夜，最后不顾自己生命危险，同意产婆动用了扁担才迫使我来到人间。母亲生我的时候，身边只有4岁的大姐，2岁的大哥，都很小。产婆拿了钱走了，家中无人照料。母亲精疲力尽，昏昏沉沉，想喝口水都没人倒。又饥又饿四肢无力，想勉强自己站起来弄点吃的，可没等站稳就从三楼楼梯滚到二楼。母亲叙述了这段临产经过，使我终生难忘。

待父亲从码头回来只见妈妈躺在床上睡着了，身边多了一个婴儿，姐姐哥哥趴在小桌上没吃晚饭也睡着了。父亲虽然一天很累但还是赶快下好面条，叫醒两个孩子把晚饭吃了，并把地铺被子铺好，姐弟俩很快入睡了。这时父亲在煤球炉上烧热水，很快上床入睡，因第二天早上还得到十六铺码头干活。母亲很贤惠，坐月子还要带领3个孩子，烧点好的菜总是留给爸爸吃，干重活要吃饱肚子要有营养才有力气。她自己坐月子大部分吃的是黄豆芽、豆腐虾皮汤，也有红糖米粥，以此补血补身体。

父亲就这样日复一日地做搬运工。为了养活一家5口人，那时在十六铺码头扛200斤麻包，从船上扛到岸上，脚下走的是一个长跳板，因为过度负重，长跳板不停地晃动，如果搬运支撑不住，就有连货带人掉进黄浦江的可能。父亲冒着生命危险也要干下去，并尽量多干些多挣一些钱，来支撑一家5口人的生活。

我3岁左右得了一场重病，高烧不退，人已奄奄一息，不省人事。母亲整天含泪抱着我，束手无策。眼看我已无生还的希望，父亲上街买了一口小棺材，悲痛欲绝，并买了些生鸦片土，要举家自尽。母亲努力劝父亲，不能因一个小孩救不活，全家都陪他死。经母亲反复劝说，父亲终于放弃这一错误念头，从而保住了这个家。

天无绝人之路，在这危难关口，家乡来了个土郎中，父母为我向他求助。这位郎中试开了三剂中药，药量较重。喝了以后，我高烧退了，苏醒过来。父母只见我双手挖眼睛，我说什么都看不见了，母亲翻开我眼皮只见白眼球不见黑眼珠。父母心如刀绞，不知如何是好。经历一个多月，我的黑眼珠逐渐下来了，但双眼留下了角膜白斑，左眼保持视力，右眼只见指影。左眼与鼻梁间留下永远褪不掉的黑疤。自此，母亲对我惯爱得百依百顺。母亲常在我面前说十个手指咬了个个痛，好肉不痛烂肉痛。母亲这个比喻，当我长大成家后才明白做母亲对待儿女们的复杂心情，意味深长。

在码头上，父亲干搬运工时间久了，也熟悉了一些人。

上海这块地盘，可不是平静的港湾，时常有惊涛骇浪。

赣榆人在上海，都不说乡名而报青口的地名。因上海有青口港，祝其公所，是赣榆人聚居之地，报了青口，赣榆人发生事情有人维护。

一天突然有个穿长衫的人找方传纶要和他谈谈（在码头常常有些游手好闲的"白相人"），他把方传纶叫到人少的路边说，他可以帮助方传纶找个"立角子"（交通警）的工作，工资比现在高，巡捕房还给公房宿舍住。方传纶来沪已几年，知道在英租界干"立角子"比搬运工劳动强度轻，收入好还稳定，还能住水泥洋楼公房。但这人提出要跟他姓白，还要到巡捕房体检，如果被录取了，每月要按比例交给他一些钱，方传纶当时表示同意和感谢。他读了两年半私塾，认识很多字，书法也好；身材在一米八左右，五官端正，年轻英俊魁梧。上海工部局招巡捕时，方传纶被一试录取，警号为"2422"，分在杨浦分局。那个人给方传纶作担保，并起了一个名字叫"白世祥"。

父亲当上英租界交通警士，如同军队中士兵一级，处境有很大改善。首先从直不起腰的角楼搬进混凝土水泥公房，一室一厅，烧饭烧水有厨房、煤气；每层楼有卫生间，一半是厕所后半间有两个澡盆，定时供热水洗澡。父母亲住在卧室，兄弟二人和大姐在客厅搭铺作床，吃饭也在客厅。

从此家庭生活有了改善，每逢父亲发饷的第二天，姓白的就到方家，父亲从饷钱中给他一些，他拿过钱就走了。直到1945年上海解放，就再没见他来了。

全家就靠父亲一人收入来维持生活，每隔两年左右家中增加一个孩子，生活过得越来越艰难。即使这样，父母也从来舍不得把孩子送给人家。

在上海的屋檐下，一家人艰难地生活着。

1937年8月16日，日本鬼子突然进攻侵占上海滩，当时也占领了杨树浦英租界地盘，和日租界地盘连成一片。英国租界无力反抗，偷偷地用警车把他们这些住在隆昌路公房里的巡警、交警及其家属、小孩装进警车，以公务为名把大家转移到公共租界内的成都路337号新成公寓里，并要求所有在警车内的大人和小孩不能发出声音。为了怕小孩子哭，把不能控制不哭的小孩用手帕等物堵住嘴巴。经过外白渡桥，执行转送他们的警官说，因有警务到公租界，躲过了日本军人盘问。幸运的是警车内没有发出一点响声，母亲把被子和换洗衣服打包背着，10岁的大姐拼命把30斤米弄上车，那时方敬8岁，方锡礼6岁，三弟锡义已是3虚岁，都挤进车内，到了新成公寓。

那时候，方传纶也听说过共产党，他知道，共产党领导的运动都是正义的，都是维护中国人的利益，维护中国人尊严的。

方敬感叹：如果没有父亲当年不畏困难艰辛、吃苦耐劳，勇于闯荡上海，也就没有我们的今天。

父亲伟岸，母亲壮硕，子女们享受了这一优秀的先天条件。父亲的两年半私塾，这等于进了秀才预备队。方敬之所以爱书法，可能是自懂事起，常常看到父亲用毛笔写字而受到影响。

1937 年 7 月 7 日，卢沟桥事变发生，抗日战争全面爆发。不过在战争爆发之前，他们的生活还相对平静。在战争的巨大阴霾之下，一家人能够活下来，全靠父亲这根顶梁柱在苦苦支撑。

1937 年 11 月 9 日，中国淞沪守军在腹背受敌的情况下被迫撤出上海，上海被日本侵略军占领。那时租界四面是日占区，上海租界又叫上海孤岛，吃不饱饭是常事。母亲从提篮桥逃难到英租界，在难民聚集地一间杂居的房门背后生下了方敬的四弟方锡廉。"母亲自己接生，大姐把一个瓷碗敲碎了，递给母亲一片，用作切断脐带的工具。"

日本兵的蛮横形象深深地印在方敬幼时的记忆里：一个个手持三八大盖，头戴有遮颈布的军帽，打着裹腿，穿着高腰翻毛皮鞋，一脸恐怖地站着岗或三五成群地巡逻。四弟方锡廉难忘当亡国奴时的恐惧："我们旁边的印度公寓门口，就有日本兵站岗，着装和电影中看到的一样。我记得，每次母亲叫我去烟纸店买东西，都要经过日本兵站岗的地方。我都低着头快速跑到烟纸店，买了东西就赶快往回跑。尤其感冒咳嗽时，因没有钱买药，多是刮痧治疗，额上、颈上会留下红记。这被日本人看见，会当作传染病人处理，抓去集中管理。"

那个年代上海人吃的是什么？是鬼子配给的"六谷粉"，不但数量少吃不饱，而且是发了霉的。因此方敬家里只能熬糊糊，而这种糊糊里有不少疙瘩，这些都是霉疙瘩，一吃到嘴里，尤其是咬开了疙瘩，一股霉味直冲鼻腔，立刻想吐。方敬直到成年之后，吃到没有霉的疙瘩也会有这种条件反射。

父亲在日寇打进上海滩占领英租界杨树浦后，逃难到成都路，就被安排在巡捕房新成分局当交警。由于家里子女多，每月还要给那个姓白的人钱，为了多挣点钱，爸爸有时租三轮车当车夫，出门要换衣戴帽把脸遮住一部分，低头走出新成公寓——怕熟人认出他丢面子。有时上下班看房屋买卖小广告，帮助别人跑跑腿，促成交易而获得一点报酬。

母亲出生于农村，当然深知稼穑之艰辛。有时实在没粮食下锅，就硬着头皮向别人家借粮。父母就在这样的艰难中养活着他们，从没一声怨言，也从不拿孩子出气，说他俩就是挨饿要饭，也要给孩子上学堂读书学文化的机会。

"来，锡敬，头发长了，妈给你理个发"，为省下理发的钱，儿时都是母亲为兄弟几个剃光头。洗头的时候方敬常常会感到头皮疼痛，因为母亲毕竟不是理发师，兄弟们的头上难免留下刀痕。孩子们的鞋袜，都是母亲手工做的，经常看到她很晚还在灯下纳鞋底。

到了1945年，父母共有了9个孩子，他们分别是方兰英、方敬、方锡礼、方锡义、方锡廉、方锡荣、方锡芬、方锡林、方锡明，6男3女。父亲一人要负担全家11口人的生活，这么重的家庭负担却从不在孩子面前提起。

方敬说："父亲一辈子不易，子女众多，小时候食不果腹、衣不蔽体的时候常有；而母亲身体好，带着9个孩子。

"父亲重视教育，凡我姐弟能有奖学金就始终让他读。我小学毕业，准备送去新新公司当童工；初中毕业时想送去太仓一沙场当练习生，等等，但总因功课较好，人又瘦小而未成。

"母亲一生抚养了9个儿女并带大了7个第三代，真是个伟大的母亲！我妈会游泳，是我游泳的启蒙老师。

"生活太艰苦了，有点好吃的首先得保证爸爸。炒盘鸡蛋，那就是上等菜了；父亲吃剩下的，母亲一口也不动，全给几个小孩子分了，一人一点，就很满足了。特别是鸡蛋里放了一些葱花，格外的香。现在自己炒的鸡蛋，总感到没有妈妈那时炒的那么香，也不知道为什么。"

2011年，方敬在景清书苑回忆道：

父母皆健，孩子就多，听说在我之前夭折了一个哥哥和姐姐。自我出生之后，后面的都活了下来。我在家里地位特殊，是算命先生渲染的：如果这个孩子留不住，以后的就很难说。所以我的童年是幸福的，而少年则是悲惨的，青年可称是战斗的，但中年是相当坎坷的。

父母管教甚严。一曰礼。每次上学前，必须向长辈一一行礼告辞，放学也是。如果家里有客，不能像CCTV那样："观众朋友们，大家好"，对众人鞠一个躬了事。必须走到客人面前，一个个地施礼，并要说"××（尊称），我放学回来了。"另外，还要分清年龄高低，首先向最高级的致敬，最后才是向父亲或者母亲敬礼如仪。不要忘了，如大姐在，也要鞠一躬。

还有，父母亲不在家，长姐为母，长兄为父，虽然是暂时代理，但家庭秩序井然。到今天，姐弟兄妹都七老八十了，但礼还在，有什么分歧，大姐说了算。

二曰诚。小孩常常做错事，没关系，只要说实话就行。我家家风是最恨说瞎话的。谁说了瞎话，必定家法伺候。还有，别人的东西不能要，路上捡来的小玩意必定要送回原地，没人要的也不准拿。

三曰健。父母亲都鼓励孩子们玩，在院子狂奔乱跳，在家里唱歌跳舞。我的第一首歌还是母亲教的："同胞们齐听我来讲，我们的东邻有个野心狼……"

四曰善。人要有良心，不准欺侮小的，见了要饭的多少要给一些，家里再穷也要找些什么出来。有年冬天，父亲还在路上抱了个小孩回家。那时，母亲以稀汤给我们当主食，所以面有难色，而父亲说再添一瓢水不就行了。

父母常说一句话："不怕穷，穷不丢人，没志气才丢人！"不准笑话穷人，不准欺侮弱小的，由此引申而来的是不准巴结有钱的。好男儿要"冻死迎风站，饿死不弯腰，虎死不倒威"。不知道母亲从哪里学来的这一套套，反正我们就是在这种潜移默化中成长的。

五曰学。家里再穷也要供孩子读书。谁能读下去就一定让他上学。实在有困难停下，以后有机会再念书。在父母的督促下，姐弟兄妹9人最低的是高中生。

方敬说："父亲后来改名为方绳武，不知何故；父亲爱字画，常抽空练中楷，虽然文化不高，但字写得比当时一般文人不差。我的某些作为与家风有关。"

姐姐方兰英比方敬大2岁，比二弟方锡礼大4岁。当时姐姐也只有十几岁，可她懂事早，能说会道，在外为人处世也能独当一面。方敬写道：

当余十岁时，下有二弟、三弟、四弟及五弟。每当夏季，为诸弟沐浴系大姐每天傍晚之例行公事。大姐干练，虽未见近代工业流水线之状，然无师自通，以此法为诸弟沐浴。沐浴初，命余及二弟在澡盆中一过，发肥皂一，令二人站盆外相互擦抹。接着，让三弟入盆为之擦洗并令其自行冲净。之后，四弟及五弟享受全程服务。当为四弟、五弟抹干拎出澡盆后，则命余及二弟入盆冲洗并自行抹干，以此类推。余生性桀骜，然至今不敢有违大姐之命。实为余敬大姐，此其一也。

日寇占上海，大姐正 12 虚岁。逃难时奉母命驮米一袋，约 30 斤。其间，车行两昼一夜（为躲避日寇而行行停停），及至公共租界下车时，未丢一米。视今日之少女，能如此者几多？此为余敬大姐之二也。

躲进租界，暂无生命之忧，而饥馑难捱。大姐为省些许钱，携余去泥城桥北之农贸批发市场买地瓜。大姐背一整袋，余为其半。途中余肩被地瓜所夹，疼痛难忍，而大姐以好男儿相赞。所行约十里，所省之钱以今日币值计，不过二三元。是时大姐仅 14 虚岁。此余敬大姐之三也。

之后日寇进入租界，人如草芥，虽碎米、霉面也难以多得。一日三餐，汤多米少，就食时，大姐常以目示余，让诸弟妹先吃。及毕，母女三人以其余添水食之，从无怨言。是时诸弟妹尚幼，今日能忆得此事否。此余敬大姐之四也。

有慈母，如无大姐之辅，能有诸弟妹及余之今日否？

饮水思源，谨以数语了却多年之心愿。

有一次家里没有任何食物可以充饥时，母亲就把父亲的一件大衣用布包好交给大姐去当铺典当一点钱，去买杂粮。大姐带着方锡礼到孟德兰路（现叫江阴路）一个当铺店，当时方锡礼既害怕，又担心给同学看到，就站在当铺店马路的对过等着。

他看到姐姐踮着脚尖，把大衣送到柜台上和那店员说好话，希望多当几个钱。然后，姐姐拿着典当钱把方锡礼领到陈家滨菜市一个天津人开的杂粮铺买了 30 斤玉米面，叫他背回家。到家后，姐姐还把剩下的钱交给了母亲。

有时实在没钱买粮食，姐姐就到那杂粮店赊几十斤玉米面，方锡礼总是当姐姐赊到玉米面装到面口袋时，才过去帮着背回家。为了能买到便宜山芋，大姐把方敬和方锡礼带到泥城桥地货行（现在农贸市场）买山芋，比菜市便宜一半。大姐和卖主讨价还价，成交后，方敬和弟弟各用口袋，扛着35斤左右的山芋回家。那时两个人还是少年，路又那么远，山芋不像米面在肩上很不好扛，弟兄俩只好用手撑着腰部，艰难地背回家。

家里因口粮紧张，母亲每次烧米面糊时，一定要放冷些后，才准他们吃。面糊冷了就显得稠一些，可是上一堂课后就又饿了。不想上体育课，实在是没力气跑。可是小弟锡林小时得邻居喜欢，8号魏家大娘每天送一碗米饭给他吃，母亲不让孩子们看小弟吃米饭。怕他们看到后难受吵着要米饭吃。可见当时要吃饱是多么艰难的事。

大姐在上学时，一旦母亲生孩子，她就要休学，照顾母亲坐月子，断断续续读了几年书，有时还跳级。小学毕业后她自己到立信会计学校去旁听，省交学费。正好遇见在布店当店员的翁永龄，业余时间也在立信学校学习，两人当时是自由恋爱。父母思想很开明，从不干涉儿女婚事。

母亲因不识字，大门不出。对外事情大部分是吩咐大姐去操办，她在外面为家里干了很多大人们所干的事，真是举不胜举，就连兄弟们读书减免学费，大都也由她独当一面去学校交涉，兄弟姐妹深受感动，终生难忘。真是"提篮小卖拾煤渣，担水劈柴也靠她，穷人的孩子早当家"。

1945年8月15日，日本宣布无条件投降。

当方敬听到"鬼子投降了！"的那一刻，周围的百姓欢腾起来，到处是鞭炮声，烟花把黑夜的上海照得如同白昼，举国欢庆。

但是抗战胜利后没过上两年好日子，通货膨胀使得上海人每天都在慌慌张张的气氛中度过。常看到大人们在领了工资后，抱一大捆纸币急忙去买米面油盐、肥皂草纸。不然，晚半天、一天就难以预计物价涨到哪里去了。

岁月辗转，但从未蹉跎。乱纷纷的世道里，仿佛也有一种预定的秩序，方敬继续上学。后来方敬每每想起此事就心里发紧。不过这场战争也让他从小就懂得了一个道理，弱肉强食，要想不受别人欺侮，我们中国必须强大起来。几乎对于所有的孩子，"父亲"都是一个严厉的代名词，与温存而慈祥的母亲相比，父亲给方敬一生带来的影响是深刻而复杂的。

重庆国民党政府派接管大员接管了上海，父亲被留在新成分局干交警。1946年新成分局招考刑警，父亲想试试就报考了刑警。这个警种负责管理社会治安、偷窃扒拿、保障工商正常营业和维护社会秩序。经过考试父亲真的被考取了，分在分局二股工作。

从此，父亲就由在繁忙的交通要道、人行道拐角岗亭里扳动红绿灯来指挥车辆正常行驶，或站在马路十字口中心用手臂指挥车辆行驶并处理交通事故，转为管理社会治安、侦办触犯社会治安刑事案。父亲是一个有正义感的人。一次在南京西路卡尔登和仙乐斯舞厅，他穿着便衣巡查时，发现3个流氓逼迫一个年轻舞女跟他们去开旅馆。舞女不从，并跪下求饶。3个流氓不但不饶，反而对她拳打脚踢。父亲前去劝阻，反被殴打。父亲还手，先打倒一个，另两个见势不妙逃跑了，但父亲自己的脸也被打青了。那个舞女磕头感谢，父亲把她扶到门外，见3个流氓不见了，叫她赶快回家。父亲兢兢业业地工作着，解放时升为一等警员。

父亲很孝顺，把祖父接到上海一起生活。祖父瘦高个，一口青口话。家里虽然很穷，但有亲戚来，多添一瓢水，照常维持。从来没有瞧不起人之事，当时老家任庄几户老亲戚都在方敬家住过相当长时间。

父亲是一个很正直的人，一再告诫母亲和家人，不搞迷信，不准信教，不准看打麻将、推牌九、玩纸牌等。"只有依靠自己养活自己，信什么教都是空的赌博使人学坏，造成家破人亡，倾家荡产。看了就想学，懂了就会参赌。"

方锡礼回忆：父亲很重视子女思想品德教育，我们小时很少与邻居发生争吵。有时父亲还抽查我的学习情况。大约小学三年级时，父亲抽查到我把"衰"和"哀"混淆了，就教育我说："学习如逆水行舟不进则退，要做到三省吾身，自强不息"，这番教诲至今记忆犹新。父亲性情虽急躁，但在我的记忆中，从未打过我。我在一年级上学时，因学校没有操场，放学和同学在校弄堂里玩儿，书包被偷，大哥为我挨了父亲唯一一次打，理由是没把我带好。

有一年春节，方锡礼好奇心大发，伸头看同伴怎么玩"摔孩子"游戏，突然感到耳朵被拧，回头一看是父亲拧他耳朵，从此再也不敢看任何花样的赌博。父亲以身作则，从不带人回家打过牌。

父亲总是早出晚归，每次回家都像刚从战场上归来，脸如焦炭，一双深陷的眼睛干涩发红，仿佛还燃烧着刚烈的火焰。在历史的巨轮之下，个体生命是卑微的，个人的命运是渺小的。上海会战，无论怎样颠沛流离，父母亲都绝不会耽误孩子们上学读书。几次逃难，望着眼前几个又冷又饿的孩子，父亲内心里不知有多少悲苦辛酸，脸上却依然带着慈爱的微笑。几个饥饿的孩子都眼巴巴地看着父亲，那几乎是一种条件反射，在他们眼里，父亲是那样不可思议，仿佛会变魔法似的，眨眼间就能给他们变出吃的喝的，每次当一家人陷入饥寒交迫的绝境时，父亲就是唯一的指望。

1949 年 5 月 27 日，上海解放了，当方敬兄妹们清晨走出公寓的门时惊呆了。门口成都北路两侧的人行道躺满了军人，他们的军服有黄色的、绿色的、灰色的等不同颜色。每个人都背着一个米袋，上面挂着一个小搪瓷碗。他们双手抱着一杆长枪，一个挨一个地睡在水泥地上。

解放军给上海人民的第一个印象就是纪律严明、秋毫不犯，上海人民高唱着"解放区的天是明朗的天"，敲锣打鼓地欢迎人民的军队，庆祝上海获得解放。这是他们第一次看到人民自发的狂欢场面，整个上海彻夜欢庆的场面。

父亲虽然文化不高，没受过正规小学教育，但始终坚持看报读书，思想境界很高。解放后人民政府仍留他在新成分局二股工作，他工作认真，经验丰富，侦破很多案子。孩子们读小学时，他就说："我死了不能土葬，土葬一年国家要损失多少土地，将来活着的人靠什么种庄稼，没有粮食就活不了。"就是他受不公正的处理回到老家时，自己还到县火葬场登记，提出死后火葬的要求。

四弟方锡廉后来回忆：上中学时学校离家比较远，自己是学校的团干部，经常回家很晚，错过了吃晚饭的时间。但每次回到家，母亲都会坐在那里等着我，厨房的面板上的盖布下都会有一把手擀面。我一进门，母亲就会起来打开煤球炉，很快把水烧开，一会儿一大碗热腾腾的面条就端上来了，倒点酱油，倒点醋，有时还会有咸菜肉丝，偶尔也会有只荷包蛋。妈妈会说："饿了吧，快吃！现在正是长身体的时候。"可能正是因为这个"小灶"，我在6个亲兄弟中个头最高。母亲若地下有知，受儿子一拜，谢谢您给了我这"后天一补"，使我这在上海长大的男孩，却有一副北方汉子的体魄。兄弟姐妹多数学习成绩不比我差，而我却成了家里的第一个大学生。这首先要归功于解放后人民政府重视教育，在国家不富裕的条件下实行了助学金、奖学金制度；其次要感谢母亲满足了我读书的愿望。

对于母亲，方敬2008年3月19日于宋庄景清书苑专门撰文回忆：

人之成长，父母之养育为先。少不更事，也属正常。然慈母之训，未敢稍忘。谨以数事，可见一斑。

余读小学一二年级时，一日放学归，见路边有一黄色且具花纹之纽扣，甚爱，拣之归。饭后课余于灯光下把玩不已。母见之曰："此物非我家所有，来何处？"余据实以告，母曰："非尔之物，岂能占为己有，此为恶习。虽无主之物，然其主非尔，明日放归原处。今后引以为戒，毋违。"余愧然！次日上学途中，持之放置原处。虽屡屡回首，恋恋不舍，然不敢有违慈母之训。

余在小学三四年级时，遵父命，每日清晨必早读，仅英语、语文而已。一日早读时，适母购物返，问余读何书，即起立应对曰："英语。"母即问读得如何，能背诵否，把前几课背之试试。余遵命背诵数课，母大悦，"能如此，甚佳，甚佳！"及长，知慈母汉字不识几个，何以能检查英语之背诵，且曰甚佳，为解惑进而问之，母大笑曰："痴儿，汝不知能朗朗背诵者必不差，何必知其为何语耶！"故于教育，非知识者之专利，父母虽文盲，而教育存于心，其子女必有可成者。

余于小学四五年级时，因病辍学数周，是学期期末考试仅得第九名，大惭，不敢归，于家之附近梭行，久之，天色渐暗虽隐约见家之灯光愧不能前。蓦然闻慈母在呼余之乳名。即趋，母揽之于怀并责之。余据实以告。母慰之并曰："有儿如此，可也。"写至此，泪自流。有母如此，何愧此生。

余今岁已七十有九，忆幼时慈母之事三则以寄思亲之情。

方敬每次想起父母，仿佛又重返童年岁月，又在重新经历着一种全新的生命体验。父母培育孩子的方式，也如同培育一粒种子，润物细无声。姊妹9个，后来出现那么多优秀人才，首先应该感恩言传身教的父母，他们是循循善诱的启蒙老师。

父亲正直，母亲善良，方敬浑身流淌着他们的血液，也像他们一样做人做事。

# 第三章
# 少年的心，天上的云

　　春天到了，那时上海杨浦区的隆昌路，田野多于房舍。路边开满了小白花，比瓷弹大一些，花呈球状，离地15厘米左右。绿叶密密的一片，阵阵花香，不少蜜蜂在花丛中忙碌着。

　　方敬的童年是苦涩的，但也是快乐的，他常说苦中作乐嘛！追溯那段年深日久的岁月，在拉开了时空的距离后，反而会看得更加逼真和清晰，也更加充满了童趣。

　　笔者面对的一个是眼前的方敬先生，一个是那个幼年的方敬。随着他的讲述，时常让我有时空穿越之感；他的回忆文字，则是充满了童趣——

　　蜜蜂，是可爱的小虫子，人类的好朋友。小伙伴中有人说，蜜蜂是采蜜的，采来的蜜存在肚子里，肯定既甜又香，就好像他真的吃过似的。

　　一个休息日的上午七八点钟，三两个小伙伴相互用手帕包好右手，开始了愚蠢的捕捉。抓了一个，把蜂的细腰一折，对着它的肚子吮吸一下，结果什么味也没有。连试几次，都说没味，悻悻地散伙。至今还弄不明白，蜂蜜是甜的，而蜜蜂不甜。是量变到质变？好在没遇到黄蜂，也没有被蜇；否则，那儿时的记忆将是终生的。

　　天上的流星，地上的萤火，在天幕和原野中闪烁着微光，那微弱的闪烁不定的光。在一个孩子眼里，萤火仿佛从天外飞来的神秘之光，在晚风中随着神秘的音乐摇曳荡漾。方敬开始追逐捕捉萤火虫，装在玻璃瓶里，入迷地看着它们在玻璃瓶子里不停地飞舞，每一只萤火虫都释放出小小的光芒。

小孩子什么时候开始有记忆？说不准。但方敬三四岁时的一次模仿，至今未忘。

当时他看到院里一些小哥哥们，常常从高凳上一跃而下，接着再重复好多次，就觉得很惊奇。有一天，只有小方敬一人在家，百无聊赖，忽然想起这种好玩的事，就搬了个小板凳，靠在大凳子旁，爬上去稍稍站稳了，也一跃而下。只觉得嗡的一声，满脑子一片空白，什么时候坐起来也不知道，妈妈什么时候回来也不知道。好一段时间再也不敢跳了。回想起这事方敬笑着说：不是我聪颖，而是一种强刺激，开发了我的记忆。

有一次喝马奶，这是方敬幼时难得的享受。既不是罐装，更没有马奶粉，而是直接从马奶子挤在碗里，趁热喝了。马主人牵着一匹马，颈部挂个铃铛，沿着有住家的地方慢悠悠地走着，主人从不吆喝，铃声就是通告。马很干净，背上还搭了一大块白布，四周镶着蓝边。整个马背都遮着，两边挂下来的布幔遮到马腿的膝部，所以就看不到马奶子。谁家要马奶，就端个碗等着，马主人等马站稳了，一弯腰，手伸进布幔里，三挤两挤，一浅碗马奶就端了出来。买家随手送给身旁的小孩喝，记不得要多少钱。小方敬每次都歪着头看马奶子出奶，但都被遮住了，怎么也看不见。反正他一两个月才能喝一次马奶，不知道他的同龄人以前喝过没有。方敬读小学三年级时逃难至租界，在之后的二十多年，一次也没见过那样卖奶的。与牛奶的味道相比，马奶清淡些。他天真地想，这大概是炼乳和新鲜马奶的必然区别。

夏天到了，孩子们去燎麦仁吃。悄悄地折些绿绿的麦穗，每人只摘七八个，多了不行。因为有麦芒，另外手也太小。找个避风处，聚些枯叶铺在泥地上，把麦穗堆在上面，再盖些叶子。此时，伙伴们把未经家长同意的火柴取出来，从口袋里抽出几张裁好的纸，折腾好一会儿，枯叶才燃起来。没一会儿，灰飞烟灭，拣起一个麦穗，双手轻轻一搓，朝小嘴里一塞，那初夏的香味，沁人肺腑。

方敬退休以后住在任庄时，谈到儿时的燎麦仁，引起了座中朋友的兴奋与共鸣。

这才知道，还是农村的孩子实在，一路走，一路吃，从不用火燎。到了麦田尽头，嘴角绿绿的。

再说汽车尾气，是一种污染源，当今人们躲之唯恐不及。而方敬幼时，常常喜欢蹲在路边，等小汽车开过，为的是闻那汽车尾部排出一缕缕的气。那时的汽车真少，在路边得蹲上半个小时才有一辆开过。在马路上经过的自行车只三二辆，行人也不满十余个，等汽车腿都蹲麻了。刚想站起来要走，听到远处的汽车声，又立马蹲下。汽车一过，赶紧深深地吸一下，那味呀，真刺激。幼时的印痕还在，气味还是那么清醒、刺激与可爱。

方敬的回忆让我仿佛重返了童年，回到故乡的旧时光。

方敬没上过幼儿园，家里供不起，和他同龄的小伙伴中很少有人进过幼儿园的。

一年级方敬是在隆昌路的植清小学读的，后来在太华小学，以学校第二名成绩毕业。初中则是在民国中学读的。父亲没有按家谱中的"家"字辈给儿子起名字，而是用了上小学报名时让校长给起的名字"方锡敬"，直到后来才改为方敬。

一年级上学的第一天，小方敬竟然亲身经历了"打手心"的事。现在回想起来，仍然让方敬吃惊。

方敬是7虚岁开蒙的，腊月生日，实际是5岁半。

"好儿郎，背着书包上学堂"，一进校门，迎面就是改建的"大礼堂"，好兴奋呀！"大礼堂"的正面挂着国父孙中山的像，还有旗帜套在细竹竿而插在上二楼楼梯的栏杆上。天花板下面以礼堂中轴定圆心，四散地挂着五彩缤纷的绉纸条。

那时开学典礼还没举行，小方敬顺着楼梯上去，走到一半，从楼梯缝里看下去，真好看。右手忽然碰到一个东西，原来是插旗的细竹竿。不知"哪根神经搭错"了，他摇了摇竹竿，后果可想而知。

不多会儿，就觉得左耳被人提着，扯向二楼办公室。没有任何责问程序，一个大男人把他的右手抓住，左手的大拇指把方敬右手的拇指一别，其余四指一使劲，他的手心就朝天了。接着是痛彻心扉的五下响亮的声音，小方敬抬头一看：一个怒目金刚的男人在打他。直到姐姐来了，他才想到哭，想要回家。

时至今日，方敬仍是幽默地看待他被打手心这件事：

假如没这一次体罚呢？我就会变成像爱因斯坦这样伟大？我们要的是严而有格的体罚。体罚的实施是有底线的。底线之一是目的，底线之二是出自内心的爱护与尊敬；其三，打手心及屁股是可以的，不能打脸及胸腹；其四，是紧急情况下，不惩戒将造成恶劣后果的。听说英国明文规定不取消体罚，不知最近有无变化。

总之，窃以为体罚是一种手段。手段是人实施的，而实施者的品德是要害。舍本而求末，何苦。医患纠纷问题也是如此，误诊有存在的可能。常常见病人家属大言不惭地说："好好一个活人，怎么会死在你们这里。"我想医院也可以委婉地说："好好一个活人，为什么要跑到我们这里！"

只是个人见解，登不上大雅之堂。

小学三年级，方敬全家从杨浦区隆昌路逃难到公共租界，住进了成都北路 337 号的警察公寓。

这种公寓是大英帝国在各殖民地的典型建筑，上海至少有三处：其他两处在保定路和隆昌路。如今隆昌路的建筑是杨浦公安分局的所在地，保定路的已改为虹口区中心医院。成都北路的公寓已成民宅。

梵王渡路的日本宪兵队队部和"七十六号"汪伪"特工总部"，那是使人谈虎色变的魔穴，多少爱国志士在那里遭到严刑拷打，血溅牢房。马路上，时时见到公共租界巡捕房里人高马大的印度籍巡捕，他们都是印度北部山区土著人，头上包红色紫色头巾，面色黝黑，一脸卷毛胡子，英国殖民者派他们到上海，大约就是利用他们的身材和长相起些威慑作用。法租界巡捕房则用越南籍人，上海人称之为"安南巡捕"，这些越南籍巡捕尽管家乡已沦为殖民地，对同遭欺凌的中国人却一点也不客气。马路上有时看到从英国兵营出来的苏格兰军乐队，穿彩色裙子奏着风笛列队行进，旁若无人，好像走在伦敦大街上。

那时德国、日本和意大利正结成法西斯同盟，对中国人民神气活现。走在外滩朝黄浦江里一望，更是停满了日本、英国、美国的军舰，军旗飘飘，向中国人示威。这些情景，方敬开始见到时还觉得新鲜好玩，渐渐地就感到屈辱、难受，那些帝国主义、殖民主义者军警趾高气扬、横行霸道，上海居民敢怒而不敢言，看见他们的影子就远远避开，唯恐迟一步就沾着晦气。

方敬说，警察公寓分南北二区，北区由华捕的家属居住，南区是印度巡捕的家属区。他们多数是印度的锡克族，俗称"红头阿三"，这个称呼来历不明。锡克族爱用红布裹头（也有白色的或其他颜色的），所以叫"红头"。英国的规则，底楼不叫一楼，底楼上的一层叫一楼。7楼就是最高层。每楼是12个单元，余下的依次是电表间、烘衣间、男女的公共厕所（含洗澡间）。而7楼的701室和702室合并为一间房，由高级警官一家人住，很优越。

从1937年11月上海沦陷至1941年12月"珍珠港事变"日军侵入上海租界为止，这时期的租界四面都是日军侵占的沦陷区，当时日本还没与英法开战，仅租界内是日军势力未到而英法等国控制的地方，故称为"孤岛"。那段时期，也叫"孤岛时期"。警察公寓，也相对平静。

由于逃难人群拥入租界，警察公寓的烘衣间住满了人，每个烘衣间都挤进三五家。公寓内除一家高级警官外，余下都是低级警员。低级警员的孩子们，相互来往。而701室这家的男孩从不与一帮穷孩子来往，进出都有佣人伴送，电梯也由他一家专用。这种情况，在穷孩子心灵中渐渐地产生了一种说不清的情绪。

这种情绪终于在下面这个穷孩子与爆竹的故事里得到了爆发。

"爆竹一声除旧，桃符万户更新"，放爆竹是中国春节必不可少的人事。

每年春节放爆竹，701室总是长长几挂鞭，数十个高升响成一片，"噼啪"好一阵子后，大楼才渐渐寂静下来。至于其余的百余家，零零星星地、三三两两地放鞭炮，成不了气候。

孩子们都想能做点什么来排遣心中的郁闷，他们一合计，想出了一个好办法——"勤工俭'放'"。勤工，是大家做手工，把钱积攒起来，即时买些爆竹藏起来，想在过年大放一通，也好痛快痛快。孩子们悄悄地串联，从 101 室至 112 室，得到广泛的响应。然后，底楼和二楼也有孩子们参加进来。

当时做手工是很普遍的，种类也很多：信封加工、糊火柴盒、纱手套的五指锁口……3 分、5 分、1 毛、2 毛，有了一两元赶紧买鞭炮。家长们也有开明的，就聚在这样的人家，每天干 1 个小时左右，不显山露水，而且效率特高。就这样，一挂挂的鞭炮、一盒盒的大小高升，聚沙成塔。一个孩子藏的东西，10 个家长也找不到。孩子们知道防潮与防高温，十分科学地分别将宝贝隐蔽在高处。

美丽的时刻到来了，大年初一清晨，孩子们把武器弹药都放在一楼公共男厕所门口，取出一部分进入临战状态。全体仰望对面高处的"701"，悄悄地等待着。8 时左右，"701"的大门开了，很长的几挂鞭炮和不少高升一字排开。因为公寓建设的栏杆是用粗铁丝编的，看得很清楚。只见"701"家的一些人靠墙站着，唯一的少爷双手捂着耳朵，佣人经主人首肯后一一点燃，鞭炮声像往年一样震撼着大楼。

当"701"一家人准备返回屋内时，一楼的孩子们枪炮齐鸣，时间也把握得差不多，然后静等对方的反应。"701"一家也似乎觉察了些什么，回去再取些出来，又放了一通。一楼孩子们早有准备，奉陪一通，然后再等着。过了不少时间，"701"的佣人匆匆下楼，出大门外，不一会儿又抱了些纸箱回来，乘电梯直达 7 楼，稍作布置又放了一通。底楼的弹药这时只损耗了三分之一，兴高采烈地再来一通。"701"傻眼了，只见小少爷指指点点要家长再买。又折腾了一次，一楼的孩子们照样奉陪。最后"701"把大门一关，偃旗息鼓了。一楼的孩子们把剩下的再取出一大半点燃了往楼下扔。

从底楼到大楼栏杆挤满了好多人，在想这是怎么回事呀！

一楼的孩子们把余下的鞭炮随手一分，十多个孩子有说不出的痛快，高高兴兴地各自回家。

这大概是方敬一生中最响的炮仗了，"大概发生在 1941 年"。这个中国穷孩子"斗"英国"官而富"孩子的故事，反映了方敬的觉醒和最初的民族意识。

笔者去"警察公寓"采访的那一天是 2018 年 11 月 30 日，下午 3 时的阳光斜照在楼上。73 岁的居民顾阿婆说她爷爷曾是警察探长，她热心地领着我看这座英国人建造的楼，"那时候他们造的楼，窗户都那么大，采光老好了。"窗棂都是钢的；墙砖是赭黄色钢化砖，有条纹，敲击有铮铮声。楼房的黑漆栏杆与栏杆护网，大都还是原来的；护网已经变形，呈弧形，但依然很结实。楼梯在楼房的正中偏右，是步行旋梯，还有英国人造的电梯。公寓院子很空阔，孩子们在这里骑自行车。当年方敬组织中国孩子和印度孩子比赛篮球，现在篮球场已经变成了停车场。近几年上海实行旧楼房改造，重新修了卫生间，每家一个小隔间，很小但是很干净。再前面是石库门的民居；右侧是一栋老的哥特式建筑，斜对面的高楼是上海电视台。

方锡荣回忆，记忆中楼是 1933 年造的，当时要求凡居住者每个月从个人薪水中扣款，类似入股或是分期买断。

方敬曾将他的一生概括为：苦中作乐的少年，战斗的青年，坎坷的中年以及进取的老年。少年时虽艰难，但没耽搁玩。春夏秋冬，各有特色。

他充满情趣地回忆：

当前孩子们的玩，与我们少年时的玩不能相比，因为不是一个层次和一种类型的。变形金刚、遥控汽车、电脑或手机等，其益智功能我始终有点怀疑。

滚铁环、造房子、抓石子（或小沙袋）、翻骨牌、打弹子、官兵抓强盗等等暂且不说。就是春天，也够孩子们忙的。我们后来不抓蝌蚪，而是自己孵化。当池塘里的水草微微在塘底里摆动时，找根小竹竿，见到水草中细细的透明的小管子，管子里有绿豆大小黑色的蛙卵，就把它挑起来，小心翼翼地放在水盆里，盖上些水草，在太阳底下晒着。过几天，蝌蚪就孵化出来了。去学校前或放学后都去探望几次，但从不喂食。蝌蚪先长后腿再长前腿，等尾巴褪得差不多了，移到带稀泥的木盆子里。到小蛙大了一些，全部倒进水塘里，够环保的。一时高兴，再找个坏灯泡把尾部挖空，灌上水，放几个蝌蚪进去，挂了起来。球形中的蝌蚪，游动时的变幻，让人目不暇接，百看不厌。

蝌蚪的玩劲还没过，蚕宝宝的事来了。去年贴在墙上的纸，有蚕蛾撒的蚕卵，那时已起变化，比芝麻还小的东西变得像小小的蚂蚁。小蚕，黑黑的，用鹅翅把它扫在小盒子里，放进剪碎的桑叶。这些小东西不用教，天生会吃。问题还在后面，蚕宝宝渐渐长大了，开始是买点桑叶，几分钱就足够了。而蚕长大了，买桑叶没钱，只能四处找，爬墙上树。当蚕宝宝通体透明，背上一条缝闭闭合合，表明它就要上树了。找来稻草放进另外的盒子里，成熟一条，就小心翼翼地搬一条过去。在稻草的空隙中，蚕宝宝头一拱一拱地吐丝把自己围起来。开始还能看到它们在忙着，到了后来，晶亮的蚕茧一个挨一个，一簇簇挤着。

把多数的茧在开水里煮一下，余下七八个在原处放着，静静地耐心等待着。有一天，蚕茧晃动了，其中一个先被蚕蛾咬破，艰难地钻了出来。这时就要放在另一个盒子，铺上厚点的纸，过一阵子就产卵了。然后把纸贴在墙上，等明年用。有一次，养蚕的事全军覆没，因为那次的蚕是二季蚕，第二年春天一看，黑黑的小蚕早就死了。

到了夏天，不少人家面缸里的面粉都少了一些，是孩子们拿去做面筋，用来黏知了。知了也叫蝉，有大而黑的，有小而淡绿的。抓来后，用手指刮一下它们的肚子，它们就会叫一阵子，但多刮就不灵了。

蝉还没完，蟋蟀来了。抓、买、选，忙得不亦乐乎。要洗盆，还给它们洗澡。用斗草训练，前后左右上下地拨动，让它开牙，学着格斗。对当年常胜者封为"大将军"，死了装进小盒子埋在花盆里，在木片上标明"大将军之墓"，而且字是老宋体。总之，玩过苍蝇，大小蟑螂，见过孑孓的变化。套过蜻蜓，蜻蜓的复眼在放大镜下看，比万花筒还美。

用旧的鞋盒做西洋景，做飞机、坦克，这些都是冬天的活儿。

最让我难忘的是我驯过一只麻雀，成年的麻雀驯不服。一年春天，我买了三个雏雀，身上除尾部及两翅尖有几根羽毛外，浑身是裸露的皮，嘴很大，张嘴讨吃时连喉底都清晰可见。三个雏雀放在纸盒里，每次喂完食都放在高处，是防猫。可惜的是，最后只活了一个。

渐渐地雏雀长毛了，和小鸡一样，茸茸的细毛。过一阵子，换毛了，训练也开始了，主要是食物诱导，特别是以皮虫来驯，效果最好。

驯了近一个月，麻雀可以在30米左右的高处，只要小红旗一摇，伴着口哨声，小雀很快就飞降在带红旗的竹筷上，啄开小瓷碗的木盖（用象棋子做的，上面有绒线的缨子），欢快地吃小米。但不能给它多吃，以便再次操练。

这个小麻雀很有灵性，当我晨读时，它在我周围跳跳蹦蹦，还叽叽喳喳自娱。有时还飞在我肩上，啄啄我的耳垂。但悲伤的一刻突然来临，一个大人匆匆而过，小雀避让不及，一声惨叫，立毙脚下。我遭受这心灵的打击，捧着微温的它，直至冰凉也不松手。回顾那人连影子都没有了。厚葬了可爱的小雀，从此以后再也不驯雀了。


尊师是方家的家规。所以在学校读书12年，方敬没跟老师顶过嘴。他感谢所有教过他的老师。

"国将兴，必贵师而重傅；贵师而重傅，则法度存"，句见《荀子·大略》。"惑而不从师，其为惑也，终不解矣"，句见韩愈《师说》。

小学时的方敬学习是很认真的，从下面这个"结拜兄弟"的故事可见一斑：

那是1940年放暑假前，太华小学四年级全班坐在教室里等着发成绩报告单。班主任张佩秋老师左手拿着一叠报告单，在黑板前慢慢地用眼扫视了一周，突然提高声音说："你们这些男生都干什么了，班里前三名都是女生。你们这些男生比女生少了耳朵还是眼。嗯？我看你们这些男生缺志气，没出息……"

张老师平时很和气，这一天真的激动了，右臂还大幅度地挥动着。老师的气愤，且言正意真，震动了几个少年的心。第二天，同学胡文荣找了方敬和龚承德、曹和涛，提出了一个惊人的设想：老师的话听明白了没有，我们这4个男生要争气，一定要在五年级时拿下班级的前三名，接着又说：我们要一起发誓。为了4人一条心，要结拜为兄弟，至少拿下前五名。

曹和涛家住的是石库门的房子，上下一厅两厢房，比其他3个人的家都大。4个孩子也没择什么吉日，反正已放暑假，第二天一早在曹和涛家举行了结拜仪式，并发誓拿下班级前五名。他们没像刘关张那样备三牲和焚香，也没分清谁是大哥和小弟，仍然是连姓带名地相互称呼着。

"说打就打，说干就干。"第三天，4个男生就把五年级的书都借来，开始了战斗。一个暑假把五年级的语文与算术预习了一小半。具体要求是：语文的课文全部背出，算术的习题全部演算一遍。但这并未影响他们玩，4个男生一起玩得更有劲。家长们看不懂了，怎么这些孩子对书那么入迷。结拜兄弟这事是绝对保密的：上不禀告父母，中不告诉同学，下对弟妹也封锁。

初战告捷，五年级上学期，前三名被胡文荣、方敬与龚承德依次占领，连曹和涛也挤进了前10名。"这一壮举"一直维持到小学毕业，所以方敬小学毕业证书上写的是"寒字第贰号"。

在这短短的两年时间，方敬学会了自学，并成为习惯。

方敬后来回忆说，胡文荣工作几年后又从上海交通大学毕业，以高级工程师退休，曾参加过毛主席纪念堂的工程，今年也八九十岁了。自己由于蜗居农村十多年，和他们三人都失去了联系，只留下少年的一页辉煌。

方敬还说，我有个小小的判断，男孩子只要在学习上玩命，对他们来说，超过女孩并不难。只是当前的小学、中学和大学，阴盛阳衰并不少见。不禁想问，小男子汉们，你们还算不算男子汉。

即使晚年，方敬也没有忘记张佩秋老师：抗日战争期间，大约是1938年，日本军队侵占苏州河以南，我们一家逃难到成都路，稍作整顿，我到太华小学去读四年级，班主任是张佩秋老师，教语文。张老师是南方人，当时45岁左右，消瘦，身体并不好，面色苍白，故薄施脂粉，用南方话（接近上海话）上课。我至今还记得她用唱的办法教：锄禾日当午，汗滴禾下土。谁知盘中餐，粒粒皆辛苦——这是我第一次接触古诗。至今余食不敢乱弃，不吃青蛙都是受张老师的影响。另一件事是排演节目，竟是念经，记得是五更鸡叫，天要亮了……

太华小学校长是李瑶铣老师，当时她已过了50岁，短发。人瘦弱，高高的个子，背微驼，淡眉大眼，每周周一带领我们背诵《总理遗嘱》："革命尚未成功，同志仍须努力……"

后来每当方敬在影视中看到20世纪二三十年代的女知识分子，就会联想到李校长。

还有一位教语文的黄嘉老师，方敬不能忘怀的是黄老师诵读《祭妹文》，到最后一段："哭汝既不闻汝言，奠汝又不见汝食。纸灰飞扬，朔风野大，阿兄归矣，犹屡屡回头望汝也……"她呜咽不止，失声伏案而泣，肩膀还不停地耸动着。那时，课堂寂静异常。而方敬也泪流不止，一是被课文感动，二是陪老师伤心。黄老师在课余还教他们篆刻，她长发背梳，中等身材，穿长袍，微黑但眉目清秀。

方敬还在《欢乐与痛苦》短文中记录下一件趣事：

我小学毕业是在1942年，兴奋之余，与同窗好友胡文荣的共同愿望是：好好地爽一下。几经选择，二人商定去江湾写生，凭吊炮台湾古战场。这一超级远游，家长会不会同意？因为是在文荣家商定的，所以先向他妈妈诉说这一打算。老人家听了没马上表态，在两人苦苦哀求下，作出的决定是：如果我的妈妈也同意，就让胡文荣一起去。得到这样的表态，点燃了一丝希望，决定一起去我家。从孟德兰路到成都北路，走得再慢10分钟也够了。

就在路上，胡文荣说，假如你妈妈也这么说，怎么办呢？到了我家，我们把旅游的打算又重复了一遍，也把胡文荣妈妈的意见说了一下。老天爷！我妈妈的表态和他妈妈惊人的一致，只是名字换了一换。当时人小，不懂得这是悖论或属于踢皮球。两个傻蛋闷闷地向孟德兰路走去。快到文荣家，文荣扒着我耳朵说：到我家就说你妈妈同意了，这不就可以了。小聪明有时还很美。他妈妈听到文荣这样说，立即说行，你们一起去。

匆匆回成都路，把谎言留住，把真实的话一说，我妈妈也立即同意。二人兴奋地做准备。查地图，确定行径路线，准备食品和画具，当时买不起水粉或水彩的颜料，只有平时用的马头牌各色的硬块。向家里要了些刀切馒头后，一切就绪，第二天傍着曙光，直奔炮台湾。

到了江湾，不断向路人打听，将近中午到了目的地，只见野草丛生，一片荒芜。几经周折，到了炮台湾遗址。坑道还在，只是没有炮了。两人各自胡乱画了一些画，心有不甘，郁闷得很。总觉得难得有这样的机会，应当好好地开开眼界。当时地图标明北面有宝山县城且在海边，决定直取宝山。

有首词说：少年不识愁滋味，为赋新词强说愁。而我们是少年不识路途艰，为了开心不计时。走啊，走啊，走啊，走，走向遥远的地方，太阳偏西，宝山城到了。进了城门，先吃碗小馄饨，立即向海塘奔去。登上海塘，极目四望，江水共长天一色，分不清哪是江水，哪是天边。红色与黄色，云彩与江水，浑然一片，只是眼前的江面，一抹亮色。

朝塘下看去，塘壁很陡，高近十米多，但有一层层可以踏步的阶石，要脚横着往下蹭。此时此景，什么也顾不上了，四肢并用，贴着海塘下去。到了塘根，一片泥沙，如花生大小的蟹乱窜。抓了好一些，再登上海塘顶，夕阳西下矣，这才知道大事不好了。

行行复行行，到了江湾，天上的星星朝我们眨眼，带着点讥讽的味。走到南京西路，离家还有里把路，实在撑不了。看到四明银行的门洞，朝里一躺，立马进入梦乡。不一会儿，觉得光亮刺眼，爬起来对视，一对泥菩萨，蟹都死了，急奔回家。

结局很常规，一顿揍——竹笋烤肉，但与初次远游的感受相比，值！


自从方敬和弟弟方锡礼知道品学兼优的学生可以申请学校减免学费（书杂费不减免）后，哥俩更加刻苦勤奋地读书。方敬在书法、美术、语文等课程，尤其是作文在班级里一直是名列前茅，受到老师的青睐。但是哥俩也没把握是否能减免学费。他们即将就读的是民国中学，一直到开学前，都没凑到学费。是大姐方兰英又带了哥俩到学校拿着两人的

　　　　　　　　　　　　　　先生方敬

成绩单找教导主任胡海秋，申请减免学费。回答是减免权在校长手里，大姐又带着哥俩找校长。弟兄二人不敢见校长，大姐就拿着哥俩成绩单找了奚校长据理力争，终于减免了哥俩学费，办了注册上学手续。

有一天，方锡礼到威海卫路附近的中华教育图书馆看报和杂志。突然见到《申报》新闻报刊登募捐助学金，品学兼优学生可凭成绩单报名，考试成绩优良的学生可以获得奖学金，他回家就把这个消息告诉了大哥方敬，并商定大哥在申报馆报考，他到新闻报馆报名。那天哥俩凌晨3点就来到各自报名的报馆，手持成绩单，既紧张又焦急，整整等了5个小时。后经审查确认他俩是品学兼优的学生，这才终于报上了名，并按期参加了考试。哥俩一直忐忑不安地等待消息，幸运的是，哥俩都在报纸公布录取名单之中，锡礼在小学是获得12万元助学金，方敬在初中是获得14万元助学金，减轻了家里负担。

汪伪时期，方敬在上海民国中学读初中，印象最深的是选举"参议员"的闹剧：

有一天周末，我们的数学老师通知几个学生放学后留下来，周日也要到学校来。

回家提前吃了晚饭，6时前赶到二楼的一个教室集中，大约有十几个同学。每人一个座位，黑板上写满了百家姓，每人发了一叠纸，是印好了的表格。粗粗一看，类似花名册，是竖式的。还是那位姓胡的数学老师，布置我们来生造名册，注明姓名、性别、年龄、籍贯等，以及注意事项等。比如年龄，要在18岁以上。至于做什么用，没说。一个初中生，能完成这一任务吗？

开始时，先把自己知道的诸亲好友填进去，端端正正，字迹清楚，这都可以。但是，几十个姓名造好了，还有好几百人呢？走又不好走，问也不准问，比作文考试还艰难。搜肠刮肚也没几两油。

百般无奈中，灵机一动，我看过《三国演义》，熟悉《水浒》中的108将。所以先把刘、关、张写上，但又不能写刘备、关羽和张飞，找些同音不同字的写上去，接下来是黄忠、赵云、马超等等，还有曹操的部下谋士。三国的人名凑了几十，接下来是及时雨宋江、智多星吴用，连时迁和王英、扈三娘都凑了进去。还是不够数，只得把《七侠五义》《西游记》《封神榜》诸神往里塞。

第二天上午，我不仅不苦恼，反而更来劲，把骂人的话都生造进去，如肖璧山、王伯旦、朱豆珊之类。到了中午，蒙恩释放，还管了一顿饭。回家的路上，交流了一下，有的连潘金莲和西门庆都原封不动地写进去了。我没写，因为《金瓶梅》在我家属禁书。

后来才知道，这是我们校长要参选他家乡的"参议员"，听说果然当选了。我至今清楚地记得校长大人的姓名，为长者讳，恕我不说。这也算国民政府时期民主协奏曲中的一段配乐。

在方敬的初中同学中，印象深刻的还有"铁蛋"，丁文彬。

丁文彬既是他幼时的邻居，又是同班同学，乳名叫铁蛋，山东人。

1943 年，上海的租界早被日军占领了。凡在上海外国人外出时都得戴臂章，白底黑字，有"A"、有"B"，"A"可能是美国人，"B"大概是英国人。

上海威海卫路的民国中学，学校设在一幢三层的花园洋房里，教室都是打蜡地板，楼梯很宽，扶手结实而光滑，学生有时悄悄地把它当滑梯用。课桌是铁木结构，桌面都是整块的柳桉板，这在沦陷区算是好的。根据"大日本支那派遣军"的命令，初中的英文课一律改为日语。同学们都很郁闷。

丁文彬虽十几岁，但鲁地的好汉精神却与生俱来。上日语课的一天，早晚将发生的事终于出现了。

老师高声领读："瓦来瓦来瓦……"

学生齐声跟读："瓦来瓦来瓦……"

跟读的声音一停，丁文彬冷不丁地站了起来，大声说："瓦来瓦来瓦，瓦勿过去勿要瓦，瓦得过去大家瓦！"

日语老师脸都气白了，怒斥丁文彬："要白相（玩耍），大……世界去！"大世界是上海著名的游乐场。这节课是怎么结束的，怎么也记不起来了。只是在这堂课以后的课余时间，出现了新的游戏。课间时，只要有人喊一声"瓦来瓦来瓦……"必定有一群人喊："瓦勿过去勿要瓦!"而且还把屁股一撅,或者做些鬼脸。最后像大合唱一样,同声高呼:"丁文彬,要白相,大……世界去!"反反复复,其乐陶陶。

从此,丁文彬名声大振,同学们郁闷的心情在游戏中也释放了不少。

假如事情到此为止,丁文彬也就不成其为"丁文彬"了。

班里有个同学姓曹,人肥胖,故雅号很自然地被定为"曹胖"。此人有一张白嫩的脸,三七开的头发始终油光光的,穿着也远远好于一般同学。其间总有三两个同学跟在他后腔,十足的跟屁虫,招摇得很。听说他舅舅是个级别不低的汉奸,同学们多数不屑与之为伍。"曹胖"就更自鸣得意,更为招摇。

丁文彬就是丁文彬,某日放话说:"这小子不要臭美,老子早晚要给他放放血!"很快跟屁虫们就把这话添油加醋地转给"曹胖"了。

隔天上午第一节课还没上课时,"曹胖"带着几位跟班来到丁文彬面前,挑衅地指着丁文彬说:"你不是要给我放血吗?我今天就站在这里不动,看你敢!"说时顺手把上衣撩了起来,露出约四分之一大的白肚皮。

说时迟那时快,丁文彬瞬间掏出小刀,"该出手呀就出手",顺势扎向那洁白的小肚子,几滴红色的液体从刀缝中挤出来。刀一拔,血就像涓涓流水。"曹胖"嚎了一声,捂着肚子弯下腰,就势躺在课桌椅间。丁文彬此时面不改色心不跳,指着躺在地下的"曹胖",徐徐地说:"有本事你站起来,再来几刀,我早就想治治你这个小汉奸。"

这事不用报告,训育处、教务处和校长很快赶到,立即下达指示:"送医院!"并责令丁文彬不准离校。医院的信息很快反馈回来,因为刀过短又没血槽,所以刀尖没刺到肠子,消消毒,缝了一针,不用住院。

隔日,学校决定:开除丁文彬。但学生们自发地不同意,群情激昂,正常的教学秩序很难维持。没几天,校长室又重新颁布告示:两个人分别转学。

后来,小汉奸是否报复了丁文彬,不知道。丁文彬转学到哪个学校也不知道。只是大院小伙伴里少了个铁蛋，同学们心中多了个少年英雄。

正是在这块充满屈辱、辛酸和愤慨的土地上，少年方敬心头一点一滴地萌发了民族意识和爱国思想，小小的火苗悄悄地燃烧起来。

他后来的老师袁鹰说过，在这个"孤岛"上，日本侵略者凭借它战胜者的势力，豢养汉奸特务横行霸道、胡作非为，不断制造暗杀、逮捕、恐吓、绑架等事件，搞得人心惶惶；租界当局的美、英、法当权者，则采取苟且偷安、息事宁人、睁一只眼闭一只眼，甚至暗中纵容，迫害爱国群众。

另一方面，以中国共产党地下组织为中心的抗日力量，也利用租界这个"国中之国"的特殊地位和特殊条件，争取到一块活动天地，在乌烟瘴气中吹进一些清新健康的风，播撒一些抗日爱国的种子。此外，也还有原先还打起抗日招牌、后来就逐渐与日伪同流合污联成一气的国民党党政军特分子，还有英、美、法等国家的情报间谍人员，他们利用声色犬马场所，灯红酒绿之际，活动频繁，阴谋诡计层出不穷，有时大打出手，枪击械斗。再加上赌场烟馆林立，妓院舞厅纸醉金迷，构成"孤岛"乱世中的畸形繁荣。就如鲁迅先生引用爱伦堡的名言："一方面是严肃的工作，一方面是荒淫与无耻。"在这个"孤岛"上，爱国的、进步的、革命的文化活动仍然蓬蓬勃勃、红红火火。那个艰难年月里在文化艺术战线战斗的前辈们，在荆棘丛生，随时都可能被暗杀、逮捕、绑架的险恶环境中，巧妙地利用一切可以利用的机会，创造一切可能创造的条件，编报纸，办杂志，上演话剧，出版图书，组织读书会、演讲会和展览会，开展歌咏活动、木刻活动，向一切不愿做奴隶的人们传播抗日爱国思想，激励进步向上的情绪，点燃起熊熊不灭的火苗。他们可歌可泣的战绩，构成了上海历史上的华彩章页。

上海，这个曾充满光明与黑暗、正义与邪恶搏斗的十里洋场，让一个懵懵懂懂的少年睁开眼睛看看世界，懂得一些为人的道理；方敬立定追求光明的志向，走上一条奋斗的人生道路。

# 第四章
# 华模中学——心中的火焰

下雨了，这是夏天的雷雨。

雨越下越大，天地间好像蒙上了珠帘，远处的景物渐渐模糊。雨点落在楼房上，溅起了白蒙蒙的水雾。

初中毕业前的一天，班级的连友三老师找方敬谈话，询问方敬和弟弟方锡礼是否还想继续升学。方敬说，我们弟兄俩都想继续读书，就是家中人口多，负担重，经济很困难。

连友三老师说，我介绍你们弟兄俩去华东模范中学去读书，那里有初中，也有高中，学校对贫困学生会减免学费的。

就这样方敬兄弟俩拿了连友三老师的信，到华东模范中学报名上学。

报名那天，瓦蓝的天空只有几丝云彩，如瀑的阳光打在树叶上，空气里充满了清香的气息。

1945 年抗战胜利后，方敬在上海华东模范中学读了 3 年高中。

就像在黑沉沉的旧中国有一片光明的解放区一样，旧上海也有一个个"小解放区"。这里充满阳光，充满生气，在茫茫黑夜里发出闪闪亮光。在当时学生运动中被誉为"民主堡垒"的华模中学，就是这样一个"小解放区"。

上海华东模范中学是一所有着光荣传统的学校，它在解放前只办了4 年，但被称为蒋管区中的"红色堡垒"。华模的师生在新中国成立后成为南下乃至全国各地的革命种子，学校也因此停办。

现在回想起来，还是那么令人心驰神往。

学校的创办要从 1945 年夏天说起。

在日本帝国主义兽蹄践踏下的上海人民，虽为水深火热的生活所煎熬，心情却处在兴奋状态。苏联红军直捣纳粹巢穴柏林，同英、法、美三国联军会师易北河，欧洲反法西斯战争胜利结束。太平洋上，日本侵略军节节溃退，上海人心知肚明：8 年的苦日子就要熬出头了！

就在抗日战争胜利前夕，之江大学土木系 3 位应届毕业生胡景清、姚晶、蒋宏成为了报效祖国，发挥自己的专长，抱着满腔热情，立志培养一批年轻有为的学生，就和滨海中学青年教师胡有谦、袁鑑等酝酿办一所新型的学校。它不同于一般旧式中学，更不是上海滩上常见的以牟利为目的的"学店"。它具有新的办学目的和教学方法，尤其是面向家境清寒的职工子弟，为新中国培养建设人才。

胡景清、姚晶和蒋宏成积极筹备建校。他们一无雄厚的开办资金，二无宽敞的校舍，三无众多的生源，但他们志同道合，凭着献身教育事业的信念和为清寒子弟服务的宗旨，互相勉励，克服了种种困难。

暑假中，他们办起一所静安补习社，以滨海中学的十几名学生为骨干，开起课来。后来他们得到之江大学教育系进步教授林汉达、土木系教授周正以及教育系在校同学、土木系校友的帮助，胡景清还变卖了祖上传下来的财产，姚晶拿出家中唯一一张存折作抵押，在联华银行总经理的支援下筹得开办经费，一所微型的完全中学——华东模范中学（简称华模中学）随着抗战胜利而诞生了。

蒋宏成回忆：

1945 年夏，"之江校友办学筹备会"在东吴大学的校舍（当时是之江与东吴在沪联合成立的华东大学校舍的一部分）召开，会上确定了"为家境清寒学生办学"的宗旨，并公推姚晶、左淑东负责具体筹备，为了纪念母校之江，经郑定能、林作砥提议，校名用"华东模范中学"。会后，一份由刘哲民先生执笔、由之江老师和同学以及社会贤达联合具名的《华东模范中学办学缘起》印发了，呼吁社会支持。

左淑东回忆：

1945 年的七八月间，当时我是之江大学教育系的学生，上海学生民主运动正处于高潮来临的前夕。抗战取得节节胜利，捷报频传，人民解放区日益壮大的信息，尤其令人兴奋。暑期生活中又有另一番情景，形势分析座谈小组活动，交流思想，常常使我乐而忘返，午饭也经常以羌饼充饥。就在这个当口，突然有两位男青年，每天中午顶着烈日，汗流浃背来找林汉达先生，像在研究什么重要问题。这两位青年的态度是那么认真，似乎在期待着什么，而林先生也总是愿意随时丢开手头工作，热情接待他们，乐于与他们交谈。后来听林先生介绍，才知道原来是本校土木工程系的两位已毕业的同学姚晶和蒋宏成，为了想办一所帮助失学青年的学校，来求助于母校教育系的老师。在他们和林先生频繁接触中，在那样一个"山雨欲来风满楼"的政治形势下，建起了华模中学。

人们从校名就可以看出这三位年轻教师的抱负和理想。这就是，他们执意在中国东部地区建立一所堪称模范的学校。这所学校诞生后的一个崭新现象是，他们欢迎清寒子弟入学，免除一切学杂费，还在生活上关怀他们。这与当时专收富家子弟的贵族学校，以及收费高昂专以牟利为目的的学店式私校对比，形成了一个强烈的对照。

姚晶回忆：

当年我 22 岁，是教师中年纪最轻的一个。我读大学期间初来上海，借住在滨海中学。当时之江大学只有下午上半天课，滨海中学就请我上午代课。校方很满意我代的课，于是就让我在滨海中学教书。上课的过程中我与同学产生感情，有些同学因为家境贫寒上不起学，所以我就与胡景清老师一起，在当时的青年教师胡有谦、袁鑑以及蒋宏成的支持下，向民光中学租了一间教室（胶州路 2 号）办起了静安补习社。以后又得到了之江大学教授周正、教育学院院长林汉达，以及同学校友的参与和支持，开始了华模中学的创建工作。还得到了周正教授的朋友刘哲民（时任绸业银行行长）的支持，他虽然没有直接出钱，但是文笔奇好的他为华模中学写了募捐启事。办学之初极其困难、当时大家都没有钱，我把家里唯一一份保值储蓄单拿去抵押贷款，但其实并没有多少。胡景清是地主家庭出身，为了办学他回家卖地，但这样还是不够。在袁鑑有威望的父亲袁希濂的帮助下，向银行借到了钱。袁鑑父亲还请来黄子美（时为诚明文学院教授）任华模中学校长，学校这才真正办起来。

笔者看到胡景清、姚晶、蒋宏成这 3 个年轻人的一张合照，胡景清穿着一件长衫，身材瘦削，骨骼清奇，一双眼睛炯炯有神；姚晶穿着一件深色西服，微胖；蒋宏成的穿着则比较新潮，上身一件浅色西服，下身则是短裤白袜。他们身后，一丛丛花儿开得正艳。他们三位在华模是义务教学，不取报酬的。

1945 年 7 月 13 日，上海《申报》登出了一则招生启事：华东模范中学系之江大学校友所创办，特于暑期内兼办义务学校，招收初小毕业以上学生，学杂费一概免收，即日起报名上课，校址在胶州路 2 号（靠近愚园路）。

8 月 15 日，日本天皇宣布无条件投降。华东模范中学就在满街庆祝抗日胜利的锣鼓爆竹声中诞生了，校址借用胶州路 2 号民光中学。

姚晶继续回忆：

民光中学原是一家学店，由于声誉差，难以吸引学生就读，遂以较低廉的租金，向我们出租了一些教室。一所从初一到高二 5 个班级的近 200 名学生的华模中学，就这样办起来了。我当时担任从初一到高一 4 个年级的数学和高二的物理，每周 28 节课。虽有课本，但我参考有关中英文课本，以自编讲义为主。当时我是教务主任，胡景清是训导主任，胡有谦管日常事务，蒋宏成管理学籍和学生成绩的登记保存。

第一任校长黄澂先生，字子美，留英博士，大学教授。当时已经 60 岁了，但思想开明，英语精湛，亲自教高年级英文。此外，还有一些之江在校生及自愿来尽义务的其他教师，共同办起了一所师生共维护的新型学校。

学校从诞生第一天起，就面对一个崭新的时代。中国人民战胜了日本帝国主义，以后往何处去，面临着两种命运、两种前途的重大抉择。一是在中国共产党的领导下，全国人民建设一个新中国；另一个是蒋介石的独裁专制统治。胡景清和我们旗帜鲜明，即便处在国民党统治的中心城市上海，也要办一所民主、团结的新型中学，培养建设未来新中国的优秀人才。

教师和同学之间，既是尊师爱生、教学相长的师生，也是互敬互信、平等相处的朋友，犹如一个和睦相处的大家庭。华模校园里弥漫着一种友爱团结、亲密和谐的气氛。

这种新型的关系、新的气氛，从学校挂出校牌的第一天起，就开始出现了。

1945 年 9 月 17 日，华东模范中学正式上课。

邻近的复夏中学是 1945 年冬，由复旦大学、大夏大学毕业生中的地下党员和进步学生创建的三所学校——远东工业学校、培本义务中学和志成中学合并而成，由陈夏珍任校长。

比方敬低一年级的同学杨国淦（笔名田雁）回忆：当时学校条件很差，租用民光中学几间教室；利用走廊隔出来的二小间做办公室。虽出了租费，但使用教室还得听民光的安排。记得有一次，民光强行收回已租的一间教室，把我班同学赶出教室门外。同学们气哭了，班主任左淑东老师还是耐着性子说："没有教室，我们照样上课"。随即领着我们到操场，我们肩挂书包，手托课本；头顶青天，脚踩草地，就这样在没有桌椅的操场上上了一堂语文课。

因为同学们参加"六二"反内战大游行后，带回来的标语、漫画已经让反动的民光中学校长察觉到华模的政治倾向，拒绝继续租借校舍。

姚晶回忆：第二学期开学的时候经费勉强可以维持，借用民光中学的房子还可以，但课桌椅不够。听说有批破课桌椅，于是组织师生一起把这批课桌椅搬回教室。那天正好下大雨，师生们冒着大雨搬课桌椅。桌子只有一层，他们还找来木工在桌面下面加了一层用来放书。校歌中唱到的就是这一段经历，这是华模办学的特点："师生共尝艰苦。"

1946 年夏天，华模与复夏共同租赁曹家渡康定路永和邨一幢石库门四开间、假三层住宅（里弄房），华模和复夏、61 民校合用，分上午、下午、晚上上课，真可称为"微型学校"。然而，她却像磁场般有力地吸引了年轻人的心，她是革命的摇篮，培养了数以百计的革命青年。

校舍极其简陋，他们用木板隔成若干间教室，亭子间是学校唯一的办公室，最上层的阁楼是住校教师的寝室，晒台上也用木板搭出一间教室：夏天像火炉，冬天像冰窖，高三班就在这里上课。为了照顾路远学生让他们免费住读，晚上就拼课桌当床铺；学校经费短缺，但仍为家境贫困的学生减免学费并发放助学金。

华模、复夏虽为两块校牌却又紧密相连，是姊妹学校。

上级党组织为了把华模"办成革命据点"，于 1945 年年底，决定由之江大学党支部派教育系学生党员左淑东、华世璋等来校任教，以开展党的工作，并发展了姚晶等入党，红色种子开始在华模生根。上海国民党教育当局，暗中称它为"共党学校"。

左淑东，女，江苏镇江人。1945 年加入中国共产党，进入华模后接任教导主任。1946 年 9 月，党组织又派杨学敏（女，1940 年入党）以教员身份来华模任教。组织上确定华模党支部的任务是：争取一切合法条件，把学校保存并发展下去；团结教师，做好学校工作，同时掩护进步同志；有策略地配合学生运动，为学生支部的工作创造条件。华模中学就成为一所完全在党领导下的进步学校。

在教师张树人看来，华模教师实践了 1937 年 10 月 23 日毛泽东对陕北公学提出的要求："要造就一大批人，这些人是革命的先锋队。这些人具有政治远见。这些人充满着斗争精神和牺牲精神。这些人是胸怀坦白的，忠诚的，积极的，与正直的。这些人不谋私利，唯一为着民族与社会的解放。这些人不怕困难，在困难面前总是坚定的，勇敢向前的。这些人不是狂妄分子，也不是风头主义者，而是脚踏实地富于实际精神的人们。中国要有一大群这样的先锋分子，中国革命的任务就能够顺利地解决。"

华模校徽是拉丁字母"Σ"（读音西格玛），本意是数学上"求和"的符号。由于华模发起人主要是之江大学土木系毕业生，而土木系创办人徐镶教授是位爱国知识分子，在系里最受学生尊敬，徐教授经常用Σ来分析力学和结构问题，有些刊物就以Σ为标志纪念他。

华模确定以"Σ"为校徽，其含义一是表示继承徐教授一生为教育的遗志；二是象征团结一致，为着一个共同革命目标而奋斗；三是以Σ显示严谨治学、一丝不苟的科学精神。校徽"Σ"标志的政治含义就是紧密团结，调动各方面的力量，师生同心协力，同舟共济，办好学校。

华模的校训则是：团结，民主，求实，创新。

更难忘的是《华模中学校歌》："随胜利以诞生，迎光明而长成，师生共尝艰苦，历尽崎岖旅程。集体学习，亲爱精诚，融融泄泄如家庭，兄弟姐妹同心协力，为着学校共牺牲。我们是华东模范的儿女，新中国的主人。在祖国苦难的历程里，我们要肩起建国的责任。愿华模的光芒长在，永远照耀我们的前程。"

校歌是 1946 年春天集体创作的。华世璋写了一个初稿；姚晶 1940 年曾在新四军苏中军区四分区的掘港中学读书，经常唱新四军军歌，感到歌词、曲调都很美，就默写下来供大家参考。大家就模仿它的体例创作校歌，将学校的创办过程、办学宗旨、教学特色、师生精神等均作了热情的阐发，要以高亢的曲调表达华模儿女对祖国的爱恋。按照上述构思，形成歌词初稿，后由田复春修改定稿，杨今豪谱曲。

校歌从 1946 年至今，她是华模儿女心中的丰碑，是永远引导和激励他们前进的一盏明灯。

歌声中，夹杂着风雨声、枪声、轰鸣声、口号声。

校训、校歌所蕴含的精神，融入了一代年轻共产党人的血液，也为方敬注入了血缘传承之外的另一种血脉或基因，在潜移默化中一点一点地渗透到他的骨子里。

1983 年 8 月，华东模范中学复校，由袁鹰执笔，北京校友写了《向母校献词》：

记住一支歌，

一支团结战斗的歌。

我们的母校，

曾经是一团火！

啊，一团火，一团火！

荆棘丛中安书桌，

狂风暴雨里唱弦歌，

送走黑暗的王朝，

迎来绚丽的山河。

啊，华模，华模！

团结战斗，

并肩前进，

鲜艳的红旗永不落！


唱起一支歌，

一支振兴中华的歌。

我们的母校，

永远是一团火！

啊，一团火，一团火！

革命的传统我们继承，

光辉的未来我们开拓，

让青春更加壮丽，

为人民开花结果。

啊，华模，华模！

振兴中华，

征途万里，

奔向明天的祖国。

好一个"一团火"，火光映红了一颗颗滚烫的心，那是一代人的心声啊。至今听来，仍然让人热血沸腾！"一团火"精神代代传承。

华模教师绝大多数是青年，政治上受过党领导的民主革命的教育和锻炼，思想活跃，朝气蓬勃，不因循守旧，政治方向明确；工作热情很高，态度严肃认真，对学生关心爱护，把搞好教育工作视为革命任务来完成。他们大多来自之江大学，其他有复旦大学、中央大学、震旦大学等，有真才实学。解放后才知道地下党员占教师总人数的80%以上。

为了抵制国民党政府审编的教材，各学科教师想方设法改革教材教法，深入浅出地把革命道理融入课堂中去。语文教材除了古文外，用鲁迅的《阿Q正传》《狂人日记》等作品和艾青的诗歌取代教科书里的反面内容，增加了语法修辞；教师还指导学生阅读《李有才板话》《白毛女》等解放区的文艺作品。数学教师姚晶干脆自编三角教材，组织学生自刻、自印。英语教师自编语法讲义，同时结合形势选用外文报刊的导读补充进教材。

国民党政府勒令各校开设"公民课"，而且一定要用蒋介石《中国之命运》做课本，华模教师就在上课时来个就《命运》评命运。启发学生思考：中国命运究竟如何？谁来决定中国的命运？究竟中国向何方发展？

华模从创办到扎下根，在政治上突破了几道关卡，经济上渡过了几次难关。

尽管校舍狭窄，设备简陋，教师队伍也不齐全，但是一走进学校，就会感受到严肃、活泼、亲切的家庭气氛。几乎每个班级里都有兄弟俩、姐妹俩，还有不少是教师或之江大学同学的弟妹亲友。这里有来自愚园路华家分布9个班级的10多个兄弟姐妹，有来自江宁路左家的4个姐弟，师生们志同道合，患难相依，加上亲情、乡情，自然就形成一种凝聚力，牢固而又温馨。华模的建校宗旨和办学思想，依靠老师和同学去实现。这种气氛和凝聚力，正是必不可少的珍贵基础。

1946年暑期开学，华模从民光中学搬到了康定路永和邨弄堂里的一幢石库门内，方敬他们上午上课，下午搞各种活动。迁校后这种气氛越来越浓烈，凝聚力越来越牢固。尤其在胡景清、姚晶、左淑东、蒋宏成等几位老教师和几班高年级同学身上，表现得格外令人感动。师生有如兄弟姐妹，有如亲密的朋友和同志。他们没有代沟，经常是促膝谈心，学生会把家庭遇到的困难向老师倾诉，会把心底烦恼向老师求教；老师们耐心听，谆谆教导。胡景清对方敬的关心无微不至，胡有咏将辍学到工厂工作时，胡景清老师给予鼓励；左淑东了解到贺师礼同学因要担起家庭重担，就介绍他到小学教书；胡有谦老师是胡有咏的哥哥，因要负担家庭生活，被迫离校去小沙渡路上公永纱厂工作。但他不忘华模学生，当他创办厂校时，就介绍华模经济困难学生钱玉音、吴启秀、魏敏丽等去教书。当时情况复杂，厂里有黄色工会，胡有谦一直暗中保护他们。黄色工会经常查问这几个教书青年的情况，胡有谦一再保证："他们都是功课优秀的好学生。"他经常下班后待在办公室，等他们下课后再回家；张树人会让疲劳的学生到他床上休息；蒋宏成将自己读书时用的三角尺给学生用。真正是"亲爱精诚，融融泄泄如家庭。"

年轻的方敬深深感受到这所民办学校和其他学校不一样，华模是另一种色彩和风格，弥漫着革命的光辉，影响和鼓励青年人追求真理、追求光明。

由于华模以招收贫穷学生为主，办学经费捉襟见肘，常常难以为继，经济困难始终困扰着学校的生存。许多老师千方百计节衣缩食，不计报酬，甚至捐出家庭财产以维持学校生存，这种"吃的是草，挤的是奶"的精神，深深教育和感染着同学们。学校开展尊师、助学运动，组织学生勤工俭学，通过推销酱油、煤球、红金牌香烟，来解决贫困学生学费。

1946 年春节期间，在上海市学生助学联合会的统一组织下，华模全校开展了助学运动。胡景清代表校方请方敬设计助学纪念章，这是对方敬才华的肯定，也是对他的厚爱和激励。

方敬接受这一任务后冥思苦想，最后他发挥绘画天分，设计了金边、蓝底、白字和"助学"两字的金属五角星助学章。外面是一个大五角星"☆"，里面是校徽字母"Σ"，每个助学章都有编码。此纪念章图案样式一经推出，得到全校师生赞赏。师生们一起走上街头义卖这"人见人爱"的助学章，既获得了一定的经济效益，又获得了巨大的社会效果。

现在我们仍然可以找到当年报纸上登载的关于"华模助学章"的内容："华模的星形助学章很漂亮，同学和老师推销大受欢迎。三区毛纺织业工人特向他们订购 200 只，同学们听了，非常兴奋……"

2 月 5 日、6 日是春节初四、初五，这两天劝募小队和宣传小队上街义卖助学章，宣传口号最后两句是"为了新中国，大家努力捐"。在凛冽的寒风中，从清早到夜晚，同学们在街头、里弄、公园、戏院、舞厅、饭馆、公共汽车上，为挽救失学同学而奔走呼号。此情此景引起了社会各界同样受国民党压榨的人们的共鸣，纷纷伸出援助之手。市民职员劳苦同胞，连三轮车夫、报贩、擦皮鞋小工、卖大饼小贩，也慷慨捐助。"一乐天"茶馆的一位堂倌买了一枚，电车售票员让劝募学生免费乘车，南京路几家公司职工帮助学生在商场推销助学章……感人的事例不胜枚举。

小班同学蔡锡瑶进舞厅推销助学章，她平生从未进过舞厅，但为了助学，壮起胆走进去，并按同学教的方法，走到看上去在谈朋友的一对男女身边，向男士推销，男士就会慷慨解囊。

方锡礼一直珍藏着哥哥设计的助学纪念章，一直到1970年左右遗失。

华模师生还通过举办义演来募集办学经费。如通过在英租界工部局任职、富有爱国心的张宁杰同学父亲的帮助，免费借到光华大戏院义演；又通过其他关系借到兰心大剧院，师生共同演出。其中有华曼丽、童本义同学演出的歌剧，孙竞娟老师主演的话剧。大家竭尽全力向亲友推销戏票，学生会认真做好账目管理和分配。

从刊登于1946年12月7日《文汇报》的一张演出海报中，我们可以看出学校充满着红色的力量。他们在国统区演出作曲家冼星海、贺绿汀（两位都是共产党员）的作品：

华东模范中学因本学期收费颇少，致经费支绌，难以继续维持，特由该校师生发起华东模范中学歌诵会，定明日上午10时，假座光华大戏院演出。售票所得，悉充该校基金。闻节目有新疆舞曲，川康舞曲，俄罗斯民谣，犹太民谣，及冼星海、贺绿汀所作之大合唱等曲。

据悉，节目中还有童本义、华曼丽同学演出的歌剧《上海屋檐下》。

年复一年的助学运动，募集到一笔笔可观的经费，基本上解决了绝大部分同学的学费减免，使学校渡过了难关。钱玉音回忆：

我是田复春老师介绍到这个学校来的。华模的办学经费始终紧张，办学环境非常艰苦，因此每年都要有组织地开展各种捐资助学活动。华模的师生没有过一次安安宁宁的寒暑假，每一个寒暑假都要到马路上、商店里等各种地方去募捐。遇到街上的每一个人，都请他们买一个5分钱别针帮助我们助学。还买来手绢，学了抽丝，简单地把边上抽出一点图案，然后缝起来。我们带着这些手绢到静安寺愚园路上一个高级小区去卖，敲开一家家的门，还被人家看不起。看过白眼，被吐过口水，但是我们只好忍耐着。有的家长是罐头食品厂工作的，批发给我们香茄沙司、水果罐头，我们拿了去里弄里推销。多么渴望一个普通的暑假寒假，可以平平安安地学习啊，可是我们不能。学校就靠这样子来解决自己的学费，交的出学费了，才能维持得下去。

老师都是半尽义务的，工资都是非常低的，有的老师甚至没有工资。尽管如此还要维持必要的学校正常开支，华模教会我们艰苦奋斗！

在市学联领导下，学生党支部通过学生会发动了轰轰烈烈的助学运动，提出了"团结起来，克服学校经济危机和同学失学危机"的口号。华模家庭清寒的同学比例占到50%—60%，失学关系到每个人的切身利益，全体同学都积极投入了助学运动。学生会除组织同学参加市的统一行动外，还把开展尊师助学作为经常任务。每年寒暑假都进行，1946年一年就出动了4次。同学们走向街头，义卖助学章、尊师章。方锡敬同学制作了金属的精美助学章，向社会募捐，争取家长和社会的同情、支持。有的拉着二胡沿街义唱，唱得路人慷慨解囊。助学运动取得了丰硕成果，1946年助学运动就解决了学校一个半学期的经费；两次大型义演筹集了新校舍租金约黄金50两，经济困难的同学学费得到了基本解决。

党把关系到学校生存和广大同学切身利益的生活斗争与政治斗争联系起来，使同学们认识到失学的根本原因在于国民党反动派对民脂民膏的剥削和反共反人民的内战，失学问题、教育问题是社会问题的反映。助学运动也磨炼了同学们克服困难的意志和勇气，认识到团结就是力量的意义和力量所在。有一次助学队伍出动时，大雨正哗哗啦啦地冲下来，大家仍精神抖擞冒着风雨走出校门。教师们赶紧烧热水、熬红糖薯汤等着他们归来。这种在艰难中同舟共济，建设和维持学校的实践，使每个师生都意识到自己是学校的主人，加强了师生之间紧密团结、民主平等、互尊互爱的关系。有的同学在周记中写道："学校的助学运动，使我们兴奋难忘，大家都要伸出援助之手，必须献出自己所有力量。"胡景清老师至今仍是感慨万分地说："如果没有学生的助学运动，就没有华模中学的存在。"

1947年7月，华模建立了中共地下党教师党支部。

华模的课程设置既重视数理化、语文、英语等基础课，另外还开设了机械制造、绘画、木刻等选修课。老师们怀着给新教育制度创新路的理想，把对学生的严格要求和民主真理结合，把文化教育和世界观教育结合。强调教活书，读活书，注重调动学生的积极性和独立思考的能力，探求知识奥秘的气氛十分浓厚。坚持以正课学习为主，辅之以集体学习和"小先生制"，这对于加深理解，巩固课堂教学成果，加强学生团结起了显著作用。成绩优异的同学在黑板前解答各种各样的难题，当好"小先生"；基础差的同学在集体帮助下，取得较快进步。

通常数学课是比较枯燥的，可姚晶老师上得声情并茂，激情澎湃。死板的数学在他口中变成铿锵而有韵律的音符，每解完一道难题，他会兴奋得像战士攻克了一座敌人的碉堡。

田复春老师是诗人，他的诗是投向黑暗统治的匕首与利剑。朗诵诗篇时，他因熬夜而充血的炯炯双目中仿佛喷射出火焰，激励得同学们热血奔涌，义无反顾地投入到风起云涌的学生运动中去。

他们写朗诵诗、编排活报剧，到交通大学的"五四"晚会上演出，到各种学生集会上演出，观众的口号声此起彼伏。他们亲身感受到革命文艺传达了群众的心声，会产生如此巨大的感染力。

班级的墙报由多才多艺的方敬负责。他文章写得好，美术插图也画得好，且能歌善舞，经常到弟弟方锡礼就读的初中部来演活报剧。有一次方敬把姚晶老师上数学课的模样画下来，被姚老师发现了。老师不但没罚他，反而夸奖他说画得很像。他深受老师喜爱，老师经常把印讲义的纸或考试纸送给他，供他画图。

华模被誉为"中学的民主堡垒"，是因为她是进步力量的汇集地，她还担负着保护地下斗争儿女免受反动派迫害的重任，支持和保护在外地或其他学校受到反动派迫害的教师和学生。有的教师被特务追捕，隐蔽到华模来教书；"南通惨案"后，一群被迫害的同学来上海求援，华模接纳和保护了他们；有的学生因为参加学生运动被校方开除，就转到华模来继续学习。

曾在华模教过一个学期英语的教师姚守懿，在《从聘书忆华模》一文中回忆：

抗战胜利了，党中央决定在敌后的新四军迅速东进占领上海这个国际大城市。与国民党争夺宣传阵地，要在上海办一张党报；等到国共重庆谈判一结束，立即出报。我也从新四军淮南解放区，奉命调到上海参加筹备党报出版。不料谈判破裂风云突变，中共中央代表团撤到延安，我和其他几位没有暴露身份、上海又有家庭掩护的同志就留了下来，转入地下，做好准备等待时机继续战斗。

从1946年夏季到1947年，内战爆发，革命处于低潮。我们向国际宣传的油印刊物也奉命停刊。为了更好地隐蔽起来，我就在之江大学同学创办的华模中学任课，负责人都是之江信得过的老同学，蒋宏成、姚晶、左淑东等。左大姐又是曾和我在一个系读书的。他们缺英语老师，我也乐于去。我进华模主要为了掩护，我有工作，不在家闲住，可以解除周围人对我的怀疑。解决生活问题则是次要的，因为那里经费困难，薪金很低，又时常发不出。但是大家都不在乎，工作得很愉快，教学非常卖劲，视为培养革命接班人的重要工作。我那时住在徐家汇，搭乘公交车到曹家渡，走一段路，每天上午都有三节课。学校是在一条狭窄的弄堂里，一幢旧的石库门房子内几间小小的房，就是教室。条件虽差，师生的教、学热情却很高，师生关系特别好。我记得我的学生中有左羲东、钱玉音、张宁杰、方敬等读书工作都很出色的同学。这一幢旧式的房子给人的感觉是热烘烘的，歌声和读书声不断，充满了朝气。姚晶、左淑东等同志上完课，晚上还要办民校，一些学生也参加，自己当教师。民校的学生大部分是失学的工人、职员，白天工作晚上又来民校

　　　　　　　　　　　　　　　先生方敬

上课。

钱玉音继续回忆：

课余，同学中广泛组织阅读进步书刊，如墙报、黑板报、出刊物、读书会、演讲会、辩论会、诗歌朗诵会等十分活跃。我班方锡敬的漫画是有力武器，使报刊增色不少。刘佳麟同学在蔡学渊家开通宵，拟了几十道政治题供全校同学解答，以促进大家对时事的关心。

大家说华模真宛如充满生气、阳光的"小解放区"，直到现在回想起母校在茫茫黑暗中发出闪闪光亮的情景，依然是那么令人心驰神往。

……48届高中班，出了一期个性特刊，互写班级同学的个性，掀起了一场如何观察、分析、抓住一个人特点的有趣热潮，有的同学至今还珍藏着当年同学对自己青少年时期的描述和评价。

在方敬去世之后，钱玉音专门写了一篇回忆文章《倔而有人情味的方敬》：

姚老师对女生较宽容，对男生就不客气了。谁上课调皮，做错习题，成绩不好，就皱眉瞪眼，一下粉笔头丢过来了。他恨铁不成钢，对学生的爱和"恨"都凝聚在粉笔头上。方敬是何等聪明，但有一次，一道题做不出，他不想让老师发火，苦思冥想，定要自己解出来。第二天他没来上课，听他弟弟说：为了题解不出，急火攻心发了高烧，甚至要跳楼。这一下，急煞了少男少女的我们同班同学，挨到下课，背起书包，好几个同学从永和邨赶到成都路方敬的家。

他家住在一幢职工宿舍楼里，进了宿舍的大门，是一个天井，四周是几层楼的一间接一间的宿舍。中间有一似螺旋形的露天铁扶梯，大家三步并作两步走，上了楼，找到了方敬的家，拥门而入。一看，还好，方敬安住。大家七嘴八舌地劝慰他：自己钻研是好，但也不能这样了影响身体，我们平时不是有集体做功课，有"小先生制"，功课好的同学帮助指点一下，就可以解决的。方敬不响，表示默认，大家才放心各自回家。方敬的脾气就是倔，他认定要做的事，是几头牛也拉不回，从少年直到现在。如"文化大革命"中，对被打成右派的所谓牛鬼蛇神，别人是避而不及，他偏要去看望。一天，他去看望敬爱的胡文巧老师，看到的是胡老师被剃了阴阳头，他连连安慰老师。当时他在虹口区教育系统工作，许多学校领导都被批斗，有一位校长下落不明。他天不怕地不怕，把校长组织起来，成立所谓造反队，以这样的方式，把校长请来，一起学习，鼓励大家要有信心，不能走绝路。并且把他们的孩子组织起来，进行学习，请最好的老师教英语，教武术，习书法。

解放前在白色恐怖下，他人小胆大，参加班级活动和学生运动勇敢而活跃。如在景清老师的指导下，我们班从在胶州路起，每学期都办壁报。有一期名《晨钟》，方敬就画了一只很大的铃，中间的铃摆，垂着一个大大的锤子，摇起来会发出洪亮的声音，寓意青年要"惊醒"。1948年，作为民主堡垒的交通大学进步学生，举办萤火晚会，华模和其他许多学校前去参加。方敬代表华模在晚会上发言，当时形势是很紧张的，暗藏的特务企图破坏、抓人。由于交大和其他学校强大的纠察队伍严密监视和保护，才使晚会胜利进行。最后烧毁了几个纸人，象征蒋家王朝毁灭。

2018年11月29日，笔者专赴上海采访了方敬的校友蔡锡瑶，她回忆：

我1947年暑假到1948年暑假在华模学习。我初三，方敬高三。学校不大，每个年级只有一个班，从初一到高三6个年级，每个班五六十人，一共也就几百人，活动都是一起参加的，所以同学大都相互认得，很熟悉的。方敬很活跃，我过去不讲话的。在夜校念书，校长给我的评语就3个字：太静了。所以什么活动我都是跟在人家后面，老方很活跃，学校没有人不知道他。

那时候只知道他是山东人（赣榆曾隶属于山东滨海军区），觉得他就是山东人的性格，好打抱不平。

学生进去费用很低，比一般学校低得多，还有助学金、奖学金。

同学胡有咏回忆：

我跟方敬是高一班同学，我1946年春就离开了华模，在华模半年不到。他画漫画很好，他的形象和三毛差不多，同学们就叫他三毛，《三毛流浪记》里有个三毛嘛。

华模之所以有一个好校风，成为"民主堡垒""革命熔炉"的重要原因之一，就是在党领导下开展了蓬蓬勃勃的革命文化活动，这种文化活动对于师生来说，有不可忽视的作用，就像毛泽东在延安文艺座谈会上讲的："使他们团结，使他们进步，使他们同心同德，向前奋斗！"

歌咏是方敬和同学们最经常的活动，没有一个人不唱，没有一天不唱的。学校总是书声琅琅，歌声嘹亮。一到集会或游行，那歌声更似大海的波涛，此起彼伏，一阵高过一阵。最爱唱的歌有《团结就是力量》《你是灯塔》（现在叫《跟着共产党走》，歌词稍有改动）这两首歌，坚定、有力、慷慨、激越，充分反映了广大师生追求真理、渴望解放、团结进步、勇敢坚定的思想风貌。每当唱到"向着法西斯蒂开火，让一切不民主的制度死亡！向着太阳，向着自由，向着新中国发出万丈光芒"和"你就是核心，你就是力量，我们永远跟着你走，人类一定解放"时，总是感到热血沸腾，浑身都是力量。面对着反动派的包围、督视、囚车、棍棒，他们还高歌《跌倒算什么》，大家手挽手，越唱越有劲。他们喜爱冼星海的《黄河大合唱》，贺绿汀的《游击队之歌》，光未然的《五月的鲜花》；还喜爱歌颂解放区的《山那边哟好地方》，讽刺国民党反动派的《茶馆小调》《古怪歌》《老天爷》和痛斥独夫民贼蒋介石的《你这个坏东西》；也喜爱健康的抒情民歌，如《半个月亮爬上来》《在那遥远的地方》《康定情歌》；等等。这些歌最合时代节拍，最能表达革命向上的思想，最能抒发自己的感情，最能焕发青春的活力，所以百唱不厌，他们要"唱出一个春天来"。

舞蹈也为方敬和同学们喜爱，那时没有课间操，一般跳集体舞、扭秧歌，课余师生都跳。除了歌、舞、剧外，同学们还喜欢诗歌朗诵。比较受欢迎的是集体朗诵艾青的长诗《火把》和李季的长诗《王贵与李香香》等。华模经常举行周末联欢晚会，演出各种节目。学校一无礼堂，二无操场，大家就用楼下两间最大的教室，把中间的夹板拆去，作为晚会会场。没有舞台，就在房子一端划出一台之地，挂上帷幕，就是舞台。没有灯光设备，就用硬纸板自己糊制一个灯槽，装上12只大灯泡，蒙上有色玻璃纸，就是灯光。没有服装道具，大家东借西借，七拼八凑，将就对付。歌舞都没有伴奏，这种无伴奏的合唱和舞蹈，更显得质朴热烈。晚会上，师生同座，同台演出，欢声笑语，亲密融洽，张树人老师戴着头巾表演的《王大娘补缸》，很受大家欢迎。他边唱边做，全场跟着节拍一齐鼓掌，替他哼过门"那格里格唧，里格唧个唧"，真是有趣极了。有许多节目都是在老师指导下排演的，如鲁迅的短剧《过客》、艾青的长诗《火把》，就是由田复春老师导演的。

方敬的同学杨国淦曾经尝试创作活报剧，得到同学和工人们的好评。最有影响的当属活报剧《到阴司去》，由学生党支部宣传委员张宁杰编写。剧情是一群青年学生由于失学和生活困苦，前途渺茫，走投无路，一起走向阴司向阎王诉说苦衷。判官听后向阎王解释：阳间发生的一切根源是蒋介石发动反革命内战，阎王大悟，令学生立即回去参加斗争，寻求光明。这个活报剧把国民党统治区比作比阴司还要黑暗的地狱，向大家传递即将胜利的信息。剧中有这样的台词："光明，光明就要来到了。雄鸡已经报晓长鸣了。号角在吹，炮声在响。中国人民最后翻身的日子就要到来了！"学生台词均系集体朗诵，音量大，气氛足，当他们齐声控诉没有自由，没有民主，没有温暖，没有读书权利活不下去时，声泪俱下，悲愤凄怆，引起台下强烈共鸣。当阎王听说阳间正在"自己人打自己人"时，判官斩钉截铁地说："不，那是光明同黑暗在打仗，民主跟独裁在打仗，革命与反革命在作战。"几句话点出了问题的实质，说出了同学们想说而不敢说的话，台上台下无不感到痛快异常。每演到这里，总会引起长时间的热烈掌声。这出活报剧后来多次在上海大中学生集会上作为压台戏演出，还被上海学联推荐到杭州追悼于子三烈士集会的广场上演出。每次演出，台上台下掌声、口号声、欢呼声经久不息。

这出剧，像一把匕首直刺国民党反动派，像乌云中透出的一缕阳光，照亮了同学们的心。张宁杰同学受到党内立功二次嘉奖，当然在那时，嘉奖只是口头传达。

方敬和张宁杰很亲密，1980年方敬随中国教育代表团赴美国考察，出国前回国后都和张宁杰一起畅聊，追忆似水年华，当年演剧的情景也许在记忆中不断浮现吧。

华模老师们称得上教育界的精英，教导主任左淑东毕生献给了教育事业，像大姐般爱护、关怀学生，亲密无间。她的妹妹左羲东与方敬同班，他们经常在左老师家复习功课和聚会。还是左老师饭桌上的常客，那一碗碗不放盐的汤令方敬终生难忘。

教师们尽一切可能降低自己的收入，过着清苦的生活。伙食是萝卜干、辣糊，有时用羌饼充饥；住宿是三层阁楼，双层铺，有时还要轮流睡。为揭露国民党统治下的教育危机，在市中学教育展览会上展出了一幅标题为"一个教师在病中"的照片，照片上瘦骨嶙峋、满面病容、看后令人流泪的人，正是华模党员教师张树人。这也是华模教师群体献身精神的体现。

1947年8月，华模财政更加困难。本来在母校震旦女中工作近一年的胡文巧被党组织调到华模，她毅然放弃去美国留学的机会，对父亲说："我要办学。"父亲慷慨地拿出准备给她做嫁妆的一百两黄金，全部奉献给华模，使华模渡过难关。地下党安排她担任华模副校长兼总务主任直至1949年8月，后来成为华模第二任校长。

胡文巧难忘华模的艰辛：

真是太艰苦了，一条里弄，三幢石库门房子，办了3所学校：华模、复夏、民校，老师都住在假三层楼上，一间男，一间女，男的出来，要走过女教师的房间，多么不习惯。真是一幢破楼，三餐淡饭，一杯清水，这与我在震旦女中的工作、生活环境完全不一样。这里几乎没有教师办公室，因为一间不到十平方的亭子间实在小得可怜，教导处在大门口一个客厅里，左边复夏办公，右边华模办公，教师吃饭的桌子也放在那里。一早起来，洗脸吃早饭在楼下，马上就看到学生了。晚上要等学生全走了才安定下来，整天老师与学生在一起，形成了亲密的师生关系。到了晚上住校老师们仍然埋头工作，有的看书，有的改作业，有的写文章，非一两点不睡觉。

胡文巧原籍江苏太仓，1923年8月28日生于上海。父亲是上海永茂祥南北杂货商行的老板，但这并没有阻止她对真理、对信仰的追求。

1941 年 8 月就读于法国人办的震旦大学女子文理学院，1945 年 8 月从教育系毕业。刚去华模时，不少学生对这位一身旗袍、脚蹬高跟鞋的年轻摩登副校长持怀疑、观望的态度，但很快被她的人格魅力折服了。胡文巧后被调到军管会负责接管学校的工作，头戴八角帽，身穿列宁装，她的英姿飒爽，仍然刻在方敬的脑海里。

"文化大革命"中，方敬多次冒着风险顶着压力看望受难的胡文巧老师夫妇，互相留下了很多珍贵的书信。

特别珍贵的是，景清书苑还保存着一张方敬的"华模中学学生学期成绩报告单"，是民国三十七年（1948 年）7 月 23 日教导处颁发的。上面有校长黄徽、教导主任左淑东的盖章，有级任导师张树人的签字。内容有：民国三十六年（1947 年）第二学期，学号 34617，姓名方锡敬，年级高三；操行评语：甲；教导处的评语是：聪敏好学，富有艺术天才；总评：85.68 分；学业等第：优；本级人数：22 人；名次：第三……

胡景清老师后来编辑华模校史时，在一封给方敬的信里，总结了华模特点：

华模是地下党领导的学校，这当然是华模的特点，这是与没有地下党领导的学校的区别。然而华模的特点与地下党领导下的学校又有不同，麦伦中学（现继光中学）是地下党领导的学校，校长是有名望的民主人士，但是同学之间、师生之间的情谊，还是比不上华模。这不是我对华模偏爱之辞，我在麦伦工作了 4 年（1948—1952），亲身感觉如此。因此华模除了地下党领导之外，还有另外的特点。可能华模是一所集体办的学校，即之江大学校友办的，自 1945 年开创就有十几位之江校友参加教学工作，绝大多数是义务的。没有之江校友尽义务，教师工资就无法支付。这个集体另一方面的主力就是华模同学，没有 1945 年开学后的助学运动，全校同学参加了这个运动义卖义演（华模因当时减免费占学费总收入的 80%），开办的第一学期就无法维持。这一次同学助学的所得记不清楚了，但是一笔可观的数目，能使学校维持到 1946 年上半年，就是靠这一次的助学运动筹集的资金。第二次就是为

　　　　　　　　　　　　　　　　　　　先生方敬

了迁校（1946年暑假），同学为了筹集租永和邨校舍的租金，又举行义演，共筹集了50两黄金。教师用的两张双人办公桌，其中一张就是吴启秀从家里搬来的；1946年立案买了一套学生万能库和初中理化实验仪器，没有放的地方，周汝檀又从家里搬来4只书橱，同学把学校看成是自己的家。为了义演张菊生先生（张宁杰的父亲）几次免费供华模同学使用光华大戏院，这是我记得起来的事。学生参加历次运动没有出事，也许有你的令尊大人暗中呵护，当然你我都不会知道。这又是华模得到社会上的支持，首先是学生家长的支持。同学和同学的家长爱护学校，不但在经济上、物质上支持了学校，而且鼓励了华模教师坚持办学的热情、为同学服务的决心。华模师生的情谊，是建立到共同办学、一起革命的基础之上的。我想请你思索的第一件事就是华模人能够亲密无间、亲如家人的基因何在？华模不同于其他地下党领导的学校的特点何在？你不必急于解答，我想你会放在心上……

母亲、胡景清、华模，母校给予了方敬一生受用的东西。只要一提到那段岁月，他的脸上和眼神里便流露出一往情深的神色，仿佛重新回到了当年的校园。告别这所母校，就如同告别母亲一样，充满了难舍难分的眷恋。

# 第五章
## 绛帐风华，师恩永沐

方敬一生最难忘的，是恩师胡景清。

有人说，方敬一生都在追随他景仰的胡老师。

在他心里，胡老师是一位早期的教育改革家，也是一位名副其实的"捧着一颗心来，不带半根草去"的为人师表的典范。

胡景清对学生无微不至地关怀，从学习上、思想上、生活上做到了"不是父母，胜似父母"，因而受到学生的深深爱戴和无比尊敬。他学识渊博，文理兼通，教过语文，也教过数学、物理、化学，像这样的全能型教师，非常少见。

他穿长袍，戴一副白金丝眼镜，风度潇洒，讲课清楚透彻，引人入胜。方敬记得他常说的一句话是"我劝天公重抖擞，不拘一格降人才"。

方敬读高一时，家里离学校要步行一个多小时，中午没法赶回家吃饭，也没有什么干粮可以带到学校去吃。因为早餐通常是豆渣，母亲也难为无米之炊。中午方敬经常饿着肚子，有时候只得喝一肚子水，暂时把肚皮撑饱。水很快就消化掉了，那暂时填饱的肚子一下又变得空荡荡的了，反而更饿得慌。

现在的人们很少能体验到极度饥饿的滋味了。正在长身体的方敬在饥饿中昏昏沉沉地睡着了，梦见的是香气扑鼻的大米饭。他甚至还做过更奢侈的梦，一边吃着大米饭，一边吃着东坡肉，梦醒了嘴角上还挂着馋涎。放学后，方敬有时饿得两眼昏花，两腿发软，他拖着两条软绵绵的腿走出校门。失重的大地，倾斜的天空，阳光稀稀落落在脚下闪动，感觉就像踩在棉花上一样。一个瘦长的阴影摇摇晃晃，连脑袋也发出空

　　　　　　　　　　　　　　　先生方敬

洞的声响。

高一开学上课才过一周，胡老师就堵在教室门口或校门口，一定让方敬与他一同吃饭。原因很简单，因为他发现方敬每天不吃中饭偷偷喝自来水充饥，他"命令"方敬必须陪他去"小小天"包饭吃午餐。

那个叫"小小天"的饭店非常小，也是一个给师生供应伙食的商店，老师和学生都可以去吃。设施比较简陋，饭菜也很简单，米饭外加两菜一汤：一荤一素，有青菜、苋菜，有时候有鱼或炒肉丝。

就这样，胡老师"强行供饭"了大约一年。

2003年，方敬专门在景清书苑写了一篇《景清老师的爱生》，类似的怀念短文他写过几篇：

1999年7月，景清老师因病与世长辞，我因腿伤做外科手术，不能前趋，遗憾终身。思之再三，以陶行知先生的一句名言"捧着一颗心来，不带半根草去"作挽。这是景清老师一生的写照，当之无愧，至少我是这样认为的。

1945年夏，我进华东模范中学读高一，住处离学校行程需一小时多路程。家贫，坐车不可能，带饭也难，因主食多为豆渣——猪食，更买不起。中午放学后，悄悄地喝自来水充饥，不几天被景清老师发觉了，每天中午堵在校门口，要我"陪"他去吃"包饭"，直到我主动去找他为止。

景清老师是班主任并教我们语文。在之后的五十余年，不论风云如何变幻，与敬仰的老师保持联系，并以先生的高风亮节鞭策自己。

景清老师这样执着热爱学生，至少在我的经历中所见不多。这使我悟出了尊师与爱生的因果，在师生之间爱生应当是第一位的。出自内心关爱学生的老师，必将得到学生衷心爱戴。人品、学业、能力，缺少爱心的浇铸是难以开花结果的。

不仅如此，知我爱绘画及书法，所需笔、墨与纸及时供应，有书画展时代为购票，嘱我前往；至今我珍藏着先生1947年送我的《抗战八年木刻选》，对我而言，这不仅仅是一本书，更是老师火热的心，呵护着一个穷学生被伤害过的心灵；是老师无声的启示，激励学生对书画的追求。在高中3年，老师默默送来了多少纸和笔，我至今都算不清。

景清老师对学生的爱是宽容的、细致的。记得一年春天，他看出学生的无奈——想春游，而无法成行。一个休息日，景清老师约好学生并要了两辆"祥生车"陪大家去龙华寺。在草坪，学生玩疯了，而他却静静地坐在一旁，默默地注视我们，不时露出微微的笑。老师只长我十岁，也是属于爱玩的年龄，很多年后我才意识到他在尽师责。来回用出租车，简直是奢侈，老师生性俭朴，余财不多，这样地"挥霍"，只是让我们这些孩子得到心灵的补偿而已。

还有个秋天的周末，班级里近半数学生偶发奇想：到镇江去玩。钱大家凑，像我这样没钱，也不要紧，有钱的回家拿钱。所有去的同学，一样待遇。结果被景色迷住玩昏了头，竹林寺、招隐寺、金山、焦山，玩得都忘记回来了。周二才回校上课。结果学校里没法上课，一半的学生不见了，那时候学生就活跃到这个程度。不出3天，每人得了个记小过处分。当时我并没有什么不安，因为信赖班主任的善良，不可能整人。还觉得这么多的人一起处分，挺有趣的。出人意料的是，学期结束，处分个个取消。我私下认为，这里有老师的一份情意。因为他常常说，孩子顽皮一些属正常，只要不顽劣就好。

景清老师教学是认真的，非常投入，直到今天我还能记得他上《修辞学发凡》的开场白，铿锵有力的南通国语。

1949年上海解放，是岁夏我参加工作，与恩师仅函电相闻；"文化大革命"期间，知恩师遭难，常潜往，尽学生之心而已。

1977年，先母病重，恩师不知如何得知。某日清晨6时许，来黄埔中心医院，慰抚后，留下一封信。启之，其数巨，约恩师数月之薪俸。1945年至1977年，间隔三十多年，如此爱生者几多？

后来，他在杨浦中学教数学。去老师家看望时，多次见到他备课和批改作业，比我认真尽心得多。

我能有今日之一二，乃华东模范中学的老师身传言教也。诸如左淑东、蒋宏成、姚晶、田复春、胡文巧诸老师皆爱生之典范。我终生不敢稍忘。

景清老师的爱生比《爱的教育》还要多，可惜他不在了。即使在，他也不肯写。有一年，他病了，我送了些钱给他，而老师立即把钱汇还，并写了一封信，大意是：钱要用到该用的地方，你赞助学生花销大，留下备急。

滴水之恩当涌泉相报，这封信告诉我不该用这做法回报，老师要我真正领会什么是"捧着一颗心来，不带半根草去"。50年代起，我尽己所有资助清寒子弟读书。1978年起重点转向农村，20世纪90年代初，在农村一初级中学设"景清奖学基金"（老师不准用他的名字命名，1999年7月以后才改的）。本世纪初，建"景清书苑"以书会友，所幸的是我教过的学生也在海州设立"景清书画社"。

我之所为，亦为人有所不解，区区约百万元，杯水车薪。何不经商，敛财至亿万，可一掷千金。多年来苦自己苦家人，何苦？我一介书生，无经商之DNA，只能节衣缩食，虽苦而心安。

又曰：此人弃大城市来小村，抑上海混不下去，或见背于亲人；或曰：此更有所图……如此环境，我并不为其所动，宁静以致远耳：任村之盛学，非一人之力。沐改革开放之春光也。任村学风渐盛，至今我也被多数乡邻所认同，甚慰。

强国还须兴教育，兴教育更需爱生！

恩师爱生之精神，我仅得之行之万一，此爱生精神所致耳。

先父母"迫于饥馑，赴沪谋生；崇尚教育，泽被后人"。试看方氏子孙，崇尚教育者必兴！望各地子孙毋忘。

我希望自己至少再活6年，以更多的精力向景清老师学习，告慰老师于九泉。

2018年9月3日，我在景清书苑采访时，88岁的方敬再次绘声绘色讲起老师过去的故事，尽管有些情节是重复的：

我们现在找不到那样的老师，找不到了。

哎哟，那些老师啊，真是叫……所以说尊师爱生，应该是写成爱生尊师，唯有爱生，那师才能尊。

比如我们的英文老师蒋宏成先生，说中文结巴，说英文不结巴。

那时候我们数理化全部是英文的，没有中文。姚晶老师讲课：A line perpendicular other line（一条线垂直于另一条线），课讲到一半，就问 Understand（懂吗）？

那时候我们的语文是由老师自己选课文上课，张树人老师后来是陕西省教育厅厅长，他那时从《中华活页文选》里选文章上课。他喜欢文艺理论，全部选的文艺理论上课；还有一个老师专门教古文的；胡景清老师选的是陈望道的《修辞学发凡》。所以我们的课选的很杂，每个老师根据他的特点选课。

那时候也看过《家》《春》《秋》，我们看书的风气很浓，包括高尔基的、契诃夫的、托尔斯泰的，那时候读书很自由，考试很简单，就一篇作文。读的都是翻译来的，原文读的都是老师讲的课。我到现在还记得都德的《最后一课》，是法文翻译过来的：I was late that morning on my way to school⋯

没想到方敬英文还这么好，方敬说："开始学英文，后来学日语，解放后学俄语，订阅过英文报纸，所以现在几门外语还能说。"

"胡景清老师带领我班团结向上"，钱玉音回忆：

同班同学吴启秀，她家曾是浙东四明山游击队的秘密联络点，她也参加了联络活动。1948年底，联络点的一个交通员被捕，敌人从他帽子里搜出吴启秀家的地址，立即前去搜捕。当时吴启秀在内屋，她的父亲去开门，敌人把他父亲抓了起来，吴启秀见状从后门溜走。到哪里去？她想到最受人信任、关心学生的华模老师、我们的班主任胡景清。尽管她已毕业离开学校半年多了，但当她找到胡老师说明情况后，她立即被送往浦东，和胡老师的母亲住在一起，隐蔽了一个多月。有一天，胡老师告诉吴启秀，有一个可疑分子去"看望"他的母亲，就把吴启秀转移到华模同学黄世锦家里，后来又转移到同学魏敏丽的住处。吴启秀与组织取得联系后，才从魏敏丽家出发去四明山革命根据地。胡景清老师同华模许多老师一样，在学生遇到困难和危急时，毫不考虑个人安危，而是想方设法帮助，他认为这是老师理所应当的事。

胡景清老师关心学生更是无微不至。我从小有头晕病，有天晚上又发病了。当时我住在学校三层楼上的宿舍里，这可急坏了住宿的老师和同学，他们围在我床边要我转动头部，我再三说不要紧，可胡老师还是不放心，怕我得脑膜炎，连夜赶出去请了一位医生，检查后开了处方，又设法去配药，折腾了半夜。同班同学杨世惠母亲病逝，胡老师写了挽联，带班上一些同学去悼念。事隔数十年，杨世惠和她的父亲还记忆犹新。

课外，胡老师指导我们办壁报、开辩论会和演讲会。有的同学与他看法不一致，和他顶撞，他也不计较。看到我们思想活跃，他由衷地高兴。在胡老师的教育培养下，我们受到多方面的锻炼，发挥了各自特点和才能，如吴启秀的写作、方锡敬的素描在当时就崭露头角。在他全身心的教导下，我们班很快成了团结、互助、活泼、上进的集体。

钱玉音还说：班主任胡景清，当年还是个年轻的小伙子。当时师生关系很好，好到甚至有同学叫他"母亲"。

姚晶老师说：是胡景清第一个提出办华模。为办华模，为帮学生，他变卖家产。从南通学潮中逃往上海的几位思想进步青年学生，华模收进学校，胡景清出钱为他们在学校附近租房居住（后学校帮助解决，安排他们住校）。胡老师国文底子很深，又兼教数理化，用英语重编高中化学教材，并融入部分大学教材内容。胡老师的一贯风格是爱生、无私、朴实。所以有些学生心里默默称他为"母亲"，虽然他是男的。

一个青年男教师，却被学生喊为"母亲"，可见胡老师的温厚善良了。

同学贺师礼撰文《平凡而伟大的一生——怀念胡景清老师》：

胡老师"不是父母，胜似父母"，受到学生深深爱戴和无比尊敬。像他那样的全能型教师，在近几十年来的我国教育界可以说是少见的。更为难能可贵的是，胡老师五十多年来，始终耕耘在教学第一线。年复一年地，白天站在黑板前讲台上，晚上伏案在桌灯下。为教好莘莘学子，呕心沥血，付出了毕生精力。他对社会无所索取，不求名位利禄，不求"闻达于天下"，只求"得天下之英才而育之"。他像中国历代优秀知识分子一样，安贫乐道，俯首甘为孺子牛；身体力行，做到"春蚕到死丝方尽，蜡炬成灰泪始干"，把生命奉献给社会，直到最后一息。

如果说，他在早年创建了新型的、后来在党的领导下成为革命堡垒和革命摇篮的华模中学，为我国解放事业培养了大批革命青年，立下了汗马功劳的话，那么解放后特别是在中年以后，他从教于杨浦中学，这是一所上海市闻名的重点高级中学。他长期担任高中毕业班的数学把关老师，为我国高等学校输送了一茬又一茬优秀高中毕业生。这些毕业生后来在祖国建设的各个岗位，成了国家的栋梁，胡老师对此作出了重要的贡献。

胡老师退休后不久，华模复校了，他又重新投入到华模重铸辉煌的工作中去。为使校长能把精力放到办好学校中去，他自告奋勇为校长批改数学作业，默默无闻，甘当人梯。他把校友交来的纪念昔日华模的稿件，一份份仔细审稿修改，一字一字工整地誊到文稿纸上。可以看出他对华模的珍爱之情是何等深切！

他人格高尚，与"官贵民贱""富在深山有远亲，穷在闹市无人问"的世俗陋见格格不入。

另一个同学朱梅鸥，也满怀深情地回忆了胡景清老师：

我在华模仅仅读了一年书。我最忘不了的是我们的级任导师胡景清。

景清老师教我们班语文，他语文根底很深，知识渊博，教学经验丰富，能将枯燥无味的修辞学讲得通俗易懂，给大家的印象极为深刻。

除教学外，他对地下党组织学生参加的各种爱国运动，演唱进步歌曲，演出反映解放前社会黑暗面的话剧、歌剧、活报剧等均给予极大的支持。他还经常列席我们的级会，为级会工作出谋划策……在他的支持帮助和级会组织下，我们高一班成了全校最活跃的班。我们多次开展与其他班的联谊活动，由我编剧、张宁杰导演，为初一和高二同学上演过独幕剧《矮子先生》。我还为初一的夏余丽、陈伍凤补习过英文、数学。为了彻底打破封建思想，级会还发起了男女同学共坐一张课桌的号召，调整了座位，男女同学消除了隔阂，增强了友谊。我们班办起了丰

　　　　　　　　　　　　　先生方敬

富多彩结合时事和生活文娱等内容的壁报，1945 年取名"心灵"，1946年取名"晨钟"，这些壁报均由孔鸣华装订成册放图书馆内任人借阅。"文化大革命"中作为解放前学生运动民主堡垒的华模母校，被"四人帮"诬蔑得面目全非。为了保护这些珍贵资料，壁报先后被景清老师、方锡敬和孔鸣华保存得完好无损，目前尚在孔鸣华手中。

景清老师对学生体贴入微、关怀备至，尤其对家境贫寒的学生更是如此。我读初中时一直享受《申报》读者助学金待遇，进了华模也是学杂费全免。他对方敬更是很好的例子。

受景清老师影响，我们班团结友爱的气氛越来越浓。李宝根数学较差，孔鸣华等经常在下课时辅导他。我在操场上踢足球时左脚小踇趾被李宝根踢成骨折，左義东、钱玉音找了跌打损伤药水给我擦拭。我离开华模回到陌生的故乡沈阳最初很不习惯，在给景清老师和同学去信时流露出这种心情。景清老师和方锡敬、钱玉音、孔鸣华、左義东、张宁杰、张君本等同学回信安慰我，向我介绍华模师生的近况。1946 年 11月左義东还给我寄来几张照片，其中有景清老师和姚晶老师、蒋宏成老师在她家门口的合照，胡有谦老师带领高二班（也就是原我所在的高一班）全体同学在江湾叶家花园春游时的合影，还有左義东和钱玉音的合影，使我十分感动。

近几十年来我每次回上海探亲或开会出差时，常邀方锡敬一起去看望景清老师。景清老师总是以自己不会做饭为借口，带我们去饭店品尝在重庆很难吃到的对虾、螃蟹等海鲜，而且不准我们埋单。酒足饭饱之余，还要给我俩几包当时在上海还在限量供应的"牡丹""前门"等好烟。有一次还问方锡敬是否缺零花钱用，锡敬笑而不答，景清老师马上就给了他 20 元钱。1997 年景清老师病愈出院，左義东来信说上海的老师和同学准备聚会为他祝贺，我极其高兴地寄去 300 元表示助兴。结果被原封不动退回，后来才得知锡敬也遭遇过此类情况，更加佩服景清老师人格之伟大……

学生钱丽敏回忆："华模更像一个革命大家庭。记得左淑东老师当我们的级任老师的时候，她就以年龄为序，把我们编排成兄弟姐妹，左老师是大姐，我排行第16。实际上是把学生组织起来，团结在党的周围。"

方敬很尊敬左淑东老师，他在《润物细无声——左淑东先生二三事》一文里深情回忆：

1945年秋，我进华东模范中学读高中。开学没几天，在课间休息时，见到了终身难忘的一幕。教学楼的南面，小操场的西边，有二三十个学生围着一位老师席地而坐。远远望去，一位瘦瘦的老师，身躯微微前倾，左手捧着本书，右手时不时比画着，专注地在讲着什么。后来才知道，由于没付齐房租，只能露天上课。

那位老师是我们学校的教务主任，这是第一次知道左淑东先生。

左淑东先生当时30岁左右，而姚晶、蒋宏成、田复春诸位老师，只二十岁多一点，因而都尊称她为大姐、左大姐。

我生下来，是时势造英雄。在我之前有一兄、一姐夭折，母亲请瞎子算命，算命先生说，此子如能长大，下面有多少都不会出现夭折。这就奠定了我在家中的特殊地位，因而特别文静。一直到初中时期，都是"乖孩子"。到了华模，特自由，特民主，十多年积蓄的能量，全都一泻而出，成为整个学校的活跃分子。由于功课好，且顽而不劣，老师们也不苛责，甚至有些包庇。

在学校，我尊重所有老师，但从不怕。即使姚老师"咆哮"时，也能处之坦然，嬉笑依旧；就是怕左先生，因为她以柔克刚。

少年的遭遇使十五六岁的我，心底深处的自卑却表现出过于敏感的自尊。1946年，学校组织我们去昆山春游。在返回时，记不得为了什么事，自以为心灵受到了伤害，赌气把手电筒也摔了，离群而去，在火车站台上生闷气。没多会儿，左先生发现了这一异常，就远远地走来，细声细语询问和劝说。我很倔，就是不开口，害得左先生陪着我走了好几个来回。直到火车快进站时，才匆匆离开我组织同学们上车。这是我第一次受到左先生的关爱，就这一次，一匹桀骜的马信服了。由于营养不足，虽是高中生，但全班最矮，只能与李伦英同学坐第一排。就这一次，我似乎欠左先生什么，特听左老师的话。左先生当时修长短发，带无边的银丝眼镜，双手爱举起在胸前，比比画画地分析问题。

直至今日，我还是"怕"左老师。左老师从不训人，和年少不更事时的"怕"不同，后来是怕占用她的宝贵时间，是怕她为我而费心。在这以后几十年的教育生涯中，我一要发火，就会想起左先生的细声慢语——润物细无声。

可能是1954年暑假，我去江湾幼儿师范学校看望左先生。走向办公楼时，远远看到有三五个女孩在游泳，靠近了才发现其中有左先生，这让我十分吃惊。那时她已40岁，体育又是她的弱项，所以她的动作格外笨拙，但神情却非常认真。之后，我担心的事终于发生了，听说她有一次溜冰时摔断了臂骨。为什么是这样呢？一向身体力行的左先生，为了"发展体育运动，增强人民体质"与学生打成一片。这就是我们的左先生。

在这以后，大家都忙，与左先生很少见面。"文化大革命"开始，我的老师多数是"当权派"，难逃此劫。我在被批斗时想：我的老师们能顶得住吗？所以一有机会就偷偷地去看望他们，多数老师显得迷茫，甚至沮丧。而左先生不这样，她非常虔诚地检查自己的"修正主义教育思想"，并因挖掘得不深而陷入苦恼的深渊。1966年深秋，我与几个知己凭着良知与直觉，认为当时的做法是反常的，是丧失理智的。因此，我直白地告诉左先生：我们的老师多数是优秀的布尔什维克，你是其中最优秀的一个。假如你是反革命修正主义分子，像我这样的人早就该枪毙了。左先生想了一阵，表示仍然要深刻检查，并再三叮嘱我要正确对待运动，要小心。我不能久留，左先生的心太纯了，使我更放心不下。

1978年初冬，听说左先生病了，几个同学约我去探望。左先生老老实实地躺在床上，这是少有的。而让我难以置信的是盖的竟是一条旧棉絮，当我对此提出质疑时，她的家人告诉我们，每早让她喝碗豆浆，她都认为是浪费，更不要说喝牛奶了。我没办法，只能告诉她十分尊敬的段力佩先生。经过段先生的劝说才略有改进。左先生清贫自处，省下钱给别人花，其中就有我。

大概是1979年，我的小儿子列平被大学录取。左先生知道了比我还高兴，在百忙中还送来一支钢笔和一本笔记本表示祝贺。最后还对儿子说，因为没买到正品，这两件东西都是副品，当你毕业时再买正品补给你；此事说过了，谁也没记心中。事隔几年的一个夏天，列平毕业时，左先生在侄女的陪同下又来到我家，真的送来了正品，这就是伟大。20世纪80年代初，左先生是个大忙人。除了是幼儿师范的校长外，还是教育局师范处处长。这样的细琐事，连我都忘了，她还记在心里，真是沁人肺腑。把一个学生的孩子的事记得这样准确，实在令人难以想象。

　　什么是爱生，左老师是光辉榜样。左先生对人对教育赤诚的爱心，几十年来播入千万学生的心田：生根、发芽、开花、结果，这是博爱，博爱就是这样。

　　左先生的博爱似一股清泉，细细地流着。水是无形的，但始终有形；水是轻柔的，但持续地积蓄，能量是巨大的，这一无形与轻柔，蕴含着崇高的理念，滋润了千万个学子。

　　1995年1月4日，又去左先生那里，她已80岁高龄，耳聪目明。临行，还要给我50元坐的士，说是我的腿不好。我没要，坐公共汽车返回。甫进门，电话已到，问我回来没有？

　　左老师，为教育一辈子未婚。像我这样，是差得很远！

　　华东模范中学建校已60年，我认识左先生也60年了，遇到一位好老师是一个人终生的幸福，我由衷地感谢母校，永远怀念左先生。

　　在撰写此文期间，得知左先生西行。亲爱的左先生，您慢走……慢走……

　　方敬日记记载：

　　左淑东先生70岁大庆时，我搞了一本册页，在扉页上写了一段话：润物无声，催桃李芬芳，又多少园丁阳光下；韶光易逝，忆春风化雨，四方学子，今日共庆华发；金风又劲，祝淑东老师，再千里驰骋！1984年10月21日。

　　左老师将毕生献给教育事业，上级评她为一级校长，她却恳切要求降为二级。她以一个优秀共产党员的人格魅力,感染了学生一辈子。

左老师给方敬高中毕业的评语是:"聪敏好学,富有艺术天才"。方敬则自嘲是教书匠,与艺术无缘。

田复春老师,原名田钟洛、笔名袁鹰,是大家熟知的当代著名作家,以至于不少人连他的原名都忘了。袁鹰1924年生,江苏淮安县人。40年代中期开始文学创作,以散文影响最大。在上海读完中学、大学,一度担任华模中学教员,长期从事新闻工作。1945年末进入上海《世界晨报》,1947年为上海《联合晚报》副刊编辑,同年底又任上海《新民报》特约记者。他后来的文章,如《小站》《筷子》《白杨》《黄河的主人》《汉字的魅力》《井冈翠竹》,都曾被选入中小学课本。

尤其是写于1960年10月的《井冈翠竹》,氤氲过多少学子的心:

井冈山五百里林海里,最使人难忘的是毛竹。

从远处看,郁郁苍苍,重重叠叠,望不到头。到近处看,有的修直挺拔,好似当年山头的岗哨;有的密密麻麻,好似埋伏在深坳里的奇兵;有的看来出世还不久,却也亭亭玉立,别有一翻神采……

是的,当年用自己的血和汗保卫过第一个红色政权的战士们,谁不记得井冈山上的翠竹呢?用它搭过帐篷;用它做过梭镖;用它当罐盛过水,当碗蒸过饭;用它做过扁担和吹火筒;在黄洋界和八面山上,还用它摆过三十里竹钉阵,使多少白匪魂飞魄散,鬼哭狼嚎。如今,早就不再用竹钉当武器了,然而谁又能把它们忘怀呢……

井冈山的翠竹啊,你是革命的竹子!你永远那么青翠,永远那么挺拔,风吹雨打,从不改色;刀砍火烧,永不低头——你是英雄的井冈山的象征。

田复春回忆:

华模刚创办时,左淑东老师要我教一班高中语文课(当时叫"国文")。我踌躇一下,只能婉辞。主要是因为当时我的党内组织关系在学生部门,具体任务是在上海基督教学生团体联合会(简称"上海联")编辑会刊《联声》,下午还要到之江读书,不可能有备课和讲课时间。左大姐说一定要教一两门课,我说就教两班地理课吧。没有想到最后一年（1948年秋季到1949年上海解放），我竟担任了初一到高三6个班的地理课，好像是个地理专家，好像煞有介事，其实完全是误会，只不过对地理有些兴趣罢了。我既没有对中国和世界地理有什么研究，手边也没有多少教学参考书籍，只有金仲华先生编的《世界政治地理图册》等几本有限的书。那一时期党内任务也重，我连续编两个杂志。没有太多空暇去钻研备课，就只好用点取巧的教学方法。

而方敬，是田老师地理课的课代表。

田老师比方敬大6岁。

田老师开口、落笔都是诗。在那简陋校舍里，珍藏着师生难忘的美好时光——抗击严冬、迎接春天的斗争。田老师以诗人的风范，用诗歌的手法，教学于课堂之内、书本之中，深得学生喜爱。

针对国民党反动派歪曲真相的宣传，田老师时常给同学们介绍解放战争战局的进展；在地理课上，以颜色粉笔标出解放区和蒋管区。他对我国占人口80％的农民仅有少量土地，而不到10％人口的地主富农却占有90％以上土地的分析，给同学们以生动鲜明的阶级教育。

有一次，田老师见学生为了搞学生运动开夜车，把身上仅有的一块银圆，拿出来让学生去买阳春面当夜宵。

"文化大革命"中田老师全家深受迫害，致使唯一的女儿终生残疾，生活不能自理。"文化大革命"结束后，田老师把补发的工资全部缴了党费。

华模老师多数没经过师范的专业训练，但上课都很投入和热忱，深得学生的爱戴。如姚晶先生讲三角时用的是自编教材——《姚氏三角》（石印本），因此沪上有"姚三角"之美誉。姚先生讲课时而激昂高亢，时而低声细语，学生如何且不说，他自己早沉浸在 Sen 和 Cot 中去了。一口京腔，感染力极强。

方敬还记得他教学时讲到深处，来不及用黑板擦就用西装袖子擦的动人情景。他把任教的华模、复兴两个学校当作他的生命！

杨国淦回忆：课余，姚老师与学生打成一片，但在课堂上却是严肃认真的。凡听过姚晶老师课的同学都知道他在课堂上是最"凶"的，但"凶"得在理。至今我还记得姚老师讲的解代数方程的某些方法和求证几何的定理。

张树人老师的形象深深烙在方敬心中，他浓密的乌发，瘦削的脸庞，对学生始终是面带笑容。

张老师原名张华荣，1947 年中央大学中文系毕业后，任自忠中学高中语文教师。1948 年 5 月，任华模中学教师兼教务主任。他是 48 届、49 届高中语文老师，还兼 49 届高中班主任。他教语文课多选鲁迅小说和田间、艾青的诗歌，上课时师生共同沉浸在"救救孩子"和"长歌当哭"的气氛中。

"真的猛士，敢于直面惨淡的人生，敢于正视淋漓的鲜血。这是怎样的哀痛者和幸福者？"七十多年过去了，张老师朗诵的鲁迅先生的这句话不时在方敬耳边回响。张老师与年轻老师、学生一起住在晒台搭建的阁楼里，睡的是双层床，真如鲁迅说的"吃的是草，挤出的是奶"，他将革命思想渗透在文化课中，潜移默化地影响方敬和同学们走上革命道路。

张老师自己编选"活页文选"，把北新书局"活页文选"，按年级编订成册作为课本使用。其中选了不少鲁迅、叶绍钧的名著，如《孔乙己》《药》《稻草人》《多收了三五斗》等，以及苏联文学作品如《母亲》《钢铁是怎样炼成的》《卓娅和舒拉的故事》《青年近卫军》《铁流》《土敏士》……

那段时间，方敬从《呐喊》《彷徨》《故事新编》《子夜》《家》《春》《秋》《灭亡》《新生》《丰收》《八月的乡村》《生死场》《雷雨》《日出》等一大批新文学作品中，知道了"伟大的鲁迅"（那时对他的杂文还读不太懂）、茅盾、郭沫若、郁达夫、巴金、老舍、丁玲、曹禺、许地山、王统照、沙汀、张天翼、萧军、萧红、叶紫、徐志摩、戴望舒、艾青等作家、诗人、剧作家的名字。在这些书里，了解到一些中国的过去和现在、城市和乡村、上层人和普通人、压迫者和被压迫者的内容。他同情饥寒交迫、饱尝被剥削压榨之苦的工农大众，他要站在他们一边，为改变这个黑暗的、不合理的社会而奋斗。

方敬还想方设法与同学们悄悄地传阅反映解放区的作品，如《西行漫记》《李有才板话》《李家庄变迁》《晋察冀行》《吕梁英雄传》《新儿女英雄传》等进步书刊。

从《西行漫记》中，他第一次知道中国共产党和中国红军，知道毛泽东、朱德、周恩来、彭德怀、贺龙和许多共产党人的感人事迹；第一次知道两万五千里长征，知道陕北红色区域的真相，也第一次听到"红小鬼"这么一个有趣的名称，开始从心底仰慕和崇敬中国共产党。从《钢铁是怎样炼成的》《毁灭》《铁流》《夏伯阳》《士敏土》《前进呀，时间！》《母亲》《我的童年》《我的大学》《在人间》中，他第一次知道十月社会主义革命，知道奥斯特洛夫斯基、法捷耶夫、绥拉菲摩维支、马耶柯夫斯基和高尔基。对北方那个"光明灿烂"的国家，由衷地心向往之。

解放后，张树人一直担任教育行政领导工作。20 世纪 50 年代国防建设欲自主设计制造飞机，48 届华模毕业生刘兆麟在汉中白手起家，但紧缺计算方面技术人才，欲与当地大学合作自行培养。他去上级教育管理部门申报其计划，而审批领导就是张老师。

华世璋老师是党派他与左淑东老师一起来华模，以加强华模的建校、教育工作。他是华家大家庭的二哥，家境比较好。来校时，动员了11 个弟妹一起进华模，亲、堂兄弟姐妹分布在各个班级。华老师在政治思想上启发、教育他们，结果华氏姐弟大都成为学生运动中的骨干力量。华老师不久调离华模接受新任务，遭受过敌人逮捕、上刑，经受了严峻考验，依然坚贞不屈。后去解放区部队工作，新中国成立后长期在南京财经学院工作。

在华模，令方敬难忘的还有董天野与乐小英先生。

董天野又名叶风、晋初，浙江慈溪人。早年就读于新华艺专，初从方涛学习国画，1945 年拜张大千为师。擅长连环画，20 世纪 40 年代初，他的作品常见诸上海大小报刊，可以说是一位报刊上的"热门"画家。那时上海《新闻报》的副刊《茶话》和《新闻晚报》的副刊《夜声》中经常有董天野的作品发表，较多的是小品式连环画，一组可连续刊载几天。

1946年暑假一开始，方敬去张园拜望董天野先生。张园在上海南京西路上，坐北面南，是民国时期上海的名园，很大。解放后曾改为张园游泳池，对公众开放。进张园没几步路，右拐有一栋二层洋房，董先生就在底楼办公，对面是乐小英先生，故而也认识了乐先生。天野先生擅长国画，而乐先生则攻西画。这栋楼有好多小报编辑部，记得有《铁报》等。他们两位专为报纸画插图和专栏。

乐小英原名乐汉英，笔名守松、锹嘉，浙江镇海人。自小爱好绘画，在中学读书时即参加绘画组织，开始漫画习作。抗战爆发后失学，在宁波、上海商店当学徒，业余创作漫画，向各报投稿。1942年曾将鲁迅翻译的苏联儿童文学名著《表》画成连环画发表。

两位长辈都是中等身材，董先生略胖而矮，肤色微深，嘴角有颗痣。而乐先生偏瘦而高，白皙、发微黄。两位长者一口宁波味的沪语。董先生拣了几张铅笔素描送给方敬，其中有张方形白铁皮的油灯。后来还送了他一幅扇面，画的是一匹骏马：四腿白色，背部有浅棕色的花斑。可惜在"文化大革命"中都"被不见了"。至今也没人还给他。时隔七十多年，方敬仍惋惜不已。

去天野先生那里是学画。当时先生在制作连续刊登的专栏，每期一幅，是古典小说，仕女居多。有时整体画成后，要方敬根据他的要求补一些服装上的纹饰，用的是狼毫叶筋笔。这对方敬是一种鼓励，更感到是一种享受，可惜次数并不多。

乐先生也在创作一个连载的专栏，内容是人物评论。脸都画得很大，占篇幅的三分之一，很逼真。而身体与器物都很小，涉及的都是些名人，诙谐得很。

新中国成立后，乐先生曾为上海的《支部生活》画插图。"文化大革命"初期，乐先生为一位劳模（木匠）的报道画了一张插图，画的是这位老木匠在推刨，坐凳下画了好多木屑，木屑多数呈U形或S形状。听说就因此被打成"现行反革命"，理由是念念不忘"US"（USA通常指美国）。

两位先生都已作古，却无法阻断方敬对他们的思念。

"回想过去，我从懂事起就爱画，给我最大支持的是母亲，其次是胡景清老师"。开始是画连环画，方敬最佩服的是赵宏本，他给一家理发店画过关公看《春秋》，捧刀的有周仓，抱印的有关平，至今还能背下来。1945年，抗战胜利了，方敬为大姐的同学梁第蓉家开的小吃店画过人物肖像。1948年经张树人老师介绍，到中央大学师范学院美术系画过素描。1949年，画过毛泽东在延安窑洞的油画。后来"党命令我去工人夜校教书"，在教育战线干了42年，直到1991年才回到家里，"还我自由之身，重做童年的梦，但是只能以字表达我的思念"。

1947年10月之前，方敬就见过木刻画，有赵宏本和杨可扬的。

在景清书苑，胡景清老师送他的一本《抗战八年木刻选集》，他至今仍珍藏着：

《抗战八年木刻选集》（1937—1945）

中华全国木刻协会选编

谨以此书纪念木刻导师鲁迅先生逝世十周年！

书的扉页上是胡景清秀丽劲道的毛笔行书和自己的印章：

三十五年秋，观木刻展览于大新公司，购此赠锡敬吾弟。

景清识于华模

胡老师丝毫不端老师的架子，以弟呼之，这是多么深厚的师生情谊啊。

在华模，叶飞老师教木刻，方敬就跟着他学。

叶飞老师说，木刻用的刀有三角刀、斜刀、平刀，还有大圆口与小圆口等等，方敬感叹磨刀最费劲。用的木材，则有银杏木、枣木、梨木等等，还有纵断与横断之分，专业术语很多。

至今方敬还保留着1947年10月学木刻时画的一张木刻画《卖布》："初学乍练，底稿用的是叶飞老师的，我只是刻而已，印象里这已是第二张或第三张习作。当时很兴奋，一口气就刻下来，为的是印出来。印了第一张，深深地陶醉在莫名的幸福中。看了一遍，又看一遍，美得自己没地方说，因为大家都睡了。虽然人物的右眉给一刀'滑'掉了，依然甜滋滋的。"

因为鲁迅先生重视木刻，所以方敬对木刻很兴奋！

自己刻了比第一张更好的，所以更兴奋！

资料显示：叶飞，江苏无锡人。擅长版画、儿童美术。1949 年后历任团中央出版委员会美术编辑、创作干部，少年儿童出版社编审。作品有招贴画《向太阳》，插图《好好先生》《狐狸列娜的故事》等。作品集有《叶飞木刻选》和《叶飞印存》。

"叶飞老师，是胡文巧老师介绍的，胡老师当时是学校的副校长，大家闺秀。"在那以后，方敬就未摸过木刻，他觉得对不起叶老师。珍藏了叶飞两幅木刻，那刀法炉火纯青。有一次，方敬请胡老师查到叶飞的电话，但电话没人接，只知道人还健在。


给方敬留下深刻印象的老师，还有很多。

杨学敏老师是中共地下党上海教育工作委员会委员。华模成立以后，是华模、复夏（未合并前）及西区省吾中学党组织的上级领导人。后来到华模任教，挤在学校宿舍里、搭一张行军床，与学生同吃同住。

施增琦老师兼授华模、省吾两个学校的三角和解析几何。在黎明前最黑暗的时候，他潜伏在两校的阁楼、密室，收听来自"山那边"的新华社广播。经历步步惊心的危险，把新华社的声音化为文字，以最快的速度传送到学生、工人等手中。

外语老师林梦奇常从《密勒氏评论报》上选择有关时事报道，作为补充教材。他的英文非常好，中国加入联合国后，林老师被国家召唤后来去联合国工作多年。

薛若梅老师 1940 年在上海参加爱国抗日学生运动，后参加新四军。1941 年入党，不久被派回上海，考进之江大学攻读英国文学系，担负起特殊战线任务。毕业后，为掩护革命工作来华模教高中班英语。但不久因任务需要离开华模。老师一生清贫，住一室一厅普通职工住房，不提任何要求。离休后她觉得不能白吃饭，主动教 24 人英语，分文不收，直到 80 多岁。92 岁时学生给她祝寿，她说华模没忘记她，捧起双手千谢万谢！

音乐老师杨今豪，后来曾任天津音乐学院院长。数十年以后，华模要求改动校歌几处音节，此时他已年迈，但一周内就改好，还额外改为四重奏。

陈良老师解放后编了当年地下斗争时青年学生所喜爱的歌曲册子，曾任上海音乐学院副院长。

华模学生非常幸运，有这么多才华出众的老师。

华模是黑夜里的一盏灯，老师则是点灯人；老师是天，胸怀比天空宽广；老师是地，肩膀比大地坚实；老师温暖的翅膀，抚育学生成长，引领他们飞翔。

1949年四五月间，解放军以排山倒海之势解放南京、上海，摧毁蒋家王朝。在战火中解放的上海出现一个奇迹，这个几百万人的大城市的城市建设和经济、文教事业保存完好，几乎没有大的停顿，便有秩序地在党领导下运转起来。出现这一奇迹，是党中央的正确领导，解放军战略运用得当，还有上海地下党的有力工作。

2011年，方敬在《谢恩师》的短文里写道：

我一辈子最大的幸福是读高中，那里的老师个个好样的，但多数只比我们大不了几岁，听说多数是之江大学的毕业生。"师生共尝艰苦，历尽崎岖旅程（校歌歌词）"，这是真实的写照。学校是两座连着的石库门民居改建的，而师资堪称国内一流。

校长黄澂先生，字子美，留英博士。不知是谁规定的，初中时称老师为老师，到了高中老师不分男女都得称"先生"。副校长是胡文巧先生，大家闺秀却成为革命者；教导主任是左淑东先生，她的同事都喊她左大姐，而左大姐只喊他们的名字而不带姓，只有姚晶先生例外，连名带姓为姚晶。

众多先生解放后多数是学者、教授，少数人从政。在教育、学术部门的多，官职多数属厅局级。以上几位，除胡文巧先生（过90岁）、姚晶先生（88岁）仍健在，余下的都丢下他们心爱的学生远行了。

华模中学最令人思念的是老师们对学生爱得深沉。他们多数是中共党员（解放前）。如果没遇到胡景清先生，我早就辍学了……

我工作后，以华模中学老师们的光辉榜样，不时鞭策自己。力争像景清先生和左先生那样做人和育人。不管别人怎么议论，坚持到最后一点力气。从那些老师身上，我悟出一点："尊师爱生"应当改为"爱生尊师"。身体力行，以报答华模几十位老师。如语文课的张树人先生，英语课的林梦奇、蒋宏成先生，地理课的田复春先生以及胡文巧、左淑东先生等等。

从陶行知到胡景清，再到方敬，这条"捧着一颗心来，不带半根草去"的线索一以贯之。

方敬紧接着写到工作后的其他师长：

师长，除了"师"还有"长"。长者，首长也。

刘筠，是 1948 年的领导。以后当我处于逆境时，第一位找我的就是他。

徐联胜，上海第二工人夜校的校长。是他教会我写总结与工作计划的，且一丝不苟。

张显崇，后来的上海外国语大学的党委书记。在提篮桥区、虹口区工委书记任内，锻炼我独立思考、提高对事物的分析能力。

王茂荣，上海第二教育学院院长。1984 年力排众议，调我到上海成人教育研究所工作。使我能在之后的 7 年里，为成人教育作些理论研究。这是我一生中最舒畅、成果最多的最后 7 年。

对这样的师长，如不感恩和报恩，能心安吗!? 滴水之恩，涌泉相报，这一美德在任何时候都不能丢！

方敬还回忆了袁鑑老师：

袁老师是华东模范中学的公民课的老师，给我们上课用的教材是蒋介石所著的《中国之命运》，他讲的细节已记不清，但结果是：让我开始思考中国之"命运"，我对共产主义之向往是由此而来，真的是"润物细无声"。

袁老师又名袁鑑明、敬恒。高高的个子，戴黑边眼镜，宽额，窄下巴，典型的南方人。袁老师的父亲和叔父是袁希濂、袁希洛，都是国民党的元老，当时（1945 年）住在新闸路的觉园。给我印象最深的是希濂老先生的一手魏碑，浑厚且雅致。

1948 年之后与袁老师失去了联系，1978 年老师来沪，我得到消息后立即请他来学校。匆忙地请翁佩雅在她家做了几个上海家常菜，专门买了"善酿"小酌，袁老师显得很开心，没多久，给我来了一封信，抄录如下：

《赠旧友》

阔别卅年重聚首，共温离骚下浊酒。风霜难减旧容光，还是几头老黄牛。

袁鑑

戊午初冬重游春申江习作

收信后，我随即复印了 5 份给左淑东先生。华模的老师中，才气横溢的不乏其人，袁鑑老师就是其中之一。而华模的老师，自 1957 年之后，陆续倒霉了，据我所知就有林梦奇、刘静波、胡景清、姚守懿等等。到了 1966 年，几乎没有一个躲过这一劫的，连左淑东先生也不能例外。值得自豪的是：没有一个人站在"四人帮"一边。

在 60 年代，隐约得知袁老师受到冲击。他是学法律的，之后被发配到四川昌都师范专科学校当老师，教什么，不知道。1978 年之后没几年，袁老师走了，我又失去了一位好老师。

20 世纪 50 年代至 70 年代，我的老师几乎百分之百地受折磨，是悲惨，是悲壮，还是悲愤！

方敬难以忘怀的还有段力佩先生，他是江苏金坛人，一生从事教育。在方敬心目中，他应该是陶行知和陈鹤琴先生之后的又一个教育家。

方敬知道段先生的大名是他在上海储能中学当校长的时候，储能中学校址在黄浦区牛庄路的清凉寺内。庙里供的是哪方神圣，以及目前的情况又如何，皆不知。只知校内有大殿以及二层楼的附属建筑。屋子都是木制结构，每间屋都不小。就一所中学来说，算是"螺蛳壳里做道场"，但这是上海解放前教育战线的民主堡垒。曾任教于储能中学的有刘晓（我国首任驻苏大使）、马飞海（中共上海地下教委负责人之一，之后的市文化局局长）等等。

方敬说："段先生的公开身份是民主党派，是民建的成员。但他是一位老共产党员。记得 1948 年某日，国民党派了些便衣特务扮成学生去储能中学抓人。段先生知道此事后，立即召开全校师生大会。没有礼堂，只是集合在清凉寺大殿前的空地上。人到齐后，他挺身而出，曰：'爱国无罪，听说要抓人，可以。但抓人的人先站出来，让大家看看，然后由你们抓。'慑于段先生的威望与正义，没一个特务敢站出来。会散了，段先生的大名，在华东模范中学、省吾中学等学校广为传扬。

"解放后，段先生先在市东中学任校长，随后去育才中学任校长，吕型伟先生则以该校副校长接任为校长。育才中学可谓百年老校，校址在山海关路。是殖民地式的建筑，共二层，当时属于规模较大的学校。值得一提的是校长先生的宿舍，竟然是 3 个楼梯底部的三角形，住了夫人与子女。是否属实，有待考证。这可能是受陶行知先生的影响，因为段先生与行知先生相处甚稳。

"先生习惯穿布鞋，相识数十年，未见革履。先生瘦弱，然精神焕然，眉疏，长寿者相，心存博爱。见余家境艰难，曾介绍余之四弟去陶行知先生的山海工学团，虽未成行，然长者之德，依然铭于心。

"先生早已驾鹤西去，不知今日之育才（中学），有先生之半身铜像否？

高中三年，我是一个幸运者，遇到那么多的好老师，如左淑东、胡文巧、胡景清、姚晶、蒋宏成、田复春、袁鑑、张树人、胡玫、姚守懿等。时隔六十多年，我仍然思念着他们。那种像段老的高尚的师德，仍在寻寻觅觅中。"

1948 年，方敬报考南京中央大学师范学院美术系，路费是由胡景清先生提供给他的。经张树人老师介绍，提前去鼓楼附近的美院学生宿舍，跟着高年级学员画人体、学色彩。之所以考师范，是因为那时的师范生不要学费还供饭。

这样方敬白天去鼓楼的中央大学，晚上则在一家大堂里打地铺睡。住了近半个月，姚晶老师的父亲姚景周老先生又给了方敬一些"关金"。这相当于今天的好几百元。就像穷人发大财，就有了玄武湖之游。

方敬回忆说：玄武湖是南京的名胜，1948年的玄武湖真的幽雅，不像现在那样乱哄哄的。在玄武湖周边，有好多船码头，只要当今的20元左右，不要押金，不要证件，就可以一舟双桨，荡漾湖中。不管在哪里，都可弃船登岸。有天晚上8时左右，当夜晴空少云，星光闪烁，他一人一船双桨，背向船头，沿金陵古城墙，徐徐而行，小资情调十足。夜深时，见天色有雨，奋力向对岸划去，忽闻船头异声突起，惊骇中回首，见一鱼在船头舱内乱蹦，惊魂稍定，探身把鱼头一摔，鱼安静了。到了岸边弃船而归，回到那家大堂去。幸大门未关，姑娘尚在门厅，找一堂倌，烹而食之。可惜那时不会喝酒，但鱼汤之鲜，至今未忘。

方敬笑着说，试问今日之玄武湖，有此雅趣否。

"忙了一个多月，结果考试名落孙山。在燕子矶徘徊久久，黯然返回上海。我们那一届没有一个毕业生考入公立大学，听说是因为华模中学上了国民党黑名单，而1947年公立大学是招收的。我那受创的心，得到了一些慰藉，而学画的痴心未泯。有位老师曾介绍我去上海江湾一美术学校，因交不起学费而不敢报名。"

方敬说的这位老师应该就是田复春。2018年方敬去世之后，在他的遗物中发现了田复春为方敬写的一封介绍信：

祖泰兄：

您好！

上回希莲来玩，说您常住在学校里，想来学校里事很忙吧，有没有放假？下学期如何？

这儿有一位同学方锡敬，去年暑假毕业的，有从事艺术的天才和志愿，他打算到您那儿来念，请赐洽。

住得远，简直没法碰头了。

天寒，这两天又厉害了些，望珍重。

祝好！

弟　复春

8日

信末附上一行字：两江体专或施高塔路德村7号。

资料显示：周祖泰（1920.2—1986.11），又名周德让，上海人，擅绘画。1938年上海美专肄业，后入国立艺专西画系学习，曾任西南美专讲师。1950年起在中央戏剧学院舞台美术系任教。编写有《素描教学法》。

信里写的"两江体专"是哪里？据了解，是当时浙江、江苏两省联名合办的体育专科学校，也叫上海两江女子体育专科学校，地址在江湾翔殷路。

据1945年进入麦伦中学（现上海继光中学）的陈一心讲述：上海解放前，毛主席画像竟然是在已经弃政经商的国民党少将官邸完成的。绘画的两个人一个是戏剧学院美术系的学生、地下党员，叫周祖泰，还有一位叫曾路夫，是中学的美术老师。这两幅像画好以后，上海就解放了。5月25日，苏州河以南先解放。我们麦伦中学当时在高阳路、苏州河北面。5月26日，这里枪声小了，许福闿、戚国延两个党员叫了两辆三轮车，将一幅毛主席的像和一幅朱总司令的像从苏州河的南边运到麦伦中学门口。一路上，看见的人都很惊讶："毛主席毛主席，朱总司令朱总司令。"这是解放当天我们上海沪东区最早出现的两幅领袖像。

方敬的好友田雁曾说："如若问我，这一生对我影响最大的是什么？那就是我的母校——华东模范中学。当我告别母校参军南下，踏上艰险征途的时候，有一本沉甸甸的纪念册始终与我相伴而行。尽管一路上曾多次强行精简行装，我都是悄悄地又将它塞进了背包，因为这里面有我老师和同学亲笔写下的许多勉语，鞭策我勇往直前。

"当我成了妻离子散、家破人亡、独居异乡的孤雁，但老师和同学从远方来信说'你并不孤'，'你是只领头雁'时，这股暖流能融化所有的冰霜！"

啊！在每个学子的心里，华模中学都是灵魂开蒙与生命出发的地方。那些性情高洁、志向远大的先生们，他们对华模学子无微不至而又润物无声的爱，奏响的是学子们人生之曲的最高音，怎么能忘怀，又怎么能不思恋、不传唱呢！

# 第六章
# 你是灯塔，照耀着黎明前的海洋

　　2018 年 7 月，天气酷热。云彩似乎被太阳烧化了，消逝得无影无踪。

　　7 月 20 日，景清书苑。竹影摇曳，柳枝婆娑。但蝉鸣与热浪不停袭来，房间里，笔者汗珠滚滚，方敬仍然气定神闲，翻卷阅读。"我不能用空调和电扇，1952 年给车子撞了，要卧床两周；结果急着上班，3 天就出来工作了，留下了后遗症。"

　　方敬告诉我："1945 年我开始参加学生运动，因为我会画画，写大字，刷大标语，这三年只有一次因为生重病没能参加，其他所有的运动都参加了。

　　"刷标语也很危险，不但危险，逮着就要命。好在学生多，那么大一帮子。刷刷刷，画画、写标语都很快。

　　"这里面有一个故事。我们在上海外滩刷标语，为防止国民党派人清洗，用的是沥青。第二天国民党只得派人把字从墙上凿掉，可是抠字的人照着字的笔画凿，结果凿完的那些标语在墙上依然很清晰，甚至比以前更显得牢固了。他们就很生气，只好派人再去凿，要把字的形状抠模糊。抠字工人是不是故意的就不知道了。"

　　方敬嘿嘿一笑，看着我。我则看到他眼睛里的火光，那分明是一团火啊。

　　谁又能将生命中那些如火如荼的往事轻易忘却呢？

　　当时中国之大已安放不下一张平静的书桌：国民党疯狂发动内战，残酷迫害人民；在白色恐怖笼罩下的上海，学生哪里能够闭门读书？方敬和同学们积极投入反美反蒋的爱国民主学生运动，在革命的暴风雨中经受战斗的洗礼。

1946 年上半年，以反内战、争和平，反独裁、争民主为中心的上海学生运动高涨。据 1946 年 4 月 6 日《文汇报》报载：4 月 5 日，华东模范中学在戈登路（今江宁路）女青年会，举行级联会成立大会。

这是华模中学级联会召开"反对内战、主办和平委员会"大会的启事：我们华模同学在中国存亡一瞬的时刻，为了正义和爱国心驱使，组织了和平委员会，呼吁全上海同学团结起来，共同反对内战……

华模在短短的四年中，为配合当时地下斗争，培养革命青年，开展了蓬蓬勃勃的学生运动，如"反对调处"、玉佛寺公祭、智斗"督学"、公审特务、抗暴运动、抵制美货、反饥饿反内战反迫害运动、悼念于子三同学、外滩游行……

1945 年 12 月，美国特使马歇尔打着调处国共两党斗争的幌子，飞来上海，其实是帮助蒋介石扩大内战。国民党的御用工具"学生总会"动员学生出来欢迎，我地下党立即组织学生上街游行示威，华模师生大部分出动了，给了马歇尔一个下马威。

学校诞生不久，就遭到反动派的迫害。1946 年 1 月，华模学生在玉佛寺，参加了上海人民公祭昆明"一二·一"惨案死难烈士大会。全场万人齐唱《安息吧，死难的同学》："安息吧，死难的同学，别再为祖国担忧，你们的血照亮着路，我们会继续前进！"把公祭大会的悲壮气氛推向了高潮。这首歌迅速传到各学校，成为向反动派控诉的歌、同学们团结战斗的歌。同学们泪流满面，个个义愤填膺。事后，反动的《东南日报》极力攻击华模，妄图把她扼杀在摇篮里，华模师生便在进步的《联合晚报》上发表文章予以回击，得到了社会各界的同情和支持，终于使学校生存下来。

1946 年 2 月 14 日，学生们集合到东平路 9 号蒋介石官邸请愿，国民党出动武装警察和宪兵及警备车，包围、阻止学生队伍。愤怒的学生在呼啸的寒风中，唱了一夜，喊了一夜。岂知蒋介石没有露面，却乘机从后面溜走了。其实早在 1945 年秋天，方敬在上海就遇见过蒋介石、宋美龄夫妇。那天，妈妈叫他去打酱油，酱油店在威海卫路上，近成都北路西边，坐南向北。当他快到酱油店时，东边过来两辆黑色轿车，车速不快。那时汽车不多，立刻吸引了他的目光，定睛望去，后边较大一辆车的后座，有一条长的白丝巾在车门边飘着，原来是宋美龄在向路人致意。左边坐的是蒋介石，很严肃。只几秒钟就驶过他面前，相距约3米。这是仅有的一次。

学生的革命活动，引起了敌人注意。国民党教育局对华模突然袭击大检查，派一个"督学"专员以"视察"为名，妄图找茬儿封闭学校。教导主任左淑东陪同视察，边走边向他汇报介绍，进教室听英语、数学等课；与此同时，走廊上、教室里、墙上的红色诗句，已经换上教育局下达的"通告""指令"和古典文章，原来用作装饰的小红五角星也"变"成其他艺术品……一两个小时的检查，竟然没被发现什么破绽、抓住什么把柄，"督学"专员灰溜溜地走了。

1946年6月23日，国民党破坏停战协定，向我解放区发动进攻。上海各界强烈反对，立即组织和平请愿团去南京请愿。华模学生前往北站热烈欢送，许广平、田汉、陶行知都来了。陶行知戴一副黑框眼镜，穿着朴素，和蔼可亲，这是方敬第一次见到陶行知。方敬与同学们贴标语、发传单，高唱反内战、要和平的歌曲。整个广场沸腾了，欢呼声、歌声连成一片，"反内战、要和平"的口号此起彼伏。五万多群众举行了示威游行，由学生界带头，以"上海市学生争取和平联合会"的横幅为前导，浩浩荡荡地游行。历时5小时，反动派出动了数以千计的武装军警。游行群众途经大世界、八仙桥青年会时，遭到特务散发反动传单、投掷盆子碟子等破坏，更激起了群众的公愤，队伍继续前进，来到了法国公园（现在的复兴公园）集会公审特务。

再后来有关部门要举办陶行知先生的展览，先生的儿子找过方敬，海报是方敬画的。

7月，李公朴、闻一多被国民党特务杀害后，方敬和同学们唱着《铁流进行曲》游行："倒下一个我们的朋友，千万个朋友站起来。"

抗战胜利后，国民党反动派引狼入室，美军在中国土地上横行不法，践踏无辜百姓。他们在上海打死了人力车夫，在北京强奸了北大女学生沈崇。全国学生在 1946 年冬季掀起了"抗暴"运动，要美国兵滚出去。华模学生行动起来，罢课、集会、上街宣传，谴责国民党的美国政策。

1947 年 2 月，上海发生"劝工大楼事件"。为抵制美货、爱用国货，永安公司职工梁仁达被害，上海学生组织了"抗暴联合会"。华模学生在地下党支部领导下，召开大会控诉国民党血腥镇压人民的罪行。会后学生在曹家渡五角场开展宣传，要求"保障人权"，大力宣传"爱用国货，反对出卖主权"。国民党竟派出特务百般阻挠，当场拘押了 3 位同学，直到晚上由校方出面保释；当局因抓不到证据只得释放，消息传到学校，群情激愤。第二天，全校再次举行控诉大会。

1947 年 5 月，上海学生举行了声势浩大的"反饥饿反内战反迫害"的示威游行，同时抗议南京"五二〇"惨案，纷纷罢课。华模学生高唱《团结就是力量》参加了罢课、游行和集会，并组织小分队下工厂宣传，去其他学校鼓动，配合统一行动，进一步揭露反动派的真面目。后来在天蟾舞台，方敬听过郭沫若的演讲；有一次方敬还见过上海学运的领导人吴学谦。

10 月 29 日，浙江大学于子三同学被国民党反动派杀害。华模同学立即组织全校罢课，召开追悼大会："安息吧，死难的同学，别再为祖国担忧，你们的血照亮着路，我们会继续前走！"群情激昂，决心继承死难烈士的遗志前进。

1948 年 1 月，"九龙城寨事件"消息传来，全市学生掀起了抗议美帝暴行的斗争高潮，揭露国民党政府的奴才外交政策。华模学生冲上街头，汇集在外滩美国领事馆门前，高呼"挽救民族危机""打倒帝国主义"等口号。被激怒的国民党当局，竟出动大批武装军警在外滩把队伍团团围住，然后分块切割，企图打散队伍使示威游行无法进行。装甲车列成纵队驶来，同学们毫无惧色，唱起了革命歌曲，装甲车无可奈何地在距离仅 10 米左右的地方停了下来。同学们面对手持步枪、刺刀的警察，高呼口号。红色囚车开来了，警察蛮横地抓捕学生。同学们横眉冷对，秩序井然。队伍被冲散了，又重新集合，按原计划游行。这场斗争，在华模校史上，在上海学生运动史上留下了辉煌的一页。

华模同学参加游行示威，队伍整齐，步伐坚定，歌声嘹亮，在反动军警、马队、"飞行堡垒"面前，毫不畏惧、勇往直前。

这里的"飞行堡垒"是指上海市警察局的"特种镇暴队"，美式枪械装备，其执行警务所使用的装甲防弹车也称"飞行堡垒"。

1948年5月4日傍晚，华模同学一起去交通大学，参加上海地下学联成立一周年营火晚会。袁鹰老师也参加了，那段时间他在虹口广肇女中教书，但从虹口到交大太远，广肇学生也去不了，他就在华模学生队伍里参加活动。

暮春的晚风，吹拂着年青人的心。进了校门，走到广场，就看见广场中心有一堆篝火已经燃起。华模同学很少见过篝火，也很少参加营火晚会，有的只在苏联小说和艾青的诗《火把》中读到过。现在走到篝火旁来了，怎能不激动兴奋，怎能不大声唱歌，竟忘了这是反动势力集中的上海。

暗夜里，有人用扩音器宣布晚会开始，学联代表讲话。上海地下学联是在一年前5月学运的高潮中成立的。华模地下党员带领进步同学，参加过"五二〇"学潮。那次规模盛大的学生运动在南京、上海、北平、天津、杭州等大中城市，燃烧起"反饥饿反内战反压迫"的熊熊烈火，沉重打击了蒋家王朝的反动统治，被毛泽东称赞为抗击国民党统治的"第二战线"。一年过去，学联秘密筹备这次盛大的营火晚会，检阅自己的力量，团结更多学生，以迎接即将到来的新战斗。方敬他们看不清学联代表的脸，但都听清了他激昂高亢的声音。他代表学联号召上海学生继承五四反帝反封建的光荣传统，迎接更大的胜利。

一位女青年清脆的声音响起："现在，请大家一起唱上海学联的会歌，预备——唱！"

有的人正疑惑"上海学联会歌"是什么样的歌，身边的华模同学已经响亮地齐声高唱："你是灯塔，照耀着黎明前的海洋……"

袁鹰回忆，这支《你是灯塔》不少进步青年早就学会并传诵了，现在怎么成了"上海学联会歌"？尤其是那句"年轻的中国共产党"能公开唱出来吗？可同学们已经唱到这一句，身边有的人高声唱"年轻

　　　　　　　　　　　　先生方敬

的上海学联……"也有人仍然轻声唱"年轻的中国共产党……"哦，原来聪明的同学用改头换面（其实只改了几个字）的办法，就可以公开唱这支歌了。

当全场15000名学生在熊熊营火中一起高唱《你是灯塔》的时候，现场情绪达到了最高潮。尽管当时把"年轻的中国共产党"作了隐喻的处理。但是大家心里还是这样唱着："你是灯塔，照耀着黎明前的海洋；你是舵手，掌握着航行的方向。年轻的中国共产党，你就是核心，你就是方向，我们永远跟着你走，人类一定解放。"

晚会还推出《从五四到五四》大联唱，把五四以来有代表性的和新创作的革命歌曲，用诗歌朗诵的形式串联起来，构成了激动人心的大联唱，其中有《打倒列强》《抗敌歌》《在太行山上》《垦春泥》《黄水谣》《延安颂》《游击队歌》，直到新创作的《团结就是力量》《山那边哟好地方》《你是灯塔》等。

那位指挥大家唱歌的女青年，大幅度地挥动双手，一遍又一遍地指挥着，火光映照着她颀长秀美的身材。这位女歌手就是后来的著名作曲家希贤。她那天把嗓子都唱哑了，好几天才恢复过来。

晚会结束后，华模同学沿华山路、梵王渡路（今万航渡路）回康定路校舍。大家兴奋的情绪丝毫未减，一路走一路唱，惹得路边迟归的行人不住地睁大眼看着他们，搞不清这帮学生今天晚上是怎么回事。

大约谁也没有料到，仅仅一年以后，他们就可以在马路上、学校里大声地、明明白白地唱"年轻的中国共产党，你就是核心，你就是方向，我们永远跟着你走，人类一定解放"了。

方敬等高中部学生都非常关心时局。1948年下半年，先是济南解放，接踵而来的是辽沈、淮海、平津三大战役。同学们希望袁鹰老师多讲讲时局。袁鹰在介绍东北战场形势时，就顺便讲辽宁鞍山的钢铁工业、抚顺阜新的煤矿，讲吉林小满的水电站，还可以唱"我的家在东北松花江上，那里有森林煤矿，还有那漫山遍野的大豆高粱"，讲讲它们对将来建设新中国有多么重要的作用。介绍中原淮海战场时，就讲黄泛区的起源，讲淮河、运河和津浦路沿线的变迁。同学们关心的是解放战场的形势和发展。

从一系列学生运动中，方敬懂得了一个道理：个人的命运、前途，是和国家的命运、前途紧密相连的；没有中国的解放和独立、民主和富强，哪有青年学生的立足之地和发展前途？

在战斗的疾风暴雨中，师生关系更是"战斗的友谊""革命的情怀"了。老师们对学生运动更是给予极大的支持和帮助。第一次"反对调处"的游行是蒋宏成、胡景清老师组织和支持并一同前去的。

1946年到玉佛寺悼念昆明死难烈士于再先生，是袁鹰老师发起策划、姚晶老师带领的。各次运动，老师们暗中协助他们；罢课、游行出发前，老师向同学做思想教育启发。当时党组织决定教师党员不在学生中直接参加活动，但实际上配合得更密切了。在游行遇到风雨时，老师们会烧好姜汤，等候着同学如数回来；在曹家渡宣传爱用国货、抗议杀害梁仁达游行时，小班同学贺彭诚、张俊祥被殴打抓捕，学生会副主席、党员钱玉音承担责任前往交涉，3人一起被扣到巡警队。当晚胡景清、姚晶立即起草保释信营救，邓应生老师挺身而出，把信送到学校附近余姚路上的一处警署里，以学校名义把他们担保出来。胡文巧在马福昌同学因宣传画被坏蛋追查时，将他的学生卡取下以防意外。

同学们也以自己的行动来保护老师。幼年的周启里由姑父胡景清从南通带到华模中学插班学习，当时才十三四岁，他在校门口以打弹子来观察有否可疑分子窥视；初一同学蔡爱素发现有人受蛊惑写"杨学敏、左淑东、姚晶、胡文巧是共产党"时，立即向胡景清老师汇报，及时做了工作，避免了灾难。一位住校的同学发现一位事务员开黑名单，立即报告胡景清、姚晶老师，紧急商量后，两位老师在晚上邀住宿的同学、老师聊天，请他喝咖啡，巧妙地在咖啡中加了安眠药，等这位事务员熟睡后从他衣袋里搜出了黑名单。

有一次，钱玉音带着宣传品从学校出来，发现有"尾巴"，急切思索摆脱方法，想到同学胡有咏正在一家工厂做事，厂里人多，又有前后门可摆脱，就朝工厂走去。一进厂，立即找到胡有咏示意，他立刻把她交给的一包宣传品藏好。不巧这天是厂休日，无法趁放工时混在工人中出去，他就不声不响地带钱玉音去参观车间，直到安全了才让她回去。

这样的友情实在令人难以忘怀。

1948年"反美扶日"游行斗争中，华模等学校聚集在北京东路外滩的队伍，被反动政府军警、马队包围了将近一天，最后被马队强行驱散。但华模同学不甘心，在离反动军警不远的南京路上又集中起来喊口号、发传单，没有一个同学离队，钱玉音、汤贤伊两位同学爬上路边汽车向市民控诉日本鬼子对中国人民的残害，抗议美帝扶植日本军国主义势力复活的罪行。蔡翠珍同学不顾危险，帮助同学迅速转移阵地。参加校外活动天晚了，大同学护送小同学，男同学护送女同学是很自然的事，革命情谊亲如手足。

华模同学去高桥等地向农民宣传，按照地下党统一部署，在指定地点散发传单。将高中和初中混合编组，高一的陈根华、黄穗良和初二的魏俊茹是一个组，党员朱金兰交给他们两只装满传单的皮鞋盒子，临出发时问他们："如果遭到逮捕怎么办？"回答是："宁死不屈。"13岁的魏俊茹"感到自己好像是一个大人，一个革命者了"。他们先查看了霞飞路永业大楼最高层的地形，并准备了紧急情况下的出路。当传单从大楼顶上徐徐飘落，"飞行堡垒"赶到时，他们已机警地从小梯冲下，趁机混入了人群，佯装拾传单，并问警察："传单里讲些什么？"

正是这些重大的政治斗争，有如熊熊的烈焰，燃烧起方敬这些年青人心头最早的革命热忱，擦亮了他们的眼睛，革命的种子在风雨里迅速发芽成长。

华模地下党未公开，有的教师虽已入党，但别的同志不知道，党员之间是单线联系，但由此看到党组织的关怀。张树人回忆：大约是1948年底，党组织派赵庆辉告诉我，华模可能有党员，如果有人要发展你入党，可婉言谢绝，不能暴露身份。说来凑巧，不久在华模办公室里，夜阑人静，胡文巧同我谈起对共产党的看法来，彼此放出试探的气球，而又不留痕迹，最后都没有暴露身份，却留下对共产党的崇敬和信赖。过了一个时期，吴从云来到华模找我，他开门见山，坦言自己是共产党员，如果我尚未入党，他愿意介绍我参加党组织；如果我已经入党，他希望把组织关系转到一起，为迎接上海解放作准备。但是我必须遵守党的纪律，只能模糊地告诉他，我对中教研究会有兴趣。他心领神会，握手道别。记得陈毅同志说过，地下党的同志在一起，"性命相托"。

华模有的同学家里，成了党的积极分子活动的场所，当时叫"校外红色根据地"，如华家、蔡家、左家、孔家、孙家等等。其中蔡学渊姐妹家，不仅平时是秘密活动的地方，而且在黎明前最黑暗的时刻，她们掩护过一位学联地下党员。最突出的是华家，他们是叔伯兄弟三家共住，在大哥、共产党员华世璋老师的带领下，11位兄弟姐妹分布在各班级读书。大妹华筠是学生党支部第一任书记，大弟华世俊是支委。他们家有一所独立住房，有一间大客厅和三个层楼的房间，好几个地下党员入党宣誓就在他们家进行。他们家虽经济不困难，但不论助学或政治运动都悉数参加。兄妹中先后有9人入党，其中4位是在华模入党。这样的家庭对华模作出了很大贡献。

尤其令人难忘的是1948年秋，华模全校师生还以"秋游"为名，集体去党的诞生地——嘉兴南湖游览，瞻仰党的一大会址，盼望解放的日子早日来到。一路上同学们唱起《你是灯塔》的歌曲，在那风雨如磐、天将破晓的时刻，组织这样一次旅游实在是难能可贵。


随着淮海战役、渡江战役节节胜利，学校里护校斗争和迎接解放工作热火朝天。华模确确实实成了一个"小解放区"。

1949年4月21日深夜，市声渐歇，偶尔传来前后弄堂里哪一家收音机里放沪剧、评弹或者打麻将的吵闹声。大部分居民早已入睡，华模中学三楼教师住的小屋，十五支光电灯还亮着。八九个人围着一个小铁皮收音机，屏住声息，只用眼神传递心曲。张树人早就掐灭烟卷，仿佛抽烟也会发出声音。

大家盯住施增琦那两只捻动收音机的手指，他正在寻找电波里新华社发布的解放军渡江消息。

从4月1日李宗仁政府派代表团去北平同中共代表团进行和平谈判以后，老师们都聚在三楼宿舍讨论形势。张树人和汪培睡上下铺铁床，袁鹰和刘立惠合睡一张双人大床，杨祖熙和另一位各睡一张小行军床，几张床中间空隙处，放两张课桌公用。谈到和平谈判，大家认为不管谈得成谈不成，解放大军总是要跨过长江，解放全中国，这一点是毫无疑问的。这些日子，从那只旧收音机里，已经不止一次地听到传达中国共产党声音的新华社社论了。

施增琦负有一项地下党交给他的任务，就是从收音机短波中收听抄录新华社消息和社论，然后秘密油印散发。他的工作时间大部分在附近的省吾中学，在华模只教高一的三角课，但因为他是之江同学，袁鹰、张树人他们都很熟，而且这里住的都是地下党员，收听短波绝对安全。所以，他几乎每晚都来执行任务，袁鹰、张树人也帮他收听。

万籁俱寂，只有细小而熟悉的声音在空气中传送。突然，施增琦左手一扬，低声说"来了！"他立即抖动手中的笔，龙飞凤舞的字迹飞快地落在纸上：

各野战军全体指挥员战斗员同志们、南方各游击区人民解放军同志们：由中国共产党的代表团和南京国民党政府的代表团经过长时间的谈判所拟定的国内和平协定，已被南京国民党政府所拒绝……在此种情况下，我们命令你们：（一）奋勇前进，坚决、彻底、干净、全部地歼灭中国境内一切敢于抵抗的国民党反动派，解放全国人民，保卫中国领土主权的独立和完整……

这就是由毛泽东主席和朱德总司令签署的《向全国进军的命令》。几个老师眼睛一直注视着施增琦的手，等到他写完最后一个字，小楼上立刻爆发出一阵刻意压住的欢呼。施增琦又仔细读了一遍，就匆匆下楼出门，连夜去刻蜡纸油印。老师们谁也睡不着，继续畅谈，有的说国民党政府首都南京在长江边，无险可守，指日可下；有的估计很快就可以打到上海外围；有的猜测渡江地点何处可能性最大。大家要袁鹰这个地理教员介绍长江中下游地势。袁鹰说：单讲地势，哪个地方都可以渡，但是渡江作战是军事行动，怎会只考虑一般地势呢？当年红军长征，连金沙江、大渡河那样险峻的地势都视为平地，何况长江！

白天上课以后，老师只悄悄地告诉地下党员同学；他们有的也知道了，可能也悄悄地告诉了更多同学，彼此都掩饰不住兴奋。4月22日晚上，老师们早早地就围住收音机。那天夜里有风，广播里的声音很弱，而且断断续续，但是大家都听清了：

人民解放军百万大军从一千余华里的战线上，冲破敌阵，横渡长江……20日夜起……首先突破安庆、芜湖一线……24小时内即渡过30万人……21日下午5时起，我西路军开始渡江……我东路35万大军与西路军同日同时……21日下午至22日下午的整天战斗中，我已歼灭及击溃一切抵抗之敌，占领扬中、镇江、江阴诸县的广大地区，并控制江阴要塞，封锁长江……

第二天一早，同学们都显得兴高采烈，有人带头唱起了刚学会不久的那首歌："我们的队伍来了，浩浩荡荡，饮马长江……"霎时间，楼上楼下响成一片，唱了一遍又一遍，仿佛自己已经是渡江部队的宣传员了。上课的时候，不论是国文课、英文课，或是代数课、化学课，所有老师都被同学要求讲渡江的事。袁鹰到高三教室上世界地理课，本来讲中欧的多瑙河，同学们却要他讲渡江，他笑着说："解放军渡的是长江，不是多瑙河呀！"他们就七嘴八舌大声说："今天不要讲多瑙河了！"

"饮马长江"的歌声还在楼上楼下多个教室里此起彼伏，几个教师不得不分头去扮演劝阻的角色，委婉地告诉热情澎湃的同学们，解放军还没有进上海，现在还不是纵情高歌的时候。

1949年5月上旬，人民解放军解放苏南和浙江大部，冒着梅雨，踏着泥泞，日行百里，进抵上海外围。

5月12日，解放上海战役打响。从12日到24日，外围作战经过激烈争夺取得胜利，摧垮了蒋介石、汤恩伯吹嘘的东方马奇诺防线。24日，我军发起总攻。是夜，枪炮声密集，解放军分别由梵皇渡、徐家汇、龙华镇、高昌庙攻入市区，敌军向苏州河北逃窜。

尽管警察局的派出所就在学校附近，但同学们关了校门，照样唱《国际歌》，扭秧歌舞。学生会组织的应变小组，连初一二年级的小同学都积极参加，当解放军打到曹家渡一带的时候，不少同学背着急救

　　　　　　　　　　　　　　　　　　先生方敬

包，冒着流弹去抢救解放军伤员。

5月25日清早，各校党组织发出一个通知："解放了，赶快赶快，到学校去！"在一个小时以内，苏州河以南市区所有大、中学校的党员、积极分子都赶到学校，大家含着热泪拥抱、跳跃，不住地欢呼："解放了！解放啦！"情不自禁地唱起"解放区的天是明朗的天"，"没有共产党就没有新中国"。

27日，上海全市解放。

一夜之间，上海街头变得喜气洋洋。各校学生把前不久秘密赶制出来的无数红旗、红星、红花、横幅、标语、传单和毛主席、朱德总司令画像，一齐展现在街头和建筑物上，迎来市民喜悦和惊讶的目光。

6月份，上海解放才不过半月，为了解放全中国，华模学生踊跃报名参军，其比例在全市各大中学校中名列前茅。66名学生参加了解放军西南服务团进军西南，20多名同学参加南下服务团去了福建，还有一些学生参加了本市的接管工作。

离别华模前夕，为了纪念华模，49届不少同学各起一个改姓"华"的名字，欧阳铨改名华文，左东群改名华青，华世英改名华讯，倪善锦改名华红，朱金兰改名华绛，侯郅治改名华紫……

大约四五年后，胡文巧老师两次去信，打听那台收音机的下落，问能不能设法找到。那时候只顾收听，有时还抱怨它功能不太灵，声音不清楚，谁能想到将来有朝一日会成为革命文物呢？

华模4年，是革命的、战斗的4年。她将自己的学生送到祖国天南地北的各个战斗岗位后，在上海解放的锣鼓声中，在全国解放的号角声中，光荣完成了历史使命。

后来住在美国西雅图的华曼丽说，我与朋友们讲起华模中学，许多华人说：我们知道的，那是个好学校。


1983年左右的几年中，华模师生多次讨论如何争取复校。

方敬是争取复校的积极分子，他当面向时任上海静安区领导兼育才中学校长的段力佩陈述复校的理由。然后又与杨国淦写信给市教育局领导，提出复校要求。为进一步联络校友，在左淑东家讨论，由方敬和钱玉音二人写信给校友。经过努力，1983 年 8 月，市教育局终于批准以培英中学为基础，联合其他 7 所学校，共 8 校恢复华东模范中学。1983 年 8 月 15 日启用华东模范中学校名、校牌，当即招生并登报公示。原校牌未找到，就请时任市教育局局长杭苇书写了新校牌，是用简体字写的。

袁鹰老师在献给左淑东老师的贺词里，同时表达了对母校的敬意：

《满江红》

久住京华，常梦见、申江旧事。弦歌奏、胶州路上，永和村里。暗夜沉沉迎曙色，明灯熠熠求真理。小楼中、辛苦育英才，全心意。念母校，情如水。怀师表，心如炽。五十年血汗，春风桃李。白发萧萧松柏健，红花灼灼蓓蕾起。老园丁、笑看后来人，万千继。

华模中学北京校友会为庆祝左淑东老师执教 50 周年敬赠照相册留念

1990 年 5 月北京

袁鹰在 1995 年华模中学校庆 50 周年时说："风雨沧桑 50 年过去了，同学们各自走过不同的人生道路，有的比较顺利，有的则历尽坎坷，有的甚至在十年动乱中弄得家破人亡，沦落天涯。如今在劫后重逢，满眼春光中，也顾不上彼此倾诉动乱中的变故，先要回忆 50 年前那一段岁月，是的，'随胜利而生，迎光明而成长……'不正是人生旅途上最不能忘却的路程吗？"

1997 年，方敬还参加了建校 52 周年校庆。

2005 年，华模 60 周年校庆。49 届高 3 班徐雄同学，把张爱萍将军所赠的珍贵的两幅墨宝《精神》《数风流人物还看今朝》不留子孙而敬送给母校。徐雄在上海解放时毅然放弃继续求学，从军参加西南服务团。他说："我的文化、思想基础是华模给的，因家境困难，从初三读到高中毕业，没交过一分学费。"

在合影照里，方敬坐在他旁边。

那三天里，各班级组织活动，上海老师、同学无比热情地款待各地来的校友。左淑东老师专门备了一桌佳肴，学生们是何等高兴啊，感受着母校、老师给予的温暖！

# 第七章
## 《中学时代》与"进步青年协会"

河流脉脉，天空沉静。

一只苍鹰扶摇而上，它像箭一样掠起，向苍穹发起一次次冲击。最终翱翔云端，一览众山小。蓝天成就了它的不羁，承载了它的浪漫。

1947 年秋到 1949 年春，在上海一部分中学生中流行一份学生读物《中学时代》，她创刊于 1947 年 6 月 28 日。上海解放前夕，1949 年 3 月 22 日，她和《世界知识》《展望》《现代妇女》等刊物一起，被国民党勒令停刊。

在方敬 1995 年的日记本里，细心地粘贴着一张名片，上面竖排印着楷体字"《中学时代》出版社"，左下方是一行小字"通讯处：福州路 277 号"。

在景清书苑的书柜里，还细心地叠放着好多期《中学时代》，可见方敬对她的珍视。

《中学时代》是中共上海市学委创办的，明确规定刊物的主要对象是广大政治态度上中间和进步的中学生，是一份公开出版发行的刊物；要以合法身份出现，对中学生进行革命启蒙教育；内容要求具有进步性、知识性和群众性。学委把这一任务交给了中学区委。

当时由中学区委委员龚兆源、毕玲分头负责调集人员筹备，龚兆源找了在省吾中学教书的中共党员董思林研究搭班子、确定办刊方针，以及解决办刊的纸张及经费等问题。中学区委还陆续调来党员王种兰、许竹安、刘筠、朱传慧、杨希康等人，并确定由董思林总负责。

董思林通过在省吾中学任教务主任的吕型伟，找到时任国民党上海一个区副区长的他的哥哥吕型诚。吕型诚和社会局一位处长有关系，本人又有办刊物的想法，借此取得了《中学时代》的登记证。许竹安的舅父在福州路开了一家春秋书局，许竹安就在那里工作，由许竹安设法通过书局帮助解决了《中学时代》出版的纸张、发行，并以书局作为《中学时代》对外的通讯处。王种兰负责编辑工作，刘筠负责通联工作。董思林等人奔走忙碌，积极筹备，大家凑了点钱，终于把《中学时代》办起来，并成立了由吕型诚、吕型伟、董思林、许竹安、王种兰、刘筠等人参加的社务委员会。

在那物价飞涨如纸鸢上天的日子里，要办一个刊物困难很大。特别是白报纸，是国民党的统制物资，黑市漫天要价，一日数涨。董思林、许竹安为了张罗纸张和经费，每期出版都是度日如年。后来幸亏有位通讯员，他的父亲在国民党中央信托局里工作，帮忙买到一批官价的白报纸，解决了很大问题。

由于经费困难，《中学时代》不发稿费。许多作者写稿不仅不取稿酬，有的还从微薄的工薪中拿出钱来贴补出版。有的读者知道《中学时代》经费困难，也寄钱来支持。一直到停刊，共出版了31期，其中1949年1月29日还出版过一期"新春增刊"。

开始，《中学时代》是报纸型的，四开四版。从1947年11月10日起，改为16开杂志型刊物，每期12—14页，最多一期为20页。1949年初，还曾有改为十日刊的打算，后来因为被勒令停刊而作罢。

方敬先生回忆起当年参与《中学时代》与"进步青年协会"的故事：

《中学时代》是上海地下党教委办的一个刊物，面向中学生，1949年3月22日，被上海警备司令部的毛森查封。

1948年10月，左淑东先生要我去找刘志毅（刘筠，华模中学同班同学），去《中学时代》工作，经安排具体做美工与通联。

《中学时代》没有固定的办公场所。起先是在王金根（后改名王景）家，他家在成都北路337号新成公寓南楼的503室，原本是邻居。王金根当时的笔名叫郭迅，是敬仰郭沫若与鲁迅的意思。开始时最多的是答复读者的信，王把大意告诉我，我写好后由他看了以后发出。印象深的是浙江丽水地区来的信颇多，其间还为期刊画些报头或插图。

《中学时代》的发行人是吕型诚，是教育家吕型伟的哥哥。因为他在国民党有一官半职，挂个名就方便些。刊物在上海海宁路胜利电影院斜对面的改造印刷厂印制，印刷厂不大，是汤恩伯亲戚开的。

在方敬日记里，还粘贴着一张《中学时代》的大红色报头，可见这份报纸在他心目中的地位。"中学时代"四个字从右往左刻，左侧是一个燃烧的火炬；下面是4个字的英文译文从左往右刻，还有一些书本的装饰图案。刻板手法多变，用阳刻与阴刻交替互补。

他在报头下记述：

这是《中学时代》仅用过一次的报头。1949年初，风声很紧，由于杂志已引起国民党的注意，刘筠要我把封面重新设计，把并列的"中学时代"改成突出"中""时"二字，而"学"与"代"隐在后面，制成了这一个报头。限于制作工具及水准，只能如此。但这不管用，就是在改封面的这一期被查封了。

这一期（本来）是3月25日出版，前一天报上登出查封，而这一期已经印了近千册，但特务机关并不知道在哪里印制。查封令在《新闻报》登出的当天，刘筠要我设法取出来。我要了两辆三轮车，与进步青年协会的成员悄悄地取了出来，装车后说是送公安局，半路上要车到成都北路337号的我家，当时我家住103室。车子到大院楼梯旁，已经有马信德等人在，一搬而上。以后陆续带走，又分批转移，继续分发。到解放后还剩一纸箱，除了给上海历史博物馆一部分外，陆续地按照刘筠的意见分发，至今还有10本。

在20世纪60年代初，上级通知要一套《中学时代》，由于我存的较多，整理了10多本上交。据说是越南方面需要。

此外，还有新中国成立前刻印的宣传手册，是我刻的蜡纸，谁印的已经记不清了。

我给上海博物馆的东西中，较为珍贵的是马叙伦先生写的字，是奖给助学运动较好的华模中学，上面写着"德高功钜"四个字，字很有功力。

马叙伦，现代学者、书法家，中国民主促进会（民进）的主要缔造人和首位中央主席，中国共产党的亲密战友。1949 年任政务院文化教育委员会副主任，中央人民政府教育部部长、高等教育部部长等职。

日记里还贴有一个小长方形的栏花插图，插图上面是"麦克风"三个隶体美术字的图案，右下角是一本摊开的书和一支钢笔的笔尖。

方敬在插图下注明：

这是我在《中学时代》最后一张美工作品。因为 1949 年 3 月 24 日前，国民党政府的上海警备司令部查封了《中学时代》。

我画画没有老师，但在初中就读于民国中学时，班级中绘画水平高的人很多，其中画得最好的是胡家庆，当时已经开始为电影院画广告。胡文荣同学与我考入民国中学同一班级，画得也好，在班级中我的绘画只在这八九个同学中殿后。

1945 年民国中学初中毕业进入华东模范中学，由于学生运动需要，改画漫画等等。

1948 年至 1949 年间，曾去《铁报》（在新城游泳池附近）帮董天野和乐小英二位先生做小工几个星期，也有些趣事。

董天野先生，宁波人，国画底子厚，但同时为报纸做插图，记得当时为《玉蜻蜓》画，由于忙，某些次要的衣服上的花纹由徒弟来补。

解放后，我念念不忘学画的事，但没能进修。50 年代初，自己找本书，慢慢学。《美术》及画册我尽其所有买，积一橱。"文化大革命"中全被毁去，剩下一些也都给朝华（李朝华）了。

1985 年后，我已步入老年，觉得不画也不行，只能搞点速写，也画了很多。数十年来以字代替，1991 年下决心回家写字画画，以圆童年的梦。

记得 1948 年为女青年会的纪念册做报头等，得了 100 元金圆券。当时能买五担米，本可供家用，但觉得来之不易，就放在家里。后来物价开放，只买得《辞海》一本，皮球一个。《辞海》正巧是"方"部有损，给弟弟方锡廉用了；皮球是一个中型的，给锡林踢，没两个月破损而废。

白色恐怖下，国民党到处抓进步人士。方敬作为与地下党有联系的进步学生，组织上要求他暂时隐蔽。1949 年 3 月，方敬隐蔽到松江东门外黑桥头姐夫翁永龄家里，姐姐的嫁妆是一口樟木箱，外面包了麻袋等物保护箱子。方敬把《共产党宣言》等宣传资料和很多传单，藏在樟木箱外面的隔层里。密探来查，没找到。约半个月后，方敬回上海迎接解放。

即使回忆白色恐怖中的斗争经历，方敬也不忘其中的一丝浪漫：

有时吕型伟先生带我去搞校对，校对完了中午就在海云路一家面馆吃牛肉汤面。穷学生，吃这面令人难忘。现在这样做面的少见。当时是大锅沸水，放了好多铁丝的笼子，要吃面，抓一些放在铁丝笼里一烫，再放进有佐料的汤面就行；另外有油饼，切上二两就行。这个老店至今还在，只是改做生煎馒头和牛肉汤了。

《中学时代》发行通过三个渠道：一是春秋书局门市部；二是书报摊；另一渠道就是团结一批同学，一个学校一个学校地推广发行。最初，《中学时代》只在上海发行，后来经老师、同学辗转介绍，不仅在邻近的江苏、浙江、江西各省有了读者，连新疆、陕西、广东、广西、湖南、台湾、香港也都有了她的踪迹，发行达 3000 份。被国民党勒令停刊的那一期，印数为 5000 份。这在解放前的刊物印数，是一个很可观的数字了。

《中学时代》之所以获得中学生的喜爱，主要因为她切合中学生的需要。当时中间偏左的同学，一方面，对国民党统治不满，另一方面，对中国共产党不了解。"中国向何处去？""我们怎么办？"是他们普遍的思想苦恼和矛盾。

根据中学生的这些特点要求，《中学时代》注意时事形势教育，针对同学们关心的热点，如内战局势的来龙去脉、美蒋勾结的内幕、和谈趋势等等，运用纸上公开发表的材料，或者把香港寄来的《群众》杂志上的文章，改头换面，用"时事剖析""中国半月""时事故事"等栏目刊发。如"中国半月"栏目，刊发《岁寒话大局》一文，作通俗、形象、生动的介绍，帮助同学们了解全局，明确形势。又结合历史知识，如介绍晋惠帝何不食肉糜的荒唐故事等，借古喻今，启发同学联想国民党反动派脱离人民的反动本质。《中学时代》还通过"时事读本"等栏目，帮助同学们确立观察时事形势的正确观点和方法；结合国内的一些事件，运用"想到就说"等小言论栏目，借题发挥，帮助同学们触类旁通，去观察周围事物。

根据学委领导的指示，《中学时代》积极配合当时的学生运动。如救饥救寒运动，《中学时代》就发表了一篇长篇通讯《记上海大中学生救饥救寒运动》，生动具体地介绍在救饥救寒运动中，同学们通过访问了解到"摩天楼外的另一个世界"、贫民窟里"呻吟哭号"、"疾病和饥饿像毒蛇一样缠住他们"的情景，思考"他们沦为贫民的责任究竟该谁负？""一·二九"同济事件后，《中学时代》采取侧面介绍的办法，采访南洋女中在同济事件中被打伤的倪慧慈同学，揭露国民党反动派镇压学生运动的凶恶面目，用倪慧慈"我以后要活得更坚强"的话，鼓励同学要坚定地同反动派作斗争。学委在1948年发起杭州春游，《中学时代》组织了《迎接春天》的专辑。在"反美扶日"运动中，也连续发表了各种文章，以及交通大学营火晚会的通讯等。

《中学时代》的另一重要特点，是注意反映学生的活动、要求、呼声和情绪等，办成中学生自己的园地。

《中学时代》还得到社会各方人士的支持。如叶圣陶、章靳以、魏金枝等都写过稿，周谷城题过词。袁鹰更是经常作者，为《中学时代》写连载小说，写人物介绍，还以笔名"高望"写时事述评。陈翰伯也以笔名"吴长天"写"时事读本"连载。

《中学时代》第20期是刊物成立一周年，这一期的封面右侧是方敬画的一幅大大的漫画，题目是《哪里是我们的出路》。中间画着一个中学生手捧毕业证，面带愁云，两边竖排着两行粗宋体大字"青年是国家未来的主人翁"，每一行刻着两个大大的问号，"未来"的"来"字更被一个洞穿透了，一颗子弹从洞里飞出。左面画着"国立大学"名额屈指可数，"私立大学"学费贵；右面画着"国家机关"的拒绝和"公司""商店"的求职不易。漫画反映了国民党统治下中学生走投无路的窘境。

这一期，还刊发了为"中时一年"约来的"本刊同仁"们的作品，有叶圣陶的文章《〈中学时代〉一周年》，周谷城的文章《中学时代》，梁汝怀的文章《几点意见》等等。

叶圣陶在《〈中学时代〉一周年》里说：

《中学时代》出满一年了，这不是容易的事情。费用要张罗，稿件要规划、征集、修改，其他事务要办的有很多。而担负这种种的，却是忙于校务的几位老师。若不是对于教育有信心，对于同学有深爱，谁肯干这种近乎傻劲的事儿？

我同几位朋友编辑一种杂志叫《中学生》，旨趣和《中学时代》差不多，也想给中学同学尽一点力，对于他们的学习方面有一点帮助。这个工作当然由现任教师做，最为相宜。现任教师天天和同学搞在一起，知道同学的一切最为亲切。可是我们都不是现任教师，虽然也有不少见过面的通过信的青年朋友，总比天天搞在一起的差得很远。因此我钦慕《中学时代》，这个杂志是现任教师办的，该是最贴近中学生的一种。

我又知道这个杂志不但教师费心血其中，也有同学们的劳绩。写稿是一项，此外还帮办编校发行。师生合作，干一件实际事务，就同学方面说，这是在实践中学习，最有实益。几位现任教师，辛辛苦苦干这种近乎傻劲的事儿，而在本身上这事儿就是真教育，尤其使我赞叹不止。

我希望《中学时代》一直出下去，不断地改进，不断地扩充，在中学同学间永久做个最好的朋友。

《中学时代》连载过袁鹰的小说《年青的时候》，发表过袁鹰《怎样写通讯》系列文章。


随着解放战争的节节胜利，国民党统治日益显示其腐朽、没落，广大同学的政治觉悟普遍有了提高，《中学时代》在后期的宣传上已不仅仅是"革命启蒙"，宣传方法上有些也不是迂回曲折的手法，和革命形势配合得更为紧密，也更受到革命热情高涨的中学生的爱戴了。

解放后曾任《文汇报》副总编辑的马福龙回忆：

到 1948 年下半年，由于当时《中学时代》周围已团结了一大批积极分子，有的并直接参加了刊物的编辑、校对、处理信稿、美工等各项工作（如方锡敬、马信德、刘平、马福龙、方钧、施礼通、陈淑芬），但马上发展入党还不成熟。因此经上级同意，参考苏联小说《青年近卫军》的描述，建立党的外围组织，定名为"新中国进步青年民主协会"（简称"青协"），制定了章程。参加者先写申请报告，经批准后，举行宣誓，内容大致为："为了建设新中国，愿献身革命，服从分配，保守秘密等"，并过严格的组织生活。在 1948 年下半年，共发展了 7 人。这些同志在 1949 年初，大多数被吸收入党。

由于《中学时代》揭露并抨击国民党统治的腐败，引起了国民党警察当局的注意，特刑庭曾几次传讯吕型诚、吕型伟，都给应付过去了。但到了 1949 年 3 月，国民党京沪杭警备司令部会同社会局、警察局等有关机关，以所谓"内容违反国策"取缔了一批刊物，《中学时代》也被一起勒令停刊了。

虽然被勒令停刊，但这批队伍没有散。后来，又发展了一批"青协"会员。一方面以"时光流通图书馆"的形式组织学习；另一方面，根据党的指示，为迎接解放作准备，要求大家调查并提供学校情况。组织一部分同志刻印宣传品，其中有《宣传手册》（主要是党的城市政策）、《中国共产党章程》等。组织歌咏舞蹈班，准备迎接解放的宣传工作。

方敬回忆：

后来才知道，《中学时代》与"进步青年协会"关系密切，"青协"就我所知是刘筠负责，起初，是单线关系。到 1949 年上海临近解放时，才出现小组活动，多数在省吾中学的教室里，活动时间多数在 2 小时以内。有时在刘筠家，三五个人，必定会餐，其食物之丰美，在一般家宴中少见。

刘筠家住南市，住处宽裕，兄妹 2 人，其妹娇小。我们聚会时，只在门后悄悄地看着，秀丽可人。刘老先生茹素，但厨艺很高，每次都亲自下厨。

平生知友四人：刘筠、郑裕家、黄聿丰和叶津生，四人先后辞世，我很伤感。

刘筠长我两岁，忠诚于党，无论风云多变，始终头脑清醒。

……记忆所及，青协有陈淑芬、刘平、马信德、马福龙、郑裕家、杨正明、徐学渔、裘氏姐妹等等。有趣的是陈淑芬，在解放前夕，她全家迁香港，淑芬向刘筠请示行止。刘筠指示说：不去是不可能的，但"阿芙乐尔号"炮声一响，新中国成立了，立即回来参加新中国建设。淑芬应声而去。中华人民共和国成立的礼炮响起，淑芬回来了，但这段历史说不清楚，就默默无闻地搞摄影，"文化大革命"后曾任中国摄影家协会主席。

马信德后来是《体育报》记者，马福龙在《文汇报》工作。杨正明参加西南服务团，退休后在深圳一企业任董事长。郑裕家长期在中学工作，刘平曾是杂技家协会掌门人，徐学渔在上海师大工作，裘氏姐妹情况不知道。这些人如健在，都已80岁多一些。其中过半数是浙江人氏。这大概与刘筠是宁波人有关。

《中学时代》被封后，我改为刻印宣传品，如《城市政策》《三大纪律八项注意》等，直到上海解放。

青年有朝气、有锐气，可敬可爱。我的青年初期，就是这么过来的，我也是在这期间选择了信仰共产主义。

上海解放第二天，"青协"成员都集中到上海女中，和其他学校宣传队一起上街宣传党的政策。后来这部分青协会员大多参加了南下服务团。也有一部分留在上海工作，或继续读书。

解放之初，上海人民团体联合会暨366个团体发表《欢迎人民解放军宣言》，上海《中学时代》出版社列名其上。

徐学渔先生在《从〈青年知识〉杂志到〈中学时代〉出版社——上海地下斗争片断》一文中回忆：

为了推动学生运动，迎接革命的新高潮。上海地下党"学委"决定办一份《青年知识》杂志来指导学生运动，但因为观点太暴露，约半年左右，就被国民党警察局查封，办报人员险些被捕，还牵连到专印我党宣传品的富通印刷厂，被抓走了40多位同志，其中就有3位因而牺牲。

要指导学生运动，上海地下党不能没有自己的报社。"学委"决定：从多方面调集力量，以省吾中学历史教师、地下党员董思林为首来筹办《中学时代》，并总结《知识青年》短期内被查封的原因：第一，观点太明显，一眼看上去就知道这是共产党办的刊物；第二，没有固定地址，只有一只对外联络的邮政信箱；第三，没有明确的发行人和承印单位，这样极易引起敌人怀疑。

董思林同志奉命于危难之间，接受了这一特殊任务后，首先他去说服同校的教导主任吕型伟，请他和他的哥哥吕型诚共同来担任《中学时代》发行人。当时他哥哥吕型诚是上海市某区副区长，曾在国民党军界任要职，在国民党军政界有一定的势力，由他出面申请营业执照容易成功；其次运用福州路春秋书店地下党员、营业员许竹安去说服老板，将该店作为《中学时代》公开的营业点；又通过党组织，在国民党高级将领汤恩伯办的改造印刷厂承印《中学时代》。这样，这刊物的外观上是完整了，所以很快就申请到营业执照。

《中学时代》内部分两大块，即编辑、通讯联络组和发行组。在编辑、通讯联络组方面，有杨希康、王景、马福龙等人。他们都不对外公开，所编辑文章只具化名，写一篇文章换一个化名。发行组方面，是我与许竹安、蔡玲曾三人，这组是公开的，因为暴露在外，随时有被敌人逮捕的可能，所以都事先核对好若被捕后的"口供"。许竹安的"口供"是：《中学时代》每期都给他发行费，他只代卖报纸与转交读者来信，其他都不知道。我是他聘用的一个穷学生，他每月给我10斤米的代价（其实一分钱也没有），我只送报，其他都不知道。当时，我们两人，都是新党员，党的机密知道得很少，万一被捕，影响就小。因为地下党规定：为防止敌人扩大破坏面，把被捕人员的党内新老有关系人员要全部撤离，这样对工作影响就大了。蔡玲曾情况有些特殊，她年龄虽比我们小2岁，但她在抗日战争时期，已在上海参加我党的地下组织，是省吾中学第一任学生党支部书记，工作十分老练，对我们两个新党员来说，帮助很大；特别是她的父亲蔡仁抱，是当时市警察局五大行动队头头之一，他们自称"五虎将"，这样由她去执行危险任务较合适。上级由董思林与我们单线联系，每周过一次组织生活，交流一些情况，会后如同陌生人，见面也不说话。每人还有一个代码与化名，万一发生紧急情况，逃往解放区，只要报出代码和化名，就可以接上组织关系。

这样周密的安排，特别是所刊文章，都经过多次修改，尽量写得隐蔽些。但本质是揭露抨击国民党统治的腐败，歌颂共产党的伟大与解放军英勇善战等，后来还是引起国民党警察局的怀疑。曾多次传讯吕型诚和吕型伟，都给应付过去。吕型伟在敌人的讯问中，毫不畏缩，据理力争。经过多次观察，他在解放前夕，即 1949 年 4 月，我们就发展他参加了我党地下组织（吕型伟在解放后曾任上海市教育局局长）。

1948 年 5 月，在一次碰头会上，董思林说："蔡玲曾的姐姐蔡怡曾，因叛徒出卖被捕，所以蔡玲曾要停止一切对外联系，她的工作全部转交给我。她现在的工作，是全力营救她的姐姐出狱。"事后我才知道，蔡怡曾是地下"学委"会员，女中区党委书记，而《中学时代》属女中区党委领导，所以她的被捕和我们有密切的关联（她的公开职务是省吾中学教师，市立女子师范学校训导主任）。但是她被捕后，坚持了共产党员的高贵气节，特务把她双膝按在烧红的铁板上，皮肉都被烧灼了，她也没有泄露党的机密。可敬的蔡怡曾同志，你受到的痛苦，换来了"学委"与《中学时代》全体同志的安全。但是要营救蔡怡曾同志，谈何容易，因为她的父亲蔡仁抱属"军统"，而逮捕蔡怡曾的是"中统"。"军统"和"中统"两大特务组织原有矛盾，这为营救工作带来不少困难。在董思林同志的领导下，蔡玲曾积极多方面开展活动，最后以全家作担保，蔡怡曾才得保外就医，特务仍暗中监视她，随时仍可能被捕。在如此危急情况下，蔡怡曾在腿伤治愈后，女扮男装逃过特务监视，迅速撤退到解放区。蔡玲曾也因此事引起特务怀疑，为安全起见，也撤离到解放区。

1948 年夏，我高中毕业了，被国立同济大学土木工程系录取了，我是多么高兴，想做一名建筑工程师的愿望已不是镜中花、水中月了。

对一个穷学生来说意义更重大的是：国民党时期的国立大学，伙食是免费供应的。但是董思林同志动员我："能代替你工作的人很难找，你能否暂缓去读大学？"蔡怡曾同志为革命而不顾个人安危的伟大精神鼓舞了我，我顶着被家人和邻居的歧视与嘲笑而谎称："没有被大学录取"，而"失学"在家。

转眼已到1949年，淮海战役后，全国形势急转直下，蒋家王朝摇摇欲坠。国民党京沪杭警备司令部会同社会局、警察局等有关机关，以所谓"内容违反国策"取缔了一批刊物，《中学时代》也被一起勒令停刊。收到该通知时，第31期刚印好。这期若发行，就是违法，就要被国民党警察局抓捕。组织决定："不理他们，一定要把第31期安全地发出去。"春秋书店的门市部是不能用了，那么又应藏在何处？又该如何再分发到各发行员手中？我就去约请华模中学方锡敬同学。方锡敬是《中学时代》积极的支持者，他的父亲在国民党新成区警察局任交通警，家就住在新成警察局对面的警察公寓内。我们两人先在改造印刷厂周围观察，看是否有人监视，再约定：我先进去取货，若超过20分钟还不出来，肯定是出事了，叫他赶紧去通知许竹安。我进厂后，还算顺利，没有人阻止我取货。但长期的地下斗争经验告诉我，麻痹不得。特务是否还暗中监视着，想从报纸的传递过程中，侦察到更多的情况呢？所以在厂门口，我们高叫："三轮车！新成区警察局"，把警察局3字叫得特别响。一路顺利，没有发现有人跟踪。来到警察局公寓后，迅速把这批刊物藏匿在公寓的电表间内，因为"违禁品"藏匿在敌人的巢穴内最安全。再组织一批同学，在两天内，迅速全部发到读者手中，胜利地完成了任务。

但在十年动乱期间，是非被颠倒了，蔡怡曾同志，这样一个在敌人面前威武不屈的女共产主义战士，竟被打成"叛徒""狗崽子"；《中学时代》被打成不是共产党利用国民党，而是国民党控制了已经变了质的共产党员所办的刊物。董思林同志受到残酷迫害，含冤离去，至今连尸体还未找到。董思林同志，你若在天有灵，我真诚地告诉你："文化大革命"已被彻底否定，在那峥嵘的岁月，以你为首呕心沥血所创建的《中学时代》辉煌成果，已被中共上海市委党史资料征集委员会编入《解放战争时期上海学生运动史》，该书封面名称由江泽民同志亲笔题写，已于1991年6月公开发行，你的光辉业绩，名垂青史。

方敬曾幽默地说："徐学渔后来在上海师范学院工作。有则笑话，上海解放初，大家闲谈说我们属哪层次干部，而他立即表态属团级。以后相遇，都喊他团级干部。"

方锡礼回忆道：大哥在解放前就参加了全国发行的《中学时代》刊物出版工作，在刊物上发表讽刺当时社会的漫画。有一幅讽刺漫画，题为毕业即失业，刊登在《中学时代》的封面上。我记得《中学时代》的编辑有袁鹰、黄敬。特务头子毛森到上海就勒令《中学时代》停刊，因为是进步报刊。大哥就把杂志社的雕版蜡纸等办刊用品藏在家里。解放后，我们才知道这件事。

在景清书苑，至今还保存着方敬刻写的《宣传手册》的油印小册子。封面上非常立体、厚重地印着"宣传手册"四个大字，左侧是一只手擎着火炬从一个巨大的车轮中间伸出。内容有《怎样宣传城市政策》《什么是新民主主义的城市政策》《人民解放军胜利进军声中——毛主席朱总司令颁布约法八章》等文章。

纸张已经泛黄，字迹依然清晰。刻印蜡纸全部是手工，如果刻破了就前功尽弃。要重新刻，经常累得手臂酸痛。70年前，一个18岁的年轻人坐在案头，在钢板上铺开蜡纸，用金属笔尖细心地刻画。他怀揣着什么梦想？他憧憬着什么未来？

# 第八章
# 为了祖国你做了些什么

一本绿皮日记向我们打开了方敬的青春岁月。

那时，上海虽然解放，但全国尚未完全解放，国民党残余势力蠢蠢欲动，想以大西南为基地卷土重来；国内各种反动势力也想和国民党残部配合，在经济上绞杀人民政权；国民党留给上海的是一个烂摊子，物价飞涨、失业率居高不下……但是，年轻的人民共和国已经在向方敬他们招手了。

这本日记封面背后是方敬用红色画笔写下的"1949.7—1954.3"，表明了日记的起止日期，底下是红色的镰刀斧头的图案；一张比名片略大的扉页上，上面写着"正明"的短信，下面则是方敬的誓言：建设新上海，建设新中国。这是方敬留存下来的几十本日记中的第一页日记：

锡敬：

跟你约定一个时间，解放全国后的一个月，在你家里再见。

正明

1949 年 7 月 3 日

底下则是方敬的留言：

我早就说过，正明他们走了，是为了全中国解放日早日实现。

留下的我们将怎样呢？不用踌躇的，为建设新上海而献出自己的一切力量。在约定的那个日子里，我希望我们——进步青年协会的同志，全中国为人民服务的青年们，都完成他们的任务，而担负另外新的任务——建设新中国。在这本日记里，记下带历史的事吧！谨此宣誓。

方锡敬

1949 年 7 月 4 日

　　　　　　　　　　　　　　　　先生方敬

正明的全称是杨正明，和方敬住得不远，曾和方敬一起加入了青年进步协会，后来参加西南服务团去了。为了表示新的革命生涯的开始，有的也为了防备家里"拖后腿"，当时他们几乎都改了姓名。杨正明改名杨恒，在上海《解放日报》公布西南服务团参军名单那天，杨正明他们唱着、笑着、满怀着革命的豪情，到大夏大学报到、入伍了。

而在之前6月28日拍摄的一张照片上，方敬在背面记着："与沈祖耀、郑裕家、徐静敏、杨正明等同赴西渡，而此乡给战争破坏不堪，此景仅其十一也。而残窗独耸，不堪凄凉之味，遂摄之，以为戒也。"

西渡口在上海奉贤区北部，是奉贤的北大门，和老闵行隔江相望。

据上海历史学者朱先生回忆："1949年5月27日，上海解放了。我们欢呼'开亮了'，满怀豪情，同清心女中的中共地下党员李晨菜和团结在她周围的袁鹤玫、杨正明等一起，到学校、医院扭秧歌，唱革命歌曲，宣传解放。"

朱先生告诉我："我当时在清心男中上学，负责清心男中、清心女中、东南药职三所学校的党员支部工作。杨正明是一位男生，可能就读于东南药职。我后来按照党的指示，留在上海工作。"

而清心女中与337号警察公寓仅一墙之隔。

方敬的五弟方锡荣回忆："杨正明我见过，在上海成都北路337号103室我家里见过。我还记得他们五六个人骑自行车远足（现在叫春游或旅游），我大哥写了《镇江游记》，用毛笔小楷写在作文簿上。大哥给我两张票，我和四哥走到静安寺附近由青协会主办的电影招待会，放映了苏联影片《带枪的人》。散场时下起了倾盆大雨，我俩迷路了。一路问一路走，到家时妈妈急煞了要发怒，见我俩像从水缸里拎出来的落汤鸡，马上息怒了，骂了我大哥。平生第一次看电影，难以忘却。"

正是因为立下了誓言：为建设新上海而献出自己的一切力量，1949年7月，18岁的方敬在人民宣传队里做宣传员。

人民的需要、国家的需要，这就是一切追求的原点。

"解放区的天是明朗的天，解放区的人民好喜欢。"那是一个充满理想主义的年代，他心里就像揣着一盆火，那是华模给他播下的火种。

早在华模中学时期，方敬就有辅导工人夜校的经历和经验。也是从1949 年 7 月起，方敬开始在上海第二工人夜校正式任教，"工人阶级要文化翻身嘛"，来的工人多数比他大。校长是徐联胜，比方敬大十岁左右。

初为人师的方敬，在第一次走上讲台之前，他就开始精心备课。这是他人生的第一堂课，也给他的学生留下了很深的第一印象。同学们给了他这样的评价，板书清晰，发音准确口齿清楚，重点突出，形象生动。方敬笑着回忆："我以前没有教过书，可是我一教，工人们都懂了。结果半个学期不到，一本书给我教完了。我就找校长换书，校长说，哪有这样教的？这要教一个学期。

"上海解放初期，社会很乱的，你办工人夜校，流氓地痞什么的都过来找茬。那时候我们向总工会要枪管理学校，长枪手枪都有；手枪校长一把，我和郑裕家两人一人一把枪。那时候学校门口还站岗呢，一边一个。大约半年到一年的时间，学校稳定下来。"

方敬的同学蔡锡瑶回忆：

当时上海市成立一批工人夜校，要招一批老师，到青年文工团协商：你们能不能支援一点。当时我因为家里爸爸失业，人口多，家里有困难。一听有工资，加上自己个子高，不适合文工团，所以我就去夜校了，拿工资了。我是上海市第三工人夜校。工人夜校大概有十几个老师，有专职和兼职的。专职上班下午 2 点到晚上 10 点。兼职的只上课，不拿全工资。我是专职的，方敬也是专职的。我在新成区，老方在老闸区第二工人夜校。还有一个 54 工校。那时候老师少，三所学校的老师在一起学习，算是一个办公小组，每天都在一起活动、学习。章锦秀在二工校，章连吉在 54 工校，是一个学习小组。所以我和老方除了是同学外，还是同事。我丈夫也在教书，叫黄聿丰，在三工校。

1949 年 10 月 1 日，新中国成立。

"起来！不愿做奴隶的人们……"雄壮的《义勇军进行曲》唱响。

修建于 500 多年前的天安门城楼，曾经目睹八国联军的入侵，曾经亲聆五四爱国运动的怒吼，如今见证了中国人民站立起来的历史时刻。

天安门广场上，数万人纵情高歌……

旗帜招展，汇聚着热切的目光；旗帜鲜艳，是烈士们的鲜血把她染红。

每个人的脸上都洋溢着喜悦与自豪，人们兴奋地交谈着、欢呼着……

长大后我就成了你，时光回到半个多世纪前：新中国刚刚建立，国家建设时不我待，建校筹备如火如荼。革命取得胜利，只是万里长征的第一步。解放初期的上海，工业凋敝，市场混乱，物价飞涨。上海人民在党中央和市委市政府的坚强领导下，克服重重困难，以"敢教日月换新天"的勇气和斗志，医治战争创伤，恢复国民经济，开始了改造山河、建设家园的英雄壮举。

那是一个火红的年代，那是一段激情燃烧的岁月。

年轻的方敬思绪飞扬，建设新上海，建设新中国！他的内心深处豪情万丈。母校"一团火"的精神，就是对待工作始终要激情似火。方敬要把火一样的青春年华，献给崇高的新中国、新上海；把火一般的信仰，化为对党和人民的忠诚。

强烈的民族自豪感交织着建设新家园的巨大热情，汇聚成一股无穷的力量。

1949 年 12 月 14 日，这天是星期四。

方敬在日记本里记下：

工会的工作方法问题：

走群众路线是争取领导全厂最好的方法，由群众监督可以使工会不脱离群众。

要尊重老工人自觉自发的领导。老工人在厂里有斗争及技术经验，并且又有威信，我们要大力地团结他们，造成全厂大团结。要放手大胆让群众去做。

……

年轻的方敬积极要求进步，对自己有严苛的要求，随时进行着自我解剖。鲁迅说过："我的确时时解剖别人，然而更多是更无情面地解剖我自己"。18 岁的方敬也是如此。

这从他"1949 年 12 月 25 日小结"里可以看得出来：

这几天可以说比较进步点了，也就是更能看出自己更多的缺点了。最近看出工作无计划无步骤，理论和实践不能统一，举例说明一下并分析分析客观与主观的原因吧。

今天上午讲好和郑裕家一起到区里去，但是买了一回布，看到报上登着胜利大戏院放映《青年近卫军》上集，又想看电影去，当时的想法是看了电影也是上了一课书。在这前面，蕺山小学校长来找我说，一个同志不肯工作，所以请那个同志来谈了一谈，约定下午再做决定。到了 12 时刚近的时候，便和裕家一起到胜利大戏院去，顺便到区里走一走。区里人没在就和他到胜利（大戏院）去了，然而胜利（大戏院）电影不放映便又走回来。到了储能（中学）。我说，我回家看看。到了家里，大家都在打篮球，我也打了一会儿。因为锡义腿疼不肯上来，屡叫不应，我便体责（罚）了他一顿。突然想起校里要开教务会，便急急地赶去了。

不用说，就可以看出里边对事情无计划无步骤了。讲好两点钟去蕺山（小学）的，但是因为要看电影，所以不去；讲好到区里去谈关于建团问题的也没去，下午 4 时开会也没开成。从这一点讲起来对事情不够负责任，各种事情的配合与分工进行的步骤也没有。懵懵懂懂地过了一天，而且要进行说服教育的，但是又体罚了锡义。并且，在以前对很多事情讲好了，没好好地去做。东也失约，西也失约，在自身的学习上也没计划。还有生活不够严肃和紧张，这样下去，能不能成为一个布尔什维克，那是大成问题的。在以前检讨自己，检讨过了也就算了，而没有真正地执行。所以现在可以说一有缺点，非改过不可。现在没有很多的计划，不过是有偏向一定改，已改继续进行，并于最近进一步作深刻的自我检讨。

客观与主观的原因，因为来不及写就不写了。

方锡敬

1949 年 12 月 25 日晨

应该说，方敬 18 岁的"自我检讨"给我们许多人都上了一课。在没人会怪罪他的情况下，一个参加工作才几个月的年轻人却以近乎自虐的方式解剖了自己。

只有严格要求自己，才有自我前进的不竭动力。方敬的这一行为不也是一个教育工作者最应该做的吗？

这期间，方敬见到了陈老总。上海市第一任市长陈毅，文武兼修，方敬对他一直很敬仰。他笑称："直接见到陈老总只有两次半"——

那是上海解放后不久，方敬接到通知去逸园（后来的文化广场）开会，安排方敬在主席台的正前方约第三四排落座。

没多久，前右方来了一批中年人，多数人穿的制服，但又不像军人。就坐在他们的前一排。接着前左方也来了一队人马，穿着各色各样。有人把后来的人向先来的人一一介绍，相互握手致意。

后来的人员，方敬只认识方明（地下教委负责人之一），但重复的介绍中特别清楚的：这是陈老总陈毅……陈老总坐在方敬右前方隔三个座位，只看到后脑勺的左侧，眼镜与鼻子都看不到。听到的是川音，响亮而沉厚。这算是半次。

1949 年 12 月，上海"中小教联"举行成立大会，会场设在市政府的汽修大厅，临时改建为会场。方敬因为精通美工，所以派去布置会场。

那时他还穿长袍，忙了半天最后把横幅挂齐正了，扶着竹梯下来。在穿长袍时，对面的侧门进来两个人，前面的人不高但结实，戴的是黑色的绍兴毡帽（可以拉下来只露双眼和鼻子的），披的是黄色军大衣，黑色的棉裤，还扎了裤脚，脚上是蚌壳式棉鞋。

方敬一看，原来是陈老总，他愣在那里，没动。当老总走过他身边时，侧身地伸出手，方敬赶紧跨前半步，双手握着陈老总的手，想不起说什么话来，而老总道了两句"辛苦"后，从另一侧走了。后面跟着个警卫员，正规得很，斜挎着盒子枪，枪把子上系的红绸子已经不鲜艳了。剩下的方敬，由于大襟还没扣上，前襟斜挂在胸前，转过身子继续愣在那里。

再次见到陈老总是1952年的盛夏，市里办了个中等教育政治教师培训班，吃住都在中西女中。讲课的阵容比今天名牌大学的研究生院神气得多，记得有薛暮桥、许涤新、刘思慕、马寅初等等。有一天，又有人来做报告，时间快到了，学员们三五一群地去大礼堂。说来诸君也许不信，那时男同胞多数穿着短裤衩，最正宗的是穿件和尚领短袖汗衫，个别的是光着膀子。方敬介乎二者之间，穿了个背心。那时没有塑料拖鞋，多数穿着当时盛行的木拖鞋，跶跶哒哒奏着杂乱的行进曲，其间还有女式木拖鞋，清脆的声音掺和其间，甚是悦耳。

进了礼堂，也没按班组坐，各自落座如众星之列河汉。

开讲了，主席台上只有两台华生电扇对着讲台，讲台上只一支话筒。只见三五个人从舞台的右侧出来，全部浅色衣服，走在最前面的是陈老总，一领香港衫（短袖、西装领），摇着一把蒲扇在主席台就座。

培训班主持人林英作了介绍后，陈老总开讲了。他没有讲稿，谈的是国内外形势及当前的任务。讲得兴起，脱了香港衫，里面是一件圆领白色的短袖衫。口渴了，把可口可乐倒些在大搪瓷缸里，一饮而尽，继续讲。这是方敬第一次听到陈老总的报告，也是第一次听到这样鞭辟入里的讲述。陈老总声音洪亮，诱人的川音，真过瘾。

台下的一班人都俯首疾记，时而发出赞叹声，但没有掌声，因为记笔记都来不及。只是中间休息和结束时，爆发了长时间发自内心的热烈掌声。这样的掌声好久没遇到了，全体自发地起立，用充满敬意的眼神，目送陈老总离开。

陈老总把香港衫搭在左手臂，右手将大蒲扇摇摇作为告别。

这次报告讲了近4个小时，晚饭也迟开了，林英仍然是端着碗，蹲在椅子上吃饭，边吃边议论，不时摆动着筷子，其兴奋不亚于同事们。

方敬说，现在的电视里，主持人要掌声的次数也不少。两种掌声，迥然不同，也不能比较，各有各的需要与质地。

这是方敬遇到陈老总的"两次半"，"至今我只能在《陈毅市长》《新四军》等影视中再领受陈老总的风采"。

1950 年 2 月，方敬转到老闸区第一工人夜校任教员。

这期间，他还兼任中小教育联合会组织部干事、中等学校政治教员学习班副组长。

方敬之所以自愿毕生从教，与母校和老师对他的影响密切相关。"华模"教书育人、艰苦创业的办学传统，都成了他宝贵的借鉴。

最难忘的是 1950 年 5 月 13 日，那一天方敬在入党介绍人徐联胜的介绍下，光荣地加入了中国共产党。

鲜红的党旗下，他庄严地举起了右手。

徐联胜校长为他写下这样的入党评语：方锡敬同志在候补期中，以其实际行动和工作表现，对党忠实，服从党的纪律，完成党给他的任务。工作很积极，平时经常很早到校，很迟回去。工作负责，肯钻研，关心和团结同志，积极参加组织活动。

这期间，方敬有一个去东北鲁艺读书的机会，他也特别想读鲁艺。徐联胜说，现在夜校工作很忙，缺乏教师，就这样把上学的事耽搁下来。

这一年，方敬又调到上海第二工人夜校任教导主任。

1951 年，21 岁的方敬成为上海第二工人夜校的校长。虹口区区长找他谈话并发给他校长聘任书，方敬欣然赴任。

1951 年 2 月 18 日，上海《解放日报》大楼。

一个 20 岁出头戴着眼镜、上身穿中山装的青年在认真地做着笔记。他，一头乌黑柔软的头发，眼睛明亮，面目清秀，身板有些单薄但充满活力。

他时而凝神前望，时而埋首记着笔记，一行行漂亮的行书字落在笔记本上："人民报纸的任务：报纸不同于一般书籍，报纸是时间性很强的。人民报纸必须在人民事业中起到指导作用，要把党的政策、好的经验及时地进行报道。要'从群众中来，到群众中去'，报纸与人民的联系就靠人民的通讯员……"

他还记下了《解放日报》专家的讲座："'反美武日'，美帝武装日本不是简单的事件，抗美援朝、保家卫国运动的报道要进一步深入，要扩大到整个亚洲……"

风华正茂的方敬，正在参加由《解放日报》与《劳动报》《青年报》联合组织的通讯员学习班。

他甚至记下了："学员参加学习应做到不缺课、不迟到、不早退，因故不能出席时需向班委会请假。必须修完学科才能毕业。"

景清书苑现在仍然保存着这张学员证，内页上印着：

通讯员是一种很重要的政治力量，这个力量不仅属于报纸，而且属于整个国家。——胡乔木

姓名：方锡敬；单位：市立第二工校；职务：学生辅导；地址：牛庄路顾家弄 54 号。

还有一张《解放日报》编辑部通讯组于 1952 年 8 月 1 日发来的邀请函：

锡敬同志：定于 8 月 5 日下午 2 时半，在报社 15 楼第一会议室召开怎样做一个社会活动家座谈会，请你准备意见，准时出席。

方敬一生爱报、读报，这个习惯贯穿了他的一生。

毛泽东曾说：饭可以一日不吃，觉可以一日不睡，书不可以一日不读。又说：一天不读报是缺点，三天不读报是错误。

方敬的读报习惯和阅读偏好，早在青年时期就已经养成。读报、听广播，以至于晚年每天看中央电视台的《新闻联播》更是他雷打不动的必修课。

1951 年 4 月 21 日，上海市举行二届人代会和青代会传达会。参加会议的代表近 2000 人，方敬静静地坐在台下聆听着。

上海市二届二次人代会闭幕，经过 10 天的大会，陈毅市长和潘汉年副市长分别作了报告。会议总结了 1950 年的工作，并提出了 1951 年的工作任务。会议主持人说，我们今天的会议是要把二届二次人代会的决议贯彻到各个单位中去，陈市长在报告中很明确地提出：我们上海从解放到现在，在人民政府正确领导和全市人民的努力下，物价稳定，一切向好……

1951 年 5 月 7 日夜，万籁俱寂，方敬在灯下写日记。他依然是那

么严格地剖析自己，不断对自己提出更高的要求：

先总结一下最近的工作。

最近可以说工作效率不高，思想上有点懒惰。虽然身体不舒服是事实，但是作为一个党员的我，决不能因为一点小病而影响工作。

最近拖欠的工作是：工作计划；各科准备；各种簿本的批改；学校的壁报、黑板报等领导工作；转正报告。

所以今天思想上就要明确起来，努力地克服自己的缺点，在工作上要做到不拖不欠。在同事之间要帮助徐帼英、周宏波、章锦秀；在同志中，自己思想上要明确，工作要上进，进步主要靠自己，而且同志之间要互相帮助。

我以前曾经想过，在艰苦的工作环境中能够表现出人的坚强意志；在和平建设中，在生产竞赛中可以看出谁的产量高，但是像我们这个工作恐怕是搞不好的，现在看这个思想情况是完全错误的。这个思想可以说是个人英雄主义的思想，其实你只要很好地为人民服务，人民是会给你荣誉的，这个荣誉是绝不能去投机取巧的。

因此在今后我要脚踏实地，在各项工作中积极带头，努力精通业务，改进教学方法，争取做一个教师模范。

这是方敬第一次提到章锦秀。从日记上看，纯粹是谈工作，帮助积极分子。此时的方敬，并没有想到她会成为自己的爱人，成为和他相伴一生的人。

章锦秀，1947 年上海女子中学初中毕业，从教以后非常认真。

年轻的方敬除了教学工作，还经常出去听讲座，看报纸，为自己充电。

看到《文汇报》1952 年 11 月 15 日第 6 版上，刊登了一篇介绍关于学习苏联教学经验的文章。方敬很认真地研读并写了读后感，他引用毛主席的话说，人不能事事直接经验，我们大部分的知识都来自间接知识和经验，正确的可靠的间接经验我们应该好好地学。为什么学习苏联的经验，有人认为苏联革命成功后没什么经验可以学了，所以就怀疑和抗拒，这是对我们的事业不负责任，是对祖国的下一代不负责任。

12 月 22 日傍晚，方敬去参加上海第三期夜党校学习。

1953 年 1 月 30 日，方敬在日记里为自己写了一份鉴定。这份鉴定写到优点只有一句话，却写了自己的很多缺点，并指出自己的努力方向。这与当下自我鉴定的避重就轻、敷衍了事形成了鲜明的对比：

一、优点：工作热情负责。

二、缺点：在各方面还掺杂个人思想——

1. 争取入党及候补期的工作积极，也有为个人打算，所以转正后的工作积极性没以前高。工作顺利或困难较小时，能克服困难进行工作；而当困难较大并较多地牵涉到个人时，就怕困难，更想逃避现实。学校工作由于怕困难和自卑，曾想辞职。

2. 自高自大的错误依然存在，1952 年 6 月前的工作比较顺利，因而就自大起来，认为有一套。而 1952 年 6 月后，由于自己轻轻地跌了一下，工作较差，就怀疑上级和同志看不起我，产生自卑心理；并认为过去的成绩（其实没什么成绩）完了，前途暗淡了。在出现自己的一些错误后，更认为自己不行，甚至曾产生毁灭自己的错误想法。由于自大，就不能看到群众的力量与进步，所以群众关系较差。自我批评时，只是替自己扣上顶大帽子，没找出思想根源进行批判，因此不能解决实际问题。

三、努力方向。我的缺点是很大的，假设有一个比较长的时期顺利的话，就会产生功臣自居、自以为是的极端个人主义。为了改正缺点要做到：一要认识到这种英雄主义在我的身上是根深蒂固，要在工作前后注意和检查；二要努力学习，特别是关于共产主义的学习来巩固共产主义人生观，使自己能终身英勇地坚持革命斗争。

他边工作边写下大量的学习日记，强调要密切联系群众；他记下"要革命，要坚持，要终身，要到底"，他立志要做一个真正的布尔什维克！

在 20 世纪 50 年代，方敬的工作调动是比较频繁的，兼职也很多。但党叫干啥就干啥，自己只是革命的螺丝钉。

仅 1952 年，他分别担任老闸区第一工校教导主任，第八期师资训练班工作教务处教务员和团分支支委，老闸区黄浦区职校普查工作组组长，老闸区工校团支部书记，新成区工校团支部书记，中共新成区工校党支部支委……

1953 年春天，公园里的池塘变得特别妩媚，垂柳身姿婀娜，印在碧玉般的水面上，像绚丽多彩的绸缎。蜻蜓似乎也被美丽打动了，不停地点击着水面。迎春花、丁香、玉兰、海棠、牡丹、郁金香、映山红、芍药散发着春天的味道。

春色盎然，一片嫩绿。

4 月 16 日，方敬在作工校团支部委员会工作总结：

……我们的团支部是在 1952 年 12 月 25 日经上级批准正式成立的，到目前为止我们做了如下的工作：团员同志的思想教育，进行了 3 次学习，改变了个别同志对劳动的看法，搞好了教师的团结工作，改变了学校办公时间中的混乱现象，不安心工作的现象基本消失，我们学校搞得好是和各团小组分不开的……

团队存在的主要问题，我先谈一谈同志们的反映：有的同志忘了自己是个团员，只在过政治生活的时候才想起来；不团结的现象依然存在，同志之间的感情没能建立，闻不到团员的气息；不同的小组工作成绩不一样，工作好的小组同学们争着入团，有的小组团员之间互相看不惯。而多数团员同志希望我们工作能搞好一些，希望团支部在群众中有威信，而我们，特别是我，没有尽到这个责任。另外，支部委员没有以身作则，没有从思想上重视团的工作，支委会中没有进行批评和自我批评，要记住这个教训，来改进今后的工作……

方敬相信未来！是的，没有一个春天不会来临，没有一个春天不会灿烂！

6 月 6 日，他在自己的笔记本上，画下了一张列宁的素描，并写下"列宁万岁"，表达他对列宁的敬仰。

1953 年 7 月 30 日，方敬担任老闸区第一职工业余学校校长。

2018 年 12 月 29 日，在景清书苑的方敬遗物中，笔者发现了这一任命书。对于了解 20 世纪 50 年代的上海组织任命，也有一定的历史价值。

上海市老闸区人民政府通知：

受文者：老闸区第一职工业余学校。

提要：提升教导主任方锡敬为校长，以教师张图南接充教导主任，希知照由。

发文：老府文（53）字第 0630

批示：你校校长一职，虚悬日久。教导主任方锡敬，代理校长职务已有 4 学期，力能胜任，工作积极，应予提升为你校校长；所遗教导主任职务，另有你校教师张图南接充，希即知照！

落款是粗大的宋体红色字：上海市老闸区人民政府。

上任不久后的 9 月 11 日，上级又任命他为提篮桥区第二工校校长。9 月 24 日，又兼任提篮桥工校支部书记。

方敬回忆：1953 年我调至提篮桥区第二职工学校任职。当时的职工学校很少有独立校舍，所以"二职"借唐山路澄衷中学的教室在晚上上课，但有办公室，可以供教职员办公。澄衷中学很大，主要建筑有蒙学堂与世美楼。蒙学堂是民初的典型建筑，高二层深四进，砖木结构，每个教室近 60 平方米；而世美楼为洋房，四层钢窗。其他还有风雨操场与教工宿舍等等。

澄衷学校以晚清传奇人物、著名实业家、五金大王叶澄衷命名，这是因为 1899 年叶澄衷在去世前立下书面遗嘱，捐白银 10 万两创办"澄衷蒙学堂"，以实现其"兴天下之利，莫大于兴学"的理念。

澄衷中学为叶澄衷先生创建，叶先生发迹前在黄浦江上"摇舢板"，"舢板"系木制小船，两头翘起，中间有竹制的蓬，供大轮船与码头间的摆渡用。某日外商摆渡时遗巨金，而叶先生不为所动，停在码头边死等。外商念其诚信，留其在洋行工作，后成为大班，终成沪埠巨富。除捐建学校外，在江湾还建有叶家花园，解放后成为结核病疗养院。这些事在上海流传甚广。

澄衷中学历史上有过两位著名的美术教师，那就是 20 世纪二三十年代在澄衷学堂先后教过美术的丰子恺先生和钱君匋先生。丰、钱两人在中国近代美术和美术教育史上的地位与影响无须多说，他俩在澄衷中学任教期间还有过一个学生，后来也成了重要的美术教育家和中国山水画大家，他就是陆俨少先生。

1954年1月11日晚，方敬在日记里总结学校的工作，比如党代表候选人问题，比如教务处反映的问题和工友的建议……

这期间，方敬与章锦秀相爱了。

有时候爱情就是这样静悄悄地到来，开始毫无察觉，在不经意间，爱情的花朵已经绽放。

方敬说过："大概1952年，我们是同事，她21岁。我在教书的学校认识的，正因为这件事所以我调动了工作。两个人在一所学校，而且我是校长，不合适。

她是上海的女子中学毕业，学会计的。当时我弟弟先结婚，按照传统观念，弟弟结婚了，哥哥不能还光棍。然后我们恋爱，1954年结婚了，她对我很好的。"

有一次他俩在江边散步，晚霞弥漫了整个天空，像铺开了一幅巨大的、瑰丽的、雄伟壮观的天然彩图；奔腾的江上升腾着半透明的水雾，在霞光中像一条鲜艳的红绸缎在飘扬。在迷人的晚霞里，两人相视一笑。

有情人心心相通。

当然，爱情并非全部是绚烂烟火。

真正的爱情，一定是交相辉映、志同道合。

究竟爱情是什么？

哲人有哲人的定义，最经典的应该是柏拉图和苏格拉底的探讨。

作家有作家的看法，比如高尔基觉得"没有爱的生活不是生活，而是生存"。

诗人的感受大概是最丰富的，泰戈尔认为"爱情是理解和体贴的别名"，伊萨科夫斯基说"爱情不是一颗心去敲打另一颗心，而是两颗心共同撞击的火花"，荷马还看到了爱情的颜色——"醇厚的酒的颜色"。

爱情不是终日彼此对视，爱情是共同瞭望远方、相伴而行。

这年2月6日，方敬与章锦秀喜结连理。

章锦秀回忆：我们结婚时，婚礼没有按风俗办，没有吃饭。有一个老同志张伯伦，他是老领导，我们就在张领导家里……没有什么东西，很简单。

五弟方锡荣回忆：

大哥大嫂在吴淞路606号发了糖果，结婚是在学校，同事们开了个茶话会，很简朴。大哥是外向型的，上课时是严师，下课了与学生摸、爬、滚、打。上课铃响了，再喧闹的班级听见方校长的脚步声，立即肃静。他后来任教的学校，五个高三班每个学生的家他都去做过家访，五个班的学生名字都能随口叫出。凡考上清华、北大、复旦、交大、同济、中国美院的学生，他都上门祝贺，必有奖励（个人行为）。

大嫂是内功型的，寡言少语，不慢不快；她二哥与方敬曾是同事，是挚友，也是内功型的校长、学者。

在同事眼里，他俩就像平常夫妻一样，没有奢侈的穿着，没有张扬的做派，没有灯红酒绿的浪漫。

只有一唱一和，只有体贴关心，只有默默扶持。

有时候，一饮一啄也是爱情。

2018年11月30日，笔者在上海一家名叫天成的养老院，采访了89岁的章锦秀老人。

岁月拂去了很多，但拂不去爱情。

谈到他俩的婚姻，章锦秀说："没解放我们就认识，就在一起工作。解放以后，工厂里工人都没有念过书，我们就教他们。那时候我跟他在一个学校里，他做校长，我做教师。

"我主要是觉得伊（他）是人才，觉得伊（他）蛮有才能。我对钱是不看重的，他家里很穷，但我从没有嫌弃他。那时我没什么要求，我总觉得他人很好的，工作能力很强，对我的工作启发很大。"

我问她："听说您家境挺好的？家族里还有一个品牌叫百雀羚？"

她说："我那时候家境好，但也是一个破落家庭。我爸爸去世得早，百雀羚是我大哥那个时候搞的。

"结婚之前，老方家里什么都没有。我只知道他家住吴淞路，妈妈生养了9个孩子；爸爸解放前是警察，后来去厂里做工，真的很苦很苦的。方敬那个时候，我们学校还有一个同志也喜欢他的，我讲实话。后来那个同志跟他不接触了，她去他家里一看，后来不去了，因为他家穷。我就是觉得他人好，我别的都不考虑。后来他带我到他家里去，第一次到他家，就是在吴淞路，他家住在银行后面，那次我去他家吃饭，家里特别困难，这个我从不计较。妈妈很伟大，这么多的小孩，妈妈就这样把他们带大；我很佩服她，她也很喜欢我。家里很困难，但我可以一起负担。

"那时候刚结婚，住在我家里。我爸爸是不工作的，我的叔叔是老板，成都路上华成制管厂的。我和我奶奶住在一起，阿哥出去了，阿姐结婚了，阿妹当兵了。后来我们搬到方敬的家，光线不好，很黑很黑。弟弟方锡荣考取了上海中学，没有钱读书，就在方敬的鼓励下当兵了。方锡林还在读书，方锡芬、方锡明两个妹妹因为家里经济条件不好，也不读书了，去了广东。

"大妹妹和三弟弟去广东谋生去了。我说你们放心，家里有我们。四弟去北京考取地质学院，家里事情也不要他管，他生活费每个月5块钱，是老二给的。家里还有一个小弟弟、小妹妹。

"1954年我们的长子亚平之前，我小产（流产）了。方敬要住到虹口区澄衷中学操场上的办公室里，说这样方便工作。晚上方敬要上课，我怕黑夜，一个人晚上吓死了。后来奶奶拿了钱在南市小南门买了房，我和我奶奶住在那里。方敬后来也住在那里，亚平就是出生在小南门。后来我奶奶去世了，我的爸爸也去世了，我一个人不敢居住。后来教育工会分配了我们湖北路两间房子。

"他的心都放在工作上了。我们两个人都是为了工作，互相'比学赶帮超'。"

两个孩子方亚平和方列平来到了他俩身边。方敬在日记里清楚地记下两个孩子的生日：

亚平，1955年4月19日。

列平，1956年12月5日。

两个孩子的名字，都鲜明地打上了时代的印记。

亚平的名字和万隆会议有关，1955年4月18日至24日，29个亚非国家和地区的政府代表团在印度尼西亚万隆召开了亚非会议。这是亚非国家和地区第一次在没有殖民国家参加的情况下讨论亚非人民切身利益的大型国际会议。当时的口号是"亚非拉人民要和平"，周恩来总理提出了闻名世界的"和平共处五项原则"。方敬就给长子起名叫方亚非。后来为避免同学们之间起外号，比如"阿飞"之类的，方敬最痛恨流氓阿飞，就改名为方亚平。

亚平的名字起好了，至于列平的名字，也该有个"平"字，源于方敬对列宁和俄罗斯著名现实主义画家列宾的敬仰，他为次子取名列平。在下乡劳动之余，他还曾画过列宁的肖像呢。

看似简单的名字，却饱含了方敬对孩子们的期望和理想。


虽然工作是异常繁忙的，但在方敬晚年的回忆中，很少谈及酸甜苦辣，更多的是洋溢着浪漫主义的情怀：

约在1954年的秋天，一个傍晚，有男高音传入耳中，"十五的月亮爬上天空噢……"男女二声都是一人独唱，每次至少两遍，虽不及歌唱家档次，却异常深情。在"夜校"上课前，歌声必停。这样持续了好几天。久而久之，我很纳闷，就开始关注这一奇事。傍晚，歌声又起了，我从窗里循着歌声看去，原来是在教师宿舍二楼的走廊上，一位青年教师面对世美楼引吭高歌。不出半个月，奇迹发生了。当"我等待着美丽的姑娘哦，你为什么还没出来噢……"的男高音一停，世美堂三楼的女高音接上了："……只要你哥哥耐心地等待噢，你心上的人儿一定会到来哟噢！"我扭头一看，那美丽的姑娘我也认识。

两人都是澄衷中学同届的高中毕业生，一起留校当政治教师。在20世纪50年代，中学的政治课比主课还主课，教师是在优秀青年中选拔的。作为政治教师，在主客观两方面，自然而然地有相当的优越感。我与他们都熟。那时我住校，清晨5时许，不少澄衷中学的教职员都爱体育锻炼，我当时25岁，也掺和在其中，田径都参加，更多的是打篮球。那位男高音球技不错，堪称帅哥；女高音也凑在这人群中，浓眉大眼，特别爱笑，不给阳光她也会灿烂。

"有情人终成眷属"，"十五的月亮"是非物质武器，但却是大媒，它留下令人神往的诗情画意。结婚前后，他们分别任中学的党支部书记，育有两个女儿。女高音早就当外婆了，已多年不见，她今年也近80岁了，不知还记得这"月亮"否。

爱情如丝雨，潮湿了青春的心灵；爱情如花朵，装点了青春的壮丽。这正是青春岁月里甜美的回忆啊！

1955年，方敬任职仍然很多，分别担任提篮桥区工校教师行政办公室秘书、提篮桥区工联办事处宣传科职工文化普查组组长、中共提篮桥区文教部门小组和中学准备组组长、文教组组员、文教办公室副主任。

泰戈尔曾说，天空没有留下翅膀的痕迹，但我已经飞过。生命除了长度，还有深度和高度。如果只能活一次的生命可以如此壮阔，一生亦是永恒。

# 第九章
# 穿越历史的顿挫

凤凰，是在烈火中涅槃的。

苍鹰，是在飞翔中学习的。

而历史，总是曲折发展的。

正如世界上没有一条笔直的河流一样，对社会主义道路的探索也经历了一个曲折的过程。

共和国70年，既有凯歌行进的时期，又有曲折发展的岁月。

新中国还很年轻，就像我们年轻的时候一样，或多或少身上总有一些缺点和不足。

为了找到一条属于自己的道路，年轻的共和国在探索中走了弯路，在成长中经受挫折，在磨难中经受考验。

20世纪50年代末到60年代初的3年间，一场谁也无法回避的饥荒岁月，又一次向我们这个苦难深重的民族席卷而来。

几乎与之相伴的，是接二连三的政治运动。

"大跃进"和人民公社化运动、"文化大革命"等，先后都给国民经济发展带来严重的困难。从50年代中后期开始，上海与全国一样出现了急躁冒进和阶级斗争扩大化等"左"的错误。

与此同时，方敬的职务一直在变动：

1956年担任小教专门小组组长，支部书记。

1957年分别担任业余中学和业余小学整风小组组长。

1958年担任59业余中学副校长。

1959年筹建中学进修学院，筹建资料室工作。

1959年8月至1960年，任虹口区职工教师培训班主任、书记。

......

火热的年代里，方敬把时间都投入到工作中。

他的日记里，只有工作、工作！

1957年4月，苏联最高苏维埃主席团主席伏罗希洛夫率团访问中国，每到一城都出现"万人空巷"的动人场面，数十万群众夹道欢迎，展现了当年中苏友好的动人画卷。上海教育系统更是发起了总动员，方敬日记还保留着市委主要领导的动员讲话。

我们看看1957年国庆节方敬的工作安排吧：

10月1日：国庆节，上午与章锦秀研究文件进行学习；下午，去郑裕家处，商量各单位党支部书记会议一起研究一下，布置团支委的情况收集；晚上，要考虑一下两个方案。

10月2日：上午，去参观苏联国民教育展览会；下午，与高云卿研究党外人士工作；晚上，回家与章锦秀研究整风文件。

10月3日：上午，与冯振童研究工作，整理办公室的内务工作；下午，去市政工程局外调，去区委文教局韩部长请示工作，没有遇到；晚上，与章锦秀研究整风文件。

工作繁忙不要紧，方敬历来都是拼命三郎。关键是方敬和章锦秀心情非常郁闷，因为自从1957年起开展的党内整风运动，发展成"反右运动"，而且愈演愈烈。严重扩大化的后果是，一大批忠贞的中共党员、有才能的知识分子、有长期合作历史的民主党派朋友，被错划为"右派分子"。

他面对的是一个风暴中的世界。

风暴中，你无法把自己挡在世界之外。说实在的，对那些翻来覆去的政治运动，方敬真的不感兴趣。

然而无论方敬在政治上有多么清醒的觉悟，在这样一场龙卷风般的运动中，他非但无法逍遥，而且在劫难逃。

这种预感已经越来越强烈了。随着运动高潮的掀起，风声越来越紧。

1956年9月至1966年5月，是新中国十年曲折复杂的发展史。它凝聚历史风云。

方敬自称是"老运动员"，几次运动都摊上了。

方敬是一个工作勤勤恳恳的人，又是性格上刚直不阿的人。各种"运动"，让这个青年教师陷入了无所适从的茫然与犹疑之中。

方敬曾将自己一生划分为人、马、牛与狗等阶段：

"当属人的阶段，1945年以后的学生运动，以及《中学时代》的工作，算是舒畅的一刻。

"在做马的时候，1955年至1956年，是最繁忙，也是成长最快的一段时间，1957年的批判粉碎了一切，让我重新认识世界与自己，从此打入了另册。作为一个另册的人，无形与无情的挤压，使我更为坚韧……"

方敬回忆：

1957年肃反中，当时我是提篮区文教小组组长，下有工作人员约80名，全区教育系统的肃反由我负责。由于不同意把33个人定为反革命，理由是完全根据中央有关文件的条文制定的。这33人都属于对民族、国家做过有益事情的人。其中包括徐开墅（法学专家，博士生导师）……

另有一人是国民党张克侠、何基沣部的少将军法处长，部队起义时不在军部，故不列入起义军官，而张、何二人证明该人是属于老派军官，只是执行公务，没有其他罪行。

如此等等，所以我从1957年因右倾被批判，定为犯严重个人主义错误，没给什么处分。但从这以后，便被打入另类，凡有运动，我必躬逢其盛。

有一个新四军三五支队的教导员董思林，曾作为部队的代表接受日伪军的投降。新四军北撤时，因深度近视，要他留上海，但久久没接上关系，在郊区的民众教育馆等处谋生。上海解放后，派往一所百年老校任书记兼校长。由于一段经历说不清，在1957年以后的一些运动里多次被靠边，在"文化大革命"中每天被关到小房间受肉刑，因经不起精神与肉体的折磨，他逃到南京后失踪。

还有戴兴，一个被党组织派往汪伪部队任连级干部的人，曾由于他提供的情报而使汪伪的一个团被全歼，立了大功。1945年奉命打入蒋军的宪兵团，淮海战役初，该团被急调南京，时间不允许他及时向组织汇报，就有点说不清的地方。解放后，被任命虹口区教育局局长。为人平和，工作极为认真，深受中小学校长的爱戴。也成了一位"老运动员"。在五七干校时，身患肝病，体重不到50公斤仍然忍辱负重，拉着800斤左右的板车而毫不示弱。1977年积劳成疾含笑而去，因为死之前张震将军与另一位老革命证明了他的清白与功勋。

　　众所周知，20世纪50年代中期原来是党内整风。后来急转而下，整风不搞了，要立即组织反击资产阶级右派的猖狂进攻。这就是后来的整风"反右"。当时的我，忝任提篮桥区文教系统3个整风小组的组长，在自己也闹不清的情况下主持着"反右"斗争。随着运动的深入，越来越觉得不对头，陷入深深的苦闷中。一个共产党员讲究的是党性，但人总是要有良心的。若干年以后，我有一悟：如果一个人连良心都出卖了，那么他的党性肯定是歪的，不纯。

　　当时，我分别是职工学校、小教以及机关干部学校的整风小组组长。其中，对职工学校的教职员工很熟悉，因为我担任过中共职工学校支部的支部书记。到了"反右"后期，上级下达了抓右派的比例，一定要凑够比例数才能作罢。

　　其间有一个故事。某一单位的支部，按上级下达的指标还缺一个右派名额。支委会中有一位支部委员心地善良，为不再伤及无辜，就想把自己定为右派凑个数，以完成上级的任务。经支委的反复讨论，支委同意他的请求，以右派上报。当时的人忠心耿耿以及人心惶惶到怎样的程度，今人是难以想象的。

　　……

　　我因为讲良心，所以在整风"反右"后期，被补定为"右倾机会主义分子"。虽然没戴"右派"帽子，以后却享受着同类的待遇。1958年后，历次运动我都被"运动"着。巧的是，在1988年之后的两次骨折，断成5段的腿都是右腿，名副其实的"右倾"。

1986年秋，内蒙古自治区教育厅邀我去讲课。第一站是呼和浩特，接着是包头、阿拉善左旗。在呼和浩特讲课时，有位赣榆老乡一定要我去吉兰泰一次。吉兰泰有盐湖，真的是开了眼界。过去只是听说青海有些地方是用盐做公路的路基，似信似疑。到了吉兰泰才知道什么叫"就地取材"，因为那里的沙石料比盐还贵。故修公路舍沙石而取盐也。

在吉兰泰讲课之余，我想念着1958年"反右"后被发配到银川的一些旧友，其中原属提篮桥区文教系统的"右派"和类"右派"近20人……隔日清晨，用40元包了一辆上海牌的轿车，辗转银川的各中小学，一天的寻寻觅觅，当晚只找到4个半人。4个是50年代的同事，半个是上海的同类，嫁给了我的同事。原提篮桥区第三职工学校校长俞自邦最激动，说不完的话，仍然是浓重的宁波口音。我拿出内蒙大曲，竟夜对酒畅谈。"别样的童趣"就是在那一夜发现的。

在"十年浩劫"中，这些人都被"游过街"。游街时，都得戴"高帽子"。其中关于"高帽子"的一个故事令人刻骨铭心。

当每次"游街"结束后，这些戴高帽子的子女都会进行热烈的争论，争论焦点之一是谁爸爸的高帽子最漂亮与神气。争论的结论却只有一个："自己爸爸的高帽子盖了帽了，别人爸爸的高帽子都不行。"这一"别样的童趣"哪里去找？"文化大革命"初期，这些孩子都在读小学。儿童眼里的世界与成人不同，所以毕加索常说自己的画永远也比不过儿童眼里的世界。

这"别样的童趣"依然在我心中发酵着，不时散发着异样的芳香与辛酸！

1960年，方敬下放劳动，下放在宝山月浦公社新生大队的沿泥场船板桥自然村。同去的12人，其中党员有虹口中心医院的张广杰、工人俱乐部的刘展和复兴中学的方寺（女），其他的是中小学的老师或校长。方敬"荣任小队长，还是中队的队副"。

穿过历史的云烟，方敬反而以乐观的心态来讲述当年的苦难，苦中作乐是他一贯的风格。有时候他甚至把苦难过滤掉，专门挑出一些让他感到可乐的事来：

　　　　　　　　　　　　　　　　　　　　　　　先生方敬

整天从事农业劳动，没有其他事。有一天，奉命去镇上挑米，由一位贫下中农领着。去了4个壮劳力，其中有我。午饭过后出发，去时空身，一个多小时就到了。米领了以后，带队的挑120斤，其余人减半。这是平生第一次挑担，开始还可以，越走越不行。肩部疼得不行，又不会换肩，而且扁担只能担在肩窝，别的位置不行。一路走，就是想歇息，挨到黄昏总算到了，肩上的皮也磨破了，肿得有半个馒头那么高。值得庆幸的是，食堂的阿姨除了主食外，煮了一大盆新鲜的土豆，蘸着盐吃。这才是真的美食，也可见当年的饥饿程度。

船板桥傍着长江口，我常去江边洗澡，其他人很少去。有天黄昏，我又去了，洗了不一会，退潮了，提前上岸。这时，听得20米开外的江岸有响声，且断断续续。极目望去，一条黑影在乱蹦，真吓人。好奇心的驱动，壮着胆子走了过去。结果是一条大鱼，约1.5米长，搁浅了。寻思了一下，捡了块石头，朝鱼的头部砸了过去，鱼渐渐不动了。

怎么带回去，抱着的话一身腥，提着走又太溜滑，没处下手。最后决定把手伸进鱼嘴，抓着鱼鳃平提着回去。走了没几步，臂力不支，只能拖着走。好在路不远，到了食堂，鱼的尾巴剩下不多了。食堂的阿姨大喜，问我怎么办，我说一切缴获要归公。她把鱼头奖给我，并立即找了个大砂锅煮起来。等她把鱼身拾掇好了，鱼头汤也好了，小心翼翼地端回宿舍。掀开锅盖，浮在上面的鱼油近1厘米厚，至今没见过这么大的鱼头。而鱼汤没冒热气，猴急的人烫了舌头，在筷子与漏勺的交响中，风卷残云，锅底朝天了。

船板桥的村边，有一个近百平方米的水塘，水深约3米。一天，孩子们约我下塘抓蟹。他们一个猛子下去，浮上来时，一手一个螃蟹，朝塘边的大桶里一丢。再下去，还是两只螃蟹16条腿，扑通、扑通丢进桶。我见此情景，忍不住了，戴着眼镜潜下去。水真清，阳光在塘中水纹粼粼，水草微微摇动。水草下面，诸蟹横行。怕被蟹咬着，每次都双手捂一个，被孩子们讥笑也不顾。没多时有了半桶蟹，凯旋而归。我很少吃蟹，太烦人。这些蟹如何收场，没问，但这样地抓蟹，真过瘾。

沿泥场船板桥，后来成了宝山钢铁厂。在那里务农没几个月，奉命调到市建一公司第二大队。

第二大队是市建一公司的主力部队，以"打硬仗"著称，主要领导干部是上海浦东人。因值困难时期，很多工程都"下马"，唯独外贸仓库经国务院批准继续施工。我所在中队成建制地调往工地，工地在温藻浜大桥的北堍。

工地建筑为四楼，要求每平方米承重5吨，日夜24小时不停施工，我们小队被分在混凝土施工队。一天，接到任务，要2个强劳力去搬运水泥。经小队商量后，决定我和张广杰去。到了才知道，混凝土搅拌台每个台班要用14吨水泥，2个人必须在8小时内完成，每人7吨。

工具只有铁制的小独轮车，铁轮直径约30厘米，装在车子前沿。水泥堆场与搅拌台直线距离为300米。至今，什么都忘了，只记得每天即使省着点吃，也得2.5斤大米，两个月吃了150斤大米。其次是水泥会咬人。

上班初，一包水泥一人轻轻地端放在小车上，放上2包推了就走。到了上午10点，要两个人抬一包放在车子上，只推一包时人却跟跟跄跄。这时，肚皮好像贴在后脊梁，有气无力了。但是必须完成定额，真正的"小车不倒只管推"。

开饭了，领了两个大搪瓷碗（每碗是半斤米做成的饭），找个地方一坐。第一碗用筷子等分成16块，一口一块，狼吞虎咽。16口下去，缓口气，再就着菜，细嚼慢咽地完成第二碗。当时副食品很紧张，但为了确保重点工程，时而以罐头代之。余下的1斤半米，一般是早7晚8，那么多的粮票哪里来的已记不清，可能是工地补助，当时谁家有多余的粮票？

知识分子真的要劳动改造吗？还是用事实说话。搬运水泥时，老师傅们都是长袖、长裤；我们为了痛快，赤膊上阵，也不听师傅们的劝告。两天以后，再也不敢了。水泥黏在身上，开始并不显眼，然而洗完了澡，身上一层灰蒙的颜色就是洗不掉。这还不算什么，劳动中终有碰碰蹭蹭的，皮微微一破，水泥就来劲了。一出汗，水泥就膨胀，皮肤上的裂缝一个上午就扩展一倍，你如果不理它，皮肤上的裂纹呈几何级数

先生方敬

扩展，疼得钻心，刻骨铭心。小知识分子不识货，水泥是好惹的吗?!

一张五十多年前的中国人民邮政明信片，向我们展现出当年的一段往事。

邮戳上的日期是 1962 年 8 月 1 日，收信人地址是上海湖北路 86 号，收信人是方锡敬。写信的女孩子名叫沅沅：

方校长：

我已顺利地通过了毕业考试，并且被第一批分配出去了。这次分配的第一批是新疆和西藏，我一再请求，终于被批准到西藏去工作。我多高兴啊，您祝贺我吧！我感谢党对我的信任。在那么多毕业生中，选中了我们 20 名毕业生去西藏。

过些日子，我将离沪。想到要离别生活了 13 年多的上海，也真依依不舍。我要在最近几天内来看望您，想听听您的"临别赠言"。哪一天我也不好决定，反正我住的地方离您家很近，我会碰到您的，祝好！

沅沅

1962 年 7 月 31 日

方敬对沅沅印象很深，2011 年 5 月 9 日早晨，他专门在《往事钩沉》中回忆过她：

沅沅姓李，20 世纪 50 年代中期，她在澄衷中学读初中。因为我爱管点闲事，因而认识了这女娃。

那是 1954 年，在快放暑假的一个中午，我穿着背心在办公室里备课。汗流浃背，不时传来有人在篮球场玩球的声音。心想，在屋里都热成这样，哪来的球迷在玩命，就出去看看。一出屋，骄阳逼人，只见球场只有一个女孩。抱着球，在篮板前跑东跑西，在玩投篮，而投篮十有九不中，跑的次数远远比投篮的次数多。

仔细看看，穿的是不长的旗袍，足登短帮球鞋。恻隐之心，人皆有之。我招招手请她过来，引进办公室，递把葵扇给她，并把冷水毛巾递去，让她擦擦汗。没用，汗还从脸上冒出来，不时滴在水泥地。这时才看清，圆脸、大眼睛，小鼻子、小嘴巴，罗圈腿，些许雀斑如众星之列河汉。皮肤更可人，希腊色的。下面是两人站着的一段对话：

"你不知道饭后不能剧烈运动？"

"不知道……"

"你妈妈没跟你说过？"

"我妈没有了……"

"那你爸呢？他也没说？"

"我不知道我爸在哪里……"

时空凝结了，我脑子里一片空白。过一会，我告诉她饭后不要打球，可以在我办公室休息，看看书。慢慢地我知道了一些关于她家里的情况：很小的时候她爸就不知道去哪里了，后来她妈妈也病逝，还有一个哥哥。她是靠政府的助学金生活。之后，沉沉常来我家，还喜欢写诗，真有点小诗人的味。没几年她被华东师范大学中文系录取，和我一直保持着联系。

"文化大革命"初期，她快毕业时跑来看我，说是为了报效祖国，决心到最艰苦的地方去。没多久，被分配去西藏的拉萨教书，如愿以偿。来我家告别时，我想起了幼时的好友孙铭远，他在拉萨部队里当通讯军官。当时就问沉沉，同去拉萨的还有没有其他姑娘，沉沉说连她是3个。我郑重托她有合适的姑娘介绍给铭远。谁知后来沉沉把自己给介绍了，从此，我从方老师变大哥。鱼传尺素就更为频繁，但诗却少见了。

1974年，走在"金光大道"上的我，接到沉沉自三门峡市寄来的信：说是她爸经过统战部和民政部多次寻访找到了她。并要她到上海金城饭店会面，希望大哥也去，具体日期另告。

她爸爸叫李芮宣，30岁左右已是国民党某军的少将军长，在淮海战役中被俘，于1974年特赦。后来我查阅报纸，在特赦名单中列第15名。在接到沉沉的电话后，我为难得很。因为在历次的填表中，我没有这社会关系，无法列入。在极左路线恐怖下，这种社会关系是不敢高攀的，一不小心又得重新审查。好容易从敌我矛盾转为人民内部矛盾，虽然是三等公民，也算是安稳了一两年。如果不如期会面，又如何向沉沉解释。思之再三，为了党的统战政策，下定决心去！找个借口请假，当天坐班轮从长兴岛返沪。到了上海的当晚，稍作洗刷，金城饭店离我家不远，信步而去。在金城饭店值班处填了会客单后，不一会，沅沅快步跑了下来，接我去见她爸。李荩宣已在房门口迎着，一个标准军礼。进屋入座后，他连忙表示谢意，而我感兴趣的是淮海战役。

李荩宣说在淮海战役后期，蒋介石命令他的军要死守，其间杜聿明收到劝降信（见《毛泽东选集》）。杜聿明召开了军以上的会议，其中有位兵团司令坚决反对，不了了之。李荩宣最后说，之所以要他死守，是蒋介石见大势已去，是把可以南撤的部队收回长江以南，作为今后重整军队的骨干。

第二天一早，我就去吴淞码头，赶乘班轮去长兴岛。第二次休假时，老太太给我一张小学生用纸，上面用红圆珠笔写着：我是李沅的父亲，专门拜访未遇。甚念。我现住成都北路632弄3号，特此奉告。此上，方敬先生，弟李荩宣手上，6月12日。

便条是竖写的也无标点符号，之后，我再也没见到过李荩宣。

沅沅一家在"文化大革命"期间迁至三门峡市，沅沅在中学教书，还曾是市政协委员。铭远在某厂当技术员。两人退休后全家迁往上海，叶落归根。2011年早春2月，铭远在沅沅重病缠身时先她而去，沅沅身体现在也不好，连执笔写信也不能。

我的小诗人啊，这就是人生？

在困厄中，方敬坚守着良心，保持了清醒的党性。人生有伤痛有欢欣，有苦也有甜。创伤使人思索，使人坚强，使人成熟，使人更懂珍惜。勇敢地面对苦难，乐观地克服苦难，需要一种大境界。如果生活欺骗了你，不要忧郁，因为没有永远的冬天，苦难终会过去，而阳光总在风雨后！

让我们一起穿越历史的顿挫吧。

# 第十章
# 洒向虬江一片情

"虬江"原为吴淞江（即苏州河）的故道。虬，是有角无须的小龙，属于上古神兽。屈原《天问》中有"虬龙负熊"的神话描述，中国也有很多河流以神话元素命名，比如虬江。有人说是人们饱受旱涝已久，想借助神灵的庇护，便将上古神话中身形曲折多弯的"虬"作为这些河流的名称，以求今后不再受灾。

还有人说"虬江"一词，其实是吴语"旧江"的讹音。在明代的时候，该河道因为严重淤积改道，原来的河道便被称为"旧江"。因其是自然河道以及历史原因，因此在很长一段时间，这里都被上海人视作上海地理分界线的一条。之后随着上海开埠之后，虬江又被称为公共租界与华界的分界线。再之后，1914年和1922年，虬江分二次填河筑成虬江路。

上海是我国最早孕育和发展近代教育的地方，这里的百年老校很多。

1961年，方敬担任虹口区第三业余中学副校长，虹口区业余教育教师进修学校行政负责人。

1962年，32岁的方敬任虬江中学副校长、党小组长。当时没设正校长职务，实际上是一把手。"那时国家困难，区教育局局长找我谈话时，我主动说我去。"

这是一所民办中学，属于三年自然灾害时期的特殊安排，校址在四川北路1374号。当时国家没有资金建学校，就在虹口的沿街商场内侧，找来房子办起了民办虬江中学。房子很破旧，但有一个像样的礼堂，附近还有剧场和电影院。后来改为教师进修学校，再后来就拆掉了。现在很多上海人，已经不记得有个虬江中学了。

在虬江中学，方敬度过了生命中很长一段时光。

方敬和虬江中学的师生感情很深。

方敬在师生心目中德高望重。

1962年至1966年，尽管前路坎坷，但方敬依然带领师生们披荆斩棘，奋勇向前。

在方敬同事王洵制作的光盘"美篇"里，我看到方敬和虬江中学师生不同年代的合影。即使在他晚年因为骨折坐上轮椅后，也几次来上海与当年的师生相会。

笔者2018年12月份在上海采访了王洵。

王洵的家在上海一座老式居民楼的二楼，楼房旁边有专门的小楼梯一直通到他家门口。王洵特意煮了咖啡，餐桌是很旧的实木方桌子，干干净净的原木，没有上漆，很朴素。餐桌往里是一个书架，旧式有推拉玻璃的那种。玻璃中间，夹着一张王洵的学生们聚会时给老师颁发的奖状："王洵老师：为人师表辛勤园丁奖"——上面红红地印满了大家的手指印。"再聚首，心依旧，热烈祝贺王洵老师获'为人师表辛勤园丁奖'——虹口中学86届1班30年相聚"，很温馨。

75岁的王洵比较瘦削，岁月留下了深深的刻痕。他是一个做事特别认真的人，拜访之前我们通过微信交流过几次。

王洵和方敬感情很深，他给我的"见面礼"是他亲手制作的两张光盘：一张刻有方敬给他的68封信件，一张刻有方敬和虬江中学师生的合影。虽然年已古稀，但王洵精于电脑制作。他微微一笑说，这些照片原来都是方校长精心保存的，他从上海带到景清书苑。前些年我去看他，他让我带回上海与老虬江师生们分享。

333幅照片，方敬大都用毛笔、个别的用钢笔标明了拍摄时间、拍摄人以及当时的内容说明，清秀劲拔的行书字。可见它们在方敬内心深处的分量，他是多么珍爱着当年的同事和同学们啊。它们再现了当年虬江师生的学习与日常生活，是很难得的20世纪60年代版的"致青春"。

其中有 96 幅记录了虬江中学的老师们，20 幅记录了虬江中学的篮球队，15 幅记录了当年的体育课，15 幅记录了师生们"学军"以及与解放军官兵的互动，71 幅记录了师生们的学农生活，还有 52 张学生们的照片。……他们都是那么青春年少。一张照片，讲述了一段经历；一张照片，勾起了一份回忆；一张照片，饱含了一份情感。这是多么感动人心的情感守护啊！

让我们看看方敬写的"照片说明"吧。

在男女篮球队等体育方面，方敬在每张照片背面写着：

1963 年上海市中学生高中女篮亚军合影。教练乐国华，队长孙衍梅。

方敬和教练葛连福并排而坐，与初中男篮以及女篮队员的合影。

一群女篮队员在争抢篮板球。

发展体育运动，增强人民体质。操场上，一个高个子女生越过封锁线投球。

女子队的训练，于第二工人俱乐部。我校只有篮球场一个：宽有余，长不足 2 米。3 年来俱乐部区体校给予我们很大的帮助，待三五十年后青年们不能忘记。

1965 年五一国际劳动节，初一年级（67 届）去广中苗圃。这些是射击队员，有男队和女队。

1965 年春节上海市举行红旗迎春长跑，我校与继光中学代表虹口区去参加。行经南京路东向四川路北折至四川路桥。这一天为春节初二，寒风凛冽，晨曦如画。红旗漫卷，飒爽英姿，中华儿女，诚如斯者，不亦乐乎！

虬江中学女子长跑队，统一着装，充满朝气，旁边是钟楼。1965 年 2 月 3 日上午摄于四川路桥。图为报馆记者所摄。

1965 年 1 月 31 日上午，学校借虹口体育场举行迎春运动会，全校师生 1200 余人全部参加。6387 和 6397 部队的同志和侦察分队、国营金带沙农场的首长和球队队员也参加了，这一天细雨霏霏，时断时续。全校师生意气风发，自始至终精神抖擞，各项活动按预定计划执行；解放军做了搏斗表演；主场的篮球队和乒乓队与我校作了友谊赛。这次运动会主要体现了少而精，项目不多但团体项目及长跑多。这样人人都能活动一下，组织工作又简便，像这样的运动会简便易行，群众满意，以后可以多开几次。

在"学农"方面，方敬在照片旁一一注明：

方敬给出工前的同学们讲解劳动要领。

方敬带着一批男女同学挽着裤腿，手拿镰刀，在一片农田边合影。

葛连福老师在食堂做菜。

王洵与刘平一在茅檐下合影。

同学们整理菜畦、浇水、给菜地间苗。

同学们戴着斗笠在麦田小憩。

杨丽莲在搬砖，同学们砌墙。

硕大的古树下，周人龙和王洵背着行囊准备出发。

钟性达与王洵为平整校园在一起打夯，场面热火朝天。

一排斗笠下，同学们坐在田头路边，听工作人员讲解；各班组还有流动红旗。

1963年夏天高中同学去佘山公社罗山大队劳动，这是返回时在田埂上的留影。旁边是一片秧田。

"抢收又抢种，老天不帮忙；大家加油干，与天争棉粮！"

1963年6月，高中同学4班在罗山大队张滩宅生产队抢收小麦。

"日落西山红霞飞，下乡同学把家归；黑皮铁骨伴红星，愉快歌声满山飞。"1963年6月高中同学1班从罗山大队回校，途经佘山时留影。

"麦苗青，菜花黄，转眼就是三夏忙；盘中粒，粒粒皆辛苦，处处打麦震天响"，1963年6月在罗山大队横山生产队打麦场上。

1965年春，与67届同学去苗圃劳动，扛着火炬的红旗，当时是五一劳动节前后。

"你们操镰刀，我们操菜刀；虽然刀两样，心儿却一样。颗颗红心向着党，朵朵葵花朝太阳；样样工作是革命，'彻底''完全'为人民。"沈美莲、马国定两同学为同学们切菜做饭。

"起早摸黑炊事员，集中劳动做在前；任劳任怨巧安排，清洁卫生保安全；饭菜茶水供应好，个个同学身体健。"1965年6月，高中同学1班炊事员在分面。

"今日劳动练新兵，他日翱翔似雄鹰。江山万里展铁翅，壮志凌云冲九天。"初三103班同学在割稻。

"歌声嘹亮，气势雄壮；处处歌声，身心健康！"1965年6月，高中304班在高唱革命歌曲。

师生们还有许多"学军"的照片，方敬一一注明：

一排解放军战士依次向同学们表演格斗。

战士们训练同学们队列。

1963年3月5日，伟大领袖毛主席发出伟大号召：向雷锋同志学习。是年夏，即与同学去靶场劳动。第二年春，即请6287部队解放军同志为65届初中9个班级做辅导员。同学们为9位辅导员戴上红领巾。

"学习解放军，内务要整洁。鞋子要成行，被子四方方。远望一条线，越看越喜欢。"1965年6月，初中同学4班在解放军农场整理宿舍。

解放军战士为戴着斗笠的陈国华同学包扎手指伤口。

请6397部队孟昭南同志，做解放军三八作风的报告，并谈上甘岭战斗。

解放军战士用木棍代枪教同学们操练。

方敬和师生们与解放军战士合影。

"学习解放军，实现革命化！革命传统要继承，三八作风记心中。"1965年6月解放军某部队首长向同学作形势报告。

......

除了这些集体合影，方敬还留下了个别同学的青春记忆：

一个英姿飒爽的女青年，扎着羊角辫；身穿仿制的女兵装，挎着绿挎包，挎包带上绾着用来擦汗的毛巾，左手腕上戴着那个年代很少见的一块手表。

方敬注明：蒋慧珍，65 届高中 4 班同学，系我校志愿赴疆第一人。去疆后第一年，获"五好工人"称号。原系班级团干部，立志于边疆。1968 年 6 月 9 日病中补记。

女学生顾金庭，扎着一对羊角辫，一双闪亮的眸子；上衣穿运动衫，很青春。

方敬注明：1965 年初三 8 班毕业，现在市体委运动系。来校时体质一般，参加篮球队后，全面锻炼，体质日趋强劲，曾经在 1964 年三夏时从西塘桥跑步到江湾靶场，约 6000 公尺。女子能坚持到底的只有她与雪春风二人。学习成绩也好。

……

王洵说："我习惯叫他方校长，大约在 1965 年他曾说过，在他墓碑上只要刻上一行字：民办虬江中学校长方锡敬之墓，他就满足了。现在的人不知道，当时的民办中学处在中学的最底层，教师待遇低，办学条件差，被人看不起。绝非今日之民办学校，可他要在这困难环境中工作一辈子。

"我是 1963 年大专毕业后分配到民办虬江中学任教的，和现在的民办中学不同。当时民办中学录取的是因各种原因进不了公办中学的学生，学习成绩总体差一大截。虬江中学就是这样，说是民办也不完全是民办，也是国家办的，但经费很少，场地很小。方校长从公办转到民办虬江中学，带了一批教师来办学，学校于 1962 年开办。他虽然也调配精兵强将抓课本知识学习，但他更注意培养学生的自信心和自豪感。他认为这是学生成长的重要基础。

"我和他关系很复杂，他四弟和我大姐是同学，他五弟和我二姐相差一个年级，都喜欢体育运动，所以认识。他最小的弟弟和我是隔壁班同学，相互比较紧密，来往密切。到 1973 年'文化大革命'中这个学校拆散，搬到西江中学，但是我们一直保持来往。"

往事历历，王洵至今难忘方校长的一件事："有一次，方校长带领老师们去聋哑学校听课，回来后跟老师一起讨论。特别指出在一堂写生课上，有一个学生画的大苹果占满了整张纸，苹果的果柄要画到纸外头去了。老师举起画纸给大家看，又做了个手势——哑语。方校长问大家：手势什么意思，你们懂吗？然后解释，是表扬这个学生有气派、胆子大。老师又举起另一个学生的画，苹果画在中间，只有硬币大小，周围一片空白。老师用哑语表扬：这个学生画得很仔细，苹果上的斑点也画上去了。方校长讲：做老师搞教育，就要像这个老师一样，在这些画得很差的个例中，发现他的长处，他的优点，培养他的自信心，鼓励他进步。"

王洵的回忆深情而又漫长：

方校长给我的影响很大。因为我父亲1950年就因为家庭成分被抓进去，1975年大赦放出来。后来撤销原判，这都是后事了。从1963年开始到1975年这一阶段我是没有父亲的，参加工作以后他对我影响很大。他是校长，特别关心我，要我和他一样洗冷水澡。

虽然是民办中学，但我们有自己的长处。方校长找来的都是好老师，当时五六十个老师，稳定的有五十多人。还有一个北大、一个清华、一个浙大、两个复旦的大学生，都在我们学校做老师。他们是身体不好，三年自然灾害时期回来的。方校长吸收他们来教学，他们素养很好，抓学习很有办法，学生很服气，这样教学上方校长放心了。

教书育人要注重培养人的自信自尊，方校长通过各样的活动，培养各有特长的学生，我们都很受他的影响。为了培养学生自尊心，方校长组织了很多小组，如射击队、篮球队、乒乓球队……有一个年轻女教师有射击经验，马上让她做教练。马上跟国防体育学校联系，组织射击队带学生在市里比赛获奖。有一个老师是打乒乓球的，他跟国家第一批国手在中学体校里是在一起的，后来因为生病掉队了，方校长把他拉到我们学校。我们的乒乓球队在虹口区取得过名次。

民办学校看上去低人一等，但我们很自豪。方校长带我们用土夯建了篮球场，组建篮球队，干掉了市重点学校向明中学。原来他们老是第一，当方校长建了篮球队，他们就输了。

篮球教练更好了，方校长找的教练是青海省篮球队的，三年自然灾害时期没有财力物力维持那个篮球队，打篮球消耗很大。还有个篮球队员本来是上海郊区的，方校长一听说马上去找来。从学校6个班级200多人中挑选出优秀女孩，组成一个篮球队。一年后在虹口区夺得第一名，市里比赛第一名。比赛时全校出动，除了我还有几个看校的，其他的都去了。本来向明中学每年都是冠军，打遍上海无敌手。而"虬江中学"，市中学篮球圈里听都没听说过，有很多人（外区教练）虬字怎么写也不知道。那年记者疏忽了，过来拍几张照片就走了，去报道了。上海市宋副市长也去那儿看，他是向明中学的拥趸，看球是内行，看着看着他也傻了，从来没有听说过的虬江中学居然把老冠军给打下来了。他默默地站了起来，头也不回，提前退场了。后来报纸上也登了，结果上报的照片发不出来，发出来的照片是我们队员在防守，他们队员在进攻，实际上应该发的是我们进攻的照片。后来只好发一张人家进攻我们防守的照片，说虬江中学在积极防御。

方校长跟我们一起很随便，吃住在一起，跟青年教师从不摆架子。当时在军民食堂吃饭，食堂有个大姐家里3个孩子，一个月花销十几块钱，她二女儿在我们学校念书。方校长马上说，你这个小女儿我来负责。有次送方校长回去见到她小女儿，叫余清妮，她妹妹叫什么想不起来了，几年前我还去过她家。方校长关心人帮助人，早就如此啦。

方校长非常关心教师。有个教师姓刘，爱人是右派，一下子扫地出门，到外面带着孩子住棚子。下雨天方校长找人给她搭油毡。后来右派丈夫死在青海了，她自己带着3个孩子生活很困难。过冬的时候，只有单衣，方校长就给刘老师做一件棉袄。1973年方校长离开虬江中学，后来任虹口区业余大学校长，刘老师还在中学教书。方老师跟教育局提建议给她分房，依然照顾她。

我当时深受方校长影响。1965年冬天，我看一个学生没有棉袄，绒线衫也没有。他父亲生病，母亲没有工作，我在旧衣店看见一件衣服他能穿，我说你放学来一下，我看上一件衣服，还蛮新，想买给你。之所以买旧衣服。因为买新衣服要布票。结果他下午拿来好多布票，他家没钱买布，布票都用不掉啊。我一看，就给他买了一件新衣服。

这件事我一直没讲出去，后来还是给学生知道了。"文化大革命"

中，有人想找碴子揪斗我，因为我家庭成分不好，想揪斗我太容易了。结果学生说我做过好事，不然那次差点被揪斗。我还不知道我能不能吃得消，如果吃不消，后果很难说。

方校长不会专门教训同事，但是同事之间相互影响。那时他经常住在学校不回家，除了周六回去。他叫我们写字要端正，带我们和解放军结对子，带我们到虹口区靶场打靶。那时候学生每天要劳动啊，一年还有一个月下乡劳动，他就带我们去部队劳动。靶场有地，何家湾那地方弹药库也有土地，两个弹药库之间有150米的距离，中间空地很多，要种的。我们义务劳动，请解放军班长做班级的辅导员，部队朝气蓬勃的作风就传染给了我们。

学校生活丰富多彩。他带我们去打靶，学生也去打靶。走到靶场要一个小时，走到6381部队何家湾的军火库两个小时多一点。我们边走边唱，不用喊一二一二，军队的歌都是一二两拍的，一唱歌步伐就整齐。路是沙子路，一走起来唰唰唰的脚步声，路人争着看，很神气，很有朝气。

印象很深的是三八大盖枪，女孩子拉不开枪栓，我就在那里帮着拉枪栓，上子弹。有个女学生哭了，因为发射后坐力很大，撞在身上很疼的。但对学生是一个体验和教育，让他们知道战士们保卫祖国很辛苦。

解放军干部每天晚上10点到11点查铺，我们学校就也跟着学。方校长有规定，女生宿舍，男老师必须带女教师或者女学生去查。有时候没有女教师或者女学生，就带个班长查铺：你晚一点睡，等查好再睡。

我后来到虹口中学做教导主任，也沿袭了虹江中学这一好习惯。当时普陀山中学学生到我校交流，我也要查铺。告诉他们晚上不能反锁房门，我要一个一个查，一天晚上查好长时间。夏天没有蚊帐，都是点蚊香，我们用搪瓷盆接着，很安全的。两边两个床上下铺共8个人，但有个女孩盖的毛巾掉进盆里去了，着火了，要是没发觉等到天亮不知道会是什么情况，当时我赶紧用水杯把火灭掉，避免了事故。我这只是举个例子。

虹江中学劳动也比别的学校搞得好。有个农场先有一个市重点学校在那里劳动，夏天，他们一亩三分地，虬江中学一亩五分地；他们去30人，我们去25人；他们先劳动了，我们比他们晚一步去，到了田头先唱歌，唱《打靶归来》啊，唱《解放军军歌》什么的，干活很快。结果我们去的人少，地块多，但干得比他们又好又快，同学们很自豪！

"文化大革命"后虬江中学解散了，很可惜。但学生拥有了自信心、自豪感，涌现出各行业的拔尖人才。一个班里就有厂长、经理、上市公司老总，而且有篆刻家、大学教授……大多数人生活得很好。

方敬的虬江中学同事袁剑萍老师，当年在学校戴着一副眼镜，她回忆：

我和方校长很早就认识了。

50年代工厂缺少厂校教师，老方办了一个师资培训班，把厂校教师和工人骨干队伍中有初中文化的人员觅来当学员，进行培训。培训后，再让他们到工厂去教书。

当时办有初中数学、高中数学以及语文等师资培训班，可培训班本身缺乏教师。1959年，老方找到唐山中学的校长，经校长推荐把我觅去做初中师资培训班的教师。我自己刚从学校毕业一年多，他没去找资深一点的老教师，却觅到我和一位比我高一届的大学毕业生，后来我体会到老方这是在培养年轻教师。

他在工作中一直秉承"培养青年人"的宗旨。让我们青年教师在师资培训班中去和这些学员接触，对于我们政治上也是一种促进、一种帮助。接触的学员都是30—40岁的党员和团员，是积极向上埋头苦干的工人。

培训班后来并到业余进修学校，老方重起炉灶，敢挑重担。又合并进来两个班，老方不断调整教师队伍，毫无怨言。

老方关心我们年轻女教师，我家人多，住房小。家中有老人，女儿上不了幼儿园，是方老师帮忙，通过章（章锦秀，幼儿园院长）老师把女儿送进了幼儿园，使我上班时无后顾之忧。

我从嵩山路的家到虬江路的学校有一段路，由于新学骑自行车，方老师有点不放心，陪我骑自行车从家到学校去上班。一连陪了好几天，才放心让我独自骑车去上班。

老方当年让师生走出课堂去旅游，到闵行一条街、张庙一条街去参观，骑自行车到宝山长江口农民家访问，带体育老师、运动队教练去江湾体育场看日本教练大松博文如何大运动量训练女排。把学农基地设在部队农场，由解放军班长来做班级辅导员，不单带着劳动，而且关心学生思想成长。还有一次带领师生去靶场打枪……这些都是我们民办虬江中学当年的首创。

在当年虬江中学教师合影中，坐在左首第一个的劳慕洁老师如今回忆道：

有一天我生孩子在家休养时，方校长提了两条河鲫鱼来看我，我激动得眼泪都流出来了。60年代初食品都要凭票供应，他见我生孩子，不知哪里弄来发奶水的河鲫鱼！

我先后辗转4个学校，从没一个校长如此关心一个新教师的。

每天下班了，方校长把年轻教师留下来，教大家写毛笔字，他十分注重教师基本功的培养。

方校长作报告讲上级文件时，不但生动形象，而且把握中央精神从不极"左"、极"右"，大家不但喜欢听，而且心服口服。

教师陈纫兰回忆：

我在几个学校任教过，政治学习听校长作报告，只有听方校长的报告不会打瞌睡。他宣传党的政策不仅有条有理，而且形象生动，活泼有趣，使人乐意听，不知不觉一二个小时就过去了。

他常穿大皮靴，在四楼木板楼道里走时咯咯发声。我在教室里上课发现，只要一听见皮靴声，教室里再调皮的学生马上规规矩矩坐好，不再发声，有些吵闹的教室也马上鸦雀无声。

有一次下乡劳动，我们几个老师要去农民食堂吃午饭，正好遇见方校长，他让大家跟在他背后排好队，一路又唱又跳，向食堂走去。农民都笑着说：方校长来了，方校长来了。进了食堂，又一起敲着搪瓷碗唱歌。好不开心！我想平时很严肃庄重的校长，怎么像学生一样疯疯癫癫的呢！

每周一次带学生去何家湾劳动，一天劳动结束，方校长让骑车的教体育的乐老师载我到车站。我和乐老师一路说话，不知不觉就到家了。从此我和乐老师不仅熟悉了，而且关系很好，乐老师中年早逝后，我经常到他家去看望他的爱人和女儿。

当年教师合影中的彭文元，个头不高，皮肤微黑，他念念不忘当年的篮球队：

值得一提的，是虬江中学的高中女子篮球队。在只有6个高中班级100多个女生中，选拔出一支篮球队，居然打败了每年都拿第一名的向明中学女篮。

比赛是在陕西南路体育馆，方校长亲自带队，几乎倾校前往，为女篮加油。比赛拖到了加时阶段，最后虬江中学高中女子篮球队赢了。陕西南路体育馆沸腾了，全是虬江中学师生的欢呼声。

为什么虬江中学会赢？因为方校长深谙"田忌赛马"之道。他知道要振奋师生的士气，体育是一个突破口。他苦心物色到的体育老师、女篮教练乐国华老师，原先居然是青海省女子篮球队主教练！由于方校长的真心相待，常常亲自到球场观看训练，平时也和几个体育老师经常在一起交流，甚至还带着他们一起骑自行车，到江湾体育场观看日本女排教练大松博文是如何训练的。乐老师和其他体育老师自然全身心投入，高中女篮取得上海市高中女篮第二名，初中女篮获得虹口区第一名。高、初中男篮也取得了很好的成绩。

丘双云老师说：我刚参加工作一年，便下乡搞"四清"，由乡下背着行李吃力地回家的时候，方老师赶到东站用摩托车把我送回家。后来用毛笔写了一张册页，鼓励我好好锻炼。

冯耀国老师说：方老师自己在学校挨批斗以后，叫上原虬江中学的高中同学戴上红袖章，到区里批斗会场上，对正在批斗区领导干部的红卫兵说：你们批斗好了吗？接下来我们要批斗他们了。结果方老师把正被批斗得吃不消的教育局老局长戴兴、陈琳瑚等老同志陆续用摩托车都请到了湖北路自己的家里避风休息。

方老师要求教师板书要写得规范一些，不要东写西写，教师要为人师表。他常对年轻老师说：你给学生一滴水，你自己至少要有半桶的水，你没有半桶的水你能给学生上课吗？

毕玉露老师说：他要求年轻教师下班后留下来写字练字，说作为老师要练好字，可惜我们没有把字写好。

老虬江中学的师资力量很强大，方校长在社会上招聘了一批都很有才华的教师。

他向青年教师介绍老教师长处：孙兆理老师上课很有条理、清晰；皇老师在黑板上不用圆规画圆，不用尺画直线，一点不含糊；朱老师是解数学题快手，这是他在寒暑假做了大量题目的缘故……

方校长有一次在楼梯上碰到孙兆理老师便问：你菜买了吗？没有买我给你送来。我听了真是很感动，一位校长会从生活小事关心职工生活。

方校长在农村资助学生，那时候方老师钱少，动员大家一起捐点钱来助学。

钟性达老师说：当时方校长常陪青年男教师住在学校里，备课、打乒乓球、练字、冬天洗冷水澡。晚上九十点钟和教师一起到校门对面小店里吃酒酿圆子，以校为家办学校。"文化大革命"后，不少教师留恋1973年已拆散的虬江中学，希望能重新组合，再办个虬江中学。

方校长后来去五七干校，有次回学校来借拔河绳子等运动器材，特地到校办厂来找我，从包里掏出两个竹管的蟋蟀！我十分惊喜。原来他知道我喜欢养蟋蟀，便在劳动之余抓了两个，趁出公差，特地给我送来。

王洵补充说：记得到靶场学农有3个班，3个班的班主任，一个是50岁的老太太，一个是30多岁的男老师。我当时才20岁整，方校长却要我当这3个班的负责人。这明摆着是用压担子来培养年轻人。

靶场部队有次杀了猪，送来半只猪，六七十斤猪肉，给学农的师生。当时物资供应紧张，肉、蛋凭票供应。我们3个班人均可分到近半斤猪肉，我想3个班的师生可以吃大排骨、四喜肉了。

不知谁多嘴走漏风声，方校长立马从何家湾部队农场赶到靶场，对我说：这半只猪猡侬勿好独吞的！要平均分配。

原来他那里还有 6 个班级的学生也没肉吃呢！于是斩了一大半去，我们四喜肉就吃不成了。当然，校长比我想得周到，这也是应该的。

童珍春老师回忆：方老师极重孝心。他妹妹读小学时，到了刮风下雨天就赖学。妈妈只要叫一声：哎，背妹妹去上学。他就马上背起妹妹到学校去。那时，他已经是工作单位的领导干部了。但妈妈一开口，就没二话说的了。

方老师后来教学生写字，也还是说：凡是不孝顺父母的人，我是不教的！

多年以前，儿子叶宪童邻居的初中二年级女孩嘉慧，跟叶宪童学写字，正好方校长动过手术在叶宪童家养病，碰见了，就教起她写字来。方校长和我们讲：他教人写字，遇到如此有灵性、悟性这样高的学生，要领一说就能领会，这是第十个。

果不其然，方校长略加点拨就回宋庄去了，嘉慧从此在叶宪童教导下进步飞快，大字犹佳。几个月后，回福建过年，春联都是她包下了。

冯耀国插话说：在虹口区业余大学搞得风生水起时，报上有报道，学校招了一个外籍华人是"反革命"。此人被误判 3 年有期徒刑，结果 3 年后被平反。可这期间方老师已被免职调入教育科研室。

没有第二个人能像方老师那样慧眼识人。他招来的尹老师因民办经费不足，和其他老师一起去坟墓里找来了被丢弃的人骨，和石灰水一起放在铁锅里煮，再清洗后做成一副人体骨骼标本模型。还做了猫骨架的模型。又用二十多个鸡蛋，做成鸡蛋内的胚胎发育过程。

65 届初三 8 班叶育琪同学说："由于时间久远，很多细节想不起来，经过几天回忆，想到以下几点：一是方校长办学注重德智体全面发展；二是方校长平易近人；三是方校长有超强的记忆。经过三年的共同努力，我们班毕业时，没有社会青年，全部升学的升学、进厂的进厂。至今我感受到初中学的知识很牢固，为之后的深造打下了坚实的基础。方校长没有领导架子，与师生们打成一片。首届初中部有 10 个班，高中部有 6 个班。方校长不但能叫出大部分学生的名字，而且还掌握和了解学生的生活和学习情况，这不是每个校长都能做到的。我是一名普通学生，几年前方校长因病，来上海岳阳医院住院治疗，我去探望。时隔将近半个世纪，没想到他仍记得我的名字还亲切地问我，枪伤的手现在如何？我感到很温暖，80 岁高龄的老校长，还在关心着我。"

学生严忠汉回忆："刚进虬江中学，我是十分调皮捣蛋的小孩，刚13 岁，贪玩。因为整个学校在楼内，没有啥可玩，我们就把楼梯扶手当滑梯玩，算是一种危险游戏。有一天让方校长逮了个正着，把我叫到办公室耐心教育后，取出纸笔写了'学如逆水行舟，不进则退'让我抄写 20 遍。让我受用终身……"

学生高明光说："有件事记忆犹新！上初二时我太调皮了，不懂事，上体育课在底楼门口玩耍。我把一个篮球一脚踢了出去，正好有辆汽车经过，把球轧坏了，发出好大的声音，把同学全吓坏了。闯祸了，我也吓坏了！当时方校长从楼上走下来，问：怎么一回事？同学们把事情说了，校长看着我说：下不为例，这次就算了！要知道当时一个篮球多少钱？而如果汽车压了人，出了车祸，后果不堪设想。校长给我的印象太深刻了，他是一个严厉而慈祥的好校长！"

学生程元珍伤心地说："方校长驾鹤西去，可他昔日把入团志愿书交到我手里，语重心长叮嘱我：我把党的重担交给你，你要好好努力。1967 年我患乙型脑炎卧床在家，方校长冒着酷暑登门看望，终生难忘！方校长高风亮节精神不灭，永远在我们心中。"

学生石慧蓉说："我印象深的一件事就是吴天祥同学刻了一方砚台，上面有一只蟹爬向砚台的水槽里，很逼真。他拿给方校长，受到方校长赏识，自此天天教他书法，在吴天祥的人生轨迹上留下了重重的一抹色彩，最后成为书法家。"

笔者感谢王洵提供了那么多虬江中学的资料，王洵则淡然说，方校长做在前面！

王洵满脸认真地对我说：我还有一些事情没有跟你说，有三件事情我都是很对不起方校长的。

第一件事，我刚到虬江中学不满一年吧，有一次下乡劳动，那是6月份。上午10点开会，我们一直等到11点他才来。结果他穿了一条游泳裤，披了件衣服就开会了。我当时很气愤，没有跟他说话，因为说好在下乡期间不准游泳的。他看我不说话，要我回答下乡的安排情况，我也不说。他也生气了，说你老是不说话，你来这干什么？你不如回去。我就站起身来回去了，转了近一个小时回到学校，只有一个人事干事还留在学校里。他马上叫我去吃饭，吃完饭才跟我说：你冤枉方校长了，上午方校长有事情才来得迟。我才知道因为下乡劳动没有洗澡间，男学生还方便些，女学生就苦了。后来方校长找了一个很大的养蚌的废弃池塘，面积有半个足球场那么大吧。他带了十几个男同学手拉手，一步一步在水下探底，想知道这个池底到底有多深。把整个池塘都走了个遍，花了将近两个小时。因为不能有疏忽，万一出了事情不得了。发现水最深的地方不过到胸，这样就能放心地让人下去洗澡了，到时候把塘边的人都赶走，女同学也可以洗澡了。他上午走得很累，没有力气跟我说话，也来不及解释这件事情，双方便产生了误会。我一听，气立即消了，怪不好意思的。

人事干事陪着我一起去解放军靶场，方校长给我们安排工作，但是我从来没跟他道过歉，以后谁也没有提起。现在想想，那时候他的确是考虑得很周到，找一个地方给女孩子洗澡是多么不容易。当时若是在水里游泳还好，可是来来回回在塘底走那么久，那的确是很累的。现在想想一直很后悔，但是一直没跟他解释。

第二件事是1967年到1968年的时候，"文化大革命"第一个高潮已经过去。在工宣队进驻之前，应该是1969年吧，有一天他拿着一卷印刷品，是古人的字帖，是荣宝斋还是朵云轩出的我就不记得了，因为这些印刷品当时是不可能再出版了，我就帮他翻成底片，想办法自己印一些，给书法爱好者看。他还乘兴写了一个前言。

不久工宣队进驻，他又靠边了，叫他跟牛鬼蛇神一起去劳动了，在木工车间劳动，人也没有离开学校。我当时就很紧张，因为我父亲还在大牢里没有撤销判决，也没有恢复名誉，我家被抄家不知多少次了，我就把他写的那张纸销毁了。一直等到"文化大革命"结束，我把东西给他的时候说，你写的"前言"我毁尸灭迹了，要是落到工宣队手里你可更要要倒霉了。他说就这"前言"重要，我当时不懂。后来他说，这个"前言"是在那种情况、那种心情下写的东西，现在没有心情写那个东西了。"文化大革命"结束以后那些字帖重新出版，翻版已经不重要了。我后悔自己当时胆小，也没跟他说声对不起，他也没有多说什么，这个事情就这样过去了。

第三件事情我也从来没有跟他说对不起。工宣队进驻以后，第二天晚上就有两个人到我家里动员我出来主持工作，就是为了批判方校长。我说我主持不了，他们做了一个多小时工作，后来看我不同意他们也就走了。

但是批判方锡敬是工宣队带来的任务，他们要求人人过关，大家都要批判方锡敬。我居然也参加了，虽然说的是鸡毛蒜皮的小事，但是我觉得我不是硬汉，没有顶住工宣队的压力，我从良心上很对不起他。过了一段时间，我在晚上到他家里去了。他看见我来了，也很惊讶，说是我靠边站到现在整天在木工车间劳动，很少有人跟我说话，你是第一个到我家来的。我是不是第一个到他家里我也不知道，反正我觉得很对不起他，我应该跟他道歉。但在他家里说不出这个话，两个人聊的都是其他事情。他从来也没计较，以后的二三十年里，我也从没提起。好像他觉得批判他，不是老师批判他，而是那个时代的事，他不怪任何一个老师。以后他跟每个老师工作都很宽宏大量，很照顾这些老师。

这是我对不住他的三件事情，没有很好地跟他道歉，也没有机会了，当然他也不需要这个道歉，但我需要！

……

王洵与方敬情深义重，说这番话的时候，我能听到他嗓音里隐忍着的呜咽。

从1966年"文化大革命"开始至1972年，方敬在虬江中学成了批斗对象。

方敬曾经说过："文化大革命"把我斗得很惨。"破四旧"和"四清"有关系吗？什么四旧，胡扯，我告诉你，"文化大革命"中损失最大的是"破四旧"。好多文物全部没了，都是无价之宝。

在方敬的日记本里，小心翼翼地张贴着一封信：

亲爱的爸爸：

您身体好吗？我们知道你在那边很忙，我们很惦记着您！我们身体都很好，请不要惦记。我和列平都听大人和老师的话，在学校里家里都很好。请您放心。

祝您身体健康！

亚平、列平

1966 年 5 月 15 日

信写在竖着的一张名片大小的纸上，是用铅笔写的，充满了孩子的稚气。

方敬在 1995 年 1 月 27 日午后于信的旁边写道：

这是偶然翻到的一封信，列平或亚平给我写的信大概就这一封了。

孩子们很少给我写信，因为我讲究字，常常朱笔批改后，在复信时附回。

1966 年"文化大革命"前，约在 1965 年秋，我被派往松江搞"四清"，在松江张泽公社东明大队。这时，已是山雨欲来风满楼，黑云压城城欲摧。作为一般党员，特别是"老运动员"，已感到肃杀之威与莫测之谜。

忙什么？忙人整人，人斗人，我依然是右倾分子！

到现在我还想到东明大队去一次，由于在那里我救过一老、一小、一青年的命，都是急病！所以"文化大革命"时造反派押我下乡，贫下中农都为我说好话，没有揪斗。

这封信是谁写的？1966 年，亚平应是虚岁 12 岁，列平 11 岁。列平比之低两个年级，估计是列平所写，但有错别字，又不像。

岁月悄悄逝去，到 1 月 31 日，我就号称 66 岁。那时是 37 岁（虚岁），也就是 40 岁不到以前的一封信。

现在留下的结论是，我只有学生，没有儿子。

虽然是个别人的言论，这言论的后果虽不严重，但特蛊惑人。

我等待着时光，再过 30 年。亚平列平都 70 岁的人，比我目前还老。如果还能看到这本子，由他们去判断去分析。

应该说，这封信给当时的方敬以莫大的安慰与欣喜，他是多么想念孩子啊。同时，他又很愧疚，不能经常陪伴孩子学习、成长。几十年来他一直把这封信珍藏在身边，并期待着孩子将来理解他的这颗爱子之心。

虬江无语东流，你可知道世间的种种情愫？

# 第十一章
# 长兴岛上的鲁滨逊

2018 年 12 月 1 日凌晨 4 时 50 分，上海。

此时的上海相对安静，车也不多，路灯照耀，出城很是顺畅；导航很给力，原本说是两小时的车程，不到一小时就上岛了。

这是长兴岛。

从过江隧道出来，没有江面的烟波浩渺，也没有小船拢岸的体验，怎么能觉得这是一个岛呢？只有感慨人类伟大的智慧和力量消弭了大自然的凶险与坎坷。

资料记载，长兴岛是由长江泥沙在入海口沉积而成的沙洲，位于长江入海口南支，并将长江南支分为南北两港。长兴岛由诸沙洲连并而成，主要有鸭窝沙、石头沙、瑞丰沙、潘家沙、圆圆沙、金带沙等。清道光年间，6 个沙洲相继成陆，这些沙体于 20 世纪 60—70 年代初经人工堵汊，连成一体形成今日之长兴岛。

长兴岛东西长约 31 公里，南北宽 2—4 公里，现状面积约 155 平方公里，其中青草沙水库面积约 67 平方公里。长兴镇人民政府下辖 24 个行政村，前卫农场土地面积约 13 平方公里。岛上属海洋性气候，由于四周水体的调温作用，夏季湿润凉爽，冬季温和；雨水调匀，空气新鲜，光照充足，四季分明。长兴岛如今是上海市 大产橘基地，被誉为橘岛。

进岛的道路很好，沿路前行不久右拐上长兴江南大道，据说过去的五七干校——现在的前卫农场就在前面不远处。看看手机，5 点 55 分，天色尚未大亮，正是晨光熹微的时候。路灯很明亮，岛上这一段很空阔，能望见不远处另一条道路上两列橘红的灯光，像两条明亮的彩练，与我们正驱驰的道路平行延伸。觉得这里即使是农村农场，也已经完全没有昨夜解钢先生口中的荒凉。回头看，东方刚有鱼肚白。

这里，天圆地阔，呼吸顺畅。遥想当年，一片蒹葭浩荡，夏绿冬红。

一条甬道往南，两边是阔大的蓝色铁皮屋顶的厂房——这哪里还有农场的影子？向导说这就是过去农场的场部。与两位门卫搭讪，说明来由，其中一个愿意带我们去看原来的老场部，说是有老房子在大院的东南角。

天色还未全亮，门卫养的狗汪汪、汪汪不停地大叫，那叫声撞到墙上，发出回声，让晨光越发显出一种别样的宁静辽远。

这里，除了天地，最容易让人想到的只有一个字，就是方敬反复阐释的"人"字——人是两条腿走路，一条腿是良心，一条腿是能力——在长兴岛的方敬，经历过多次"运动"的洗涤，他的膝盖因为被发配去扛水泥包，已经压坏。但是他心中的"两条腿"却更加健硕有力。在长兴岛，他仍然是他，或者说他更加是他：不汲汲于一人之处境，但挥洒天地之正气。事实上，个人的悲欢，在他的人生里，从来都是渺小的、瞬间的、不足挂齿的。他要走的路从来都是坎坷之路，他要做的事一直都是大义之事。

厂房东南角，果然有一座三层水泥小楼，墙面灰黄，楼梯在楼的右侧，因为当年四周都是芦苇荡（进场部也就是一条小路）。楼房的一层地基很高，从外面看，加上实际层高，显得一楼高得很不协调。二层走廊却在楼房背面，窄窄的一溜黑铁栏杆，门窗紧闭，门缝透光漏风，可见里面都是机器，好像是配电房。小楼左侧就是场院的东围墙，在二楼走廊上，可见墙外尚存几棵高大的水杉，树干已有合抱粗，应该是当年农场栽种的。更远处，是橘子林，此时正是柑橘成熟的季节，浓绿的枝叶间挂着明媚的橘黄，在幽暗宁静的晨光里，显出活泼与鲜亮。

据解钢说，当年批斗会也是在场部。那么，这杉树，这小楼，都见过被批斗的方敬吧？也见过批斗之后，大踏步去割稻、去建房、去教授书法、去与解钢等一批毛头小子谈天说地的方敬……是的，它们不仅见过方敬，还见过大批的高级知识分子一溜蹲在墙根那里晒太阳，随便拉出一个来能讲微积分、能搞市政建设、能导演电影……这里是命运的大火炉，也是人性的练兵场。

他们在这里经历了命运的坎坷，也建立了人生最深厚的友谊。他们在这里涅槃重生，一个一个，从此更加纯粹，也更加勇敢。

进村过桥，沿着一条向南的河流，还有一点原来的房屋。道路虽然狭窄，但也是水泥路。河流沿岸，也有改造美化的痕迹。

屋子老旧，沿河除了水杉，两旁还有婆娑的枫杨树等。树枝旁逸斜出，遮蔽了河流上面的天空。

走到一处沿河的房子，从他们的院子里可以看见对岸的老房子。一排起了屋脊的排房，背水而建，屋后沿河也是一排高大的水杉。那些屋子从窗子里看去，也大都废弃，里面堆了杂物。

6时30分，天色大亮。长兴岛盛产橘子，场部往东就有很多橘子园，据解钢讲，这里的柑橘是农场后来开发种植的。长兴岛以前种植水稻等谷物，现在主要种植橘子，水稻只种一点自家吃，甚至很多人家一点也不再种了，买米吃。场部以东的长明村附近的田地已经准备建设公园。长明村过去有二十几个生产队，是长兴岛上最大的自然村。


人的一生可能燃烧也可能腐朽，方敬拒绝腐朽，他要肆意地燃烧起来！即使在逆境和低谷，即使在"文化大革命"中，他也毫不气馁。他相信，沉沉的黑夜都是白天的前奏。在长兴岛，他也永远带着欢乐，欢迎雷霆与阳光。他相信，冬天已经到来，春天还会远吗？生活就是战斗！

"文化大革命"中的五七干校校址，都设在穷乡僻壤或类似的地方。上海市虹口区五七干校也不例外，在长江口的长兴岛划出一片好几百亩的土地建校。

1972年10月，造反派宣布方敬"解放"了。方敬自嘲被批斗6年零3个月之后，"无任何悔改表现"，却也得到"解放"的殊荣。

之后，要他到教育革命组，方敬不想去；继而又要他到后勤组，方敬更不去。让他教体育班的初中代数，方敬欣然从命。

他们以为方敬当了20年校长教不了数学，殊不知方敬是姚晶老师的弟子，教一般数学并不难。西江中学工宣队认为这种"刺毛""走资派的阴魂不散"，不利于学校的"革命"，遣去"干校"颇为堂皇，因而1973年他就成为光荣的"五七战士"去劳动改造了。

从那时起，方敬在长兴岛虹口区五七干校劳动改造了5年。

方敬介绍，干校不是谁都可以去的，这里分为小教连、中教连、商业连、财贸连等好多连队。初到干校，方敬被分配在小教连，经常面朝黄土背朝天，赤脚束腰田埂边。大概过了半年，可能因为他长期从事职工教育，对金、木、水、火、土的活儿"略懂皮毛"，被调到基建连当连副，协助连长工作。后来因为"右倾"，或者因为方敬能书会画，而且对体育、音乐各项也精通，被调到政工组，在组长领导下工作，并转入五七干校编制，成为干部。

当时有近130个"分子"都集中在基建连，以成人学校员工为基础，由方敬分管。他被尊为"牛司令"，也就是"牛鬼蛇神"的司令。在这些人中，上至局长下至警员都有。还有滑稽界元老范哈哈，因年老体弱，被分配在基建连看工具仓库。

五七干校等级森严，大致可分为两类：人民内部和人民外部。所有人民外部的家伙，那时叫"分子"，都充实在各个连队，过着被专政的日子。

人民内部也分几等，其中一等公民是工宣队和造反派。即使是干校的领导成员，其中曾被打倒过又被"三结合"的干部，也要看他们的眼色行事。否则，就有可能再一次被打倒。二等公民是一般依靠对象，如当时的政工组、教研组的机要部门，在一等公民领导下工作。三等公民包括生产组、后勤组以及各个连队，这些部门一般在二等公民领导下老老实实干活。

五七干校有两个被特别尊重的人：一位是老农民"老老王"，另一位是建筑施工的领军人物马师傅。

方敬的身份很特殊，是三等公民，却在一等部门工作，所以算是二等公民，实际当三等公民使用。

干校很滑稽，比如有"机械化不能代替革命化"的说法。

当时烧砖、做瓦、造房、修路等都是人工，随着时间长了，食堂用起鼓风机，还修了冷库，打了深井，但这种口号深入"左派"的骨髓。

五七干校有几头牛，还有一辆牛车，只是在车中间装有两个轮子，装货时很难平衡；更何况是来自五湖四海的干部和"分子"，运输中搞得不好车仰牛翻。方敬到了基建连后，反正车、钳、刨床不缺，就伙同奚旦之（纺织大学教授，当时的拖拉机手）、盛家福（机关干部，当时的泥工班班长，人们喜欢称他为阿福班长），开始对牛车进行改造。

他们把牛车加了铁质前轮（也叫导轮），变二轮为四轮，增加了稳定性。还在前轮上方接了个手柄，便于转向，再在车的前身左侧用角铁焊了个座位——驾驶台。用麻袋塞了些稻草当坐垫。大功告成后套上牛转了一大圈，效果特好。围观中有人喝彩，建议这车叫"伯爵大人号牛车"。

没过一天，这件事惹怒一位管理者，拍案而起曰："这种倾向要不得，我们是来改造的，你倒取巧来了？让你来干活，享受来了？把坐垫去了！革命化就是要吃苦，机械化不能替代革命化。"虽不是一呼百应，但也有一些"苍蝇"跟着嗡嗡叫，让人恶心。

为了反击，方敬提出：如果这样，那把干校的水电都撤了，以后连火柴和打火机也不能用，成立一个"取火班"，"钻木取火"和保护火种。过几天，此事不了了之。方敬仍然是"伯爵大人号牛车"的主要"驾驶员"，这事发生在1975年，如果是再早几年，如此"嚣张"的方敬又可能是新的反革命分子。

干校的牛群中有位叫"歪鼻子"的牛，也是一头处在淘汰边缘的牛。当时的耕牛是有户籍的，不可以任意宰杀。该牛桀骜不驯，它还欺负人，牛鼻子被拽坏了，只留有少许鼻肉。干校一切作息都放军号，该牛智商甚高，出工号响，服役；收工号起，则自动停工。一日秋收，满载的牛车行在路上，收工号一响，该牛停在路上不走了。赶车者勒令其进堆场，因不忍狠心鞭策，"歪鼻子"就把车斜拉到沟里，然后下水趴着，害得众人只得到水里把稻子搬到沟上来。车子一空，"歪鼻子"自己开开心心散步回来，回牛厩休息了。真是赔了夫人又折兵。前卫农场的青年围而观之，大喜。此也为五七干校一件趣闻——牛欺侮"五七战士"。此牛如在别的农场，它敢！

方敬是一个天生乐观的人，在苦难中他竟然记下了很多趣事。

干校的一大任务就是建造营房、铺路和绿化。铺路的材料是钢铁厂的废渣，废渣大小不一且坚硬无比，在路上用木夯是不行的，方敬建议向公社的工务局借压路机，那么开车的任务就是他的了。

压路机之慢世界第一，前几年方敬开车，后来一些小青年也抢着开，终于把路压得差不多了。

有一次，方敬连人带车滑进河里，因为雨天，河边有坡度，活活地滑进去，是前卫农场机耕队用两辆拖拉机拉上来的，车没有损坏，仍然能用。

方敬记得虹口区虹字第一号"走资派"是区委书记李滋圃，滋圃先生人削瘦而挺拔，白皙的脸，手指纤细，纯粹的一介书生，活脱脱一个教书先生。

大概是1973年春，要种黄豆了，让他一个人选豆种。不知老先生是否有感而发，在选豆种的过程中喃喃自语，下面是一些精彩无比的自言自语：

"你是好人，留下。"

"你是坏人，靠边！"

"你半好半坏，说你是好人，你有不好的地方；送到坏人一边又有点可惜，怎么办呢？先挂起来再说吧。"

"你好的部分占多，坏的有一些。我看按照'无产阶级给出路的政策'，放在好人这一边吧。"

……

方敬说，这是别人的传话，还不能达其诙谐的原意。

在干校，原职务在处级以上的干部，约20个"分子"都住在一间屋子内，泥地铺层砖，稻草垫垫，席地挨着睡。某夜不知什么原因，都深夜了一些人还半睡半醒。按规定，"分子"们是不准私下交谈的。夜深人静不知哪一位静极思动，就"蠢蠢欲动"起来，冒出了一句话："'文化大革命'连狗也遭罪了！"心有灵犀一点通，"分子"们接下来话就多了，且目不旁视，断断续续：

"砸烂你的狗头！"

"竖起你的狗耳朵好好听听！"

"打断你的狗腿！"

"夹起你的狗尾巴！"

"瞪起你的狗眼睛，来看看当前形势！"

最美还是收尾："不要忘了还有'狗崽子！'"

都是天涯沦落人，竟然会有人告密。结果专门为此事开了一个批斗大会，令人啼笑皆非。就连"拣豆子"的后果也是如此。两次批斗会区别在于：一个是孤单单地挨斗；另一个是一大帮子被斗。因此，《儒林外史》又多了一个章节。


在干校，什么能学都得学。方敬做过电焊工、木工、瓦工、钣金工、汽修工，学一样是一样。

即使在繁重的劳动之余，方敬仍然保持了记日记的习惯。

长兴岛日记每页的上端第一栏，是本周主要工作，然后日期竖排，分别是周一、周二……周日，每天具体工作又分上午、下午和晚上。

从日记里可以看出，方敬是苦活、脏活、累活带头干。

在这里，他割麦、割稻、打谷、运输、施肥、运麦、挑土；在这里，他搬砖、电焊、修路运煤、拉沙、拉水泥、做地坪、开拖拉机、铺油毛毡、修理水泵、做篮球架、砌沼气池、改建厕所……

除了日常劳动，他还负责每期的农场报（专栏）报头、黑板报，举办篮球比赛、拔河比赛、乒乓球比赛、游泳比赛，联系武术队、体操队表演，举办其他文娱活动。

有一周，他光是搬砖就搬了76857块。

我们不妨截取其中一周的日记，看一看吧：

6月1日：6点钟确定改厕所方案，上午运砖2000块；下午去农机站检修机动机。

6月2日：上午在小礼堂召开班长会，运砖2000块，参加基建办会议；下午运砖2000块；晚上写字。

6月3日：上午运煤，运砖2000块。借2吨沙子从基建队运来。下午运砖2000块，去养护队接一吨沙子。晚上运砖2000块，基建会议。

6月4日：上午复兴中学图纸已完工，下午帮忙修船，晚上在前卫码头验收黄沙。

6月5日：上午前卫农场工作组会议，晚上外文学习开始。

6月6日：上午联系船只；下午去104室谈工作，向沈明康同志谈几件事。

1976年9月8日，方敬记述：上午劳动，做地坪；下午劳动，做混凝土，这天晚上，他写了四个字：是日（楷体）中秋（宋体，加黑），还在旁边画了一个大大的圆圆的月亮，周围是一片祥云。这一天，没有其他任何关于节日的记录，也说明当时在五七干校，中秋节还没有特殊的节日氛围和待遇。

陈毅同志逝世五周年，敬爱的周总理逝世一周年，方敬都用颜色笔加粗写出。1976年9月9日这一天，毛泽东主席去世。方敬用笔画成一个整框，框的最上方写道：伟大的领袖和导师毛泽东主席永垂不朽！这行字的下面，是无数招展的旗帜，旗帜的下面是长长的翻滚的波浪。晚上用仿宋体写了4个字：夜不成寐。从文字中可以看出，他对老一辈革命家刻骨铭心的感情。


五七干校少时几百人，多时千余人。随着政治气候的缓和或严峻，表现也各有不同。

大约在1974年，干校分来了一批高中毕业生，约10人。在当时的令人难以置信的氛围中，这些人自然地分为各等公民。

当时方敬认为，他们应该继续学习。在基建连中，具有教授级职称的人不少，他们是朱启惠、奚旦立、鲍传简、沈煜、陈家聪、赵绵德、顾麋和李惠康等。可开设的课程有：外文与化学、数学、物理、中文、工业与民用建筑、制图以及文学等，由于能执教的人多数是三等公民，其中个别还是"分子"，"此事没人敢拍板，最后不了了之。只有少数人跟我这二等公民学书法。可惜呀可惜，这些青年目前都已70多岁了"。

他们有的分在政工组，其余的在生产组、炊事班等等。除了政工组以外，最好的也就是学开车。为什么这样分，方敬不知就里。

在干校，方敬认识了年轻的解钢。

用解钢的话说，我那个时候就是年少轻狂，实际上是个小混混。十七八岁，在一个民办中学念完高中。人家在烧水的时候要唱歌，我就喜欢书画，没事喜欢画几笔，尽管是瞎摸。没有大学上，只能下放到农村，下放到长兴岛前卫农场。

解钢说，五七干校真是糟践人啊。把那些大教授、学者弄这个地方，没事叫你种地。你不说你学问厉害，让你种地行不行？让我们这些小青年去管他们。

解钢在前卫农场宣传队负责宣传，他身上没有一点儿祖父和外祖父那种前清文人的影子，性格叛逆而张扬。留着长头发，穿着花衬衫，有时帮农场画几张宣传海报之类的。"在一个没有色彩的地方，我给他们点缀一下，有一点色彩可看。"

因为这样的文化背景，也难怪有人叫解钢"小流氓"。有一天，方敬看到解钢的宣传海报，向别人打听说，我想见见这位"老先生"。他觉得在这个蛮荒的岛上，有这样一个人很奇怪。别人告诉他，解钢就是个小混混。方敬则不以为然，说这个人书画很感性，"字画如人品"。如果是一个小混混或一个小流氓，他不可能写画出这些东西。

于是，他们俩见面了。解钢说："这根线接上了以后，他成为我的人生和艺术老师，以后再也没分开，我一直追随他到现在。""人吃一点苦有什么？你不吃一点苦，你怎么成长？我因为遇见方老师，因为长兴岛的空阔寂寥，这成了命运对我的恩惠。否极泰来，祸兮福所倚。我说过的，苦不堪言也妙不可言。"

解钢说，方老师那时是车把式、犁把式，犁地耕地水平很高，他还动脑筋改革农具，这个犁怎么弄？犁向的角度看起来不行，那就换掉，重新上一个。

连队开始住的是砍下芦苇搭成的"人"字形房子。方老师就带大家建窑厂烧砖，回上海到处托人情搞点水泥钢筋盖房。他本来就是领导，有领导能力，成了基建连连长。他命运多舛，却是一个真正的强者。他当连长，苦不堪言啊，他却乐呵呵的，看成是他的事业。

我们几个年少轻狂，有一次开玩笑想把方老师扳倒，谁知两三个没把他扳倒，自己却倒了，他有武术功底。

解钢又说，长兴岛生态很好，只要下水就不会空手出来。那里的鲫鱼都那么大，乌黑的。水下什么泥鳅、黄鳝之类的在你脚下游，一斤多的野生大闸蟹，现在你看不到吧？而且蟹那个力道大，你摁不住。现在说阳澄湖大闸蟹什么的，这个我根本就不用看，这还是蟹吗？方老师说过，你到这儿来对了，营养丰富，日子很苦。

那时候我在知青中是个愣头青，要开批斗会了，连队敲钟喊人。前面敲过了，我后面拿个破脸盆也一通敲，一帮子小青年就全来了。我们到会场，就在台下看。他们在上面斗，方老师也在被整之列。斗狠了，我们上去斗对方。我们这些"小将"也没有王法，一阵子就把他们赶跑了，不让这些老先生吃大亏。我那个时候尽量不让老先生去干农活，他来这儿，其实就是受惩罚。我们的借口就是让他上课，让他教我们！

星汉灿烂的夜晚，方敬与解钢师徒像一对下田归来的父子，有时躺在草垛子上，交谈着书画艺术，也交谈着人生和理想。"野旷天低树，江清月近人。"江风拂过，吹动他们破旧的衣衫，也送来芦苇的沙沙声、青蛙的夜歌。在蛮荒与清寂之中仰望星空，身心空阔低于尘埃，而精神高蹈神驰万里。

方敬感到悲伤的是苏步青先生被批斗。有一次，有个批斗苏老的专场，为了壮大声势，找了一些弟子陪斗。大会的主题是证明反动学术权威的不学无术，喊过口号后，进入正题。要苏老解数学题，连出数道题而苏老都一一说不会，主持者得意非凡，大会形成高潮。

此时，突然冒出一位弟子，挺身而出说他会做，他也算是中等数学教学权威，但连做几道题以后也败下阵来。

大会在阵阵口号后，把以苏老为首的一些对象押至后台。苏老悄悄对这位弟子说："你真糊涂，这个会就是要证明我们是不学无术的，是有准备而来的，你抗得过吗？再说，我这把年纪，因为你，又弯腰屈背多站了这么久。"

生姜还是老的辣啊。

在干校，方敬还记住一个人——范哈哈。

范哈哈原名范良益，浙江杭州人，是中国现当代著名滑稽戏演员。

他16岁开始学艺，曾经参与拍摄的电影有《到上海去》《大李、老李和小李》《三毛学生意》《万年青》等。

虹口区五七干校文艺界的人不少，他们来自区越剧团、滑稽剧团等。所以干校的锣鼓班子最神气，每逢什么游行，两套锣鼓分别往大卡车上一摆，威震凤凰镇（当时长兴岛的行政、经济、航运中心）。而范哈哈是"分子"，就没有这种享受了。

范老这人方敬未谋面前就有耳闻，方敬很少看滑稽剧，但《七十二家房客》的电影他是看过的。剧中有一段"瞎子搓麻将"就是范哈哈演的，给他留下很深印象。范哈哈在剧团时，集编剧、导演、红角儿于一身，"在上海滩乒乒响"。

1973年的范哈哈已过花甲之年，一腿跛。据说是在干校时，想偷偷回上海准备参加小辈的婚礼，在翻越院墙时摔的。

因为他属于"分子"，定期要写"思想汇报"，当方敬第一次见到他的"汇报"时，大吃一惊。字不属于清代的馆阁体，字里行间透着文气，雍容大方，真想留了下来细细揣摩。但这些都要上交政工组，没敢贸然留下，至今仍为憾事。50多年来，一听到"汇报"这词，那些字依然跃然于眼前，悦目赏心。

也可能由于这点，后来当方敬在政工组整理抄家物资时，发现一张团体照，中间站立的是周总理，范哈哈也赫然位列前排，立即卷起包好并另行存放，心想总有一天能物归原主。

范哈哈在"分子"中堪称模范，方敬每次去工具间时，范哈哈就起立、垂手、低头并轻声问："方连长有什么训示？"

在那黑白颠倒的日子里，这样的情景，仍然使方敬的心酸酸的。

"四人帮"被打倒后，方敬与范哈哈仍没脱离干校。

大约在12月末，一场大雪。一天方敬回上海休假，就揣上这张旧照片去范哈哈家。范哈哈住在西藏路和延安路交会处，一个石库门弄堂里，是在一处二楼的厢房。考虑他有高血压，怕他激动，方敬没有直接交给他。在绕着弯子闲扯一阵子后，看到他对这张照片有所心理准备，方取出照片给他。即便如此，范哈哈仍然老泪直流，急呼太太备一桌杭州菜招待。并请朋友陪方敬，可方敬哪有这心思吃饭？

之后方敬也曾请范哈哈帮过忙，因为同学杨国淦特爱看滑稽戏，就托范哈哈代购戏票。

方敬说，范老已驾鹤西去多年，望他在西土仍然能为周总理演出一次，再拍一次照。


长兴岛坐落在长江出海口，岛上河汊密布，鱼的品种多、数量也丰。

干校的纪律很严，不准私自捕鱼、烧鱼。

虽然鱼肉很鲜美，但方敬不敢吃，因为三四岁时，曾因含破笔而跌倒，上颚跌坏，花去18元才看好。父亲当时每月工资才6—8元，被子都进了当铺，那是母亲后来告诉他的。虽然不敢吃鱼，但爱抓鱼；不喜欢钓鱼，没这闲工夫。

但有些人嗜鱼如命，其中就有欧阳街道党委书记阿滕（滕明杰），还有区干部学校的鲍传简老先生。方敬和他们相处一段时间，私交不错，因而阳奉阴违地为他们搞鱼。

1974年时，干校的纪律较以前宽松了。当时的能工巧匠时兴做煤油炉，虽是全手工制作，但热效能也不差。阿滕和鲍传简每人各一个，自烹自斟自饮，怡然自得，"一等公民"也睁只眼闭只眼，因为他们也有小灶。

由于方敬当过连副，而且与二、三等公民及"四类分子"间人缘不错，当他们知道方敬为这些"老家伙"筹鱼时，不时送一些来，吃不了的都放入储雨水的缸里。这缸很大，南方称七石缸，可以装七石米。这样悠闲了一阵子，但风云突变，干校领导下令不准如此这般。

这样的禁令，让方敬处于两难境地。鱼我所欲也，禁令非我所能违也，两者不可兼得，遵禁令而暗存其鱼可也。岛上河沟多淤泥且厚，几经思考把鱼隐蔽起来再说。在干校的河沟内，用脚掏个深至膝盖的洞，以水生植物如花生藤等做个球，藏鱼于洞，用花生藤缠成的球塞住，天衣无缝，且随时可取。其鱼之肥美，胜于水缸之鱼，阿滕及鲍老食鱼无忧矣。

最妥善的是冬天以前，放一截瓦筒在河底，一头没入泥中，另一头露出泥面。到了冬天整个瓦筒躲满了鱼，且是清一色的鲫鱼。因为方敬常年洗冷水澡，这个时候就是他的活了。

没想到，两位嗜鱼者又想吃黄鳝。方敬生性好动，突然想起老友徐关涛传授的捕鳝技术，但没试过。就去小商店买扎鞋底的线些许，配以缝衣针，用缝衣线在针孔穿过，缠在扎鞋底的线头上，留下一半缠线后的针头装上蚯蚓，以竹竿插之塘边，诱饵没入水中尺许。如果今日黄昏时插，明日黄昏就可取。每次收竿，其中十有七八，且黄鳝都在一斤以上，嗜鳝者可大饱口福矣。

干校生活，百般无奈，但广阔天地，其乐也无穷，这就有了捕鸟的故事。

某日大雪，方敬突发奇想，让麻雀先醉后冻，必然丰收。是日中午，方敬瞒着众人向炊事班班长张方龙讨得半碗大米，去卫生室要点医用酒精，添水调成酒精含量约50度。值班的护士田艳兵问他何为，思量之余，觉得小田是纯洁的姑娘，不会出卖他，就和盘托出。她主动提出在酒米之中加些麻醉剂，这是计划的第一步。

等米充分浸泡后，下午三四点钟，把米洒在大食堂向南的水泥地上，徐徐离去。次日清晨5时许，悄悄去各办公室及宿舍（当时有十几栋房子，有编号）的南边排水沟（水泥制）搜寻，得雀近300羽，以8个为一串挂在北窗下。

因为干校为三角形的屋顶，瓦底下有芦苇编的夹层，麻雀就住宿在那里。醉了就滚下来，在水泥沟里，零下三五度，焉能不死？

因为打扫战场不彻底，公安局的大老李跟他说昨夜真冷，连麻雀都冻死了。

大老李叫李良民，山东人，身高力大，为人很好。

何时想吃麻雀，取一二串，去头爪、剥皮且去内脏，以酱油腌渍半日，用报纸裹严，再用泥搓之成团。待炊事班做完午餐后放入炉口，关上灶门。晚餐前取出，与一二知己共享，味之鲜美，比"叫花鸡"有过之而无不及。

基建连是最为自由的一个连队，这是指连部的技术骨干中的三等公民，"分子"不算。

最活跃的是奚旦立，拖拉机手兼机修工，实际上他是学化学的，1957年大学生右派，年富力强，是很好的篮球守门员，当时已36岁，还能鱼跃扑救险球。

偶尔有暇晚上就去"抓特务"，实际上是去捉田鸡即青蛙，方敬从来不吃，因为小时候老师说这是有益的动物。

在干校，一日闲逛，方敬觉得基建连少了些很熟的战士，随便问问，有人说他们去"抓特务"了。自忖基建连没有这样的任务，但大家都笑而不答。其实这帮子人去抓田鸡了。在夜里用手电筒照射青蛙，那青蛙发呆了，蹲在那里纹丝不动，用网一套就行，佐酒之佳肴也。

一次冬日，挖土方，得青蛇二，长一米有余。门卫老广东喜出望外，扒皮除胆清洗后煮汤，其肉白嫩，汤如清水，群而食之。方敬惊吓之余不敢染指。但在农场，目睹有些青年把蛇去皮后当甘蔗吃，令他差点晕过去！


在干校，方敬还有飞禽与走兽的故事。

一天早晨，他与"校友"冯燕华在操场上走，看见一只"鸟"做超低空滑翔，根据其外形（翅展与身体比例），方敬认为是猛禽类，冯燕华不置可否。

　　当时方敬在后勤组宿舍，三间屋，中间办公室，右为仓库，左为宿舍。他推门进宿舍，一个黑影自南窗飞进，遇北窗未开而折回。他于是条件反射伸手一抓，正抓住其胸，不知什么原因，他用的是左手，因而迎头抓住，那鸟突然咬他，他右手一把掀着其头，完胜！

　　方敬立即找了个纸篓翻转在椅子上塞了进去，用重物压住纸篓，此时才能细细观察。这只鸟比鸽子大得多，但比母鸡略小。全身灰黄色，短喙而呈钩状，体短而圆，双翼折藏过尾，爪粗壮，根据这些可定为猛禽。当地人称呼它"百凶"，至今不知其学名。

　　这时已惊动了一些人，大家议论纷纷。方敬断为食肉类，但生产组骨干、宁波人周家昌认为此鸟不可能是食肉的飞禽。他认为空说没用，就去打麻雀，没多会，打了一个，放进笼里，此鸟不理不睬，周家昌大喜。大家只好各就各位，干革命去了。

　　方敬心里不踏实，上午10时左右进宿舍看看，笼里雀毛一堆，只剩下躯壳与双爪。这一来就成为注意中心，三玉师傅送来有玻璃门的木箱，钉上木棍为架，送雀的，观赏的，络绎不绝。

　　继续观察，此"百凶"是驯养过的。"百凶"吃雀，真绝。在众目睽睽下，先用双爪镇雀，在雀胸部用喙拔毛，拔光一部分，啄个洞先吃内脏，然后用喙将毛拔得干干净净，比市场的光鸡还强。边拔毛边吃肉，最后只剩躯壳与双爪，雀的骨架都吃得精光。

　　也曾想到把雀毛集起，一床被子也可能成功，但至少要上千只麻雀，这只鸟每天可吃三五只，也得　年。

　　好景不长，一是没有这么多麻雀供应，另外为避免影响公务，忍痛送给财贸连厨房的一位青年炊事员。开始他想用一条前门烟或一只老母鸡来换，结果白送了他。

　　这只鸟后来逃到圆沙，那里的朋友送回。炊事员回上海带走，结果又逃掉，听说是提篮桥附近北京饭店的，方敬还曾去看过。

"百凶"为长兴岛之名鸟，驯成之后放飞田野，几十亩地的范围内无雀害，这是在干校的奇遇之一。

方敬不忘感叹一句：别了，我的"百凶"！

与走兽相遇，是在抓住"百凶"之前。

"黄鼠狼放屁，天下无敌。"这句话非亲历者不知其厉害。有一年春节，方敬自动请缨留干校值班。与小学教师黄友石都住1号房，隔一间而已。

农场的"春节晚会"后已深夜11时多，各自回去睡觉。方敬回宿舍撩起帐子，见一黄鼠狼在枕侧，猛见他，它也一惊，钻入那头被窝下，仅露出一尾。他只想着鼠毛可以制笔，立即扑去，瞬间，他休克了。醒来时，黄鼠狼形影全无，留下浓味，其醇无比，甚过麝香，但其臭难以形容，且刺鼻，引起胸闷、眼花，脑部嗡嗡响，非亲身经历难知其一二。就赶快把气窗关上，与其满屋周旋，总逮不住。突然想起搬救兵，去找黄友石，他是崇明人，可能擅长捕猎。

黄友石已经睡下了，不肯起来，以为是开玩笑。经方敬赶忙解释，披衣而来，一进屋立即判定，不是瞎说，确有黄鼠狼。但在一个20平方米、有两个双层铺、办公桌及书橱的屋里，黄鼠狼处处游刃有余。折腾近一小时，他们这两个庞然大物只能以失败而告终，黄友石非常惋惜地告别。

这时候才强烈感到奇臭无比，真正熏死人。毛笔也不想了，前后窗都打开，寒气逼人也不管。过了半个小时再关窗户，依然受不了。遍寻夏天的蚊香，点上六七盘，可能累坏了，寒冬腊月，和衣裹被而眠。

第二天微曦，被子仍恶臭，就把被子晾在屋外。7时许遇到宣传委员张洪，他说："老方来干校已多年，哪有冬天一早晒被子的。"方敬请他闻闻，张君大惊！问是什么味。方敬徐徐介绍昨夜的遭遇，也让他知道什么是黄鼠狼之屁。这是在干校奇遇之二。

朋友们以聊斋故事和他开起了玩笑。

在干校四年多，让方敬遇到"闻所未闻，见所未见"的趣事很多。真是可遇而不可求，自言：幸哉幸哉！

方敬还清楚记得"只只活"的故事。

方敬在当小教连连副时，一日连部收到一份上海寄给一位女战士的汇款单，附言只有3个字："只只活"。他怎么也看不懂，出于好奇，就亲自送去，探个究竟。

"五七战士"的宿舍不错，砖墙瓦顶，南北有窗，水泥地，宽4米、深8米、檐高3米多。两边各设3个双层床，住12人并不显拥挤。一年四季都挂蚊帐，夏天防蚊，其他季节则可以遮蔽点隐私，这是干校的一大特色。

是日收工号一响方敬就赶去，到了宿舍门前，请出那位女战士并把汇款单交给她，顺手点点附言处。她愣了一下，接着闷笑，忍不住地把事由告诉了他。

"五七战士"每月可返沪一次，"四类分子"则不一定。每月休假4天，路程单趟为一天，所以与家人相聚时间不多，夫妻间不免有些矛盾。这次回干校前夕夫妻二人又发生了摩擦，所以对方在寄生活费时夹了这句话。既让她知道家里小孩和自己都平安无事，另外把"战争"的余波精确地表达给她。

真是难为这位先生了，一字千金。此后小教连同宿舍的人，多数不喊她名字，只是喊："喂，'只只活'过来一下"。没几天，在全连也传开了"只只活"。

这3个字的价值在于精练且保密性强，是二人间的心照不宣。另外，还具有高强度的冲击力但又不伤和气，实实在在的大手笔，至少可得某类文学奖。

有一段时间，方敬很怀念长兴岛的朝天椒。

干校很讲究绿化。有一年，不知哪位高人把"朝天椒"作为全方位的绿化物。长兴岛土质好，种什么活什么。朝天椒生命力强，一天一个样。

开始是绿叶，接着绿椒，慢慢成黄的，最后是艳红。干校有的是人，更有的是时间。植苗时，行以线、间距用尺，所以一行行、一排排像阅兵式的方队和纵队。这期间，干校的景色怡人，因为朝天椒个个竖着，椒尖问天。只有少数几颗椒懒懒散散，但也无伤大雅。

秋末冬初，朝天椒大丰收。炊事班忙得热火朝天，朝天椒在制酱时只加盐。大石磨换人不停磨，辣得周围停不住人。校本部每人发一广口瓶朝天椒酱，方敬由于得炊事班张班长的青睐，又多得了一瓶。

其辣不用说，味清香而鲜美，四十多年来至今没遇到这样的辣酱。耄耋之人，容易怀旧，认为这辣酱最鲜美，很可能是心理作用吧！

时下兴火锅，其实他们早就被迫使用"火锅"了。自制煤油炉，一锅清水，杀猪时留下的"下水"边涮边吃，有时还喝点白酒，也是一件乐事。积极分子是陈家聪，工民建专业出身，有"帽子"，但都是业余教育的同伙，大家心照不宣而已。

当时看电视是有限制的，而基建连负责修电视，总有一台"没修好"的电视机可供内部观看，就放在配电间隔壁的小间里。外有木牌告示：库房重地，闲人莫入。一等公民中有人知道此事，但因为这些人都是三等公民中的技术骨干，也就假装不知道。他们也慎之又慎，小范围内特殊享受一番。


干校藏龙卧虎，特别是基建连。砌砖窑烧砖，拌水泥、石灰等制瓦，一幢幢一排排的平房拔地而起，都是在马师傅指导下，由战士和"分子"建造的。此外，铺路，横平竖直，且分主干道与便道。干校，让方敬长了不少见识。

一日，校本部下达新任务，要建汤浴的大浴池，方敬也躬逢其盛。造浴池铺面的最佳材料是大理石，正品买不起，且不符合艰苦朴素的精神，但其他材料不行。当时还没有广东佛山的瓷砖，最后仍然决定用大理石，买次品就是了。

好在干校的人多，找个关系就搞定。以大理石做池面，浴池工程开始了，这是民生工程，关系到包括"分子"在内的切身利益。精心设计、精心施工，但最后的难题来了，排水孔如何处理。口径小，封闭性可以，但排这么多吨的水，慢慢往外流要流到什么年月；口径大，但密封性差，渗漏时就浪费了热水。

基建连能人多，脑子又好使。俗话说："三个臭皮匠，顶个诸葛亮"，何况这些人智商都高过臭皮匠。几经推敲，办法有了，用老式的灭火器替代。

感谢老式灭火器，它的顶盖是铜质的，而且有轮式的把手，接口的螺纹也是铜质的，口径约 15 厘米，把底部锯掉一部分，是绝佳的排水器。方案一定，大功告成，试运行时，一切达到预期指标，易开启及封闭，排水快，封闭后点滴不漏。基建连的一伙人，随即举行了内部的开浴典礼，众人在雾气中嬉笑着。

初战获捷之后，改建增大蒸汽量的锅炉房，成功！造冷库，又告捷！只是建聚焦式太阳能热水器以失败而告终。想想那是 20 世纪 70 年代中期，距今四十多年了，虽败犹荣。

还有一次党委副书记大老王找方敬问他会不会开船，方敬说没开过，但可以试试。原来是 10 吨左右的挂桨水泥船，12 匹马力。

方敬找了小张敏和财贸连的两个会水的小青年一起去试航，感觉确实不错，而且船一离码头就是自己的天下，主要任务是运砖。

清晨，带了一帮"牛鬼"出发。行程一小时多，有一部分人在那里搬砖及上船，再往回开。卸下砖就是吃午饭的时候，下午再跑一次。

在每天往返时，经过某段水域，总有些鱼跳起，有时落在船板上，这就萌发了兼营捕鱼的想法，因而每次进入这一航段，三两个人进入一级战备，脱下工作服，当鱼一跃而落在船头时，把衣服一丢，虽不能十拿九稳，但每个航次总有收获。小张敏在方敬的指挥下加大油门做"之"字形前进，得鱼机会就大。

得鱼后，投入船头舱里，舱内已放好河水。回来时，向三玉师傅一示意，他那里已起火煮水。没有姜没有葱，但有醋，鱼肉及鱼汤真鲜美，方敬仅仅喝汤而已。

没多长时间，大老王希望带拖船。最多时拖挂 3 条约 20 吨以上的船，一是装卸量大，二是拖得慢，有时一不小心，后面的 3 条大船把小船顶到岸上去，实在划不来。

但气势雄伟，人声鼎沸，确是赏心悦目。好事者说是联合舰队出发，司令官就是方敬了，特别是财贸连的青年最爱跟船，相当于春游或秋游了。

方敬说，在干校属于二、三等公民的，非身历其境难以察其情。然长兴岛空气与水之净，助我活到88岁，功不可没。人在逆境，紧要的是能自得其乐，不能明里畅怀，也可背后偷着乐。捕鱼和"百凶"及其他都是偷着乐的快事。

1977年7月，方敬已在干校四年多，苦涩与欢乐都有。在离开干校返沪去新单位报到之前的7月18日，方敬与三五青年道别。话别后当晚大雨如注，夜不成寐，写下这么一首诗，作为纪念：

蓝天、白云，
悬帆、远影，
绿野、红旗，
长堤、浓荫。

平时了了，
离别处处有深情，
长夜尽，已凌晨，
军号惊梦忆犹新。
仿佛三五一群，
持葵扇，
笑声频，
曾拨心弦铿锵金石音。

斗室虽旧谙，
怎比广阔天地舒身心，
寄语长兴诸少年，
莫将此景等闲轻。

此后数年，每年他都带着十几个学生，撑着小船在浪里面颠簸一个多小时到长兴岛上看望解钢他们。解钢和爱人夏巧英就是在长兴岛上认识并相恋的。

方敬回忆说，离开干校了，虽然在那里精神上并不愉快，然而水岛风光，"牛鬼蛇神"也另有一番景色和意趣。

方敬赶往他和章锦秀共同经营的小家。远远地，他看到锦秀在窗台凭空远眺。方敬加快了脚步，隔老远就喊："锦秀……"

章锦秀听到喊声，蓦然回首，看见了方敬，赶快跑了过来。

方敬发现，锦秀消瘦了一点，两个染了黑晕的眼眶似乎告诉方敬，她已经好几个晚上没有睡好觉了，眼里盈满了泪水，告诉方敬她是多么牵挂他、思念他！

锦秀眼里的方敬似乎比以前更憔悴瘦削，一双炯炯有神的眼睛也稍微有点凹陷，鬓边的白发似乎又多了几根，似乎一下子苍老了许多。

"锡敬……"锦秀呼喊着跑了过来，扑进方敬的怀里，双手紧紧地抱着他的腰。

方敬双手在锦秀头上亲密地摩挲着："你受苦了，孩子好吧？"

章锦秀颤声说："你可知道，孩子多想你啊！他们多么需要你！"她拂去飞落到方敬头上的一根草屑，夫妻两人向房间走去。太阳已经减弱了它的辐射，不像刚才那么闷热了。

锦秀进了厨房，她要赶紧为方敬烧两个菜。

儿子一声不吭地扑向方敬。

方敬紧紧抱住儿子。

那几天，方敬难得地带着儿子出去逛了几次。

但这样的游玩对于一生忙碌的方敬来说实在是太少啦，他亏欠儿子太多了。

在方敬遗物里，有一张早年章锦秀和儿子在外滩钦桥上拍摄的照片，锦秀穿着一件羊毛薄衫，戴一副眼镜；儿子亚平可爱地把手插在裤子口袋里。方敬在照片的背面写着："在外滩，上午9时多。这样的选景也好。1962年5月5日"。

丹尼尔·笛福《鲁滨逊漂流记》中的主人公鲁滨逊在荒岛上克服了种种困难，表现出顽强坚韧的精神。虽然生产工具简陋、缺乏经验，他的生产活动屡遭失败，但他绝不灰心，做什么事总是"不成功不放手"。方敬在长兴岛也是如此，夜越黑，星星越闪耀。那段激情的蹉跎岁月，一个在荒岛上寻觅的灵魂，他需要最狂的风和最静的河流。要经得住诱惑，耐得住寂寞。他相信：你有多勇敢，世界就有多软弱。活着就要热气腾腾，笑着活下去。那些打不败他的，终将让他更强大。

# 第十二章
## 应该载入上海教育史的"地下学店"

面对方敬，我眼前总是出现重叠交错的影像，一个历经沧桑的老人，一副被岁月雕刻出来的脸孔。在这个老人的光影中，还有一个身影从童年、少年、青年、中年、老年一路走来。这两个身影，一个在现场，一个正在抵达现场，那是一个由远而近、从模糊到清晰的漫长过程，仿佛他一生都在抵达之中。

20 世纪 60 年代末，鉴于"牛鬼蛇神"的子女在"读书无用论"的冲击下而有书不读、学业荒废，方敬觉得，一个家庭、一个国家和民族如不重视教育，万万无兴旺的可能。于是，他就把一些值得信赖的"牛鬼蛇神"的子女组织起来，进行"地下"文化学习。在当时，"读书越多越反动"的论调甚嚣尘上，如果公开地组织文化学习，就会被视为对着干，从而成为批斗对象。所以，只能悄悄地非常隐蔽地进行，方敬戏之曰"地下学店"。

到了 80 年代，当时上海市教育局局长杭苇主持编写《上海教育史》，知道了"地下学店"这件事，"让钱四先生带话来说：要把这段事写下来"。方敬知道编书有些"潜规则"，教育史中有些姓名不具备资格出现在书中，故他提出个条件，其他人氏可以不出现在书中，但必须出现于传仁先生的名字。因为他即使在被审查中，也风雨无阻讲授英语近十年。这一条件未被采纳，方敬就决定不写。

"地下学店"的学生叶雪礼，是方敬好友叶安然、陈宏梅夫妇的儿子，小名叫小安。他在《忆先生方敬——"地下"学习班》一文中回忆：

20 世纪六七十年代，学校时不时停课闹革命，老师成了臭老九，被打倒批斗，不能教书了，学生也不上课了，学校里学不到东西。很多父母也都成了走资派、臭老九被批斗，孩子们没人管，容易受社会上不良风气影响而学坏。那时逃学、抽烟、喝酒、打群架是常见的事。

还在"靠边站"的方先生意识到这一点，就开始组织各种学习小班，把身边那些小孩组织起来读书学习。据师兄师姐介绍，他们那时先后有书法班、绘画班、篆刻班、古典文学班、英文班、武术班等，学生主要有当时虹口区那些和先生关系比较密切的校长、书记的子女，先生自己的子侄，以及身边亲友的小孩。请的老师也都是身怀大才的贤达，比如请复兴中学校长姚晶教数学，请温浩的父亲温伯伯上军事课，等等。

学习班安排在各个不同的家庭上课，有时在海宁路于老师家，有时在湖北路先生自己家，有时去云南路翁长平哥哥家。这样的目的是不引人注意，一定程度上降低了风险。经历过那个时期的人都理解，因为那时办这种学习班是有很大风险的。

方敬说："1995年1月17日至23日，在家整理旧物，找到了一份当年的师生名单。把有些事记下来，并不是为了表扬自己，但在那种情况下敢这么干的人不多，冒认教师的也不多。"

于传仁先生自幼在教会学校读到高中毕业，大学攻读机械专业，曾是国民党空军机械师，"文化大革命"期间"靠边站"。一个被批斗的人去教一群"牛鬼蛇神"的子女，"真是妙不可言"。

学习班以走资派的子女为主，比如张显崇的两个儿子，姚晶的一对儿女，陈霖的女儿陈燕云，亚平和列平也在其中。后来扩招了，翁长平、翁绮文与陈祯和、方宏、李朝华、吴天祥他们也加入进来。"四人帮"粉碎前后，又有一批孩子加入进来。

"地下学店"这一学习活动当时没有名称，学员在当时多数在读初中。方敬跟孩子们说：你们的父母被批斗已多年，然而至今尚未定性。"文化大革命"什么时候结束，不得而知。而你们正值学习的最宝贵时期，不努力学习，今后如成了"文盲加流氓"，这将是我们和你们一辈子的遗憾！

"地下学店"学习的主课是英语和数学,其他的有武术、书法、绘画、电子技术、军事等课。采取集中与分散、公开与隐蔽相结合的方式。英语和数学都是集中与隐蔽进行的,其他都是根据学员的兴趣,分散而公开地进行,如武术学员坚持每天清晨在人民公园练习。英语课时最多,占总课时的80%。

集中学习是每周一次,学习地点因为是"地下活动",只能在民居并经常转移,其中印象最深的有湖北路84号三楼李将军家、云南中路157号二楼方兰英家、金陵东路496号二楼叶安然家。书法则在方敬家里学。绘画学员只有李朝华和陈燕云,就分别在她俩家教学。

这一学习活动,随着时间的推移,悄悄地传开,至亲好友中不断有人送子女来,方敬在接纳过程中特别谨慎。据不完全统计,前后学员有近40人。恢复高考后,在3年中有24人进入高校。

夏日炎炎,无空调、无电扇,又挤了那么多人。讲数学课的姚晶老师只能自备一桶自来水,不时用毛巾洗脸解暑。姚晶是上海复兴中学名誉校长、特级教师,可见"地下学店"师资的一斑。

讲军事课的温德庆又名温明,曾为三野七纵的营教导员,教师出身,抗日战争期间与日本鬼子拼过刺刀。解放上海时是营教导员,留提篮桥区任代区长,性格耿直。因为不认同"三反五反"而受打压。请他上军事课,是为了发扬军队的光荣传统。可面对这些小家伙,由于没有隐蔽的场地,既无处作队列操练,又不能讲战略战术;孩子们没劲,他也没劲,军事课只好不了了之。

讲政治课的是上海静安区党校的常务副校长章连吉,也是章锦秀的二哥;讲绘画课的是虹口区教育学院的美术老师李子瑾,他的学生李朝华目前是上海大学美术学院油画系的教授。

还有教电子技术的郭绍梁,当时在市五金交电公司任职;方敬教语文;教武术的有邹鸿钧和陈希昌。

这些教师中,除了邹鸿钧、陈希昌和郭绍梁3位老师外,都是处于批斗中。

方敬印象最深的是英语课,教师是从4个人中选拔的。其中有西南联大英语专业的，有从事茶叶外贸多年的，有新中国成立前就用英语讲高中数学的。师资确定采取自荐与公议的办法产生。最后阶段竞争的是曾经担任阀门厂副厂长的于传仁，以及他的英语科班出身的爱人孟昭方。当时方敬带了一份英文报纸，记得是罗马尼亚代表团访问我国的新闻。结果于传仁一读惊四座，孟昭方口头不服也无效，最后于传仁胜出。

"地下学店"课时最多的是英语，学科教学效果最好的也是英语，这是于传仁孜孜以求的结果。

于传仁特认真、很真诚，起初用的教材是英文版的《老三篇》，之后用的是邓小平在联合国的发言英译本和《北京周报》英文版。1976年前后又用了《英语900句》以及英语翻译书籍等等，讲授以朗读、讲解、背诵为主。每次上课，他和女儿骑自行车到达，每周一次，风雨无阻；每次课后，薄酒一杯，相对而饮，这也是"苦恼人的笑"。于传仁的英文不是牛津口音而是美国英语，上课很投入，学生也很认真。孟昭方对其教学方法颇不以为然，有一次她一定要上一节课，结果中途退下，因为没有师生间的交流。这一下于传仁高兴了，接着上课，气氛立即活跃。事后他和方敬说：我驯的"鸟"，别人能"玩"吗？

后来这些学生中出了外交官，驻北非使领馆。在外贸部门工作的不少，还有些陆续去国外发展了。

方敬说，列平当时为中下水平，后来考入英语学院，足见于传仁教学有方。

上述几位老师都先后离世，太让人心酸！于传仁先生已仙逝多年，方敬和学生们仍深深地怀念他。

于传仁在20世纪30年代是天津足球新秀，每场球得40块大洋，这是银行科长一个半月的收入。在日本东京的运动会，点名要他参加。他去大后方，在西南联大的田径场上认识了孟昭方并受她的领导参加革命。大学毕业后去国民党空军任机械师，新中国成立后在技工学校任教。"文化大革命"中说是"特嫌"，80年代后期病故。

叶雪礼回忆：

在那个年代，一般民众没有出国留学、外企求职、投资移民等需求，学习英语没有外部推力。对我们而言，除了对异域文化有新奇感外，更吸引人的是于老师和夫人孟老师浪漫的爱情故事。因为方先生介绍说，于老师和孟老师是用英语谈恋爱的，根本不避人，因为旁人听到也是云里雾里干瞪眼。于老师、孟老师的恋爱故事，有一种魔力深深地吸引着我们，总想有一天也能像他俩那样浪漫，情话、梦话都用英文。

虽然有的学校有英语，但都是哑巴英语，老师不够专业，发音也不准。于老师的教学方法和学校的不一样，很少讲解复杂的语法，就是强调两个字：Follow me（跟我来，跟我学）。他说语言就是熟能生巧，只要读熟了、背熟了，能脱口而出了，语感自然就有了，语法也在其中了。我们不知其所以然，只是觉得和学校的不一样，既有趣也有效，所以本能地跟着学。

于老师喜欢喝咖啡，我母亲就去南京东路食品公司买当时最好的咖啡粉，用铝壶自己煮。每当那时满屋咖啡香甚是诱人。

多年以后，我在澳洲开了家咖啡馆，自己也能做得一手好咖啡。当咖啡香味飘荡在店里的时候，会不由自主地想起母亲煮的咖啡，以及于老师上课的场景。耳边回响起自己学到的第一句口语：It's none of your business（这不关你的事）。

于老师也是免费授课，于是几个学生家长商量，课后给老师准备一点小点心，后面云南路上的鲜得来排骨年糕、大世界边五芳斋的鲜肉小馄饨等，费用大家分摊一点，倒也没有很大压力。

整个学习过程大约是一年半左右，后来因于老师健康原因停课了。时间不算长，但意义深远。

那时并不觉得这种教学方式有啥特别，毕竟整个环境还是局限在背字典、背语法的学习模式中。直到2007年，全家移居澳洲，在儿子学习英语的过程中，我才深深体会到于老师的教学是真正有用的。

刚来的时候，和儿子探讨如何尽快过语言关。我就将当初跟于老师学习的过程讲给儿子听。虽然当时带了好几种字典，还有电子翻译器，但儿子从来没用过，看来他是接受了于老师的学习方法。后来他说，其实学英语一点也不难的，就是没事找当地学生聊天、找老师聊天，慢慢地就能脱口而出了。现在看，儿子能有今天的成就，完全得益于这种好的学习方法。

方先生跟我们说，英语是一门很重要的工具，他希望他的学生都能掌握，将来肯定有用的，所以特意请于老师来开这个班。在那时算是非常有远见了。有幸遇见于老师，感谢于老师，也感恩先生的高瞻远瞩。

应该是受先生影响，先生小儿子列平哥哥学习很刻苦和自律。于老师一直将列平哥刻苦学习英语的事例讲给我们听，作为激励我们学习的动力。列平哥一直是我们学习的榜样，还有几位师兄师姐的大名也一直耳熟能详，那都是我们眼中的英语达人。

周围的人都在玩，而我们有机会在灯下读书，那是先生给我们创造的机会。直到恢复高考，读书的重要性才慢慢显现，而那时我们都已经在各种地下读书班学习三五年了，很多师兄师姐学的时间更长些。

1974 年，局势又紧，一些家长建议偃旗息鼓。方敬觉得可惜了，他说无论有任何事，我一人承担。我们要让孩子们多学点知识。

方敬说，这个"地下学店"，在特定条件下组合在一起，师生之间非常融洽。教师身处逆境，在讲课时有一种难以形容的激情，学员在一种异样的氛围中更是非常投入。没有讲课费，不缴纳任何费用，放在今天能行吗？

叶雪礼继续回忆：

书法班、文学班自然是方先生自己教的。

书画同源，先生有深厚的国学功底，由字入诗，由诗入画，自然是流畅万分。

临碑帖、背诗文、画水墨，几乎是每个人的必修课。诗词歌赋都有涉及，百多首唐诗宋词都能信口拈来。

先生的教学也很有意思。教书法时，讲解到某个字，时常会引出一句含有这个字的唐诗解读一番。当讲解一首唐诗时，也会铺开笔墨随手画上一幅意境相似的山水画。提到写字墨色变化，会提笔模仿徐悲鸿笔法画上一匹马，模仿齐白石笔法画上一只虾。整个教学过程生动有趣，令人难忘。

记得有这样一个场景。那一日是讲解唐诗人韦应物的代表作之一《滁州西涧》："独怜幽草涧边生，上有黄鹂深树鸣。春潮带雨晚来急，野渡无人舟自横。"解读完诗句，先生随手画出两幅水墨，让我们看哪一幅更有意境。一幅是丝丝芦苇岸边泊着一艘小渡船，上面空无一人；另一幅是数缕幽草，河水清幽，岸边小渡船上一个艄公仰躺，斗笠盖脸在睡觉。我们各有所喜。先生说，第一幅画面无人，展现的是空无、落寂；第二幅画面有人，更多展现的是恬淡、寂静。如果结合作者当时身处境地，那似乎还有无奈和忧伤。不同的人读，不同的心情读，会有不一样的理解。以情写景，借景述意，这就是所谓中国古典文化的博大精深。

这样的例子有很多。我的文学底子就是那时候打下的。

先生博学，书法、篆刻、水墨、油画、素描、雕塑等都有造诣，诗词歌赋精通，文擅提笔，武能拳脚。当年冒着风险组织的这些学习班，陪伴许许多多像我这样的懵懂少年度过了那个特殊时期，给我们打开了一个全新的人生视野。理科使人的思维严谨，文科使人的生活有情趣。能在幼年时就随先生学习诗文字画，实属三生有幸，终身受益。

……

武术班请的是著名武术家，心意六合拳一代宗师于化龙先生。至今我还能感受到，方先生把于老师引荐给我们时，先生对于老师那种深深的敬佩之情。

于老师是标准的山东汉子，声如钟，站如松。那精气神绝对令人震撼，不愧是一代宗师，这是我第一次，应该也是唯一一次，面对一个真正的武术大师，如此真实。

于老师的教学很有特色。一是自己从不坐。不管教几个小时，始终是站马步，脸不红气不喘，可见功夫之深。二是不让旁人看。除了那些师兄，家人和我只能待在房间里，房间要开小灯，还要拉上窗帘。

当师兄们在阳台上练习的时候，我就心痒痒，躲在房间里隔着窗帘缝偷偷看，时不时被一声声丹田吼声震撼到。家里毕竟是砖木结构的老房子，门窗地板时常会随着师兄们的一次次穿越腾挪出现震动，偶尔一次不同寻常的，那一定是于老师的示范。母亲至今还说，那时，即使看不到，听听声音也心惊的。

师兄们在其他地方也有教学场地，所以武术班在我们家时间不长，前后就一年多，之后师兄们陆续忙碌，集中教学机会少了，我们家的班遂停办。

毕竟那时年幼，又过去多年，关于武术班的很多事开始淡忘，但唯一清晰的，是于老师全身透出的那种精气神，以及居师兄英雄救美的传说。

虽然那时还小，身体也差，入不了门，但毕竟耳闻目染，倒也不妨碍私底下跟师兄们演示的招式偷学几招。适逢长身体的年纪，应该是有机会做了更多的身体练习，渐渐改变了体质，十五六岁时身体状况已经相当不错，不再病快快了。单杠双杠都行，伏地挺身100下不是问题。高中毕业时，在家人眼里向来羸弱的我，居然在全国空军招飞体检中达到甲级标准，全上海只有3人，全家震惊。

喜报红榜到了学校、街道、父母单位，就差领军装出发了。方先生倒是支持我去的，说好男儿应该心怀家国。但因为家庭原因，最终我放弃了应征，算是一个遗憾吧。

于老师和先生一样，也好喝一口。每次课后，母亲总会准备一点下酒小菜和点心，满上一盏，请于老师休息一下，解解乏。于老师倒也不讲究，和先生一样，几块钱一瓶的四特酒就可以，有时只有一盘花生，也不妨碍心情。休息时的于老师没有了威严，就是一个普通的老头儿。

即使在五七干校劳动改造，方敬也不忘"地下学店"的孩子们。

干校当时在大兴土木，那时黄沙是紧俏物资。方敬知道上虞、百官两地盛产黄沙，因为他1949年有个学生是那里人。他主动请缨，被采纳后，奉命去了曹娥江边。学生见老师有要事，立即通知他的侄子等鼎力相助，果然不辱使命，三五天搞定两火车皮的中沙，并运到吴淞。曹娥江盛产黄沙，黄沙又分中沙、粗沙、细沙，中沙最适用于建房。其间还为干校省却 2000 元，那时这可是个大数。得胜归来，立了一大功。领导大悦，告诉方敬可以把两个月的休假放在一起用，再另加几天作为嘉奖。

方敬兴奋之余，就琢磨起这十多天如何用？自然而然地想到"地下学店"的孩子们。时值暑假，到了上海立即发出紧急通知：大意是带你们去苏州东山，用一天多时间准备尽快出发。在火车站附近分散集合，每人带 10 斤煤球，某日某时在火车站某处集中，带上各人的学习用品或武术器械等等。

这次集合就像搞地下工作，因为父母多数是被批斗对象。亚平和列平也都去了，还有李子瑾老师以及方宏和李朝华、翁绮文、郭赞炎和韦明等等。

一大早天还没亮就集合，好在夏天衣服不多。"地下学店"讲究军事化，在检票进站前半小时，孩子们在家长的陪同下全部到齐。上了火车，悄悄地前往苏州。到了苏州又转长途车去东山镇，步行半小时就到了王家泾。

东山有个施福明，是方敬大姐夫的亲外甥，当地人亲切地称呼他"伲佬倌"。福明一家已搭好了蚊帐等等，欢乐的东山之行立即"开张"。

太湖浩瀚，自古诗人墨客赞之多多。而他们住在王家泾，所处一角，离太湖较远，暂时没去。同去的十多人，除李子瑾老师外，余下的都是"地下学店"的学员。

每次开饭，至少两桌。一天晚饭后，夜深时，十几个人聚在庭院中看星星，真是夜色如洗，众星闪烁。大大小小的星星，密布苍穹。落落乎列之河汉，大家连眼睛都不想眨一下。微风送凉，陶醉其中，不知当年的花季少年，至今能忆及此景否？

有一天，福明说，你们如不去太湖看日出，实在太可惜了。根据天气预报，隔日是晴天，是日凌晨 3 时，在迷茫的夜色中，向河埠头走去。船早已等着，十余人小心翼翼地拾阶而下，每下去一个，船就摇晃一次。天黑黑的，河水在月光下粼粼闪动。橹划破水面，船行进着。年轻的艄公算得真准，船刚进入万顷太湖，东方水面上就已露出些许鹅蛋黄的太阳。不一会儿，半轮太阳一跳一跳地露出水面。当颜色渐渐成橙红色，太阳出来了，满天霞光四射。船上的少年们，全都屏息以待。这是大自然美的震撼，是城市少年少见的壮丽景色，赞叹之声四起，太阳公公，您早啊！

船在太湖中继续游弋，远处显现了一个小岛，船直奔小岛。上岛一瞧，岛上满是果林，鸟鸣蜂飞，却没见一个人。在王家泾时，方敬曾宣布过"三大纪律，八项注意"。孩子们发现这是一片果林，有很多甜枣，方敬说不准动。

当他面对一群孩子时，个个文质彬彬，和"我们都是木头人"的游戏相仿，但总感到不对劲，因为有人面部带着"邪味"。等他转过身去，面对的孩子也都是温良恭俭的好孩子，但其中也有人面部透着"坏笑"。方敬心里很是纳闷，就告诉他们自由活动，但不要走远。

孩子究竟是孩子，不到两天把一架葡萄都吃了。而西瓜泡在井里既甜又凉，记得有华东 26 号新品种，个头大籽少而且鲜甜。方敬说 4 个人分一个，他们希望 2 个人分一个，结果每个人 1/4 个，多数人吃不了。

过了几天，有人憋不住了，悄悄对他说：我们在岛上时把青枣都吃得饱饱的，还带了些回来。原来，孩子们在他目所不及的地方，人人都连采带藏，连李朝华、绮文、燕云等也不例外。

方敬笑道：正如孔夫子所说的，眼见不一定是真。

会水的孩子还下去太湖游泳，后来才知道太湖起风也是可怕的。

即使在这样的情况下，李朝华依然是坚持画画，方敬就组织小男孩下山取水给李朝华喝。

方敬与李朝华的相遇非常偶然，八十多年前，朋友朱华要方敬教她孩子画画，教了几次，发现她家有张水粉画，是英雄人物胡业桃的宣传画。一问是李朝华临摹的，方敬觉得这孩子大有发展前途，所以恳请李子瑾老师来教她。

李朝华画得很辛苦，一起画的有陈霖（新力中学的"走资派"）的女儿燕云，也画得很好。

燕云后来到复旦大学去了，就没画下去。

李朝华中学毕业分到厂里去，搞花布，同时在进修。方敬总觉得她这样太可惜，便动员她报考美术学院，一举考中。正巧方敬的朋友在那里任教，他与朋友商量，如果李朝华在全班第一就争取留校，结果真的留下了。李朝华从外貌到内心都是典型的东方类型，不多话，但与燕云等谈得很多。

1975年7月23日，方敬与李朝华共游天目溪，住在桐庐朋友的亲戚家里。

7月28日返杭途中，方敬于钱航18号轮写下了一首诗：

轻舟碧波

点点远帆

天尽处

江似明镜

悄悄岭如云


谁家少年舞彩笔

归来

客有问

最爱画中行

方敬记述："这首诗曾经是七律，后来改成不像话的长短句，是送给朝华父亲的。朝华的弟弟是铁华，获得硕士学位后在日本为交流学者，后来各忙各的，一年通信一次。"

"地下学店"学习活动于1978年结束，因为师资没了，他们都重新公务缠身了。"地下学店"已失去了存在的意义，散伙时没举行任何仪式，和开始时一样。


2018年10月末，为纪念方敬先生，笔者建了一个微信群"我们爱方敬"。群员主要是方敬先生的亲友和学生，主要是给大家提供一个缅怀、追思的地方。学生李朝华说："方老师又把我们聚到一起来了。"当年"地下学店"的学生们七嘴八舌地回忆起当年的学习和生活。

叶雪礼的妹妹叶红深情回忆道：

上周末，春节的气氛还意犹未尽，几位几十年未见面的自小跟方老师一起学习英语和书法、练习武术的大哥大姐们相聚一堂，有久未相见后的亲切，更有对方老师爱才惜才的点点滴滴回忆。特别是聊到方老师对教育的孜孜不倦，对学生的关心爱护，也勾起我的思绪。

从记事起，方老师就是一位风度翩翩、有学问、我父母非常尊敬的，也是一位喜欢喝点小酒的老师。跟着父母、哥哥、姐姐经常去方老师家，方老师也经常带着学生来我家。每次去方老师家，总能看到一屋子的学生，有学书法、有学画画、有围坐一圈边吃边聊的……

我上小学那年代，英语还没有受到普遍重视，方老师特意为我们请来圣约翰大学毕业的于传仁老师教我们英语，我家就曾经是每周一次的英语课堂，每次有七八个学生来上课。在这里，我第一次接触到《新概念英语》。于老师带领我们逐字逐句地跟读，重点教我们课本中地道的英语口语，有的至今还会经常用到。我第一次发现英语如此美妙有趣，从此喜欢上了英语。中学时代，我的英语成绩名列前茅，代表学校参加区里英语比赛得奖，校园里张红榜，还获得了 60 元奖学金——人生第一桶金，从此更爱上了英语。有一次，方老师带我参加一个美国来沪代表团活动，让我跟着他做随身小翻译。当时我只会最基础的英语交流，颇为紧张，方老师便一直鼓励我。记得团里有一位叫 Leweise 的先生，他开始用很慢的语速和简单的词语和我交流，慢慢地我也就自信起来。那是我人生的第一次翻译经历。大学毕业至今，我的工作都与涉外相关。是那个阶段的英语学习萌发了我的学习热情，为我之后的学习、生活和工作打下了基础，我感恩方老师！

跟着方老师，我还学习了一段时间的素描。那时，方老师在虹口区业余大学当校长，每周一到两次，我和邻居同学两人坐车去学校，方老师面对面教我们俩素描，画静物。对于没有一点基础的两个小丫头，方老师总是耐心讲解。虽然我没有在画画方面有所建树，但学习素描，培养了我的空间立体概念，对我学习数学几何帮助非常大。回想当时，一位大学校长，利用业余时间教两个毫无基础的黄毛小丫头，我们何等有幸！大学期间，因为财大离方老师家不太远，有空我会去方老师家。有一次方老师知道我想学第二门外语，便马上联系他邻居——一位日语老教授，第二天我就去了老教授家，老教授一对一、手把手地耐心教我学习日语口语。虽然后来因为老教授身体原因中断了学习，但是和方老师一样，老教授那种不计名利报酬、只求学生学懂学会的敬业精神，令我终生难忘！

你肯学，我就教；我教不了，我请能教的人教。方老师一生不计个人得失，尽己所能，倾囊相授，深深影响着身边每一个人……退休后重返家乡，在那样的环境下孜孜不倦研习从教，何等勇气和境界！

学生韦明忍不住说：那时夏天，上海人家里连个风扇都没有，方老师到我家，教我练书法。在那靠窗的小书桌前，一盏小台灯下，方老师头上冒着汗，穿着背心，大手握着我的小手，一笔一画地教我，不厌其烦地为我讲解，令人感动！

方老师湖北路的旧居我去过，那是底层一间不大的屋子，小时候我凌晨去人民公园习武时，都会经过那个地方。每当星期天习完武回家路过的时候，只要被他和章老师（我和方宏都叫她好妈妈）碰到，他俩一定会叫我歇一歇，为我擦下头上汗，拿来豆浆让我喝，就像疼爱自己的孩子那样疼爱着学生，我特别开心，心里暖暖的……

我也是被方老师召集学习的"地下学店"学生之一。当时我刚上小学不久，社会和学校秩序全被打乱了，方老师怕我们这批孩子被耽误，就教我们学书法、画画、习武，把时间安排得满满的，每周还要到我家批阅作业，那时还真有点怕他呢。如果没有方老师对我们的教诲和帮助，我们决不会有今天啊！

李朝华说：刚开始跟着李子瑾老师学画画的时候，我每周日早上去人民公园，一边看方老师带的武术弟子练武，一边画速写。早练结束后跟着方老师回湖北路家里，通常李老师会到那里。我把一周的速写作业给老师们指点，李老师不善言辞，方老师会在一旁作生动的讲解。

李老师开始并不想接受我这个学生的，觉得女生学画不能坚持，是方老师硬拽着他来教我，后来方老师又拉了燕云和我一起跟李老师学画。方老师家是我们的第二课堂。有一次方老师看了我们的作业，高兴地递给李老师说：啊哈，我现在没有发言权啦！

对于我们这些"50后""60后"的学子来说，方老师的功绩与影响力远不止一个宋庄镇啊！

陈祯和对李朝华说：你说的是！那时我们年龄都小，现在你已成名家了。那时人民公园练拳场子旁经常看到一位小姑娘在画画。一代接一代，你也是一位伟大的教书匠了，有机会向你学画！

韦明对叶雪礼说：你说你小时候喜欢磨墨，我就怕磨墨，没有耐心。方老师经常对我们说：练好字，读好书，长大做个对社会有用的人！

叶雪礼转而问李朝华：朝华姐，您还记得方老师在暑假的时候，带我们一帮小孩去苏州东山吧？列平兄、方宏兄也一起去的，我有个师兄玩累了，在木船上睡着了，他嘴里淌着口水被你速写下来了……

朝华说：那个小男孩是教武术的郭老师的儿子，叫郭赞炎。

平时不太讲话的李红旗对朝华说：我写挽联时，写到您献给恩师的鲜花篮，上联：慈父般的恩师……特感动，想起恩师常提到您和您的画，还讲到刘小曼、章礼敏老师绘画、学习勤奋刻苦，您是我敬佩的老师！想起您在上海探望恩师的那些日子，第一次见到您好开心和激动。今在群里又见到您，愿看到您更多的好作品。

朝华一听是李红旗，忙说：你好啊！记得我们是同龄人哦！你一直在方老师身边照顾着，真是好人啊！现在都想起来了。

陈祯和接话说：湖北路旧居已拆，建起了高楼。在那里方老师经历了"文化大革命"的过程：白天批斗，晚上召集学生读书，成为美谈，可见方老师的毅力和定力。木凳上一纸袋花生米、一瓶濉溪大曲，有时有李子瑾老师和五叔（方锡荣）等。方老师对我说，现在我是个木匠能做很多东西，一边喝酒一边谈做人的道理，要我们读书写字不要放弃，而他自己正忍受巨大压力，遭受身心折磨，却还关心我们的成长。

方宏插话说：小时候大伯收藏一本8开精装本俄罗斯建筑书籍，是我看到的第一本国外书籍，我从此爱上建筑。若不是中学语文老师劝

　　　　　　　　　　　　　　　　　先生方敬

说，我理工科一定选建筑。现在我也喜欢和建筑师交朋友，喜欢拍建筑。

我父母在新疆经常去野外勘探，我从1岁到了上海，和大伯、伯母、奶奶、亚平、列平住在一起。我管大伯、伯母叫"好爸爸，好妈妈"，视之如父母，他们担当了这样的角色。

在大伯家里，得到很多方面的熏陶，我的古文就是大伯给打下的基础。还没读小学，就跟着亚平、列平去人民公园晨练。小学一年级老师第一次家访，听说我一个人在上海，练武也不错，一开学就让我做班长了。我有幸成为上海区武术队最早一批成员，甚至登上了全国性杂志《新体育》的封面。

办"地下学店"，大伯尽可能地创造了一个教育体系。假期里，他带着我们一帮小朋友出游，过夏令营一样的生活。有两个暑假是在崇明岛过的，捞鱼、择菜、做饭。还去太湖游泳，划着一个船出去，把背都晒破了。我游泳也是被他逼的，我不敢下水，他就把我扔进去了。我呛水了，回来感冒发烧了，大伯还被我奶奶骂了，后来我自己参加游泳班了。我最大的遗憾是1972年尼克松访华的时候，大伯组织《英语900句》的学习，我奶奶怕我太辛苦，没让我去。我现在爱好摄影也是当年拿小板凳旁听的结果，家里星期天一直开书法美术课，上海书画院的周志高还有周慧珺都是常客，他们也会给孩子上课。

大伯、伯母都是搞教育的，区里开教育表彰大会，我代表学生领奖，伯母代表幼教老师领奖，很有趣。小时候我没进幼儿园，都是在家庭中长大、学习。从小学到中学、大学，一直做班干部，很多方面受大伯影响。

1980年他访问美国归来，送了我一件加利福尼亚大学的T恤。

曹杨笑着对方宏说：那年你爸爸让一个没结婚的青年同事把你从新疆第一次带到上海。坐火车一星期，带了100块尿片，没想到还不够用。那个同事就把衬衫撕成尿布，连帽子和外套都用上了，眼镜也没了。来电说去火车站接一个穿军装戴眼镜抱孩子的人，奶奶和大姑姑去了，车站人都要走光了，看到一个人站在那里就问从新疆来？孩子叫方宏？回答都对。可是你帽子呢？眼镜呢？回答是孩子抓坏了。方宏上身穿小军装服，下面那个味儿呀……

方明是列平小姨家的儿子，家住南京。方明说：小时候放暑假总爱去上海，住在湖北路，门口是有轨电车站。方敬姨夫天不亮（大约4点左右）就要我们小孩起床到人民广场练功，我一点基本功也没有，但也硬着头皮跟着一遍遍来回踢腿、蹲马步。后来姨夫到长兴岛五七干校，暑假我们也一起到五七干校。每天上午都要上一堂课，教书法、教画画，还让我们跟着干农活，我才上小学三四年级，就学会了插秧、割稻子，脚背还被镰刀割掉一块皮，但仍然坚持干下去。那时供应的大麦茶，劳累后感到太好喝了。姨夫教会了我们知识，教会了我们做人，还教会了我们从小爱劳动能吃苦，以至我15岁当兵吃粗粮干农活没有一样比农村兵差。

韦明对列平说：我还记得，在方老师泗泾路的家里，那个时候亚平兄已经和阿维兄去了"小三线"，你在里面那个很小的房间苦读英语。方老师在外边的房间给我上课……在你的桌子上放了一块牌子：闲聊不得超过5分钟。没想到我们见面聊起来总是会超过10分钟以上（偷笑）。

叶雪礼：好像记得这个牌子。

韦明：是吧，列平看到我去了，就把那个牌子翻下了，兄弟情义还是有的噢（偷笑）。

叶雪礼：列平哥苦读英语，一直是我的榜样。可惜我一直学得不好，现在听力只剩一半了，更有借口偷懒了。在外面十多年，还是只能应付个大概，惭愧啊。

一直静静地听大家说话的列平对大家说：兄弟情义深啊！我引用一首英文诗，表达对父亲的情感：

The life that I have is all that I have.

And the life that I have is yours.

The love that I have of the life that I have.

Is yours, and yours, and yours.

The sleep I shall have,

The rest I shall have.

Yet death will be but a pause.

For the peace of my years in the long green grass,

Will be yours, and yours, and yours.

（我的生命是我的一切，

我的生命属于你们，

我对生命的热爱

也为你们所有。

我将长眠，我将安息，

然而死则是暂时的，

因为我在绿草丛中的宁静岁月

永远属于你们！）

以上是 1978 年上大学时学的一首英文诗，也是我最喜欢的一首英文诗。诗的内容也像是父亲对我们和他的学生们所表达的情感。

叶雪礼接着又说：当时在那里学习的都是业余的，下班后来充电的人们、学生们都很喜欢他们的校长，希望和方老师多交流，毕业后也一直记得他。我的一个朋友，我带她认识了方老师，当她父亲知道女儿认识方老师，非常开心。在女儿结婚时，他无论如何都要邀请方校长作证婚人，他觉得这是件无比荣耀的事。方老师其实很少出席这种场合，但是学生的请求他一般不会拒绝。这就是他的人格魅力吧。

亚平的爱人吴晓路说：怪不得爸爸说起虹口区业余大学的老部下，如数家珍……但爸爸极少说自己的工作业绩。总感觉爸爸像一块磁铁，吸引着周围的同事、部下，用自身的人格魅力影响着周围人群……

方敬大姐的二儿子翁长平说：舅舅的"地下学店"，经常在我们家办。我还小，旁听。结果书法把有的学生打败了，他奖励我毛笔、砚台什么的，给我布置作业：一天写两张。我呢，一天写 6 张，剩下两天玩。结果被他发现了，我被开除了。他在我们家上课，我却被迫站在外面。

我奋发图强，用整整一个暑假写了一本帖。他把我送到最好的书法家那儿去学习。20世纪80年代的时候，我是卢湾区书法协会副会长。他对我期望很大，后来我经商去了，他心里很不舒服。

舅舅帮助人，如果钱不够，他会讨，我都帮忙。他说：别人的钱我可能不要，你的得要。

2011年，我重新写字了。当时他从医院出来，我拿给他看，他给我5分钟时间。他看完说："哎，很好！我给你一刻钟。"结果跟我聊了三刻钟。现在我也教书法。

一个人被大家尊敬是很不容易的，外甥像舅舅也是天经地义的，我借钱从来不打欠条，但和舅舅还不能比，舅舅帮助人是全心全意的。他常说：一个人帮十个人，很难；十个人帮一个人，很容易。


方敬去世以后，学生叶赛聪挥泪写下《忆方老师——慈父恩师》，回忆对她的培养：

送别方老师一个多星期了，但是早醒晚睡间脑海里方老师的身影不断。

认识方老师将近50年，有太多太多的往事值得回味和珍惜。

70年代初期，在上海市黄浦区武术队成立之时认识了方老师。当时我还不到10岁，由于家庭的特殊原因，方老师对我特别关心周到，甚至把我看成自己女儿一般，给别人介绍时就说是自己的女儿。这是我三生有幸。因为认识的时候就是称呼老师的，方老师说就不用改口了，所以至今一直以老师称呼。

那时我是住校的，每个星期回家一天。周日必定去方老师家报到。他经常带着我去看望一些"靠边站"的老朋友、老同事，以及他的老师如胡景清、姚晶等。具体谈话内容已经不记得了，但只要是他到了就会有欢声笑语。

有一件印象深刻的事：那是"文化大革命"后华东模范中学恢复建校，请来了很多以前的老师、同学，以及相关领导。最后拍集体照的时候，胡景清先生被挤在了边上，而一些领导坐在了正中间。胡先生是

　　　　　　　　　　　　　　　　先生方敬

卖了自己家里的田地参与创立了华东模范中学，方老师回来后非常生气，还给我看了当时拍摄的照片。很少看到他这样生气的。他非常尊敬胡先生，敬重胡先生教育救国的理念和壮举。他也传承了这个理念，"文化大革命"时期组织身边的孩子们练武术、学书法、学画画、学英语。

方老师家以前养猫的，一只很大个的猫，我初去他家的时候很害怕，猫一过来我就跳床上。后来方老师让我看了他观察老猫带教小猫全过程的笔记，然后说其实这和教小孩是一样的道理，且有些地方比人都教得好，更直观。我想这就是方老师式的言传身教的生动教育方法。

我当运动员期间脚受过伤，需要打三个月的石膏，而且这三个月还要做复查和石膏置换，甚至还换过医院治疗。医院离家不近，记得多次从医院回家的途中是方老师背着我，其中一次边走还边找电影院，陪我看了一场电影。现在回想起来更觉得幸福和感动。


1966—1976 年，"文化大革命"十年，整个教育领域受到重大影响，学校课程与教学经历了一场灾难。

1976 年 10 月，"四人帮"被粉碎。各地学校师生与全国人民一起举行集会、游行，热烈庆祝粉碎"四人帮"反党集团的胜利，声讨其滔天罪行。

方敬在粉碎"四人帮"之后说过："'文化大革命'之后遗症，是残害与毒害了几代人，不要小觑了，一个民族的脊梁骨险些被抽掉。屹立于东方的泱泱中华，要的是道德重建，挺起腰杆，还我中华之魂。

"1976 年 2 月 4 日，'四人帮'公开抛出'老干部是民主派，民主派就是走资派'的反革命政治纲领，实际上他们早就这样干了。"

方敬迫不及待地要保护老干部！

1977 年 11 月 9 日，方敬竟夜不眠，秉笔而书，他要为那些被打倒、被冤屈的真正的共产党人鸣冤：

1946 年参加学生运动，1948 年参加革命，1953 年来虹口工作，我生在上海，读书在上海，工作在上海，历史清白。"文化大革命"中只能拿出用人不当和组织火箭队两个理由处分我，问题就在火箭队，什么是火箭队？真正的领导人是陈霖同志，参加的全部是虹口区中学系统中的部分支部书记和标兵，全部是共产党员，非党同志一个不吸收。我大胆地对他们说，不许自杀，保存力量。

"四人帮"制造反革命舆论："'文化大革命'以前的17年是彻头彻尾、彻里彻外的黑线。"把红的说成黑的，130多个干部因此被全部打倒。

"他说你是特务、叛徒、工贼，你必须承认，不然态度不好；他说你包庇33个反革命，你必须说对的，一个也不少。

"政治上的卑鄙必然带来行动上的凶残，虹口区的中学干部，不仅被打倒一大批，而且是多次打倒，一而再、再而三地打倒。"

方敬呼吁，对死亡的人必须查明原因，在中学据他可知的有：

58中学的沈孟先与董思林；

新沪中学的施纫秋；

业余中学的任昭文；

令人信得过和尊敬的戴兴局长。

沈孟先，字广连，江苏镇江人，中共地下党员，参加过著名的"五卅"反帝爱国运动。上海解放后，任上海市工会联合会宣传部副部长，58中学副校长。弟弟沈西蒙是电影《霓虹灯下的哨兵》《南征北战》的剧本作者之一。

施纫秋，崇明县人，一位富家千金。1941年在沪江大学读书时就加入中国共产党。新中国成立前以教书为掩护，曾经担任中共松江、青浦、金山地下工作委员会副书记。为了革命，她把所得的遗产献给党组织作活动经费。新中国成立初期，她把每月工资只留下一小部分作为生活费，其余作为党费上缴，其钱款占全县党费的一半。

20世纪60年代初，施纫秋担任新沪中学副校长。

施纫秋眉清目秀，和蔼可亲。每次全校大会发言，她给人的印象是软声细语、谈吐颇具文采，不说空话套话。

可是在"文化大革命"中，她先被定性为"革命的同路人"，后又被定性为混进党内的"阶级异己分子""执行资产阶级教育路线的走资派"被折磨致死，直至 1978 年，施纫秋才获得平反。

还有陈霖同志，在抗日战争和解放战争中作战英勇、工作积极，为党和革命事业出生入死。陈霖 1953 年任北虹中学校长，后提升为虹口区教育局副局长。整人者说陈霖是"托派"，他不承认，就用死亡威胁他，用麻袋套住头打到他胃出血，住院时拉出来交代，不屈服就不给饭吃，天寒地冻不给被子，还威胁其家属和子女。1967 年 8 月 5 日晚上，陈霖来到方敬家。方敬亲眼看到他背上有青紫伤七条，又宽又长。问他，是被人用橡皮裹着铁棒的棍子打的。

董思林和戴兴的情况前文已经说过。方敬回忆："董思林先生与严女士是夫妻，我去拜访过他。董先生因肺病住在世美堂边上搭建的小屋里，阴暗又潮湿。一见面，董思林说对我很了解，我不知道是什么原因。经过董思林点破，我才知道董思林是我《中学时代》时上级的上级。"董思林到南京后就再无影踪，在方敬建议下，为他开了追悼会，到了许多人。方敬说："假如我不被隔离审查，还有可能把董先生藏起来，就这样一位可敬的长者被'消灭'了。董先生家住四川路，给予家属支持最大的是刘筠。"

戴兴瘦弱，眼大却炯炯有神，工作细腻，态度和蔼，从不报复下属，嗜烟。深受中小学校长爱戴，是方敬内心佩服的局长之一。为证明他的清白，方敬曾私下为之调查。他去世后留下 4 个女儿，都已经成家。

他们之间相互戏称"老运动员"，在方敬认识的人中，"老运动员"是两位数。

方敬曾为他作诗一首——《沉痛悼念戴兴同志》：

也曾脱手斩楼兰，衔命又入虎狼穴，不露眉宇间；

又闻夜静勤伏案，轻烟深处细语间，春色满校园。

还有虹口区机关沈敏康同志。

……

工宣队在学校中打伤了许多人，有的头部打伤了一动就昏，耳朵打聋了，眼睛打瞎了，鼻梁骨打歪了，手打断了，腿打伤了，腰打伤了。

如今那些摇鹅毛扇的呢，那些职业打手呢？

1977 年 8 月 18 日，邓小平同志在中国共产党第十一次全国代表大会上的闭幕词里说：我们有这样好的人民，这样好的党员和干部，他们勤劳勇敢，觉悟很高，非常关心国家大事，无限信任我们党。这是我们党战胜一切困难，在各方面夺取新的伟大胜利的最可靠的保障……

方敬说，这就是对 95% 以上的人民和干部的最好的结论。虹口区的中学也有这样的干部，施纫秋同志就是其中一个。方敬曾专门选用她的几首遗诗向有关部门证明她对党的忠诚。

方敬的同学童本义回忆：

据姚晶老师夫人费老师告知，"文化大革命"时有的老师失踪，姚老师被关。方敬不动声色，把虹口区许多校长、支书组织起来，成立所谓的"火箭战斗队"进行学习，相互鼓励。在当时有人说方敬是"一个大胆的无事忙"。他看似大大咧咧，但粗中有细，费老师见姚老师身上有血迹，要去理论，方敬劝她冷静，还派人保护费老师回家。

胡文巧老师是华模第二任校长，"文化大革命"时被剃了阴阳头揪斗，方敬无论如何也想不通，一个把 100 两黄金捐出来，让华模渡过生存难关，并使华模成为上海中学界"民主堡垒"的人，怎么会是"反动学术权威"呢？我偏要去探视慰问。

方敬的书法恩师沈尹默先生在"文化大革命"中被迫害，于 1971 年 6 月 1 日郁郁而亡，诸多友人和学生都退避三舍，但方敬不顾一切，泰然而出，秉承弟子之道，和师母褚保权先生一起为沈尹默先生操办了后事。这在当时是难能可贵的，表现了方敬身上的一股浩然正气。

同学蔡锡瑶回忆：

"文化大革命"时，他组织虹口区的中学校长到我们家来开会。

他这个人啊，我说他山东人，好打抱不平是吧，胡文巧被造反派批斗，他就去救她。他看到校长们被造反派当作"走资派"批斗，就把虹口区的校长组织起来，叫"火箭战斗队"。当时在虹口区没有办法开会，虹口区学生太多，老师都认识，他就带到我家。我们不是一个区，我家也没人在中学，事先没商量反正那天就来了。我自己对造反派也看不惯，我就支持他们，说欢迎欢迎，在这儿吧。我有个同学叫白茹，在第五中学当校长，那天也来了，多年未见，很开心。他这个人啊，就是路见不平拔刀相助。他把一个一个校长都给救出来了。他听说还有一个校长正在被批斗，他就去从批斗场上把人救出来。

人世间大起大落，几经沉浮，一会儿至历史巅峰，一会儿又沉落谷底。虽人生历经磨难很多，然而像方敬先生这样始终如一保持坚韧、达观者，亦属凤毛麟角。他早已超然物外，只求为社会努力多做一些事而已，别无他求。他是像风的一类人，而风是没有终点的。

即使是在"文化大革命"中，袁隆平还在冒险痴痴地培养育苗；钱学森、邓稼先还在研究卫星、导弹。

十年"文化大革命"的空前浩劫结束了，经历了一个时期的拨乱反正，国家重新走上了振兴发展之路。

# 第十三章
## 虹口区业余大学：负重起飞


雁阵远去，一个大写的"人"字飞掠沃野片片、关山重重。

雁鸣声声，飞向大漠孤烟、长河落日。

蓝天如洗，骄阳似火。

方敬抽着烟，屋子里烟雾缭绕。

窗边，方敬心情格外的好。

青湛湛的天，白生生的云。

一群群白色的水鸟在江天之间飞。

方敬的画外音：是的，我虽历经磨难，在瀚海无涯、冰河铁马的人生苦旅中跌跌撞撞，向死而生，却仍然拥有一个快意人生。那是因为总有一缕温暖慈爱的目光，日日夜夜、时时刻刻投射着我生命中每一寸时光。

1977 年，中华人民共和国百废待兴！

回想起来，那是一个怎样的时代啊！历经十年浩劫，中国教育界再展风华，千帆竞发。

"文化大革命"结束后，教育作为"'文化大革命'的重灾区"，面临许多问题。刚刚复出的邓小平同志自告奋勇抓教育。他采取的措施就是：恢复中断十年的高考制度，倡导尊师重教。

那一年，正是转折年代的前夜。时代是思想之母，实践是理论之源！

1977 年 10 月 12 日，国务院批转教育部《关于 1977 年高等学校招生工作的意见》。从此，恢复了高等学校招生统一考试的制度。

1977 年 11 月 3 日，教育部、中国科学院联合发出《关于 1977 年招收研究生的通知》。"文化大革命"期间长期中断的招收培养研究生的工作从此开始恢复。

在上海，成人教育方兴未艾。

虹口区委决定，方敬任虹口区业余大学校长。

从1977年7月至1982年，方敬担任虹口区业余大学校长和副书记。

当年校长室工作人员潘承泳作了如下记录：

1977年9月12日，恢复建校后正式开课，方校长上任。

9月12日至18日，全校恢复建校以来各班正式上课。方敬同志来校报到，任支部委员，革委会副主任。

人事调整：1977年10月10日，方敬负责全校教务、总务工作。

方敬回忆："有人劝我，你不要当校长，让区长当校长，你当副校长。我说，我只会当校长，副校长不会当。他一个区长每天要处理那么多重大问题，他再做校长，你要去汇报，他哪有空跟你啰唆？哪有空处理你的问题？"

"最大的问题是严重缺乏师资！我花了3个月时间搞调研，写了请示报告。上呈报告后就天天到区委传达室听消息。有人说你写的那个报告没用，我说我写的就有用。结果区委书记、区长都骑自行车来了。来了我就讲，只有五六十个老师办这样的学校不成。我开始到处招揽、到处挖人才，结果他们前前后后给我调来200人。"

时不我待呀，方敬充满了只争朝夕的急迫感。

在方敬眼里，人才是第一生产力！

那期间，方敬一有时间就博览群书，看的书很杂，建筑专业、化学专业、机械专业、电子专业，什么都看。"我高中毕业，当成人教育（高校）校长，不懂也要知道怎么回事。"

学生陈祯和回忆说："刚接手虹口大学，他拿了一个人事单子对我说，有多少老师，有多少房子，他说就这么点人怎么办？当时劳改农场关了很多人，很多是知识分子，都是国内很有名的。他通过各种关系打听到，就利用政策吸收到学校来。其他学校都没有这样的人才，后来一些名校缺人，从他那里挖走了不少。那时他天天坐在小凳子上写文章，他心情高兴啊。跑资金啊跑基建啊，他什么都跑。后来搞出成绩，很多人到他学校参观，连外国人都来参观。上面提出来铺红地毯迎接，他说，没有红地毯人家就不来了？他们会来的！没有礼品送，他让我们去买了好多中华铅笔，绿漆的，结果外国官员高兴得不得了。

有一段时间，他搞成人教育出名了。联合国教科文组织看中他想让他去，结果上海有人反对，没有去成。如果去的话，肯定又能搞出很多有价值的东西。很可惜，那个时候他在职工教育方面是权威。"

至今，在景清书苑，保留着一张"上海市教育战线先进集体先进工作者代表大会"的出席证。内页左侧印着毛泽东的"忠诚党的教育事业"，右侧写着姓名方锡敬，1977年。


1978年，注定是要铭刻在亿万中国人心坎上的一年，被称为中国改革开放的元年，一个依然年轻的人民共和国迈进了一个黄金时代。而此时的方敬，也进入了春秋鼎盛的岁月。

这年早春，那被冬日的阴云长久笼罩的北京，云开日出；那让人们期待已久的春风，也给在春寒料峭中匆匆行走的人们，吹来了丝丝暖意。

3月18日，被誉为给中国带来了"科学的春天"的全国科学大会在北京召开，这是一个伟大时代启航的盛典。大会澄清了长期束缚科学技术发展的重大理论是非问题，极大地提振了广大知识分子的创新热情。

方敬还记得大会开幕式上，邓小平同志那充满震撼力和穿透力的讲话。邓小平同志指出现代化的关键是科学技术现代化，重申了"科学技术是生产力"这一马克思主义基本观点，再次明确提出"知识分子是工人阶级的一部分"。

3月31日下午，在时任中国科学院院长郭沫若的那篇《科学的春天》充满激情、充满诗意的祝福与呼唤中，大会徐徐闭幕了。我们民族历史上最灿烂的科学的春天到来了，后来有人评说全国科学大会是中国全面推进改革开放的先声，由此开启了一个大国从颓败到中兴的不朽神话。

在科学的春天里，风华正茂的方敬和改革开放后的中国一起追赶着世界。

奋斗，是这一代人的梦想；报国，是这一代人的情结。当祖国给了他们梦想的翅膀，他们就成为勇敢的海燕。

1978 年 5 月 11 日，《光明日报》头版刊登了题为《实践是检验真理的唯一标准》的特约评论员文章，由此引发了一场关于真理标准问题的大讨论，成为党和国家实现历史性伟大转折的思想先导。

文章指出，检验真理的标准只能是社会实践，理论与实践的统一是马克思主义的一个最基本的原则，任何理论都要不断接受实践的检验。这场讨论冲破了"两个凡是"的严重束缚，影响和推动了中国改革的整个进程。

1978 年 10 月 21 日，方敬受上海虹口区教育界、上海总工会虹口区办事处的委托，草拟了中共虹口区委员会的报告《上海市虹口区业余教育基本情况和工作意见》。

1978 年 12 月 18 日至 22 日，中国共产党十一届三中全会召开。

全会结束了 1976 年 10 月以来党的工作在徘徊中前进的局面，开始全面、认真地纠正"文化大革命"中及其以前的"左"倾错误。坚决批判了"两个凡是"的错误方针，充分肯定了必须完整地、准确地掌握毛泽东思想的科学体系；高度评价了关于真理标准问题的讨论，确定了解放思想、开动脑筋、实事求是、团结一致向前看的指导方针，重新确立了马克思主义的思想路线、政治路线和组织路线，作出了把党和国家的工作重点转移到社会主义现代化建设上来和实行改革开放的战略决策，这次全会是新中国成立以来我党历史上具有深远意义的伟大转折。

1978 年 12 月，夜已经很深了，方敬无法入睡，躺在床上辗转反侧，想着教育界的情况。

安静的夜里，无声的世界，但方敬的心里有一团火。

他披衣起床，眺望着夜色中的城市。

宽阔的马路上，车灯与街灯闪烁，它给城市的夜带来生命的活力，方敬感慨着。

他激动地做了一个两手交叉、双臂高举过头的动作，然后又反复做了几下。

他感到一种新生的、雷电一般的力量，像黄果树大瀑布一样从头顶倾泻而下，势不可当。他无法用准确的语言来描述他受到新的希望的火焰燎灼时，他内心所感到的激动与不安。

一个念头像闪电一样掠过他的脑际，写一封信给教育部？

他的心和思维都在跳跃。

方敬在《给中央教育部的信》里写道：

党中央号召我们，在本世纪内把我国建设成为现代化的社会主义强国，这就要极大地提高广大职工的科学文化水平。而极大地提高职工科学文化水平，就必须大力发展职工业余教育，以适应四个现代化的需要。当前，要做好职工业余教育工作，有些思想认识还需要统一，并采取强有力的措施。

一、随着建设高潮的到来，必然出现一个文化建设的高潮。近三十年的实践，从正反两个方面证明了这一点。上海一解放，在极端困难的条件下，人民政府用三个月的准备时间，在全市办起了几十所工人夜校，组织了成千上万的职工到夜校去读书。这些学员现在都是50岁左右的人了，他们中间的很多人成了各级领导干部和技术骨干。直到今天，他们还忘不了工人夜校的培养和教育。第一个五年计划开始，职工业余教育更加蓬勃发展，各个方面都办起了业余学校，政府办、工厂办、各个工会系统办。从上海市区来说，当时每个区都有十几所职工业余学校。职工业余教育也随着生产发展而发展，从办小学到办中学，后来又办起了业余高等学校。全日制高等学校也都纷纷办起了夜大学，白天生产，晚上读书，生产学习双丰收。"文化大革命"前，各级各类业余学校的毕业生，他们的学习成绩和在工作中的作用是出色的。职工业余教育对生产的促进作用是肯定的。

"四人帮"不仅对中小学肆意进行破坏，而且把整个职工业余教育也搞垮了，造成了严重的后果。从各方面调查的情况看：目前青工在工厂中约占职工总数的三分之一，而这些职工的文化程度只有10%左右达到高中毕业程度，大量的是初中和小学文化程度。今天再不把职工业余教育工作做好，不去迅速提高整个职工的科学文化水平，就不可能大幅度地提高劳动生产率。

中央最近提出：要力争在1985年以前，使四分之一的工人达到7级技工的技术水平，技术学校毕业生达到4级技工的水平，一般工人具有高中毕业的文化程度。从现在到1985年，满打满算只有6年多一些。一个具有初中毕业文化程度的职工，用业余时间来学习语文、数学、物理、化学几门主课，也要用两三年时间。到1985年，我们能有几个两三年呢？更何况有不少职工只有小学和初中程度。我们失去了时间，世上没有第二个1985年可以给我们。

一些生产发达的国家，他们对业余教育抓得是很紧的，他们把业余教育叫作成人教育或继续教育。他们还可以不进学校读书，自学后参加校外考试，从而取得学位。日本在明治维新时就有业余教育。现在，国外比较有名的如英国开放大学，学员的主要成分是教师和工程技术人员。从科技发展的突飞猛进来看，知识的积累近似直线上升，从而提出了终身学习的教育观点，国外的经验应当借鉴。

中央号召我们大力发展业余教育，职工业余教育却存在着怪现象：一是办学人员向上级要任务，而不是上级下达任务；二是下级向上级宣传职工业余教育的重要性，而不是领导向下级宣传它的必要性；三是下级提出办法要求领导批准，而领导或不加可否，或拒之门外，一拖再拖。为什么会这样呢？无非是认为这项工作任务重、困难大、不愿管起来，致使职工教育还处在历史的最高水平之下。

二、我们处于职工业余教育第一线的同志，在工作中强烈地感受到广大职工求学心切，不论工厂和地区，只要一办学校，要求报名的人数都是几倍于招生数。我们收到不少来信，接待许多人来访，他们的共同要求中有一句话："我们要读书。"

但是，现在业余教育并没有大力发展。以上海一个区为例，区所属工交、财贸、街道工业等青工中入学率只有4%，96%的青工不学习，这是多么令人深思和焦虑的数字啊！

为什么没有大力发展呢？回答是多种多样的。有的说百废待兴，事一件一件来，不要急嘛！有的说办学校没有师资、校舍、教材等，怎么能办呢？还有的认为办业余教育困难多，问题复杂。

我们深深感到，目前的状况就其根本原因来说，主要是对职工业余教育的作用、性质、任务和在全国教育中的地位缺乏本质的认识。认识没解决，决心就不大；决心大了，困难再大也可以想办法逐步克服。其次是组织领导问题没解决，这个问题不解决，发展职工业余教育的具体措施到哪里去讨论呢？不仅是上海，至今也没有听说教育部有什么强有力的措施来推动全国业余教育的大力发展。还有一些实际问题，例如好多公司、工厂不同意职工读书，个别单位还在作事假处理而扣工资、扣奖金。有的学校办学的经费、教材供应、校舍等问题至今还没落实。

三、职工教育工作要抓住时机大力发展业余中学。把业余中学办起来，就抓住了职工中的多数。如何大力发展业余中学呢？这是个值得研究的问题。一个中、小型工厂或一个街道都办一所业余中学，这种做法校舍困难很大，师资利用率很低，也不便于职工就近入学。较好的办法是，请区全面规划一下，确定几个主办单位，一个区同时办5—6所业余中学，每所学校招收一二千职工入学，初中、高中各学两年，学些主要课程。这样做，师资与经费也不难解决，请业余教育教师进修学校组织教研活动，质量也有了保证，用3—5个月的时间准备，就可以开学上课。

同时，还要认真办好职工业余高等学校。职工业余教育从小学办到中学，从中学又办到大学，可以预见，到1985年或更早一些，业余高等学校附设研究部的事也会提到议事日程上来的，世界上好多国家已在这样做了。大学毕业后不继续学习，原有的知识就不够用，好像机器的折旧一样，只有继续学习才能跟上科技发展的形势。

上海的业余高等学校，在"文化大革命"前培养了数千名具有大

先生方敬

专毕业程度的学员。他们经过艰苦的学习，在生产上如虎添翼，现在多数是厂里的技术骨干，不少人由于生产上的出色贡献被评为技术员和工程师。他们独立研究和设计的项目，有的在当时已接近和赶超了世界先进水平。可以肯定地说，业余高等学校是多出人才、快出人才的好地方。中、小学都是十多岁的青少年，他们是今后实现四个现代化的生力军；而目前在各业余高等学校的学员都是三十岁左右的职工，参加学习后，在第二、第三年就可以在生产上发挥更大作用。

目前，绝大多数业余高等学校采用学年制的做法，并不适合业余教育的实际。我们认为，业余高等学校应采用学分制，让职工选科学习。此外，地区办的业余高等学校通用性应当强一些，打好扎实的基础，努力培养他们研究和解决问题的能力。业余高等学校在劳习时间上要坚持以业余为主，但为了加快步伐，充分利用师资和教室，目前少量地占用生产时间（2—3个半天）也是可以的。业余高等学校要多开设些短训班，以适应当前生产的需要。

承认业余高等学校的学历和在教师中实行高等院校教师职称对业余高等学校的巩固和发展影响很大。哈尔滨对业余高等学校采用考核的做法很好，应制定考核办法，在全国施行。

方敬写的这封信，被教育部摘载于《教育革命简报》1979年第5期，标题改为《要大力发展职工业余教育》，供各部、各地参阅。

那段时间，方敬在仿佛新生的环境和氛围下，无日无夜，潜心琢磨，虚心切磋。

他儒雅而又性情，那性情中，似有火光若隐若现。也许，那里正汩汩流淌着如岩浆般鼓荡于内心深处的才情。

他已然是一个历经百转千回，终于找回本真的中年男子，一个大起大落跌倒爬起仍然执拗地重拾自我的生命个体。

与他并肩而立的是妻子章锦秀，一张大红硬壳的"上海市三八红旗手"奖状，是1979年3月8日颁发的，内页上印着"章锦秀同志：被评为1978年度'三八红旗手'"。

1979年2月3日，方敬给张显崇写信：

显崇同志：

新春三日，在校读书……思及我区，赞誉之声过之，疑难之事待决。曰治安、教育，曰管理、干部环境……稍加涉猎，皆有可议之处。君子初出，众有厚望，悠然三载，兼听则明，望君深思。忧危之间，任贤纳谏不易，居安思危更难。成伯、敏康也请一并致意……言有过激之处，尚祈教正。敬再拜，呵冻书，乙未新春。

张显崇时为虹口区委书记，后任市外办副主任，于上海外国语大学党委书记任上离休。自20世纪50年代起他俩始终保持联系。孙成伯任区长，沈敏康为区委副书记，后为书记。


"1979年，那是一个春天，有一位老人在中国的南海边画了一个圈……"熟悉的旋律，娓娓道来的歌词，这是唱遍中国各地、唱进千家万户的《春天的故事》。

这位"老人"指的就是邓小平同志，中国社会主义改革开放和现代化建设的总设计师。"画了一个圈"是指中央将福建、广东两省划为经济特区，为建立市场经济体制奠定了基础。

春潮涌动啊！

那段时间，方敬写了不少信，谈工作，谈校务……

1979年4月23日傍晚，方敬给"志申同志"写信：

关于差距很大，这一点正是我校普遍存在的问题。正视这一点是个重要的前提，而解决这一点却不是轻而易举的。但是要办好学校非解决不行，教学的基本建设还是课程设置，教学大纲和教学内容的选择，对教师来说，是掌握教材和注意方法。学校不能徒具其名，更何况目前连名也没有。

1979年4月26日中午，方敬致信职工教育处曾处长：

4月2日在上海静安工大的座谈会上要搞的材料已综合结束。打印的部分送上10份，以便给有关部门和负责同志看。关于附表一及二送上一份给您备查。

在这基础上准备写一篇稿子，此事在5月初动手，在5月中寄上。

因为手头工作较多，主要由于渠道不通扯皮的事太多。

另外，对静安区的业余高等学校有个意见，这意见整理后在5月初送上，只是把有关的几次意见整理一下。

上半年已去掉三分之二，不知职工教育会议能不能开，我们迫切希望能早开，开好。

5月1日，是劳动者的节日。

各行各业的劳动者解鞍卸甲，休养生息。

可是方敬没有休息，他除了写论文，还写了两封信谈工作。

琳瑚同志：

很久未来看您，不知身体可好。今天是国际劳动节，向您致以节日的敬礼！祝您节日愉快。

去年8月，您提出要我写一份区的业余大学是多出人才和快出人才的好地方的文章。由于渠道不通，扯皮的事太多，因此没有写，但一直在酝酿中，目前收集到的几个数字，给您看一下，您也会高兴的。

目前在着手写两篇稿子，一是《关于地区办的业余高等学校探讨》，另一篇就是您出的题目，5月中可以拿出初稿，到时给您送一份来。

不知您身体如何，视力是否有改善，大家都很关心。至于我还是那句话，失去的11年一定要补回来。

近安。

方敬


贻宏同志：

今天是五一劳动节，向您致以节日的敬礼！过去的一年为了办好职工业余高等学校教育，我们在工农组的领导下进行了艰苦的战斗，对殷、赵二位同志的努力也是能感受到的。

根据约定，寄上一封数字表，可以看看。对进一步办好学校是可以增强信心的。

今天是劳动节，理应劳动，我在学校写《关于地区办的业余高等学校探讨》，写这个是为了减少盲目性。稿成后呈上，并请斧正。

方敬

5月29日下午3时，他再次致信陈琳瑚。

琳瑚同志：

去年8月您提出写的那篇文章，上次送上一份统计，这次选了一些事例，给您送来。由于时间较紧，限于人力，有好多突出的例子也没去整理，有一些专家也是通过业余教育的培养而成长的。

不知您身体如何，以后有机会再来看您。

陈琳瑚曾任上海市教育局局长，"文化大革命"中，他无辜被关押6年又3个月，身心遭受严重摧残，脑部受伤。粉碎"四人帮"后，被平反恢复名誉，任上海市政府教育卫生办公室顾问。1980年12月7日，因急性出血性胰腺炎去世。

方敬还给重新走上领导岗位的李滋圃写信，反映群众举报的轻工业局下属单位出现的问题，强调"党的事业决不允许这样的人损害！"他还说："我仍然很忙，国家民族的胜败兴亡，要我们把四个现代化搞上去。1976年'四人帮'垮台后，您提出的意见我仍然记得，一定注意。"

他给朋友徐大遂写信："30年来第一次接到你的信，喜出望外。个人的遭遇是次要的，国家与民族的前途是第一位的，愿与你共勉。"

他给时任华东师范大学校长的刘佛年，写信研究成人教育问题：

佛年校长同志：

昨日下午开会没遇到您，寄上两份材料，也是对业余教育的呼吁。目前在教育科学的研究中，对业余教育谈得不多，也有些理论上的疏忽，如把业余教育说成是教育的补充，把全日制学校的教育称为正规教育（见1978年12月《光明日报》上的《教育与生产力》）。在教育史上，业余教育只是个婴儿，而科技的发展、终身教育概念的出现和形成，在教育理论的分歧、名词的含义、某些概念的确切叙述方面都要作些研究。

听说过去师大的教育研究尚有业余教育的部分，不知目前还有没有，如能请他们关心一下，则业余教育将得益匪浅。

这两份东西，都是工农司的同志来上海后有所启发而搞的，目前

721 大学、电视大学，都有不少问题要考虑。至于见面，只能谈些地区办的业余高校。

业余学校在困难中，市业余工业大学想把"业余"二字去掉，我既有痛感也不以为然。冒昧得很。

敬安！

方敬

1979 年 5 月 11 日夜

也是在 1979 年 5 月，为纪念上海解放 30 周年，方敬撰写了《上海市地区业余大学办学的一些情况与实例》。

花香蝶自来，时在上海外语学院任教的法国人罗兰·德皮埃尔，参加该校组织的外籍教师社会参观活动，访问了虹口业余大学。他兴奋地在方敬的日记本上留言：

今天是 1979 年 5 月 26 日，我荣幸接到邀请来到贵校并得到盛情接待。我很高兴并衷心感谢你们。见到这些即将来我国的意气风发的年青工程师，我深受感动。这仅仅是开始。我希望能在这里或者在我的国家再见到各位。有什么不可能的呢？——罗兰·德皮埃尔

那段时间，方敬除了抓教育，抓总务，一有时间就研究成人教育理论。同时，就是不拘一格选人才，托朋告友为优秀教师解决调动和家庭问题。

他给教育局杭苇、高教局韩中岳二位局长写信反映两件事：一是听说凡去高校进修的要收旁听费，对 721 大学以及中小学等都可以享受对折的收费待遇，唯独区办的业余大学不可以。各大学说，文上没有我们这类学校。二是电大辅导站建立至今，只是中央电大部分，我们已垫款一万八千元。两个局至今没有明确表态什么时候有，我们无法维持。

在写信之前，他还给李利写了一封信说："给杭、韩二位局长的信，请您过目并请转达，文责我自己负。"

这里的 721 大学，是指"文化大革命"后期各单位根据中央的"721"精神，纷纷开办的大学。这类大学是给自己单位培养人才，从工人中选拔，开卷考试入学，也开卷考试毕业，生产中需要什么人才就

培养什么人才。大学教室大多设在单位的会议室或职工宿舍的楼上，讲课老师既可以是本厂的技术员及工程师，也可以是富有经验的老师傅。学习内容都是生产中急迫要求解决的东西，主导思想是"学以致用"。这样的大学虽说没有学历，基础课水平也不高，但确实为当时的人才问题起了个缓解的作用。方敬去虹口业大之前，在721大学工作过。

想来想去，他给教育部部长蒋南翔写了一封信，反映了成人教育亟待解决的一些问题。随后他给区长孙成伯同志写信：

有人去京，给蒋南翔同志带去此信，看来一时也不会有什么作用。向上的呼吁到此为止了。

想了几个星期，看来只能按现有的人物、财力来工作，力量收缩一下，集中力量进行队伍建设及改进管理。苦上两三年，等业余教育的形势好转后再说。

两年来给我的结论是：不要争。原提出的"力争"与"实干"，"力争"这件事，下决心不争，强不能为而为之，做的都是无用功。还是实干，实干两三年再说。

政策与领导问题不解决，谁来解决学校的困难都要背包袱的。我自己照背包袱，而且也成包袱之一了。

方敬主政期间的业余大学外语部，设立英、德、法、日四国语言，方敬有条规定，各个小组讨论的时候不准用中文。他把张令澳挑选出来，做日语组组长。

这段历史，2007年，时为上海对外贸易学院法语专业副教授的江国滨有一段回忆。江国滨，毕业于复旦大学法语专业。1996年获得法国鲁昂大学"对外法语"硕士学位。1995年7—8月份分别在巴黎法国文化协会和法国贝桑松大学进修法语教学法。1998年毕业于法国里昂二大"外语学习及教授法"专业，并获得第三阶段高等专业文凭（DESS）。

1992年上海法语培训中心成立至今已有十多年了，但对中心的建立起源于民间这事人们并不知情。20世纪80年代初我们的国家刚刚摆脱"文化大革命"的阴影，各行各业正在拨乱反正，外语教育同样存在着师资缺乏、教材匮乏、教学水平不高这样的困境。这里我们不禁想起时任虹口区业余大学校长方敬先生，他以无比的魄力从社会上招兵买马，招集了在"文化大革命"中被看作"牛鬼蛇神"的一大批老师，他们之中不少人毕业于美国哈佛大学，日本帝国大学、早稻田大学，国内震旦、南大、交大等著名大学，很多人原来"文化大革命"前就是大学教授。那时虹口区业余大学的外语师资在上海称得上阵容非常强大，甚至超过了很多普通大学。建立了英语、法语、日语和德语教研室。强大的师资使得招生异常的火爆，典型的案例是黄寿同教授招收第一届英语高级班，名额20人，实际报名有上千人，这壮观的景象震动了上海，也成为外语招生上空前绝后的事件。同样，法语的招生也非常好，可以说是虹口区业余大学法语教研室开启了业余学习法语的序幕。随着国家对普通高校的关注和投入，业余大学面临着新的困境，方敬先生后来也不知什么原因调离了。

为了摆脱困境，法语教研室也在积极地探索新的出路。法语教研室主任唐祖论先生在一次偶然的机会中得知香港法国文化协会正在上海寻找合作伙伴，在这之前香港法国文化协会已与广州市业余大学建立了合作关系。唐祖论先生不失时机地抓住了这次机遇，立即与香港法国文化协会联系，接上了关系。不久香港法国文化协会主任方希达先生来上海选择合作伙伴。为了做好接待工作，唐祖论先生向校方提出派车去机场迎接，可惜遗憾的是未果。唐祖论先生毫不气馁，坐公交车去机场。那时公共汽车终点站设在西郊公园，唐祖论先生下车后就徒步进了机场。当方希达先生看到虹口区业余大学有人来接他时非常高兴，对虹口区业余大学留下了良好的印象，也为以后最终选择虹口区业余大学作为合作伙伴打下了很好的基础。为了取得合作的积极成果，法语教研室全体同仁上下一致，放弃很多休息时间翻译文件和信件。在上海市教委的大力支持下，合作进程不断加快，正当合作的成果渐渐显现时，唐祖论先生和法语教研室却被校方排斥在进一步与法方商谈之外。据说是级别不够，因为唐祖论先生不是处级级别。于是这项合作成果不得已被别人接下，从此以后唐祖论先生和法语教研室似乎与上海法语培训中心的成立没有任何关联了……

很难得的是，在景清书苑，方敬竟然还保留着唐祖论等编著的一本书《不屈的中国人——文化知识界抗日救亡实录》，扉页上写着：2008年4月敬赠上海市虹口区业余大学方敬老校长。

方敬在书上留言：爱云留存，此系祖论骑士阁下在28年后写给我的，弥足珍贵。

还有一封唐祖论写给方敬的信：

方敬校长：

躬逢盛世，夫复何言？

2007年7月，在离退休17年后，竟想不到获得法方棕榈学术奖骑士勋章，及荣誉证书一纸。今年1月，吉林出版社又为我20年前的旧译纪德著的散文诗《地上的粮食——地粮·新粮》出了单行本。在文本之后，责任编辑破例加了编后《一位中法文化忠实的传播者（代后记）》。文中又根据互联网上的材料刊发了阁下方敬校长，当年披荆斩棘在成人高教事业上取得辉煌的事迹，阅后感慨万分，归纳成一点，公道自在人间。或许借用刘少奇的一句话"好在历史是人民写的"，蒙冤的事是时常有的，但水落石出也是客观的规律，终究要到来的。就像虹口业大的开拓，要绕过方敬是徒劳一样，终究有人怀念，有人抱不平。这篇编后和网上文稿，都说明了这一点。为此，我向庄继彭、陈启蒙诸老师，索取了你隐居的地址，将单行本和网上文稿一并寄上，留作永恒的纪念。再者，今年9月是虹口业大建校50周年校庆，正向各界征文。我因为躬逢了当年盛事，说实话不便，说违心话又不忍，所以决心还是不说。反正夹着尾巴，几十年的日子都过了。

附上的另一本《不屈的中国人》，是2005年8月自费出版的，中国人用鲜血写成的史书，弘扬的是民族气节和爱国精神，但愿您能关注和喜爱。言不尽意，专此顺颂大安。

职唐祖论草于上海

2008年4月22日

唐祖论1931年3月生于上海，上海市虹口区业余大学副教授，外语部主任。曾获法国政府颁发的棕榈学术奖骑士勋章。主要翻译作品有《地上的粮食——地粮·新粮》《苦儿历险记》《捉迷藏故事集》《埃薇塔——贝隆夫人传》《埃梅童话》《巴黎圣母院》《瓦莱里散文选》等。主编有《法汉实用拼音辞典》《不屈的中国人》等。

《地上的粮食——地粮·新粮》是一本结合散文、诗、短歌、短句及日记体的创作。从它的形式可以知道，这是一本极端个人风格的作品。作者用炽热的灵魂去感应生命的花果，进行自我剖析及对话，充分地表现了作者对于生命的热烈追求与赞颂。

方敬再给孙成伯同志写信，反映日语教师蔡虎臣因房屋问题不能解决而影响工作："一家五口，3个孩子都大了，怎么办？已与各方面联系，不得要领。目前师范大学要调他去，他左右为难，但去师大可以解决房子问题。我只能请你研究是否能批转有关方面解决。这样做给您添麻烦了。"

他给鲁敏同志写信："我校吕永林爱人商调事，经你大力支持，在这以后，几经波折，搞了近一年。最近各方面已安排好，再次与您联系时，因为确实有困难而提出双调。当然，您在这方面确有困难。本当前来，因为前一阵子病了，不能工作，所以今晚再写信给您，请能根据情况，予以照顾。

"吕永林同志系青年教师，因工作需要由文科改教高等数学。这三年来，废寝忘食，勉为其难。上学期的期末考试，全校十个班级成绩，名列第一。又施薇的情况，我们也通过各方面了解，确实可用。为此，特再请求您研究一下，破格予以照顾，直接调来。"

他给周菲、黄苓两位同志写信："1981年第3期的《新华文摘》转载了《山西师院学报》两位的文章——《为开发人才资源贡献力量——关于我国近年来新出人才的调查》。拜读之余，想向两位要一份20个业余大学人员的资料，不知两位能不能提供这方面的方便。假如有可能的话，需要怎样的手续？我个人自1949年即从事职工教育，也作了些研究，所以很冒昧地提出这样要求。"

热情如火的方敬，甚至把工作的热情带入到帮助职工处理家庭问题上了。

据方敬的同事陈建一回忆：学校里很多老师有困难，他就召集大家解决问题。所以现在大家都很怀念他。

当时有两位老教师因为儿女之间的口角而心烦意乱，方敬就在一天凌晨写信劝导他们：

寿丹、秉诚二位同志：

听说近来儿女之间有些口角，此事使二位甚感烦心。我也有些想法，由于时间不多，给二位写这封信，请能认真思考并妥为处理。

你们二位都在主持一个教研组的工作，都是年近花甲或已过花甲的人，应当有这个能力和水平正确处理好子女之间的事。

子女口角，当然有个是非问题，究竟孰是孰非，众说纷纭，然而究其根本，不可能有什么大是大非的问题，在这种情况下，只能是各自教育自己的子女，息事宁人。

子女之间有些分歧意见，一定要冷处理。双方家长都觉得子女受委屈，进而逐步升级，双方投入的人数愈来愈多，甚至你们二位都愤愤然。请你们思考一下，这会造成怎样的后果，这无益于家庭和睦，更有损于子女的健康、进步。

为此，请二位务必做到：

立即停止任何激化矛盾的做法，更要求你们的子女在任何情况下保持冷静，不要感情用事。

不要再想自己有理有利的一面，冷静思考一下各自不足之处，对事情不要轻易下结论，更不能相互指责。

千万不要图一时之痛快，这种家务事能否正确处理，将对各方面——子女、亲戚、同事、里弄、工作带来各种看法和影响。要慎之又慎。

我与二位过去是不相识的，为了职工教育事业走到一起来了。几年来，我对二位是出自内心的尊敬。虽然发生了这些小事，但并没有改变我尊敬之心。正因为尊敬二位，所以坦率地表明了自己的观点。请二位务必想一想，在过去那样困难的境遇下，我们都能正确处理。今天这样的区区小事，为什么不能正确处理呢？我相信二位只要冷静下来，考虑后果，会正确处理的。

按理来说，像这样的事，没有我置喙的余地。只是想到二位年事已高，责任也重，所以谈了上述的看法。

如有不妥之处，请二位批评指正。

向二位的家庭成员致意！

……

笔者有必要在这里做一个插叙：

2018 年 7 月 20 日，景清书苑。

我问方敬："听说当年您坐飞机去找蒋南翔？"

方敬说："是啊，我就坐飞机去北京。那时候上海一个区的区长坐飞机都没有资格，我工资才 74 块钱，我不管，虽然我们学校的校长相当于处级干部。当时成人教育学校还面临很多问题，这些问题不是虹口区委能解决的。我急啊，我必须向上面反映情况。

"到了北京，我谁也不找，找蒋南翔，教育部部长。见面后，我反映情况后，他叫秘书把一摞文件给我看，说他困难比我还大。我说我不跟你折腾了，但是有一条，我有事就直接找教育部。他说，行！

"1978 年和 1979 年，每年我都去北京，好多次。哎呀，我岁数小，资格老，上天入地都敢，那是为工作。告诉你吧，我连给李先念、胡耀邦同志的信都写好了，蒋南翔不答复的话，我就去找他们。"

资料显示：蒋南翔，1977 年后任国家科学委员会副主任，教育部部长，中央党校第一副校长。

方敬说："有一次我和苏步青去北京坐飞机开会去，我们住专家楼。区教育局领导去，住通铺。这下就把领导给得罪了，所以他一肚子气，重新搞我。"

我问："您找蒋南翔主要解决什么问题？"

方敬说："主要解决三个问题：一是我们业余大学教育部应该备案；二是我们的教师应该参加评职称；三是我们的毕业生必须享受大学生同等待遇。

当时学校录取学生分数线如果是 100 分的话，我录取的学生是 120

分，来报名的人还特别多。我招 400 名学生，报名 4000 名。后来扩招到 800 人。余下三千多人，读高中课程。"

……

好消息终于来了，方敬关于教师职称的呼吁终于有了结果。1979年 10 月 14 日晨，欣喜中的方敬给工农教育司曾司长写信：

老曾同志：

本月 10 日市教育局工农处召开会议，看到了两个文。一是国务院 225 号文，一是上海教卫办的《关于同意职称的试点》文，这两件事对于职工业余高等学校都是大好的事情。

职工高等教育是形势需要，没有政策上的保证，也是缺乏生命力的。高等学校要审批，这是资格审查，也是保证质量的一条重要措施。这样作为学历承认职工高等学校的毕业生（脱产、半脱产、业余的）并同等使用，这是职工高等学校能否办下去的一个必要条件。

10 日上午会后，我即向区委作了汇报，并在晚上 7 时召开了校务会议（及时的）。校务会议的成员，对这两个文的反映是好的："多年来盼望已久的""学校的发展有保证""听了特别高兴，今后的工作更有劲""要求更高，以高质量来迎接这个文"……

当夜我们就起草了一个汇报，请区教育局转呈区人民政府，办理审批手续，附上一份请审阅。

关于职称的事，我抄一份给你，目前要考虑的事很多。特别是在一个学校中如何把脱产的、半脱产的、业余的有机结合起来，充分利用电视大学的电视课。还有用学分制，把短训班纳入学分制轨道，采取考试的办法（没进学校读书）承认其自学的成果等都可以研究。为此，教学研究工作就很重要。我早想成立一个职工教育的研究小组，作为学校的一项科研项目，苦于没人，精力也不够，但无论如何要在 1980 年建立起来。只是教育学会的活动是不够的，要有专职的人搞。

这次会议，准备得好，也解决了一些实际问题，至少在我校反映是好的。

方敬所说的国务院 225 号文，是指国务院国发〔1979〕225 号文件批转教育部《关于举办职工、农民高等院校审批程序的暂行规定》（以下简称"225号文件"），随后下达了教育部关于职工、农民高等院校教师确定与提升职称的通知。从1979年至1981年的3年间，国务院就先后批转了《教育部关于大力发展高等学校函授教育和夜大学的意见》《教育部关于职工大学和职工业余大学建校审批工作及毕业生学历等若干问题的意见》等，指导我国成人高等教育事业的发展。

方敬写信给虹口区教育局局长：关于举办业余高等院校审批程序暂行规定及教卫办关于定职称的批示打印件送上。请查收。学校的报告已就，为便于审查，特送上15份。区办能尽快讨论，则不胜感激之至。

他写信给孙成伯同志：上周遇到市局王永贤同志（党组书记），说我校给区的报告不知区里什么时候可以讨论好，以便市局来区联系，早些向市里报批。学校给区的报告已有18天，如区能在本周讨论好，则争取在市的教育会议前后解决那就最好。区的工作很忙，请在百忙之余关心一下。

信末不忘感谢一句：时常给您添麻烦。

那段时间，方敬一有时间就抓教学工作，像个不知疲倦的陀螺不停地旋转着。

多少个奋斗的不眠之夜，多少个灿烂晨曦。

当一个人全身心地献身于事业的时候，他的生命图谱必然更加绚丽。

他告诉同事们：关于成人教育事业，我们是搞定了。这并不出于本位思想，而是因为这一事业确实重要！

他对高数组的同事们说：《自然杂志》1979年第7期第459页，请你们看看，这里有好多让我们进一步思考的地方，并不是我们也要这样做，而是可以来这样思考问题。

他对教务处的蒋旦诸说：《关于高等学校的人员编制、工作定额和考核制度问题》一文，请抽空看看。能帮助我们思考一些问题。

他告诉教材组的同事们：原始数据的积累，它是科学管理的必要资料，既要求同志们做，我自己也要试。现把第六周的记录整理附上，请审阅。望同志们努力。

11 月 13 日，他写信给教务处的水娟老师。

水娟同志：

听说你看了情况分析后比较激动，我是赞成激动的。问题是如何认识。我印象深刻的是三个"一"，也非常珍惜这三个一，假如我们能把这三个一，提前到学班，你看如何，办法是简单的，把三、五的课放在一、二上掉它，也就是说对着空教室上一遍。皇汝贤同志就是这样成长的。因此，您也行得通。处于困境要看到胜利的曙光。暂时的失败，并不是说明我们不努力。如方便，请把我的想法也告诉苗霖同志。


1980 年新年伊始，虽说还在冬天里，刚下过一场小雪，可城市外面的田野已经开始酥软。

方敬仿佛看到了明丽的春天正在走来。

让方敬终身难忘的是，他随上海代表团赴北京聆听了邓小平同志的讲话。

那次会议在人民大会堂，1 月 5 日下午，教育部部长蒋南翔作报告；1 月 6 日至 16 日上午讨论。

1 月 16 日下午，邓小平同志作报告，报告题目就是后来收入《邓小平文选》第二卷中的《目前的形势和任务》。这个讲话，是邓小平同志在中共中央召集的干部会议上的讲话：

同志们，元旦我在政协讲了大概一刻钟的话，胡耀邦同志和其他的同志要我向更多的同志谈一谈，作为对大家一年工作的希望。现在在我们党内和人民当中，也确实有一些问题需要得到解答。当然，今天的讲话不可能什么问题都谈到，有些问题也不一定能谈得很好。既然大家希望讲一讲，我就讲一讲。

我想讲三个部分。第一部分，讲一讲八十年代我们要做的三件大事和我们进入八十年代的形势，主要是讲国内形势。第二部分，讲一讲实现四个现代化必须解决的四个问题，或者说必须具备的四个前提。第三部分，讲一讲坚持党的领导，改善党的领导。

　　　　　　　　　　　　　　　　　先生方敬

邓小平还专门谈到了"红与专的关系"：

这里要说一说红与专的关系。专并不等于红，但是红一定要专。不管你搞哪一行，你不专，你不懂，你去瞎指挥，损害了人民的利益，耽误了生产建设的发展，就谈不上是红。不解决这个问题，不可能实现四个现代化。

方敬认真地聆听邓小平的讲话，生怕听漏了一个字：

又如我们的教师，合格的大中小学教师，全国如果增加二百万、三百万，不算多。我们的学生，中小学生多；大学生很少，在校的不过一百万。拿美国来说，在校大学生一千万，它是二亿二千万人口，二十二个人中就有一个。如果我们有二百万到三百万在校大学生，我们培养的专门人才就会比较多。这就要求增加办学校的人才，增加教师。我们中小学教师也不够，很多教师负担太重，影响到教学水平。我们也需要大量的、合格的学校管理人员，这也是专业人员。比如学校党委的领导同志，应不应该是个专业人员呢？应该是。他可以不是教学人员，但至少应该是懂得教育的有管理学校专长的专业人员，会管某一类学校。总之，目前重要的问题并不是干部太多，而是不对路，懂得各行各业的专业的人太少。办法就是学。一个是办学校、办训练班进行教学，一个是自学。要下苦功夫学。在哪一行的，不管年龄多大，必须力求使自己学会本行。学不会的或者不愿学的，只能调整，没有别的办法，你耽误事业嘛。今后的干部选择，特别要重视专业知识。我们长期都没有重视，现在再不特别重视，就不可能进行现代化建设。没有专业知识，又不认真学习，尽管你抱了很大的热心建设社会主义，结果做不出应有的贡献，起不到应有的作用，甚至还起相反的作用。

……

邓小平同志特别指出："要有一支坚持社会主义道路的、具有专业知识和能力的干部队伍"，"现在特要注意从四十岁左右的人中间选拔"干部。

我们需要有越来越多的专门人才……我们要逐渐做到，包括各级党委在内，各级业务机构，都要由有专业知识的人来担任领导。现在特别要注意从四十岁左右的人中间选拔。四十岁左右是一个什么含义？大体上是五十年代进大学的人。建国三十年了，如果说 1961 年到 1966 年毕业，那个时候是二十五岁左右，现在就是四十岁左右到四十五岁左右。当然，选拔干部也要包括五十岁内外的。这批人是我们的重要财富。在座的恐怕这样年龄的不算多，这是一件很遗憾的事情。如果有一天在座听报告的同志中，四十岁左右的占了主导地位，那是我们的事业兴旺发达的标志。我们不能够用我们还可以马马虎虎过得去来安慰自己。我们要看到我们事业的前途。我们的人才本来就少，决不能再浪费人才，我们经不起这个浪费。老同志的最主要的任务，第一位的任务，是提拔年纪比较轻的干部。别的事情搞差一点，这件事情搞好了，我们见马克思还可以交得了账，否则是交不了账的。

......

同年 8 月 18 日，邓小平同志在《党和国家领导制度的改革》的讲话中进一步指出："我们选干部，要注意德才兼备。所谓德，最主要的，就是坚持社会主义道路和党的领导。在这个前提下，干部队伍要年轻化、知识化、专业化。"从而明确地提出了"干部四化"——革命化、年轻化、知识化、专业化的新方针。1982 年 9 月党的第十二次全国代表大会正式把这个新方针写入《中国共产党章程》中，为我国干部队伍的建设指明了方向。

在人民大会堂，17 日至 18 日方敬和代表们讨论邓小平同志的讲话；19 日至 22 日分组讨论；23 日蒋南翔作总结报告。

上海代表们带去的任务，就是为成人教育的地位作用力量之争，方敬希望在简报上反映。然后，就是学习各地经验。

邓小平同志历来强调尊师重教。他认为，教育部门能否为"四化"培养出合格人才，"关键在教师"。重视教育，发展教育，就必须建立一支巩固的具有较高政治和业务水平的教师队伍。他赞誉道："为人民服务的教育工作者是崇高的革命的劳动者。"所以，"不但学生应该尊重教师，整个社会都应该尊重教师"。

早在 1978 年 4 月 22 日，邓小平同志在全国教育工作会议开幕式上的讲话中指出，教育事业必须同国民经济发展的要求相适应，学校要造就具有社会主义觉悟的一代新人，要在全社会形成尊师重教的风气。

邓小平同志的讲话，方敬深深地记在心里。若干年后，方敬还在景清书苑充满崇敬之情地回忆：

我只远远地听过邓大人的一次报告，在我的心目中他是伟人。

有幸在1980年聆听了他高屋建瓴的讲话，对他的高瞻远瞩仰慕不已。因为参加当年的国家教育工作会议，上海代表团计16人，记得有苏步青、李国豪、段力佩和石美鑫一些老前辈。当时我也51虚岁，只能属少先队级别。一日接到通知，到人民大会堂集合。我第一次去大会堂，真大，上上下下座无虚席。主席台灯亮了，走在前面的就是小平同志，两鬓灰白，标志性的发型，深色的中山装，圆口鞋、白袜子。主持人没几句开场白，小平同志直入主题："坚持四项基本原则""改革开放""初级阶段"……有讲稿，并不多看。不时抽烟，一根火柴点燃后，以下几根烟就不用火柴了。

1980年秋可以说是多事之秋，特别是1978年三中全会后，对中国的走向的各种说法太多："流血牺牲几十年，一夜回到解放前"，"摸着石头过河，缺乏理论依据"以及社会建设的多种模式的暗潮涌流，众说纷纭。小平同志平心静气的语调，正气凛然的阐述，拨开乌云与力挽狂澜的气势，如定海神针，使人心头一亮。

当时市委通知代表团，要认真记录，当夜电传上海。可见其重要意义。

第一次，也是仅有的一次见到小平同志。至今只能在《淮海战役》《大别山》《南行记》中慰藉对小平同志的思念。只要有小平同志的影视，我必看。给我印象最深的，是国庆游行，大学生自制"小平您好"的横幅，对小平同志的思念，各个不同，但目前八九十岁的人，思念是最深切的。三十多年的事实证明了一切。

即使在那次繁忙的会议期间，方敬也没有忘记传播喜讯和安排学校工作。

1月12日上午9时半，他写信给上海教育局工农教育处的同志：

李利、保源同志：

前上午，大会简报的同志，要我整理一篇发言稿，可能发简报。此外，今上午发来中共中央、国务院关于教育工作的决定（代拟草稿）（1980 年 1 月 10 日）中的第二部分，把积极发展成人教育作为当前教育工作的若干迫切任务的八项任务之一。其中提出，国家承认他们的学历，并作为使用、定级和升级的重要依据。教育、劳动和人事部门应按以上原则制定具体办法。假如真的能如此，就是殊大的好事。

1 月 25 日，回到上海的方敬，就忙着给教育部工农教育司的两位司长写信：

温、姚二位司长：

1 月 24 日中午抵沪，下午就回校工作，向支部汇报了一下会议情况，今上午去市局向工农处汇报了一下情况，有几点想法，所以给二位写信。

一、上海正在开会传达郑州会议精神，昨上午是第一天，杨恺同志和韩中岳同志都讲了话，会议开得比较隆重，市的区、县、局都有负责同志参加，详情工农处说会有报告给二位，我听到这情况心里很高兴，所以先写一句。

二、回来仔细想想，明天就开全校大会，这次我准备这样谈谈，1. 充分认识工农教育三年来恢复和发展所取得的成就。2. 成人教育在"四化"中的历史使命和必然趋势，要广开门路多种形式办学，来满足需要。3. 职工高等教育的现状和前进道路中必须克服困难。4. 努力进行教学的科研工作，认真进行队伍建设，在管理上狠下功夫，办好学校，为成人教育、为"四化"贡献力量。

我想对群众以鼓干劲为主，也要谈些困难，对干部（各处主任以上）要使他们对困难有足够的了解，而且在困难面前绝不影响斗志。

三、上海职工教育会议以后，肯定有新的推动，而学校今年秋还缺十几个师资没落实。工作是艰苦的，但我们有这个信心搞好。

四、近两年，工农司花的力气我们都感受到的。目前实在是国家的困难大，教育的困难也大，在这样的困难中，如何少花钱来更多地发展成人教育就值得我们认真思索和身体力行了。

关于代拟稿中的承认学历无论如何要写上，向老雷诸位同志致意。

1980年2月1日9时25分，方敬向全校教职员工传达邓小平同志讲话。

在这期间，方敬还有一个改名字的小故事，改名竟然是用"报告"的形式：

一、我的姓名有两个：方锡敬，方敬，这在户口簿、党员登记表、干部登记表的填写中都有的。

二、"文化大革命"前的各种证件使用的是方锡敬，书信中也使用过方敬。"文化大革命"中，对"方锡敬"这3个字连我自己也感到厌恶。所以1972年4月宣布解放后，就开始用方敬的名字。当时也没有向主管部门申报，这确实是一种疏忽。

三、为此，现向主管部门提出要求，同意我使用方敬这个名字。

此呈教育局。

方敬

1980年1月29日

字里行间，表达了方敬对"文化大革命"的深恶痛绝。

其实，他从20世纪50年代起写文章就经常用方敬做笔名。

……

3月6日，方敬收到中央教育科学研究所办公室的来信：

方敬同志：

在今年2月教育工作会议期间，我们曾将《中华人民共和国30年教育大事记（简编稿)》内部征求意见稿送您审阅，请提出补充和修改意见。现在，我们的补充、改写工作正在进行中，务请您能在3月底前，将意见送给我们。此稿的"文化大革命"的十年部分，特别是教育部被撤销的几年间缺乏资料，对在各省市自治区发生的林彪、"四人帮"破坏教育事业的许多事件，很少具体了解，希望您能补充这方面的情况，或者给我们这方面的有关材料，包括破坏情况、典型事例、统计数字等。这次我们编好这个大事记，以便尽早提供给大家参考，谢谢您的帮助。

　　来信请直接寄北京西单大木仓胡同教育部内中央教育科学研究所
《30年教育大事记》编写组。

　　方敬在日记里写了一句话：已于3月26日复信。

　　他的工作，仍然是那么忙碌：

　　2月13日，方敬做全国教育工作会议关于成人教育方面的摘录；

　　4月1日，他起草《关于发起组织全国成人教育研究（协会）的建议（草稿）》；

　　4月30日，学校文件上刊登了这几个简讯：《事多钱少，要算着用》《人人自觉讲文明》《关于在中文专业的讲话》；

　　六一儿童节那天，方敬写作《1980年试论职工教育的外部关系》；

　　6月2日，写作《学校、生产力、经济效果的刍议》（未完待续）初稿；

　　6月7日第一次修改；

　　6月19日凌晨3时，他完成《职工教育事业要迅速发展》；

　　6月21日21时，完成《对业余大学的认识》。

　　学校经费艰难，方敬四处化缘。鉴于电视大学第三学期的英语课采用广播播出，他写信向市有关部门求援，请给本校所属虹口区电大辅导班解决收音机两台。他向工农教育处反映本校接受电视大学两个教学班的任务，并另设电大辅导站，尚有开办费用17000元无处落实，清单包括电视机、电视机天线、录音机、盒式磁带、课桌椅、文件橱……

　　那几年，在职工高等院校的招生工作会议上，有人担心以考试成绩为主要依据的录取办法，对工龄较长的职工不利，希望在招生时对考生的工龄做一些规定，还提出报考的职工的年龄应在35岁以下。

　　为了认识这一问题，方敬对虹口区业余大学的考生的工龄与年龄作了分析：这次报考的职工中，报考工科的共916名，录取402名。1981年7月，方敬写出了《成人高校考生关于工龄与年龄的情况分析——是否应有工龄与年龄限制的调查》。结论是以成绩作为录取新生的主要依据，并没有使工龄较长的职工在录取中出现异常。他认为成人教育不

　　　　　　　　　　　　　　　　　　　　　　　　先生方敬

宜在年龄和工龄上作出限制，因为我们是招生而不是招工。

当年上海共有十所业余大学，虹口区业余大学名列第一，教育部都备案：代号001号。

虹口区业余大学铭刻着方敬的追求、跋涉、憧憬、理想和生命，此中甘苦不足为外人道，此中回忆却是一笔精神财富。爱因斯坦曾说，不要希求做一个成功的人，要努力成为一个有价值的人。方敬心中有梦，如夸父追日；只有生命具有英雄情怀，人生才显磅礴大气。

# 第十四章
## 出访美国——穿过大洋的风

炎夏悄悄地溜走了，每一种物体上——远的和近的——都有一种秋天才可以见到的神秘的透明的光泽。

1980 年秋天到了，天空像一块覆盖大地的蓝宝石，被秋风抹拭得非常洁净而美丽。秋风萧瑟，层林尽染，一片金黄；方敬想到了毛主席的两句著名的词"鹰击长空，鱼翔浅底"。

方敬喜欢秋天，伟人毛泽东在这个季节里还写过两首词："一年一度秋风劲，不似春光，胜似春光，寥廓江天万里霜。""天高云淡，望断南飞雁。不到长城非好汉，屈指行程二万。"

就在这个金色秋天的 8 月 13 日，方敬接到教育部的通知，参加成人教育代表团去美国考察。

他是教育部点名邀请的专家。

赴京前，作为人大代表的左淑东老师和虹口区委书记张显崇把方敬叫去。张显崇笑哈哈地说，老方啊，赴美所见一切，回来如实说。

作为一次重要的出国访问，方敬在日记里详细地一一记录下来。

这次考察组成员有：教育部副部长臧伯平，副司长姚仲达，副处长梁万揖、纪晓琳，河北的贾平，河南的段彪，吉林的王野平，北京的关世雄，哈尔滨的徐学榘，上海的方敬。

这次访问日程是从纽约开始，接着去新泽西州和华盛顿，然后取道芝加哥到印第安纳州，又继续西行到犹他州，最后从西海岸的洛杉矶回国。

一切是紧锣密鼓的。

9 月 7 日方敬离沪，乘 1502 次 2420 号飞机去了北京。因为是星期天，教育部不上班，电话联系后，方敬就去看望袁鹰老师和住在团结湖南区的蒋宏成老师。在蒋老师家吃过饭之后，他还专门去了距此不远的华模同学张宁杰家里。要出远门了，当天，他给爱人章锦秀写了一封信。

第二天，方敬从蒋老师处拿起行李就去教育部报到，办理住宿手续，住在教育部招待所107房间。遇到河南教育厅厅长段彪，段彪说：姚仲达副司长通知，要求20日到纽约，16日就动身。方敬抽空去看望了华模老师姚守懿，晚上，热情的方敬把河北的贾平、河南的段彪、吉林的王野平邀请到自己房间，交流了一个多小时。

第三天是集中学习，教育部主管成人教育的臧伯平副部长、姚仲达副司长等分别谈了访问的内容和注意事项，简单介绍了国内与美国成人教育情况。方敬同时负责传阅有关访问的文件，会后他与暨南大学李云扬副校长等人交流了人文科学以及数据方面的情况，联系本校实际，方敬写了下一步工作思考：关于教授，学校一定要增加名额；文科、管理学校也要抓紧搞好；与国外学校沟通的事应积极主动考虑其可能性。

第四天上午，方敬去教育部参加关于成人教育协会筹备会的座谈；下午讨论访问计划，晚上看《美国概况》《游览》《美国教育制度》。

教育部给每位出访者做了一套西服、一套中山装，方敬重学了打领带。

接下来几天，方敬一边看资料一边准备考察提纲，还听中专司司长李蔺田介绍访美情况。蒋宏成老师专门邀请方敬和姚守懿、张宁杰到他家里相聚。

忙中偷闲，他给胡景清老师写信，与本校同事交流工作安排。在北京几天，囊中羞涩的方敬，还向左淑东老师借了25元。

1980年9月16日至10月14日，方敬随以臧伯平为团长的中国成人教育代表团赴美考察，在美国逗留三周。

这次赴美考察行程是环球一周。全团共11人（其中翻译1人），9月16日先飞巴黎并稍作停留，19日到达纽约，10月10日结束访问，11日从洛杉矶飞东京，14日返回北京。

除了每天的工作日记，方敬还专门准备了一个日记本写他的访美感受："这个日记是作为一个从未出过国的人，写下一些新的感受，把每天的一些素材给和我差不多的人做些参考。"

　　9月16日这天是晴天，蓝蓝的天上有几朵云彩。他们乘中国民航波音707第933航次飞上了蓝天，途经巴基斯坦、阿富汗、伊朗、土耳其、保加利亚、南斯拉夫、奥地利和瑞士。

　　9月17日，方敬他们先去法国巴黎的意大利广场转地铁去凯旋门，再去巴黎圣母院。晚上方敬于使馆招待所332室写下这篇日记：

　　先说时差。一般过了24点就要作为第2天零时予以计算。由于地球自转是由西向东，而我们是由东向西飞，所以一直丽日中天。一直到北京时间24时35分仍然是一片阳光，只是到了25时40分才有点黄昏的感觉。到了使馆招待所已16时35分，我才去把表倒拨了6小时，作为巴黎时间去用。这次环球下来，这样的矢量至少给我多了10小时，这是问题的一面；另一面由于是逆地球自转而飞阻力就大，就要多用几小时飞行，两相抵消，也可以说是做了些无用功。

　　再说地形。过去小时候，看到《申报》馆出版的地图，要用红黄眼镜看，一个地形的立体感觉就出来了。这次飞机高度达11000米，时速900千米。距离是6500公里加4600公里——北京到德黑兰到巴黎。对分水岭、峡谷、河流的弯曲、绿化的重要、山多平原少等等地貌一清二楚。虽然过去坐过波音707，但雪山，绵亘数百里的雪山没看到。

　　出了戴高乐机场，新奇的东西更多，我要慢慢写下来。

　　北京国际机场有个人行道。但法国这个机场的通道比北京的长，他们采用起伏的办法，把通道修成波浪形。这样工程要求高，而使人感到不疲劳。此外，通道每隔一到两米就在壁上有个小喇叭，整个色彩是淡咖啡的。没有多余的东西，但是西方的广告还不少，都是球形，一个是磨砂玻璃泡，间隔有较小的球，球对两个玻璃泡各有一小孔，就射出幻灯，有间隙。这在机场的门上也有，只是没有幻灯而已。

　　路上看到火车站的车厢有专装汽车的，分两层；公路上也有大卡车运小汽车，装16辆到20辆。

路上看到围墙，是预制体，在结构上比较科学，它的正视是长方形（画图），俯视是月牙形（画图），一块块接起来，底下如何看不到。

高速大路上看不到其他车辆，只有立体交叉；到了旧市区，有十字路口。整个行程55分钟，只有大小汽车，没有见到其他车辆，小汽车中很少华丽的车，全部是简易的家用车，如：三辆小汽车，两辆两厢的，一辆三厢的（画图）。

车的色彩、油漆并不讲究，低而小。与大卡车相比，高度是1∶4。与大客车比也是1∶3，所以小汽车像玩具。小车多数是坐一两个人，偶尔有个长耳犬。汽车号码是5064FV93。

大使馆的车来接我们，一个车坐50人。车子大而不笨，启动既快又平稳。气缸声音近似上海6—8缸的车子，声音很轻，一路上从没听到任何汽车有任何喇叭声。两边只是听到小车快速超车时，车子与地面接触的唰唰声。

上海人真多，有飞机服务员，有飞机上的旅客，连大使馆汽车中后面两个上海人一路"阿拉"过来。

路上间或有两轮摩托，开车的人都戴深圆的金属头盔，多数是红黄色。

出了机场约半小时，在市区边缘看到了两幢大楼。从外形来看，分不清几层。像两个不透明的玻璃盒子，很高。最高处黑色（深蓝色）白字，上面写的是 LAS MERCURIALES。

离开高速公路时已近黄昏，只见右侧全部是红灯，左侧全部是黄灯，然是好看。当交叉时，只见下一层一边点点红灯飞驰而去，不少黄灯迎面扑来，稍瞬即逝。像一个由红灯与黄灯构成的灯的流星群，比春节的灯还好看，因为一个是静止的，一个是运动的；一个是五彩缤纷的，一个是泾渭分明的。我爱的是井然有序的速度，是高速中的井然。

人行道很脏，也可能是休息了，所有的垃圾盒及箱（纸质）都堆在路边，但路上的纸屑很多。

各个宿舍内的灯全部是白炽灯，发出黄色，而不是日光灯。这一点就我自己的感受是，日光灯太伤眼睛，还是白炽灯好，要接近自然光而且要柔和。

昨夜写到 11 时，怕影响别人睡。睡了以后，12 时 30 分醒了，这是时差在作怪。因为我每天 5 时起床，不管什么时候睡。巴黎时间 12 时 30 分，实际是北京时间清晨 5 时半。再睡，1 时半又醒了。再睡，仍然不行。我怀疑表停了，结果仍有滴答声，到了 3 时与哈尔滨的徐学榘同志对了表，不错。到了 4 时半，只得悄悄起来。去盥洗室时，北京的关世雄同志已在冲澡。洗完澡，补记了一些，已清晨 6 时半，而外面地平线上才显鱼肚白，这就叫他乡的异趣，我在重庆时有过这种时差的感觉，但没有这样强烈。

秋色怡人，埃菲尔铁塔周围花草繁茂。9 月 18 日，穿上西装的方敬，难掩兴奋之情，在这里留下了珍贵的镜头。这一天，他们去教科文组织参观，去巴黎蒙马特高地，这里有风景秀丽的蜿蜒小径，有高大神圣的圣心教堂，有画家聚集的小丘广场。然后又去拉兹雪夫神父公墓，去参观巴黎公社社员墙，见到烈士墓，最后看到鲍狄埃墓，还去了超级市场。

这天凌晨 5 时 55 分，方敬在巴黎写下他的第二篇观察日记：

巴黎给我的印象是人美，这是就多数的男女老少而言的，脸型、身材、举止、衣着都有关系。这是几百年间，法国曾是欧洲的文化中心，长期熏陶的结果。在 LOUVRE（罗浮宫）中有那么多的造型美术，而其中特别讲究人的美，所以法国女郎在世界有名，这不是偶然的。然而，我以虔诚的心来说，整个法国人美，不仅是脸型、身材而已，我漫步在巴黎香榭丽舍大街上，这是法国最有名的大街，很多作家都写过它。一路上汽车多于行人，我偶尔感到法国人美，接着就有意识地注意到，他们每一个人在大街上行走时，特别精神、潇洒、雍容。一个民族不仅外部要美（这不以人们的意志为转移），而且要内秀，这是非常重要的。中国人民一度内秀过，但现在不行了。要重新做到，那将是几代人的努力，以后我将在这方面详细地写一写，容貌、身材、衣着、举止。在法国巴黎，我没见到有什么奇装异服，更没有见到超短裙，巴黎学生的发式、服装非常朴素。

法国，是我到的第一个资本主义国家。由于在大街上漫步，所见所闻很肤浅。我见到路上的汽车，贫富不太悬殊，可以说是中产阶级化了。使馆招待所在巴黎的南郊，是属于贫民区。我们住的房子是套间：一间会客室约 20 平方米，一个厨房 12 平方米，两个小间 16 平方米，一个盥洗室，一个厕所，一个杂物室，层高 2.7 米。所有房屋，墙上贴塑纸，手感软，有一毫米的可压性。地为细麻布式贴面，走上去无声无息。浴室有厚绒布似的地面装饰，有洗脚盆，有冷热水。厨房有电热设备。客室是落地窗，正南有阳台，像这样的套房一般人不爱住，只有贫苦人愿意用。这就是差异，大家爱在郊区盖一栋小房子。

　　法国人爱花，爱狗，爱鸽子。

　　巴黎的夜生活是世界闻名的，但昨晚 9 时 10 分，我们到市中心（商务处的同志驱车前往，同行的是姚仲达副司长、梁万揖副处长）时，夜巴黎没有了。听纪晓琳（外事局副处长）说，巴黎有条街，青少年不能去，全是性的放纵。这地方我们没去，只见到有个"大世界赌场"，坐落在大街。给我的印象是富裕、正派，并不像有人描述的像吃人的、腐化的生活。

　　我们见到卖唱与要饭的。卖唱有两种，一是青年中的流派，在全国走，在罗浮宫，有个青年在唱歌，男中音，唱得不错，乐音像新疆的热瓦甫。一是在地铁，一个中年人，拉手风琴，这个中年男子不像流派青年。还有一个老年妇女坐在地铁的候车处，一声不响。

　　巴黎的地铁四通八达，上下几层。有时钻出地面。在地铁上看书的人很多。地铁也有一等厢，我们坐的是经济厢，车票 10 张以上只要 1.7 法郎。

　　法国有个特殊现象，男的很少有人抽烟，而抽烟的几乎都是女的，烟也贵，最低的是 2.9 法郎，高的是 9 法郎左右。

　　法国大街上，小吃店临街而设，连人行道上也占用了（不算违章建筑），而是作为特色。设备高于我们的中上级饭店，整洁。

　　塞纳河边的书摊，我们也去了。

　　在卢浮宫，门卫与每个室的工作人员全是黑人，态度和蔼，彬彬有礼。

各个公职人员衣服的款式非常美，我请法国警察一起照了一个相。

这次做了些社会调查，一般工资为 3000 法郎到 4000 法郎。国家规定最低工资为 2500 法郎。我把物价搞了一些：单位千克，单价法郎……

方敬从蔬菜水果的青椒、卷心菜、黄瓜、胡萝卜、番茄、土豆、香蕉、橘子、苹果、梨、葡萄、桃子，到肉类如猪肉和鸡；从日常用品的球鞋、皮鞋、西服、女衫、毛巾、手帕、伞、童夹克、小学生包、塑料包、公文包、沙发，到电视机、洗衣机、冰箱，他把价格一一列举出来，有的品种还有细分，甚至连托儿费每天 35.5 法郎他都打听到了。他想和国内做一比较，做一参考。

算账有两种方法。把一切物价折成人民币，这样的结果是"巴黎米贵，居大不易"，但与最低工资收入与物价比，则这里的生活水平高，日子却也容易过的。关键是生产要上去，让物质极大丰富。这就有个劳动生产率，劳动生产率是指设备与管理，要在管理上下功夫。以下列表初步计算（列表从衣食住行 4 个方面进行数字换算，与工资比换算，结论是我们一切费用是人家的数倍不等，图表略）。

法国生活水准高，中国低得多。按最低工资计算法国的实际购买能力大于中国的。

在法国，我体会到能源危机对法国人多么重要。

9 月 19 日早晨，方敬写了另一篇观察日记：

中国常常谈奇装异服的事，在法国很少见到奇装异服，我在地铁、街上很少看到有人穿相同的服装。中老年的男人比较单调，但也在色彩、帽子、领子、鞋上有小异处；而青年男子衣饰也很不同。唯一突出的是我们这些外国人，10 个人中 7 个中山服，中山服是同一规格的，作为礼服穿可以，作为平时衣着大可不必。

虽然衣服、鞋的式样很多，但我力求找出其共性。

青年学生穿得朴素，几乎没有见到烫发的，法国人的头发有卷有不卷的。都穿平底鞋、球鞋；只有妇女才穿高跟鞋。戒指与项链都很普遍，中学生中少。

衣服色彩丰富但并不华丽，而且整洁。没有见到打补丁的，在埃菲尔铁塔的广场上有一个清洁工的工作服的左裤脚口有磨损现象。

妇女（特别是老太太）几乎全是高跟鞋，离地都在 10 公分以上，而且很细，最细的只有一分硬币的直径。她们的脚趾与脚背的联结处几乎都是直角（九十度），我替她们感到吃力。

青年穿长裤的多。成人妇女穿裙子是 100%。袒胸的很少，千分之一二而已。偶尔因天热个别青年妇女把外衣脱了拿在手里，就剩下背心儿了。

不管性别，在十六七岁以上的，坐得都很庄重。走路的速度快，50 岁左右也如此，在街上没见到有人背着手走路。走路时眼平视，挺胸收腹，再加上肤色好，面容佳，真是使人感到人的美。即使黑人与其他有色人种也是如此。地铁上腿叠着坐的没有，都是低声讲话或静思。看书的人很多，占 40%。文质彬彬，然后君子，可以这样来说法国的文明水平。有一个青年约 16 岁，坐在我的对面。我与老关注意了十站路，始终端坐。

法国地铁整个市区郊区都有。锁国的危害就在于自己会吹，苏联过去也吹什么都是他第一发明。要记住生产力到一定高度发明人才会有的，弓箭就是一例。俄国彩色照片比第一张彩色照早了 50 年，埋没了，这是封建的罪恶，垄断资本主义也有如此的罪恶，但资本主义比封建主义进步，这是事实。

我也见到法国青年闲扯，无所事事的，每天回招待所时，见到街道有 4 个到 7 个青年在闲扯淡……

地铁候车室标语不少，因为广告多，所以大标语都写在人家广告牌上。大一些的是用手提喷漆壶搞的，小的用粗的黑色笔写的。抄下两段，一条不懂，一条一看就是打派仗。

一路在街上走。想到如能让法语组里的一老一少来法国住半年，肯定法语水平会提高。要想办法改进我校的外语教学环境，语言环境太重要了，外来人在法国学口语只要 3 个月。

巴黎一条街，有买贱货的（新的）只有原价的五分之一到十分之一。如丝袜连裤，降价了，只要 1.95 法郎。法国价目表 9.95 法郎的标准实在高，这是一种心理学。

这一天，方敬他们上午离开招待所，驱车去戴高乐机场，因飞机故障迟飞一小时，13:00 起飞，20:20 看见美国海岸线，20:45 在纽约机场降落，这是巴黎时间，时差 6 小时，再拨回来。由于时差没计入，20日到达的结果 19 日到了，美中全国关系委员会有关人员来接机。

方敬在日记里说："参观考察日程之紧，非体力所能承受。故来美以后，每晚整理报告坚持到 27 日到 28 日就不行了，所以采取每天尽量记录的办法。"

访问期间，方敬与代表团参观了 31 个单位，听取了两个州成人教育的介绍，出席了两次学术讨论会。

"访问期间，美国人民热情友好，由于内容安排过多，参观时就有些浮光掠影，参观结束常常已是晚上 10 点钟左右，连日记有时都记不全。但我关注的问题，都记了下来。"

应该说，1979 年随着中美正式建交、邓小平访美，中美经济文化交往日益频繁。1980 年中美关系属于"蜜月期"，不像现在贸易战那么紧张。

他发现，美国成人教育发展较快，1978 年，美国设立成人教育学院、进修学院的普通高校达 2375 所，似乎不设成人教育学院的普通高校被认为是不完整的高校。

美国除普通高校举办成人教育外，其他方面办学的很多。如联邦政府的农业部，从 1921 年就创建了进修学院。联邦政府人事管理总署设有雇员训练中心。各工矿企业办学的很多，连犹他州盐湖城附近的 HILL 空军基地也在 4 所大学的支持下开设了 331 门课程，军官可以选修硕士或博士的课程。除此之外，各地区还设立地区教育中心、职业技术学校或中心，还有一种技术学院和社区学院，也开展大量的成人教育。为了发展成人教育，联邦政府教育研究院的资料中心，储存了大量的成人教育资料，在新泽西州还有一个国家成人教育资料交换中心，编制目录、索引、摘要和简编等，在国内外进行交换，类似的机构在美国就有4个。

美国成人教育中的各级各类学校，规模大小不一，规模大的有几万人，规模小的只有上百人。如联邦政府人事管理总署的雇员训练中心，在1979年就有80万名雇员接受了训练，农业部进修学院在这一年也有学员2.7万名，其中还接受世界各国要求培训的农业工作者。加州大学洛杉矶分校的推广计划，下设美术、科学、工程和数学、人力发展、医疗科学、人文与社会科学、教育与管理、劳工与商业等8个系。而洛杉矶的社区成人学校，总校有学员7000人，加上3个分校共有1.6万人。

美国成人教育各办学单位在教学内容方面也显得多种多样，从扫盲到博士学位的课程都有。既有文化与技术方面的课程，也有音乐、美术和舞蹈类课程，还有退休老人的保健与营养课程。连怎样选购商品、填写就业表格和写自荐信等都有课程开设。成人教育的高等院校，规模较大的都开设几百门课程，供人们选修。如普渡大学为周围居民开设400多门的课程；还有一所大学愿意为成人开设他们所希望学习的任何课程，把大学的教育推广到校外去。从计算机模拟到人文科学，应有尽有。

美国成人教育的对象很广，有在职的，也有失业的，还包括一些无业者。方敬看到扫盲和取得高中同等学历的学员中，有色人种比例较大，在职业技术训练中心也有这样的感觉。在学习打字、速记、秘书、文书档案、会计、计算机应用等课程中，妇女占了多数。在美国，妇女婚后一有孩子，几乎有很长一段时间要操持家务，几年以后再找职业时，一般都要重新学习。因此，在美国的成人学校里，学员中妇女的比重高于中国。最可贵的是学员中的12.5%的人，他们只是为了提高文化和技术修养而学，这是一个国家文化发达程度的重要标志之一。此外，联邦政府和各级政府为了缓和社会矛盾而动员成人入学的占33.9%，这是一个相当可观的数值。

给方敬印象最深的是成人教育的多样化或多元性。这作为一个重要原则体现在专业设置、学制课程、办学方式、教学年限和教学设施等各个方面。美国成人教育更广泛地使用学分制，连成人中等学校也只规定课程内容而不限定修业手段，甚至某一课程可以在中途暂停，以后有时间了再接着学下去。在各个成人院校常常是有学分与无学分的课程并设，有学位与无学位的专业并列。还创立了周末大学，印第安纳州的普渡大学和州立大学就有周末大学，并在一些购物中心设立教学点。每周周末，当人们驱车前往购物时，就可以到教学点去上几个钟点的课。超级市场一般都设在几个居民点的中心，商店经理也乐意免费为周末大学提供教室用。一个星期六的上午，方敬就曾在一个购物中心参观了一个教学点。

多样性的原则还体现在一些成人学习中心，类似的职业训练中心新生是可以随时入学的，修完规定的课程可以随时结业。有的还把一门技术课程分成好几个独立的小单元，学完其中一个也可以结业，并发给相应的证书。学员可以凭这些证书去找工作，有空时可以再学另一个小单元。在学习时间上，可选择的方案很多，多数学校从上午 8 时到晚上 11 时开放。方敬在访问时看到，下午和晚上参加学习的人比较多，晚上比下午的人更多，星期天成人院校也开放。

方敬还看到美国有些部门通过发展成人教育以解决本部门的一些难题。比如福特汽车公司在新泽西州的一个装配厂，不仅经常训练技术骨干以适产品发展的需要，而且还根据老工人逐年退休的数字，在青年工人中招收一些人提前学习因退休而将空缺的工种。学习期间工资要比原工资低，培训期满经考核及格者，按新的岗位确定工资。这样的做法可使生产始终正常运转。这个工厂的职工也可以申请去大学进修。

美国成人教育在教学手段上也是多样的，以班级组织形式的面授仍是主要的教学手段，占 87.2%，函授占 2.9%，电视、广播占 0.4%，自学占 1.2%，其余为个别教授等。美国在电视、广播等教学手段使用的比例连 1% 都不到，这使方敬很不理解。但参观了不少教学单位后，这一疑团才逐渐消除。由于美国师资队伍充裕，电子技术高度发达，教学设备甚为齐全，在这种情况下，面授确实有其不可多得的优点。美国成人教育的面授接近 90%，我国成人教育的师资比较缺乏，充分利用

　　　　　　　　　　　　　　　　　　　　先生方敬

电视等手段是必要的，但电视教育教学手段有薄弱之处，教与学双方不能及时沟通，因而教学辅助的量依然很重。

美国的职业技术学校和学院办得很有生机，给方敬留下深刻印象。他们共参观了4所这类院校，前者相当于我国职工中专或中技，后者相当于成人大专院校，但又不尽相似。洛杉矶职业技术学院设有90多门课，每天是5课时，其中1课时为理论课，其余为技术课，修满60学分（还须有12学分的基础课学分）可以申请协士学位。赫德逊职业技术学校从上午8时至下午3时，提供周围几所普通中学约1300名学生来此上技术课，下午3时至晚上6时，约有300个成人来校进修，晚上6时以后有2000多成人前来学习多种技术。这所学校设有70多个工程，如食品加工、汽车修理、机械维修、建筑、印刷、计算机、医疗等，还有办公室工作人员的训练以及数据处理，等等。一些企业还经常主动提供一些最新设备供学校作教学用，对学校与企业都有利。学校可以随时报名入学，学完规定课程即时结业。这样职业培训周期短，充分利用了空间和时间，设备利用率很高。接受中学生来校上技术课，减少了中学设备经费。这所学校是不负责分配的，但经过培训的就业率高达92%，其他同类的院校是70%—80%。就业率高的原因在于：入学时职业进修与市场需要的针对性强，训练时突出实践能力，校务委员会（企业的主管与劳工组织的代表）的积极推荐。这些对我国职业技术教育也是有启发的。

方敬还发现，美国对成人教育的理论研究比较重视。成人教育协会、研究会等组织比较多，有关著作甚丰。访问中，有不少同行以参加成人教育工作已有十年左右而感到自豪。随着"知识爆炸"时代来临，促使终身教育观点的形成。日本关于"新知识群　物理、生理、心理、数理、事理"的提法也是一种新的尝试。这些继续接受教育的人都是成人，所以美国多数是用"成人教育"这个词来表述。我国习惯用成人业余教育或工农教育予以概括，值得商榷。美国成人教育中，除了"多元性"外，偏重于应用科学。多数是在业余时间进行的，也有少量的脱产进修，还有类似中国办冬学的形式，主要是学习农业科学技术。从学员年龄结构看，学员平均年龄为 30 岁左右，而 10 年前是 20—22 岁占多数，估计 10 年后，成人进修的平均年龄将接近 40 岁。根据这一推测，我国应加速成人教育学与成人教育心理学的研究。

移步换景，美国给方敬最深的印象是汽车与广告的世界。他看到新泽西州绿草如茵，整个城市像花园；他也看到被称为"天使之城"的洛杉矶无风时被污染的空气久久不散，形成浓雾。

一边走，一边思考，他还在日记里写道："中国干部一定要年轻化。"

9 月 29 日，方敬参观美国教育部、参观人事管理总署训练中心，印象很深，这里对机关工作人员的各个工种都进行定期定标准的训练。晚上，教育部在华盛顿国际俱乐部设宴招待方敬一行。

9 月 30 日，方敬他们参观美国全国教育学会，实际是美国教育部教育研究院。午宴时，美方有人有意无意地问团内有没有女士，是否中国不重视妇女，方敬立即回答说：中国政府非常重视妇女工作，我夫人就是幼儿园园长。

晚宴在 Cosmos Club（宇宙俱乐部）举行，参加俱乐部的都是男士，级别很高。会员中有的是诺贝尔奖的获得者，有的是美国文学最高奖获得者。晚宴后，还去听了一场"全国交响乐团演奏会"。

10 月 1 日，去大使馆参加国庆招待会。方敬了解到美国农业部的技术推广做得很好，一切以试验结果来说服人，人员训练也有独到的地方。

10 月 2 日，他们去看了华盛顿纪念碑。之后，他们参观了普渡大学，了解农业合作扩展教育，去看了在美访问学者；去印第安纳波利斯，参观普渡大学的周末大学、购买者大学（教学点设在购物中心），还参观了摩门移动支付公司（美国最早提供读卡器的公司）。

在摩门广场参观，方敬忽然想起 1939 年夏，"一个暑期为清寒儿童讲课的女教师，她姓丁，可能是清心女中的学生。她第一次把智慧（不是知识）和温暖给予了我。我至今再没见到过她，但她告诉我们要做怎样一种人。"

在飞机上看盐湖城，荒凉得很。真正到了以后又不一样了，这里是美国犹他州的首府和最大城市。看到"军队用搞成人教育的办法（有学校）来留军官和帮助转业。这也是新鲜事"。

在美国，还有"迪士尼乐园、加勒比海盗、鬼屋、快建大车、全景电影（360度）、开汽车、坐潜艇、小世界、宇宙飞行等，确有独到之处"。

听音乐会，他感到："美国有一些音乐是可以接受的，如独唱、二人唱、领唱与群唱，有可取之处，但节奏、叙事比较零散平淡。"有一场爵士乐，"音乐分两部分：前一部分一个是75岁老黑人指挥，用钢琴伴奏，满场喝彩。音乐给我的感觉，变奏升降半调的现象多。此为40—50年代风格。第二部分无法欣赏，是一个女黑人，约40岁，乱喊乱叫，美国朋友中年纪大的也不习惯。"

除了考察成人教育，方敬也见缝插针地参观其他地方。

他走进一个家庭农场，女场主拉来一匹枣红色骏马，她是马术教练。方敬一跃而上。事后她告诉方敬，自己的女儿2年前死于车祸……

方敬来到博物馆，参观画展；

方敬在白宫草坪上留影；

方敬高兴地和一位活泼聪颖的美国男孩合影，在职业学校与一个长得特精神的黑人女硕士留影；

方敬为犹他州私立杨百翰大学的校长写字，写的是杜牧的《山行》："远上寒山石径斜，白云生处有人家……"外国人惊讶于他的书法表演。

在美国，一日三餐"皆西味，不堪其腻"，有一次在普渡大学内的饭店吃饭，"是夜诸味虽不甚佳，也近祖国风味。有一二甚佳"。方敬有了诗兴，"边食边凑此数十句，聊以记事耳"：

……形似弦上月，味近江南歌；劝君箸莫停，节击漠都客。月缺又月圆，满桌尽卷席；喜上眉梢时，举杯忆归燕……持节附骥尾，常思不寻常；长空万里行……

方敬在这首诗后附记：此行以虹口区业余大学校长之微，列入代表团，实在是莫大的荣幸。

美国之行，极大地丰富了方敬的视野。

还有一个小插曲。9 月 16 日出国那天，方敬在飞机上与吉林广播电视大学的王野平相谈甚欢。看到他带了好几个手掌大的绿皮笔记本，而自己的笔记本偏大不方便随身携带。两个人都是第一次出国，谈到异域的风景，听说方敬爱画画，王野平也很有意思，随手在日记里写满了一页字："这个小本，本是准备记录用的，谁知在机舱内承蒙方敬同志赏识，故欣然予之，愿方敬把一路风光如实地画下来，也算完成了这个小本的任务。"

方敬把这个小本变成了《出国访问纪事》，除了记录出访的日程，展痕处处，他还画下了很多速写：德黑兰机场候机处到处悬挂的霍梅尼像（一个伊朗青年指着说，好！）、两个戴黑面纱的伊朗妇女（夹头夹脑裹起，当天温度 31 度，到底热不热）；泰国的月夜；东京住处（原大使馆）的窗外（10 月 12 日晨）；飞机上的旅游者——墨西哥女牙科医生（10 月 11 日晚）；关于美国的回忆：一个大学的雕刻；教员进餐处；一个在休息日做向导的大学生；时兴普通的牛仔裤；某机场的主要装饰；头戴驾驶盔的飞机驾驶员；芝加哥机场上的加拿大飞机以及国内短途小飞机（10 月 2 日）；进行骑马运动的美国人；美国的广告画和杂志；纽约的自由女神像（9 月 20 日）；巴黎机场上例行检修的飞机；巴黎高地圣心殿；平民区里一个法国中产阶级的生活：两个孩子，一栋市郊的房子，一辆车子；地铁上剃光头的女青年（关世雄说怎么像尼姑，我估计是混血儿，嘴唇很厚很好看）；埃菲尔铁塔；戴高乐机场候车室；一幅自画的出访地图（标有北京、德黑兰、巴黎、纽约、洛杉矶、东京几个城市）。

三个星期的考察，既短促又漫长。飞抵北京后，方敬还去蒋宏成老师家，与同学张宁杰等一起漫谈。

回到上海以后，方敬写了一份汇报《美国成人教育见闻》。虹口区委书记张显崇等区领导邀方敬作报告，方敬便把在美国的所见所闻，如实相告。比如：物价与工资的比例、种族歧视问题、成人教育情况、卫生及交通等等。

方敬用数字说话："根据 1978 年的统计资料，美国成人约 1.5 亿，参加各类学习的有 3032 万人，其中接受高中和高等教育的为 1100 万人，接受职业教育的有 132 万人，参加其他成人教育的为 1800 万人。在参加高中和高等教育的人中，绝大多数是接受高等教育，其中读研究生课程的有 269 万人，大学本科的约 220 万人，读两年制大专的达 523 万人，以上 3 项共 1012 万人，占总数的 92%。这一数字说明美国每 15 个成年人中就有 1 人继续接受高等教育。"

方敬最后说："美国的成人教育究竟如何，这不是短短三周的所见所闻能作出确切结论的。初步印象是：美国是重视成人教育的，目前已具有相当规模，成人教育事业正如《成人教育法案汇编》第 302 页中所指明的那样：'使成年人普遍享受有用的训练，以便成为更能受雇用、更有才能、更负责的公民。'美国成人教育的师资、设备与经费比较充裕，除国力的原因外，也与美国成人教育工作者长期的努力分不开。

"美国成人教育也有困难的一面，比如经费上也有不足之时，社会舆论对成人教育质量不大信任的言论也或多或少地出现等等。但随着时间推移，成人教育必将在世界范围内，在整个教育事业中占有更大的比重和地位。百尺竿头，需要我们在现有基础上继续前进。"

其间，上海市教育学会也邀请方敬作访美报告，局长杭苇及段力佩老师主持会议。对于段力佩老师，方敬一直师事之，敬其为人。席间有人问，有人说美国的月亮比中国圆，有没有这种感觉？方敬回答：美国月亮有时比中国圆，有时没有中国所见的圆，要看天气、污染情况以及心情等等。

在《上海成人教育史》中，有关"上海成人教育的国际交往"部分谈道："1981 年，虹口区业余大学校长参加原教育部组织的考察团赴美考察成人教育，开创了上海成人教育工作者出国考察成人教育的先例。"

历史必将记住先行者的足迹。

方敬事后说："（在业余大学）把 3 件事情办好了，名声也大了。1958 年搞我的那些人浑身不舒服。"

没想到 1981 年，上海有人告状至教育部，说方敬曾说美国月亮比中国圆。方敬未见其诉状，耳闻而已。

方敬感叹道：中国人缺的是正气！

天路迢迢，人生漫漫。

历史的暗箱往往是后来揭开的，对于当时的方敬，一切的假象与真相还蒙在鼓里。

因为"区里一些'左派'又跟我过不去"，1982 年 3 月间，方敬提出辞职："近一年来，我的身体情况较差，已不能适应目前的工作。为此请求组织上能否考虑让我调换一个工作环境，允许我辞去现有职务。如果可能，我希望到教学研究单位从事成人教育的研究工作或从事力所能及的教育工作。"而据笔者了解，方敬辞职还有一个因素，当时区教育局某主要领导想把亲戚安排进校工作，而方敬拒绝了，因而工作常受掣肘。

方敬感叹：我经历过这么多的磨难，总以为会很快地过去的，即使是十年动乱，也过来了。然而，从我辞去校长以后，各种流言蜚语愈演愈甚，好像没完没了似的。既然现实给了我这样的恩施，我除了感谢给我的新的锻炼外，还能祈求什么呢？我的选择是，与这种恶劣的风气进行斗争。这一无形的异常强大的怪物，我暂时缺乏胜利的把握，我要战胜它就要研究它，我还需要继续思考。

他也给孙成伯写信诉说自己的烦恼："狂妄与创见没有不可逾越的鸿沟，关键在为工作还是为个人。工作上有些事确实急不得，但不急也不行，如何把握实在不好办。"他给一位陆校长写求职信："我希望从事成人教育研究工作，如您校有这个余额，请能告诉我一下。我这个人缺点很多，请先与老赵和闵淑芬同志研究时，要充分估计到这一点。"

好消息终于来了，方敬在日记里写道："接到通知，我明天去取转移工作的通知。又要到一个新的单位去了，等待我的是什么呢？

"作为工作，我当然要尽力而为。可能是去成人教育研究室，这个去，是好些同志花了九牛二虎之力的结果，尽管大家没说，但我是知道的。花力气的同志，并不是为了私，因为我从来没在私事上向他们做过任何表示，也没特别的贡献些什么。他们为了我也承担了不少责任，吃了不少冤枉。

"去是去了，我希望能做点事，至少为成人教育做点微薄的贡献。

"看来像我这样的性格，改已是很困难的了，但不改肯定是不行的。假如再为了振兴中华得罪一些人，也只能得罪。还是用那句话，妥协是个重要的原则，关键在：为革命事业而妥协。"

# 第十五章
## 一群年过六旬的师生寻找当年的大学校长

作为 1949 年从教的新中国第一批人民教师，方敬拥有遍地桃李和满目朝霞。

他任教的学校很多，比如前文说过的虬江中学等很多学校。

至今在景清书苑里，还保存着 1980 年虹口区业余大学日语基础一班全体师生合影以及 1983 年 7 月 16 日中文三班的毕业留影。

一道水泥院墙边，方敬坐在前排教职员工的正中；后面是中文三班近 40 位学生，墙外树木青翠，充满生机。

方敬在虹口区业余大学学生中享有崇高的威望。在这批中文班学生中，有一个戴着眼镜喜欢沉思的名叫杨庆美的学生。杨庆美原在虹口区一个街道公司做秘书，沉静内秀的她喜欢读书，1978 年考入虹口区业余大学。她说，方校长为创办中文专业花费了很大的力气，当时招了 4 个中文班，每个班级有四十几人，学制 4 年，学历大专。方校长离开后，这里就再也没有开办中文专业。

杨庆美记得当年方校长招了不少还没平反的"右派"教师，尽管政策已经放松了。其中有一个教现代文学史的董大可老师，二十五六岁已是"右派"，弟弟为此得了精神病。董大可为了照顾弟弟，终生未婚。

业大学生有时白天上课，有时晚上 6 点上夜课。杨庆美记得 1982 年 6 月毕业前夕为了复习功课，4 个同学组织了一个学习小组，想找一个空余的教室学习。他们想到了平易近人的方校长，他对学生的要求有求必应。看到方校长正一个人在办公室写东西，同学叶松把杨庆美推了进去，"方校长，能否给我们一个空余的教室学习？"方校长二话没说，拿起钥匙就打开了一间教室。毕业前，方校长还给中文三班学生上了最后一课。

方校长渊博的学识给杨庆美留下了深刻的印象，毕业后她想练书法，就给方校长写信，然后每周两个晚上学书法。一张方桌边坐满了五六个学生，来晚了的只能坐在边上。方老师不光讲书法，每次还讲文学和做人，杨庆美觉得听方校长讲课是一种享受。

杨庆美说，"文化大革命"开始后，父亲遭罪，她从一个受人宠爱的学生变成了"黑五类"子女。性格变得很沉默，无人倾诉，从初一开始就养成了记日记的习惯，日记成了她的好友，觉得写完日记以后心里舒服多了。

下面的大学日记，记录了当年她心目中的方校长：

1978 年 9 月 2 日：

上午参加了业余大学的开学典礼，方校长生动而风趣的讲话，使我受到了很大的教育。"今天在座的这些同志，都已列入了国家的培养计划"，台下响起一片会心的笑声。"在一年、二年、三年、四年的学习时间里，你们没有假日，没有上电影院的机会，更不会有逛公园的机会"。台下人听在耳里，记在心里，10 点半开学典礼结束了，我满怀信心步出了会场。

1982 年 7 月 16 日：

下午全班除了个别几个都来了，请来了校长、班主任、各科老师，全体毕业留影。在教室里，又分几个小组，同校长、班主任一起留了影。最值得一提的是方校长的讲话，他讲了 4 点：第一点，搞文科是不允许犯错误的，自由对封建而言，真正说起来，每个人究竟有多大的自由，这一点，要千万注意。第二点，搞文科，自己在道德品格修养方面，要求要特别严。历史上，被人打倒的人，是没有的；只有被自己打倒的人，永不翻身。第三点，无私才能无畏，要明白，"真理是时间的女儿"，读书不是为了个人图点什么好处，如果这样想的话，那 4 年书不读也可以。第四点，学校里，学了点知识，那没有什么，考完试后，休息一周，就要考虑一下："我下一步怎么办？"一切从零开始！教哲学的左老师强调了学习持之以恒的重要性，他以平易近人、谦虚温和的态度认真教学，深深印在我的脑海里。

（培根曾说，真理是时间的女儿，而不是权威的女儿。）

1982年12月6日：

晚7点，严寒的西北风刮着，我和同学叶松俩骑着车，在学院路附近兜圈子。问了十几个人，寻找方校长的家。

方校长的家——泗泾路17号2楼一间近正方形的屋，屋内陈设较乱。四面壁上堆放着书、报、材料袋，墙上挂着三四幅画；桌子上方挂着一张沈尹默的手迹，桌上放着纸、笔，家具陈设不全。我们一到，有两位同学已在座，方校长拿出云南早茶、东山橘子招待我们。他态度热情，举止自然。马上我就抛开了拘谨，放松地同大家一起加入了谈话。这是一位多才多艺的知识分子，在职工教育理论研究领域之外，他涉及了文学、哲学、逻辑、美学、书法、武术各个方面，对摄影也颇擅长，可谓学识渊博。故谈话所至，包罗万象，且有深刻的哲理。他出过一次国，到美国，又路经巴黎。他说，应该还有两三次的出国机会，但人一生有一次就够了。他放弃了组织分配给他的房子，两个二十几岁的儿子对此很有意见。他的夫人，是幼儿园的支部书记，看上去和蔼、亲切、朴素，体态微胖，身体不太健朗。同学说，方校长是一个品行端正的人，他对我们十分亲切，就像我们是他家的熟客。他把自己做成的卡片拿出来给我们看，他说，你们现在最要紧的是选好专题，掌握学习方法。他说，我不怕流氓阿飞，就怕你们这班人。现在我们这些人是社会的中坚，十年以后就是你们了。你们现在不抓紧，几年后就成为功能性文盲。你们不要怕现在不用你们，你们完全可以稳坐泰山，有用着你们的时候。

初冬的夜晚是那样的深黑寒冷，西北风凶狠地朝人的身上钻，我们一行5个，从方校长家出来，边走边谈论方校长。我的精神尤其兴奋，聆听这样一位老师的谈话，同这样一个博学的人交往，没有比此更令我满足的了。回家后，我把方校长送的一只橘子放在抽屉里，如果可能，我将永存，作为一条美好记忆的线索。

1983 年 10 月 7 日：

世界上的痛苦和幸福是各占一半的，它们也是一种能量守恒。有个猴子，一天只能吃 7 个桃子。主人说，上午 3 个，晚上 4 个，猴子不同意；主人又说上午 4 个，晚上 3 个，猴子答应了。今天，你尝受了多少苦，明天就有多少甜。是啊，爱情、学习莫不是如此，这是方校长讲的。他的话充满辩证，事实上也是这样，我听后又感到增加了力量。苦，算不了什么，乐就在其中嘛！

1983 年 6 月 12 日：

啊，一个市教育系统昔日我们的校长，收留一个极普通的女青年做学生，我不知说什么表示感激的话才好。我只是坦率地、认真地同方校长谈心里话。我请教了他关于研究鲁迅著作中的民族精神问题，方校长讲，题目选得好，但目前要搞这方面很困难，建议花 3—5 年时间做笔记，做卡片，要熟知 1840 年以后的近代史，只有深刻了解鲁迅所处的时代，才能了解鲁迅的民族魂，才能研究今日之中国的民族精神状态。我把这些话全都牢牢地记住了，我会照方校长的话去做的。

1983 年 11 月 18 日：

今晚从 10 点到 11 点半，我与方校长谈得较多，最令我感慨的是，他道出了内心的愤懑。他为了什么要遭受如此与他付出相反的待遇？对这样的一位长者，我不支持，能心安理得吗？我提出，今后需要我抄写什么的，我可以帮忙。能为他做点事，我感到是莫大的幸福！

1983 年 12 月 26 日：

晚饭后到方校长家，他说："刚有一位老朋友的女儿，请我看澳大利亚昆士兰青年交响乐团的音乐会。我因与你有约在先，故硬是推辞了。"我说："这是不要紧的，我到你处十分钟路程，来回一次影响不大。"他说："人是靠信用生活的，你是我的学生，我怎么可以不守信呢？再说，音乐会再好，总是带有娱乐性的，读书学习才最好！"接着他读完了一段英文，近日他学习英语，说明年 5 月份有一个外事往来，到时候听懂 40% 也是好的。开始讲课，他花了一个半小时给我讲完了 8 节课写钢笔字的内容。他用报告纸记下了讲课的提纲，我带了回来，要收藏起来。

回家后，心中久久不能平静。就是先生信念的话，搅得我思绪翻滚，先生给我学识，先生更给我精神上的指点。要做学问，要救国，非学先生的为人不可！

……

当年的毕业文凭，改变了中文三班学生的命运。

杨庆美2005年曾经去方老师上海的家找过他，得知方老师住在赣榆。后来她接到方老师从宋庄写来的一封信：

庆美：

数十年未见，还能前往沪居探望，深以为谢。因避大都市之嘈杂，返祖籍筑陋室蜗居学习书写自娱，此处清爽宁静，故身心俱佳。唯两次伤腿，行走甚为不便，但生活可以自理，勿念。多数学生皆年过半百，岁月无情，宜各自珍摄。中秋即届，谨请阖府吉祥！

乙酉季秋　方敬书于景清书苑

2018年8月，七八级中文专业三班的同学，迎来了入学40周年，二十余位同学想搞一个纪念活动。杨庆美把方老师1985年发给她的一首用小楷书写的诗《故乡行》转发到微信群里，想让大家欣赏一下方老师的书法。诗前还有方老师的作诗缘起"甲子岁末，又返赣榆任庄村，乡音依然。温饱虽得，然落后之貌处处可见。余已望六，残病加身，再作游子之归甚艰。归别依依，一路行吟，得数句遣怀。"微信群里立刻沸腾了，同学们问她：终于又见到方老师的字啦，你知道方老师现在哪里吗？

杨庆美就找到老的通讯录，给方老师上海的家里打了一个电话。接电话的是方亚平，亚平说爸爸的精神还可以，还住在老家赣榆区宋庄镇。杨庆美不知道方老师早已身患癌症，她马上在微信群说了方老师的地址，同学们有很多话想向方老师说，可是路途远，不一定成行。杨庆美提议写一封信给方老师，叶松说你先起草吧。杨庆美说，那好！写完了大家提供素材，继续补充。

她把写给方校长的信发在了微信群里：

尊敬的方先生、我们的老校长：您好！

40年前的9月2日，我们——一群怀揣饥渴的求知之心，已经不太年轻的年轻人，在虹口校区的礼堂里，聆听您的开学致辞。殷殷的嘱托，激情、昂扬的鼓励，好比给正待起航的船舶扬起了出征的风帆。

1978年，那个具有里程碑意义的年份，国家正百废待兴，急需大批重建人才。您力排众议，富有前瞻性地创办了中文专业，旨在培养语言文学社科类的学识人才，以引领思想先行，搭建传播媒介。正是得益于您不懈的努力，使我们顺利修完4年学科。毕业后，在各行各业服务于社会的同时，也提升了自己。

犹记得，当年在教室的走廊里，常见您拄杖却挺拔忙碌的身影，耳边响起您演讲中的那句话："世界上没有什么人可以打倒你，只有你自己打倒自己。"您以自身的榜样注解了这句话的力量，同样大大激励了我们往后的人生之路。

今天当我们聚首，却难抑对您的致谢之情。远在澳洲的张沅传来了对您的挂念；叶全发即兴作词一曲："弹指一挥间，入学四十年。今天聚首，皆皓发古稀，时光无情人有情，同学情师长情，没齿难忘方师情。"叶松、徐霖、汪永林、江圣熹、郑重江、张沅、陆平忆当年，对您的敬仰、感恩、祝福之情，溢于言表。

方先生，古有严子陵三次婉拒汉光武帝的封官，耕钓于富春山中。今您隐居故乡二十余载，实是退而不休，将最深切的关注，投入于故乡的土和故乡的水。可谓古今异曲而同工，诚如范氏美誉之"云山苍苍，江水泱泱；先生之风，山高水长"。

在此我们祝愿方先生身体康健，并致以崇高的敬意！

虹口区业余大学七八级中文专业二班廿余位学生谨上

2018年8月25日

这封充满对老校长深情厚谊的信，迅速荡起了同学们感情上的波涛。

微信群里，大家反响很热烈。一群年过六旬的学生，也没有谁是什么高官大款，但对老师的爱是一致的。

同学徐霖说：庆美同学，你的提议很好！我想告诉你的是，尽管我与方校长不算很熟悉，但有件事至今记忆犹新。那是80年代初，他已从校长位子上退了下来。一次特地来参加我们聚会时得知我在影评方面小有成绩，并想进一步发展的想法后，他当场鼓励我继续努力！事后特地为我向他在上海艺术研究所的二位朋友写了举荐信，邀我前去拜师。后来因种种原因未能成行，但方校长这种鼓劲提携之情和为师之表令我铭记于心！

同学汪永林说：80年代末方校长在上海第二教育学院供职时，我被聘为《中国有色职教》季刊兼职编辑，曾因举办全国有色系统职工教育通讯员培训班，邀请方校长讲课。方校长欣然应允，在给各地来的通讯员上课时广征博引，纵横捭阖，精彩生动，学员反响极好。尤其是边远企业矿山——山沟沟来的学生，更是激动不已，掌声不绝。北京来的主编、编委也十分满意，我得意地告诉他们这是我的校长。虽然我因会务工作未能直接聆听方老教诲，但接送都是我负责，有机会在离校后唯一一次再见到尊敬的校长，虽时间短促但深铭于心，愿方老健康长寿。

同学汪圣熹说：方校长是上海业余高教的功臣。为了办好虹口业大，他顶住了种种压力，把当时满腹经纶的所谓"右派"的老教师，请到学校授课，这是何等的魄力和胆识！在4年学习时间里又为我们争取了大专学历文凭，在一定程度上改变了各自的命运。可以说当时这纸文凭的含金量，绝不亚于现在的研究生。敬祝方校长健康长寿，快乐幸福！

同学郑重江说：要说认识方校长，我可能是最早的一个。因为年轻时，父亲与方校长既是同事，又是好朋友，长期面对面坐在一个办公室里，又经常来我家玩。方校长是个真朋友，50年代教育局分房子，我们家符合条件。正好方校长任一个学区的"房代表"，他非常热情地为我父亲找到了一个合适的房源。我们一直非常感谢他，乐于助人、天性豪爽、侠义心肠贯穿了他的一生。方校长有多方面的杰出才华，这是有目共睹的。然而，"木秀于林，风必摧之"。方校长在虹口区并不受人待见，一项张狂、不稳重的帽子，死死地扣住了他。可贵的是，方校长是一个具有非凡精神境界的人，根本不把这些放在心上，依旧我行我素，活得滋润潇洒，活出了一个大写的人，令人敬佩不已。这就是我们的方校长！

叶松对杨庆美说：我刚刚到家，根据你的要求，匆匆写了几句，供你参考。1982年夏季我毕业后，经常与老校长、上海市成人教育研究会秘书长方敬先生保持联系。有一次先生跟我说，他正在筹备上海市成人教育研究会1984年年会，工作量很大，希望我能与他一起完成一篇论文。正在上海电焊机厂担任厂校教员的我接到这个任务很激动，这是先生给我认识成人教育的一次难得的机会。于是就在先生手把手的指导下，根据一些调查数据、资料，于1984年7月草拟了一篇题为《对上海近郊农村成人教育的再认识——罗店乡的调查》的论文，经先生反复修改后入选上海市成人教育研究会1984年年会论文。整篇论文基本上都是先生谋篇布局，几易其稿，我只是帮着抄抄写写，先生在论文署名时执意要写上方敬、叶松。我至今对先生提携后生的高风亮节，怀有感恩与崇敬之情。

女同学张沅说：一个人一生的转折往往就在那关键的几步，能够在虹口业大上学就是我生命中重要的一步。我被录取后，工厂一个领导又反悔了，不让我去上学了。而且理由还冠冕堂皇，"上学影响工作，会给别人模仿的理由，以后没法控制"等等。怎么办呢？如果屈服了就再也没有这样的机会了，我就豁出去了，一个电话告到纺织局，幸好接待的人通情达理，她说了解情况后再告诉我。后来我知道她打电话给那个领导说，如果你们不同意当初就不应盖图章给她，现在她考取了再说不同意好像没有理由。那个领导没办法，心想反正只有半年，就让我去了。谁知半年将要结束时，突然传来3个短训班将并在一起变成中文专业。真要感谢方校长，正是在他的积极推动下，我们才有了这样的好机遇。虽然4年中我经历了怀孕生孩子，但都坚持下来了，还遇到了一批好老师和优秀同学。

毕业后又赶上了需要人才、需要文凭的大好时光，令人难忘的80

年代啊！我才有可能考进《解放日报》，当上新闻记者，还多次获奖，又一次实现了生命的跳跃。最遗憾的是毕业证书上校长的签名不是方校长而是新校长，虽然新校长是我母校 58 中学的原校长也上过我们班的课，也是我非常喜爱敬重的，但为什么不是方校长呢？原来方校长已经受到排挤调离了。现在听到方校长的消息真是太意外也太高兴了！感谢庆美这么有情有义，得到方校长的信息。他如果知道还有这么多当年的学生在牵挂他，在感谢他，一定感到非常欣慰！

这次欢聚一堂庆祝同学 40 年太不容易了，我虽然远隔万里但也分享了你们的快乐和喜悦。今年 11 月我会回来探亲，有机会再相聚！

同学陆平说：我与张沅有同感。记得我考虹口业大中文班纯粹是业余爱好，真没想到会拿到专业文凭，而且这张文凭在我以后人生道路上起到很关键的作用。那时文化荒芜，百废待兴，我毕业后就投入了二轻系统成人教育，曾经为二轻局文化补课出过两次语文考卷，并参加整个系统的大量阅卷工作。最没想到的是我在 1983 年参加上海市广播电视事业局记者编辑公开招聘，经过层层筛选考核，从 1500 人中脱颖而出，最终成为录取的 30 人之一。那次招聘的首要条件就是要有大专以上文凭，可见虹口业大文凭的重要性！

回首来时路，再次感谢方敬校长，以及为我们任课的韩老师、汪老师等先生。

……

这么多发自肺腑的心里话，这么多鲜活的语句，杨庆美觉得很难归纳到一封信里去，而且组织后的文字很难原汁原味地表露同学们的感情，她一个字也舍不得删，决定把原来的信以及同学们七言八语的话一起打印出来寄给方校长。

她同时另附了一封信：

方先生：您好！

久未联系了，我算一下您快九十岁高龄了，知您目前身体尚可，我很高兴。不过毕竟年事已高，还望先生多加珍重。

您这一生，为党为国为民已奉献了自己的全部，学生望您颐养天年，珍重珍重！

学生杨庆美

2018 年 8 月 25 日

信很厚重，杨庆美跑到邮局寄出了。信寄走后，同学们盼望着方老师的回信。几天后，杨庆美给方校长打电话告诉他这封信，方校长说，估计信还在路上。

不久，杨庆美收到方老师用圆珠笔写的回信，她马上把回信拍成照片发到微信群里：

庆美老师：

收到信很惊讶！不知是谁布置的，相别已卅年，真不容易。90 年代初我退休了，只想继续做点学问。所以于 1998 年初定居故乡，如今已廿春秋，鼓励农村子弟读书。此处 1978 年以前一个渔村没出一个大学生，1984 年出了一个本科，至今有二百大学生，其中硕博士十余人，也算是尽心了。忆当年，也想为人民实实在在做点事，但身不由我。总算 1984 年以后实实在在干了些年，其间在全国讲课，积了些钱，返乡资助了学生。其间改革开放农村经济好转，始成此事。我已八十有九，身体欠佳，字也写丑了，宥之！请向诸同学致意！

即请秋安！

方敬

2018 年 9 月 3 日于景清书苑

这一下，同学们坐不住了。杨庆美提议去看望方老师一趟，这是个难得的机会，同学卢耘马上表示支持，任国辅马上查出了上海到连云港的距离，说几个小时就能到。他自告奋勇，我开车带大家去！

很多同学想去，可又怕增加方校长的接待负担。

大家商定，由杨庆美、任国辅、卢耘、叶松、陈良 5 人代表 20 多个同学去看望方老师。临去之前，杨庆美先和方老师通了电话，景清书苑一个爱好书法的学生告诉杨庆美：方老师"卧病在床"。

5 个同学想见方老师的心情更加迫切。

9 月 12 日，5 个同学风尘仆仆地赶赴赣榆。旅途中，不知怎么又聊起了当年的事，时光没有因几十年过去而略显逊色，反而闪烁着越发绚丽的光彩。

连云港的秋天多彩而又热烈。

成群的海鸥在蓝天和大海间高低盘旋，翩跹起舞。

在海边、港口，它们时而漂浮在水面上游泳觅食，时而低空飞翔，它们喜欢连云港这一片海域。

5个人无心观赏风景，直接来到景清书苑。

那是一次多么激动人心的会面啊，方敬一一叫着这几个花白头发的学生的名字，心中荡起了一片又一片的涟漪。

学生们带来大包小包的礼物，送上了装裱好的代表中文三班学生心声的书法卷轴——"师严道尊"，围坐在老师床前共话当年。

同学们回忆了很多平凡琐事，一点一滴，在他们看来都是值得回味且魅力无穷的，这些琐事其实早已结成了一条绳索，绾系着他们走过人生的风风雨雨，他们的信念也随之坚固，转换为几十年恪守不变的人生准则。而因为把学生们"拨亮"而备受学生爱戴的方老师，对于他曾经给予过的"有的不记得了"。

学生们觉得老师的接待太用心了，他们吃的品种太齐全了。

……

返程的路上，同学们表现出一种完成一桩大事般的沉静与满足。他们的包里装着方老师为他们准备的礼物。他们接受了，这是老师给的。他们知道这些东西与当年塞到他们手中的笔或者电影票是一样的。

他们突然意识到，尽管秋天还很热，但是天已经很高、很蓝，云已经很轻、很淡了，而夕阳正从云隙中透出辉煌的光来。他们忽然生出一个念头，教师节定在金秋的收获季节，实在是太好了。

见面的时间太短暂了，但也是太幸福了，给他们留下了深刻永久的美好记忆。

考虑到上海的同学正焦急地等待着会面的消息，9月12日晚上9时39分，叶松在QQ空间里向同学们简报了当天会面的情况：

一清早，我们5位同学组成的上海虹口区业余大学中文专业82届

3班感恩探师代表团，带着全班20多位同学对校长方敬先生的感恩之情，从新世界城出发，驱车6个多小时，行程500多公里，下午来到方校长的故乡——江苏省连云港市赣榆区宋庄镇任庄，探望我们崇敬的方校长。我们把大家的心意和礼物，以及对方校长的感恩之情，都告诉了他。方校长虽然患病在身，仍然坚持着坐了起来，思路清晰、敏捷地与我们交谈了一会儿。方校长回忆起当年为了争取到全国业余大学第一张国家承认的大专毕业文凭，不下10次地跑北京，跑教育部，找部长。在他的不懈努力下，终于让我们这批学生拿到了毕业证书，不少同学就此改变了人生，改变了命运。方校长对我们一行不远千里去探望他十分高兴，对旁边一位拿着书法作业前来讨教的学生说：这是40年前的学生专程从上海来看我！望着方校长瘦弱的形象，可能时日不多的身躯，在最后与他作别时，依依不舍，眼眶湿润，心里很不是滋味。这时候再美好的祝愿也是苍白的，只希望方校长对我们学生、对家乡学子的恩情永远铭记在我们心中！再见了，方校长！

一个头发斑白的学生，看到QQ空间里方老师的照片感动得哭了又哭，泪水顺着脸颊一个劲地流，不知怎么就是止不住；为了怕被妻儿看见，将门反锁上看看，再哭。方老师为他们做的那些事那么真实，那么深深地影响着他们的一生，老师的一颦一笑多么重要。


还有两个不远千里看望方敬的故事，虽然主人公不是虹口区业余大学的学生。

2018年4月，绿柳吐烟，陌上花艳。轻暖的四月天里，一辆考斯特载着22人从上海浩浩荡荡地到了宋庄。同行的有蔡锡瑶及女儿女婿、解钢夫妇，还有邓散木艺术研究社的社长和会员。方敬非常高兴，罕见地穿了西装迎接他们，带他们参观了宋庄中、小学。第二天又去镇文化中心给他们集体上了书法课。

这是从上海来看方敬的师友们人数最多的一拨。

说起来，此行与郭兰贞有关。

爱好艺术的郭兰贞原是王洵的学生，1983年高中毕业，因为身体原因没能参加高考。从1983年8月至1985年春节前夕，每个星期天上午都去泗泾路方老师家里学书法，从未间断。20平方米的狭小房间，客厅、书房兼作卧室。正对门放着一张从旧货市场淘来的红木八仙桌和几把椅子，既是餐桌也是书桌。郭兰贞和叶赛聪便在这张桌前听方老师讲书法，从如何运笔到不断示范、纠正，圈圈点点，不厌其烦。方老师50多岁，精力充沛。无数个星期天就这样默默守候着两个女孩的到来。那时上海居民家基本无固定电话，而一般生日、婚庆宴席都在周末休息日举行。诚信的方老师为了一个约定，放弃了别人多少邀约？郭兰贞说，我那时从不交学费，从没有送礼品，真是不懂事，方老师从不介意。他是我真正的艺术启蒙老师，而且是在我人生最低谷的时候！

1986年郭兰贞又师从叶隐谷先生学篆刻，叶隐谷也是方敬的好友，当年在长兴岛方敬教书法、叶隐谷教篆刻。叶隐谷是邓散木先生的高足，他创立了邓散木艺术研究社，郭兰贞是会员。

2017年12月，方老师到上海来治疗，28日上午9点王洵与李红旗、郭兰贞及师兄王懿颖去看望。之前王洵向方敬介绍过王懿颖自印的一本《颜真卿麻姑仙坛记（佳汇本）》，郭兰贞也把书法拿过去给方老师看了。本以为方老师第二天就回宋庄了，结果他没回家，要给他俩上课。后来是王洵考虑到方老师后天回宋庄要颠簸六七个小时，就没让他俩来。方敬说："那叫他俩以后到宋庄去吧。"

2018年4月16日，王洵在朋友圈里发出到宋庄的消息。第二天郭兰贞约来师兄王懿颖，李红旗让朋友开着考斯特，辗转8个小时来到景清书苑。

郭兰贞想要方老师给她写一个字，方老师提笔写了4个字"中流击水"。郭兰贞说，自己是中年人，"中流击水"就是要我努力拼搏，这对我是很大的鼓励！

……

2018年8月的一天，田间地头的庄稼还没有收获完毕，秋意正浓。宋庄的田野上，飘起了一团团的轻雾。

这时候，一对夫妻骑着自行车来到了景清书苑。

　　　　　　　　　　　　　　　　先生方敬

他们是远程而来的上海澄衷中学美术教师田绪宝和他的爱人刘冬云。

看到他们，方敬特别高兴，虽然已病入膏肓了，但还是硬撑着颤颤巍巍地来到厨房，像往年他俩来一样为他们下面条吃。

夫妻俩一眼看出方老师身体已经极度衰弱，怎能忍心让方老师做饭呢？可是方老师执意要下一碗面条给他们吃。

只是这碗面方敬可真是做得不容易。

田绪宝说："这是我人生吃的最难忘怀的一碗面。面条没煮透，菜是一碗牛肉，还有点霉味。是的，方老师已经闻不出味来了，他已经不知道了。酒倒好后方老师喝了两口就倒掉了，喝不下去了。从来没有这种情况，他是美食家，也善饮，以前来都要做出很多美食给我们吃。我俩没有让他看出来就把面条吃掉了，这件事情只有我和我爱人知道，其他人都没听过。"

田绪宝晚上住在县城青口，临别时，方老师给了他俩两张照片，说是留个念想，慢点走。

田绪宝强忍着泪水，与老师告别。

田绪宝从小喜欢画画，高中毕业他在上海港务局工作，单位效益好，1980年的时候，他的月工资是200元，很令同龄人羡慕。但他觉得没有知识不行，想考进大学改变人生，没想到一考就是6年。偏偏田绪宝意志很顽强，1984年就辞职不干了，自断后路逼着自己一定要考进大学。他一直想拜上海美术名师李子瑾学画，可是5年时间里，李子瑾一直不收他这个徒弟。看看已经24岁了，当时国家规定25岁是考大学的年龄上限，他只能成功不能失败。渐渐地心里没有底气，父亲也反对他这样做，可他一定要把自己的爱好转为一种事业。

当时家里情况非常困难，田绪宝14岁时母亲去世，姊妹4个都是靠父亲带大，哥哥也在农村还没考进大学。田绪宝以前的积蓄一点点花光了，跟父亲也闹翻了，他就离家出走打零工。做过纺织工人，扫过马路，处在人生最低谷。

这个时候方敬出现了。

原来田绪宝的姑父叫方家儒，是方敬的堂兄，姑妈是方敬的堂嫂，姑妈看到他这种情况，找到方敬说了这件事情。

方敬当天晚上就来找田绪宝，问你有什么想法和要求，田绪宝说我想干我喜欢的事，我很喜欢一个老师，可是老师不收我，软磨硬泡也不行，人家理都不理我。方敬得知是李子瑾老师后，就说你别急我写张条子，他肯定收你，并勉励他勇敢往前走，不要怕困难，有困难说明你已经离成功很近了。

拿着条子田绪宝也心里没底：李老师已经拒绝几次了，自己已经这么大了；而且李老师岁数也大了，他不太可能带我。

第二天早晨田绪宝拿着条子去找李子瑾，李子瑾说你开什么玩笑？方老师侄子我都认识，你是哪来的？田绪宝说真是侄子，你不相信就打电话，或者看看方老师的字。李子瑾一看是真的，说你怎么这会儿来找我说，田绪宝说我也是才知道方老师跟我是这种关系。

田绪宝成了李子瑾老师最后一个徒弟，幸亏他从小就没停过画画，现在突飞猛进了。李老师的学生都是出类拔萃的，有的获得全国金奖。

第二年田绪宝以上海市美术专业成绩第三名出线，考进了南京师范大学美术系。为什么没考上海高校？因为他觉得南师大的美术底蕴更深邃：1928年为"国立中央大学"，首任系主任就是徐悲鸿；高剑父、张大千、吴作人、傅抱石等著名画家先后在此执教，培养造就了一大批杰出的美术家和优秀的美术教师。而他喜欢做老师，"做老师能给我带来快乐"。

因为这条路是方老师指引的，田绪宝要把自己学到的东西回报给社会。

可是田绪宝离开上海去南京报到的时候，连6块5毛钱的火车票都没有。家里反对他到南京读书，因为要把户口迁过去，再回上海就很难。但是绘画已经成了他的一种信念，他必须走进这个殿堂。

得知田绪宝有困难，方敬说钱不是问题，说我每月给你50块钱作生活费，每月准时寄到学校。吃饭问题解决了，住宿不要钱，田绪宝还享受人民教师助学金，这笔钱正可以买书。他的最低要求就是每门学科都必须在80分以上，否则无颜面对方老师，"这是我的人生底线"。

方敬每次见面都问他，你还有什么困难？田绪宝说没有什么困难。方敬说我给你介绍我小时候的一个小伙伴，他住南京，你有困难去找他。

谁也没想到这个"小伙伴"后来成了田绪宝的岳父。

在南京读书，方敬基本上一两个月来看他一次，有时候会送钱来。田绪宝觉得："实际上他在关心我在学什么东西，另外他对这所学校有个情结。"

田绪宝所说的"情结"是指方敬高中毕业后报考"中央大学"，但那届华模学生却被国民党"列入黑名单"一事。

"他来看你的课程，翻你看的书，还带来好吃的。那时候我饭量也很大，晚上都吃方便面。他说常吃方便面对身体不好，我们到面馆里吃面条。每次在生活上和思想上都有交流和互动，他时时关心你，爱护你。他熟悉中国美术史，帮我分析大师及其作品……"

大学生活结束了，新的问题出现了。因为田绪宝是全国统招统分，分配到北京，但他想回上海，就去找方老师。方老师说那你回来，咱们继续干教师。大学生很紧俏，加上油画系毕业，20世纪80年代田绪宝回到上海工作。

但接下来的事情让田绪宝觉得特别对不起老师——在南京读书时方老师"小伙伴"的女儿刘冬云喜欢上了他，而女方家庭非常反对，反对到方老师那里。方老师说，你好好地读书，怎么出了这么多事？田绪宝什么都没多说，"反正都是我的错"。

没过几天，已经在南京教育系统工作的刘冬云到上海来找田绪宝。方敬说绪宝你不要说话，我来问问刘冬云。于是有了以下对话：

方敬：冬云，你来上海干吗呀？

刘冬云：方老师，我爱绪宝！

方敬：好的，不用谈了。你们的事我坚决支持。不是我逼的，是你们自由恋爱的。

即使这样，方敬还是承受了很大压力，到现在田绪宝都很内疚。因为女方母亲很不开心地紧跟着到上海来了，"因为我岳母是回族人，不吃肉，方老师在家里把锅碗瓢盆全部用开水烫好洗好，做了一桌素食，然后开始'谈判'：一是你女儿到上海来，是他俩自愿恋爱；二是你来了，也反对不了"。

结果，第二年这对新人就生了一个儿子，第三年双方关系就缓和了。刘冬云到上海也回到教育系统工作。

方敬所说的"小伙伴"，比方敬大一岁，从小和方敬就要好。"小伙伴"父亲去世前，曾把家事托付给方敬，"小伙伴"还当场跪在方敬面前。

田绪宝说："我岳父也是共产党员，方老师从小气场就很大，他们早就和好如初了。因为方老师，我家全部是大学毕业，我儿子从上海交通大学毕业后工作了。"

早些年来看方敬的也很多，2008年10月12日，原虹江中学孙兆理老师带领六五届高中学生来看方敬……


方敬去世3个月后，杨庆美在上海家里写了《百日祭》：

当树梢的枝叶还泛着未尽的秋色，方先生，您却出门远行了。秋去冬来，已整100天了。先生，您真的是远行了吗？

这些日子里，我的思绪中却始终萦绕着您的音容和笑貌。一件深色的夹克或西装，一副深色镜框的眼镜，一头浓密略向两边后梳的黑发，手中握着一根司的克，在教室走廊里粉白墙壁的背景中，如一幅流动的剪影。当我有机会走近您时，看到了镜片后聚精的目光、温暖的笑意和一张历经风霜岁月的脸庞，整个儿展现在我眼前的仿佛一本百科全书，我想看，但并不全懂。哦，那是40年前了。在我们开学典礼上您的校长致辞，在我们课间的演讲中，在毕业前的最后一堂课中，在师生同桌的切磋论谈中……您以洞察人性的睿智且极富感情的训导，为我们一度折翼的青春，重又装上了翅膀，"历史上被打倒的人是没有的，只有被自己打倒的人才永不翻身！"如刀刻石雕，铭刻在我心间，更以您一生的言行，阐述了其中的力量。

先生，您真的是远行了吗？在这些日子里，我常常蘸泪化墨，忆往事点点，最后幻化成一幅素描：您当年的黑发已经全都一丝不留地褪成了银白色。那发质的黑色素都到哪儿去了呢？哦，看到您的简易的却满是墨香的书屋里，那一叠叠一摞摞的临帖本，那壁上悬挂的您的书画立轴，那黑发的养分不都倾注在您挚爱的书画笔墨中了！然，不止于此，您把一生的积累给了魂牵梦萦的故乡。"您是一颗心，是我童年的心"，"把希望倾注在少年揉熟的书"。先生，您为己立意蓄志的飘逸的银须，您的镜片后凝聚温厚淡定的目光——魅力一点不减当年！

先生，您真的是远行了吗？魂似柳绵吹欲碎，绕天涯！春天即将来临了，先生，在期盼的梦中，我等您归来！

逝者长已矣，生者永存悲。

2018年12月13日下午，上海陈建一的家里。

一幅放大镶框的方敬身披荣誉绶带的照片旁边，是两束从古雅的陶瓷花瓶里怒放的白茶花。

方敬先生生前的14位年逾花甲的原虹口区业余大学的同事为他举行追思会。

他们是顾鸿钧、赵其康、王庭富、王启光、陈建一、何启峰、周士璋、夏天玲、张文清、薛静芳、仲倍丽、仲菊湘、陈悠耀和顾莉萍。

大家一起观看方敬先生在宋庄的追思会录像，然后自由发言。

陈建一回忆：我喜欢书法，1969年就认识方老师了，他指导过我。我父亲也是老师，被人以"对抗'文化大革命'"的罪名迫害致死。"文化大革命"结束以后，关于父亲的问题，我想申诉。有人说方老师懂政策，我就问方老师，父亲的情况可不可以向上申诉。他说，完全可以的。他就给我指点，告诉我怎么办，直到1978年平反昭雪。他蛮喜欢我的，正好他的同学在教育局做领导，1978年就把我调过来，和他在一个单位了。

我们学校"文化大革命"前叫业余中专，"文化大革命"后叫上海虹口区工人大学，后来改名业余大学。方老师把社会上有资历的有才华的人召集了来，他求贤若渴，不管他们是不是右派啊什么的，都给他们一个职务。老方有一个特点，小青年啊进来以后他就灌输一个思想：你们一定要好好地学，这对你们以后工作很有帮助。他们都很感激他，现在都退休了，还讲这个事情，就因为老方，成就了他们一生。

学校创建过程，动多少脑筋啊。最初的选址，缺乏校舍，人员更缺，设备也没有。一点一点建起来，还建了很多实验室，要写多少报告。老方是个全才，他几乎一人带头把学校建起来了。

他为业余大学办了三件大事，还有就是教师不坐班制。业余大学也是大学，大学教师有双重身份，既是教育工作者又是科研工作者，允许他们"不坐班"，是因为他们属于高成熟度的被领导个体，既具有较高的能力，也具有较强烈的工作意愿。"不坐班"可以避免过多干预教师工作，而不坐班制，需要主管部门批准。老方多方奔走，争取到这一批文，这使全国业余大学同时受益。

他本来要我做他的秘书，我说我不敢，我胃切除，你工作起来没完没了，我哪受得了？他从来都是加班加点。很破旧的办公室，他弄一个行军床，就住在阁楼上。平常不回家，偶尔才回去，很艰苦地把学校搞起来。

老方真是呕心沥血，雄心勃勃要振兴教育。他开会讲话，一坐下来，全场安静，都听得津津有味，觉得很有道理。

后来他到美国考察，那时能出国考察的很少。回来以后，他作报告，讲美国教育的先进，报告会很受欢迎，但妒忌他的人多了。老方在人际关系上是不圆滑的，上面有背景的人就有整他的味道了，说他是崇洋媚外，说他说什么美国的月亮比中国的圆啦等等。"文化大革命"之后遗留下来的派系区分还有的，后来他就被替换了。

2018年9月，我去看望过他。老方追思会那天，我是一早到的。现买来鲜花，挽联我在家写好了。好多同事说，买个最大的花圈，写上每个人的名字，我用宣纸写后都裱过了，大家没有忘了他。我不来，这段历史就湮没了，对不住方校长，所以那天一定要去！

接着发言的是赵其康：方校长是我的入党介绍人，得悉他去世，彻夜难眠。从录像中看到那么多人为他送行，很感动。方校长对建校功劳很大，他把原虹口工大的教师一一请回来，又招了一批精英，半年招了40多人。另外，从1958年起20多年未评职称，还因为"文化大革命"，业余大学的学生没有文凭，但全日制学校后来都补发了文凭。方校长就到教育部反映情况：不能评职称，留不住教师。在他的努力下，职称评定首先在虹口区业余大学搞试验，我校第一批评职称21人。如果没有他的努力，将会推迟5年，他立了大功。

1978年三中全会后，方校长提建议：国家搞建设，建议发国债，加快经济建设。当晚写了建议，当晚人人签名，送了上去。后来确实发国债了，他敢想敢做。

随后发言的是王庭富：为提高在职人员和基层领导的文化水平，方校长提出宽进严出，让他们读大专科目，考试合格才行。

我们化工专业的实验室建设，经费缺乏，是老方想方设法去筹集资金。还有电工实验室等，都靠老方支持。后来电大学生都到我校来做实验，因为我们的实验室超前了。老方许多事都超前了，我去了国外，见识了国外的一些情况，老方就叫我去各校作报告，谈出国的所见所闻。

何启峰说：遇到职工有困难，都是他自己出钱来照顾。后来他因事得罪了上面个别人，但对群众、对教职工特别好。

陈悠耀说：毕业后到虹口业大当老师，感到学校的氛围很好，老教师学术水平高。方校长积极鼓励年轻教师外出进修，当时我校法语教师实力强，为后来成立法语培训中心打下基础，就是靠方校长聘请到那么多优秀的老教师。

顾鸿钧说：老方聪明能干，才华横溢，但性格耿直，易招人暗算。他把自己的一切献给了教育。

夏天玲说：方校长办学观念好，他积极办实验室，办图书馆。聘请上海飞机制造厂的总工程师来学校上课，帮助建立机械实验室、电子实验室。

……

在景清书苑，至今还保存着青年画家徐岷给方敬老师画的一张油画。

徐岷与方敬认识时还是高中生，他同学的妈妈是张文槐老师，经张文槐而认识了方敬，跟他学书法。考入上海大学油画系后，因为家境清寒，方敬就介绍他去杂志社和出版社的朋友那里打工。他至今还记得方老师当时的一句话："恭喜你，同时你要做好一辈子吃苦的准备。"艺术之路艰辛难走，要经历很多煎熬。平时油画系的李朝华老师会带他和同学们去方老师那里拜访，聊一聊速写和书法什么的。

方老师决定回老家宋庄时，所有同学都劝他，他们想让方老师在上海安享晚年，可他义无反顾。老师到宋庄后，他想为老师画一幅画。他让方老师拍一张照片给他，特别叮嘱要表现出风采，脸部要在明亮的地方拍。方老师乐呵呵地说，我一定要情绪饱满地拍给你，就拍了一张坐在椅子上手拿报纸看的照片寄给徐岷。

那时数码技术不发达，方老师照片是胶卷拍的，清晰度不够。但徐岷画起来得心应手，因为他熟悉方老师，能够迅速抓住特征，不用反复修改就画成了：方老师穿着红色加厚毛绒衣，浓密花白的头发后梳，形神兼备。虽然没有细腻到把报纸上的字都画出来，但报纸的图文版面布局都清晰逼真。他在电话里告诉方老师"包你满意"。从画面上我们不仅可以看到他扎实的学院派技法，准确的光感，明亮的色彩，同时也体现了他对方老师的敬爱之情，画作反映出他从苏联油画大家那里吸取到的风格和技法。

担心长途运输碰撞，徐岷特意把画作镶在木板上而不是画框里，托李红旗运回宋庄。平时他会从张文槐老师那里打听方老师的消息，还曾特地去看望来上海治病的方老师。如今，他时常凝视手机里保存的这幅20年前的肖像画，"来缅怀这位倔强、仁慈、坚强的师长"。

……

如果不是岁月无情，谁能说这不是从前；但如果不是岁月有情，谁又能体会到其中的甘甜，谁也说不清这有限的空间，是如何容纳这惊涛拍岸般的情感巨澜。

世界上师生情谊最圣洁、最珍贵，这哪里只是一个个寻师的故事，分明是人性横截面上的一段段闪光。

# 第十六章
# 遨游在成人教育的王国里

一只鹰，在迎风沐雨高高地飞翔。

《楚辞·九辩》有云："何曾华之无实兮，从风雨而飞飏！"

如果你闭上眼睛静听，你会听到鹰翅穿越长空的声音。

你再看那溪流，千回百转，曲曲折折，穿过沼泽，绕过险滩，最终汇入一条大河的波澜壮阔；也有的溪流流向大海，汇入一场更大的波澜壮阔中去。

1984年，正当从上海虹口区业余大学辞职后的方敬寻寻觅觅的时候，他在成人教育战线上的朋友和战友王茂荣向他伸出了友谊的手臂。

王茂荣回忆：

1980年，我受命组建上海第二教育学院和上海市成人教育研究所。正在物色人才之际，遇到一个偶然的机会，我听了方敬访问美国成人教育的考察报告。在近三个小时的报告中，没有提到一句赞美美国的话。我觉得此人有点怪：有骨气，有思想，也很有个性，正好是我所需要的人才。于是，产生了一种想与作者合作共事的想法。经过几年的内、外周折，终于在1984年将作者调进上海第二教育学院，并分配在上海市成人教育研究所担任副所长。从此，我们就成了创建上海第二教育学院和上海市成人教育研究所的合作伙伴。十多年以来，我们共同承担国家级研究课题，共同外出讲学，共同参加国际成人教育会议，共同参与国内有关的学术研修，共同编撰书刊。在繁忙而紧张的日日夜夜里，曾有过许多喜悦，也有不少困扰；有时也争论，但更多的是自觉的互补。于是，我们成了真正开创事业的同甘共苦的合作伙伴。从而也结下了诚挚的友谊。

据了解，上海第二教育学院的前身是上海市工农教师进修学校，创建于 1974 年。1978 年，上海教育学院恢复建制，工农教师进修学校被并入上海教育学院，作为该院的一个分部。1981 年 5 月 5 日，上海市人民政府批准将上海教育学院分部改为上海市教育学院分院。1983 年，王茂荣任分院院长。

1984 年 6 月，上海市人民政府同意将上海教育学院分院改为上海第二教育学院。学院的主要任务是培养成人教育的教师和管理干部，同时培养既能从事教育工作，又能从事管理技术工作的复合型人才。1985 年 11 月，国家教委准予上海第二教育学院备案，承认其学生学历，明确上海第二教育学院为一所独立建制的成人高等学校。当然，1998 年 8 月，上海第二教育学院并入华东师范大学，这都是以后的事啦。

方敬曾说："当时我坚持不当所长，当了常务副所长。""王茂荣'文化大革命'前曾经拟任同济大学副校长，批文没下来，'文化大革命'就开始了。他活着也 90 多岁了，心眼很好。和他在一起，工作很愉快。"

1984 年仲春的上海，没有了春雨霏霏、阴雨连绵，有的是阳光明媚和雨后空气的格外清新。这是花开的季节，也是劳作的季节。

5 月的上海，迎来了一次国际性的学术会议。

1984 年 5 月 14 日至 24 日，经国务院批准，由国际成人教育理事会（ICAE）主持、中国成人教育协会协助、上海市成人教育研究会承办的上海国际成人教育讨论会在上海市隆重举行。

国际成人教育理事会于 1973 年成立，得到联合国教科文组织支持；当时有 78 个国家和地区参加，是世界上最大的群众性成人教育组织。它从 1978 年开始与我国建立联系，其已故秘书长、加拿大籍 J.罗比基德先生曾两次访华，为密切我国与国际成人教育理事会的联系并为我国于 1983 年 12 月正式成为该组织的成员国作出了杰出贡献。

1981 年 4 月和 8 月，国际成人教育理事会先后两次组织访问考察小组，分赴我国上海、北京、四川、湖南、广东、黑龙江、吉林、辽宁 8 个地方进行了实地考察。1983 年 12 月我国被正式接纳入会。

这次上海国际成人教育讨论会就是在上述考察的基础上，又经过两年多的酝酿准备之后召开的。参加这次讨论会的 35 位外国专家、学者来自五大洲的 22 个国家和地区；我国有 14 个省、自治区、直辖市的 32 位代表参加了讨论会的全过程。会议地点为上海锦江饭店。

讨论会召开前夕，会议指导委员会决定增补方敬和 C.汉特女士为会议秘书处成员。

会议前 4 天，中外与会者混合编组，对上海市各级各类、各种形式的成人教育作进一步现场考察；后 6 天为大会宣讲论文、评议和小组讨论。

5 月 13 日下午，代表们到达锦江饭店，行装甫卸，当夜举行了第一次指导委员会，秘书处成员也列席了会议。会前，秘书处要方敬起草一份报告，向指导委员会汇报会议的准备情况。当时大家都很忙，方敬马上写了 400 余字的会务工作报告，经有关同志审阅后，请余小明同志直接在会上用英语汇报（没有时间再书面翻译），指导委员会听取报告后，认为会议的准备是良好的，可按计划执行。从汇报到作出决议，一共才花了 10 分钟。

自 5 月 13 日至 24 日，方敬参加了 5 次秘书处会议。这几次会议时间短的只有 40 分钟，长的也不过 90 分钟。若计入翻译的时间，应当说这些会全都是短会，但效率很高。

会议有不少花絮，比如"黄牌和红牌"的故事：

会议共分两个阶段进行。5 月 14 日至 17 日代表分 4 组去 26 个单位参观考察；5 月 18 日至 24 日是专题报告、评议和小组讨论。5 月 17 日夜秘书处举行第三次会议，指导委员会的多数成员参加了这次会议。

会议进行中，秘书长 C.杜克博士问及会场里有没有限时装置。方敬知道在同声传译设备及扩音设备中附有限时装置，当规定的发言时间到了，这个装置会向发言人显示信号。N.巴路认为这种限时装置只有报告人和会议主持者知道，对严格控制发言时间显然是不够的。会前他们曾根据国际会议惯例去借手铃，但没借到，市场上也无货供应。机智的杜克提出，可以仿照足球比赛的办法，用黄牌和红牌来控制发言时间：

出示黄牌表示发言时间快用完了，出示红牌表示发言者必须立即停止发言。

大家同意这一建议。

秘书处会议结束已是晚上 8 点多了，如用彩色纸糊和颜色涂都不理想。总务组的一位同志急中生智，认为可以用小学生的塑料垫板来替代，好在第二天上午 8 点半是开幕式，报告会将在九时三刻举行，趁这个机会可以去福州路采购。说来也巧，正好文具店里有黄红两色塑料垫板。

报告会举行前，执行主席宣布上午会议议程后，随即举起了黄牌和红牌并说明其含义。这一决定宣布后，与会代表报以热烈的掌声。尽管这两块牌子在全体会议上从未使用，但它们的存在却为代表们，特别是中国代表们津津乐道。

会议的另一个看点是尊重代表意愿和轮流"执政"。

按原定计划，参观考察阶段是混合编组，小组讨论时以语言编组，即汉语、英语各二组，法语为一组。当会议将转入第二阶段时，有些代表希望小组讨论不按语言编组，仍维持第一阶段的编组形式，即汉语和英语混合编成三组，汉语和法语编为一组。因为经过 4 天的参观考察，各组代表之间已比较熟悉，另外编组又要花时间去相互熟悉；而且，各组都有中国代表，有利于各国代表进一步了解中国成人教育的情况。秘书处和指导委员会采纳了这一意见。

按上海的习惯，小组活动的主持人是固定的，特别是搞会务工作的更希望如此。然而这次国际会议，不管是全体会议还是小组活动，主持人是轮换的。这一做法，不仅尊重了各国代表之间的平等关系，更有意义的是使各项活动可以经常保持活跃状态。因为每个活动的主持者，想到自己的国家，都会尽到主持者的责任。会议的主题和议程是规定的，但主持会议者的气质和风格，使会议显得绚丽多彩。

5 月 14 日，上海国际成人教育讨论会开幕式隆重举行，国际成人教育理事会主席巴罗致开幕词，中国成人教育协会会长臧伯平致欢迎词，上海市市长汪道涵特派代表致贺词。

　　　　　　　　　　　　　　　　　先生方敬

5月21日晚上，上海受到地震的影响，不少代表睡眠也颇受影响。

5月22日上午是全体会议，这天的会议主持者是斯里兰卡的W.韦杰唐哥，他讲了一段诙谐幽默的开场白：昨天晚上我们有幸能两次睡在上海的摇篮里，使我们回到了婴儿时代。婴儿的睡眠是最甜蜜的，所以今天各位代表的精神一定更加焕发，今天下午的会议必将更为成功。

这一即席的开场白，使得整个会场笑语盈盈。

别开生面的还有，会议在学者们宣读论文之后，即席进行专家评论。比如在德国的舒尔茨、加拿大的约恩女士、泰国的庆亚佩特以及中国的闵淑芬、赵文卿、宁鑫发言之后，伊拉克的奥纳斯里、德国的霍恩、加拿大的法雷尔、日本的诸冈、中国香港的黄杰雄立即进行评论。

闵淑芬的论文题目是《在职成人高等教育与生产相结合的特点及效益》。

奥纳斯里评论说：“闵淑芬女士触及了成人教育与生产实践关系方面的一些本质问题，列举了上海业余工业大学的一些情况作为例子。在我看来，论文所描述的教育方式太拘于成规，还不能被称为‘适应形势需要’。我的问题是，中国在目前阶段是否需要一种以更多的远程教育为基础的成人教育体系？”

他接着说：“我感到，上海业余工业大学的经验是了不起的，但是应该不断地受到新的检验并得到进一步的发展。”

法雷尔则说：“在中国，人们把教育与生产实践相结合，其方法是其他工业化国家，包括那些比美国和加拿大都更略胜一筹的欧洲国家都不能企及的——我这儿特别是指对于参加这类教育活动的成人学习者的支持。”“无论在中国还是工业化国家中，人们对于与工作有关的教育的需求是迅速增加了。”

瑞典的鲁滨逊、印度的波的亚、英国的斯托克进行论文发言之后，中国的关世雄作了《关于具有中国特色的社会主义成人教育体系的探讨》，另一位中国学者高本义作了《管理在高校函授教育中的地位、作用及手段》的发言，随后，加拿大的麦克尼、美国的柯列达迅速作出了评论。

麦克尼的发言一针见血，他说："鲁滨逊的论文只是一篇平稳而枯燥乏味的读物。除了最后两段以外，文章没有紧迫感和迎战的竞技状态，似乎与人无涉。"

麦克尼是国际成人教育理事会管理咨询委员会主席，他对中国充满了感情，他说："回顾1938年，一位年轻的加拿大医生诺尔曼·白求恩随皇家军队在西班牙工作了两年以后，来到了中国。他作为一名外科医生和医药顾问参加了红军也加入了长征队伍，在一次事故中不幸在中国去世。他满载崇高的荣誉，被埋葬在莫特儿陵墓。他为加拿大与中国的友好关系作出了重大贡献。年轻的翻译在提到白求恩时说，他是全中国的榜样。这倒使我产生这样的想法：在上星期参观时，中国教育工作者也不时地说他是教育工作者的榜样，从广义上来讲，他对于中加两国人民都既是医生又是教育者，因为他不仅促进了人们的健康，而且还促进了人们间的相互了解。在加拿大安大略他家门前，竖着两块牌子，一块写着中文，一块写着英文：'这儿埋葬着全国著名的人道主义者、外科医生和革命家。'我相信你们都会同意说，这句话是含意深刻的，尤其是它醒目地出现在一个朴素保守的加拿大小镇。"

他的发言充满了激情："当我们结束这次讨论会，把会议的论文、统计数字等搁置一旁时，最好能重新回忆起，我们曾怎样在这座古老城市的街道上漫步，回忆起这个幅员辽阔的国家，回忆起这儿善良的人民，正在创建着更美好的生活——为了他们自己，也为了我们每一个人。"

最后，秘书长杜克总结说："我们已经共同工作了十天。我们正在竭尽全力把自己的理论与中国成人教育的具体现实结合起来。我们学到了什么？我们应该传播什么？我相信对于大部分来到中国的代表来说，这几天的学习是我们一生中前所未有的、最值得深思的事情。通过中国代表的优秀论文和谈话，我们一起学习了他们的经验，我要赞扬我们的东道主——中国代表。"

会议期间，代表们参观了普陀区第一业余中学、同济大学、上海第二教育学院实验室、上钢五厂培训中心、上海石化总厂、川沙县蔡路乡农民教育陈列室，欣赏了金山农民画。

总的看这次会议，发达国家来的学者多，论文理论性较强。发展中国家来的从事实践的工作者多，论文与实践的联系比较密切。通过讨论交流都有不少收益。

方敬随后参与了《上海国际成人教育讨论会论文集》编辑出版工作。

20世纪80年代初的中国，经济体制改革在农村取得了巨大成就，上海近郊多数农村的生产总值出现大幅增长。就拿上海近郊的宝山县罗店乡来说，1983年工业产值为3888万元，占总产值的79.85%，这表明已有相当数量的劳动力从事工业生产，必然导致从事农业生产人数的减少。这一增一减，促使近郊农村的成人教育发生变化。

上海国际成人教育会议不久，为了重新认识上海近郊农村成人教育情况，方敬应罗店乡之邀，深入实地调查研究。

农村经济体制改革先于城市，这一机遇使罗店乡的乡村企业有了迅猛的发展。方敬调查发现：罗店乡成人教育的对象多数已不是"务农农民"；罗店乡经济的发展与农村成人教育日益显示其作用，将使农村的领导与农村的成人加深对智力投资重要性的认识；在对农民坚持长年文化技术教育的同时，根据经济发展的需要，罗店乡开办了多种短期的专业技术培训班，这一办学形式符合成人教育的实用与适时的特点，与成人教育的"正规化"要求并不矛盾。罗店乡注意了长远的需要，输送了一些在职青年去各高等院校深造，这一做法是可取的。

方敬同时看到，罗店乡成人教育的在学数是偏低的，专职工作人员与师资都不足，乡图书馆藏书仅0.2万册，教育经费低于上级的规定。这一切与罗店乡经济与成人教育向高一级发展的形势不相适应。智力投资的重要性已在先进国家或地区充分显示，它要求教育先行，必须在人力、物力、财力上创造必要的条件。

在学生叶松的协助下，方敬完成了《对上海近郊农村成人教育的再认识——罗店乡的调查》，并刊登在《农村发展研究》杂志上。

方敬这一解剖麻雀式的调研，以小见大，是一个破解难题的好方法。

1984 年 9 月，上海第二教育学院下达编写《上海教育年鉴（第二卷）——上海成人教育部分初稿（不含高等教育）》任务。因时间紧迫，方敬先后请曹明诚、刘鸿福、秦本林、杨贻华等同志参与这份工作。

他们查阅了近 700 万字的档案材料，1985 年 6 月，一份《1949—1983 年上海成人教育概况》采写完成了。

书稿成文前按年撰写，在分头撰写的基础上，编写成十章。方敬承担了第一章至第五章和第十章的写作。最后由方敬、曹明诚总成。

在编写过程中，曾召开了三次座谈会。

这本书，曾作为编写《中国教育年鉴（地方部分）与上海成人教育史》的基础资料之一。

在中国成人教育史上，有一个特殊名词——"双补教育"，亦称"青工双补"，专指 20 世纪 80 年代对青壮年职工进行初中文化、初级技术补课教育。由于受"文化大革命"的影响，许多青壮年职工未能受到正规的教育。1979 年初，据对 2000 万职工的调查，80% 是初中以下文化水平，其中"文化大革命"后参加工作的占职工总数的一半，实际文化程度普遍低于学历水平，工人技术等级多数在三级以下。针对这种情况，1979 年 9 月教育部召开全国职工教育工作会议提出，在几年内，把提高"文化大革命"以来参加工作的职工的政治、文化、技术水平作为职工教育的重点。

1981 年 2 月，中共中央、国务院《关于加强职工教育工作的决定》提出，近两三年内，要把职工教育的重点放在对领导干部的训练和对"文化大革命"以来入厂的青壮年职工进行政治思想教育和文化、技术补课方面。1982 年 1 月，全国职工教育管理委员会、教育部、国家劳动总局、中华全国总工会、共青团中央发出《关于切实搞好青壮年职工文化、技术补课工作的联合通知》规定，凡 1968—1980 年初、高中毕业生而实际文化水平达不到初中毕业程度的职工和未经专业技术培训的三级工以下的职工，均应补课。文化补课内容为语文、数学、物理、化学各科。专业技术补课主要是通过学习技术理论和开展岗位练兵，达到工人技术等级标准规定的三级工应知应会水平。补课合格者发给证书，考核成绩列入职工档案，作为晋级的依据之一。到 1985 年 8 月底，全国文化补课累计合格者 2037.9 万人，占应补课对象的 75.9%；技术补课累计合格者 1595.7 万人，占应补课对象的 74.4%。

上海是世界的上海，更是中国的上海。世界范围内进行的生产结构调整和外省市的飞速发展都对上海产生强烈的冲击。

1983 年，上海有 8000 多个工厂企业，其中大型企业 200 多个，其余都是中小型企业，职工总数约为 465 万人。上海固定资产总值不及全国的二十分之一，却承担了国家财政收入的约六分之一，这一基本数字说明上海的生产技术水平和经济效益在全国是最高的。

上海的经济发展趋势对上海职工教育产生决定性的影响。

方敬调查发现，经过几年的发展，上海的职工教育有了很大的发展，在学总数已超过 100 万人，创造了上海职工教育史上的最高纪录。

1984 年 11 月，方敬撰写了《上海职工教育可能出现的几个变化》一文，他认为上海职工教育在 1985 年可能出现以下变化：

职工在学总数开始下降，并在三五年后开始回升；

在上述变化的同时，短期脱产培训和全部利用业余时间学习的人数将相对上升，长期半脱产或全脱产学习的人数下降；

为取得学历而学习的人数将下降，为提高工作能力而参加学习的人数将上升。

他推测，这两个上升和下降的演变可能是缓慢的，但将持续一段时间。

方敬认为，必须重视整个教育的发展趋势：

首先，人才是根本、教育要先行已是一切先进企业的共识，职工教育补充"一次教育"的不足，也为人们所理解。整个世界已步入信息社会。信息技术、材料技术与能源技术是当代社会的三大技术支柱。社会的发展要求劳动密集型生产向技术密集型产业转化，人才与科技的组合是促进这一转化的关键。

其次，现代社会更需要"T型"或复合型人才，因此，"一次性教育"要注重智能的开发，职工教育比"一次性教育"更能适应学科不断更新的变化。

再次，就学校来说，不仅是职工学校，即使普通教育的中等以上学校，也应向多功能方向发展。

方敬的这篇文章，是对上海经济发展趋势与整个教育可能出现的变革综合思考的结果。

他认为，上海职工教育应充分利用今后三年左右的时间进行调整与改革。

要特别注意"短线学科"的建设，经营管理、新技术（材料、卫生、设备）、外语需求将很大。建立全市性的整个教育信息与咨询的联合机构已提到议事日程上。

成文后，方敬又到卢湾区业余大学，邀请黄浦、普陀、闸北等业余大学的部分校长交换意见。

方敬任职上海成人教育研究所副所长期间，每年开一次培训班，大家都来。"1984年全国成人教育干部培训，谁讲第一课？绪论最难讲，你搞成人教育你就明白了，找来找去都不肯讲，最后决定第一讲由我来讲。"这是方敬第一次面向全国的专家讲课，这一讲以后，全国成人教育的培训机构都打电话来邀请他讲课。

有一次全国扫盲协会开会，秘书长一看名单上没有方敬，赶紧添上。临时打电话给方敬。去了3个专家，每人讲40分钟，结果前面两个发言拖拖拉拉给方敬就剩下10分钟，教育部司长说，还有10分钟，你看怎么办？方敬说10分钟够了。讲了以后司长说，那不行，你只讲了个大纲，还得好好讲一次，结果第二天重新讲。讲完以后，参会的江苏省教育厅副厅长让他不要回去了，在江苏再待一天；他把江苏几十个县市成人教育干部集中起来，在南京让方敬讲了两个半天。

1986年5月，上海第二教育学院副院长林纬华与上海成人教育研究室主任孙世路教授参加了在美国的雪城大学举行的北美成人教育大会，介绍了中国成人教育发展的情况，引起了不少与会者的兴趣。

会议期间，菲莉斯·卡尔汉姆教授建议上海第二教育学院主持编写一本介绍中国成人教育的书，以便让更多的国内外同行了解中国成人教育的基本情况。回国后，经研究决定，由第二教育学院院长王茂荣担任主编，副院长林纬华、上海成人教育研究室主任孙世路、副主任方敬三人担任副主编，并确定了各章的题目和主要内容，每章都邀请国内外比较熟悉有关情况的成人教育专家或有丰富实践经验的实际工作者撰稿。

这本书就是《成人教育面面观》，1988 年 1 月出版。方敬承担了第八章《大学里的成人教育》的采写，同时负责整本书的统筹与修改。

1986 年 9 月，上海第二教育学院与上海市成人教育研究室依照国家经委和全国职工教育管理委员会的委托，组建"2000 年企业职工队伍建设战略目标及主要对策"课题组，第一负责人为王茂荣。报告自 1986 年 11 月开始起草，同年 12 月提出初步报告。

这是一个很具有战略眼光的课题研究。

1987 年在一场大雪里来到，纷纷扬扬的雪花从高空飘落，缀满公园的枝枝桠桠，雪花围裹着棵棵高大的水杉。整个上海银装素裹，玉洁冰清。

第二天清晨还是雪花飘飘，走在路上，方敬心里想，瑞雪兆丰年呐。

1987 年 1 月，上海举行了第一次《2000 年企业职工队伍建设战略目标及主要对策》（以下简称《2000》）论证会，经修改后于 1987 年 2 月向国家经委和全国职工教育管理委员会提交了研究报告。

1 月是个忙碌的月份，方敬日记里记载：

1 月 3 日，《苏联成人教育史》稿件改完；6 日，电话商讨《2000》论证会事宜；7 日，去闸北区业余大学 202 室开研究会；8 日，《2000》课题准备；11 日（周日），写《职业教育断想》；12 日，上午在家写文章，下午去复兴中学调研；13 日，课题组全体会议；14 日，去闸北区业余大学，部分作者会议，研究是否要开理事会，晚继续写文章；15

日，浦通修（曾任教育部副部长）同志到，向浦汇报工作；16 日，《2000》论证会一天；19 日，《苏联成人教育史》的修改，浦通修同志找课题组人员研究工作；20 日至 23 日，续写《成人教育在中国》；24 日，写《成人教育在中国》，已完成 10 万字。25 日，《成人教育在中国》第八章，今日完稿；参考文献目录要编写；下午关于《2000》课题的修改；28 日，除夕，上午和下午继续《2000》课题；夜，身体不支，未守岁；29 日，丁卯初一，《2000》课题；30 日，去西德领事馆工作人员处，去胡景清老师家；病，大便时带血；31 日，《2000》课题……

这就是方敬，累得生病、又带病工作的方敬！翻开方敬日记，他哪个月何曾消停过，哪个月不是连轴转，哪个月不是透支着身体工作！

这一年也是方敬著述颇丰的一年，1987 年 5 月，由上海第二教育学院、上海市成人教育研究会、市教育局工农教育处、上海市成人教育研究室联合编写的《上海教育年鉴（第二卷）——上海成人教育部分初稿（不含高等教育）》完成。5 月 14 日，方敬在书稿的打印件首页上特地写上"此稿系正式报教育部《中国教育年鉴》编写组"。这项开始于 1985 年 6 月的撰写工作宣告完成。

1987 年 6 月 23 日，国务院批转了《国家教育委员会关于改革和发展成人教育的决定》，其中规定，成人教育的主要任务之一是"对已经走上各种工作岗位，以及需要转换工作岗位或重新就业的工人、农民、干部、专业技术人员和其他从业人员，进行相应的岗位培训，使他们在政治思想、职业道德、文化知识、专业技术和实际能力等方面达到本岗位的规范要求，并把开展岗位培训作为成人教育的重点"，在这以后，我国职工教育进入了以岗位培训为重点，学历教育及其他各类教育同时并存的时期。

1987 年 7 月中旬以来，方敬首先应徐州市之邀，讲了学习《国家教育委员会关于改革和发展成人教育的决定》的一些体会。继而在多次学习后整理成文，写作了《〈关于改革和发展成人教育的决定〉的学习笔记》，并以"容之"为笔名刊登于《成人教育研究》杂志上。

1987 年底，方敬开始住院，到元月 15 日住院一个月零 4 天。住院期间，章锦秀几乎天天都到医院陪护。出院后方敬就去看望胡景清老师，并到老同事童珍春处。晚饭后去拜访了顾鸿钧、蔡锡瑶、袁素华。第二天上午开始工作，整理日记、信件并安排工作日程。每到年关，他还要寄出几十封贺年卡或者信件。

这就是方敬，不能不工作，特别爱工作，好像一闲下来就是罪恶（似）的。有时候，竟然是通宵工作，所以他的健康并不好，虽然有习武的底子，但是经常闹各种各样的毛病。

1988 年，除了外出讲学，方敬主要在写《成人教育史》。上半年思考与编写提纲，下半年进入具体的写作。

这一年，他外出讲学很多。

3 月 31 日去成都，讲课内容有职工队伍建设的战略目标、国际成人教育状态、成人教育几个问题的分析；

4 月 8 日去重庆，10 日去大竹；

5 月 29 日去杭州 2 天；

6 月 5 日去苏州 1 天；

6 月中旬请孟建柱讲第四期课；

6 月 19 日去长沙讲课，24 日去常德，25 日去张家界，26 日去黄石寨，30 日从长沙市区返回上海；

7 月 26 日参加哈尔滨市成人教育暑期研讨班，在太阳岛；

7 月 28 日去海拉尔，31 日上课；

8 月 1 日去鄂温克旗参加建旗 30 周年暨那达慕大会开幕式，4 日海拉尔会议结束，5 日会议闭幕式，6 日去职工中学，7 日回海拉尔，8 日去牧区，10 日到哈尔滨，11 日返程回上海；

10 月 20 日去武汉论文交流，24 日去晴川，用空余时间了解一下武汉岗位培训课程后返程；

29 日讲课；为一本青少年读物《歌山画水》题词，11 月 5 日 11 点完成；

11 月 25 日北京会议开始报到，26 日教育会议。

……

除了讲课，方敬还有外事活动。9 月 4 日，接待美国成人教育工作者 Long 教授讲学访问；把霍恩的地址发给呼伦贝尔；9 月 26 日给美国义隆教授写字；9 月底给外事处一个报告；10 月 24 日与汉斯（联邦德国）晤谈；11 月 7 日为加拿大友人写了 6 张书法……

为庆祝新中国成立 40 周年，华东师范大学向上海成人教育学院研究室约稿。研究室组成起草小组，经多次讨论后由方敬执笔成文《成人教育的回顾与思考》，并刊登于《华东师范大学学报（教育科学版）》1989 年第 3 期（总第 25 期）。这篇文章从扫盲工作——扫盲与 2 亿多文盲、农民教育——冬学与燎原计划、职工教育——学历教育与岗位培训、成人高等教育——数量与质量、成人教育管理——变化与原则等方面，总结了我国成人教育 40 年的历史。

1989 年 7 月，又是一个炎夏。

方敬以"思之"的笔名在《成人教育研究》杂志上发表了《我国成人教育体制的回顾与思考》一文。他自述这篇文章肇始于他在 1987 年 7 月的讲话，主要回答《国家教育委员会关于改革和发展成人教育的决定》颁布后关于教育体制上的一些问题，断断续续地思考和写作了近两年时间。

10 月，他又应曾义祥、孙世路之约，为《职工及管理学》一书撰写了第十一章："职工教育管理干部的修养"。他还热情地为浙江丽水郑晰编著的《成人教育改革探索》作序。


翻开方敬这两年的日记，可以看出，课题思考这个短语出现的频率非常高。1987 年 1 月至 5 月，课题出现 40 次。分别是《2000》课题准备或者课题组会议、课题的修改、课题材料的准备、课题的研究、课题的反思、课题的讨论等。

无论是工作日还是节假日，无论是外出讲学还是在家陪伴孩子们写字，只要有空闲，他总要进行"课题思考"。方敬日记是平实又简洁的记事，从不给自己的生活涂脂抹粉，他甚至很少在日记中流露什么情绪，所以，思考就是思考。这说明，他的理论形成是经过长期的思考，是在日常工作与现实调研中不断获得生机与营养的，是有本之木，是有源之水……除了课题思考，其他如讲课的思考、研究室工作的思考等，出现的频率也是非常之高。

1987年6月的日记，课题思考这个词语出现了9次，课题研讨会3次，其中有两天是整天都在讨论课题主题等内容；与同仁通报课题内容1次；与外地（武汉）来人讨论成人教育一天，他把武汉的情况在日记中做了详细记录，包括武汉成人学院尚无权发证的现象、生源的组织、教材的编号等等。7月下旬，即使是在连云港，每天见人很多，偶尔因病休息，也有两个下午提到"课题思考"。

他做课题是真正的做课题。要在思考中反复论证与准备，要开会，要买资料，要多方调研，要数据也要总结。这和现在许多行业为评职称而风靡的"做课题"简直是不可同日而语。

他不休息，但是经常生病。过度操劳的人，虽然还是盛年，但1987年的日记里，他经常发烧、腹泻或者有别的小毛病，也有几次出差中写道：非常疲惫。

如果我们翻开方敬日记就会发现，致力于家乡的教育事业这一念头在他的头脑里很早就萌芽了。

我们就以1987年暑假，方敬回赣榆的日记来追踪他的思绪吧。

1987年的暑假自7月10日开始，这一天，方敬休息一天，因为发烧38度。次日发烧37.8度，但是上午接待美国代表团，中午去山东路吴峰、李玲处，晚上王洵之子王欣来写字。12日准备回乡，上午、下午还接待学生，并发出给方家荣、小密、徐健、张元栋、王纯明、解钢等人6封信。13日去学校安排暑期工作，14日又病了一天。估计是因为没有好好休息，病本来就没好。15日开会，分别去看姚老师、童珍春等等。

然后，他就准备由徐州去故乡赣榆县（2014年撤县设区）了。他在日记里写道：

16日，先去徐州。晚上与王纯民研究行动方案，决定18日离开徐州。17日上午去兵马俑，下午去博物馆。汉画像很美。给郯县电报，买票。18日上午去汉墓和展览馆，徐州地方民间艺术。下午去邳县。19日在邳县文化馆和文化局一天。20日上午备课，下午在邳县讲课，晚宴过于铺张。与张元栋夜谈。

21日早乘车去新浦，转车去赣榆，请县里送到宋庄已经是11时58分，当天下午去乡政府，约定活动日程。

22日上午，约高中学生座谈，记下任村高中学生情况：祁晓行在赣中读高三，相小利读高二，方芳在宋庄中学读高一，孙小瑜在城南中学读高一，任伟在赣中读高二，祁昌业在城南中学读高三，相三学在城南中学读高二，祁昌宝读中师，任鹏参加高考（理科）。

23日上午去宋庄（父母）坟地，下午计划去滩涂（没去）。疲惫得很。计划去连云港。

24日去看沿海滩涂。中午腹泻。25日上午和下午分别进行初中生和小学生座谈会。同样记下了很多孩子的信息。

26日一天写字。

27日上午去乡政府，下午写字。吴德运、徐健、刘世俊、王艺来。晚上教师座谈会。

……

下午，县经济协作办公室副主任来访。方敬用笔记下赣榆县的企业经济状况，可以看出方敬还在同时思考家乡经济发展问题：

1. 外引内联：已引进3000万元，1984—1985年开始改善投资环境。

2. 全面加强引进决定：山区的罐头食品；草莓保鲜；番茄酱；资金、技术，先进项目，技术改造；食品加工，轻纺。

我们可见，方敬回老家，先后组织召开了部分高中生座谈会、初中生座谈会、小学生座谈会和教师座谈会，他的思路很清晰，接触与了解很全面。

28日上午收拾行装，下午思考，晚上去家学（方家学）家。

29日上午去乡里告别，回去的思考。祁晓行，502分（文科），任庄第一个大学生；任鹏409分。

下午至新浦，2：30 到连云港市职教办。遇到范国强，留我至 31 日回。

于是 30 日和 31 日，方敬备课讲课，主题是贯彻《关于改革和发展成人教育的决定》。


我们可以看到，方敬在这一个阶段四处讲学，省、市、县不拘。虽然讲的都是成人教育，可是每到一处，他一定是先备课再上课，从来没有一个教案四处讲的情况。也就是说，他的讲课，一方面有自己的思考，另一方面还要结合当地成人教育发展情况。他不是为名为利四处游走，他是真的想给一个地方的成人教育发展做一些指导。

方敬一辈子为人师表，实实在在地做老师！

8 月 1 日，方敬自新浦返沪。5 时 20 分出发，21 时 30 分到达。沿途记下灌云、淮阴，沿大运河南下过江阴、靖江，在九圩摆渡经太仓、嘉定至上海北站。路过的地名，他一一记下，这是他去别的地方不曾有的。

他的日记都是简之又简，唯有通向家乡的路途，他才如此的在心在意。

……

方敬说，在成人教育研究所期间，我到各地讲课。我是副所长，秘书帮我管钱、管公章，用就要做记录。我讲课费都交给他，哪怕是 10 元钱都让他记账，迄今我不用公家信封信纸写私人信件。

方敬曾在《成人教育思辨》一书的"前言"里总结他从事成人教育的这段历程：

学而思，辄有所得，最难以忘怀的依然是成人教育，1949 年 7 月至今的漫长岁月，大都是在成人教育的忙乱苦恼与兴奋中度过。与成人教育的不解之缘，开始仅是服从组织分配而已。继之，由于它的变幻与艰辛，甚具魅力，便深深地被吸引并为之思索与呼唤，因此，撰写的第一本书仍然是关于成人教育的。

1984 年夏，雨过天晴，被安排去上海第二教育学院、上海成人教育研究室工作，并忝列上海成人教育研究会秘书长，在这段时间写得较多。

好友王茂荣在该书"序言"里说：

1990年，我离休了。作者（指方敬）迟我一年之后，也办了退休手续，并辞去一切职务。我用几年时间调养身心，作者除继续受聘外出讲学外，读书、写字、赞助十几个有条件的青年升大学，开始了新的生活。几年之后，作者提出想回老家写点东西。我支持他的想法，并送他一件大棉袄保暖。临行前一天，我到作者住所为其送行。告诉他不要急于求成，不要滥竽充数，要注重质量，有感而发，量力而行。不要把身体搞垮，更不能把老命搭进去。数月后，开始收到一些手稿，我读后，写了回信，又重复了上述意思。5月18日我进了华东医院，6月以后，陆续收到《成人教育思辨》书稿和作者从故乡任庄打来的长途电话，约我作序，我欣然答应了。此后，我把收到的全部手稿带进医院，开始考虑如何写序了。

我有幸成为《成人教育思辨》的第一个读者，感到非常兴奋。作者自1949年到1998年整整半个世纪从事成人教育，从扫盲教识字到双补到岗位培训继续教育的相关课程，最后到成人教育理论研究的专题讲座；从教师到区业余大学校长，再到专职的理论研究人员，无论横向或是纵向都是一个具有丰富实际经验的成人教育组织者和优秀教师。他的这本书反映了新中国成人教育的发展轨迹，也反映出新中国第一代成人教育工作者酷爱成人教育的精神风貌。《成人教育思辨》是作者从事半个世纪成人教育实践的总结，也是作者长期思考辨析的精华。作者牢牢把握成人教育必须适应国民经济持续、快速、健康增长和社会文明进步的主旋律。根据下岗职工培训再就业工程的大量需求，开展各式各样的职业技能和思想素质的培训。为在市场经济条件下，重新组合各种模式的成人教育，加大成人教育自身改革的力度，作者就成人教育的起源论、"定义"的比较研究和"职能的切入"、"多变"与"应变"、教学内容的"非常规形态"，以及如何科学评估成人教育的质量等问题，进行了有分析有比较的深入讨论，很有可读性，读后有启迪。科技和经济

　　　　　　　　　　　　　　先生方敬

的持续、快速、健康发展，决定了成人教育的多变，变，则可适应市场经济的需要；不变，则被社会淘汰。成人教育的多变，要求其办学要有自主权，教学内容要具有"非常规形态"，管理要具有应变能力。应变能力由预测能力、"多种功能"和"横向联系"以及教师的一专多能等因素决定。在深化国营企业的政策和扩大开放大局的推动下，为成人教育提供了更多的发展机遇，提供了许多新的增长点。千百万下岗职工再就业培训工程形成重点，继续教育课程中的高新技术含量逐步增多，全民健身美化环境的社区文化教育的普及，以及改善老人生活质量的教育等等，使成人教育将出现多姿多彩的发展态势。

成人教育是人类文明所需要的一种教育，也是任何其他教育所不能替代的一种教育。它与社会文明进步同步协调发展。

王茂荣的"序言"从侧面讲述了《成人教育思辨》成书的经过，客观评价了方敬在中国成人教育史的地位，同时强调了方敬深厚的理论与实践基础。

# 第十七章
# 世界上有一个地方叫故乡

天上有颗星，
我那童年的心，
秋色的芦荻，
低低的茅屋……

天边飘荡着白云，
我那童年的梦，
那苦涩的水，
那悦耳的乡音。

依着微风，
回来了，
一朵飘浮着的蒲公英，
带着童年的心，
变幻的梦境。

贫困，
镌刻在老人前额；
喜悦，
伴着夕阳，
敲打着我童年的心。

　　　　　　　　　　　　　　　　　　　先生方敬

喜悦啊，
你在哪里，
我那童年的心，
变幻的梦境。

是婴儿的咿呀，
是少女的眼睛，
是苦涩，
是青烟袅袅……
我童年的喜悦，

那可人的梦境，
这陌生了的乡音，
一朵飘浮的蒲公英。

行吟，
在小河旁，
在低低的茅檐下，
我那童年的心，
变幻的梦境……

那是一本书，
一本被揉乱的书，
那是低矮的案板，
布满刀痕的桌，
这是我的心！
是变幻的梦境？

酒瓶，

懒散地堆在墙角，

像惊雷，

击碎了游子的心，

是闪电，

抹去了变幻的梦境。


我那童年的心，

悄悄地，

依傍着揉乱的书，

跟着童年的节律，

诉说着，

可人的梦境。

1978年春，方敬与儿子列平返乡，第一次见到了赣榆县宋庄乡任庄的贫困，想到了父母悲壮的一生，立志为家乡青少年的教育尽力。他写的这首《家乡行》，是当时心情的写照。之后，每年他都返乡数次。

一个人对于故乡的思念，怎可一言而尽！

对故乡的这份情感，它是浸在了血液里的，它的存在是每时每刻的。故乡，是一杯烈酒，醇香浓厚，暖在心间；故乡，是一碗清茶，香气四溢，飘向远方。

故乡，您是游子的乳名，一起与游子欢笑、哭泣、感动。一起见证游子的成长，在风雨中铭刻希望。

英国作家劳伦斯说："每个民族都被凝聚在叫作故乡、故土的某个特定的地区。"

是的，这地域性的历史文化背景，总是无处不在、无时不在地渗透着每一个人的生活，方敬也不例外。

方敬说："我的归宿在任庄，回乡对我来说，就是叶落归根。"

在中国版图上，江苏省连云港市赣榆区位于黄海之滨，苏鲁交界，是江苏的北大门。境内山区、沿海、平原各占三分之一，有人形象地说赣榆地势地貌就是一个浓缩的"中国"版图。

故乡赣榆历史久远，早在秦代就建置为县，历史文化灿烂丰厚，山海风光秀美奇特。它依山傍海，素以"享山川之饶，受渔盐之利"而得天独厚。

方敬原以为赣榆可能是冲积而成，和上海差不多，而实际上它是黄海陆架平原的组成部分。

为此方敬自嘲是一只上海牌的"井底之蛙"。

有人说这里是少昊氏族后裔，与东夷文化同出一源。

当年秦始皇为宣扬功德，大规模在全国巡视，两次到过赣榆。春秋战国时期，齐国邀诸侯会盟，孔夫子是鲁国的官员，参与会盟，而会盟的场地，就在赣榆的夹谷山一带。

"年年春夏潮盈浦，潮退刮泥成岛屿；风干日曝盐味加，始灌潮波溜成卤。卤浓盐淡未得闲，采樵深入无穷山；豹踪虎迹不敢避，朝阳出去夕阳还。船载肩擎未遑歇，投入巨灶炎炎热；晨烧暮烁堆积高，才得波涛变为雪……"这首《鬻海歌》，是宋朝词人柳永在目睹盐民的辛劳后所作的，同样适用于赣榆。

宋庄镇范店村有一块镌刻于清代光绪年间的石碑，名曰《修浚赣邑河渠堤坝碑记》，碑文记载了清光绪三十二年（1906）赣榆地区淫雨成涝，灾民苦不堪言。此时，被誉为江北名流之一的许鼎霖临危受命，在担任导淮赈灾官员期间，募款赈济，疏通朱稽河。赣榆人民念及恩德，为其树碑以作褒扬。

方敬父母的生身之地宋庄镇，濒临海州湾，紧靠赣榆县城青口镇，与连云港隔海相望。

千百年来的宋庄镇，一直守望着茫茫大海。一浪又一浪的海水汹涌而来，又悄然退去。大海、盐滩、盐民，潮起潮落，生生不息……

昔日，这里是"晴天一片白，雨天一片涝"的盐碱地，盐碱滩上星罗棋布的盐田，放眼望去，天连水、水连天，野外杂草丛生。

这片咸涩的土地，这片傍海生息几千年的滩涂，养育过一辈又一辈与天抗争、延续生命的晒盐人和讨海人，历经沧桑。

都说故人是乡愁，故园是乡愁，故土是乡愁，故国是乡愁。那么时光呢？它分明是乡愁的底色，乡愁的酵母，是乡愁的乡愁啊！

早在虚岁6岁时，父亲第一次带方敬回故乡。

记得是坐船去的，那时上海到连云港只有班轮，舱内很闷热，还记得有个圆形的窗。小方敬个头还小，站着到处扒也看不到海，就蜷缩在座位的一角，在阵阵轰鸣声中睡着了。连怎么下船，怎么回到任庄都浑然无记忆。

回乡第一天，大人们坐在一起"拉呱"。天渐渐黑下来了，小方敬就起身到门边的墙上伸手去摸，这边摸不着就摸那边，屋里两边摸不着就到门外面去摸，仍然没摸到电灯开关。这是他给家乡留下的第一个笑料。

那时农村还有大石磨，牵着牲口绕着磨转。这样近距离地看到"马"，小方敬太兴奋了。第二天一定要牵着马走，结果老家的人把这匹"马"叫成"骡子"，让小方敬纳闷了好多年。

稀奇的事还有呢。

上海冬天有烘山芋，是记忆中的美食，怎么做的不知道。而乡下把这种东西叫地瓜，而且把"烘"说成"烤"。这里的烤地瓜比上海烘山芋来得容易，大人们从地窖里摸出几个地瓜，洗也不洗就塞进灶膛里。不用点燃煤气，但在晚饭前，抓出几个来拍拍后放在小桌子上，小方敬一摸，烫手。这也是他非常纳闷的事。

那时小方敬才实足4岁多一点，就留下3个纳闷的事，在记忆中储存了多年。

说起成年后回故乡，方敬会向你提起"任庄与殷庄"的故事：

1956年9月4日，方敬到苏北地区做成人教育讲座，一天到了连云港市（那时叫新海连市）的新浦区，入住第二招待所。当时连云港住宿的地方正规一点的就是市政府第一招待所和第二招待所，新浦人简称为"一招"和"二招"。

当晚是星期六，入睡前方敬脑海里忽然想起了故乡。

方敬忽发奇想，明天是星期天，何不去家乡看看。

于是他和搭档商定星期一一定回来，当晚就把一些要件交给招待所保管室，第二天清晨轻装出发。

去赣榆没有班车，更没有出租车，新浦区的市容还赶不上今天赣榆县城青口镇。

打听到赣榆县在偏北方向，仗着年轻力壮，方敬有路就走，不行就问。他迈开双腿一路向北，穿过临洪闸，终于在天色将晚时到达赣榆地界。

然而，因为任庄是个小地方，方敬的口音又不对，再加上赣榆方言中"任庄"和"殷庄"发音相似，更不知道任庄隶属于宋庄乡。就这样行行复行行，到了傍晚时，方敬竟然走过头了，走到了殷庄乡殷庄村。

这一走，就是50公里。

殷庄离任庄还有20多公里呢。

方敬傻住了，没办法，经人指点后重新向南进军。

20世纪50年代的中国，电灯少得很，黑黢黢的天色中，方敬只能以北斗星为坐标行进。

那天是阴历七月三十，月亮不知躲到哪去了，但星光灿灿，银河横亘。可以判定坐标位置的是北斗星，还有青口镇一片不太明亮的灯光。

向南、向南、向南！

方敬干脆不走现成的路，对准青口镇的南面，朝偏东方向取个直线前进。

26岁的方敬跋涉农田，泅渡过河，其间还错把乱葬岗当村庄。这时再看看表，已将近夜里11点，就在这走投无路的时候，看到了胜利的曙光。

只见前方的场上有个灯悬挂着，方敬急步前去。场上有一位老人和一个中年男子，惊讶地看着这远来的异乡人。方敬急忙掏出证件并说明了原委。老人沉思了片刻，对中年人说："这是公家的人，快去找个向导来。"

经过向导的帮助，方敬到了任庄村口，这时已是子夜。

这一切，衬托着方敬的画外音：任庄，我来了，寻你的日子道阻且长，我满面风尘，历尽沧桑，别离的日子太长太长。

到了庄头，看到一个小屋，方敬就敲门问讯，问自己大姨家在哪里。他的外乡口音，吓得屋里人不敢开门。他只得自报家门，提供所有可证明自己的线索。然后，屋里油灯亮了，屋主人告诉方敬怎么走。

二十多年后方敬才知道，这一夜，这一家只姑嫂二人，被吓得不轻。方敬回想起在上海，有好几个外国的租界地，各自规划道路。河流又多，常常填河筑路等等。至今还有八仙桥、提篮桥、大木桥等没有河的桥。不少上海人只知道左右前后，不知道东西南北。

如今幸亏有向导在，在通报方敬的乳名后，大姨开了门。

方敬看一下表，已是凌晨1点，大姨家遇到真正的不速之客。一天没进食的他，连吞带咽地吃了一碗临时赶制的刀切面。

大姨和方敬说些什么都忘了。只知道大姨立马把他湿透的鞋、袜子、衬衣等都拿去洗。而他累坏了，倒头就睡，至于大姨之后忙些什么方敬也不管了。

第二天清晨，大姨叫醒他吃早饭，赣榆特色的糊糊加煎饼。门外多了一辆自行车。

早饭毕，按照同伴的约定，他穿起半湿的衣鞋就出发，在星期一的9时前总算赶到了新浦第二招待所。

这一趟行程，故乡所有的景色都没记住，只记得有一个临洪闸，还有任庄和殷庄是两码事。

这一切，都是在赣榆和新浦没有直达车以前的记忆。

第一次回乡因为人太小，不懂事；第二次是深夜来第二天清晨走，没见到什么。


父亲，母亲，宋庄。

这种感情以巨大的力量，一直牵动着他的心向宋庄倾斜。

肯定有一条路把方敬与宋庄连在一起，在物质之外，在世俗之外。想起宋庄，他就觉得火烧火燎，难以自持。

有一次做梦，他梦见宋庄突然变得富庶美丽起来。银色的月光，把宋庄镇笼成一片仙境。

自 1978 年开始的每年奔波故乡之旅，那时上海没有直达新浦的火车，必须在徐州转车。

每次从上海出发都是清晨到徐州。到徐州后下了火车还要过天桥。出站以后赶快到售票处买去新浦的票。不多的时间就检票进站，再拖着行李过天桥上火车，实在是疲于奔命。

后来，方敬在一些不认识的老乡的指引下，到了徐州后不出站，跨过铁轨就上了等在那里去新浦的火车，补票就是了。

然而，麻烦的事仍然在后边。有一次出了新浦火车站，急忙地往外走，赶着坐去青口镇的中巴。低矮昏暗的小候车室里，几条破旧的长条木椅上坐着等车的旅客。小商小贩们挎着筐在地上来回地叫卖着。那个乱，简直没法说。

中巴车破破烂烂的，什么时候发车，由司机兼老板说了算。好不容易到了青口镇，那已是半夜 11 时左右。

想去任庄，什么交通工具也没有。方敬想起了本家侄子方有理，就在县里工作，于是去工作单位找他。好不容易唤醒门卫，门卫却以为他是来上访的。当报出侄子姓名后，门卫才把侄子喊了出来。

侄子在县里开"一号车"，每次他都邀方敬在青口住一夜，而方敬时间太紧，一定要连夜回任庄。

有一次，青口镇以南在修路，在方敬坚持下，侄子七弯八绕地送他回任庄。方敬的行李多而重，多数是给孩子带的书籍和学习用品以及很多八成新的衣服。"就像娃出去见了世面，吃了好东西，总惦记着给母亲捎回来"。

从 1978 年到 1990 年，方敬大概筹集了近 500 公斤的衣服发往任庄，每次都一散而光。以后就再也不用带了，因为农村生活大变样，谁也不稀罕这些旧衣服。方敬笑言：千万不要忘记方有理，没有他如此仗义，那我就更累了。

由于 1978 年后每年都返乡，方敬对任庄人的衣、食、住、行等四个方面描述得栩栩如生：

先说住，1978 年，任庄没有一处楼房，最好的也只是砖木结构的平房，为数不多且低矮。因为屋一高就费砖。更多的人家是茅草为顶，泥抹的土坯墙。整个村庄的基调是土黄和灰色的。间或有几家正屋，用石块砌为墙基，高约一米，这已算是很气派的。

每家宅基地都不小，有围墙，但多数围墙高不到一米五。隔墙相望，一览无余。门很窄，只能算户（两扇为门，一扇为户），仅容一人侧身而过。能有合乎规格的木门已属高档，多数木门都是几条木板凑在一起，透风漏光。而不少人家是用芦苇或稻草编的子当门，进出很费劲。

至于窗，只是一尺见方的一个洞，夏天透风，冬天用柴草一堵，挡寒风又能透气。能镶嵌块玻璃，就算很不错的家境了。

整个村子除少数人家有青砖地的堂屋以外，其余的房间绝大多数是泥土本色。陶瓷地砖之事，当时连宋庄乡政府都没有。

在方敬的日记本里，粘贴着他 1985 年画的两张素描。一张是《锅屋——这里的特殊现象》，画于当年 2 月 2 日；一张名《农闲》，画于12 月 8 日，画的是一架平板车和一台拖拉机。

在《锅屋——这里的特殊现象》画的下方，方敬记述：这是 1985年去北京开会，返回时没坐飞机，而是在徐州转车回去，大概是在那儿过的春节。

好像是 1984 年搞上海市区业余大学展览会，用的是制图笔。很好用，就用这种笔勾勒了这张画。赣榆，从来就苦，自军阀混战到解放战争，都曾是战场。20 世纪 70 年代后期和 80 年代初期，民房都是草屋，很少有砖瓦房。

在农村，锅屋是对厨房的称谓。客厅叫堂屋，锅屋属于配房，一般都很矮，用草缮，屋檐连一溜儿瓦片都没有，简单得很。有的墙壁上有一个窗户，与其说是窗户，不如说是一个土洞来得贴切。锅屋一般都是没有门的，最奢侈的也就是用碎木板拼个小门挂在土墙上。条件好点的人家，锅屋顶上会垒个笔直的烟囱，烧火时青烟就会随着烟囱飘出，锅屋内鲜有烟雾。可大多数人家的锅屋都没有烟囱，每次烧火，烟雾弥漫，一时半会儿都跑不完，呛得人直流泪。

有句俗语："没有熏不透的锅屋。"意思是说，即使是新盖的锅屋，即使是它的墙壁再洁白，日子久了，也会被油烟熏黑的。

提起锅屋，便不得不提风箱。风箱可以算是那个年代锅屋里最值钱的物件了。拉风箱是每个小孩子都爱干的事。小孩子拉风箱力道不够，对风箱的破坏很大，大人是极力反对的，可孩子们还是见缝插针地拉几下。风箱跟着灶台走，一般都是大灶台才配风箱。有的人家风箱一般很少用，只有逢年过节蒸馒头或做豆腐时才用。

至于家具，少数人家有长条桌，中间放个大桌子，大桌子下套个小桌子，再有几把老旧的椅子。其余人家很少有什么成套家具的。至多有两三条长板凳，还有些个小凳子。这些小凳子各家五花八门：有树墩子代用的，有三块木板拼凑的，以及说不上什么材料做的。但多数人家都有面板，是切面做馒头的必要设备。少数人家连这也没有，只能去左邻右舍借用。

居家一定有床，而有木床或铁床的算是大户，多数人家是八仙过海各显神通，因陋就简。冬天时在粗糙的芦席上盖了被子就睡，比比皆是。至于枕头，在当时属奢侈品。

电灯，只有大队部和学校才有。个别人家假如有灯，灯泡用五支光的，非必要时不开。多数人家是豆油灯。能用煤油灯的，家庭主妇就多了一份事，每天小心翼翼地擦拭着灯罩。前些年，姑娘出嫁时还要备一对煤油灯做嫁妆，但纯粹是摆设，因为电灯早已普及了。

再说衣，最典型的是冬天的老人不穿内衣，很少有毛线衣，只是一件厚棉袄，两边交叉一裹，腰间再用布条一勒，就这样过冬。好多孩子也是里外一件棉袄。所以鼻涕长流是普遍现象。

赣榆的海边有一种草，岁岁枯荣，即使草的中间部分枯死了，而新的嫩芽却在不断地向四周扩展，形成一个个绿色圆圈，大小不同，情趣各异。宋庄的老百姓也像这海草。

历史曾和连云港市开了一个不大不小的玩笑。

连云港本来应该有好几个发展机会，可惜都失之交臂。

历史也有徘徊的时候，这里教育落后，人们的思维更落后。

1980年前，在任庄，方敬没见过穿裙子的姑娘。至于光着腿穿高跟鞋，更是一种禁忌。中老年妇女的胸襟和袖口油渍不少。冬天在屋内，人一多，熏人，因为很少洗澡。即使是洗脸，脸盆里只放一碗多点水，脸盆侧着，双手沾点水抹抹。至于毛巾，全家就一条，灰灰的如同抹布。

再说食，让方敬长见识的是，每次做菜，灶台边有一个小陶罐，里边装点油，油罐里有一个铜钱，用一根线扣着，线头挂在油罐的外沿。菜煮得差不多时，把线一拎，在锅上方一转，就算放过油了。这里靠海不缺盐，至于调料，酱油毛把钱一斤。此处盛行辣子以及蒜和葱，这叫做要解馋，吃椒子和盐。

记得1979年，小学老师春节前只分到几个松花蛋，连盼望已久的猪下水都没有。

方敬在村里是稀客，招待他豆腐是常备菜，至于肉，要等主人从北边卖虾酱回来，割半斤肥肉改善改善。小鱼小虾不缺，但方敬自小不喜欢吃。

这里是煎饼之乡，煎饼是主食，鏊子也就成了锅屋里重要的一员。都说锅屋是妇女的天下，鏊子上的手艺就成了妇女们相互炫耀的资本。谁烙的煎饼又薄又脆，那肯定名声在外。一个小小的锅屋，一盘圆圆的鏊子，映射出各家女主人日常生活的酸甜苦辣。

除了煎饼，再伴以几种糊糊。咸菜不缺，但咸得赛盐。至于包饺子，那是过节。大米干饭、青菜外加一盘红烧肉，那是接待贵宾。至于蛋，多数人家都养鸡，主要是以换油盐酱醋和火柴等用的。打几个鸡蛋炒大椒，大多是有客人来。间或有人病了，吃点鸡蛋调调口味以期早日康复。村里缺狗少猫，缘由自明。

说到行，只有去县城有条砂石路，是用此处盛产的风化石铺的。村内与村之间，仍然是延续数千年的泥巴路。至于交通工具，全村1200人只有一辆自行车，还是城里至亲送的。多数人家有板车，那是生产工具。有时走亲戚有妇婴或者是送病人，板车就显得很优越。

难忘的事还有许多，一次春节方敬回来了，那是在1980年前，整个村子只有一台较大的黑白电视机。春节前后，才把这宝贝搬到院子里放电视，不多会儿男女老少围得个水泄不通。晚来的十多个年轻人，干脆在大队部的院墙上坐着看。寒冬腊月，直到主播道声"再见"才陆续散去。

也是这一年的小年夜，方敬想洗个澡过年。那时任庄谁家也没有洗澡间，整个宋庄乡也没有公共浴室。好在他从1976年开始常年洗冷水澡，就在院子里的一块方石板上放个椅子，在椅子上放个脸盆，椅子边上放一大桶井水，好洗个痛快。洗完后立即进屋换衣服，出来时手一摸梳过的头发是硬硬的。再用梳子一梳，梳齿边都是冰屑。想想多年后的今天，任庄没有太阳能浴室的人家少见。方敬语重心长地感叹道：善良的乡亲们啊，珍惜来之不易的今天吧！

这些难忘的回乡往事，珍藏在方敬的记忆里，回乡路难走他从不少走。也是从这些不断回乡的过往中，中年以后的方敬才会越来越期盼回到故里，尽自己的力量，帮助家乡发展。

有一次冒着雨，方敬往家乡赶。

快到家乡时，起风了，雨停了。方敬隔着窗玻璃，看到树枝在摇晃。

他深深地爱着故乡的土地和乡亲。

他有着深深的故乡情结，包括大海情结。他经常浮想关联的风云和人事。

风清月明，人海入梦。

在孩提时母亲就对他讲，有水的地方是好地方，有海的地方是成大事的地方。

母亲说，做事要奔流到海不复回，做人要有大海一样的胸怀。

在故乡，老家人为他斟满了一杯又一杯赣榆老白干。

有人说，常喝家乡酒，游子心中就会长留家乡的音容。家乡就是樽陈年的酒，在遥远的异地也会闻到它的香气，家乡人爱喝家乡酒。

酒是粮食的精髓，但酒从来就是一种很情绪化的东西。

方敬了解到，自宋代起青口、宋庄一带就是贩私盐的重地之一。至今还有三沱、大沱的地名。1998年初宋庄乡烟杂店没有盐出售。有一次方敬去买盐吃，惹得店主及周边的人惊诧得很。原来这边有的是盐滩。谁家缺盐，去那里驮一袋回来就是。

后来盐的出厂价比这里晒盐的成本还要低，所以盐田渐渐消失了，多数改为虾塘。

没几年养虾成了气候，宋庄成为中国对虾之乡。

养对虾风险大，但一旦丰收，亏的都能赚回来，所以成百亩的虾塘越来越多。

现在的宋庄，到处都是窗明几净，墙壁粉白。

方敬说，目前任庄多数人家有电动车，自行车已快成为文物。任庄附近的村庄，哪个村没有十几辆私家车，连宋庄中心小学也有教职工的十几辆轿车。

方敬说他不喜欢忆苦思甜，在"文化大革命"中看够了。日子好过了，希望再好一些也属正常。但天上星多月不亮，地上人多心不平。一个国家，多处都要花钱，想想，只向社会索取，不问国家能否做到。钱是老百姓挣的，而挣少花多是不行的。

他感叹道：人呀，长点"记性"吧！还是想想对国家的责任吧！

方敬说："每次回乡都住在大姨处，其儿子儿媳及孙辈，忠厚传家。每次都不厌其烦，任我自由。一次尚可，几十次依然热情，真心实意地款待，真不容易。在世风日下的今天，难能可贵。"

大姨的二孙子祁昌记回忆，那时候俺家是姨叔方敬的"根据地"，他经常为了任庄孩子的教育而返乡。每次来都带几个任庄和宋庄的小学生来奶奶家吃饭。奶奶家里穷，为了招待孩子们，赶紧包饺子，包了三大锅盖饺子。吃到后来才知道，姨叔和孩子们吃的是肉馅的，俺姊妹6个只能吃那一锅菜饺子。俺从没有怨言，俺理解奶奶，也理解姨叔。

祁昌记的妻子宋忠艳插话说，俺一直敬他如老爸，记得那年春节他回家，我俩结婚才 1 年多，就让他睡在俺俩的婚床上，俺到东房打地铺，铺上稻草，爷仁就睡在那里。当时俺毛丫才 3 个月，东屋没有门，就挂上个布帘。别人家妇女可能不会这样做，可是俺心甘情愿。

大姨如母啊，也许在方敬心里，大姨成了任庄村的代名词。


一个地方的民风，是多种因素的综合与积淀而形成的。有人说，赣榆北边靠近山区民风淳厚些，而南边沿海地区刁蛮些。但淳的里边有刁的，而刁的里边也有淳的，不能一概而论。

在宋庄，方敬开始有意识地考察当地的民风，他也有了很多感慨系之的小见闻——

20 多年前，方敬从上海回来，到了新浦。准备接站的县教育局李科长记错了日期，方敬就坐班车回宋庄。那时的班车，要等到坐满了人才发车，那车放在今天多数人不会坐。

他总算是在夹道中挤着坐下。右侧车门边坐的是一个 60 岁左右的老汉，车顶上有他一辆自行车，但他就是不付这份钱，并大声说："我从来不付，今天也不付，怎么着！"一车子的人就是没人吭声，这大概是多见不怪罢。

为了息事宁人和安全到达任庄，方敬就掏出两支万宝路香烟，分给争执的双方，年轻售票员接了烟表示谢谢，而那老汉却说："少来这一套。"

方敬想一路这样下去总不是个事，就对售票员说："算了，那挂自行车的钱由我来付。"话音才落，那老汉大吼一声："少管闲事，轮不上你！"

这真是"是可忍，孰不可忍！"方敬当即问那老汉："你是哪个庄的？"老汉回应："柳杭的，怎么着！"

方敬心想，柳杭是我母亲的出生地，不至于落单。车到柳杭，他抢先下车，堵在门口，告诉那人："今天你不付钱，休想！这大岁数的人了，不知好歹！"

老天！事情立即有了转机，那老汉乖乖地付了钱，前后没超过 5 分钟。最让人瞧不起的是：前蛮而后懦，连类似阿Q的话都没说一句。

但家乡人大多数性格是朴实的，低调不张扬的居多，遇事较真，吃苦耐劳和隐忍能力也是非常强的。

方敬在宋庄遇到这么一个人：他自己属于困难户，曾跟父辈闯过关东，识字不多，也没什么技术，且身体不佳。曾摆个小摊，掌个鞋等。但再穷，每年除夕夜，他必给"五保户"每家一瓶地瓜干酒，坚持多年。

多年前的一天，家里缺零花钱，他就装了一袋麦子去街口卖。买的人走了，他发现地上有张10块钱的票子，心想可能是买麦子的人不小心丢下的，就决心在原地等。过了个把小时，失主来了，他问清楚后，马上还钱。而回来后他却蹲在那里生闷气，不停地抽着自卷的烟。

见到方敬，他把事情前后说了一遍。方敬直夸他，但他仍然十分委曲，原因很简单，失主接了钱，连谢都不谢一句就走了。这确实气人，但这值得吗？

一个寒冬腊月，他骑着三轮车过桥，在桥顶看到好些人在河的两边嚷嚷不息，下车一问，是少女投河。

他二话不说，棉大衣一扒，下去了。但时间已晚，投河的人没气了。而他又生气了，为什么没人下去救。回来后他挂了两个星期吊针，不断地咕哝："为什么没人下去救，一条人命呀！"

还有一年夏天，炎日当头，还是那座桥，一个老妇全裸地蜷在桥面上躺着，三两个人在树荫下看着。他立即抱起老人放在三轮车上，脱下上衣给老人盖着，问了一下周围的人，直向南奔去，找到她儿子家。那儿子却说，这几天是北边的弟弟值班。

他又满身大汗地骑回北边，谁知道那小儿子就住在桥的附近，满不在乎地把老妇留了下来。他不多话，但很会生闷气，这次也不例外，气了好多天。那段时间，一家人都因他生闷气而受罪。

什么事他都要讲个理，这在村里是出了名的。一个暑假，外孙女要进育红班（幼儿园），他按规定一一付费。但其中的一笔15元钱，没收据，这就引起了一出闹剧。一边是没有收据不付钱，另一边是不付钱就没法读。他沉思之后，请人写了张小字报，往学校大门的门柱上去贴。门卫是他叔辈，劝也劝不住，就把贴的一张小字报扯下来。这一下，焦点转移了，说理的对象转换成学校的门卫，说门卫是一条狗，是学校的一条看门狗，仗势欺人。

他咽不下这口气，忽发奇想，买了瓶墨汁，对着那贴小字报的门柱浇，自己身上也溅了不少墨。这一举动引起了围观，并分成两派争论着。派出所很快出警。不少人向民警说他的好处，民警也就不了了之。

一事才罢，一事又起。这位好汉的丈母娘病了，他要镇卫生院出诊，这几年他因植树有了些收益，口袋有了些碎银子。但当时正值盛夏，医院忙碌得不可开交，无法满足他的要求。他又大闹医院，按例派出所出警，不准他再闹。他又来劲了，说人民警察不为人民服务，倒成了医院的狗腿子，说着还用右手对着民警划了一条弧线。

这一下，他被送去县公安局看守所。可看守所能让病歪歪的老头长住吗？隔天，通知他回家，他更来劲了，说："这里比我家好，吃住不用愁，很好。"在东北炕上练就的盘腿坐功，很适应看守所的规矩。在家人反复的劝说下，回来了。还说，看守所样样都好，就是不准抽烟，憋不住。

有天上午，他穿着双排纽的呢外套，踩着锃亮的三轮车，绕着庄子以难得的笑容与熟人一一打招呼。10 时左右，噩耗传来，他喝了农药和家人拜拜了。原因很简单，因年老多病，不想给亲人添麻烦，毅然到来的地方去了，留下了一片惋惜声。

农村自杀的事粗看好像比城市的多，其实不然，农村里稍有点异常事，不出半天，就被广而告之了。这里把自杀叫做寻死，且多数是老人，还有些妇女。主要的方法是上吊和喝农药。但寻死的原因却大相径庭。以老人为例，子女不孝，伤心至极者有之，而较多的是不想给子女增加累赘而自寻解脱。这种事在众人惋惜之余得到更多的是敬意。另一类是因子女不孝被遗弃而死，子女则被众人侧目。

在宋庄，方敬遇见一位民间歌手。

那是 10 年前，方敬看到一位老汉在帮女儿家翻土。那块地是宅基地，还没盖房子，这里的人都珍惜土地，抓紧时机种点菜。

宅基地贴近方敬的景清书苑，是方敬的东邻，见了面自然要打个招呼。但心里纳闷，快 80 岁的人了，还那么勤快，干得那么欢。

他见方敬驻足在那里观望，开口就是快板，"老汉今年七十八，自己挣钱自己花"，底气十足。

由于和他的女儿认识好多年，知道他有好多儿子和女儿，心里想：他的儿女们不孝顺？就衣着及神态来看，应是衣食无忧，过得舒心。但疑问还在，为什么还要"自己挣钱自己花"？

方敬揣着疑惑去问他的女儿秦爱云——她在家最小。原来老汉是宋庄镇秦庄人，叫秦洪增，酷爱唱歌，十足的草根。

老汉一辈子务农，心灵手巧，初通文化，治家甚严。三个儿子，两个姑娘都成了家，过得都很好。大儿子早已是爷爷辈了。

儿女们都怕他，例外的是他宠爱最小的一个，所以心甘情愿地帮幺娃干活。但他怕老伴，这和唱歌有关。

老汉天生爱编歌，还自编自唱。在家里拉二胡，还得偷偷摸摸的。因为老伴最烦他拉琴唱歌，可能因为这样属于不正经，老年人更属于老不正经。老汉就想方设法变着法子唱，可以狠狠地过瘾。隔三岔五，老汉就批点零碎物品，放在自行车的货架上，一迈腿，到盐场去。到了盐场的十字路口，拣个场地把日思夜想编的唱词，一套一套地唱个痛快，乐此不疲。这成了盐场一道亮丽的风景。老汉过足了瘾，得意洋洋地跨上"骏马"，再跑十几里地回来歇息。至于货物，那是道具，哄老伴的。

2008 年，北京举办奥运会，逢此大典，老汉必有"贡献"。某日，老汉来访，从口袋里掏出一叠纸，并告诉方敬，这是为奥运会编的一些歌，问他想不想听。也没经欢迎就唱了起来，一共编了五首，方敬抄下其中的开篇。

奥运花开朵朵鲜，

百年期盼梦想在 2008 年；

8 月 8 日奥运要开幕；

党中央下决心把奥运厂（场）馆建。

奥呀奥运花呀朵朵鲜，

党中央下决心把奥运场馆建。


设计图纸 7 年建好；

水利（立）方鸟巢建得真美观。

奥运会厂（场）馆要得分类建，

各样厂（场）馆要建得全。

奥呀奥运花呀朵朵鲜，

各样厂（场）馆要建得全。

方敬笑着说：尊重原作，未作任何修改，此外还有几十行。

老汉 85 岁了，偶尔送些好吃的给小女儿，方敬和他见面机会不多。听说已不去盐场演唱了，也不单骑去新浦火车站看第 3 个儿子。一年春，方敬特意参加老汉孙子的婚礼，想长点见识。他与方敬同桌，方敬让老汉过过唱歌的瘾，就请他在诸亲好友面前亮亮嗓子，老汉稍稍礼让一下，唱了一个又一个；他老伴坐在对面，也微微地笑着。

在一般人心目中落后荒凉的宋庄镇，被方敬的感情过滤得只剩下美丽。

无论泼民之刁蛮，善良人的逼仄还是平民的艺术追求，都反映出农村教育的匮乏。方敬觉得，知识与智慧应该成为宋庄这块土地的一盏不灭的明灯，应该照亮故乡人的道路，照宽故乡人的心田！


"一九七九年，那是一个春天。有·位老人在中国的南海边画了一个圈。"

是的，跃过 1979 年的春天，中国将不再是过去的中国，宋庄也不该再是昔日的宋庄。她不能再沉寂，不能一味地等待着盐池缓慢地干涸，不能忍受千百年来一成不变的苦涩生活。

但方敬发现，宋庄最落后的是教育；曾经教育的贫乏如同夜幕，和大海一起把渔庄围困。教育不发展，宋庄就永远没有出路。

一阵海风掠过海面，掀起层层波涛，发出振聋发聩的呼啸声：梦想就在前方，但梦想的实现不可能轻而易举，更不会一蹴而就，现在的努力只是一个起点，只是为将来的梦想编织翅膀，要让梦想在现实中展翅高飞，唯有付诸行动，不懈地追逐，百折不挠地奋斗，永不止步地前进。

20 世纪 90 年代，宋庄镇大多以打渔或务农为主业，各村或多或少流传着"上学不如上船，读书不如赚钱"的短视观念，"读书无用论"让许多青春期的孩子不愿接受教育，转而成为游手好闲的社会人士。

方敬着急啊！他想起艾青的那首诗：

假如我是一只鸟，

我也应该用嘶哑的喉咙歌唱：

这被暴风雨所打击着的土地，

这永远汹涌着我们的悲愤的河流，

这无止息地吹刮着的激怒的风，

和那来自林间的无比温柔的黎明……

——然后我死了，

连羽毛也腐烂在土地里面。


为什么我的眼里常含泪水？

因为我对这土地爱得深沉……

"这么小的孩子不上学，既毁了自己，也给社会造成不好的影响，还是上学好。"方敬经常上门劝说这些家庭。

每次方敬来故乡，他最关心的是故乡的教育和文化。我们再来回溯一下他 1982 年春天回故乡的日记：

3 月 1 日，上午去崇文区业大，下午去玄武区红旗业大谈工作，傍晚 5 时赶到火车站。

3 月 2 日 4 时到徐州，9 时到新浦，11 时 30 分到宋庄。下午去大姨处。农村（变得）有文化，但变化不大。

3 日上午去大姨坟上。下午去各乡亲处，去中学，小学。

4 日去柳杭，病。下午与教师座谈到 8 点半。本来计划听课，与小学生谈功课。

5 日 5 时 30 分离开任庄大队，6 时 30 分去新浦，11 时乘大车去南京，晚 10 时 30 分到南京，无宿处，找了一家小旅社。

1988 年是方敬颇为繁忙的一年，但年底他再次回到故乡。

12 月 2 日在赣榆，住黄浦宾馆，（见到学生）吴德运等。

3 日上（书法）课。

4 日与学生谈，与教师谈，去乡政府。大雪。

5 日新浦一天，通报会议情况。

6 日晚 10 时 30 分到家。

……

在方敬早年的助学中，祁斌、祁明旭、祁海燕三兄妹是一个典型的例子。

他们的父母都是教师，其父祁昌会，早年毕业于海州师范，是一位出色的中学教师，后期任中学副校长。母亲孙继花是乡里的小学老师。

不尽人意的是，父亲年纪轻轻因病不幸倒在了讲台上。噩耗传来，家里就像塌了天一样……

如今在北京工业大学任副教授的工学博士祁明旭，思绪有时会飞到 1981 年或者 1982 年夏天的暑假。那是下午时分，他正和一群小伙伴在村大队部外的空场地上玩玻璃球，炎炎烈日也丝毫没有影响游戏的兴致。无意中瞥见一位穿着和村里人很不一样的人，步履飞快地从村里那条凹凸不平的大路上拐进了大队部的院子。说是院子，其实只是一片开放的空地。那人穿着灰色的衬衫、浅色的裤子，头发略有些卷曲，但看起来非常干净而有气质，是那种极有知识、来自大城市的那种独有的风范。祁明旭并不知道他是什么身份，只是听边上的一些大人在悄悄地嘀咕，说是来自上海的方老师。

方老师进了院子，并没有直接走进大队部办公室，而是在院子里饶有兴趣一声不吭地看着娃娃们玩着游戏。大约看了十几分钟，像是在了解游戏的规则。在孩子们玩了一局后，看到明旭手里拿着的、成功地从小伙伴那里赢来的玻璃球，便走了过来，弯下腰，凑近他，用略带微笑但看起来仍然比较严肃的神态说："咦，我的天啊，我看了半天，我发现你玩这个是个高手哎。两个玻璃球离得那么远，地又这么不平，你是怎么做到能打得那么准？"明旭记得听着他说话的语气语音比较奇怪，是那种带着上海口音的普通话。而自己像是被捉住了一样，不想搭话又不好逃跑，就满不在乎地回答："趴在地上瞄着就是了。"方老师顺便拍了拍他身上的泥土，又问他有没有上学，暑期除了玩这些游戏还做什么，还说了一句："你玻璃球打得这么好，在学校里学习估计也很不错吧？"谈到学习，那是明旭最不愿意交流的话题，只是嘟囔了一句"学习好的学生谁玩这个呀"，然后就跑到一边继续和小伙伴们玩去了。之后，又隐约地听到他和村干部询问自己的情况，比如谁家的孩子，家里的情况等。才知道他是祁斌的弟弟，小名二兵，还喜欢打弹弓。方老师说，他弹珠子和打弹弓可以玩得这么好，他以后成绩肯定好，我来教育他，你们不用担心。

由于母亲是老师，和村办小学里的老师们都认识，明旭从 5 岁就提前上学了。开始他就像旁听生一样，每天早晨装模作样地搬着小凳子，和村里的小伙伴一起在破旧的教室里听课。有时天热会坐在教室外的大树下上课，那样会凉快些。每天放学回来，以村子里一户人家放置于院子里的磨盘为书桌，坐在自带的凳子上，先做完作业，然后开始各种疯玩，天不黑一定是不会回家的。玩得比较多的是多人游戏，一是弹玻璃球，一是摔纸牌，20 世纪 70 年代的人大多都应该玩过这两种游戏。玻璃珠是那种可用作装饰的很好看的圆球，有的是透明的，泛着浅绿色，煞是讨人喜欢；有的是里面有"夹心"的，一般会有两到三种颜色交织而成的图案，更是让人爱不释手。纸牌则是以各式纸张叠出来的一种正方形叠纸，压得紧紧的，那时纸张比较少，所以纸牌也是比较抢手的稀罕物。这两种游戏都是"竞争性的"和"掠夺性的"。比如弹玻璃珠，在玩游戏的过程当中，如果一方连续两次或者三次击中对方的玻璃球（规则由小伙伴们协商），便可以将对方的玻璃球收入自己囊中。而

　　　　　　　　　先生方敬

小伙伴之间，玻璃球是可以交易的，想买的话，可以以两分钱的价格从玻璃球多的小伙伴那里买。而摔纸牌游戏，则既锻炼臂力，又锻炼观察力，还可锻炼对于受力的判断——找一个合适的角度，抡起胳膊，用很大的力气，用一张纸牌去砸对方的纸牌，如果成功将对方纸牌翻面，则算赢，可以将对方的纸牌收入囊中。明旭因为将太多本应用来学习的时间转投到各种玩上了，所以算是个中高手，赢得的玻璃球不下数百个，而赢得的纸牌更是塞了满满一风箱。年龄最小又贪玩，自然成绩就拉下了，是班级倒数第十一名。

这是祁明旭和方老师的第一次"非正式"会面。虽然之前哥哥祁斌和方老师学书法几年了，也曾听家母说先生曾到家中家访，但那时他白天的时光基本上都是不着家在外边疯玩，对先生的了解也仅限于极少的一点信息。但从这一次开始，便记下了先生的模样说话的方式，有了总体上的第一印象。而那时也不曾想到，正是从这开始，为他带来了此后几十年里的潜移默化的改变。

祁明旭继续回忆他与方老师的"点滴过往"，他的叙述细致而又绵密：

先生给人总体的感觉是很随和的，随和的一面在与其长时间交往后往往会感觉更深。而在给娃娃们讲道理、讲课时却是一丝不苟的、非常严肃的。所以儿时对先生的总体感觉是"害怕"。因为儿时顽劣，时间全花在各种玩上，成绩自然是一塌糊涂，没有什么"资本"可以在先生面前"炫耀"，因此遇到先生能躲就躲。先生起初并没有常住村里，而是在每年寒暑假时会按时回来，一是教村里一些孩子们习字，一是去一些有学生的家庭走访和了解情况。那时家兄和妹妹成绩都比较出色，自然颇得先生欢喜，每逢先生从上海回来，便经常会来家里小坐。先生住在村西头他的侄亲家里，不像后来在村东头盖了住处，和我家仅一条马路之隔，走动起来方便。每次先生来，进门就会先去和奶奶打招呼，询问奶奶的情况，然后就没有拘束地走进堂屋，找家兄或者妹妹。家里的山墙两面，贴满各种奖状，里面没有一张属于我的。一面山墙属于家兄的，另一面则是属于妹妹的。有一次先生来访，正巧我在家没来得及

"逃"走，被先生捉了个正着。于是便让我坐在他身边，和他说会话。自然是关于学习的事。没讲什么大道理，只是边调侃边随意地问了几个问题。一是问我墙上那些花花绿绿的奖状有没有我的，一是问我是否羡慕并想有自己的奖状。我只是下意识地回答，对于奖状的事也根本没有往心里去。先生后来和我说，当时和我说这个是想看我有没有"开窍"，有没有想主动去学习并提高自己的动力。他不会给任何人强加什么意识。分析动力源和主动性，只有主动去做，才可能在某一件事情上改观、做好。先生和我谈完一次后，觉得我的问题并不是我学不好，也不是不聪明，而是不愿意学。而对于一切都还不在乎或者不去关心的我而言，说再多也都无益。只有在适当的时机让我主动意识到需要去学时，方才能逆转这种情况。

　　情况的转变发生在我上五年级时，也就是小升初的考试前半年。村里孩子在上完小学后，大部分辍学了，或者整天在村里无所事事闲游荡、偷鸡摸狗拔蒜苗，或者由家长带着开始各种营生，种地或是外出找活，为生活奔波或者各种小算计，开始农村人的生活。生活水平不言而喻，用一句话就是"穷山恶水出刁民"的现象太普遍。按照我的学习状况，要么考不上留级再考一年，要么也开始各种游荡。暑期时，先生从上海回来，专门拽着我，带我在村子里转了挺长时间，让我看看村里几户人家的生活状况和设施，也一一和我介绍。之后进行了一次对话和分析。先生分析了我家里的情况和困难，并说如果我再不想好好学习出人头地也没关系，顶多退学后再长大几年，就可以种种地，每天混个温饱也没问题，就像村里我看到的那些人家一样的状态、穿着、品质（这些话现在想起来当然是反着说的，算是一种很强的刺激）。如果不想混下去，那就把平时玩的劲头分一小部分出来，好好学一个学期，试试看能不能考上初中。那样的话，到了初中还能接着多玩几年，并鼓励说家兄和妹妹也没怎么太用功学习，但是成绩总是能数一数二，我也应该有这个能力。那一次谈话时间挺长，基本上是先生说，我听，偶尔回应一下。而正是这次谈话，让10岁的我真的开始思考：我该怎么办？真要以后天天面朝黄土背朝天，还要穿得破衣烂衫？从那一次，真的就转变了，不再放学回家书包一扔、不到睡觉时间不归家，也不再迷恋各种弹弓火枪抓蛇打鸟的事情了——收起了所有能玩的，锁进风箱、用铁钉钉死。每天一放学，便把自己锁在边屋里，苦背苦学。就这么不到一个学期的时间，算是重学了小学的所有内容，而在小学升初中的考试中，统考居然进了全乡前20名。先生后来每每说起这件事时，依旧不乏得意。

上了初中，为了能够凑够交学费的钱，每到暑期，便会用一多半的假期时间，到矿水滩或者虾塘里钓鱼，然后侧骑着高大的二八大杠自行车，驮着装着沙光鱼的鱼篓，去邻近村子里叫卖。每天披星戴月，天还一片漆黑时就出发，赶在午饭前把鱼获卖出去。起初，每次钓鱼归来时，逢先生在村里，便会送一份给先生。先生从不会要别人的东西，学生送的他自然更是不会要的，所以每次都付钱；执拗不过，只有先收下，过后家母便会将钱送回。后来先生再也不允许我给他送鱼。

随着慢慢长大，懂的事也越来越多，不再是无知贪玩的少年，和先生的交往也愈发多了起来。先生在书法上、思维方法上都不断给我很多建议和看法，并一直鼓励我。等我上了高中后，先生已经在村里定居了，专注地投入孩子们的教育。

那时就连初中升高中也是极为困难的事。每年中考，能考入普通高中的比例仅有20%—30%，考入重点高中的比例也就2%—3%。我如愿考入了县重点高中，先生很是高兴，专门带了酒还有几个菜去我家里吃了一顿饭。先生极害怕麻烦别人，几乎不在学生家里吃饭，每次只是陈年了的花茶或者白开水一杯，小坐即走。而这次却和全家人一起从下午一直坐到晚上。先生爱酒却不嗜酒，在我的印象里也没有醉过酒。那一天，却着实喝了不少酒，奶奶和家母也一起喝了不少。那天先生一直在说，兴致非常高，精神状态极佳。还送了我一块带有计算器功能的电子手表作为鼓励，这是我平生第一次获得的最稀罕的一件礼物。

上了高中，学校离家比较远，也为了节省时间，我住校了，通常两周或者一个月回一次家。那时妹妹上初中，和我同在一所重点中学，也是住校。通常会和我一起回家。每次回来，我俩都会去先生那坐一坐，先生总会做上几个小菜，留我俩在家里吃饭。一直持续到高中快毕业。

祁明旭的哥哥祁斌，早在1978年就认识了方敬。

祁斌说，那年很冷的时候，方老师回来了。他晚上不休息，问学校在哪里，然后找到宋庄中心小学主任方家学，问村里有哪几个教师。结果找来了几个小学老师：我母亲孙继花和方家忠、相恒珍，那一次母亲带着5岁的我来了，这是我第一次见到方老师。大家围坐在小火炉边，好不容易凑了4个菜，其中有一个炒鸡蛋。方老师直奔主题，问学生有多少？怎么抓教学？那晚他们谈了很久，方老师最后说，他以后每年都要回来。

那一年父亲去世，5岁的祁斌年龄上显然不符合方敬的培养要求。但是母亲是村小学的老师，且望子成龙，她得知当晚方敬要给村里孩子上书法课，便带着祁斌前去观看。看着看着，祁斌便挣脱母亲的手，蹭到方敬跟前，趁方敬课间休息时，摸过桌上毛笔，在方敬跟前涂鸦起来。

方敬一看，这个孩子握笔的姿势有模有样，顿时眼睛一亮，他随即铺开纸张，让祁斌认认真真地写几个字给他看看。

祁斌曾跟着父亲练习过书法，此时便大大方方地握起毛笔写起来。方敬看他个头太小，握笔之后，够不到课桌，当即搬来旁边一把凳子，让祁斌踩到凳子上写。

没想到，祁斌这一写，得到方敬连声夸赞。

当时，方敬就跟祁斌母亲说："我暂时不回上海，明天你再带这个孩子来。"

第二天，母亲再带祁斌来练字时，细心的方敬，已经连夜为祁斌特制了一把垫脚的小宽凳子，让祁斌站在小凳子上跟他学习书法。

祁斌的母亲很受感动。

接下来几日，祁斌母亲每天都带着祁斌来找方敬练字。方敬似乎每天也都在等待祁斌来跟他学习写字。

方敬回到上海以后，还经常给祁斌家里写信，鼓励祁斌好好练字。并选在每年的春节、清明、寒暑假的时候回来，教村里的孩子写字，教祁斌写字。

1980 年方敬访美归来，给祁斌带来《读者文摘》和国外油画，告诉他这是人体美学。

再后来，晚上他也带祁斌住在汪庄不对外营业的小招待所，教他刷牙，奖励他糖块，带来飞机上的小叉子和食物。

方敬每次回来，都要给祁斌列出练字的计划，还带来了历代书法名家的优秀字帖，让祁斌先看，再选，祁斌所选的第一本字帖是虞世南的《孔子庙堂碑》。

方敬夸赞："好!"说祁斌有眼光，鼓励祁斌好好临帖。

祁斌呢，深知家里困难，练字时可谓惜墨如金，用纸如玉。他将用过的作业纸、试卷纸，都用来练习书法。用墨时先用水调和得极淡，淡墨写过后，晾干纸张，再用中墨写第二遍，然后再用浓墨写第三次，直至将一张纸写得不能再写为止。

他牢记方敬的教导，每一次落笔写字，都先在心中"默写"数遍。从字体结构到用笔的虚实，以及方圆转换等等，直至熟记于心之后，再落墨于纸上。然后，再去对照字帖，找出不妥之处后，在心中"标出"错来，再写第二遍。也就是说，同一个错误，只能错一次，不能错第二次，更不能错第三次，这是对书法的敬重与敬畏，也是苦其心志的一种习作方法。

在方敬启迪下，祁斌很快临摹完第一本碑帖，方敬又拿来一大堆历代书法名家的字帖让祁斌选。

他的想法是，首先让祁斌选出他最喜欢的字帖去临摹，那样才能激发他的练字激情。

这一回，祁斌　下子选了《汉张迁碑》《汉西狭颂》《颜真卿》《张旭古诗四帖》等等。此时的祁斌已经不满足于某一个人的书法来练习了，方敬十分高兴。但他给祁斌压缩了临摹、研习的时间，让祁斌自加压力，快速地进入自我创作阶段。而祁斌随着临帖越读越多，眼界渐宽，方敬便让祁斌转向——学习研究文字学。

有时候，方敬也带孩子们"见世面"，到连云港港口去游览。在新浦转乘火车，来回要一天的时间。他一路和学生们聊天，问祁斌：你看，今天是什么风向啊？

祁斌说是东风。

你怎么知道的？

我看到旗子往西飘。

那火车烟囱的烟为什么往东飘呢？

祁斌转而一想：因为火车把烟落在了后面。

方敬夸他观察得仔细。

数年以后，当初跟着方敬一起练习书法的村童，好多都没能坚持下来，唯有祁斌等几个为数不多的学生写出连云港、写向全国。祁斌成了中国书协会员。

1988年，15岁的祁斌以优异的中考成绩，考入赣榆县中学。那是一所全县乃至全市较好的高级中学，每年往清华、北大等重点大学输送大批生源。

母亲希望他苦读3年高中后，能考上国内一所有名气的重点大学。可这时妹妹祁海燕小学升初中时，以更加优异的成绩，被赣榆县中学少儿预备班选中。

两份红彤彤的录取通知书，几乎同时送达母亲的手中。

这意味单亲妈妈、一位朴素而坚韧的乡村小学老师，从此要肩负两位住校生的生活费用。

当时中考成绩优秀的学生，有两个选择，其一是选择读高中，3年以后考大学；其二是选择报考中专、中师，2—3年即可走向社会，国家负责安排工作。

祁斌深知母亲的难处，几乎是含着泪水跟母亲说："妈，我来读中师！让弟弟、妹妹们将来读大学去。"并说他中师毕业以后，可以与母亲一起供养弟弟、妹妹读大学。

就这样，已经被赣榆县中学录取的祁斌，又托人从县教育局撤出档案，报入了海州师范。

祁斌在海州师范读书期间，是一位十分活跃的文艺青年，校报、教室的黑板报上，到处都有他的文章和书法作品。毕业时，还举办了海州师范史上第一个在校学生书法个展。

1991年，祁斌师范毕业后，被选入连云港市教育学院继续深造。1993年，他考入南京艺术学院学书法专业，师承黄敦教授，研修书法专业。"有的书画家学生进门后，不准拜别的师门。方老师则说'你拜的老师越多越好'，他心胸博大。"

祁斌说，先生善于鼓励，视学生如己出。每每学生有所进步，高兴之情胜过学生。记得一次晚上不远百里来看我，师徒边饮边谈习书之事，醉而卧。夜半先生起身路过画案见我一张小画，欣喜之余喊我起床：如此几笔，太让我满意，足以再饮！于是，重新入座，再谈艺事。

后来妹妹祁海燕又遇到填志愿的事，方敬说，就考复旦吧，到我家吃饭方便。妹妹成绩在复旦是第一，当时电子商务很流行，复旦问她能否转到管理科学专业，祁斌打电话给方敬，方敬说，同意！祁海燕报名时奖学金就发到手了。

方敬在上海的家里柜子上，有一个很大的储蓄罐，是给海燕储存的。

祁海燕说，尤记一个大冬天，我冷得缩着脖子走路，先生说："站直、挺胸，你不怕冷，冷就不可怕了。"他给当时这个闭塞的、素来重男轻女的村庄，带来了一个不一样的外部世界。在复旦读书时每个周末都去先生家打牙祭，先生自己买菜、下厨，走时通常还要塞一两个玻璃瓶封装的食物给我带回学校。何其有幸能从童年就遇到先生，最早的关于美好、独立、仁义的教育都因他而来，他强大的内心更是学生一生的榜样。

祁家兄妹3人的故事，只是方敬诸多助学故事中的"之一"，而更多的曲曲折折与感人至深，更多的牵牵挂挂与朝朝暮暮，宋庄的日出月落与那些被教化的乡民、被引导的孩子，甚至他们的邻里亲戚，都深深记得并不时在岁月的长河里，撩起情感的浪花……

# 第十八章
# 1991 年的选择

　　如果一个人的青年时代是汹涌澎湃的江水，人的中年是惊涛拍岸的浪潮，而一个人的老年则应回归到波澜不惊的源头。但流转的年轮却逆转了方敬的人生秩序，他的老年似江水、似海潮，满怀激情，一无所求地默默地奉献着。

　　1991 年 2 月，方敬退休了。他感慨地写道："人生旅程已满 60 年，实在不易。回首往事，是按照《钢铁是怎样炼成的》保尔·柯察金的话要求自己的，因此没有碌碌无为，所以也没有懊丧。"

　　退下来了，真的退下来了。

　　"好几个学校让我当校长，不去了。自己读书，写字"，方敬要找回自我。

　　他觉得，这是一生又一次黄金时期，特别珍贵。无工作之扰，少家庭之累，且身心尚健，完全的一个自由人，重要的是身逢盛世。

　　方敬享受这"夕阳"，至于"黄昏"，根本不去考虑。脑子里只有一个念头，把一生最想干而没干的抓紧补上。学书法、补绘画，读些自己想读的书，到向往的名山大川去逛逛，去看望久违的朋友……得其所哉！

　　这一辈子，风一程，雨一程，冰一程，火一程。蓦然回首，已过千山。不管是顺风顺水还是逆风千里，不管是雷鸣电闪还是沙暴肆虐，方敬都可以气定神闲，云淡风轻。

　　方敬在日记里写道："1991 年，如何定位，这是需要认真思考的，我选择了读书。读书之外做什么呢，余热给学生，创建景清奖学金，是这一思考的结果，1998 年 1 月返乡，是这一思考的必然结果，其他因素只是一般的。选择任庄，这是父母的长眠处，还可以就近照顾家乡学子。

"读书与写书的事简单，读书范围从所订的报纸期刊中可见一斑：《文汇报》《新民晚报》《中国书法》《新华文摘》《环球》《读者》以及张永信先生为我增订的《人民论坛》。

"从1991年开始，撰写与汇集了过去的文章计20篇成书，书名为《成人教育思辨》，都送了人。贴了万多元，今后还有两本，不出版，复印成册留个纪念。

"至于关爱学子，因财力与精力有限，只能以任庄为主做点实事，在宋庄中学设了景清奖学金，陆续送给学校4000册图书。在任庄建了个景清书苑。这两项，百年以后由吴德运负责运行。"

几十年的人生之旅使他感到，命运不全掌握在自己的手里，但自己也可以主宰自己的命运。

60年，一条好长的文墨之路啊。

这条路如此崎岖坎坷！方敬磕磕绊绊，跌跌爬爬，时而中断，时而接续。蓦然回首，漫漫时空却短得似乎只在紧皱的眉头渐渐舒开的一瞬间。

他不是一个叱咤风云的人。常常被风云裹挟、席卷，甚至迷茫到不知所以。

噫吁嚱！"唤起一天明月，照我满怀冰雪"。

一边读书，一边写作。1991年的方敬日记里，记下方敬写下的很多短小精干的随笔，这些随笔体现了方敬在日记里提到的"为中国思考，为中国的未来思考"的人生精神。第一篇就是《退休与离休》：

70年代开始，有了个离休，全称为离职休养。退休早就有了，大概叫退职休养。

先辈前赴后继，幸存者欲优惠并不是什么不可以的事。各国如此，稍有差异而已。而中国之离休，实有议论之必要。

一是数量太大，二是界限不清。前者好办，后者历来难办。

根据1988年统计，我国固定资产为8000亿元，10亿人口。近40

年努力，只有 8000 亿元，劳动生产率不能谓之高。即以 2 万个亿的实力，这多退休，这多离休，社会能承受得了吗？而且社会进入老年社会，上海在 1990 年 60 岁的人已经超过 14%。

……

离休只是短时期的社会现象，20 年后凤毛麟角，每人加 5 倍离休费，社会也难以承受，这是个沉重的负担。

至于离休界限，这可以不予研究，问题在本人，想想社会要进入老年社会，作为父祖辈，谦逊一些好。

短文表现了方敬对老龄化社会的担忧。"作为父祖辈，谦逊一些好"则体现了他的高风亮节，他也是这样做的。据亚平说，父亲本来可以享受离休待遇的，老上级刘筠等人已经为他准备好了早年参加革命的相关证明材料，父亲只需把材料递给单位就行了，很多人都是这么做的。可是父亲没去做，还不准家人递送材料。父亲说："组织给我什么就是什么，不能自己去争取。"可是组织上工作也有疏漏的时候。另外，国家粮食紧张的时候，连续三年父母亲自动要求减少粮票，母亲从当时每月 29.5 斤，最后减少到每月 6 斤。平时就用地瓜和南瓜充饥，后来连地瓜也要粮票，一斤粮票能买 7 斤地瓜。

方敬接着写下了《伊朗和伊拉克》《尊师与爱生》《兄弟与姐妹》《似虐之爱与似爱之虐》《丁是丁卯是卯》《内忧与外患》《忙的与闲的》《超生与优生》《学历与能力》《父与子》《权利与权力》《水往低处流与人往高处走》《局部与整体》《昨天今天与明天》《大锅饭与铁饭碗》《人马狗牛和上帝》《政策和对策》《代沟与社会进步》《反哺式与离学式》《客气与福气》《刚与柔》《宽与严》《圣人贤人和凡人》等 50 篇短小精干的随笔，归类为《痛定篇》，但没有结集成册。

1991 年 2 月 12 日清晨，方敬写了《似虐之爱与似爱之虐》，表达了他对时下青少年教育的忧思：

年少时印象最深的是小学老师讲的斯巴达的习俗，以后也没有去考证，大致内容如下：初生婴儿一定放室外，24 小时不死的就留下；到了少年，集中训练，过兵营生活。如此等等，我看这就叫似虐之爱。这种爱很深沉，正因为深沉，所以就不一定被人理解，甚至遭怨恨。英国让青少年参加童子军，贵族子弟要当水手，这些都是似虐之爱的典型范例。一个国家有这样的风气，确实了不起。听说德国有个习俗，自己的孩子受到他人管教时孩子的父母必说谢谢。听说有的国家男子汉在殴斗，死也劝不开，只要有位老太太当庭大喝一声，就似金庸武侠书所写的那种功力，斗殴双方即时分开。这种是似虐之爱训练的另一种结果。

似爱之虐危害盛大，且流行日广。

一曰衣，唯恐受凉。金风初起，绒衣二三件；及冬，小孩穿成囡。记得30年代末，隆昌路附近有个日本小学，冬天小孩都穿短裤。对比是鲜明的，不知目前日本是否如此。

二曰食，食不厌精，大包小包，主食点心，冷饮糖果不一而足。边如此还边忆苦一番，令人啼笑皆非。

三曰学，电子琴、唱歌、舞蹈、书法、绘画、游泳、武术，陪读者父母，爷爷奶奶外公外婆仅得以书僮之书僮相待。

四曰游，春秋两游，暑假寒假，生日活动，一掷千金者有之。如此造就小公民，寄之以大任，可乎？更有甚者，嘱其自私，令其贪婪，第一个教师是父母，戒之慎之。

"似爱之虐"与"似虐之爱"的说法，出自丰子恺和丰一吟的父女画。《丰子恺儿童画集》里有8幅画，其中4幅标题为《似爱之虐》，4幅标题为《似虐之爱》。画面内容并不复杂，可以说一看就懂，因为画面选取的就是生活中我们再熟悉不过的现象。比如坐在堆满食物的童车里大吃的孩子、父亲正准备给嘴里叼着烟卷的儿子点烟，这是对"似爱之虐"的解读；而像父母亲不顾孩子哭闹，强制为孩子打针、灌药、理发，母亲硬把孩子从瓜摊前拉走，则是对"似虐之爱"的解读。

所不同的是，"似爱之虐"总是更容易被接受，但看似施爱于子，实则施虐于子，用错了爱的方式，只会害了孩子。"似虐之爱"看似无情，甚至近乎残酷，却是真正的爱，只不过是爱的另一种方式，是"苦口良药"的方式，是"刮骨疗毒"的方式，接受起来难些，但"疗效"不言而喻。

而《代沟与社会进步》一文，则表达了方敬对青年人的期望以及老年人应该具有的达观心态：

……我在想，代沟古今中外都有。当社会以缓慢渐进过渡到快速变迁的时代，代沟的差距就更大，理由是单位时间的变化越多，则代沟的差距与之成正比。

我还想，没有代沟也就没有社会进步。既然运动是矛盾对立统一的产物，代沟的两边就是一对矛盾，就出现了运动。问题在于这运动的结果是前进的还是倒退，认识的关键是对青年一代的估价。总的来说，青年是代表未来，只做这样的判断还不够。代表未来，只是年龄差异的结果。青年不仅代表未来，而且是社会新的、科学的、美好的。尽管青年中也有错，但青年的群体，就是社会未来的主力、代表。

不用这一观点看青年的群体，则可悲的是老年自己。

写于 1991 年 2 月 1 日的《伊朗与伊拉克》短文，则表明方敬对时事的关注及其非战思想：

大概在 1980 年 9 月，伊朗和伊拉克打起来了。

那时我正在打起来的前 3 天路过德黑兰，在机场停留了一小时。就在那时，民兵持枪来回走动，霍梅尼的像及语录贴满机场大厅。中国的"文化大革命"是红色的海洋，那里是绿色的海洋。

伊拉克和伊朗战争干了 10 年，谁是侵略者？说不清。都说是真主保佑，真主也被他们气昏了。打仗死了这么多人，义愤填膺，自觉与不自觉地一个个、一批批倒在沙漠上，国家的元气大伤；领袖们依然康健，风度翩翩，实在看不懂。

发动战争的都是大人，小孩打架好办，一对一，拳脚交加。鼻青脸肿的多，死人的事是少有的。而这些领袖们打起来，横尸遍野。平民百姓也跟着倒霉，物资损耗不计其数，发财的人也不少。

有人说，伊斯兰者英勇善战，我看少点这种特性为好。君不见哥萨克的传说，哥萨克也败，何苦呢？

一篇《尊师与爱生》的短文，则表明了方敬一直以来的观点，即爱生第一、尊师第二，"尊师爱生"应当改为"爱生尊师"：

尊师爱生应当写成爱生尊师。

凡师不一定要被尊敬，只有爱生的才能受尊敬。

目前整个社会不尊敬老师，这是几十年政策不当所致。记得看到一份资料，在30年代，警察每月工资6个大洋，银行科长25个，小学教师45个，小学校长120个大洋，这是社会对教师的评价。小学教师出来，一领长衫，缓步而行，顾盼自如。虽不能说财大气粗，至少4口之家可以无饥无疾矣。闲庭信步，秉烛而书。谈笑有鸿儒，往来无白丁。以课徒为重，得一英俊，终生乐此不疲。师道有尊严，爱生为民族。如今的教师，身有立锥之地，书无近丈之基。4口之家，以此束脩，求温饱而不得。欲其教育救国，爱生，其可得乎。推销簿本有之，出租场地补之，欲其爱生，难矣。

把教师划入小资产阶级，旧社会的知识分子，需要改造的资产阶级知识分子，资产阶级知识分子再也不能垄断讲台……种瓜得瓜，种豆得豆，不能尊师是必然的。

现在要改变近30年的错误，用10年是改正不了的，有的教师节，明曰爱护，实际在推销清仓物资者有之。

有识之士，仍在爱生，这是国家与民族的需要。

我之敬仰景清、淑东、宏成诸师长，40年未改。无他，华模中学的老师确实从心底里爱生。

师被尊，必须爱生，更重要的是社会要尊师，首先要改变教师的穷酸相。

平心而论，1991年时的教师待遇确实较低。

他写《学历与能力》：

一般情况下，学历与能力是成正比的，否则要读书干什么。

读书是学习，使用也是学习，而且是更重的学习。这是对的。一般说来，一个人的能力大部分是在使用中学得的。

成分论，不唯成分，重在表现。这是十年动乱中的名言。如套用一句：学历论，不唯学历，重在能力。问题在于学历容易锁定，能力难以测定……

在《刚与柔》一文中，方敬表现了他的浩然之气：

读高中时就有"大青年"以哲人的语气向我谈过以柔克刚的道理，但这些话当时并未留下深刻的印象。

因为当时我热衷于鲁迅先生的大作以及偷偷地看高尔基的《母亲》，当时我在一所地下党办的中学读书。从小学五年级时的亡国奴身份，使我的热血一直在沸腾着……

钢铁是怎样炼成的，要刚！

国家兴亡匹夫有责，要刚！

正义是不可战胜的，要刚！

理直气壮，要刚！

筑起铁的长城，要刚！

刚，钢！我是在阳刚中成长的，我站在上海的大地上，在人群的拥挤中，心中只有刚！我倒霉了。

在真理面前人人平等。我的血液加温到一定程度，我质变了，成了一团火，也要去鼓动别人，要有钢铁一般的刚，最好是钛合金钢似的刚……

是啊，"天地有正气，杂然赋流形。下则为河岳，上则为日星。于人曰浩然，沛乎塞苍冥……"

在《丁是丁与卯是卯》的末尾，他说：

写这段，是因为活了60岁至今不知道如何做人。目前结论是四条，一要为人本分，也就是我为人人，人人为我。用我们的说法，为人民服务。二是凭本事吃饭。三是要出污泥而不染……

退休后闲了，"也就是'忙'换位于'闲'"，"想想过去，看看今朝"，他写下《忙的与闲的》：

"忙的忙死，闲的闲死"，这是60年代流行的一句大俗话。为什么会出现这句话呢，如今这一现象还有没有呢？

忙的人为什么要忙，闲的人为什么可以闲？

这里指的忙不是空忙，而是为办好一件事，为一个事业在真忙；这里说的闲不是真闲，而是每天照样上班。一杯茶，一张报纸，能推就推，好拖就拖；拖不下，一脚把皮球踢出去，冷眼向洋。

建国初期，很少听见这句话。当时全国上下多数人是意气奋发，建设祖国。后来的现实让人变了，变成多数人躺在社会主义的列车上"奋勇前进！"出现了"多做多错，少做少错，不做不错"。所以忙的不想忙了，闲的却惹是生非，说风凉话。

圣贤志士，如孔孟、岳飞、文天祥、秋瑾、孙中山等是以群体的长远利益为奋斗目标的，所以成为伟人；但伟人的精神，只有向往国家与民族强盛，并以此为己任的人才令人心仪，并身体力行。

实际上，方敬退而不休，继续做了一些成人教育研究的工作。日本福冈大学的森山沾一教授多次来华讲学，1990 年希望方敬写一篇中国识字教育的文章，1992 年再次相约，方敬终于在 1993 年春定稿《中国识字教育的实践与思考》。此外，森山沾一还曾把方敬写的《中国农村成人教育的发展》一文拿去福冈的杂志发表。

方敬还为顾晓鸣的成人教育论文集写序："1992 年的最后一个月，内蒙古呼伦贝尔盟顾晓鸣同志送来了书稿，全书分三部分 44 篇约 23 万字。其中多数是 80 年代后 5 年撰写并见诸报刊的。在五六年内，平均每年发稿约 4 万字左右，即使成人教育理论研究的专业人员也不是轻松的事。阅读之余，联想颇多。"

他在序里，对中国的成人教育再次做了回顾：

"成人教育是大事，道路并不平坦，艰难困惑与成功俱在，对成人教育工作者，成熟的理论犹如苦旅中一泓甘泉。"这是郭伯农为上海市成人教育研究所纪念建所 10 周年写的一句话。我国在 80 年代关于成人教育的著作，不能说它们都是成熟的理论。然而，众多成人教育工作者在神州大地上数十年的耕耘，必然开花结果。顾晓鸣的论文集，也是众多鲜花中的一朵。

我想得更多的是成人教育的艰难与困惑，在为即将于日本印行的《上海成人教育史》草拟的序言时曾写过"至今为止，人们对成人教育的认识并不充分，也并不一致"一句话，成人教育的艰难，如不投身其间，确实不易体会个中滋味。成人教育在办学和教学中有许多问题需要深入思考，加上成人教育的"多变"现象及外界对成人教育又不甚理解，既加深了工作难度又必须作出及时的回答。

作为一个成人教育已退出现役的老兵，能看到顾晓鸣文集的印行，内心异常激动。尽管各篇文章还有种种不足，从事业发展的角度看，总是件值得高兴的事。鲁迅曾告诫欲成才的青年人：只要一坚忍，二认真，三韧长，总会作出成绩来的。窃以为本书的作者正是在这样努力着。

有感而发，行文冗杂，只是想到我国经济振兴和社会变革正在召唤成人教育作出新的贡献，具有鲜明实践印记的理论研究必将更为需要。欣喜之余，信笔写来，权作序，并请同行和读者赐正。


退休了，那去看看祖国大好河山吧！去画下祖国的美丽景色吧！

他喜欢夏天山呼海啸的豪雨、香气醉人的栀子花、出淤泥而绽放的莲荷、在夜色中妖娆起舞的流萤。屐痕处处，方敬有感而画，这些速写稿，都收在他自编自印的《游踪寻梦》中。

首先，方敬开启了红色之旅。

1991年9月16日，他来到井冈山革命博物馆，还参观了井冈山龙潭和黄洋界。

五百里井冈，革命圣地郁郁葱葱。当年毛泽东写下了"黄洋界上炮声隆，报道敌军宵遁"《西江月·井冈山》这一著名诗篇。1965年5月，在阔别井冈山38年后，毛泽东同志重上经历血与火洗炼的井冈山，感慨万千地告诫大家："艰苦奋斗的精神不要丢了，井冈山的革命精神不要丢了。"

9月18日，方敬又来到了建设中的南昌市中心。

南昌，红色的圣地。这是方敬20多年前最后一次去。他说，每到南昌，就会联想到朱总司令与周总理，伟大人物的感人事迹是难以磨灭的。时间越长，精神越鲜明。

10月23日，方敬参观上海浦东白龙港，中国第一支导弹部队曾驻于此，打落第一架美国U-2侦察机的就是这支英雄部队。

也是在这年的 10 月里，天高气爽，方敬游兴油然而至，随即带着画夹去火车站，买了张去苏州的票。车停昆山时，又不去苏州了。下午到亭林公园拜谒先贤顾炎武，见天下兴亡，匹夫有责之语，想起自己的责任。他满怀崇敬之情拿出画夹为顾炎武作画，题名为"天下兴亡"。

这之后，他一路向南，见到南方不多见的黄牛，就画黄牛；画慈溪杨梅；画宁波天童寺蓊蓊郁郁树林的深邃幽静。

1992 年 1 月 2 日，方敬来到安徽荣军休养院，因为儿子亚平和列平在这里住过，他们的二叔方锡礼曾在这里工作。看到这里左侧楼里有某古籍木刻雕版，之后他游览了桐城宰相府和庆元古建筑。

庆元有"香菇之乡"的美称，从厦门去庆元，坐中巴车一路上下坡到达了。庆元古建筑很多，方敬见到清代院落，清一色水磨青砖砌成，精致得让人羡慕不已，而且数量不少。

2 月 4 日，是方敬退休后的第一个春节，去合肥方锡礼家玩。"三元"一大早，"爆竹声中，在民政厅宿舍区转悠，空气似乎被冻住了，各家多在梦中，记下了这寂静的美"。

2 月 22 日，重游南京。这是方敬 40 年后再去金陵寻梦，玄武湖当年月色不再，只看到岸边的树。他打开画夹画了一幅南京的树，黯然而归。

终于可以重拾旧梦，他画画的兴趣大增。5 月 11 日，他到上海植物园，画了蝉与蝴蝶。

1992 年 6 月 30 日，方敬应贾海珊之邀赴内蒙古满归镇讲学。

他感叹，没到过森林里的居民点不知木材之多。房屋地基用原木构造，四壁是原木堆砌，其他更不用说了。四周木栅，堆了好多成材的木头，三餐做饭，冬天取暖。新房造成，慢慢下沉。结果门不能用了，以窗当门，当那窗低得难以进出时，报废重建。方敬讲学之余，7 月 6 日，他看到满归一旗的永冻屋，也即房屋下沉现象。当场画下这一奇观。

三天后，去满归中学岳先生家探望时，他再次画下了独具特色的满归民居。

7月15日，他在内蒙古呼伦贝尔新巴尔虎右旗，现场感受了历史悠久的那达慕大会。"那达慕"蒙语的意思是娱乐或游戏，大会上有惊险刺激的赛马、摔跤，令人赞赏的射箭，有争强斗胜的棋艺，有引人入胜的歌舞。

回程他专门去了辽宁旅顺，参观了苏军纪念塔。这是为了纪念在1945年打败日军、解放我国东北在战争中光荣牺牲的苏军烈士而立。塔身六角形，正面塔基上雕有高五米、手执苏制冲锋枪的苏军战士铜像，塔基用中俄两国文字镌刻着铭文，塔基正面两侧塑有浮雕。塔的正面用中俄两国文字写着："为苏中两国人民的自由和幸福而光荣牺牲的烈士们永垂不朽！"，体现了"胜利、友谊、纪念"的主题。

随后他去祭拜了万忠墓。墓园是为1894年甲午战争期间被日军无辜残杀三昼夜而遇难的同胞建立的，是被日寇屠杀的我两万多同胞的安息之处。门上悬挂"永矢不忘"匾额。墓园内苍松翠柏陪衬，显得格外庄严肃穆。

方敬凝神屏息，分别画下了这两个著名的爱国主义教育景点。之前他去过位于威海湾口的刘公岛，在甲午海战战败的西辕门前，他扼腕叹息，他同样感受到了血与火的炙烤。

这一年的11月他又再次南下，19日到达杭州。小时候他常去杭州玩，因为交通便利，景色宜人。幼时学唱过《满江红》，一泄亡国之愤；青年时看过电影《八千里路云和月》；壮年时写过无数次的书法"怒发冲冠，凭栏处……"这是中国的文化，杭州有幸，"青山有幸埋忠骨"。他怀着崇敬的心情画了两幅岳王庙，特别突出了"精忠报国"那一幅。

27日，方敬去鼓浪屿，见到了郑成功的巨大青铜雕塑。他展开画夹，默默地描画这位民族英雄，名之为"闽海雄风"。

12月1日，他到了福建厦门市东郊狮山。同日，受邀去厦门，初见亚热带植物，灌木和乔木婀娜多姿，犹如南方之少女，方敬画了好多速写，特别喜欢其中一幅"棕榈家族"。

然而，方敬内心深处一直念兹在兹的，却是故乡的教育。

方敬一直喜欢的作家巴金先生曾经说过："我们每个人都有更多的爱，更多的同情，更多的精力，更多的时间，比用来维持自己生存所需要的多得多。我们必须为别人花费它们，这样我们的生命才会开花，道德，无私心就是生命的花。"

这是巴金对人生的深刻感悟，也是对世人一个最响亮的呼吁和号召。

对故乡的情意缱绻中，响起裂帛之声的弹词开篇："老吾老，以及人之老；幼吾幼，以及人之幼"。

方敬思念故乡的孩子们，是的，时时刻刻，日日夜夜。

这感情，是每一位游子都有的感情；这感情，凝聚着对乡村儿女的感情！

我恍然顿悟——方敬不仅是一个和时间赛跑的人，也是一个在时光之河逆流而上的人。

1993 年 2 月 4 日，是农历正月十三。正是春寒料峭的时候，一大早方敬给华模中学的学长钱玉音写信：

玉音姐：

寄来的通讯录修改稿已收到，因处寒假期间，要开学才能安排印刷。

关于华模的稿子没写，这是失信于人。但我也有难处，如果说多了有点自我贴金，不说，又难以取得谅解。

华模究竟是过去，目前要做的事太多。在 1992 年，我为农村的一个小村子和一所农村中学（初级）办了以下的事：

1. 筹集了几千本书，专程用车送去，往返千余公里；

2. 每月定期给困难的学生寄钱 95 元，包括对学习的鼓励等，而我每月的工资单上是 330 元；

3. 筹集衣服等约 40 公斤。

这些不能不花去我很多的精力，为了这些，我只能接受一些单位讲课的邀请。自 1 月至 12 月，去金华、庆元、金山、镇江、图里河、满归、海拉尔、扎兰屯、肥城、大屯、青州、潍坊、郑州、厦门、福州和龙泉等，主要对成人干部讲课。

可以说，讲课费和稿费主要用给学生了。

除了上述的事，这一年大概写了 3 万字，还有一本书在日本出版，这也算是为教育出了些力。近几年，还陆续积攒 1 万元，准备再发动自己的学生凑一点，可能是 3 万元，在 1993 年 10 月送给宋庄中学作助学金。

我退下来，为的是把字写得比以前进步些，因而，希望在 10 年内，作以下 5 个方面的研究。

1. 中国哲学思想与书法艺术的关系；

2. 构成中国书法艺术诸因素的框架结构；

3. 中国书法艺术发展的动力机制；

4. 技术与意境的关系；

5.《多宝塔》的计算机处理。

由于 1964 年以来，就带一些学生写字，因而目前来我家学字的人不少。每年至少花费 100 多个半天，占一年工作量的 20%，全部是义务的。

所以，人很忙，究竟我也是过 60 的人，因而一些非重要的活动，就很少参加了。甚至一些艺术装潢公司聘我当顾问也不去，给钱也不当。

1993 年的大体安排是：第一季度应日本佐贺大学森山教授之约写一篇文章约 2 万字；第二季度把 1986 年写的书（提纲 6 万字）整理出来；第三季度去呼伦贝尔盟和新疆讲课和看看祖国大好河山（行万里路）；第四季度的 11 月去广州为金融系统教育处长上课并去海南看看。

我知道时间对我是不多的了，但我力争为学生再做点事。

今年，自制了 150 张贺卡，因为数量不够，只给一些老师寄了，因为收到的就超过 100 张，没有办法。

好久就想写，今天抽空写了一些，请能理解我目前一些不着边际的想法，附上给朱梅丽的信，如能寄转就非常感谢！

癸酉新春阖府吉祥!

由于昨夜看书看到今晨6时,写得很糟。

方敬

1993年2月4日

1993年4月,桃花已经盛开了,树枝上缀满了火红的桃花,芳菲烂漫,桃叶挨挨挤挤的。美丽的桃花像一片云霞,像一张张妩媚鲜丽的脸。空气中弥漫着扑鼻的诱人香气。

你看,桃花在枝头成串成串地开放,一朵紧挨着一朵。向上开着,向下开着,向左开着,向右开着,它们开成了一簇,它们开成了一树。远远望去,好像开满了深红色的火炬。它们手拉着手,互相鼓励着一起生长。

方敬收到了钱玉音的信:

方敬:

校友会一季一次碰头聚谈会这次定于本月13日(周六)上午9时在左義东家召开,内容:看四川校友录制校庆录像,讨论学校起草校友会章程,议谈今年工作。望你一定出席。

此外我近日整理书信,看到保存很好的你1993年2月4日给我的信,我油然而生一个念头,我犯了一个错误:在这本《深情的回忆》中应有你更多的地位,而却疏漏,不论从当时你的活动,你的作用或是你以后直至现在你的贡献,是独到的,是实际的。当时你坐在前排,从个子到年龄在大家心目中属于小的,但你最富有人情味——这是一直被批判的——从大的方面,你倾尽全力为培养青年一代出力。从日常生活方面,你尊师敬老,对同学有深厚的情谊。我一直记着那次我来你家,你对我的一番鼓励慰籍。虽然你有你的脾气,对有些现象你不能容忍或谅解。

你当时计划10年工作,不知现进展如何?如研究中国哲学思想与书法艺术的关系,构成中国书法艺术诸因素的框架结构等等,以及教书法讲课、写书等等。

你平日是如此生龙活虎,却也患有心脏病。我觉得为了你的这些计划、受你帮助的学生以及像我们这样被你关心的同窗,也不能太急,要及时服药，定期检查和休息，保持活力和生命到最大限度。

祝安康！望给我回电。

玉音

1993 年 4 月 6 日

从这年春天起，方敬开始了"景清奖学金"的筹备计划。

深夜，他在草拟宋庄中学敬清（1997 年改为"景清"）奖学基金会章程（草案）：

为敬仰上海华东模范中学教师胡景清先生爱生助学之崇高精神，并激励宋庄学子好学上进，特于赣榆县宋庄中学设立敬清奖学基金。基金由方敬筹集，第一次基金目标为 3 万元（2009 年增为 10 万元——笔者注），皆工薪所入，为数不多，尽心而已。

一、宗旨

基金会以其收益部分奖励学校品学兼优之学生，适当褒奖在办学与教学中贡献突出之教工，以发扬师生艰苦奋斗、奋发向上之精神，办好学校，为祖国建设多出人才。

二、管理小组

由于基金会规模很小，只设管理小组，管理小组的责任是讨论章程之修订、基金之募集与增值，并检查基金会的工作情况。管理小组由发起人或其代表、政府负责文教的镇长、镇财政所所长、校长、校工会主席组成。设组长 1 人，副组长 1 人，顾问 1—2 人。每学年度调整一次，但组成人员仍以此原则相对设定。

三、奖励

主要奖励品学兼优学生，兼顾贫困学生；适当褒奖辛勤创业并有贡献之教工。

每学年度发奖一次。

奖励名单由学校校长签发，并报告管理小组备案。

奖励总额根据实际情况决定，其中奖予教工的金额以不超过总数的 10% 为宜。

……

俗话说，众人拾柴火焰高，方敬想到了集众人之力，来完成这一夙愿。

他写下一份募捐书：

敬生于沪，故乡之事殊不详。16年前奉先母之灵归根，始知任庄村千余之众无一人进高等学府。余幼时清贫，幸先严崇尚教育，更兼师友之助始有今日。为报恩泽，故竭尽绵薄助任庄子弟学至今。家乡学风有进，大学生成群，然终非根本。遂有建助学基金之念。近年为之积万元，以个人之力无补学校之百一，效集腋成裘亦暖他人于一时。今秋拟返乡去宋庄中学成此事，诸师友子弟共襄此举。人各有志不敢勉强，如蒙俯允，不拘厚薄。谨先莘莘学子谢。教育为立国之本，愿与君共成此业。

癸酉清明后再拜于知一斋

不久，方敬在上海的师生好友都收到了这封信。

方敬的学生叶雪礼后来告诉笔者：最初方老师和我商量过这个构想，因为我多年就职金融行业，当时在万国证券，方老师想叫我参与日常管理。我们都收到过捐款倡议书，记得当时第一笔资金大约筹了3万元。我出了5000元，那时工资都不高，相当于我两个月的工资。

因为赣榆那边比较穷，很多小孩子辍学帮家里干活，所以方老师想通过奖励基金的形式资助一些成绩好的学生，想先培养出几个大学生做示范。当时是有几个苗子有希望上大学的，后来也应该是第一批受益者。然后方老师有个梦想，就是在赣榆找一片荒地植树造林，再开辟一个学子园，每个考上大学的，就来种一棵小树，他希望有一天这里变成一片森林。可惜后来我出国了，不知道这个梦想是否实现。如果还没有的话，我觉得我们可以帮方老师实现这个愿望。和当地政府沟通一下，找块地，当地的大学生每人种一棵，我们也帮忙种一点，这样学子园就有一个雏形了。

方敬首先捐了1万元，陈隽捐了2000元，李朝华捐了1500元，解钢捐了1000元，朱燕如捐了500元，居凤玲捐了500元，刘小曼500元，郑星宇2300元……

一笔笔捐款，一片片爱心，汇成一股股暖流，汇聚到宋庄中学。每一笔都是一声祝福：孩子加油！

在筹备景清基金会的同时，方敬还忙着为宋庄中学捐书。

方敬回忆："一所宋庄中学，那时9个班，初一3个，初二2个，初三4个，500余学生，教工24人，学生图书馆只有不到一橱的书，全校教师用书也只一橱，每月办公费仅180元，其中电费至少120元。

"在这以后，大约募集5000—6000册书，除了一般书籍外，印象深的有：

"《汉语大词典》，计12册，1974年出版；

"《大不列颠简明百科全书》计10册，80年代中期出版；

"其中，复兴中学最多，约3000册。继光中学、外语出版社以及学生、朋友送了不少。

"两次都是上海第二教育学院王焕然开的车，一路折腾，很辛苦，印刷厂厂长刘亮大力支持。"

宋庄中学校长周明俊文质彬彬、白白净净的，朴实可亲。在方敬1993年的日记里，笔者发现了他写给宋庄乡书记刘成洲和校长周明俊的一封信：

周校长并转刘书记：

1993年9月26日，下午3:00左右接周校长电谈及：1. 刘书记5日左右抵沪，接我去宋庄；2. 已发出倡议书；3. 举行适当的仪式；4. 其他如制碑等事。

对此，我甚为担忧，昨夜也没睡好。今日清晨，草拟此信，谨提出以下意见，请斟酌。

1. 刘书记如方便，6日午夜（7日凌晨），在新浦车站接我即可，这样可以节省乡里开支。

2. 倡议书已发，无法取回。原则有一条，不增加农民负担，这是中央的指示精神。否则，难免有碍于情面、不得已的事发生。我知道家乡的实际经济情况，富者并不富（其中非正常渠道富之者不少），穷者还是真穷。富的不一定肯出，穷的想出也出不起，关于这方面我见到的太多了。

3. 不举行任何仪式，至多我向有关领导汇报一下初衷及以后设想。会后设便宴招待（经费由我出）。

4. 做碑，只是向捐款人有所交代，不做也行。如做，利用石厂的边角料，自己刻制就成。否则，以千元之巨作此无用物，何必！

我，仅是一个普通教师，每月工资单上仅300多元。个人所拿出的万元，是近几年讲课及稿费所得。积累这点钱，确实也不易，只是想为宋庄乡之教育聊尽绵薄。

望刘书记和周校长理解我的初衷，千万不要惊动家乡父老，增加他们困难，陷我于不仁不义之中。

语多唐突，务请谅鉴！

即请，秋安！

方敬

1993 年 9 月 27 日清晨

又，我已订好 10 月 6 日上海到新浦直达车票，来者共两人，仍住我大姨家（任庄）。因行走不便，请一个学生陪我。这次只能轻装而来，没给宋庄中学带些书来。

方敬所说的"行动不便"，据方亚平回忆：大概是 1993 年六七月间，大热天，父亲去黄山讲课出了车祸，我坐上海 120 急救中心的车子把他接回来，当时那边还不放，还要看是什么车。当地医院的复位手术做得不准确，在小地方治疗是我担心的。父亲回来住的是上海第一人民医院，很多学生帮他抬上抬下，里面有一批新疆进修的学生。一查，脚踝脱臼，须重新复位。之前膝关节骨折也没查出来，得重新治疗……

看似很普通的一封信，却道出了方敬作为一个共产党员的坚守。

不久，周明俊又接到方敬的来信：

明俊校长：

16 日安抵上海，君子之交，以诚以信。与您接触不多，然您诚信二字皆备。故有劳先生为奖学金事操心。世俗之事颇多，先生违心处之。语多不周，虽出自肺腑，仍望先生宥之。此次个人用去一些费用，如省此开支，纳入基金，又添杯水。余亦难免其俗。奖学金之事，请务记景清师之教导，目前，有几事相劳：

1. 章程等打印后，请寄三五份与我。以便有所交代。

2. 筹集基金捐款人及清单，请按人数寄来，以便分发给捐款人，以明此事。名单中要添加张玉飞、童卓、祁德建、徐广益4人，各为百元，钱留我处存入银行。

3. 我处存款如满万元，除名单送你处外，当按协议转叶雪礼处。

4. 以上（即1、2项），请用宋庄中学代章。

5. 章程及捐款清单要分发给顾问、管理小组成员。

世上不干事最易，做好事最难，此话不假！

即颂大安。

方敬

1993 年 10 月 18 日

如今，周明俊还记得方敬邀请他参观上海一些模范中学的往事。

方敬给宋庄中学捐书是经常性的，1993 年 6 月 14 日上午日记里就记下：《中国作家》杂志 1991 年 1—6 期，《作品争鸣》1991 年 1—12 期，给宋庄中学。

2018 年 11 月 29 日下午，笔者在上海采访了方敬的同事和学生石迅生。

石迅生家里到处堆满了书，大多数是书画类的，这和他画家的爱好有关。为庆祝同济大学一百周年，石迅生正在校对《陈从周画集》，封面是沈尹默的题字。他说："我从早上就翻日记，从他退休的1991年开始找。方老师运书不止一次，而是很多次。我跟他下乡的时候，是我们二教院处理旧书，他分批买好，运回去。有一次运书，是 1996 年 1 月 29 日出发的，头晚住在方老师家里，凌晨 3 点多开始往楼下搬东西，到下午 4 点多才到宋庄，路上不好走。下午到宋庄中学卸书，30 日返回。"

笔者问石迅生："那次你是和谁去的？"

石迅生说："我和方老师还有一个司机，3 个人过去送。总共多少册已经记不清楚，那年是我们学校派的小卡车，不是面包车，面包车装不下多少。去了以后，卸书也蛮有一会儿。第二天又去拜访了赣榆教育局。"

"你认识方敬先生是什么时候？"

石迅生说："是1987年或1988年左右。我是1986年到上海第二教育学院的，和方老师不是一个部门。我在电教室，当时搞摄影，还喜欢写写画画，后来方老师有空的时候会来看，他说你写字方法不对，你有空我给你辅导一下。他后面的一句话使我很感动，他说你在外面就说是陈从周的学生，你不要说我是你的老师。因为陈从周外面听起来比较有名气，他是建筑大师嘛。我一听非常感动，后来他有空就到我家坐坐，就这样和方老师认识了。

"还有一次的事我也很感动。有一次晚上他让我写东西，后来刮大风，看我穿得那么少，他给我弄一件羊毛衫，说你穿在里面，回去路上暖和一点。老师对人真是无微不至的关怀。这让我很感动。后来二教院有什么事情，方老师就叫我来办。一个比较熟，另一个知根知底嘛。

"方老师为人，对学生要比对家里人还好。他第一个放在心上的是学生，这一点我们是非常感动的。他觉得谁是有用之才，会倾尽全力来培养，有时候甚至恨铁不成钢。

"逢年过节我寄贺年卡去，他必定回复一张。后来身体不方便嘛，不可能每一张都手写，就复印好了，再签上自己的名字。他为人非常厚道。"

站在旁边的李红旗插话说："方老师去赣榆以后，他每个月的工资啊什么的，都是石老师帮忙保管着，操心很多方老师的事情。因为亚平身体不好，章老师身体也不好。"

笔者来到宋庄中学，现任副校长王修博说："我是2014年调来的。当时我们拜访方老师，看到他精神矍铄，白发银丝，谈话很风趣。方老师很守时，我们去的时候，茶水都准备好了，他说，自取自饮。感觉他不清高孤傲，而是一个和蔼可亲、平易近人的人。

"以前他会来学校做讲座。我调来之后，他来送过存折。那时候，他已经身体不便了，骑电动三轮车，我们邀请他上楼喝杯茶，他说，不用，不用，他就像是送了一扎青菜一样随意自然。大约是四五千吧。平常他和学校联系不多，方老师是个很随性的人，高兴了就来校园转转，转完就走。"

在宋庄中学图书室，书架上排列着方敬赠送的图书：

辞书类的有：《汉语大词典》《永乐大典》《简明俄汉词典》《世界通史》……

教育类的有：《特长生教育大全》《教育史》《现代美国口语》《教育学》《德国文学史》《剑桥艺术史》《世界图案精华》……

文学类的有：《家》《春》《秋》《青春之歌》《阿尔塔莫诺夫家的事业》《荆棘鸟》《献给艾米莉的玫瑰》《爱国者之血——美国南北战争时期的文学》《德国古典中短篇小说选》《大熔炉两年》《聊斋汉子》……

传记类的有：《共和国重大事件纪实》《板门店谈判》《恩格斯传》《毛泽东和他的父老乡亲》《蒋光慈选集》《朱德元帅的故事》《周恩来一生》《陈毅诗词选集》《北京英烈传》《金陵风云录》《抗倭集》……

还有全英文的读物。


方敬是一个点灯的人。他慷慨助人，对己却很吝啬；他写了很多文字，水平也高，找一个正规的出版社很容易，但大都是委托别人打印成册，分送师生和亲友。

2011 年，方敬将忆旧的"些许小文，计 20 篇"打印成册，名曰《往事钩沉》。"耄耋之年，遇事甚多。皆系印象过深之记忆，欲忘之而不能。撰记时，无时间顺序，无分门别类，少文字之推敲，诚'三无'产品也。随手拈来，私下偷着乐而已。或短为书函，或洋洋千言，情之所至，不受篇幅之累。""请雪梅君打字，书不付梓，仅留 20 份以作纪念"。后又把《壬辰拾穗》打印成册，"二书把幼时以至于近年的所见所闻，觉得有些趣味的事记了下来，计 29 篇。是 1991 年初就开始构思的，仅提纲就写了 2 万字。思之再三，决心不写。过了十多年，人老了，其怀旧的心情日增，在志忑中写了下来，并补了近年的见闻。这两本一共印60册，是给个人的一生留下些注脚，间或也映衬出一些众生相"。

清风徐来之夜，仰望长空，总有那么几颗星星特别闪亮。

有的人在世上匆匆而过，什么也没留下；有的人在不同的历史时期和特殊的环境中，造就并留下了一种宝贵遗产，如金石铿锵振奋精神，如流水淙淙滋润人心，这是一种无法估量的财富。

方敬的心是一轮皓月，荣誉非其所求，金钱非其所求，地位非其所求，只为了让更多的孩子能有书读，能安静地读书，他心甘情愿地捧上那颗滚烫火热的心！他从没想过得到回报，他的回答很朴实："我要求他们好好学习，好好工作，好好做人，多为国家作贡献。"

# 第十九章
# 因书法家文徵明而结下的旷古情缘

人们常说，自古知音最难觅！

这样的古诗句很多。

比如："酒逢知己饮，诗向会人吟。"

比如："相识满天下，知心能几人。"

鲁迅曾感叹：人生得一知己足矣。

真正的知音，心有灵犀一点通，此时无声胜有声，一切皆在不言中；

真正的知音，是彼此包容，是彼此欣赏，是彼此信任，是彼此懂得。

这样的人，倘若遇见，那真是你极大的造化。因为资助一本书的出版，方敬被文徵明研究专家周道振称为"生平第一知己"，成就了书坛一段佳话。

让我们先看一封信吧。

锡敬先生左右：

请原谅，90老朽，垂死余生。向生平第一知己的你，随想随写。好在你我都是闲人，借此消磨日子。我承你为我想方设法刊印了《文徵明年谱》。这几年由住在市区的学生，买了一些有关文徵明的书画资料著作，知《年谱》起了些微作用，垫脚石也好，让人们去发挥。很多人有了资料却不会用，又觉现代一些青少年文化程度浅薄若此。

当年刊印年谱，你垫出款项，我非常感激你为我出《文徵明年谱》。海内存知己，天涯若比邻。可惜我知己太少了……

写信的人是周道振先生，信是竖写小楷行书，字体清秀，极具文人

　　　　　　　　　　　　　　　　　　先生方敬

气息。也许是因为几十年研究文徵明的缘故，很多人说他的字颇有文徵明的书风。

这封信写于周道振去世之前，是老先生向方敬的最后告别。

文徵明是大家所熟知的明代画家、书法家、文学家，他初名壁（也作璧），字徵明。42岁起，以字行，更字徵仲。因先世衡山县人，故号"衡山居士"，世称"文衡山"，汉族，长州（今江苏苏州）人。因官至翰林待诏，私谥贞献先生，故称"文待诏""文贞献"。为人谦和而耿介，宁王朱宸濠因仰慕他的贤德而聘请他，文徵明托病不前往。

文徵明的书画造诣极为全面，诗、文、书、画无一不精，人称是"四绝"的全才，诗宗白居易、苏轼，文受业于吴宽，学书于李应祯，学画于沈周。其与沈周共创"吴派"，在画史上与沈周、唐寅、仇英合称"明四家"（"吴门四家"）。在诗文上，与祝允明、唐寅、徐祯卿并称"吴中四才子"。

那么，周道振是谁呢？他是著名学者、碑帖鉴藏家，无锡人，1916年出生。新中国成立前他在上海铁行中做过小职员，在棉纱商行中担任过会计。新中国成立后一度进机关工作。但在1958年受了业余潜心研究之累，被指责为"一本书主义"，下放农村劳动锻炼一年。回城后调入嘉定工业学校、上海建江中学等单位，直至1979年退休。

终其一生，他从未在科研机构、大专院校或图书馆、博物馆系统工作过。与从事学术研究的专业人员相比，他的治学条件和环境，无疑要艰难得多。正因为如此，他治学中所遇困难阻力之多，付出之多，难以想象。

像文徵明这样的谱主，年寿高，交游广，其诗文作品及相关记载必定不少；他既是吴中文坛领彦，又是书画巨子，一生所绘丹青，所写碑志，所传墨迹很多，不仅流散各处，而且真赝相杂，若要辨清真伪，必须具备鉴定的法眼。因此，做文氏的年谱更是艰难。

年谱这类著作，是史籍中的一种人物传记。它是以谱主为中心，以年月为经纬，比较全面细致地胪述谱主一生道德、学问、事业以及某些评论的一种传记体裁。水平上乘的年谱，既可免读者另查资料之劳，又为学人铺就继续研究之路。

编年谱是极其琐碎繁难的学术工作，是"苦差"。要广搜资料，日积月累地积攒；时时在意，处处留心，惟恐遗漏，皓首穷搜，是在奉献自己的生命。各种资料备得之后，对于谱主不同版本的文集，要"锱铢较量"地逐条勘核。没有古典文献的功底，做不了这样的工作；谱主的诗文、行状，文献中的各种记载不免舛讹乖谬，还要一一考证，亦需学术功力。所以，做年谱的学人很少。

周道振最终能够实现初衷，完成文徵明系列研究，在学术上作出重要建树，是他几十年坚忍不拔甚至可说是"苦志励节"的结果。为《文徵明年谱》作序的原上海图书馆馆长顾廷龙先生说他："恂恂儒雅，相谈甚契"，"道振秉承家学，自幼即敬仰衡山之品德高尚，博学多艺……穷年累月，访其遗著，求其逸事……追寻500年前之风流遗韵，揖让于古君子之间；虽遭横逆，锲而不舍，失者重行访求，孜孜矻矻，卒抵于成"。周道振在"附记"里也说，他是出于仰慕文徵明的"高风亮节"而发愿编其年谱。自20世纪30年代以来，"此谱稿经六易，历时60余年"，作者甘心情愿，从未休辍，头上的青丝磨成了白发，备尝的艰辛，识者皆知。最让人感动的是，"举国惶惶，不知所措"的"文化大革命"期间，"藏书者争相毁弃旧籍，祈免于祸，有劝之毁年谱稿以求安者"，周道振"终不忍"，不但文稿保存下来，而且继续修改增补，又两易其稿。他为了年谱而不计祸患，推想其人，也有松柏气节，但周先生只是平淡地道出"不忍"。先生护持的不仅是呕心沥血的书稿，还有一份当今正在消失的奉己身以昭先贤的人文精神和文化传统。

因为同在虹口区教育界工作，周道振退休之前方敬就认识，也知道周道振一直在研究文徵明，对他心怀敬佩之情。早在书稿初成后，曾为他介绍过出版社。后来再次偶然相遇，才知道还没有出版。问他为何不出版，周道振说没有出版社愿意出版，因为是"小众"的书，除了书画界人士喜欢看，其他读者较少。若自费出版，则"无力付梓"。

方敬知道编纂年谱之难，感叹道："这么好的书怎能埋没掉呢！"

于是提出出钱帮助出版。两个人从此书信不断，开启了一段感人肺腑的交往过程。

方敬的家住在虹口区边上的"赤峰路"，靠近宝山区，而周道振住在虹口区中心地带的"天潼路"。方敬腿脚不好，去看周道振时，他会带上家离周道振不远的本家孙女方俊去。20岁左右的方俊就读于上海师范大学，一直跟着方敬学书法，活泼伶俐，善解人意。她说，当时方敬爷爷与周道振见面有十几次。

那段时间，尽管方敬腿脚不好，而且又患上冠心病，可是为出版计，他多次去周道振家商谈出版事宜。日记里有如下记载："11日，去周道振处"；"2月8日，去周道振先生处，商谈出版事。（周道振）79岁，耳失聪，白内障在两年内可维持，看来只能呼吁出版社之襄助，再去一次"；"2月21日8时去等车，去周道振先生家，决定出书，带回卷一卷二。中午与朋友谈印刷事，请朋友复印卷一；礼节性拜访图书馆"；"23日，关于周道振先生一书的思考"；"下午一时，去周道振先生处"；"26日，去天潼路周道振先生处慰问，周先生不在，疲惫不堪"；"2月27日，打电话、写信，与朋友（周志高）一起研究出版事宜"；"28日，与朋友商谈关于《文徵明年谱》印刷和发行事。关于周道振《文徵明年谱》的思考：1. 需要的经费；2. 经费的安排；3. 启动的准备；4. 书的发行"……

除了见面交谈，两个人你来我往的信件有80多封，计一万余字，主要是谈年谱的出版问题，也会谈及书画的问题，惺惺相惜，情真意切。我们看看这些散发着纸墨香的书信吧：

锡敬先生惠鉴：

接所赐贺卡，知近在上海，不晤刘者数易寒暑矣。

阁下不以富贵贫贱悬殊，下交于振，但振性疏懒，不获时相通，即松英同志，近在四川北路，每岁仅晤面一二，伊今在虹口区基建组工作繁忙，父母多病，假日倍为辛勤，元旦预约昆仑十友在杨君家茶叙一小时竟亦未到（十友是弟退休时，作艺先生在杏花楼集知友、相近教师十余人聚餐后，相约年年一叙，历十年不衰。作艺先归道山后，又有一二凋谢。物价亦贵，乃改茶叙云）。振去年一年，将所编文徵明年谱稿作第六次修改，近始誊抄完成，共60万字，束之高阁而已。上海书画出版社旧交已少，弟前作一文论文徵明小楷《醉翁亭记》（故宫藏）是伪迹，中国、日本以及中国台湾、香港地区皆说真迹，亦未刊出。实则无名小卒，恐或犯众怒耳。

琐之，请恕，即贺

新年愉快

阖府康寿

弟周道振敬上

元月9日

道振先生：

大函拜读，心之所系之，文章的发表及书的出版。

文章的发表难度不大，稍作努力即可。书，今晨问及印刷厂诸友人，用一般格式印2000本，需4万元左右。为此，如能筹集此款，请出版社赞助一到（估计有这可能）就可付印。文章千秋业，弟当为此事尽绵薄之力。不知先生何时有暇，请电告，以便前赴商定。

即颂冬绥

方敬

1995年元月13日

锡敬先生：

读手示，既感且惭。

先生为此谱出版，此第二次矣。20余年前，曾介之于上海书画出版社。时弟稿方三易，至今稿又三次修改。曾谋之上海古籍出版社，以无经济效益辞；去年谋之北京中华书局，又因已订十年出版计划退回。窃念60年耕耘此谱，而才学疏浅，致所编不能入时人之目。前年洪娣文自香港来函，有资助出版之意，谢却之，不敢以此累之也。弟今年已逾七望八，去死不远，安敢累及先生。高义铭感，附呈此谱前言后记，弟60年编写经过可知矣。弟鳏居7年来，每以笔墨减悲消磨余日，近又开始编写唐伯虎书画简表。昔"文化大革命"前，上海人民美术出版社曾出版（清）顾复《平生壮观》一书，询之上海图书馆有此书目，不知下落；函询闸北图书馆，杳无复音，不知先生有此书否？

元月15日

锡敬先生左右：

道振一生庸碌，乏善可书。写衡山年谱是偶有所触，欲为贤者正视听，免使国人负无人之讥，并藉以消磨业余时间而已。先生见重，可供参考。筹资刊行，是义举亦侠行也。如何进行，先生主之，不必垂询及振。

振性孤僻，不善与当世名公贤士交往，故深居简出，宁静自守，幸鉴谅。

1995年2月23日

道振先生：

2月23日函悉，遵嘱主其事，为使国人免无人之讥。筹款近4万元，余亦无多大困难，力争4月付梓，望珍摄。此乃出书之关键，卷二等如已订正，请函示，由小俊取回。近期如无特殊情况，定不打扰。此书价值自有公论，敬一介布衣，不避瓜田李下之嫌，敬先生洁白情操耳。

敬再拜

1995年2月27日

方敬马不停蹄地筹划出版事宜，他不断地打电话并约谈朋友和学生。

他写信给当年曾任教于储能中学的马飞海老师，马飞海曾是中共上海地下教委负责人之一，后为上海市文化局局长。

飞海老师：

从左淑东先生处，打听到您的住址。我是华模的学生，也与马福龙共在一个小组——《中学时代》、进步青年协会。解放后在成人教育系统干了42年，九一年回家读书写字而已。现在我准备负责筹资7万元，为周道振先生刊印《文徵明年谱》。与出版社联系，尚无音讯。如出版局能允许申请，一准，则事情更好办理。周道振先生已79岁，且视力只能维持一年余。我深切理解此书的学术价值及紧迫性，特恳请先生助一臂之力，玉成此事。已给马福龙信，请他协力办成此雅事。出此书，无他意，免使国人负无人之讥。唐突之处，尚祈海涵。

即请大安！

方敬

1995年2月28日午

信中的马福龙当时在上海市党史办，协助马飞海工作。

方敬工资不高，前两年为景清奖学金捐了不少，已经囊中羞涩。曾经想捐售自家所藏书画筹得善款，来帮助周道振出书。

得知方敬这一想法，周道振急急来信：

……高义云天，使人感泣。振如遵行，被人唾弃。何则，损人利己也。

先生欲捐售所藏书画，成此义举，弟初毫无悔怨，然弟家中岂无藏书乎？故在先生可行，在弟则不可从也。盖损人利己，有识者不为；弟若从之，是晚节有亏，有损先生知人之明矣。

我等老矣，性不能谐俗，唯有深闭柴扉，还读我书。借所藏故书，以遣胸中块垒，弟逾七望八，犹恋恋不肯轻弃所藏。

先生年轻于弟不少，来日方长，岂可一日无此君相伴耶，肃此函谢。

弟周道振拜上

2月9日

方俊回忆，当时听说爷爷想卖书捐款，一起学习的同学劝爷爷："您学生和朋友那么多，何不发起募捐呢？"

方敬思来想去，也只有这个办法了。不过他心里有一杆尺子，凡是曾经参加过景清助学金捐款的，这次尽量不麻烦他们。可是师生亲朋仍然踊跃捐款。

方俊有几次代表爷爷去看周道振先生，印象中的周先生生活清苦，对去世的夫人情深意笃，经年把亡妻张月尊的照片置于书桌砚台边，日日默念祝祷。"他们的感情很长情，很细腻……"有一次方俊做了个点心送给他，老先生竟然流泪了，他也曾专门到方俊的住处附近看她。在给方俊的信中说"年迈龙钟，耳聋眼花，老天爷迫得'息交绝游'，就是亲戚也不往来，以书信或通电话，互相问候"，"我每天除早餐后，抚杖出门半小时外，就息影一室，生活勉强自理。家里凌乱，无力整理，这种情况怎能接待你呢？"他还致信方敬："令孙女两次来访，娓娓清谈，颇羡先生有解意之孙。但两次皆携礼物，使弟不安，请转告：后必却之，幸恕不情。附呈文谱加注一纸，乞于复印本中加入。近目疾又深，把笔茫然。"

方敬这次的募捐书也相当于人物简介：

周道振，碑帖鉴赏收藏家，文徵明研究专家，1916 年 6 月 29 日生，无锡城西门外棉花巷人，原名济，更字月霁；妻张月尊，故名藏书室曰"双月楼"。是名中医周小农幼子，初从父学医，后进学校读书，高中毕业后，因抗日战争辍学就业，在铁行及花纱行为职员及会计。解放后，由机关转教育系统。

道振年 15，即笃好文徵明书翰及古今碑帖。60 年中，业余编《文徵明》资料 119 卷，为诗文集、年谱、书画录、停云馆帖考，杂录等 5 种，又《唐伯虎集》21 卷。刊行者有《文徵明简表》《文徵明集》。又有《文徵明原名考》等论文，散见于《书法研究》等刊物。又以所藏文徵明墨迹及拓本付上海书画社影印《文徵明行书赤壁赋》及《文徵明小楷七种》。曾以所藏历代名家碑帖多次借与苏州碑刻博物馆展览。1987 年以所藏文徵明墨迹、碑帖等有关书画 311 件捐与无锡博物馆。

1994 年，积毕生心血六易其稿，编成《文徵明年谱》计 60 余万字。

（此简介参照《无锡名人词典（二编）》改写，未经周道振先生审阅）

方敬

1995 年 2 月 24 日 10 时 18 分于上海知一斋

于是，上海的师生和亲友又送来或寄来他们的热心捐款。胡景清、左淑东老师来了，孙女容之和行之也捐款了……其中，还包括方敬的日本朋友大池利惠。

于是，开启了出版进程。

没想到好事多磨，方敬回忆：此书于1995年开始启动，先筹款并联系出版事宜。几经周折，于1997年3月签订合同。合同规定8月出书3000本。其间出版社有人把万余元留在自己手里，以至出版社认为钱未到位而拖延至1998年8月始付印。

方敬很着急，因为周道振说过"此事不了，目不敢瞑，此则精神文物之一也"。他写信给出版社：

先生：

文徵明年谱如何了？非常焦急。

是否遇到什么麻烦了？我很想知道。

一、该书出还是不出；

二、如出，最快在什么时候能出。

因为离1997年8月又将近8个月了，我不能失信于道振先生，更不能失信于90多位赞助者，所以希望您在百忙之中给我回信。

此信用挂号形式寄出，没办法的事。

多次有劳，即请撰安！

方敬

1998年4月20日

不久，方敬又接到周道振的来信：

……振潦倒一生，幼时有所触，乃以研讨文衡山、唐六如（唐寅）诗文资料为解，而以撰写文谱致罪。坎坷备尝，延及妻女。4年前偶于答先生贺柬时，略及文谱。见其束之高阁一语，恻然于心，三次登门，为募捐出版。数年中先生心力交瘁，可知也。然弟淡然相处者，盖因读欧阳公沧浪亭诗："清风明月本无价，可惜只卖四万钱"之句而有感焉。盖先生此举，其高义岂可以尺寸升斗衡量之哉，又岂以任何形式以示其感激之意哉！

振60年来，默默为此；历经患难而不悔者，自以为是也。振一介寒士，困居斗室，老朽无闻，先生盖无望于振也。而筹措策划、心力交痒不以为恨者，亦自以为是，盖两皆求其心安，志之得遂耳。彼此所为，深致世俗骇笑而皆无所悔者，良以备有无价之意，志存于胸怀耳。心之所安，不计价之若干，遑论其他。忽发狂想，供先生一笑。

此谱复印歪缺数页，不知影响排版否？弟今日心痛加厉，夜不能寐，亟盼能早校清样。

复信不久，方敬又接到了周道振的信："文谱初样已校就，以脚力皆不胜，遂不能送上。

"此谱也，毕一生业余心力，悉寄于斯。而自1956年起，因此书故，下放农村劳动，并致先室患精神分裂症；由是坎坷崎岖，以迄退休，今又已上累先生，今日校竟，不禁一把辛酸泪也……"

方敬记述：书印成错处400余。经反复交涉，经理只同意重印1500册，考虑到周道振先生年迈体弱，只能委曲求全而同意，俾使道振先生能见到此书，其中交涉皆委托陈少峰全权处理。一直拖到1999年夏秋始交书，可见好事不一定好做。特别有些人到了真正的危难时刻，非但不出力且冷言冷语。其中最使人难堪的是"他做好人，让我们受累"。

一边忙出书的事，一边惦念着宋庄的学生们。1998年，方敬把自己全部家当搬到故乡宋庄。在搬离上海之前，他的学生和朋友陈少峰等竭力劝阻，认为宋庄的经济和生活环境以及文化氛围无法和上海相比。但方敬归心似箭，他早已经把一颗心给了故乡。后续的出版事宜他交给了陈少峰来处理。

终于看到《文徵明年谱》出版了，周道振来信感谢：

……记述乃古人，著者非名人，荐者非有力，鲜能刊印。彼非不知谱传考证文之可重而不欲刊印也，无利可图也耳。振所撰谱自明清以来，世盛传其姓氏，然初稿时作于60年前，所谱则500年前人物。时距久长，其不合时宜，可预下之；且其官卑时短，无喧赫功绩，仅立身明洁，卓荦不苟；其事行既诗文书画，间犹传闻至今，亦惟文人学士知之。滔滔者则目为盲人鼓词所艳传之，"才子"而已，不知其真也。故此谱不合世人所嗜可知也。乃先生谊衡山节操，爱绝一时，其事行虽似琐琐，而皆高风绝人，倾动海内，足以医颓拯俗，欲为刊印。商之师友，佥谓可行，因毅然以出版自任。力不足，则募捐继之。嗟夫，先生师友，胥文人学士之俦，其识见与先生同。皆深憾今世朴讷深厚之风渐泯，以为是书得广为传播，深为人知，则见贤思齐，亦治世之一助也。历览史志，其艺文中所列撰著名目，皆当时名公所致，失传者不可胜计。以振之浮沉卑末，落落寡合，所谱又非伟人名公，幸而遭遇先生，独具慧眼，不顾世人所嗜，或且蒙愚不识之人、知不适时之诮，力排阻阂，俾之成书，5 年之间，艰辛备尝……

两人的友谊一直延续。方敬移居宋庄期间，周道振在来信中诉说了对方敬的思念。

锡敬先生左右：

久不知近况，偶于少峰处获悉动静，知近仍以一生教育心得，综汇于文字；其功匪浅，且以政入所余，用以培植学校；是由家而国，泽被莘莘者厚矣。若振则闭户造车 60 余年，既以害己，又以累及先生。今垂暮之年，欲植其家而力不足，幸少峰为介博古斋拍卖行联系，始略具眉目，是振拜先生之惠厚矣……

1998 年冬至

锡敬先生左右：

今岁梅雨特多，惜以耳疾未能听雨声。先生久住故乡，不知尚存小桥流水景物否，想请健无恙。幸甚。

前少峰兄传告出版社，请再校文谱，当于去岁，粗读所见差错四百余处外，又校出三百余字，已交少峰兄矣。

以弟所编唐伯虎全集赠捐款诸公事，如唐集出版，书寄何处，乞告。弟老病日臻，记忆衰减，独往事历历，时萦未忘，每为怅惘。

风雨连绵，晤对无由；独守小楼，我思故人。

寒暖不一，千万留意。

1999 年 6 月 25 日

锡敬先生左右：

久缺函候，忽荷贺函先施，惶恐之至。

冬至已至，虽非雨雪严寒，乡居颇觉难耐，冬来尊体健否，至念。令高足少峰兄，昔以先生所嘱，时时照拂。秋来，弟经所藏书画、扇子等12件，请少峰兄代为拍卖。弟欲藉此了一心愿，并分惠子侄之窘者，不知能如所冀否。弟年已耄耋，体身日衰，每一行动，气喘力乏，幸生活勉可自理耳。

严寒之期踵至，千万珍重。敬祝起居康泰，健康长寿！

乙酉腊月

遗憾的是，2007年周道振先生因心脏衰竭抢救无效逝世，终年91岁。

《书法报》2000年1月3日刊载书法评论家刘涛先生的《书法与侠义》一文，极力称赞周道振和方敬的肝胆侠义：

最近得到周道振先生与夫人张月尊女士合纂的《文徵明年谱》，硬封装，大32开，厚厚的一册，60余万字。这是一部资料性的学术著作，得到它，满心欢喜。

我喜好购藏年谱。我在书后看到了附录的"引证书目"，用心统计了一下，周先生60余年间搜求笔录借观查读的文集、方志、笔记、年谱、年表、丛书、日记、墨迹、刻帖、图绘卷轴、碑志拓本、书画图目图籍凡880余种。年谱中就我翻读过的部分所见，谱主涉及的人物，基本上都有文献的征引或者考征，细密周至。不禁感叹，年谱做到如此程度，当今能有几人。

编年谱也是"兹事甚细，智者不为"的"为人之作"，是为学术界做功德。周先生夫妇以毕生心血和精力做成《文徵明年谱》，我们这些后学"能得其用"，就是在领受他们的功德。

《文徵明年谱》这部书毕竟是学术著作，很专门，阅读者和使用者不会多，但知道著者矢志不渝的艰辛劳作，可以励志。年谱的出版，还有一段令人感奋的侠义故事。

周先生夫妇的书稿好几年前就已杀青，一直"无力付梓"，因为得到了方敬先生和他邀约的92位义士的慷慨赞助，年谱才得以印行于世，泽披学林。方敬先生也是退食的老年，谱中附了他写的"后记"，文很短，却是侠气干云！

方先生说这部年谱"如湮没无闻则愧对前贤，亦恐国人负无人之讥"，可见他是《文徵明年谱》的知己。我想，方敬等93位义士毅然以菲薄之力襄赞年谱的出版，侠举亦是功德；周先生夫妇为了一部《文徵明年谱》而竭毕生心力，是做功德，也有侠义在。

《文徵明年谱》的受益者，都不会忘记。

《书法报》是我国创办最早、发行量最大、国内外公开发行的书法专业报。而作者刘涛是一位具有文化视野的读书人，既解读书法技法，又通观中国书法史，更探索书法背后的人情世相，进入"知人论世"之境。

书法与侠义，刘涛先生说得多好啊！

侠气是指豪侠的气概，侠义，则指抱有强烈的社会责任感，爱国爱民，机智勇敢；扶贫济困，惩恶扬善；为人仗义，肯于助人；路见不平，替天行道。

金庸大师是有侠义的人！方敬在《似虐之爱与似爱之虐》短文里专门提到金庸的武侠书。1997年1月9日他在日记里谈武侠文学时说："就文学语言来说，还是梁羽生、金庸等可以。"金庸曾说："今天的大陆，有的人很有权力，有的人很有财富，有的人很有知识，有的人很有名气，可他们普遍都没有一样东西：良知。"

可惜的是，2018年，江湖再无金庸；同一年，世间也再无方敬。

被刘涛先生赞为"侠气干云"的方敬为《文徵明年谱》写的"后记"是这样的：

周道振先生笃好古今碑帖，尤爱文徵明书翰。平生深居简出，宁静自守。余敬先生为人清白、治学严谨，多年来书函未辍。甲戌岁末得先生书，知《文徵明年谱》已成，苦阮囊羞涩，无力付梓。

年谱编纂系人物研究之基础，其艰辛识者皆知，望而却步者不乏其人。道振先生积毕生心血，60余寒暑六易其稿。如湮没无闻则愧对前贤，亦恐国人负无人之讥。且先生逾八望九，目力日艰，故力陈其义。乙亥初春，蒙先生首肯，由余筹资刊印并主其事。

余一介寒士，辛未赋闲以来，读书习字自娱而已，岂个人之力能成其事。然思及师友中多侠行之士，故约三五知己相商，曰可行并愿共襄此举。即草拟缘起分致诸友共筹此款，陆续捐助者近百人。余何能之有，皆仰衡山先生节义之高绝，慕贤而恩齐也。

书将成，以送款之先后，列资助者姓氏为附。日后书款如有余，以其数之半充江苏赣榆宋庄中学景清奖学基金。

又，刊印时赖马平铭、朱奇德、解钢、刘尧、张建新、陈璧耀、孔宪祖、刘谦礼、马福龙、季铭龙、樊星涛、骆松澂、林纬华、顾耕麟及华达康、王文学、唐聪平诸君鼎力相助，玉成其事。谨一并致谢。

方敬

丁丑白露于沪上知一斋

2000 年 1 月 29 日，方敬在景清书苑忆及此事，再次记述："书出来了，送道振先生 300 本，捐款人（每人 500 元）两本，出力者一本，所余书近千本，200 本送古籍书店，余下请大家代销。实在没办法，因为我借了万元，几年利息就是 3500 元，至于各种开支也没记全，三五千总有的。出书过程中有记事，有账本，只是不全。

"这里要谢陈少峰还有小俊和石迅生。小俊常常与周爷爷保持联系，后者是全力处理销售的事。记下这些，也算有个交代。"

在中国古代，书信在人的交往中具有举足轻重的地位，故被赋予"锦鲤、飞鸿、青鸟、彩云"等美好的称谓。方敬和周道振两位长者，生活在现代社会，分居苏北和江南，虽然可以打电话沟通，但仍然保留着中国古代文人书札来往的习惯。数年间，围绕周道振老人《文徵明年谱》一书出版及发行事宜，两位老人书札来往频繁，以书涉事，关乎生活、身体、心情、雅集……有柴米油盐酱醋茶的世俗生活，也有鸿儒白丁的日常交往，反映出两位老人的性情与人格。

从书法角度看周道振老人的手札，真不愧为现代文徵明研究的大家，书法风格有着文徵明的温润秀劲，法度严谨，意态生动，又别具魏晋尺牍的散淡和从容。书札有别于一般刻意创作的书法作品，其有着随意性、私密性，一气呵成且真情流露。书札自魏晋以降，至明中吴门，文人的生活情趣在尺牍中得到充分展现，可谓蔚为大观。周道振老人一生致力于文徵明研究，书法自具有吴门的文人风度，他虽不以书名，但笔墨功夫不落同代。

抚读周道振老人的手札，用"古质而今妍"来描述应非常契合：文风质朴，格式古律，有着中国传统儒者的严肃治学态度和温文尔雅、彬彬有礼的谦谦君子之风；书札或长或短，字字珠玑，置于当代书坛，亦是光彩照人！

20世纪末的两位老人的通信，上溯至300年前，亦行乎其间矣！

曾为出书捐款的王洵说，此书方校长曾给我两本，都给了书法爱好者了。当年日本和我国港、台方面均表示可以免预付出版，并支付稿费，然而都被周道振先生给拒绝了。

学生陈祯和说，多年前在赤峰路方老师家里，晚上小酒后方老师拿出一封信对我说，一位老先生一生研究文徵明，想出书，我打听了一下需几万元还要包销多少书。老师让我看了这封信，信是清秀古雅的毛笔小楷。方老师说，此类书很难写，要费很大功夫却不讨好，因此想帮他出版。

李红旗说，记得当时看过部分文稿，端正的小楷。恩师书房有套《文徵明年谱》手稿复印件，当时老师让我办事，在送原稿子时，因喜欢，就复印留了4套，现在我手上还有两套。

《文徵明年谱》的出版，历时数年，其间所遇经济、人事、批文等各类困难与烦琐，所述十不及一。然周道振终遇侠肝义胆之人，从惺惺相惜而相扶相助，终成文坛佳话。上不负国人，中不负亲友，下不负来者。年谱可鉴。

# 第二十章
## 景清书苑——一座爱的驿站

有一段时间，方敬在上海无法入睡，他想着宋庄的孩子，想着那些渴望求知的眼神。他想起了华模的校歌，他的心里有一团火。

方敬失眠了，是彻彻底底地失眠。用了几个自我催眠的办法，都不见效。

他使劲眨眨酸涩的眼睛，站起身来，走到窗前，"唰"地拉开窗帘。

这是大上海啊，国际大都市，每天都在噌噌有力地向上向前发展。它还有深厚的文化底蕴，迷人的海派文化。更难以割舍的是这里是他成长和奋斗的地方，有那么多的师长、同学和朋友，那么多的学生……当然，它也有太多的喧闹，太多的人情世故，太多的迎来送往……

他曾几次小范围地透露过想移居故里的想法，可是亲友和学生们舍不得他离开，不少人反对。有的学生惊讶地说："啊？您走了，我们的书法课怎么办，我们正学得津津有味呢。"有的学生发出"温柔的威胁"："您若去农村，我们可不去看您！"他向爱人章锦秀任职的幼儿园的老朋友聊起这一计划，方敬日记写道："向幼儿园的一批老人说明去家乡写书的事，遇到普遍的反对，这是意料之中的。对回去的艰苦，要做充分的准备。"

另一种声音提醒他：都市的教育资源已经足够丰厚，教育正在严重失衡，农村更缺乏教育。农村，更能够发挥余热，更能够挥洒他对教育、对孩子的爱。

是沉湎于都市的繁华，还是甘于农村的清贫；是迷醉于迎来送往，还是……

一个声音在心里反复响起：为什么不去？因为孩子们需要！我是共产党员，是一个教育工作者，我是有责任的！共产党员与"懦夫"无缘，要敢于做"出头鸟"。我不愿做蜷缩在火炉边偷懒的绅士，而要做在贫瘠土地上高歌欢笑的勇士。

面对朋友和学生们殷切的目光，方敬写信——告别：

谨启：辛未（1991年）以来，拟觅一安静处读书习字，以颐晚年，近已如愿以偿。于祖籍得一新居，五六间屋，足敷使用；且明窗净几，具田园之美，更可奉先人于咫尺。取其宁静淡泊，庶几可明志致远，今冬明春即将北归，三五年后，如学业有成，当返沪与师长亲友小聚。临行依依，更望今后不吝赐教，谨此奉达。

方敬

丁丑（1997年）大雪后

方敬说到故乡写书三五年，然后再回来；他也去信告诉恩师胡景清他的下乡写书计划。可是父子间心脉相通，还是亚平看准了父亲的想法，哪里是三五年？父亲分明是要到故乡定居终老啊，他把自己在上海的"一草一木"都带回了宋庄，他要把余生全部献给故乡的孩子们。父亲似一头倔强的老牛，愣是拉不回头的。

经历过春的觉醒、夏的奔放、秋的收获、冬的蓄积，如今方敬要做一棵大树，伸展出一片绿荫，献出累累果实，将枝头的最后一抹亮色，都献给脚下的大地。

如果一个人，认真地、带着情怀去做一件事，这件事或多或少、或快或慢总是会推动起来的。

石迅生回忆：离开上海之前，方老师给每一个学生订下详细的学习计划，针对每个学生不同的特点，像开药方一样，你要注意什么，他要注意什么，提出具体要求。跟他学书法的，光我们学校就有五六人。外面的学生应该有几十个人。包括下围棋的冠军王蕾，也跟他学书法，我们一起到他家里去。

虽然决定了，但走出家门的脚步太沉重，似乎有一只无形的巨手揪着他的心。

搬离上海之前的两个深夜，方敬悄悄地起床围着所住的那栋楼转圈，转了一遍又一遍。想到睡梦中的妻子章锦秀和儿子，他感到深深的愧疚。

搬家必须有车呀，有一个细节也很有趣，方亚平回忆："大车是二教院给解决的，小车是我给解决的。他本来找陈祯和帮忙，我就给父亲打电话，我说你是有儿子的。如果我解决不了，你再找别人。我当时批评他的。我朋友更厉害了，给他找了一辆加长的凯迪拉克。我说这个车怎么开去？开在土路上颠坏了，我赔也赔不起啊。我找了辆桑塔纳，父亲高兴坏了，我小姑方锡明听了也特别高兴。"

1998年1月9日上午10时左右，方敬挥别了他生活了67年的上海。那天天气晴好，学生李红旗和田绪宝以及方俊的爸爸方有勇，忙着搬上搬下，把一捆捆的书和资料以及简单日用品放到五吨卡车上。他们乘着亚平找来的桑塔纳，一起向故乡进发。穿过公路和泥路，于深夜到达宋庄，住进了亲戚祁昌功、相恒萍夫妇为他安排好的新家里。

任庄村以她质朴温暖的怀抱，接纳了方敬。

在这里，有稻花温暖着他，有海风吹拂着他，故乡的人民爱着他。

他的晚年紧紧和宋庄联系在一起了。

数月之后，他把有关成人教育的文章和近况写信告诉上海的好友王茂荣，王茂荣是这样回复他的：

老方：

你好！

信和文章均悉，拜读后感到十分兴奋，盼望你再创辉煌。因为你具备这种超人的才能，可以创造出超人的业绩。多少年来，那些有眼无珠之辈，把才华精英埋没在他们的红缨帽之下，见不了阳光。一旦解脱后，亮丽的热光便普照人间，世人心中有账，历史会做公断，祝你好运。

文章中所述观点，我均赞同。我建议你这几年，集中精力写书法方面的东西为好，因为近20年以来，我国经济上有发展，有目共睹。精神领域的问题还不少，文化传统中的汉字书法，在小学、中学、大学均被忽略。博士生的论文，文理不通之处，随时可以见到。公正流畅的手笔，则基本上看不到了。随着我国国际地位的不断提高，汉字书法艺术也会逐步得到更广泛的注目，你又具备这方面的长处，有丰富的教学经验，所以我认为这方面出的成果，易得到社会承认。当然也是细水长流，慢慢积累不要突击，不要赶时间，一天写一点。因为我们都是年近七旬的老人了，这点千万不要忘记。绝不可把自己还当做一个青年小伙子用，这样会出问题的。希望你完成计划后，还要活个样子给他们看看。

　　烟、酒均以少为宜，祝你成功。

　　致礼！

友　茂荣

1998 年 4 月 30 日

　　他还给其他好友写信：

　　昨天中午完成了《成人教育定义的回顾与"职能"的切入》，心情特别好。第一篇《需要"共识"的成人教育》只是序曲，而"主旋律"的出现是第二篇，以后是根据"主旋律"在各章中展开。在写信时，音响里飘荡着茉莉花（萨克斯风），真好。不知你能否静下来，再找一下自己的坐标位置。幼时属父母，后来属工作，只有老了才属于自己……

　　在寻访方敬的过程中，不少人曾经无法理解他的生命轨迹。在当下惯见的世俗中，他的很多做法太过"高大上"，似乎"不真实"。人们一直在追问，想寻找一个可以为他的生命作出合理解释的答案。

　　人常说车有辙迹，一个共产党员的一言一行也有"辙迹"，他延伸在普通老百姓的心中。

　　循着这些深深浅浅的辙迹，我们能不走进他的内心深处吗？

　　方敬的学生、现供职于赣榆区党史地方志工作办公室的王帆回忆：

　　方老师刚到宋庄的时候，临时住在三洋港派出所对面任庄村的一户本家的家里。这位本家住的是两层小楼，他们住在一楼，对人很和善。二楼就让给方老师居住。

方老师把楼上的100多平方很有条理地进行了功能分区，教室、卧室、厨房和书房布置得井井有条。他书房的书不多，因为大都捐给了宋庄中学。方老师的卧室更是简单得近乎寒酸，只有一张双人沙发，晚上看书累了，就在沙发上一歪睡了。"最讲究"的也许就是书房了，墙上挂了学生们的条幅，长条书案上堆着高高的各种碑帖，以及学生们交的书法作业。

渐渐地，县乡两级文化干部，来跟方老师学字的，慕名拜访的越来越多。有很多时候，来访的人很晚才走，关门放门，来回要麻烦房东。方老师感觉到这样时间久了，会影响到房东家的休息，于是就决定自己建房子。

当时，我在宋庄财政所任所长，由同事叶伟介绍，得以认识方老师，能隔三岔五地聆听他的教诲。我感觉能在穷乡僻壤的小渔村遇到像方老师这样学识和经历的人，真是人生一件幸事。

听说方老师要建房，我就出主意说，在财政所的东边有一块废闲地，也许可以用来建房。并自告奋勇，说要地的事我和村里协商，因为那时相关部门对农村建房管理不像现在这么严格，况且那块地基在当时是村外废水沟边的一块荒地。

于是我就找到驻任庄的乡领导和村干部，把建房的事一说，他们听了都很高兴，毕竟方老师资助了村里很多大学生。房子是方老师自己画的图纸，厨房、书房、客厅、阳台、卫生间设计得都很合理，很实用。邵飞负责监工。

房子建好了，为了纪念他的老师胡景清老师，方老师最先给房子起的名字叫"景清书院"，我不揣浅陋，就说，不如把"院"字改成"苑"字，更雅一些。方老师思忖了一下，就说："好！"于是，就有了现在的景清书苑。方老师把这几个字让学生写了，用黑色的大理石镶在进门的迎面墙上。

此外，方老师还把我和邵飞等几个参与建房人的名字，刻在了外墙上，让我们很有成就感。

方老师总是把别人对自己的帮助记在心里，而自己对别人的帮助只字不提。

后来，方老师患了癌症，担心自己来日无多，就早早立下遗嘱，声明百年之后房子和房子里的书籍等都留给学生，而且指派了第一任管理人员——德艺双馨的青年书画家吴德运先生。

方老师住在景清书苑期间，每年总要回上海几趟，或是处理家务，或是和老朋友小聚，或是开讲座等。

方老师每次回上海逗留的时间一般都不长，总是有计划地处理完事情，就急着赶回来，因为他时时刻刻都惦记着家乡的教育！

方老师的为人做事，正像有一年他写在门上的春联："捧着一颗心来；不带半根草去。"这是陶行知的一句名言。

1999 年 6 月，景清书苑建成。

学生吴德运负责装修，他说："1998 年方老师搬来，他亲自设计了图纸。客厅即课堂，面积约 32 平方米；书房兼卧室，约 24 平方米；厨房约 16 平方米；卫生间约 16 平方米；室内走廊约 10 平方米；院内绿地 15 平方米；书橱、冰箱、洗衣机、洗浴设备都是方老师置备的；院门内右侧另建一间 8 平方米独立卧室，以备上海学生或远方客人临时小住，平时也放杂物。""建房花了十几万，用足了水泥和钢筋，考虑了抗震等因素；装修花了 16000，还有其他用品，我一分也不能要。"

如果放在周围的楼宇丛中，景清书苑一点也不阔、不大排场，只是普通的农村宅基地上建的一层房子（尽管当初可能有建二层的计划）。很不起眼，很少有人注意。但从岁月深处走出来的人，还是能够一眼看见的，它有一种风格。正门没有朝向大街，而是朝西。但因为它的布局别致而惹人注意。来到这里，有人心里可能直犯虚，你找不到合适的文字，你只能虔诚地感觉这是一个神话，世界上竟然还有这样一种存在结构，可以排除所有尖锐的东西，而完成全部的起承转合。你可以赋予一个院落以诗意，但很难赋予一个院落以神性。

一位朋友说："景清书苑里的书柜亲切地立在那里，构成一种朴实、亲切的氛围，我们像是从酷暑走到了一片凉爽的森林。"

若你有暇，去景清书苑看一看是值得的。你会看到北外墙上镶嵌的

　　　　　　　　　　　　　　　　　先生方敬

几块大理石板上镌刻着宋庄镇近些年考上的博士、研究生、本科生和大专生的名字。很有意思的是，方敬以他出访美国学到的名词"协士"来称呼大专生。这些学生的名字按入学年份排列，是吴德运镌刻的。并不宽大的院门朝西开着，迎面可见学生祁斌竖刻的"景清书苑"四个隶体字，庚辰年（2000年）所刻。进门几步就可看到整座房子朝南开的门了，门左边黑色大理石板上镌刻的文字是方敬所书："为继先贤之志，建景清书苑。蒙多方鼎助，今日落成。兹将款项明刻以求无欺。计付基建五万八、赔偿两千、装修万八、杂项六千、餐饮三千，资助者祁斌、李红旗、王承军、张轶、叶安然各五千，宋悦三千，周定法千元，解钢两千，吴德运万六，孙伊勉三千，宅基地系宋庄镇任村相与均。深铭于心，是或非期后学者毋忘。庚辰芒种方敬"。还有一块大理石板也是2002年刻的："强我中华，科教为要。然有任村以来，未见入高等学府者，其大憾矣。近20年家乡父老沐改革开放之春风，敬教重学，诸姓子弟，羡桃李芬芳之秋实，倾心尽力。丁卯伊始，学硕博士茂密成林，诚快事也。为继往开来，振兴故里，期多方提携，岁添新秀。壬午仲秋，谨勒此石，景清书苑识，徐振双书，吴德运镌"。方敬总是把学生的作品推向前台。卧室兼书房门匾上书"知一斋"，是从上海带回来的。方敬谦称："因为自己只知其一，不知其二。"正可谓"不能胜寸心，安能胜苍穹"。

在景清书苑这样的氛围里，如果你再和方敬好好地聊上一通，你的眼界忽然拉开了，辽远了，世界也不由自主地大了一些，从而产生出一种接近天际的豁达。因为它为你找到了一个最佳的视角和地势。当你的眼光与这个世界最终融为一体，或许你会真实地感觉到这座房子的高度，一种贯穿了灵魂与肉体而又只属于人间使命的高度或崇高。无论对于心上有伤的人，还是抒发豪情壮志的人，都可以在这寂静的角落里得到慰藉，寄托自己的灵魂。

有人说他有点傻，也有几分迂，可他分明觉得宋庄镇有一股静气。这股子静气，在一个匆忙浮躁的时代，千金难求。是一个可以拉开距离看人生看世界的地方，很对他的胃口，他为什么要离它而去呢？

华模老师都是为上海教育作出过杰出贡献的人物，自己这样做，是延续着他们的生命，也承接着他们报效祖国的终极理想和永不褪色的家国情怀。

方敬在《成人教育思辨》后记里说："1991年夏秋以来，读书自娱，悠然数年。静极思动，就想写点什么。在上海生活了60年，所居又非深院，且定力甚浅，难以执笔成文，思之再三，毅然只身返祖籍。

"搬一次家穷3年，多亏闻讯的亲朋好友相助，于1998年1月9日深夜到达江苏赣榆宋庄。此处系先父母生长之处，倍感亲切。

"返乡后，居处宽敞明亮，四周甚是恬静……"

直觉告诉他：他的生命之根，早已深深扎进了脚下这片土地之中。

一定要问情为何物吗？

残雪消融，寒气袭人。景清书苑内却温暖如春，花瓶内大红色的康乃馨吐着芬芳，在空调的暖风中怒放。方敬把着一个小学生的手，一笔一画地教写毛笔字，受伤的双腿定定地立着，一大一小，形成和谐的剪影。

良久，方敬满意地看着孩子的字："这样运笔就对了，你进步很快，谢谢你坚持写字！"孩子带着赞美心满意足地走了。

"方老师，您教了他写字，为什么倒还要谢谢他？"

"你看如今大人忙着赚钱，孩子忙着考试，能坚持写字的还有几人？"

方敬在景清书苑读书、写作、教孩子，他的身心全部融入到乡村去了。风在海边吹着，雨在庭院下着；他听着书苑外孩子们上学放学的急促脚步声，有一阵子，他对学校片面追求升学率忧心忡忡。这种情况，不独宋庄也不独赣榆，全国皆然。他忍不住提笔给他在上海时就熟悉、时任教育部部长的陈至立写信：

至立先生台鉴：

余去岁自沪返祖籍小住，取其清静以读书自娱。限于精力，家乡事自不多问。然邻近中学本学期始，初三学生每周上7天课，4周放假一天，且在校时间每天近12小时，各科教师又加大作业量。长此以往，学生身心皆惫，奢求成绩何用？且各校攀比之风已起。如此有悖教学原则之举，对正处发育期之初三学生，其后果难以设想。如与校长相商，必受各校之牵制；如与县局谈，亦难以企及。诉之省厅，又碍多种情由。思之再三，忧心如焚，夜不成寐，不揣冒昧，谨奉以达。此函复印件即送校、县。如一月之内未见改变，望先生百忙中过问一二，则学子幸甚，素质教育幸甚。顺祈教安！

方敬

己卯（1999 年）立冬日于宋庄

这封信究竟达到什么效果不好猜测，但中国基础教育由"应试教育"转向全面素质教育的呼声，那几年越来越响，相关的纲要文件也一份份下达。

2000 年 11 月 30 日，方敬写下《景清书苑运行规则草案》：

为继承胡景清先生对学生的一颗赤诚之心，在老师周年祭前一月，景清书苑落成。书苑主要用于在宋庄及邻近地区普及书法教育，并在这基础上培养书法人才。为使书苑能正常与持续运转，谨制定如下运行规则，这一运行规则，要求书苑参与者共同遵行。

一、设立书苑管理小组

1. 书苑管理小组在书苑成员中产生；

2. 管理小组由 3—5 人组成；

3. 管理小组的职责为：主持日常书法教学活动；管理书苑的书籍文具及有关设备筹集与管理经费；处理其他有关事务；

4. 管理小组每季度开一次全体会议，各项决议应该一致或表决通过。

二、书苑参与者

1. 宋庄及邻近地区的书法爱好者；

2. 参与者必须品行端正；

3. 建立财务制度，由宋炎与徐振双商定；

4. 建立书画碑帖及相关书籍的管理制度，由宋悦与叶伟商定。

方敬一直不断"定位"自己的人生，他在日记里诉述自己的苦恼和心声：

1996 年读书几年，令人迷茫，所以写下来"岸在何方"？由于诸多原因，1998 年 1 月，毅然搬回家乡。1999 年春夏之交，筑小屋自闭。直到 2002 年 7 月 25 日，有所悟，写下"物我两忘"。

"岸在何方"，主要是指个人的书法还能有几多长进，此外，侧重点在哪里。至于"物我两忘"，是来农村之后的种种苦恼与烦恼，虽经多方努力，无法改变与改善。个人是渺小的，又得到进一步的明证；把自己压缩到渺小，只尽到微薄的心，带好可带的学生。不要失望，听其自然，这样烦恼与苦恼就会淡化。我不会发火了，这对我来说，大概算是奇迹。


景清书苑北面，宋庄派出所的国旗在秋风中飒飒作响。

方敬独自一人住在小院里，这个头发花白、面色红润的老人，在"一箪食一瓢饮""一卷书一支笔"的简朴生活中，不断发出光和热，激励着寒门学子，温暖着邻里乡亲。

方敬的生活谈不上富裕，但也绝不贫寒。他 1948 年参加工作，一路从小学、中学、大学到研究所，一直教到退休。"讲课费不低，我都存了起来。"老人想过这笔钱怎么用，后来全部花到了贫困学生身上。"这些钱用在农村孩子身上更有意义。"

他在内心深处，经常与孩子们有着这样的心灵对话：

孩子们啊，记住为中华民族作出过杰出贡献的人物吧。我们一代又一代，延续着他们的生命，也承接着他们报效祖国的终极理想和永不褪色的家国情怀。

孩子，你的成长就是延续和承接。而成长的最基本的前提，离不开读万卷书，行万里路。

一个人有没有文化，有没有修养，有没有内涵，是写在脸上的。不信，你留心读一读人们的脸。那也是一本一本的书啊！

孩子！我希望，你的脸上写着智慧，而不是愚昧；写着真诚，而不是虚伪；写着温暖，而不是冷漠；写着善良，而不是狡黠；写着宽厚，而不是刻薄；写着对于家国、亲朋、同学、老弱病残者的爱，而不是怨恨。

而智慧、善良、温暖、宽厚和大爱，不是从天上掉下来的。他对于我们每一个人，都是一笔取之不尽用之不竭的精神财富。这财富，是在一天天一月月一年年永不间断的学习中，一点一滴积累起来的。

对于你们，这就是成长啊。

吃饭睡觉，只能完成身体的成长，躯壳的成长。精神的成长，就要如饥似渴地拥抱前人留下的林林总总琳琅满目汗牛充栋的万卷书，才能一步一个脚印地向前推进。这是一次远征。也是一次攀登。它需要的时间是一生一世。

孩子，这很辛苦，也很快乐。

爷爷已是耄耋，天天都在学习。从少时到如今，已然坚持了一生。学习，早已成为内心的需要，成为生命中不可分割的一部分。对于爷爷来说，只有天天学习，才真正感到快慰，感到充实，感到活得很有意义。因为爷爷虽然老了，肉体萎缩了，精神还在成长啊。一个人，只要有一天忽视了精神的成长，你可能就会落后于别人，落后于时代。长此以往，或许将渐渐下滑，演变，在不知不觉中蜕变成一个你自己都不认识的人：一个精神贫血的人，心理畸形的人，了无情趣的人，格调低下的人，甚至是令人不齿的人。

要不然，古代诗人屈原怎么会吟咏起"路曼曼其修远兮，吾将上下而求索"这样响彻千古的绝唱呢？

孩子们，爷爷相信，总有一天你们会懂得：上下求索的人生，才是最有意味的人生啊！

爷爷期待我们的孩子，拥有一个天天学习、上下求索、精彩纷呈、活色生香的美丽人生！

孩子，我们相信你们能！因为你们身上充满生命的活力，深藏着无穷的潜力。

有一次，方敬还向孩子们讲了古代宋庄善使宝叉的侠义壮士刘飞叉的民间神话故事……

清清秀秀的女学生宋安淇，后来考上南京信息工程大学，如今在福建从事气象工作。她回忆当年的方爷爷：

　　2001 年我 7 岁时认识爷爷，爷爷不过 70 出头，看起来精神抖擞。大概是年纪太小，我对陌生人总有一种恐惧感，更何况这个爷爷是真的不怒自威，平时调皮捣蛋跟男孩子一样的我见到爷爷之后特别乖，说什么听什么，只知道点头。现在想想，这大概就是缘分了，我在懵懂无知的年纪认识了方爷爷，17 年间从言行举止到为人处世，甚至我生活中一些小习惯都深深受到爷爷的影响。

　　早先爷爷家后院是片鱼塘，大半边都是芦苇丛，夏天的时候简直是小孩子的乐园。玩水捉鱼，嬉笑打闹。而我那年夏天捉到的不是鱼，是一只刚出生的小水鸟。直到这么多年过去，每次回去看爷爷的时候他还是要把这件事拎出来开玩笑一样说一遍，当年浑身湿透的小丫头脸上抹着两道黑泥敲了他的门，手里捧着一只毛都没长齐的小鸟问他能不能养。我觉得大概没什么能比这件事更丢人的了，可爷爷却说你不懂，这才叫童趣。小鸟事件之后，虽然爷爷没说过我什么，但我妈妈却告诉我，以后不管任何时候任何事拜访爷爷，都要提前打电话，这是爷爷的规矩，也是最基本的礼貌。当时不理解为什么这个爷爷规矩这么多，不过越长大越明白，人无规矩不成方圆。不论对方在或不在，拜访之前提前电话约定时间这个习惯，我一直保持到现在。

　　2012 年高中毕业，之前因为高考，书法这块儿几乎扔下了，爷爷决定给我一个暑期特训。于是高考完的两个半月时间，我搬到了爷爷家住，也是在景清书苑住下的这两个半月，让我意识到能认识这个爷爷，能跟在他身边学习是一件多幸运的事。

　　爷爷是上海人，做菜也是一把好手，我挑食得连父母都嫌弃，反倒是吃爷爷做的饭菜从不挑。因为马上就要去南京念书，爷爷说一个女孩子在外面，总要学会照顾自己，做饭是基本生活技能。所以平时除了写字念书，最多的时间就是教我做菜。我印象最深的菜是一道鲫鱼，其实我不爱吃河鱼，嫌刺多还一股土腥味，但爷爷做的鱼不仅没有土腥味，鱼骨都是软烂的，他说是在长兴岛时那位对石刻、甲骨文、国学研究颇深的鲍传简先生教给他的。我也问过爷爷长兴岛的往事，他却说，人总要乐观向上，合理的要求是锻炼，不合理的要求是磨炼，不论做人、生活、写字，都是这个道理，人得经得住磨炼，每一份苦难都是人生的财富。

我想，也正是爷爷乐观向上的人生信念，才能让他笑对病魔，88岁依然顽强地和癌症作斗争。还记得当初我刚得到消息的时候，从南京赶回家，没进爷爷家门就哭得抽鼻子，反倒是爷爷笑我说，得癌症的是他又不是我，他都没哭我怎么就哭得停不下来……

方敬与人相交，先是看品行。他资助过的学生，教导书法的弟子，不论成就如何，都是人品端正的可信之人。

祁颖的爸爸祁洪省对方敬感激万分。19年前，他家有3个孩子在读书，因为负担太大，看到孩子成绩好却没钱上学，他愁肠百结。"好在方老师及时拉了我们一把。"大女儿祁颖上大学的时候，方敬每年给一万元，后来他甚至负担了3个孩子的学杂费。儿子祁晓先是考入长春工程学院，后又读了天津大学研究生，最小的女儿祁竹莉也从苏州大学研究生毕业参加工作了。

祁洪省不无骄傲地表示，是因为自己子女优秀才引起方敬的注意。这个优秀绝不只是学习成绩，实际上还有方敬对孩子品行的肯定。"方老师跟我说过，当时几个初中的孩子一起在他那儿学书法，课余帮他收拾收拾房间，而房间放着钱。"虽然自己家庭困难，但是祁颖面对房间的贵重物品甚至现金时，丝毫不为所动，被暗中观察的方敬看在眼里，他从小处体察孩子的真性情，给与更多关注和了解，从而结下这段珍贵的缘分。

方敬的这些故事，如一朵朵鲜花，在我的笔底散发着悠远的清香。

学生王鹏宇的爸爸和方敬是忘年之交。一次，爸爸邀请方敬到他家做客。晚上，方敬准时到场，从一辆红色摩托三轮车上下来，虽银发满头，但精神矍铄，腿脚有些不便，走姿却有风骨，有一种从容不迫的感觉。酒酣微醺，肴核既尽，方敬讲述了他曾经作为亡国奴的屈辱和作为一个中国人的坚韧不屈，似懂非懂的王鹏宇也能够感觉到这个老爷子不一般。后来，他和弟弟随爸爸多次到方敬家参观、做客，懂得了很多餐桌礼仪，也惊叹于这位老人的深不可测。最让他印象深刻的是方敬所说的"做人"：第一，孝顺父母，并不局限于照顾父母。要求他们这些孩子不要给父母添麻烦，要理解父母的不易。第二，学习。不论身处何地，不论是何职业，都应该时刻学习。第三，与人为善，做事不求回报。

王鹏宇从小患病，双腿无力，不能行走，无法治愈。方敬听说枸杞和牛肉对这种疾病有好处，于是经常给他送这些东西，并经常教育他："人的生老病死是上天注定的，但怎么样作为一个人，怎样活着，是人决定的。尽管人很多时候胜不过天，但是要坚信人能胜天！"这让他大受鼓舞。方敬几年前生癌，经历过数次手术，说话依旧铿锵有力，依旧喝酒写字、谈笑风生。正如赠给王鹏宇的那幅字"青云直上"，"那行云流水的笔触，有一种人定胜天的气魄"。

任庄的祁秋霞姊妹4个正上学的时候，爸爸有一年得了肺结核，治病吃药全靠妈妈朱丛英烙煎饼卖点钱。秋霞学习从小就是尖子，1992年以优异的成绩考取赣榆县中学，但妈妈想让她读中专，"早日工作，赚钱要紧"，家里负担不起高中的费用。方老师闻讯立马送来了500元现金和一块手表，反复劝导"补渔网能赚多少钱，孩子上学的钱，我来出"。并鼓励秋霞：你尽管好好学习，你可以更棒！秋霞怔住了，自尊而敏感的心灵被突如其来的善良感动，泪水顺着脸颊滚落下来。3年里，方老师前后资助了5000元。后来秋霞考上了华东师范大学，方老师把她接到上海家里，送了她毛巾毯，还经常叫她和祁海燕去家里吃饭。弟弟祁富伟和祁玉伟也先后考上了大学，饮水思源，她说没有方老师的帮助就没有今天。有一个细节令她忍不住泪下：方老师知道她从小喜欢吃话梅糖，有一年秋霞生了孩子了，方老师还告诉她："朋友寄来了话梅糖，我一直给你留着呢。"

2015年高中同学聚会，秋霞提议像方老师那样去帮助那些因家境贫困上不起学的孩子，于是每个同学每年拿出200元。如今身为江苏海洋大学教师的祁秋霞说："我将以方老师为榜样，继续他未完成的事业。"

后来考入徐州医学院的祁富伟回忆：

初一的时候就有幸和方老师相识。当时宋庄中学通知有位上海老教师要来给我们教书法。这绝对是这一群农村孩子接触的第一个兴趣班，由于对书法艺术的严重模糊，上这样的书法课，我们竟无所适从。

第一节课大家竟不知道用什么笔，更别说准备书法练习纸了。这位70岁的老人手拎肩扛了几大包字帖和书法练习纸进到教室，全班50几名学生，每人一份字帖、一份书法练习纸、2只铅笔，而初一年级有6个班……拿到字帖和练习纸，大家都深深惊呆了：这质量真是太好了，比小学升初中的试卷都要好！后来打听到这些字帖和练习纸是他从上海背回来的，因为县城没有这么高清的打印机和复印机……

方老师教书法非常特别，比如"每天只写8个字""每天最多写半小时""字帖烂熟于心之后才能动手""一旦下笔不许回头"等等。后来方老师讲了这里面的缘由：他来宋庄中学教书法课，受到了相当大的阻力！很多人说这些课外的东西会影响孩子们学习课本知识——怪不得一天只允许写8个字。然而每天这8个字，以及衍生出来的学习方法和学习态度，却让我们受益终身。比起同学郑玉良、祁理等，我的字不算好，但我在以后的大学和工作中，写字让我很自信。可惜只学到初三，繁重的高中课业让我们暂停了书法练习，现在回想起来太遗憾了。我和爱人谈论以后孩子上什么兴趣班，我坚决要求学书法。现在女儿已经学了两个学期了。中秋节一家四口去看望方老师，方老师依然精神矍铄。听说女儿学习书法，方老师非常开心，把最后一本《景清书苑汇》送给女儿。承诺只要我把女儿送到宋庄来住一段时间，他愿意每天亲自教授！真希望有这样的机会，让88岁的方老师给我们的下一代上课、讲授书法与做人之道。

2003年，我被徐州医学院麻醉系录取。军训结束后，国庆节放假。几个玩伴又凑到方老师家里。方老师作出了一个非常郑重的决定：他死后，遗体捐献给徐州医学院！方老师真是要为教育事业奉献自己的所有了。之后我们聊了很多医学方面的事情，深深体会方老师对医学、对生命的热爱与执着。他说："国外在解剖尸体时，老师和学生都会对尸体三鞠躬，然后才开始。"这句话深深印在我的脑海中，在我返校开始解剖时，我们也对尸体三鞠躬，而后才开始。解剖结束后，我们也把尸体清理得整整齐齐的，并默默感谢他们对医学事业的贡献。方老师身患膀胱癌很多年了，但是他的豁达与开朗，竟让癌症拿他一时没办法。我想，这可能就是生命的最高境界吧。

和方老师认识的这20多年里，他带给我们的不光是知识，更多的是学习方法和认识世界的方法。他说中国的农村比欧美要落后30年，而宋庄尤甚。只有文化与知识才能改变农村的命运。为了这份执着，老人家努力了一辈子。而方老师的精神，亦将深远地影响着我们这代人、影响着这片广阔的农村。

学生祁理感动地说：方老师常把收藏的一些值钱的古董、玉器、古钱币送给学生，他的龙泉宝剑、珍藏的沈尹默先生的字，都让学生带回家好多天。还经常买一些礼物奖励我们，有时也给现金，光是手表我就得了好几块。还奖励了我一套外国的古钱币以及印章、文房四宝、书籍等。我们不光免费学习书法，还混吃混喝，每次老师都亲自下厨，事先准备一桌子饭，常有没吃过的特色菜。还让我们把外地特产或者好茶好酒带给家人。他还教给学习生活上的小技巧，请人免费教我们武术，每周练完字去练一下午。还在离家几里路远的地方建了一个"博士林"，是老师亲友栽种的林子。有一天骑车带我们每人认领一棵树，并做下记号，给我们莫大的激励。

高中那年夏天，十七八岁的我看望方老师，方老师照常准备了一桌子丰盛的午餐。他问我最近成绩如何，高中生活适不适应，又问了父母的健康及工作情况。听说我父亲最近腹泻不止，吃药、打针都没好转，人都瘦了一圈；他立刻放下了碗筷，转身翻出了一个箱子，找出一些药来，还拿出一瓶药酒，骑车十里路送到我家里。没出两三天，父亲果真康复了。第二天方老师还特意打电话过来，每每谈及此事，父母都很感动。

2008年奥运会，我从北京带回来一套福娃毛绒玩具：贝贝、晶晶、欢欢、莹莹、妮妮，方老师高兴得像个孩子，最后还是把玩具分送给村里5个孩子。老师总是这样，学生的礼物他只是过下手，然后送给孩子们。

学生祁宝宁生活在汪庄一个单亲家庭里，姊妹3个都上学，经济压力可想而知。她性格内向喜欢默默做事，从上高一时方敬每年资助2000元。2010年高考填志愿时填学校代码她误把一个数字写错了，录取通知书寄到后是一个从来没有听说过的苏州私立学院。学院教学不错可收费很高，家里没钱上准备放弃。方敬听说后当即决定，每年资助1万元，连续3年。一直到祁宝宁毕业后，还忙着帮祁宝宁找工作。

镇上孟女士家有4个女儿，家庭困难，大女儿孙琳琳成绩很好，方敬把她高中3年的生活费全包了下来。孩子高考前被查出来心脏先天性房间膈缺损，填报志愿受限。

孟女士说，结果高考后，方老师帮我们联系了上海华东师范大学，并且联系了上海一家熟悉的医院，资助钱做手术，大学期间每年还资助3000元生活费。女儿毕业工作了3年，之后出国留学，现在已是芬兰一所大学的博士后。女儿每次回家都要去方老师家看看，她记得方爷爷对她的好。

2004年11月25日，寒风凛冽。方敬专门写信给上海第二教育学院的朋友石迅生，请他和二教院的另一朋友姜桦代为关照孙琳琳。

迅生：

今年计划读帖廿本，提前完成。其间，大小二爨，特别是宝子碑，所得颇多。此外，褚遂良之倪宽传赞、张迁、张猛龙碑阴等独有感受，明年再写廿本，全留此处供后学者参阅。你所寄来的画，我全部保存，竹影斋之画我这里真不少。近日已休息半个月，故体力甚佳，勿念。有一事相托，家乡学生孙琳琳：考入华师大生命科学学院生物技术专业，家贫，高中阶段全额资助，目前在上海不无困难，已由王蕾的父母予以关心。她常在图书馆。请你与姜桦能抽空看看她。她知道你，请多多鼓励。琳琳颇有个性，如语言不当多请二位原谅。姜桦处我不写信，请转告一下，费神了。

世界上最柔的东西莫过于水，然而它却能穿透最为坚硬的东西，例如水滴石穿，这就是柔德之所在。这水啊，包含紫蓝色清澈泛影的灵光。这水呀，充盈着霞光潋滟的波澜。

这上善之水，一直蜿蜒于方敬的心间。

别看水是液体，可它有时候比火还热，比如岩浆。

学生郑玉良提到方敬，流着眼泪说："方老师是让我重生的人。"

我家是宋庄镇开发区的，现在在上海做互联网。1998年我12岁。现在32岁了。

记得刚在宋庄中学上初一时，有一次美术老师挑选一些学生来跟方老师练字，大概有十几个小孩。我很害羞，以前听家人说过他是从上海来的大学问家。村子离得近，亲连亲，我爷爷的姐姐是方老师姨哥的爱人。我学得比较积极主动，经常去。他从为人处世到审美，对我都有影响。

我读书一直很优秀，高中读的是赣榆中学。有一年，他去泰安讲学带着我。那是我第一次出远门，原来只去过一次新浦，真觉得开眼界。我父母没有学历，保守又朴实，现在看来也很狭隘。我们先到临沂，一路上遇到新鲜事物他就讲给我听，使我吸收到很多新知。他所有的不一样让我好奇，崇敬，想靠近，想各个方面都学他。方老师还请派出所的民警带我们练拳，我开始喜欢锻炼而且体质也不错。有时候周末，方老师会带我们出去玩，全面地引导，这就是素质教育。他不是刻意的，而是用有趣的事情去吸引我们。

我性格比较倔，遇到坎坷我不说，不想让方老师担心。但是他能看出来，你稍微动一下，他就知道你要干啥。我2003年读南京审计大学的时候，赣榆还很穷，方老师每年都资助我学费，每学期3000元，有时候5000元。

父母给了我身体养育了我，方老师是让我重生的人。思维模式和行为模式的具体转变，让我不一样了。工作以后在上海接触了不同的环境和人，既有顺境也有逆境，有很多失望伤心的时刻。但不会打电话跟方爷爷说。我觉得说了就是给方爷爷丢脸，要学着自己处理，不然我没有资格当他学生。每次回家第二天一定过来看看他，就感觉安定了，这是一种成长。再大的委屈、失望，只要走进这个屋子（哭了好一会儿），就是精神殿堂，就是定心丸、定海神针。什么话也不用说，来了就感觉外面纠结的那些事情都不是事，把心放大一点，眼界更远一点，感觉就不一样了。见到方老师，你会找到初心，拥有新的动力。然后觉得这些挫折都不算什么，世界也变得更敞亮了，他就是精神导师。

2003 年，方老师去南京看我，把一些大的和小的学生聚到一起，还拿来煎饼和自己腌制的黄眼蟹子，很难忘。听说有两个学生是辞职去南京创业的，方老师就去给他们打打气，一起到他们租住的房子吃饭。

女学生婉月 2007 年由爸爸带着跟方爷爷学书法，她回忆：方爷爷头发胡子花白，但是自内而外透出的精神头是花白的胡子挡不住的。跟爷爷拜了年，聊了一会儿，爷爷跟爸爸说，你回去吧，我给婉月做午饭。爸爸有点惊讶，我内心窃喜，嘿嘿，你没午饭吃了吧。

那顿饭很简单，记忆尤深的是方爷爷做了鸡翅。吃完饭，爷爷说我要给你写一幅字，你喜欢谁的诗？我说，我喜欢苏轼的。他说，你喜欢哪一首？我说《赤壁怀古》。只见爷爷摆好了纸笔，说婉月你给我磨墨，我来叠纸。说罢，把纸折成几段，然后铺平压起来，提起笔一气呵成，毛笔的劲道拿捏得游刃有余，好似我写硬笔那么轻松。我一边背诗，爷爷一边写。

在南京读书的 4 年里，我参加了很多慈善帮扶活动：我帮助过农民工子弟小学的孩子，我为云南贫困地区的孩子筹过钱，我前往孤儿院帮助可怜的孩子发现自我。出国了，我也加入世界慈善组织。我相信，有更多和我一样被方爷爷感染的人，也做着帮助他人、改变世界的善举。10 余年过去了，我从英国读完研究生回国，也算是没有辜负爷爷的期望和厚爱，认真读书，乐于助人。

有一部很火的电影《无问西东》，我看了很感动。4 个年轻人，在最好的年纪迎来了最残酷的考验，那些成长留下的伤疤，成就了永不褪色的青春传奇。"只问初心，无问西东"，方爷爷的愿望就是让更多的孩子能读书，我们每个受到影响的人要把这份美好传播到人间的其他角落。

20 世纪 90 年代的赣榆农村，一个家庭每年的存款能超过 2000 元就已经算富裕了，而上学甚至大学的费用往往会倾尽一个普通农村家庭的积蓄。不忍看到有才的寒门学子被埋没，方敬连续几十年捐资助学，受助的学子接连考上浙江大学、复旦大学、南京大学、西安交大等等，很多人从名校毕业后又继续深造，有的成为博士，有的出国留学。

方敬以他本人知识分子的影响力，以及对成绩优秀孩子的资助，大大激发了四乡八邻重教尚学的热情。

从 1998 年至 2015 年方敬捐资助教的 17 年间，任庄这个 1400 余口人的小渔村竟然出了 140 余位大学生，并有博士 2 名、硕士 4 名，尊师重教蔚然成风。

一直奋发有为的祁明旭，回忆了他考大学时方老师对他刻骨铭心的激励：

大学，对于那个年代的村里人来说依然是一个很陌生的词汇。到我高考时，村里几百上千户人家，也仅仅有一位同姓的邻居家孩子考入了市里的淮海工学院。先生一直期望着能有更多的学生进入大学。高考报志愿前，自然是要向先生汇报自己总的情况，并向先生征询报志愿的意向。由于高中时成绩不是特别稳定，学习在全校 6 个高中班的总排名浮动也比较大，几次模拟考，名次在前几名到 20 名浮动。那时高考志愿是在考试前填报，如果考试中发挥失常则是毁灭性的。鉴于此，先生建议我考虑稳一点的学校。我接受了先生的建议，并选择了几所候选学校给先生看。先生扫了一眼我列的备选学校名单，几乎没有迟疑用手指着说："就它！——西安交大！"然后先生给我极为详细地介绍了学校的渊源、特点、强势学科方向等。介绍之余，鼓励我全力以赴，力争第一志愿就能录取。还说："你要是能被西安交大录取，便是我这么多年第一个最大的收获和欣慰！我到时一定为你鞭炮铺路，披红挂彩，亲自送你上火车！"

在当时，我仅仅认为那是一个玩笑。高考成绩公布后，我如愿以偿地收到了西安交大的录取通知书。走前的两天，先生又专程把我叫到家里，做了好多可口的菜，并为我倒了一杯酒，说是为我做的送行餐，一是送行，二是畅谈。先生爱喝酒，但喝酒时先生从不派酒，也几乎不为任何人倒酒，更极少让别人为自己倒酒。谁想喝，自己倒，不想喝随意。那天先生居然为我倒了一杯酒，并表达了几点：一是知道我还未到法定成人年龄，按理说不该喝酒，但倒一杯酒仅是表示在他眼里，我要开始独立的、成人方式的生活，所以破个例；二是仅畅聊，不嘱托。可以尽情回忆下我从小到大的种种趣事以及相处中一些好玩之事，回忆下成长中的幸运与艰难；不去嘱咐我到了大学该怎么样怎么样，不去叙述该干什么，只要坚持"不勉强""尽人事"的原则即可。如果我觉得有解不开的"困惑"需要帮助时，可以书信解惑。那天，同样和我谈起了之前说过的大张旗鼓为我送行的事。我自然是极不乐意，因为我最不喜欢张扬，更不喜欢这种为了考上大学锣鼓喧天的祝贺方式，承受不起，也极为反感。先生自然是了解我的想法的，因为多年的交流他对我的秉性已是十分清楚。但他还是耐心给我解释了这么做的用意，希望能得到我的理解：第一，考上大学本是一件很值得庆祝的事情，虽然是我家里的事，但一样也是村里的大事。因为这么多年，就出了这么一个名牌大学生，需要让村里人知道考大学是村里极为重视的一件事情，是很光荣的事情，以改变"读书无用"的无知想法。第二，由于有些人不知道西安交大是什么大学，可能就是将来毕业出来开火车的那种学校，没什么了不起。先生是想告诉所有人，我考上的学校是一所非常有名有实力的大学，当然值得大张旗鼓地庆贺。第三，送行当天，先生不会出现在现场，因为不想让村里人觉得是他在主导这件事情。而是由村委会来主持和主导，让村里人知道是村委会对于孩子外出上大学的重视，对教育是极为重视的，能起到模范带头效应。言谈之中，能体会到先生的良苦用心，最终我同意了先生的建议，但要求场面尽可能的小一点，别那么大动静。先生微笑着不置可否，只是说，那就看村委会的安排吧。

出发去西安当天，早晨8点多，村里的大喇叭就开始广播，并邀请村里的人到家门口一起送行。之后，村委会的人出现在家中，也跟来了几个锣鼓手，还有好多村里的人。从家门口到村里大路上铺了长长的鞭炮，展开了大约有百余米吧。村委会主任为我披上红绸，作了简单致辞后，又给了我一个红包，说是村里的奖励（后来才知道，红包里的400元钱是先生给的，他只是以他觉得更合适的方式交到我手上）。之后我也简单说了几句，表了决心，具体说的什么现在已经记不得了，但是那个场面，深刻在脑海里。密密麻麻的围观人群，几个人同时在燃放着二踢脚，在鞭炮齐鸣、锣鼓喧天中，夹杂着村民的喧嚣和谈论，走出了村口。和先生说的一样，现场并没有出现先生熟悉的面孔。到了学校后不久，收到了先生的来信，短短几行字，一是表达感谢之意，一是再次表达祝贺之意，再就是简单说了下自己接下来几年的规划和安排。而后，每逢寒暑假回家，到家的第一天，必然是去先生家小坐，一是看望先生，了解先生近况；一是和先生汇报一个学期来自己的变化。直到博士毕业，从未间断。

从西安交大获得动力工程及工程热物理博士学位后，祁明旭任职NUMECA 北京流体工程技术有限公司副总经理；2007 年在北京理工大学机械与车辆学院任教，从事叶轮机械气动热力学、燃气轮机、增压技术以及多学科问题优化设计研究；是比利时自由大学及美国密西根大学访问学者；发表论文 60 余篇，申请发明专利 10 余项；获教育部高等学校科学研究优秀成果奖技术发明二等奖、国防科学技术进步奖三等奖各一项；承担了多项国家自然科学基金项目、国防重点实验室基金研究项目。

赣榆作家韦庆英感慨地说："希腊神话里有个每天往山顶推巨石的西西弗斯，那是他在争取更多的自由与阳光之后所受的惩罚。方先生恰恰相反，他是在作出了一个公民应有的贡献之后，重新主动选择了苦行僧一样孤单、寂寥的修行。他在父亲的出生地甘做人梯，用自己的双手擦拭着任庄上空被愚昧与苦难遮蔽的星星。如今，任庄村的上空已然星光闪耀——方先生房后的墙壁上，那些大学生、硕士生、博士生在大理石上刻下的名字，都是先生一一擦亮的星星啊。

"方先生是一个在幽暗处点灯的人，是从高处跃下的瀑布润泽贫瘠山谷的人，是让自己低于尘埃来热爱他人的人，更是只身爬到崔嵬处为乡民一颗一颗擦星星的人……任庄的天空亮了，任庄人渐渐能够辨识道路了，而更遥远的星空——会呼应！'于作事，必克己谨严，要做到极致；于生活，应戒绝奢华，一切从简。'李叔同的这句话，又多像是在为方老先生而写！"

常来景清书苑的，有一些年龄较大的书法学生。

柳杭村的徐振双，笑起来像秋天的玉米一样朴实。高中毕业务农了也没舍得放下对书法的爱好，遇到村民红白事他都去帮忙；因为传统上喜对子、挽联以及喜簿子、丧簿子是用毛笔写；春节时候，找他写春联的更多了。徐振双认识方老师是在1998年，27岁的他任村会计，身材娇小的妻子顾静在家一边带着3岁的儿子，一边做着家务和农活。方敬的娘舅是柳杭村的，一次去舅家表弟潘传强家，看见徐振双家的春联，频频点头：这字写得很认真，但是必须重新练，基础不好。

从此，徐振双就跟方敬学书法。

2000年，徐振双失业在家，生活越来越拮据，妻子顾静做点传统糕点，他给做帮手，艰难地维持着生活。方敬就把他上海的学生、中国糕点协会高级技师李红旗请到宋庄镇，手把手地教他们做西式蛋糕、月饼等糕点，并帮助他们在村里开了一家糕饼店，以维持生计供养孩子上学。

之后，李红旗遵照方老师的嘱托，不辞辛劳，多次往返上海和宋庄两地之间，对他们悉心指点。他们的手艺不断进步，在当地小有名气。

李红旗往往是周五晚上骑摩托车从上海出发，周六上午到宋庄方老师家。下午就到柳杭村徐振双家教顾静做糕点，周日下午再骑车返回上海。发现他们缺少模具和相关机器设备，李红旗就让顾静到上海去。2003年7月11日，顾静来到上海。李红旗包下吃住行，不要顾静掏一分钱，为顾静购置好各类模具和机器设备，又赠送一本蛋糕成品图。还骑摩托车带顾静看上海，上海经贸大厦、上海大厦、浦西外滩、南京路等各处，留下了乡村女子顾静的倩影。李红旗将顾静的照片一张一张在照片背后做了地点与时间的备注，做成好几个相册，带来赣榆给顾静。

因为是恩师嘱托，李红旗多次关心徐振双家的糕点店。

2003年，全国"非典"肆虐，疫情不断加剧。为控制疫情传播，乡里每村设关卡，严禁外来人口出入，学校停课，孩子辍学在家，人心惶惶。由于他俩每天接触外面的人员比较杂，一方面要做生意，一边还要防止孩子乱跑与外人接触，但又无法彻底控制，颇有焦头烂额之感。

此时方老师找上门来，把他家孩子和其他几个孩子带到景清书苑，主动承担起看护照顾孩子的重担。他对孩子们精心调教，文武兼修，儒雅的气度和有教无类的教学风范，犹如春风化雨滋润了孩童们的心田，并播撒了爱的种子。

2009年徐振双在工地打工，汛期来临，家里老房子由于地基低洼，一夜大雨把房子灌满了水，妻子和孩子早晨醒来看见床下的地面上都是水，床腿没在水中，拖鞋浮在水面上……方老师听说此事，毅然拿出4万元交给顾静，督促她备料盖房子。在恩师的带头下，亲友纷纷解囊，出钱出力。年底徐振双回家，新房主体已经顺利完工。

原来3间普通的瓦房，变成了三上三下两层楼。因为家门口就是逢集的大街，新房盖好以后，楼下就成了糕点店的门面房。糕点店开了有十年，李红旗传授手艺之前干了四年，做的是家乡传统桃酥、馓子、糖果子之类的。月饼是酥皮的，但是馅很硬。学习了以后又开了六年，生意很好，李红旗传授的月饼也是酥皮的，皮酥馅软，十分好吃。蛋糕在农村是新生事物，那几年做得也很火。有了正规的店铺，生意做得远近有名。

房子盖好了，方老知道徐振双夫妇挣钱不多，怕他们为还钱着急，就说："我的钱，你们不必急着还，有了钱先还亲戚们。"此后一年一年，从不提钱的事情，倒是徐振双夫妇心里过意不去。有一年顾静说："方老师啊，你的钱我们总还不上，可是我们总不会忘记的。就是方老师你百年之后，我们把钱捐给景清书苑，这个钱，也得拿出来才安心。"方老师笑一笑，根本不在意。

孟庆珍儒雅谦和，他眼里的方老师经常强调帮助别人要"雪中送炭"，不要"锦上添花"。这些年来方老师送给困难学生的手表、衣服、书籍、学习工具、学费等不计其数，而他自己却一直过着"冷言冷语、冷茶冷饭、冷褥冷被"不被人理解的苦行僧式的生活。他时常说："生活不要太安逸，要自加压力；吃饭别吃太饱，要饿一点；穿衣不要太暖，要冷一点；工作学习不要偷懒，要累一点，这样你才能有危机感、紧迫感，才能奋发向上。"

憨厚敦实的王统扬是方老师的"大学生"，他一直记着方老师在谈到学生走路的姿势时，特别强调：人生之路天天走，学生就要有学生的样子，走路就要挺胸收腹、抬头目视前方，抬脚迈步落地有声，同时双手十指做规则摆动，那才是青春少年奋发向上的阳光形象。告诫他们不要将双手抄放一起或插在裤兜、口袋里走路，那样会缺失了"青春美少年"的美好形象！

王统扬说，有机会能与方老师小坐，陪老人家抽一支烟、喝一杯茶，如果再能品尝他亲自下厨做出的上海风味的春卷、素面及梅干菜烧肉、腌泥螺等美味，那是最奢侈最幸福的事情了。而我却能频频得到他的关爱，也算人生之幸事了。

方老师有非常强的时间观念，约谈客人往往从一刻钟到一个小时不等，包括小型聚餐。他往往会看看手表或抬头望钟，然后声音洪亮并不容置否："现在是下午 5 点 10 分，我们谈到 5 点 25 分，还有下一轮客人。"

方老师从不让他人点烟和倒酒，就是徒弟也不行。方老师知道王统扬抽烟，总会打开装烟的橱柜，让他随意拿。方老师曾语重心长地对王统扬说："统扬啊，听说你事业搞得不错，我很为你高兴，但要切记，干自己能干的，专心致志去做方得成就啊。"

更让王统扬感动的是，方老师执意为他重写一幅字——

七年前，看到许多同学都讨得了方敬老师的墨宝，有的还有炫耀的味道，着实令我有些蠢蠢欲动，但自知之明还是有的，不好直接张口讨要。我向方老师的得意弟子、我的老同学宋悦请教，宋悦说："只要方老师喜欢，应该不成问题，我找机会提几句试试。"听罢，满心欢喜充满期盼。

过了几个星期，宋悦来电话："统扬，方老师给你写了一幅字，来拿吧。""马上到、马上到"，我飞奔而去。激动地打开，只见"海纳百川"四字苍劲雄浑、圆润有峰，小字是"海纳百川有容乃大，至理之言也。庚寅年书请统扬先生正"。落款"方敬"。我特别喜欢，当天找裱画师精心装裱悬挂在案头，每日静心欣赏并反复领悟。

初秋下午，细雨蒙蒙，我家院子驶进一辆白色老年电瓶车，一看就知道，宋庄独有的方老师的"专车"。他一下车就直奔我的办公室，方老师怎么突然到访我家呢？没有任何通知或征兆，宋悦也没打招呼。我正瞎猜想时，方老师说话了："统扬啊，我来是给你道歉的。"我整个人都蒙了："老师您说啥？"方老师继续道："我当初给你写的这幅字，不及格，是应承的；当时对你不太了解，就随意写了幅。现在我了解到，你能把赣榆煎饼文化做到如此之好，我对你非常钦佩。这幅字不合格，取下来撕掉算了，我重新再写，还是——海纳百川！"

我说：感谢方老师夸赞，这幅字我太喜欢了，不再麻烦您老了。方老师说：不行，我一定认真写好！

方老师新写的"海纳百川"就挂在了市区我的办公室里，每每抬头望字，用心阅读，心底总会涌出激流，砥砺我前行！

方敬的学生尹家强，如今是连云港市餐饮商会副会长、中国烹饪大师，他深情地回忆：

1986年冬，我在宋庄中学读初中时，第一次聆听先生返乡讲演，第一次得到先生赠书，其中《读者文摘》至今每期必买必读，开始对先生的人格有了初步认识。

后来我学习烹饪专业，在市区有了自己的工作坊，从20世纪90年代初直到现在，有幸成为先生返沪回连的小驿站，也就使我有了无数次聆听先生当面教诲的机会。我从事烹饪近30年，但每次去拜访先生，老人家均亲自下厨。先生对美食阅历良多，谈及海派名菜如数家珍娓娓道来，我受益匪浅。更使我震撼的却是先生教我的经营之道：德为艺之本，民以食为天。餐饮业直接服务于人民，没有良好的敬业心态和品行，即使短期获利，但事业不会长久！勤技敬业，要用爱人及己的心态，选好食材，用心烹制，持之以恒自然会生意兴隆。这么多年来先生的品格影响着我，我用德为艺之本的心态服务每一位客户。

在宋庄教音乐的女教师宋炎，早年倔强的她辞职去南艺进修教育专业。那是她最困难的时候，家里有两个孩子，每天早晨 5 时去上课，深夜还得给孩子洗衣服。方敬听说后给了她 900 元让她买了洗衣机。看她每次要出去练琴，又掏出 8000 元让她买钢琴，这样可以在家练琴了，省得跑路……此去经年，琴声如诉，道不尽对方老师的思念。

还有一位退休干部，自幼酷爱书法。2015 年在青口"三月廿三"庙会上看到一本专谈书法的书籍，名叫《书法教学集思》，是以毛笔书写。他被书中的书法吸引，爱不释手，生怕被别人抢走；卖书人见状，介绍说是方敬所作，他如获至宝。后在友人介绍下，在景清书苑学书法。"记得有一次，我为表示对恩师感激之情，将自家养殖塘中的对虾、梭子蟹，趁鲜活急忙给方老送去，不料过后听说他把这些东西分送给了自己的学生，我惊讶叹服。方老师那样的谦逊、平易近人，看到他赠送给学生的字画中，正常称呼应以'留存'为常理，而方老竟用'正之'，令学生受宠若惊。"

46 岁的李滨老家是宋庄镇三店村，现在住在青岛。听说方老师去世，即使丧事已毕，也要来看一看。

他是个武术爱好者。1998 年带着一帮孩子在宋庄广场练武，方老师经常看到他们，还给他提出很多建议："光这样教不行，要从练习柔韧性开始。""武术要有理论指导，逐渐到高层次。""武术往更高层次发展的话，得从内家拳入手，最后成为名家"。

李滨感到很惭愧，方敬又从上海找来通背拳掌门人孙剑狄来指导他，现在孙剑狄已 70 多岁了。为鼓励李滨，1999 年方敬又从浙江龙泉定制了一把宝剑送给他。

2002 年李滨去青岛，开办了一家健身馆，或者说是训练馆，不收费，主要是爱好者在一起切磋。方老师给他写了一幅字："尚武"。李滨放在健身馆。每次有人来，都会仔细看这书法。

有学员问："谁写的？"

有学员说："我练了十几年字了，一直没提高，能否引荐一下？学一学书法。"

2018 年 3 月，李滨带青岛李沧区武术协会主席姚春胜，书画院的闵庆胜——四通锤掌门人来到景清书苑。方老师从书法到武术，就书、剑、道等方面，提出很多宝贵意见。

李滨说："儿子三四岁时，很调皮好动。有一次我很生气，打了孩子。方老师生气了，说你不能这么打孩子。他把孩子带到景清书苑，说你不要逼孩子，要看他喜欢啥。"

李滨想让儿子李帅练书法，方敬说："孩子喜欢什么就干什么，先别管他，看他喜欢什么，不一定学书法。"

李滨看他玩过球，就说喜欢运动。

"那就让他玩球，别扼杀孩子天性，别逼他。"

李滨当时不愿意他玩球。方老师说不要管。让他自由发展。

有一次一家三口来了，方敬告诉李帅，足球场上变化太快了，马拉多纳的防范意识很强。鼓励李帅要向马拉多纳学习，别受伤。于是李帅的防范意识也相当强。

"你是什么位置？"

"左前锋。"

"那你要练左右脚都能射门。"

李帅原来只习惯右脚射门，后专门练习了左脚射门。

"另外不能光踢球，也得学文化。"

李帅去青岛后就踢足球了，一个偶然的机会被选走了，踢了 16 年，现在是国家一级运动员，单招为江西师范大学培训教练。

李滨感叹，这是对孩子一生的影响。

李滨还说，孙甸村有一个女孩子，父亲有病，母亲靠挖蛏子补贴家用，很贫穷，方老师就资助她。女孩考体育，短跑 100 米，速度老是提高不了，来找方老师指点。方老师看了她怎么跑的，告诉她不要一开始就猛抬头，要边跑边抬头。经过指点，成绩提高很多，后来考上了体育院校。

人们忘不了这位爱穿红绸棉袄的耄耋老人，忘不了这位经历了癌症和多次骨折，行动间甚至需要依赖助行器的老人。在景清书苑，听说我来采访，徐晓玲拉着 63 岁的母亲倪佃英来了。

她们现住杭州，听说方敬去世了，母女结伴前来吊唁。

母女俩争着接受采访。最终妈妈没有争过女儿，女儿先说话：爸爸徐广益先认识方老师，假期把我和弟弟送过来，那时弟弟比较叛逆。来住了两三个暑假。

从小到大，似乎没有人让我特别崇拜，包括爸爸。但是方爷爷就是这种人。他的每句话，我都记得并且执行。我上大学给他写信，他每次都给我回信。

景清书苑是个让人安静的地方，一进屋，人立刻变得不浮躁了。和他在一起，人变得从容、安静。

爷爷教会我生活，他特欣赏人，很会发现人的闪光点。我妈妈来，他发现我妈妈嗓子好，适合唱歌。妈妈就天天唱歌，乐呵呵的，精神多了。

我考上浙大建筑系，方爷爷给我写了个"牛"字，纪念我考上大学。

我和弟弟结婚后，各自带着对象来看方爷爷，方爷爷开玩笑说，哎呀！你们俩怎么这么运气，找的对象都比你们精致。

暑假里经常有不同的孩子住在景清书苑，我睡爷爷的床，他睡阳台。

他送我一个小册子，学书法的。写了一段话：你这辈子会遇到很多老师，你要让你的老师每人给你写一段话，它会影响你的一生。那个册子一直放在家里，没用过，我觉得要用起来。我和那些曾经的老师关系变淡，我要去捡回来。

毕业后我在杭州工作。几乎 10 年没回来，甚至外婆去世也没回，但这次我还是回来了。这两年有了孩子更忙了，但每年都会问妈妈：方爷爷怎么样？很遗憾爷爷走了。

喜欢拍照的徐晓玲，满屋子拍照，她要把景清书苑的一切带到杭州去。

一抹晨曦渐次染白天空，绿色的宋河水，泛起了粼粼的微波。河水似一位张弛有度的舞者，它舒缓地一路向东，投奔进黄海的怀抱。

方敬不想上海的家吗？

想！

他不想念自己的儿孙吗？

很想！

他是两个儿子的父亲，他有两个可爱的孙女。

从一摞信件中，笔者挑选了他们祖孙间的通信。

这些信，扩展成一个世界，情也切切，意也殷殷！

还有那些师生间的通信，这些文字突出着，隆起着，最终像一座座大山，骨架丰满，神采飞扬，终日蜿蜒在我的脑海里。

可是，宋庄镇的孩子们那一张张熟悉的脸，一双双殷切期待的目光，他怎能割舍得了？

他本可安逸富足度日，却俯首甘教总角小儿、乡野农夫习字，倾其所有捐资助学。为了学生，甘为骆驼；与人有益，牛马也做。景清书苑成了天下最温暖的书斋。

当一个人竭尽心血去迎接光明，光明就会来照耀着他。为了明天和未来，请每个人热爱人生吧，奉献人生吧！

# 第二十一章
## 为了乡村文明之花盛开

天很蓝，阳光倾泻在村边一大片正在拔节的玉米地上，油然碧绿的叶片微微荡漾。

风暖洋洋地，远远近近站着一些下地回来的庄户人在闲聊。如果不是一条柏油路穿村而过，往来的车辆常常会惊扰到悠闲的黄狗、迈着小碎步的芦花鸡，任庄的村民仍在享受大把安静祥和的时光。

而到晚上，不远处大海的潮声也经常入梦。

方敬早已把自己完全融入在宋庄镇了……

从景清书苑北面的马路往西，与镇中心主干道的交接处偏右一侧，有一家文印店。男主人叫王功勋，在宋庄小学做教师。女主人叫郑雪梅，负责打理文印店。

不过20年前，这家文印店的位置还在北面。

早在1997年郑雪梅专门花了1万元去南京买了一台电脑，开了文印店。这在当时的宋庄镇，是比较新潮的。

郑雪梅记得第一次见到方老师是1998年初。方老师穿着黑棉袄，戴的黑毡帽有点鸭舌，围红围巾，穿黑靴子。那靴子不知道现在还在不在，前两年她还帮他刷过。

雪梅回忆：

他走进来，走路有点冷的样子，稍微有点发福但还健壮："你好，帮我打印些材料。"这句有力的普通话，至今难忘。店里来的人很多，他的样子和口音与农村人不一样，气度不凡，让人印象深刻。

当时复印3毛钱一张，有时复印一张两张的，我就不收钱，但他非要给钱。实在拗不过去就笑着说，不要钱可以，给我记账，秋后一起算账。从那以后，这位奇特的老人就经常光顾文印店，时常打印一些自己写的稿子。彼此慢慢地熟悉了。

丈夫王功勋插话说，经营文印店那几年，我每天忙于学电脑、修机器，将手写草稿变成机打文稿，在干净的白纸上印制一些美丽的文字和图画，闲暇时培训几个儿童电脑知识。得到方老师的夸奖与鼓励，说以后电脑肯定会普及，早点接触，有好处。事实也证明了方老师的话。几年后，在教育现代化的大背景下，我所在的学校配置了多个机房，我又回到教学岗位，专职小学信息技术教学，积极参加培训、比赛，取得了满意的成绩。

方老师不仅资助那些贫困的学生，还时常帮助乡邻，经常送温暖。他随身携带一个腰包，里面常备一些现金，以便借给乡邻。

他的书房，是6张课桌拼起来的一张大桌子，桌面不平整，我丈夫给他一张一张新贴了桌面。一直用到现在。

认识方老师后，1998年他来我这吃过一次饭，现场炒了两个菜。第一次看见方老师做汤不放油，做的菠菜蛋汤。这些年在他跟前见识了很多烹饪方法，有很多第一次，比如烤麸、两面黄等等，都是认识他才知道的。那天他带一瓶郎酒，开盒后还有一瓶小郎酒，就送给我了——现在还在。方老师来吃饭多数都带酒，他给我讲很多过去的事情，他总会说：雪梅，你要记住。可是我都没有记住。

平常方老师每天上午9点从景清书苑出来，到集贸市场买点东西，路过我家店，就坐一会儿。抽一支烟的工夫，就走了。下午4点左右也出来一趟，路过我家，也会进来。

以前方老师晚上常来我家吃饭。他做菜就是一小盘，看我们做的一大盘，就开玩笑说你这是生存，我这是生活。我们也经常在方老师家吃饭，一开始他也是小盘子，做菜都很精致。后来他发现小盘菜还剩，不是吃不完，是大家在客气啊，其实吃不饱。于是他也换成大盘子了。

2005年开始和方老师交往变得频繁，2006年左右，那时候我住在宋庄小学教工宿舍，小学教师韩娟也住学校，离景清书苑很近。方老师经常让我和韩娟、刘双、韦钰几位教师周四去他家吃午饭。大家关系都很好，方老师对大家都很关心。我们直到方老师有病了周四才不去吃饭，他很生气，其实我们是不忍心让他做饭。韩娟2015年调走了，刘双和韦钰现在都到了县实验小学。

2013年春节我家搬到学校住后，跟方老师是前后天子（院子），方老师隔三岔五到我家。他爱跳新疆舞，还说和秦怡跳过舞的。

晚年方老师写字，会打电话让我去，帮他收拾一下，摆好笔墨纸砚。

我们家深受方老师影响，不论是物质上还是精神上，都得到过方老师的帮助。从他身上我们学到不少东西，特别幸运能遇到方老师这样的人。

王功勋说，曾经听过这样的说法：平庸的人只有一条性命；优秀的人有性命和生命两条命；卓越的人有性命、生命和使命三条命。它们分别代表了生存、生活和责任！活着的人皆有性命，自不待言；我们普通人有追求、有奋斗，只是算有生命，也无需自夸；但从方老师身上，我感受到了一种神圣的使命与责任。


夜已经很深了，街头的灯似乎也有了倦意，发出昏黄的光；大街上少数几个行人一边打着哈欠，一边加快了回家的脚步。

刚来宋庄时，方敬做好事也曾忍受冷言冷语，有人暗地里叫他"老假"，这是赣榆方言，是指讲话做事不切实际的人；甚至有人叫他"愣梅花"。在赣榆，"愣梅花"这个名字流传很广，这是一个有点精神病的女人的名字。这个女人老大不小，整天抱着她那些破烂被褥傍在街头角落。饿了，向人家要口吃的；乐了，就站在马路边又蹦又唱，快活得像神仙；累了，就在角落把破烂被褥一铺，睡大觉。后来，"愣梅花"就有了新的含义：就是傻里傻气、穷欢、不务正业的意思。看到身边谁谁做错了事，而他自己又不知道错了，人们就指着那人说："你看你，像愣梅花似的。"谁被人叫作"愣梅花"，谁就不高兴，总会气呼呼地反抗一句："你才是愣梅花呢！"

总之，谁都不想叫这个名字。

但是，有个人愿意，他就是方敬。

20世纪90年代，虽说是改革开放十多年了，但老家这个小渔村依然有许多人家生活困难。初来乍到的方敬听说谁家孩子上学交不起学费了，他就主动掏钱送去资助；听说谁家小伙子定亲拿不出彩礼了，他也主动慷慨解囊；听说村西头谁家丫头为了买辆自行车和家里闹别扭，他就送钱帮忙解决矛盾……

一来二去的，有人悄悄在背地里嘀咕了："哎，你说俺们村来的那个姓方的，他拿自己的钱怎不当钱呢？俺看了都心疼。"

"可不是嘛，今天拿钱资助东家，明天拿钱送给西家，他这是图的啥呀？听人说他帮了就帮了，还不要人家还呢。"

"我看呐，他就是个愣子，就是个傻子，拿自己的钱送给别人，我长这么大，碰到这样的人还是大闺女出嫁——头一回。"

"他也不像是个有钱人啊，你看他穿的、用的都跟俺们差不多嘛，我看呐，他就是个'愣梅花'！"

也不知是谁，把"愣梅花"这个名字悄悄地按在了方敬的头上。想想方敬做的这些事，再换位思考如果是自己，打死也不会白白拿自己的钱送给别人花。叫他"愣梅花"最恰当不过了。

此后，有人聊天聊到方敬，就说："听说那个'愣梅花'前天在集市上掏出30块钱给了个瞎要饭的。我看，他呀，比'愣梅花'还'愣梅花'。"

笔者听到一个故事：

一次，有人当着方敬的面说："街上有人叫你'愣梅花'呢。"方敬不知道"愣梅花"的意思，他只知道梅花，以为那人说他像"冷梅花"。他心里一琢磨，好名字——"冷冷的梅花"，他最喜欢梅花了，傲雪绽放，凌寒吐香！这正是他追求的。

听说方敬没有反对"愣梅花"这个称呼，于是，有人就大胆了，人前人后喊他"愣梅花"。

时间久了，有人看不惯了，心里替方敬害臊，悄悄告诉他："方老师，你不能让别人叫你'愣梅花'了，你知道'愣梅花'是啥意思吗?"

"不知道……不是冷冷的梅花嘛?"方敬一头雾水。

"嗨,怎么跟你说呢?那……那是个傻子呀,你去县城青口街问问,谁不知道'愣梅花',她就是街头那个傻女人!"

"啊?!"方敬这才知道真相。可是,他一点不恼,甚至有一天做了个决定:我去青口街找"愣梅花",看看这"愣梅花"到底是啥样?

方敬说到做到,他还真来到青口街找到了那个原型——愣梅花。看到这个女人的时候,他一下子心疼极了,为她感到惋惜,深深地同情她。他掏出口袋里的一沓钱,说:"好好拿着,买你想吃的,想穿的。"周围看景的人都傻了,这是哪里又冒出来个男版的"愣梅花"。

知道真相后,方敬明白,这是庄邻对自己的不理解。是啊,谁的钱都来之不易,拿自己的血汗钱送给别人,图的是啥?不图什么那不是愣子是啥?穷苦的故乡人是穷怕了,我一定要帮助更多的人明白:人世间还有比金钱更重要的东西——良心。我要用我的所学、我的所有来帮助更多的人,我就叫"愣梅花"。

奇怪,当方敬资助的人越来越多的时候,竟然没有人叫他"愣梅花"了。而方敬自己呢,还经常笑着说自己是"愣梅花"。

再后来,当方敬提起自己有个雅名叫"愣梅花"的时候,有的人眼角湿润了……


从国际大都市到偏远小渔村,开始的几年,方敬肯定有不适应的地方。首先是文化氛围的巨大差距,这里没有图书馆,更别谈博物馆了。尤其是对于一个时刻关注国内外文化、政治、经济动态的人,报纸杂志成了他了解世界的重要渠道。

可是过去农村报刊投递速度太慢,报刊到手时看到的已是旧闻。过去报刊投递主要是依靠村委会和农村中小学校,乡镇邮递员将报刊投放到村委会和学校后,再由村干部和教师传下去。尤其是在信息化高速发展的时代,十天半月才能看到报纸,订报刊还有什么意义?

读报人对此尤其敏感,相比起赣榆其他乡镇,宋庄镇邮局的报刊投递算是比较好的了，女邮政所所长陈茂苗活泼能干。但投递工作时有延误，方敬只得给陈茂苗写信：

茂苗先生：

曾给邮局去了两封信，一是邮寄，一是送达。没直接给您写信，是不想过多打扰领导的工作。

因上海有个会议，故9日返回。3月3日至9日送达的报纸没检查。10日起，又出现了些情况：缺《文汇报》3月7日第5—12版，3月9日的第9—12版，合计3张。

这样下去我很难办，对别人来说缺1—2张报纸，有什么大惊小怪的。对我来说，很难说。我需要的是国内外动态以及学术科研方面的各家之说，否则，我还要读什么书。订《新民晚报》，为的是了解上海各方面的情况以便交流。

如此可供选择的是：1. 是县里少发，则我直接向县局要；2. 是上海少发，我可直接与上海联系；3. 如是宋庄少发而不能改变，则4月起停订，改由上海每月给我寄一次。

如有便，请电告或函告。

即请大安！

方敬

1998年3月11日

茂苗是个办事爽利的人，也是后来方敬在一本书后记里感谢的人。这也是第一次听别人叫她"先生"，她知道这是老人家对她的尊称，可她还是不习惯。她认真地抓了一下投递问题，随着交往增多，她也和方敬成了熟识的朋友。

20年前，乡村的落后是显而易见的，诸多困难也曾困扰着方敬，好在他——克服了："农村的很多习惯做法，把我的性格给磨平了。比如水，有水无水，水如丝；打电话，找人，没用。比如电，停电从不打招呼。上一周，两天无水，只能逃难到海州。有线电视，说停就停，没有任何预兆。借了你的东西，主动还的很少；比如有些书，用的时候却杳无影踪。文化层次过低，几年没有可交往的地方。为此，只有阅读与思考，是我唯一可以内心交流的方法。因为性格磨平了，没有激情，没有撞击的火花，词汇也消失了许多，自然也没有了文采。"

······

方敬的书法女弟子盛立新曾经讲过方敬《吃"四冷饭"》的故事：

一天午后，盛立新去看望方敬，悄悄地进了门，看到方敬正提着暖水瓶往一个白瓷碗里倒水。

"方老师，我来看你了，你干啥呢？"盛立新小声地问候着，赶紧走过去接过方敬手里的暖水瓶。她一看，白瓷碗里是半碗剩下的冷面条。

"好——好——，你来也不打个电话，我好准备几个菜。"方老师指指旁边的凳子，示意盛立新坐下。

"老师，我吃完饭来的，我怕麻烦你，没打电话。"盛立新抱歉地说，她望着方敬拿筷子搅拌着倒了热水的半碗面条，很心疼，"方老师，你别吃这剩饭了，我来替你做热饭，你等一下。"说着，就要动手给老师做饭。

方敬连忙摆手，连声说："你坐下，你坐下，听我给你说。"

盛立新不忍心看着老师吃这剩饭，劝说道："方老师，你年纪这么大了，怎么能不照顾自己的身体呢？你常跟我们说，身体是革命的本钱，你看你呢，你哪能吃这样的冷饭呢？我也不能看着你吃这样的剩饭啊？"

"哈哈，立新，你不懂，不是一般人都能吃得了这剩饭的。别人吃不得，但是我，吃得！"方敬一本正经地说，话语间透着他那柔韧刚健的性格。他再一次指指凳子，让盛立新坐下："你来看我，我心里就暖了，一暖，吃再冷的饭也热了。"

"可是······"盛立新欲言又止。

"坐下，听老师给你说"，没办法，拗不过老师，盛立新只好乖乖坐下听老师讲，"立新啊，中国有句老话怎么说的？叫'冷饭冷茶好吃'，你听，'冷饭好吃'，这是古人说的，既然古人能吃，我凭啥不能吃呢？"

盛立新急了，反驳道："老师，你怎么能跟古人比呢？"

"我怎么不能跟古人比？我比不上古人，但我要努力去做。"

"老师，我不是那个意思，我是说吃冷饭，你不能比……"

方老师笑着说："知道……知道你的好意，但是我愿意尝尝这'冷茶冷饭'的滋味，这句古话的下一句是：'冷言冷语难受'，我也要尝试一下'冷言冷语'的滋味。这些年，我尝的冷言冷语不少了，我觉得不是'难受'，而是'忍受'。冷言冷语要能忍受得住，这才是真本事。"此时，方敬一脸严肃。

盛立新这才明白，她恭敬地说："方老师，我知道了，你这辈子能吃冷饭冷茶，能听冷言冷语。"

"哈哈……"方敬摸着胡子大笑起来，"算是吧，你师傅我是能吃'四冷饭'的。"

"方老师，难怪您这么高寿，这么博学，原来都是吃了'四冷饭'呐！"说完，师徒俩都笑了……


刚来宋庄那几年，特别令方敬不解的是，贫困家庭孝顺父母的好像比富家子弟多。他看到，有人自己住楼房，却让80多岁亲生母亲住在不到10平方米的土屋，无水无电，有洞却没门窗。还振振有词地说，弟兄俩商量过，再过3年让老娘搬回来住；还有人资产在百万以上，却在大庭广众下怒斥其父母。

目睹此情此景方敬非常愤懑，应该好好纯化一下乡风啊。除了身体力行感化教育以外，方敬自己立了一条铁律：凡是不孝敬父母的不准进我家门，至亲也不例外，如不遵守就撵出去。

方敬的到来，让周围乡村"打公骂婆"的现象不复存在。任庄有个跟他同辈的兄弟，老人遭受儿子欺辱，被儿子动手打骂，随后儿子被派出所临时扣留。老父亲事后心疼儿子，知道方敬与所长交情深厚，便请方敬从中说情。方敬致电所长："如此不孝，希望加强思想教育。"生活中，但凡遇到村人打骂老人或者骂街的行为，方敬总是挂着拐杖上前劝说，一遍一遍，不厌其烦。经年累月，宋庄镇不敬老人、打骂公婆的不良风气为之一变。

其实在方敬迁居宋庄之前，每次回家探亲就特别关注家乡的点滴发展。1990年春节刚过，任庄村里有两个人热烈对话，说话的就是方敬和村支书相恒柱。听说村里在搞党员治安包户，每个党员负责10户人家的治安问题。当时农村治安环境较差，这样的举措大大缓解了社会矛盾。

方敬对此大为赞赏，他找到相恒柱，以表叔的身份表扬他工作做得好："村里的矛盾不上交，大事化小事，不给国家添负担。"他还鼓励相恒柱："不是你的钱，不往口袋里揣。要廉洁奉公，老百姓才能服你。一定要干实事，当清官。"

有一次，方敬请相恒柱小酌。高小毕业的相恒柱第一次听方敬说起"文明"这个词，紧接着方敬向他讲起了"精神文明"和"物质文明"。当年相恒柱学习成绩很好，却因为贫穷无法继续上学，"吃了没有文化的大亏"。两个人越谈越投机，方敬说："我以后要来宋庄抓教育！如果全社会都讲文明，都重视教育，国家该会多好啊。"

也是在方敬那里，他第一次听说"新农村"这个词。那时"建设新农村"的口号，还没有叫响。村里有条路雨后泄水不畅，泥泞难行，方敬出主意帮忙修路。第二年路修好了，方敬回家很高兴，说："你真行，给其他村树起了榜样！"

有段时间，村里想上项目，方敬就在上海牵线搭桥，想把一家防火材料企业引进来。

"自古贤者心，所忧在民泰。"在当了十几年村支书的相恒柱看来，如今的任庄，街道整洁、村人讲文明礼貌、学生向上好学、丧葬仪式简单不铺张，良好的乡风乡貌都离不开方敬的引导。

他说，任庄村有方敬的本家亲戚四五十户，开始他们到方敬的书房随便吐痰、乱扔垃圾，行为习惯不讲文明，每到此时，方敬总会当面指出，希望他们改正。"开始本家和亲戚还会说老人是'酸文假醋'，可时间长了，大家文明行为和卫生习惯都大大改观，都从心里对他佩服不已。"

村里有一户人家卫生环境一直不太好，年近七旬的方敬每天都要帮助该户打扫环境卫生，一连十几天；这家人后来求方敬放心，自己一定把周围环境卫生搞好，这样老人才不再上门。对乱停乱放车辆的行为，方敬也坚持说服教育。最初的几年，每天清晨，村头路口、大街小巷，第一个打扫卫生的绝对是方敬，他就像一根标杆，改变着小渔村落后的卫生习惯。

说到动情处，相恒柱泪光闪烁，眼角马上红了："在教育我做人做事上，方敬总会明确给予指导——做人要有人德，做官要有官德，党员要有党性，人要有理想。和他在一起总会受到潜移默化的教育，受益是肯定的。"

方敬是熔岩，也是清流。浪费饭菜是方敬所不能容忍的。有人请他吃饭，面对一桌子剩菜，他总是打包，直呼浪费可惜了；亲友间请客，他也总是告诫"不要穷大方"，一人一菜即可。有时方敬也感叹："读不懂任庄村！"

51岁的任庄村主任祁昌翔说："做村主任3年多了，对方敬老人的认识越来越深了，老人的善行和道德感染着任庄村的每位村民。他总是对己严格对人宽，即使最亲近的本家和亲戚家孩子，如果不好好学习，不是可造之才，他是不会说一个字的；可如果是优秀的孩子，他都要给予帮助。包括我女儿考上大学，老人资助了一台较好的电脑设备。抗洪救灾那年，老人捐献1万元，说灾区用得着。而对自己，每天粗茶淡饭，从不乱花一分钱。"

李宝勇说："从方老师那里受到的教育终身受益，老人崇尚节俭，但助学又十分大方。全村都是亲连亲，但只要孩子学习好，考上好的大学深造，方老师就会大方资助，从无半个不字。"

他眼中的方老师对生死看得很淡，对亲戚的红白事，他坚持自己的观点，厚养薄葬，反对大操大办，要改变农村不文明、不节俭的丧葬风俗。当年住牛棚时，他看到好多人坚持不下去自杀了，他却咬牙坚持，他说每天睁开眼看到太阳是新的，天空是新的，感觉又赚了一天。他还在学习书法的学生中倡议遗体捐献，为国家医学做贡献。

李宝勇说：2012年新建的宋庄镇集贸市场准备让方老师题字，镇党委安排我和方老师联系。当时他已经查出来患癌症，我好长时间没好意思开口。在他准备第二天去上海化疗时，我和他说了此事。方老师当晚就给写好，第二天早晨又仔细看看，把感觉不好的两个字又重写了一遍，这才坐车去上海化疗了。

2008年汶川地震刚过几天，方老师用信封装了1万元（信封上画了一颗爱心），到党委找到我，让我帮他寄出去。一再叮嘱不留名，不接受采访，体现了一名老党员忧国忧民的情怀。电视台要采访他，他无论如何没答应。那年玉树地震他打电话给我，让我来吃饭。他说地震了，心情很不好，拿出4000元让我捐给灾区。信封上写着：玉树不倒！青海常青！

我看到过方老师给胡文巧、田复春两位老师写信，一个87岁的老人给90多岁的老师写信还毕恭毕敬，还谦虚说自己在老家只是看书写字，和爱好书法者探讨，唯恐对不住老师，现在社会上还能有多少人能对老师这样尊敬呢？

盛立新还讲述了一个《丢不了的三轮车》的故事：

方老师腿不好，出门靠的是他那辆电动三轮车。他在宋庄四邻里是响当当的名人了，那辆三轮车呢，也跟着托了福，成了名车。虽然比不上宝马，撵不上奥迪，但是这辆三轮车更厉害。凭啥？就凭它丢不了。

每一次骑车回来，他总是把三轮车往门口一停，提了车上的菜啊、米啊就进屋了。三轮车不锁，钥匙也不拔。有几回邻居们看了，提醒方老师：车钥匙没拔噢，小心小偷。他听了一笑，说："谁骑不是骑？谁要骑就骑吧，它生来就是为人民服务的。"邻居们被他的话逗笑了，也佩服他的豁达。

可事也凑巧。有一天恰好逢集，方老师买菜回来和往常一样，把三轮车往门口一停就拎着菜进屋忙活做饭了。等他把菜洗好切好要炒菜的时候，发现盐不够了，他赶紧揣了钱出门。可是，门口空空的，只有几道弯弯曲曲的车辙像几组问号通向不远处的大路。坏了，三轮车不翼而飞了。明明是停在这里的，难道被谁借去骑了？谁要是借也该跟我说一声啊？他站在门口正着急呢，赶集路过的行人忙问："方老师，你这是找啥呢？"

"我三轮车你们看见谁骑的没？"他指指停车的地方问他们。

"没，没看见，怕不是被谁扫了眼偷去了吧？"一个说。

"别胡说，谁要偷方老师的三轮车那是瞎了眼，那是缺了德。"另一个愤愤不平地说。

"好了好了，你们走吧。我步行，正好锻炼锻炼。"说着，方老师一瘸一拐地往小超市走去。

小超市老板见他气喘吁吁地缓步走来的，忙问："你怎不骑车来呢？你车呢？""我车放门口，没了。"他倚着柜台喘着气。老板一听，嚷道："没了？谁这么大胆，敢动你的车？估计是谁有急事借了骑的，一会儿会还给你的。"

真巧，小老板这话说中了。

等他提着盐回家的时候，三轮车确实回来了，不过多了两个穿制服的人和几个看景的人。看景的人老远就大喊："方老师，你的三轮车！三轮车有人送回来啦！"

两个民警笑着问："方老，这是你的三轮车吧？我们送来了。"方敬笑着拍拍三轮车，幽默地说："这家伙看来是老了，自己溜达出去就找不到家了。"大伙儿乐得哈哈大笑起来。一个民警说出了事情的经过：

原来，两个小时以前，一个小青年骑着一辆三轮车正要出街，有人一把拽住了车，问："小伙子，你骑的这是谁的车？"这一问把小青年问懵了，他脸一红，慌张地说："我……我的，怎么了？""真是你的？没说谎？"那人绷着脸连问了两句。这时候看景的人也围了上来，此时又有人认出来了，小声说："这车……好面熟……不会是方老师的三轮车吧……"这一说，又有人点头说："还真是呢，这就是方老师的车呀！"这时候，骑车的小伙子彻底崩溃了，他突然从车上窜出去了。可哪里能跑得了呢，大伙儿一边追一边喊，早有人在前头截住，把小青年捉住，连同车子送到了派出所。

　　　　　　　　　　　　　　先生方敬

小伙子是外地人，他老实交代了：这几天赌博输了钱，正路过景清书苑门口，看到停着的三轮车，见财起意，才下了手，没想到被赶集的人一眼识破了。

方敬握着民警的手表示感谢，他对民警说："告诉那小伙子，缺了钱到我这里来，我资助他，可不能做偷鸡摸狗的事喔。"民警说那小伙子后悔了，教育一番之后把他放了。

三轮车失而复得，大家都为方敬高兴，有人笑着说："方老师，你这哪是三轮车，你这明明是个'宝马'嘛！"

从此，大家都知道方老师有一个了不起的宝贝——丢不了的三轮车。

世间的情谊历来是双向的。

"桃李不言，下自成蹊。"师恩如海，时间长了，无论是学生本人还是家长，都希望能给恩师一些回报，反哺师恩也成了道亮丽风景。正如方敬所说，十多年来，多少人主动为他打扫卫生、整理衣服和采购一些紧俏的物资，甚至购买和维修代步电动车。每逢节假日，更有不少人成群结队不远千里从家乡来看望，成为任庄一道少见的风景线。"十年来我基本不缺烟、酒、茶和大米等。当我生病时，鞍前马后、来回护送……"

方敬坦言，每每想到此，他总是感激又愧疚。

方敬爱喝酒，喝酒必喝"沱牌"，这里也有一个故事。

由于他教学生从不收学费，还留他们吃饭，赠字帖呀笔墨呀，有个家长很感激，过年时就买两瓶酒送去。方敬一看，生气了："你这是做什么，举手之劳的事，送什么礼，拿走拿走。"那个家长执意留下，说如果不收，娃儿也不好意思再来了。推辞不过，方老师说："你这酒我不爱喝，如果你真要送，就换沱牌吧，我爱喝这个。"那时一瓶沱牌不到5元，他想，老百姓生活够苦的了，有点钱还不如花在孩子学习上。既然一定要送，那就换个便宜的吧，让他们省点钱，这才骗他们说自己喜欢沱牌。

当年一个善意的谎言，骗了乡亲们，也骗了他自己。几十年来，他真的爱上了沱牌。逢到高兴了，拉上几个好友或学生家长，自己做几碟小菜，酒逢知己千杯少，热乎乎的家常话慰藉了温暖的时光。看到学生的字有进步了，他也会拉上学生喝两杯。他从不劝酒，多喝少喝随意，只求畅快心情好。有时自己写字前，也要自斟自饮，洒脱的他追求的，似乎就是这样的安静平和。受尽颠簸的他，享受这样的岁月安稳。想想，温酒几杯，笔墨几许，超然忘我，是多么诗意。

有一个学生从香港来看他，高兴得方老师又炒了小菜喝酒。学生一看，老师喝的还是沱牌酒："老师，您怎么还喝沱牌酒，几十年了也不换换，我们都有钱了，你的生活也应该改善一下了。"他掏出钱，硬塞给方老师，方老师又生气了："一生我就爱喝沱牌，别的我不喝。钱拿走，我是不会要的。"临走，学生把钱偷偷藏在他的书底下，后来发现也晚了，方敬就把钱捐给了景清基金会。

有一年回宋庄探亲，那时他没回宋庄定居。过年了，他为乡亲们写春联，写到晚上10点多，拉着亲戚说要喝酒。深夜也没有菜了，两人抓了一把糖块，边喝酒边聊天，一瓶酒伴着亲情喝光了。邻里间还流传着他的一则小趣闻：方敬有一次赴饭局，喝的是茅台，他饮得正欢畅，席间有人问，听说先生喜欢喝沱牌，为何端着茅台不放。方敬微微一笑："其实我是爱喝茅台的，不过担心增加学生的负担，我就顺口说爱喝沱牌。"价格涨到10元一瓶的沱牌大曲，一度堆满了景清书苑的储藏间。

方敬的生活无疑是简朴而节约的，他会把学生送来的好烟好酒直接折现后，充入奖学金帮助困难学子。宋悦介绍，几乎每年上海的学生会集中组团来看望老人一次，知道他崇尚节约，他们往往选择夜宿在大众浴池，而不是县城的宾馆。他们有的50岁上下，年纪大的也都七八十岁了，不少人身家千万。

方敬对村民的感情，就像宋庄河水一样，潺潺流动，永不止息。

他也曾写过在宋庄的"意外收获"：

回乡下住了以后，常常会遇到"一穷就有钱"的事。我对钱，自80年代起，从来是有就用，没有就不用；多了多用、少了少用。而回乡以来，为了资助学生，每年都要多花几万元。但老天保佑，从来不差钱。

记得是1999年初秋，股骨颈骨折术后返乡休养，穷得很。一日来个学生告诉我，他高考落榜，但毫无求援之意。他还表示屡败屡战，明年再考。我想他之后的生活费一年至少3千，明年去高考路费等大概也是此数。我这里还在犯愁，而不到一周来了6千，与所估算的数分文不差。有一次，我储蓄卡只剩下3位数，跌入了警戒线。我的"管家"在帮我管钱，所以脸上愁云密布。我顺口说了一句："不要怕，一穷就有钱"。巧极了，第二天上海学生汇来了4位数。从此，这句话应验了10年。要感谢上海一位友人，每年送2万元，连续多年。上星期65届学生来看我，临别留下4位数。我想想，这可能是"春耕夏播、秋收冬藏"。在上海这样的意外收获没这么多和准，世上还是好人多，他们在关心弱势群体。

除了钱以外，还有"一缺就会有"。宋庄镇是全国闻名的对虾之乡，但多数人家舍不得吃。有趣的是每当外地有人来看我，事前必然有人送对虾来，其数量之多、规格之高惊人。星级饭店虽有，但没这么新鲜。从外地来的亲朋好友，在面对一大盆对虾时都甚为惊喜。我也装得像大佬："管够，还有。"有的学生不客气，猛吃了7个；有人带头，摧枯拉朽。我的志愿者（因为腿瘸，每次都有）已把第二盆又端上来。那些学生都是爷爷、奶奶、外公、外婆辈了。当第二攻击波到来时，他们溃退了。这仅是"一缺就会有"的个案。

还是"一病很快好"。一年暑假，晚上觉得有些不适，正好"管家"和两个大学生（一是郑园的，一是盐场的，回来过暑假），找体温表一量，39.8℃！他们急着要送我去县医院，我说这体温表是山寨版，另找一个；结果仍是那体温，他们更坚持要我去医院。我请他们给我床边准备几大杯水，大学生留下值班，"管家"回去休息。一夜喝了几杯水，"管家"一早就来，一量体温，OK，37℃。类似的事还有。2007年3月27日上午在上海中山医院手术（心脏装2个支架），29日出院，4月1日坚决回景清书苑。是"管家"夫妇到新浦接我的，对我动过手术都不信。4月3日我去青口宴请学生，他们也都不信。去年，因看世界杯时（一夜多则3场，至少2场），由于饥不择食导致肠功能紊乱。在岳阳医院出院前作了肠镜检查，一切正常。让家人虚惊一场，他们怀疑我生癌。某次急性阑尾去县医院急诊，随即进手术室，结果缝了一针（谢谢主任医师的妙手），3天出院（根据院规，写了保证书）。回家已近中午，自己下厨房做了几个菜招待护送的人。第7天，自己开车去卫生院拆线，2元钱。要让有些人，至少躺半个月，"坐月子"。

这些行为，人们担心我早晚要出大事！这是对的。大事是早晚都要出的，蛮干是错误的。但我时常想，人要活，不那么容易；要死也不是那么容易的。君不见，在世界上不少事让人看不懂，一种不怕现有任何抗生素的病毒们在欢庆胜利！中国抗生素的使用量，是世界平均数的8倍。不挂吊针，患者不放心；不用吊针医生更为难。穷的时候想肥，富了以后，很多胖子要减肥，减肥的钱比吃胖的钱还要多得多。这些都是怎么回事！

还是谢谢中医，防病先于治病，健身为了防病。我的一生，从不吃饱，从不穿暖，从不闲着。生理各个系统新陈代谢能力加强，始终处于战备状态。更重要的是心理，"要宽容、平静、偷着乐，始终以童心为楷模。"生理与心理的双重防御，其作用不比"爱国者—Ⅲ"差！若是健康的男性怕献血，是第一号笨蛋。

教字既有趣又烦心，写书费力又费钱，关爱学子又能力有限。3件都属呆子在干呆事。但意外收获却多多。这就是我的赣榆十年，向亲友们作个汇报。

其实方敬也有因为"缺钱"发愁的时候。2002年，任庄一个孩子考上泰州职业学院，新生报到需1万元，方敬只能去借钱帮她。怎么借呢，"一是按银行利率付利息，二是只向姓方的借"，"我很穷，知之者知之，不知者甚多。无它，'愣'之者也。"

方敬助学的义举，受益的不仅仅是那些被资助的人。

王公勋说：方老师守信守时，守时要精确到秒。老人讲过，在上海参加国际成人教育论坛讲课时，都要提前大半个小时。如果一个人不守时，就会不守信；不守信，就会不道德，最后就会成为一个没有价值的人。

一次，城里几位知名人士要来拜访方敬老人，老人答应等候，并把书房收拾好准备接待，茶水、笔墨等一切准备就绪，准备了6个菜，准备好午饭。长时间等待过后，方敬老人电话催促，对方回电说有事改天再拜访云云，方老师大失所望，只好作罢。多日后，几位人士计划再次拜访，方老师一口回绝：恕不接待。老人信守自己的诺言，对上对下一视同仁，从不言行不一，对领导对亲人都是一个态度。

宋庄中学副校长王修博说：将心比心，方老师的善举，感动了每一个知道他的人。老人几年前患癌，回上海住院治疗十几次了。在病痛的折磨下，老人依然想着助学育人。他到学校捐钱，都是一个人骑着三轮车，将一张存款单塞到我们手里。每次喊他上楼喝口茶，他摆摆手就走了。他总是说，不要打扰孩子们学习。

前年他又两次摔坏了腿，行动十分不便，他说成了真正的"右倾主义者"了。老人乐观豁达的心态，让人从心底敬佩。

方老师说过，一个人的教育，家庭教育是第一位的，父母不在于识多少字，有多少文化，做人的道理是从小在家庭环境中养成的。所以从小抓好教育，一点不要马虎。

方敬身体多处患病，可他从不过多在意，从不注意营养呀保健呀。学生们劝他多休息，方敬说："不碍事，身体生病只管生好了。比我大的有走的，比我小的也有走的；我这一把年纪了，死而无憾，该吃就吃，该喝就喝，重要的是要一生过得有意义。"他每次去上海做完手术，一出院就迫不及待地要回赣榆。他说，一看到那些学生，精神就有了支柱。

一些人不理解，从繁华的大都市，孤身一人来乡村，会不会不习惯？方敬则说，上海太繁华了，繁华是做学问的最大阻碍。

几十年来，他潜心做学问，却从不参加各种协会。他谦虚地说，他只是写字，从不承认自己是书法家。这样低调的老师，教出的学生却成绩非凡。

孔夫子称赞大舜时说了一句这样的话，他说："大德必得其位，必得其禄，必得其名，必得其寿。"方老师作为一代乡贤，他的嘉言善行即是大德。不为名不为利的淡泊心态，让他活出仙风道骨的风采，超越了生命。

早在1990年，在赣榆县教育局工作的张宜春，常参与方敬还乡的一些活动。当时方敬临近退休，面对祖籍地任庄那凌乱的街道和脏乱差的环境，自言自语道："退休后我就回到这里，用余热点燃文明。"大家都不以为然，与现代大都市上海比，这里就是穷乡僻壤，有何可牵挂的？姑妄听之也就忘了。

没想到方敬真的来到宋庄扎下根来。

以后张宜春便从机关到乡镇，风风雨雨十几年，一身沧桑后又回到机关工作。后来听同事张永信说，方敬回乡已经16年了。

听说了方敬那么多的德行善举，张宜春觉得宣传部门和新闻媒体不是整天苦于找不到鲜活生动的素材吗？发生在眼皮底下的这个大爱典型为什么不总结宣传？他真实而非虚构，感人而非矫情，真情付出而从不计较有无回报，他与当年孔子游历施教、武训乞讨兴学有何不同？张宜春想给他创作一篇报告文学。

张永信笑道，你还是算了吧，市县领导都曾在拜望时提及宣传事宜，被先生断然拒绝。如若扰他的清净，他宁愿返沪，并恳请领导把看望他的机会让给那些该看望的底层群众，政通人和，民富乡安，他就能在这里心平气顺颐养天年。

老先生如此决绝，谁还忍心再破他宁静的心境？张永信说，方先生从不参加对他的宴请，孤身一人在农村，种菜、养鸡、洗衣、做饭、打扫卫生，所有事情都亲力亲为。我们到那蹭饭，也都是他一人掌勺，他的手艺也是一绝。

一个金秋周日的下午，张宜春和张永信来到任庄方敬的住处。在一片别墅小楼的一隅，景清书苑越发显得素雅清幽，方敬正在门口的水泥路上清扫浮尘。过往的乡邻有喊他爷爷的，也有喊大爷、表叔的，他乐呵呵地应答着，一脸乡野老叟的幸福满足。张永信说先生用自己的行动引领全村的自觉文明，谁家的门前脏乱差，他就整天过去帮助打扫，直到对方不好意思自己动手，如今这个村绿化、美化、洁化都是全镇的榜样，外地很多文明村都跑来学习取经。

先生老了，花白的头发被乡野的风揉乱，他用满是茧皱的手握着他俩。当年那个学者风度俨然的形象依然在他心中，互相问候着，张宜春眼中有潮气涌动。

吃着先生亲手做的饭菜，倾听他多年的乡村生活。张宜春说，孔圣人育出弟子三千和七十二贤，有人书写其言行，记录其履迹。先生苦守乡野十几年，可谓殚精竭虑、呕心沥血，使这里教育发达，人才辈出。德行善举，有目共睹。舆论导向不加关注，确实是我们道德建设和正能量弘扬方面的一大损失。

先生微笑说："你就别劝我了。我非圣人，只是做我该做的事，至于还能有哪些附带效应，我不想让人臆想、猜测和发挥，那样我会不安的。"

再回到以前的小插曲，2017年5月那次拍摄"美德照亮港城"系列公益微电影。笔者是10个剧本的总策划，方敬是我们剧本的主人公之一，我们驱车去拜访方敬。

车抵宋庄，问路一位环卫工大妈，没想到那大妈一听找方敬，二话没说，将环卫三轮车一掉头，说："我送你们过去。"于是我们两辆车，由环卫大妈的三轮车开道，直开到街南方敬房后。停好车，大妈指着几棵大柳树掩映的门口说："那就是方老师的家，他的大门总开着，你们自己进去吧。"

此时剧组已经拍完方敬的室内戏，转移到海边拍外景了。

景清书苑坐北朝南，大门朝西。杨柳荫庇的门口停着一辆有着绿皮屋顶的电动三轮车，门旁墙上斜伸出一面鲜艳的五星红旗。走到跟前，院门果然大敞两边，里面静悄悄的，走进去，两三米宽的小院落，碧草青青。纱门关着，屋里也静悄悄的。

彼时我们才看清楚，方敬的小院南面，用铁栅栏做围，另有一个小园子，满满当当长满了咱们连云港的名竹——金镶玉竹和其他竹子。出大门3米外往北也是一道铁栅栏，紧贴栅栏的那4棵粗壮的垂柳，正千丝万缕青丝披拂。看树干，有些年岁了。整个居所，小巧而清幽，颇具江南韵味。

"哦，来了"，方敬在屋内答话了！好像怕来人等得急，他又说，"我动作慢，你等一等。""咯嗒、咯嗒"，方敬拄着"拐架"从里屋出来了，"门没有关，你一定是第一次来，我给你开吧。"须发皆白的方敬，比网上照片清瘦一些，头发仍然是整整齐齐往后梳，在后脑扎一个马尾，额上又加一根细细的黑色塑料发箍拢住散发；胡须是山羊胡，约莫有半尺长；灰蓝色棉质T恤；两手扶着带轮子的扶手椅。虽然动作迟缓，但站姿依然挺拔。

整栋房子简直就是一个大书房。迎面一排书案（单人课桌对放），周边一圈方凳，正是学生们读书写字的地方。桌上笔墨纸砚略呈凌乱，是日日都用的模样。北墙正面挂着四幅黑白照片，自右至左是胡景清、赵有权、黄葆戊和沈尹默。环视四壁，皆书画。他转身引我们进里屋，在一张方桌旁让座，又转身去把一台只有17英寸的老电视机关掉。屋子里稀疏的旧家具和依东墙靠南窗铺着军绿色床单的单人硬板床，这是他的起居室。

我问他："是什么力量让您一个人在故乡一待20年？"方敬忽然提高了嗓音："我是党员！我是有67年党龄的中国共产党党员！人都要有信仰……"若只听他慷慨陈词，觉得他不像87岁，倒像一个28岁的小伙子，在宣讲自己的理想和愿景。这就是真正的知识分子，越活越纯粹，越老越纯洁。

说到斥资帮扶困难学生，我问："那些钱，您是早有准备？""有准备，我退休前的工作收入还是蛮好的，加上经常外出讲学，也有一些收入。我的工资，除了保障家庭的生活水平，别的都存了起来。退休了，这些钱在上海能干啥？可是回到任庄就不一样了。"

我说了刚才问路的事情，方敬摆摆手："最初十几年我是不被理解的。我回来住下，教孩子，助学，可是有人说，我在上海混不下去了，才回到任庄……乡风民俗，人心向背，不能靠一朝一夕。就是现在经济发达了，乡民普遍比以前开通了，可是具体到教育，还是有很多细节要慢慢去改变。前天一个跟我学书法的小姑娘，五年级了，进门就哭。我问怎么了，她说考试没考第一名，被她妈妈骂了。哪能人人都考第一名呢？孩子认真学习就行了嘛！我就去跟她妈妈讲道理，结果那个年轻的妈妈很不待见我。观念要改，太难了……"方敬摇着头，我看见，他额上散落的碎发，仿佛都是忧思……

方敬说："造这房子的时候，它的造价数倍于同样大小的普通住房。将来，我没了，这房子留给我的学生。"造屋、做人、搞教育，方敬哪一件事不是数倍、数十倍、数百倍于他人的投入呢？精谨，认真，纯粹！

生活在方敬身边的人，能近距离地感受他的教化。

方敬早就知道本家侄女方芳跳广场舞五六年了，一直鼓励她说：好好跳，锻炼身体！

方芳说，大伯平时会说你跳给我看看，我就跳几下，大伯说你跳舞跳不过我。跳舞你身材不行，但锻炼身体很好。他腿伤的时候，我服侍他，他说你去跳舞吧。

2017 年 8 月份，宋庄镇三阳港之夏活动，是文化站站长宋悦组织的。大伯知道我们在乡贤广场跳广场舞就去看，宋悦就安排大伯坐下。大伯一直看的，最后很高兴，说：咱们农村能表演这样好的节目，要坚持到底！走，去我那儿坐坐。那天在景清书苑，领头的宋中英说照张相，一组 12 个人就围在大伯身后照了一张，都还穿着红色舞蹈服装，戴着红色贝雷帽，非常精神和漂亮。第二天大伯说："小好（方芳小名），12 个人每人送一本书。"我就挨家去送，送的是《景清书苑选》。第二天请徐小红、宋中英和方芳，来聊聊舞蹈的类型、服装的选择等等。他还在一张纸上写了提纲，鼓励大家说跳舞要坚持下去，老了不驼背。大伯还说请你吃饭，宋中英说已经拿到书，很高兴了。

邻居秦爱云和李卫东是对恩爱夫妻，也是方敬所称的"大管家"。爱云说刚认识方老的时候，骑自行车放的时候很随便，要么往墙上要么往树上一靠，要么就把车腿一插，也不管车子正不正，斜不斜。方老师说，请摆摆正，你让别人怎么办？

慢慢地大家就注意了。有一次，他发现我把车子停得正，就笑着说：买一支糖球奖励你一下。后来我们养成习惯，看见别人放得不好，确实觉得不顺眼。

方老师做菜饭好吃，我去他家第一印象是惊呆了，厨房柜子上有两排调料，我说方老师你还会做菜啊？我以为他光会读书呢！一开始都是小碟子，慢慢地，碟子越换越大。我们做菜会好几种菜放一起，他说，什么乱七八糟的，一样菜做一个，清清爽爽的。前些年他还有西餐餐具，他会做沙拉，记得都是水果类的。我吃完就忘了，每次我都装一大碗走。我学到方老师的手艺是两个菜：一个炒上海青，大油大糖大盐，大火炒。一个炒拷菜，菜快老的时候，整棵菜用肉汁烤干，很筋道。方老师还会做很好吃的鱼烧肉。

方敬在宋庄住久了，左邻右舍的都成了亲人。有时候，年轻夫妇吵架，他也是和事佬。秦爱云和李卫东过日子，也难免一个锅里碰勺子，有时也会闹点矛盾。

有一年，卫东家里刚买了电动车不久，爱云骑电动车在外面摔倒了，脸受了点伤，又兼摔在路上，也感到很没面子。她打电话给卫东，本来是想诉苦：卫东我摔倒了！可卫东第一句就问：车子摔坏了没？

爱云很委屈，很生气，回来先到景清书苑告诉方老师，哭着诉说卫东顾车不顾人，然后回家躺在床上不起来。方敬知道爱云脾气，过了一会儿，他来到爱云家，一看，爱云躺着，卫东正在卧室门口，两人还在赌气呢。方老师走进屋子，把头上的帽子一把抹下来，往床上一摔，拉长了声调说："卫—东—！今天这是你不对！"然后结结实实把卫东训了一顿。爱云面向里躺着，哭得脸红鼻塞的，也不好意思起来。见卫东挨了训，感到方老师给自己主持了公道，出了气。过一会儿，也就起来，该干吗干吗去了。

摔帽子很夸张的，骂卫东也很夸张的。原来方老师一边训卫东，一边给卫东使眼色。等爱云情绪平复，拾起帽子示意卫东跟他走。回到景清书苑，方老师几个小菜，一瓶酒，和卫东喝起来。他还劝卫东：你让着点儿吧！爱云是个崴窝子（家里老小，娇气），爹疼娘爱，哥哥姐姐还护着，侄子侄女还敬着、惯着，你能怎么着？我们男人，相互理解！

平常，方老一看见爱云和卫东俩人闹意见，也会把两人叫到景清书苑，先说："来来来，你们俩赶紧去离婚！"如此一激，卫东先笑了，爱云也笑了。如果正在气头上，爱云不笑，他会继续说："一个小孩，你俩看看怎么分？"方老师又让他俩在景清书苑吃饭，老人这样子，怎么还好继续生气呢？往往是不了了之。

而"车子摔坏了没"在景清书苑成了典故，成了逗笑的话头。无独有偶，郑雪梅家也出现过类似的情形，他们家的典故是"大蒜撕（捣蒜）好了没"，是雪梅抱怨丈夫没帮助做好家务。有时候，爱云和雪梅都在景清书苑，如果有人说"车子摔坏了没"必定有人怼一句"大蒜撕好了没"，然后，满屋全都哈哈大笑。

爱云是方敬的"账房先生"，平时石迅生负责方敬的工资卡，爱云则打理着方敬在宋庄的出纳。

2017年12月4日，方敬在日记里记道：请爱云取8万元，助学用。

方敬在宋庄时如此，即使随方敬外出，也随时如沐春风。学生祁斌随方敬第二次去龙泉定制宝剑，路过丽水写生创作基地；方敬现场指导祁斌和几个学生画画，稍微过了一点时间。车子到得早了些，方敬挂拐先让别人上车，上车后连鞠三躬，车上人全部肃然，站起来为方敬鞠躬鼓掌。

……

世界在方敬的脚下一直不停地变化，晚年的他只能扶着助行器行走了。太阳快要落山了，那是他落满尘土的身躯，走在他该走的路上。

世事喧嚣，他独守一片宁静；栉风沐雨，一心传播"孝悌仁爱"。

子曰：德不孤，必有邻。孔子说的不仅仅是一种人生经验，更是一种社会生活的规律。时空距离或许很近，或许很远，但是不管是近是远，有一种特殊的情感总会在心灵深处鸣响。

上海刻有他的梦想，赣榆宋庄却永远留下他的眷恋。上海，有他的青春、他的母校；赣榆，则有他晚年的奋斗、他的骄傲！

"我爱这里的恬静景致，又清楚这里的落后贫瘠。"居住在景清书苑的方敬，也会经常思念上海的亲友们。

尤其是在月白风清的时候，这种思念犹如醇酒。

他会一个人，悄悄出去看月光。

月光笼在不远处的海域上面，方敬仿佛听到它在很远的地方敲击海面的声音，夜太静了。只有月没有水就少了一种空灵，水和月光的复合容易使人忽发奇想。

这是怎样的月光呵，海上的月亮以其亘古高悬无边无际的清辉打动了他，身子一下子飘起来了。他试着伸出五指，细细分辨着月光赤裸无声地流泻。突然置身于这一片月光下，顿时产生一种奔跑或飞翔的感觉。

在这个海边渔村居留这么长时间，经常会有这种近乎神圣的感觉。

"海客谈瀛洲"，月光使人生翼欲飞。上古时代人类始祖之一的少昊和他的鸟国臣民们不正是遍插长羽，引颈向月，坐立不安吗？

"惚兮恍兮，其中有象；恍兮惚兮，其中有物"，牛乳般的月光漂白了他的窗棂，照见了他手中的纸和笔。

是谁在月光中独舞？

其实，上海的亲友甚至国外的友人也在思念着方敬。

我问秦爱云，这些年景清书苑来过哪些外地客人啊？

秦爱云说："有一个加拿大人鲍威尔，他那年到上海开成人教育会，到处打听方敬。最后终于打听到了，然后非要从上海到景清书苑看方老师不可。记得来了4个人，除了司机和翻译，还有一个叫黄健的，在上海搞成人教育。还有王永福。他们开的是桑塔纳，鲍威尔还有手提电脑，和方敬一边谈话一边记录。"

采访中，我随手翻了景清书苑桌上的一本书，书名《成人教育课程开发的理论与技术》，上海教育出版社出版，作者就是黄健，扉页上写着"方老师批评指正——学生黄健敬上，2005 年 4 月 21 日"。

听说鲍威尔要来，方敬婉谢未果，更是怀念他们的友谊，他专门去县城的上海农工商商店买了成套的瓷器，包括餐具和茶具，他要用崭新的东西招待鲍威尔。

鲍威尔不抽烟，方敬那天不但不抽烟，还叮嘱爱云把家里的烟都收起来。

方敬在用中国的礼仪接待鲍威尔。

晚7时，客人到了。

方敬在景清书苑招待他们。

一条长桌上摆满了茶具和餐具，先上来的是黄瓜、西红柿、白萝卜和青萝卜等做的4个菜，还有海鲜，主食是中国特色的饺子。

那几天爱云猛补英语，学会了饺子等词语。

当晚，黄健和王永福住在景清书苑，鲍威尔两个人则住在赣榆宾馆。

第二天，大家就在景清书苑座谈。

中午，方敬在聚福园招待来客，他的学生吴德运、宋悦、姜金萍都来陪同。

学生们送来赣榆特色小吃黄粉、蛏子干、海鲜、大米、虾酱、茶叶，方敬给每人都写了一幅字。

鲍威尔送给方敬一个加拿大的国徽留作纪念，方敬顺手给了爱云。

为什么方敬偏爱爱云？爱云说，只有她敢顶嘴。方老师有篇《崴窝子》，写爱云和自己的小妹很像，都是家里老幺。

2012年10月12日下午4时，方敬的3位华模同学钱玉音、蔡锡瑶和赵霞飞3人来到赣榆任庄，看望助学的方敬。方敬很高兴，晚餐用赣榆对虾、鱼丸、海蛏、蛤蜊、泥螺、鸡爪、黄粉以及凉拌黄瓜等菜蔬热情地招待她们。追忆华模往事，共话别后情怀。

晚上她们就住宿在一家浴室改装的旅馆里，3人一间，房间宽大清洁。钱玉音说：我们同学几十年后又住一室，真是很难得。

赵霞飞的身世很特别。5岁时她家住在上海法租界一处楼房的亭子间里，一天早上，她在弄堂里玩耍，一个人拎了一个黄篮头走到门口，说是来看人，却直冲上 2 楼亭子间，叭叭几枪，她父母就倒在血泊之中，立时气绝身亡。待法国巡捕房头子赶到，凶手已逃之夭夭，只留下在弄堂玩耍的赵霞飞。原来她父亲刚从莫斯科中山大学毕业，从苏联回国，巡捕房检查现场后，发现她家中有一些不应有的书。第二天上海《申报》登了这个暗杀事件的详细消息，报上写明捡了一条命的 5 岁小女孩的名字，是霞飞一直沿用的小名。霞飞长大后的数十年中，千方百计要弄清自己身世，其中查到了这张《申报》，并留下复印件。

办案的巡捕房头子刚死了女儿，就领霞飞为养女。但她的养父刻意隐瞒任何相关消息，搬了家，说霞飞是亲生女儿。直到霞飞长大一些，家中车夫悄悄告诉霞飞上述情况。并说，曾有一个人前来告知她养父，要好好对待这个女孩。根据上述线索，有可能霞飞是烈士的女儿。

抗战爆发后，养父辞去巡捕房工作，组织抗日别动队。后来在一次行动中，养父刺死了大汉奸 76 号魔穴头子李士群的师父，不幸养父和他亲生儿子即被抓进 76 号，第二天，父子双双被杀害，霞飞养父和哥哥是为抗日而牺牲的。家中栋梁倒了，生活日渐窘迫。霞飞很懂事，小小年纪边读书边做些事，来帮助维持家庭。初中毕业，经介绍来到华模。班主任胡景清老师去家访，见霞飞和她养母正在折锡箔，以维持生活，胡老师当即让霞飞住读，免去一切费用，钱玉音和霞飞成了住宿室友。

毕业离开华模后，她进入社会工作，大多在教育系统转来转去。由于她刻苦自学，虽无大学学历，最后留在杨浦区教育学院任外语教研组组长，直到退休。

华模复校后，她接替成为 48 届高中班联络员，她热情、负责、有办法，千方百计联络同学，关心同学。

从宋庄回去后，赵霞飞在华模校友会上详细介绍方敬在家乡助学的情况。大家却没想到，这是她在向老师和校友做最后的告别，其时她已身患癌症。钱玉音回忆："在我出国探亲前的 3 月 12 日，和蔡锡瑶先去第一人民医院探望方敬，只见他坐在床前椅子上，一见我们，就宣告：我生癌了。开朗乐观。我们相信他会康复得很好，而后赶到电力医院去探望霞飞。当我出国后的 5 月 1 日去电，她儿媳告知是癌症，已骨转移……锡瑶把收到的方敬书法集，首先送到医院让她欣赏。"

……

一次次上门洒扫，一次次垂范乡风，20 多年来，方敬的言传身教让周围村庄跟着移风易俗。

憨厚朴实的李卫东说："好多邻居接过方老师的善行，参加环境卫生整治行动，每天自觉打扫庭院、清洁街道、美化环境。如今的任庄村满眼都是楼房、绿茵、宜居的现代化新农村景象。"

干净的马路，熙攘的人群，一道道风景从方敬眼前一掠而过，这里的每一条街道他都记得一清二楚。他深深爱恋着自己的故乡，为能够穿行在这座小镇而骄傲和自豪。

笔者站在大众浴池顶楼东望，一排排楼房整齐划一，家家装空调，户户太阳能；宋庄确实富裕了、美丽了。

大众浴池几经翻建，名字也换成了大众浴池宾馆，它被方敬上海的亲朋师友称为"根据地"。正堂悬挂着习近平总书记接见全国道德模范时与方敬的巨幅合影照片，这里到处留下方敬的影子，有好几幅他赠给店主的书画作品。当年在土城中学厌学的店主的儿子，没想到方敬用了 15 分钟就令其"扭回了头"。后来还考上了大学。

出了宋庄农贸市场，笔者在一家名叫"姜琳早餐午餐"的小吃店用餐，地道的赣榆豆腐脑、油条、凉粉和煎饼，生意很好。店主人姜琳说方老师经常来吃早餐，有一次看到店里家具不多，说姜琳我给你个旧桌子，很快派人送来一张小方桌；还把一个精致的茶叶盒子送她收零钱，至今还用着；平时考虑到姜琳忙，他不让姜琳送早餐给他。有时候姜琳也会送赣榆老豆腐过去，有一次方老师叫她和儿子一起去吃饭。送别方老师那天，她送去了花圈为方老师送行。附近的"芜湖灌汤包小笼包"老板温龙道是安徽人，在镇上经营了十几年，说起方敬他眼角一红："方老师真是好人呐……"泪光闪烁，说不下去了。采访常常不得不中断，总有一句话让我们一次次任瞬间迸发的泪水锁住视线。

方敬在宋庄，就如同灿烂阳光照耀在这片饥渴的土地上，不仅带来了温暖，更带来了丰富的营养物质，滋养着这片土地。看到如今宋庄满目的苍翠、良好的乡风，你就知道，方敬，无愧于一代乡贤的称号。

7月里，大片的绿色点缀着宋庄的原野。玉米土豆长势正盛，一座座新房错落有致，一条条道路畅通无阻。我的行走更加踏实与笃定，也变得更加诗意与浪漫。

此时，我似乎听到了潺潺的流水声。或许，那就是源头之水。

# 第二十二章
# 景清书苑的学生们

6月正是初夏的时光，明媚中透着浅柔淡暖，来自田野的气息静静流淌着。一个风轻云淡的日子，方敬用清秀劲拔的小楷给几个学生写信：

德运暨庆珍、祁斌：

前日上午在此写字，想的很多，而且过去都说过，但你们没注意。请你们想想，书法大家成长的过程有哪些必然现象？你们靠一些冥思苦想能行吗？不勤学苦练，凭这点并不成熟的技巧可以吗？这是其一。其二，道法自然，风格是人（你自己）学问、见识、理论、哲学思想、扎实基本功等的综合表现，是个性的自然流露。硬来只见其恶，浮躁是你们的大敌。要不断地汲取营养，水到渠成。只挖渠没有水，这是蠢，是蛮干，自寻苦恼而不知其所以。其三，线条的内涵是第一位的，章法是不可或缺的，这是练与悟的结果。你们写字连节奏感都没有，第一个字是定调，行动中表现其主旋律；由于浮躁，这些都忘了，总之令我很失望。其四，浮躁是由于急于求成，来自功夫不到家；盛名之下，其实难副。莫为名利所累，不为世俗所左右。

相识多年，难得和你们这样说话。找个时间，由德运召集，连带宋悦4人，好好讨论一次，把结果告诉我。每人都要订出今年下半年的学习打算。记住，第一个书家是没有老师的，他是自觉地继承的结果，是在传承基础上的创新。还有好些话，以后再说。

即请近安！

方敬

2001 年 6 月 18 日于景清书苑

这种批评的口气，在方敬书信中是很难见到的。

2011年，方敬来任庄村蜗居已超过十年，为行文顺口他写了一篇短文《赣榆十年》。方敬自述：

在这十多年，除因病等数次去上海作短暂停留外，酷暑严寒、春暖秋爽已轮转了十几圈；日复一日，主要干了三件事：读书写书、练字教字、关爱学子。

练字教字，练字是每日的必修课，一支笔、一碗清水、一块方砖。这方砖说来话长，还是在"五七干校"时，梁保罗老兄精心制作的，历时一年。梁保罗是能工巧匠，山东人，络腮胡。每当来人问及此砖时，我必定不厌其详地介绍整个制作过程。在讲解时，必定有梁兄的身影在我眼前晃动。连在写这段文字时也是如此。砖细腻，书写时质如宣纸，是知一斋的镇斋之宝。

详说教字。学字的人大体有两类：一是想把字写得漂亮些，二是"字呆子"。前者我一般不教，另请高明；后者我一定教，倾心相与。难就难在"字呆子"这一群。

"字呆子"也有多种。"天赋高、悟性好、能坚持"，这样类型的人太少，我这一辈子没见过十个，现在都已成名成家；"天赋高、悟性好、不坚持"，这样的人最让我伤心；"天赋高、悟性差、能坚持"，这样的人最多让我有点烦心，但不放弃，奉陪到底，因为有"大器晚成"一说。我在教字时最怕的是字稍有成就，经不起名利的轰击而随大流了；二怕是来我这里学字之前苦练过，脑子里装满了错误并玄之又玄的理论与技法，并坚信不疑。在这不肯改和改不过来的人中，有人仍然要你教，我该怎么办呢！

世上的事难说，但我偏偏会遇到，常常"有心栽花花不开，无心插柳柳成荫"。前者是自作多情，活该！后者却是天上掉下馅饼，喜不自禁。前者是众里寻他千百度，蓦然回首，那人却不在灯火阑珊处。而后者是，不穿铁鞋不去觅，得来不费甚功夫。

在赣榆县，我选了8个学生，依次为青口的吴德运、欢墩的孟庆珍、任庄的祁斌、宋庄的宋悦、范店的黄勋、柳杭的徐振双和尚天潇、土城的董入起。其他还教过很多人，但不能算是我的学生。如有人自己谦虚，声称是我学生的，主随客便了。这8个人状态如何，请他们自己去对对号！

自1998年至2003年，每周日教字，课后备酒，但不准斗酒。席间或行云流水，或天马行空，主旋律是书法美术，但起首的序曲却是：重大事件的分析，认识论、方法论，做人，等等。这样至少讲了200次，多少宣纸、笔和帖，还有多少酒离我而去，没统计过。这些学生都感恩，其中以大师兄为最。

在教学过程中，让我苦恼的还有书法界常常出现理论与实践过于偏激的怪事。我从来拥护创新，没有创新就没有艺术生命的活力。更简单的是，今日是明日的昨日，今是以后的古，即便你内心并不认同的也要宽容些，但不能有"书阀"。什么是书法，汉字书法的形成，为什么汉字书法能成为世界公认的一种特殊的艺术形式，它的底线是什么，如此等等。想想至今国际象棋有机器人对抗，而为什么围棋没有（现在也有了——笔者注）。为什么电脑排版中有各种字体，而羲之体至今未见。书法不是那么好学的，要不断地自我否定；否则，即推不出陈，也出不了新。

……

书法作为中华民族传统文化瑰宝，是一项国粹、一门艺术、一种精髓。

书法传承着我国古代文化和文明，有着丰富的审美内涵。往往又与人品、修养、气质、思想、个性等联系在一起，俗话说：见字如面、字如其人、字为心画，此其谓也。书品即人品，写字学做人；一撇一捺之为人，写好一个人只需两笔，做好一个人却要一生。方敬正是以书载道，教化人生。横平竖直写书法，脚踏实地学做人。陶行知先生说过："我们的教育，就是要构建生活之园地、传承艺术之气息、塑造真、善、美之人格。"

黑与白、点与线，凝聚了大自然的灵气，再现了书写者的情感，以至于有人说，楷书须如文人，草书须如名将，行书介乎二者之间。如羊叔子缓带轻裘，正是佳处。有的字如行云流水，像鱼儿畅游大海，像鸟儿翱翔蓝天；有的字则笔力深重，像老牛拉车，像鲸鱼海滩搁浅。古人把书法看作是一场修行，只有内心清净，才能写好字。虞世南云："欲书之时，当收视反听，绝虑凝神，心正气和，则契于妙……"欧阳询说要"澄神静虑，端己正容"。

方敬所说的"大师兄"叫吴德运，做人像苏鲁一带的红薯一样淳朴，在方敬眼里他是一块品位极佳的矿石：你用惰懈之火去烧灼他，他会告诉你什么是勤勉；你用虚伪之火去烧灼他，他会告诉你什么是真诚；你用邪恶之火去烧灼他，他会告诉你什么是正直；你用狠毒之火去烧灼他，他会告诉你什么是善良……烧灼之愈烈，愈显其晶莹纯粹之本质。

"上海来了一个高校教师，免费讲书法课，那年头真是旱天雨啊"，吴德运对我说，"方老师的故事，三天三夜也说不完。"

1985年暑假期间，赣榆县教育局的李局长到市教育局开会，会议日程之一就是方敬的成人教育讲座。

讲座间隙，方敬出去抽烟，李局长也出去抽烟。听到李局长的赣榆口音，两人就热聊起来，李局长邀请方敬来家乡为老师们讲课。

在赣榆的课间互动环节，方敬问赣榆有没有喜欢书法的？他想明天讲课之余和书法爱好者聊聊书法。

闻讯后，赣榆县城的书法爱好者吴德运、刘希安、付开军、刘世俊、王从玲、姜睿等十几个人就赶来了方敬所住的黄海旅社。

方敬因陋就简，就在旅社里开讲了，讲书法之美，讲《书谱》……边讲边写字示范。

笔者也在这十几个人之列。当时笔者在赣榆县进修学校学习，美术老师一招呼，几个同学就一起来了。

方敬几乎给每人都写了一幅字，给笔者写的是"莲叶何田田"，后面还加上"王成章方家雅正"。这事连方先生都不记得了。

吴德运观看方敬的书法落款，线条很细，不由得感慨道："真如春蚕吐丝啊。"方敬闻声转头，看了他一眼。

吴德运回忆:"什么是书法艺术,如何选择书帖,如何临帖,如何取法乎上,在那个年代里我们是买不到书法字帖的,有时要到徐州买。大多都是在报纸上剪下一些好看的字样当范本,根本就不懂什么是书法艺术。

那年冬天,方老师又回来了,他是给父母祭祀。住在他大姨家,姨侄祁昌记新婚,把婚房让给他住,夫妻俩去打地铺,他们家很厚道。方老师打电话叫我们过来,谈书法。此后他每年寒暑假必来,来了就通知我们来聊书法。我当时在百货大楼做美工。没有别的交通工具,就骑自行车,风雨无阻去听课。

从此以后,我就幸运地成了方老师的书法学生。

后来,县里有一个到南京艺术学院进修的好机会。我是百货公司美术组的一名学徒,非常渴望能有外出学习的机会,可是公司领导没有批准我去进修。这个打击是很重的,我一度心灰意冷,加上自身的小儿麻痹症,人生到了最低谷的时候,我就给先生写信,说明了情况。"

1991 年春天,吴德运收到方老师的信。

信封上写着:赣榆县青口镇百货公司美工组,吴德运先生启,任村方敬。邮戳为 1991 年 4 月 12 日。信的内容主要是讲"化自卑为力量":

德运弟:

再次相聚,所论当有助进步学习。今晨所谈,如何化自卑为动力,极为重要。人生于世,各种机会均难相等。怨天无用,尤人更无助于学业。世有悲伤、悲哀、悲痛等,无助于学。然悲愤必出大家,屈原之《离骚》,司马氏之《史记》,贝多芬之交响乐,可见一二。望君深思。(吴)天祥,余之所爱,于君也如此。尺有所短,寸有所长,以长为长,以短为短,皆不足取。

……

方敬

辛未暮春于宋庄任村

吴天祥是方老师在上海的学生,自小驼背,后来在方敬的培养下,成为上海的书法篆刻名家。

吴德运说："1989年清明节，方老师要为父母立碑，他把题写碑文的任务交给我。我当时真的没有这个能力，不敢接受这一任务，先生鼓励说你不写怎么知道你写不出来呢？碑文是由先生撰写好的，由我来书写，碑阴的家训，我铭记在心，难以忘怀：'迫于饥饿，赴沪谋生；崇尚教育，泽被后人。'我用颜体楷书写成，这也是我第一次书写的作品，也让我对学习书法有了更大的信心。方老师每年都给我一张贺年卡。1985年来信称同志，之后称弟，他认我们为学生。1988年就给了我两封信。他落款的时间基本上精确到几时几分。"

　　信和贺卡，从方敬在上海的赤峰路住址发出。

　　1990年："千里稻花应秀色，五更桐叶更佳音。"

　　1992年，方敬"作双鱼（图）贺德运弟"。

　　2001年春节，方敬又录宋代毛滂的《玉楼春·己卯岁元日》里的两句诗相赠："一年滴尽莲花漏，碧井酴酥沈冻酒。晓寒料峭尚欺人，春态苗条先到柳。"

　　底下附言："新世纪又辛巳新春即届，安居渔村已三载。值此佳年美节，书奉德运、淑霞二位贺新春并请正字，方敬。"

　　吴德运说："方老师孤独的时候，我会专门带点卤牛肉、羊肚子来陪他。他一个人的时候不做饭，随便吃点。但是来人的话，他就会特意准备饭菜，还会喝点酒。一有好酒，都会让我们尝尝。

　　"2000年千禧之年，方老师约我们到景清书苑，他做了一桌饭菜招待我们。前一天他托我买一件红羊毛衫，赣榆买不到，我去市百货大楼买来。那天来了很多学生，宋悦、黄勋、秦爱云、宋炎、徐振双、王帆，方老师穿着红羊毛衫，大家又唱又跳，欢度了一个通宵。"

　　2003年，方敬写下"岸在何方归无处"，附文："余亦愚，生不逢辰，日寇侵占。及长，能为人民服务者仅数年。其间批斗与劳动20余年。1984年写下须以无限计有限，愿将有为换无为；1994年又写岸在何方以自问。2002年再书物我两忘，癸未仲夏，德运偕徐健来小聚，酒后书此。而忘何其易，故曰归无处。以此致德运，勿忘余之志也。"

　　2006年，吴德运在外装潢施工被人"骗得一塌糊涂"。方敬特画兰花相赠："与德运相识 20 年，丙戌岁尾，为余读白石老人书画送来调色盘，书此以谢并请正腕。"

2006 年 6 月 18 日，在景清书苑，方敬与几位学生饮酒，又写了"道法自然"4 字送给吴德运，附文："世界之大皆有文字，然能与中国汉字成为瑰宝者，仅此而已。如国人能谙此理，则无愧于先贤之辛。余于此学，已 60 寒暑，德运知其然否？久不与酒为伴，是日已足，书此醒酒也可。"

德运还记得自己爱上了篆刻，方老师就为他找老师、找拓片……"他比我父母都重要，父母给我身体，方老师给我思想，还不是一般的思想。让我成为一个觉悟的人，学到了温良恭俭让……我以前看过电视剧《弘一法师》很受感动，方老师跟李叔同先生很像。方老师走了，守灵之夜前一天我想了一个晚上，想到了用这首《送别》来为老师送行。"

守灵之夜，我给方老师点了三炷香，看着方老师的照片，方老师笑嘻嘻地看着我，仿佛在跟我对话："德运啊，你现在才开始知道用功啊（哭）"。


1976 年出生的尚天潇是柳杭村人，现为西泠印社社员，中国书法家协会会员。他的履历也很耀眼：中国美术学院书法专业学士，中央美术学院中国画硕士，中央美术学院书画比较研究博士。执教于中央美术学院中国工笔画高研班。

经过二十多年打拼，尚天潇现定居北京，常年的忙碌让他很少能在家乡驻足。

如果纵观尚天潇的求艺之路，会发现，他经历了从老家到津门、杭州、北京再到重庆的复杂转益，他的创作也从书法篆刻到山水、工笔花鸟再到书法篆刻，其间的反复与反刍可谓曲折蜿蜒。这是一段艰辛的历程，也是一次无法复制的人生际遇、一笔珍贵的财富。在此期间，他阅历名师、跨越不同的行当，接受他们的影响和训练，见证并亲身体验了当下中国传统艺术主流意识形态、创作形态的基本格局和路径。

四川美术学院教授、副院长侯宝川如此评价：尚天潇是一个有思想、有激情、又有深厚专业功底的书法家，他学统纯正、气宇非凡。在他的作品中，我能够看见他的精神所在，他是一个充满着热情又大气的人。

尚天潇最为人称道的是他的篆刻技艺，这也是尚天潇在中国美术学院读书时极为师生称道的看家本领。他早年的一些根基于传统的作品，无论就刀法趣味还是就其字法章法来说，都非常入味、非常地道。一时亮丽风光，正是凭着这个能力，当年的尚天潇——这个20多岁的小伙子获准加入了西泠印社，成为印社历史上少见的年轻会员。

尚天潇说，大概是1992年或1993年，姨大爷周明俊知道他喜欢书法，就向方老师引荐了他。当时父母在市航运公司做临时工，经济拮据，不赞成他走书画这条路。从小"野"惯了的天潇索性离家出走，到连云港职业大学附近租了一个很破的房子，那是一间小边屋，天潇在里面日夜习字，饿了就用煤油炉子煮一点方便面。屋主人天天敲门，不许他熬夜浪费电，他就用黑被单把窗户蒙起来。

第一年高考失利，外语差几分。尚天潇痴心不改，写了"中国美院、中央美院"8个字作为自己的"座右铭"，立志要考上。

复习时没有钱，方敬在大信封里装了5000元，信封上写着"尚天潇先生专用"，专程送给年仅21岁的他。令他感动万分，也更加激发了他的雄心。

他也曾在天津读大专作为过渡。有一次在方老师处熬了一个通宵写字，闭目养神时，猛一睁眼，发现方老师正在暗中观察他。"方老师教我的时间并不长，但迅速提高了我的思想境界。"

为了拜师学艺，1997年方敬把他带到在上海赤峰路的家，家很小，天潇睡在沙发上，第二天方敬带天潇买菜。那时天潇头发长长的，方敬带他去杭州看中国美院怎么考试。天潇天生是个卧薪尝胆之人，回家后索性把头发和眉毛都剃光了，闭门苦读。不但雪了原来英语差几分之耻，文化课还超了100多分，考入中国美院。2001年，方敬去杭州为银行系统讲课，专门去中国美院看望了天潇。

方敬去世前半个月，尚天潇去看望他，方敬很疲弱地握着他的手说："我这辈子没有白活，培养了你这么一个人才。"

天潇说："方老师的好多品格影响了我，我现在教学生，也要求学生不能迟到。"

"景行高山方后学，清声令誉敬前贤"，至今景清书苑书房正门两边悬挂着尚天潇给恩师写的对联。

孟庆珍的书画都很棒，他却说，我是最让方老师生气的一个。他回忆：

1986年秋天，21岁的我在海军服役。一天，宋庄大庙村的战友娄春来的弟弟娄传伟去我那儿，看见我写字，问我要不要拜师，说有个方老师，老家宋庄的。我说好啊，行前有些激动和紧张，想不出该送什么拜师礼为好。考虑再三，特意花了好几个月的津贴，选购了一刀上好的宣纸，就和娄传伟一起愣头愣脑地去拜访方老师。开门的正是久仰的方老师，一位精神矍铄、和蔼可亲的老者，很绅士地把我们请进客厅。

没有过多寒暄，娄传伟事先说过我来。方老师直奔主题，问我临的什么帖子？我说只临了柳公权的《玄秘塔碑》。他取出一本帖，拿一只毛笔不蘸墨，告诉你如何润笔，如何铺锋，以及中锋和侧锋的区别等。先画结构，分析线路，再分析笔法，再讲记忆和默写。

"你写的字带来了吗？"我赶紧拿出之前临写的字，方老师接过字后看了一会儿，就直接拿起一支小毛笔蘸上红墨水一笔一画地为我批改，从间架结构到用笔用墨，讲了一个多小时。由浅入深循循善诱、谆谆教诲，仿佛是由来已久的师生关系，那么亲切自然，之前的紧张感早已荡然无存，剩下的只有敬重和感动。这时方老师的孙女容之轻轻敲门："爷爷我可以进来吗？"方老师对双手背着进来的孙女说："我正给解放军叔叔讲课，你先出去玩会儿吧。"

讲完课，方老师让我俩体会、巩固一下讲课内容，他转身去了厨房，我们意识到他可能要做菜，就客气地起身告辞，不想被他"训"了一顿："你们请一次假不容易，别浪费时间，吃过饭好继续上课。来我这里只谈读书学习，其他的客套俗礼，都可以忽略不计，就坐那儿好好看书就是了，你们懂不懂却之不恭？"

我们只好听命坐回原处，认真看书。不一会儿，方老师就陆续端来了六盘色香味美且很精致的小菜，茭白肉丝、酱炒三丁、炒年糕、小熏鱼、一个冬瓜汤、一个水芹、一个水豆腐，都很清爽。冬瓜汤不放油，切丁，外加点火腿丁，很清淡，色香味美。还从酒柜里拿出自己没舍得喝的一瓶XO，说是加拿大学生送他的。这是方老师的一贯作风，在他心中学生的事是首要的，所以有好酒自己舍不得喝，要留给学生来喝；有好东西自己舍不得用，要留给学生用。

席间相谈甚欢，方老师很民主，问我能喝不能喝？部队上有没有规定？我说可以喝，但我不能喝，喝了就脸红，也不喜欢。他说那你稍微来一点，自己看着倒，随你。记得最牢的一番话就是：要学好书法必须先学好做人，要多读圣贤书，人正则字正，人品即是书品。他郑重教诲我们说：做人要有底线，有三种人绝不可交：一是不孝敬父母的不要交；二是眼睛盯着别人口袋的不要交；三是花别人钱不心疼的不要交。这番话对我影响至深，首次拜访就有了这么多收获，这是我没想到的。这个记忆深刻啊，像初恋一样难忘！

第一次就感觉方老师很慈祥，儒雅中有侠气，豪爽而又坦荡。

临别时，方老师执意让我把拿来的那刀宣纸带回去，并说他收学生不讲究俗套，就三个条件：一是做好人；二是读好书；三是写好字。临行前又从书柜里挑了三本字帖，从笔架上挑了一支上好的毛笔送我，说是给我的鼓励，这又是一个让我没想到的感动。

一路上想，今天这个老师拜的，一分钱没花，还给了我很多，激动了一路。

回来后就写字，感觉不写对不起老师。后来有空就去，关键还学会了做人。

方老师每次教课，首先教你做人，然后是良好的习惯、做事的方法，最后才教技艺和技巧。后者则是可以习得的。

1988年底我调到连云港海军部队，他给我写了一幅字："梨花一枝

先生方敬

春带雨，戊辰冬送云龙弟北上，方敬。"

1989年夏，方老师来到我们部队，给官兵讲书法、写字，和官兵小范围联欢，跳起踢踏舞，很有新疆舞的韵味。

孟庆珍说，每次到方老师这儿，他都站起来迎接。走的时候，也站起来相送。说你姓孟，乃孟子的后人。

有时候他正讲一个问题，会问客人：再待10分钟，会不会影响到你？

方老师给了我三方砚台，其中一方端砚，一方苴却砚。平时他看报，看到印章就剪下留给张方举，看到书法就剪下留给吴德运，看到画就剪下留给我。

有一个加拿大的学生将手工打造的一枚戒指和西装袖口夹送给方老师，非常精美。方老师对我说：你要好好学习，等你谈了女朋友，这两样东西我都给你。

1987年，我介绍在上海服役的宿迁籍战友邢亚虎向方老师学书法。邢亚虎回家探亲路过供销社，被女朋友看中了。方老师后来来信说："戒指保不住了。"他把戒指送给了常去学书法的邢亚虎，是邢亚虎带女朋友见他的时候给的。

1990年，我带恋人去上海学习，方老师说："礼物都送人了，袖口夹也送人了，你动作太慢了"。虽然礼物没了，可是我觉得，我得到了更珍贵的东西。方老师去世，邢亚虎和妻子一起来吊唁，他也是方老师的书法弟子。

前天去上海，去亚平大哥一家住的房子，还是当年的样子。容之的女儿长得和1986年的容之差不多了，实在令人百感交集。

孟庆珍说，方老师把宋庄的风气给改了。


学生张永信是很重感情的人，采访中经常泣不成声。他回忆：

我和方老师一见如故，他是我向往的长者。我和吴德运是同学，听他说起方老师。我说你引荐一下，我想认识这样一位长者，对自己有益。我成长的过程几乎没学到啥，工作后才学到一些；有时候还会迷惘，是人生的迷惘。后来吴德运带他来金山镇看我，中午在食堂吃饭。

2003 年夏天和 2006 年冬季，我分别在金山镇党委和赣榆区委组织部工作。我邀请方老师给我们讲课，希望他给我们指点迷津。他说你给我一个星期的时间，他要好好准备。他确定了题目：如何建立学习型政府。

方老师应邀前来，针对某些时弊，先后作了关于"学习型政府建设"和"道德重建"的专题讲座，他讲得都很切题。关于"道德重建"，他从三聚氰胺讲到社会的底线，人心的浮躁。他呼吁守住底线，做一个有水准的人。

其时方老师已是一位年逾八旬、久居乡野的老人，而其视野之开阔，思想之敏锐，完全是站在时代的前沿，令人折服。从中不难感受到，早年在上海参加革命的方老师，退休后已是"处江湖之远"，仍葆有浓烈的家国情怀和高尚的人生追求，这是一种多么难能可贵的精神！面对这样一位老人，我只有肃然起敬并深刻反思。

从 2013 年开始，我经常去景清书苑。半年期间里，方老师 6 次说，永信你若有暇就学书法吧！最直接刺激我的是，方老师的邻居、高中毕业的秦爱云已经开始学书法了，秦爱云拿书法作品给我看，写得真好。方老师说，永信，你还不学啊？我说，学！

方老师手把手教起来，每一次都给我鼓励：这一竖一勾啊，笔画很好。我说 53 岁了，还能写好么？他鼓励我，没问题。你任何时候拿起毛笔也不晚。方芳 52 岁了，不也学书法嘛。

每周我交作业，他给我示范，让我体会手的细微用力，不厌其烦。写好的画圈，不好的地方就画框。我不打退堂鼓，坚持下来。

我永难忘怀的还有他给我的"半字奖"。那是 2014 年 9 月 30 日，方老师刚从上海看病回来，我和几位同学去看望他。他特别叮嘱来时一定要把书法作业带来。当时我临智永《草书千字文》告一段落，方老师逐字评点，特别对"领"这个字说："右半边临得好！之后也不见得写得出。"连画了两个圈，激动地说，拿 10 块钱来，拿 10 块钱来！执意要奖励我，说这是他在上海教书法时定的规矩，至今没有改变。

       先生方敬

至今那 10 块钱我还放在那里。

他是用这些方法鼓励我学习（哭）。

他这种实事求是，不过奖，不虚夸，"吝啬"到只夸半个字的精神，我永远铭记。他常说"讲讲字外的东西"，这临字之中不也渗透着做人做事的道理嘛。

方老师给我们作过关于党的十八大、十九大的两次政治学习报告，每次党代会前，他都说，永信啊，你先给我准备材料。他除了电视学习，一有单行本我就送来，他连看 20 多天就给我们讲课。

有一次是给宋庄镇党委班子成员讲的，他也让我一起听。

2016 年第三次讲课是讲大数据。我当时很惊讶，从 2018 年开始，政府才开始用大数据做分析，地方上利用大数据也就这两年，我纳闷他的超前意识和敏感度从何而来。

2018 年 3 月，赣榆区地税局邀请他给局机关青年党员干部授课，他没有丝毫懈怠，认真备课，本准备 1 个小时的课足足讲了两个小时。同年 5 月，赣榆区委党校邀请他为青干班上课，他花了 3 天时间备课，坚持上课近两个小时，方老师真是以身作烛啊！

10 多年间，方老师给我剪辑的报刊上关于政治、经济、文化等方面的文章以及指点我学习的字条加起来就有好几摞，我都分别装订起来，不时翻阅，获益匪浅。我还注意到，他省吃俭用花在学生身上的钱从不记账；而学生看望他送一点东西，不论多少都要记账，设法再用到他们身上。

方老师对自己很严谨、约束、苛刻，时间观念很强。我每次约好，都尽量提前。有两次迟到了，他坐在屋后花坛边等我。我深感内疚，他就是以自己的严格守信来教育他人。他常说："对学生要严而有格。"我理解，这里"格"近于"律"，通过律己以律人，通过自己守信来带动大家守信；又近于"格调"，即讲究严的艺术，以求达到严的效果。另有一次，我们预约去他那里，而全区中小学教师硬笔书法班又邀他在同一天去讲课。事后才知道，他为了两方面不爽约，竟然凌晨 3 点半就起床备课，做好一切准备。这对于一个曾经摔断过腿、拄着拐杖、患过癌症的年过八旬的老人，是怎样一种坚忍啊！

这无形的力量，像磁铁一样。

他自己的事情都自己解决。去上海看病坐大巴，后期他病倒尿血，孙飞腾告诉了我。方老师闻讯说谁告诉你的？谁说的谁受批评。

我敬仰他，越到后期，越被他伟大的人格所折服。在当下中国，这样的人才是中国的脊梁！

如果中国人都像方老师这样做事情，我们的国家该多好！

人应该怎么活着，我老了，该怎么活着？我要好好思考这个问题。

方老师走后，我更觉得方老师的伟大。

我感动于宋庄的老百姓，这条街上，青罗公路两旁，广场上，那么多老百姓为他送行（哭）。


在方敬的学生中，宋庄镇的宋悦是和他结伴远行过的。有一次他们一起去过新疆吐鲁番和交河故城，对方老师的理解也更深一些。

我很小时就知道方老师，有一年父亲方继坤贴了一副春联，有"红旗"二字，我觉得那两个字写得特别好，父亲告诉我是方老师写的。

第一次见他时我上初二，他到宋庄中学演讲。穿仿古的蓝灰色唐装，白裤子，比较洋气。印象很深的第一句话是：世界是物质的，而物质是运动的，在这个星球上每时每刻都发生很多事情……讲完让同学们写纸条提问。我写了个条子，问练武术与学习如何协调？他当时说啥我忘记了。

真正面对面是1989年，我已经到文化站工作，由画画到拼命练字。好友祁斌带我去见了方老师，当时方老师住村部。见到方老师的字很受震动，尤其是他的线条笔画。

1997年七八月份，几个书法爱好者聚在方老师那里，方老师对我说"宋庄画廊"是你写的？我乘机说想跟您学书法，他说好啊，我住在祁昌记家，你来！

祁昌记住在一楼，二楼都是方老师的。当时学写字的很多，各村加起来 20 个左右。我是继吴德运、祁斌和孟庆珍后的第四个学生。

来学书法的人越来越多，祁昌记家盛不下了，于是建了景清书苑。

方老师教书法，既正规而又系统。

有一年暑假，方老师负责全县书法教师培训，来了很多小学老师，方老师与我坐着三轮车来到县城时代广场，一次性地买来很多文房四宝，砚台就用小碟子代替。

那几年方老师还出去讲学，去过新疆。2000 年他提议到内蒙古"转一转"，要"读万卷书，行万里路"。

我们从连云港坐火车到北京，然后从北京坐火车到海拉尔，路上三天三夜。

海拉尔是一个地级市，接站的是方老师的学生刘郁梅。刘郁梅的朋友驾车载着我们在草原转了一天，正好碰到那达慕大会。

从海拉尔直接往西，就到了满洲里。在俄罗斯的国门口，我们合影留念。

方老师好友贾海珊的家住在山下，院里堆满了木段子。

我们参观了敖鲁古雅鄂温克族驯鹿文化博物馆，这个民族一直在中俄之间迁移，这里气温零下 40 多度，他们吃鹿肉，穿兽皮。

纪录片《神鹿呀　我们的神鹿》，就讲述了这个民族的生活。生活在大兴安岭的鄂温克族是中国唯一的一个饲养驯鹿的部族。柳芭是为数不多的走出山林的鄂温克人，她和自己的弟弟一样，都是家族的荣耀，母亲勤劳苦干，支持柳芭上学。

额尔古纳河右岸，苔原上生长着一种特别的苔藓，是驯鹿喜欢的食物。

迟子建曾经说过："在我眼中，额尔古纳河的每一座山，都是闪烁在大地上的一颗星星。这些星星在春夏季节是绿色的，秋天是金黄色的，冬天则是银白色的。"

到海拉尔时正是夏至，到满归时，早晨 4 时就天亮了。靠近北极的地方，看到了极昼现象。方老师不能爬山，我们一人一件黄大衣，爬到山顶。云雾缭绕，天气多变。

在贾海珊陪同下，我拍下了日出的照片，这张照片后来一直挂在方老师卧室的床对面。

那三天，一辆面包车，在大兴安岭、在仙人湖边飞翔。方老师还让我看望了当年认识的老干部马广雪。

满归送别时，贾海珊流下了眼泪。方老师留下三四千元给贾海珊。

一行人从海拉尔乘飞机回到北京，方老师为每人补足了飞机票八九百元。

这是我第一次到北京，第一次乘飞机。

天安门、故宫、长城、琉璃厂……留下了我们的足迹，回程转道济南、泰安，到泰山看了日出。

还有一次远足，是陪方老师去苏州讲学。

他讲成人教育，讲信息时代，讲儿童教育；他讲冷兵器时孔夫子教育模式，热兵器时国外课堂教学模式。首先孩子是社会的，其次孩子才是你个人的，人们都弄反了。他思路清晰，讲完后所有人都很兴奋，都围着他，佩服得五体投地。

晚上的舞会，方老师也忍不住跳了一下。

随后从苏州到上海，住在华师大，见到石迅生。快过年了，没有热水，方老师自己洗了冷水澡，和学生们一起吃饭。方老师对我说带你看看上海中等人家，走访了孙尹绵家和方俊家，然后又到南京路六朝集团，集团聘他担任企业文化顾问。

印象中，章锦秀老师 2011 年来过赣榆，和方老师大姐一起来的。章老师的部下步竹英常来，有一次去内蒙古，她到这儿和我们一起出发，章老师退休后她接任园长。


书法弟子黄勋浓眉大眼、心直口快，身上留下了先辈质朴、豪爽、坚韧的渔民特质。他说：1993 年我在政府做通讯员，方老师创办景清奖学金，因此认识了。方老师教学从不收费，有时还要请学生吃饭，算下来这十几年我在老师处吃过不下几百顿饭了。方老师还是美食家，张永信和他学做香酥鲫鱼和豆瓣酱，李斌和他学过烧肥肠和豆腐皮爆虾

先生方敬

米。你要是请他吃饭，他必自带酒菜。问他，理由简单："你们创业不容易，省点吧！我只要求你们好好写字、做人，足矣！"方老师不仅资助品学兼优的困难学子，对景清书苑的学生及周边的人也是尽力帮助。

十几年前我开店做水电生意，2008 年临近年底，由于产品调价，我急需进一批货，苦于资金不足，急得团团转。被老师知道后，把我叫去一顿训："我是你老师，你有困难为什么不告诉我？"说完把已经提前取好的两万元交给了我。2011 年底推销商打电话问我进不进货，我没钱，方老师第二天又拿两万元给我。后来每至岁终，总会问我有没有困难，如有尽管开口。只要他听说谁家有困难，总会想方设法施以援手。

老师对教育之所以如此尽力，他说："第一，我是一个教育工作者；第二，我做过亡国奴，知道一个积贫积弱的国家想要强大，不被外寇欺凌，就需要大量的科学技术人才。所以，国之盛，在于教育。"我深深体会到方老师对于国家、社会、民生的希冀和忧虑，这都源于他的家国情怀，以及他对社会的责任担当和博爱精神。

我的公司注册为"吉祥水暖"，方老师特地题写了名字。

方老师没生病之前，每天都走我家坐一下抽支烟。生病后每周也去几次，去年每周也去一两次。

方老师说过："人老了，可以打打麻将，动手又动脑；至少，减少小脑萎缩的过程。"

周五我们会一起打打麻将，不赌钱，训练思维，谁输了谁洗碗。他当时生病了，打麻将也能转移注意力，疼痛轻点。晚上累了能睡得好点。有一次方老师喝得多一点，我们回去了，结果方老师晚上摔了，我们是罪魁祸首。

我每周都来景清书苑上课。他讲书法，还讲一些国内外的大事件以及对大事件的分析，然后再讲一些做人的道理，借此提高我们的眼界和道德修养。

上海有个学生准备了 200 平方米的房子请他回去住，他不回去。

方老师尤其关心孩子学习与成长。儿子黄豆豆五六岁时，家属外出打工，孩子上初中时才回来。孩子生疏了，不叫妈妈。他把母子俩叫来一起吃饭，教育孩子。豆豆初二半年因病休学，想留级，方老师和他谈话，没有留级。学习越来越进步，后来考上苏州理工大。

他为我们解决了很多问题，他是我们精神上的支柱，有了开心事，我们也跟他说。

方老师也发火，前年10月国庆节景清书苑第一期书画展览，我写了几张字他都不满意。吃饭的时候生气了，眼睛一瞪，说："黄勋我今天饶了你，今天你的字写得最差！"

去年端午节第二届书画展览，每个人站在自己的作品前不敢动，怕挨训。方老师看到我，说有进步，他能看出我在用心写了。

逢年过节，家庭有困难的学生，他还送东西。后期我们生活好了，送他沱牌大曲，也送条烟，但他一定会给我父亲一瓶好酒。

外地来人带好吃的，他只尝一口，然后打电话分给大家。好酒也只喝一小碗，然后分给我们，说要懂得分享。

他很关心章老师健康，当地有人问，章老师怎么没来的？方老师说她身体不好，这里医疗条件不合适。

我们第一批8个学生，方老师给每人写了一本册页，还给了我一方老坑端砚，紫色的带着金线，是他用一幅画和肇庆一个人换的。他把自己手上名家书画，都送了学生。

学生李宝勇是2002年调到宋庄镇的，当时任民政助理，2007年任党委秘书。他说：刚来时听说方老师就很崇拜，有意找机会接近他。有时候停水，方老师会去邻近的党委大院里提水，我就帮他。方老师说，有空去我那儿坐坐。慢慢就熟了，有时候他会打我电话让我去吃饭。打麻将我也会输，输了他不让我洗碗。第二天早晨他起来帮我洗了，后来我知道了，他因我在机关工作，怕我没面子。

我也和他学书法，先是硬笔，后是毛笔。去年暑假他病重，看见我带了作业来，本来躺着的他又起来给我改作业。

张方举是中国书协会员，也是篆刻家，为人敦厚朴实。他告诉笔者：我认识方老师 30 年左右了，昨晚我翻到了很多方老师帮我收集的卡片，这是他从《文汇报》《新民晚报》等各种报纸上剪下来的篆刻、书画作品以及文章，贴在卡片上。这些报纸方老师每期都看，看到好的东西，就会剪下来。我很感动，都 80 多岁的人了，还用心帮后辈收集资料，这么多年他一直坚持这么做。

有一年尚天潇给方老师买了一套大型工具书《古文字诂林》，12卷。方老师觉得自己用不到，将书送给了我。书很贵，有五六千，我不好意思要，方老师腿不好，专门骑着小电瓶车送给我，说："叫你拿你不拿，我还得自己送。"

方老师在去世前 20 天左右，收了我做弟子；在笔记本里，写了我的名字。

方老师做事很细致，对人很尊重。有次找我刻印，写了一个字条，上面写着：方举，刻印两个名字，定金两千。他把字条和钱装进信封给我，每次都给我钱，但我怎么能收呢。

前些年我开了个小饭店，叫聚泰祥酒楼，方老师有时会来。大概是 2006 年，有个女大学生，家庭条件不太好，父亲很早去世。放暑假的时候到我饭店来打工。方老师看到女孩很懂事也很不容易，当场掏钱给她。小女孩很受感动，后来考上了研究生，还带她妹妹和妈妈来过我饭店，对方老师表示感激。

2005 年左右，方老师知道我刻印水平不错，带我拜访老一辈篆刻家、东吴印社顾问王哲言先生。我们坐着大巴去苏州，王老先生看到我的作品以后说："很好很好，比我刻的还好。"方老师说："给你当徒弟行不行？"临走的时候，王老先生从家院里拿了一块很重的红溜溜的石头给我，留作纪念，还给他女儿画了一幅扇面，方老师则在背面题写了去苏州拜访王哲言的过程。

方老师每次去县里买毛笔等，都会付比正常价还要多的钱，店主再来退钱，来来回回的。他对文化的尊重，很多人不理解。一有好东西，都想着给我们。有时候不太敢来，一是因为自己不够用功，二是方老师太客气了。每次来，他都要做饭给我们吃，我不想麻烦他。

方老师有句名言：人不要锦上添花，要雪中送炭。我刻过这句话。

吴德运插话说，我的斋名"枯荷塘"，深受方老师启发。你看荷叶在风光的时候，别人会来赞美你，当冬天叶落的时候，孤零零的一根杆儿在那里，无人光顾。待到第二年春天，又是姹紫嫣红。2008 年我花了 800 块钱买了两块石头，找到南师大教授马士达专门刻了"枯荷塘"这个名字。

51 岁的学生李斌回忆：

2011 年春天，在宋庄小学举办了一个全县小学教师硬笔书法培训班，每所小学选派一人参加，于是认识了方老师。以前我在师范学校学过一点毛笔字，但是对书法认识很不到位。教完硬笔以后，方老师意犹未尽，教写毛笔字。

一周上一次课，我第一个到，把作业贴在黑板上，这样老师一进门看到了，就会点评。看到方老师写字，我就模仿，方老师问我叫什么名字，我说叫李斌。方老师说："今天中午到我家吃饭。"我非常激动。放学了，方老师仍然没忘，问："刚才上课跟你说了什么？"我说："放学去您家吃饭。"方老师笑了："你可以再带两个人。"我叫了王中晓（青口小学）和贾德志（塔山小学）一起，方老师亲自下厨做菜。我明白；这是老师的一种褒奖，老师育人真是润物细无声。

2013 年，我带儿子见方老师。方老师说："男孩子不要太清秀，要爬墙头，要踢足球，经常带他出去走一走。"

四五年级的时候，方老师对我儿子说："你啊，是块材料，学习怎么样啊？""学习很不错，年级第一名。"方老师说："不一定要第一名，第二、第三名也很好，第一名太累。"

后来，我爱人经常跟我过来，接触感受方老师的人格魅力。聆听他的教导，会有一种使不完的力量。我爱人原来是幼儿教师，喜欢唱歌、跳舞，后来自己办了一个舞蹈培训班。

2015 年以后，我帮方老师洗碗了。其实读师范时，就养成了洗碗的习惯。方老问我爱人："李斌在家也洗碗吗？"她说："我们家的碗都是他洗的。"方老师很高兴。他又问我："你们当初谈恋爱的时候，是谁追的谁？"她说："他追的我。"方老师说："我看也是这样。""您怎么看出来的呢？"方老师半开玩笑地说："你有眼光，李斌有才。"

方老师有一种说不出来的气场，我爱人以前说，每次你从方老师家回来后，都有一些变化，包括说话的语气。直到她见到方老师以后，才知道确实如此。

方老师善于发现优点，注重细节。每次我儿子做得好，方老师都会表扬奖励。

一般周六交作业，周五晚上在家写一部分，第二天早上早起再写，越写越不行，老是想把最好的一面展现出来。后来一想："由老师批吧。"有了这种想法后，反而放得开。我记得方老师把一个字圈出来说："这个字写得好，要是都能这样写，你就上了一个台阶。"然后从抽屉里拿出一百块钱，"奖励你一百块钱"。我说："老师，我怎么能拿呢？"方老师说："我说的话你听不听？"我说："听！"

回家后，爱人问我：这钱你准备怎么花？我一想，方老师喜欢吃羊肉，下次交作业的时候，我就带点羊肉。去年8月，我又带了羊肉，方老师很严肃地说："以后不要再带了，我也吃不动了，不要浪费了。"我说："就是一点心意，沙河那边羊肉多，比较方便。"

学生潘家亮说，10年前就知道方老师，但没敢贸然接近。2011年，孟庆珍带着我去了，但心存敬畏。

方老师看出来了，他留我吃饭，问我姓啥？我说姓潘。他说他母亲也姓潘。他又说：要么我和你是表兄弟，要么你管我叫表叔，要么我管你叫表叔。

哈哈哈，一句话，打破了我的拘谨，破了僵局。他又问你怎么不说话？我说我不敢说。他说你先写，以后来学。我可就等他这一句话。

方老师后来开玩笑说我一开始去不说话是考察他，就像杨露禅偷学武术。他是原则性很强的人，但教人不分贵贱。

写字只是爱好，真正吸引我的还是他的做人。方老师境界高，我原来做企业，感到特别累。他说你不要抱怨社会、抱怨政府，你做好你自己，不要随波逐流，不贪大不求虚。民营企业有的只做两三年，我做了二十多年。

女学生孙飞腾起了个男孩的名字，1997 年毕业后分配在宋庄小学，第二年参加了方老师的书法班。她说，尽管师范学校毛笔字作为必修课要进行过关考核，我虽然苦练了 3 年，最终还是门外汉。刚开始我内心很焦虑：方老师，我笨得像猪，能学好吗？方老师笑了：就是小笨猪，我也能教会！一句话，压在我心头的石头落了地，如今我的书法已今非昔比。

2002 年我调去青口小学，然后结婚生孩子，老师工资不高，他说你如果有困难，先拿两万元去用。两万元当时不算小数字，我是年轻人，我说：老师，我不用。这话方老师前后说过好多遍，我感念不已。

方老师说我有男孩气质，说你是一个有大想法的人，给你一个橛子拴着你，你会连橛子也拔了。还送我一把龙泉宝剑，那把剑也将成为我的传家宝。

人生难免不如意，来自工作、生活方面的烦恼，每每郁结心间，无法排解或是寻不着思路时，我就会去找方老师。看似一番闲聊，天南海北、天马行空、古今中外……过后我总能豁然开朗，他用自己的人生经历启发我，告诉我应该怎么做。

2000 年左右，教育系统抓教学成绩抓得很严，采取末位淘汰制，教育局经常下来抽考。我很紧张，害怕被末位淘汰。方老一直说我天生就是教学的好材料，多次鼓励我。教育局进行了两次抽考，班级成绩很好，避免了末位淘汰。

生性好强的我除了教学，开始自学法律，我向老师谈了自己的人生理想和规划。他鼓励我说：既然学了，就要学下去，给自己一个交代！我用两年半的时间通过了司法考试，而且教学成绩还是第一名。

2015 年的一天，方老师独自一人在家，由于地面湿滑，一个趔趄没站稳，一屁股坐在地上，导致大腿骨粉碎性骨折。老师的腿曾经摔折过三四次了，可这次已经 85 岁的高龄，骨头缺钙至极，来看望的人们都认为方老师这次肯定站不起来了，回上海后肯定再也不会回赣榆了……想着想着都情不自禁地落下眼泪。

方老师回上海后不久，就在朋友圈告知：我现在很好，请各位放心！我们久悬的心也就放下了，他惦记着他的景清书苑，他曾经资助过的学子们……这就是敬爱的方老师！为了能行走他无数次地练习，豆大的汗珠是他与疼痛较量的结果；为了能回到日思夜想的宋庄小渔村，受了多少罪只有他自己知道……他是我的精神之父。

有一次情人节是大年初七，我和盛立新开玩笑地问方老师，今天是情人节，您给章老师送花没有？他说，我每年都委托李红旗帮我买一束鲜花给章老师。

在景清书苑的学生中，秦爱云自称是"书法小白"，她在一篇《墨香邻》的短文中回忆：

十多年前搬家与方老师相邻而居，从此开启了一段持续至今的邻里生涯。闲暇时我会跑去方老师家借书读报，方老师除了满满一屋子书之外，每年还要订阅二三千块钱左右的报纸杂志；没事的时候我会去方老师家帮忙打扫、晾晒、洗碗什么的；我最爱的是常常屏立在书桌旁，看方老师挥毫写毛笔字，常会有一瞬间的豁然惊悟：什么是行云流水、铁画银钩！什么是力透纸背、矫若惊龙！什么是笔底春风、落纸云烟！什么是笔老墨秀、酣畅淋漓！暗自赞叹：书法真是太美了！

2012年春天，由方老师和师兄宋悦主讲的为期3个月全县中小学教师书法培训班开班了。仗着是方老师的邻居，去蹭课，一学一练，我这个书法小白对书法越发欢喜，培训班结束后，在方老师鼓励和引导下，踏进了真、篆、隶、楷、草的与古人对话的殿堂，临了《张迁碑》《石门颂》《褚遂良阴符经》《石鼓文》《大盂鼎》、智永《千字文》《唐怀素自叙帖》等。看着桌子上我几年来临的这些册页、条幅、长卷，望着挂在家中墙上方老师及师兄们的字画，不禁感慨：幸有墨香邻，农家女也能熏出淡淡的书香味！

爱云也记得章锦秀老师那次来景清书苑，很和蔼的老太太，她紧紧地握着爱云的手说，爱云啊，拜托你好好照顾方老师。

……

还有盛立新、李淑翠……景清书苑方敬的入室弟子后来增加到16个。

然而，平时经常来景清书苑的，绝不仅仅是方敬的弟子们，更多的是来自各地慕名来访者。

1960年出生的赣榆区书法协会主席黄来宾，印象深刻的是看到景清书苑门前挂了一面国旗，对联横幅则是"共产党万岁"。

黄来宾说，每次来方老师都要做饭给我们吃，实际上他借这个机会教育我们。我们谈书法，谈社会的发展和面临的问题，谈庄子的"至大无外，至小无内"。真是小叩大鸣，诲人不倦，想谈多久就谈多久。但从没谈过家长里短，只关心教育。

方老师批评人也毫不留情，我临摹了王铎的字，他说你没抓住精神，细节都省略了，变得索然无味。

方老师通过教育来改变家乡，这不是一般人的襟怀，不只是培养多少大学生，而是整个民智的提升。他从来不宣传自己，只有当宣传是为了教化全社会，他才接受。

连云港市美术家协会副主席陆海林，是在当地小有名气的书画家，他回忆道：

1995年我做市教育局美术教研员第7个年头，得闻"景清奖学金"一事，仰慕方老师助学悯生的胸怀，于春夏时节托友人登门拜访。其间，我拿出自己较为满意的书法作品，请方老师指导。方老师看了一眼，眉头皱起，说道："你写的是什么字？"似乎不顾及我的尴尬，认真谈论起如何写字、如何选帖、如何用笔等书法入门知识。详谈许久后，方老师微笑着问我"感觉如何？可有对自己特点的认知？要知道绘画的线条与用笔，皆可通过书法练习而提高。"一席话，犹如醍醐灌顶，我不禁被方老师的真诚所折服。平常即使有人对你的作品感觉不好，也少有人直接道出，而诚意为之讲解的更是少之又少，如此"吃力不讨好"的做法折射出的是怎样的情怀？

方老师授学不流于面，不止于书。答疑解惑时，总会有两种做法。其一，遇自己所知问题，即时解答，毫无保留；其二，遇自己亦不解的问题，不似某些人绕着弯规避，会说"我对这个问题的了解不是很成熟，留待下次你来，我再给你答复"。下次会面时，他必是已经查阅资料，融入见解，与你解答。其背后所耗费的精力亦不与外人道。

　　方老师授学不拘于形，不束于技。一次，方老师随性画了四个图形："方中有方"、"圆中有方"、"圆中有圆"、"方中有圆"，对我言："这即为社会人之状态，亦是事物之存在形式，我只讲其一，你悟其三。就社会人之状态而言，'方'寓意为正直，然'方中有方'亦不可取，因其直而迂，过直而易折，过正而无思；然'圆'之意为何？哪种状态为佳？你可深思！"还有一次，我请教："如何将临帖转化为创作？"他沉吟片刻，在纸上写下"原我"、"自我"、"超我"，说道："自身写字时惯性特质为'原我'，在练的过程中，形成'自我'，'原我'和'超我'相互碰撞后达到'自我'，通过'原我'和'超我'的往返调整，'自我'也处于一个不断的上升过程中。"

　　陆海林还曾于2007年和2012年邀请方敬为全市中小学美术教师讲授书法课，"每次讲课都是盛况空前"。

　　2005年，在连岛的渔家山庄，中学教师江宣泽听到邵直君老师说："小江，你不用出连云港市就能拜到高师。"后来江宣泽通过陆海林认识了方老师，"在一个寒风萧瑟的日子里，通过赣榆的一个朋友带路，我和妻子一起来到了景清书苑"，"方老先生初次见我很是喜欢，给了我一股春风般的暖意。老人家给我聊了数小时的书法理论，从毛笔的有限空间到无限空间的转换等书上从未有过的知识，深植我心！从那时起我就下定决心——跟定您了！初次见面老先生给我二张字和一张画……真是有缘！跟我一起去的朋友很是嫉妒。后来我经常去他那儿，带着稚气童真的女儿一起去接受书法熏陶！"有一次老师评点："你的字配不上画，字阻碍了画！"我的眼前一片漆黑，只听到景清书苑树叶沙沙的声音，只有自己怦怦的心跳在涤荡着我整个心灵！一个坚定的信念由此产生，我要加倍努力。景清书苑的一盏明灯，照亮了我的一生！

方敬在全国各地的学生还有很多。

比如内蒙古呼伦贝尔的王乃和与刘郁梅，比如广东的鑫岳……

呼伦贝尔的程道宏专门撰文《化作春泥更护花——记方敬先生所赠条幅〈春泥〉》：

与方敬先生见面，实出偶然。1994 年夏日，他应呼盟书法界朋友之请来海拉尔讲学。我作为当地文化部门工作人员出席便宴为方先生接风，方始一睹风采。只见他中等身材、黑瘦面庞、浓重的胡须，虽年过花甲，但精神矍铄。特别令我感到意外的是，他健谈豪饮，无一般文人的纤细柔弱之气，完全是一种大家风度。似曾相识，交谈甚欢，赢得我的格外敬重和好感。席间，我向方先生介绍了呼伦贝尔的概况及文艺界种种可谈之事、可道之情。他亦讲了书法界的情况和自己的研究取向、此次来讲学的想法等等，颇为融洽。本想随后就去听课，没想到上面来人，我又要陪同下乡。待我从基层返回，半月早过，方先生已打道回沪了，甚为遗憾。正怅惘间，乃和兄告之，方先生特意为我留下一幅墨迹，为"春泥"二字，以为纪念。当时即为能得到朋友兼书法家的墨宝，转而为喜。过旬日，经孙绍明老先生精心装裱，见到真迹时，不觉为他那精致的笔墨、独特的风格、深入的情感和飞动的神态所倾倒，尤其是读到那精心构思、认真设计、洋洋洒洒、一笔不苟、贯注全部感情书写的 50 余字落款，顿时激动不已，取回即置家中座右墙壁之上，早晚研习、磨掌，时常亦有魂牵梦绕……

这些人，都曾被方敬这盏灯照亮过，都曾被方敬这"一团火"点燃。

# 第二十三章
# 上海一家人的情与爱

你看那场雨，从淅淅沥沥到大雨如注。而且还闪起了电，打起了雷。

银白色的闪电将天空变得白亮，那惊天动地的雷声在天际久久荡漾。风雨中，大树一次又一次地被狂风无情地压弯了腰。但风雨过后，饱吸了雨水的大树更加挺拔。

整天忙忙碌碌工作的父亲，去长兴岛劳动教养5年的父亲，再加上生活的艰难，这一切强逼着亚平和列平不断独立自强，更像小男子汉。

用这两年火起来的一句古诗，那就是"苔花如米小，也学牡丹开"嘛！

长大后，兄弟俩个头都比父亲高一些。亚平和母亲在一起的时候多一点，却更多地继承了父亲刚直的一面；列平和父亲在一起的时候稍微多一点，却更多遗传了母亲的温柔。

63岁的方亚平性格直率，有一说一。几场大病把他折磨得很消瘦，但棱角分明，外表轮廓上很像父亲。平时他不怎么说话，自称"潜水艇"。但一打开话匣子，也会汪洋恣肆、高谈阔论、滔滔不绝。有时疾言厉色，但马上又和风细雨。话不投机时则字字珠玑，惜墨如金。比他小两岁的列平稍微有点谢顶，戴着高度近视眼镜，看起来像厚厚的螺壳，声音里带着一丝浑厚。

亚平说："我从小会自己做饭，会绣花、纳鞋底；会踩缝纫机给衣服打漂亮的补丁。绣花纳鞋底不是父亲教我的，是我们自由发挥看着做的。我还会用稻草做笤帚。把稻草尖里面的那根芯抽出来，做成一把笤帚，上面用各种彩色塑料线结出一个喜字，很漂亮的。哎呀，我做好回来给我祖母，祖母太高兴了。"

列平也说："本来靠爸妈的工资我们能生活得很好的，但由于父母经常资助别人，生活上只得因陋就简。哥俩都穿得破破烂烂的。我也会踩缝纫机，自己打补丁。胳膊、肩头、膝盖、屁股后面两块，如果能找到同样颜色的补丁，补好了，穿出来也很漂亮。几岁就开始洗衣服，父亲叫我们自立。尤其是我，他要培养我的独立性。到现在我也不穿太好的，看人也从来不看外表光鲜。我的孩子穿衣服也从来不要求任何品牌。"

列平说："爸爸永远是工作第一。记得有一次我发高烧躺在床上，爸爸和那些人还聚在那里讨论学校的事情。我就想，我在发烧啊，你怎么不管我？还一心扑在工作上面！父亲在教育上很先进，在生活上很简朴。我们物质上很艰苦，只在我过生日的时候做一碗大排面，每个生日都记得。"

母亲搞幼教的，一直做老师。群众有困难，她都热情帮助。

"文化大革命"的时候，我已经读中学了。爸爸跟我下军旗，叫我妈做裁判。妈妈当时分不清楚军长大还是师长大，还要拿着棋子问我们。

列平忘不了"地下学店"时父亲对他的教育：除了文化课，爸爸还教我们学武术。每天早晨4点钟，把我们被子掀开，带我们去公园，让武术老师教我们和那些工人的孩子。还有个老师讲《伤寒论》，尽管我们听不懂。办"地下学店"当时如果被发现，是很危险的。

1975年我工作了，在上海市石油煤炭公司黄埔分公司工作。公司下面有煤球店，还有加工厂什么的。我在煤炭店里做煤球，很苦但我坚持下来了。"地下学店"那批人很多工作了，有的去当兵了；也有人没有坚持学习，我是坚持到底。

我没想到1977年恢复高考，我在煤炭店一边上班一边复习。爸妈分别在两个区工作，我妈是三八红旗手，3个幼儿园的园长，是联合党支部书记。我爸当校长，忙得没人回家做饭，我就下班做饭给他们吃。吃过饭妈妈洗碗，我就拿书到马路边上看。灯又高，光很暗。看5个小时，到夜里 12 点，第二天再上班，所以眼睛就近视得厉害。

1978 年我考进上海外语学院分院，就是因为一直没有丢下英语。后来 5 个分院合成了一个上海大学。还有几个同学也考进南京大学外语系，我爸爸当时说你们要为人民服务，首先要有为人民服务的本领；没有本领，你服务啥？

泗泾路的住房小得不能再小了，十几个平方米，是没有窗户的黑房子。韦明他爸爸帮助分配的，他爸爸是人民印刷厂厂长。房子还有一个小的阳台，大概有 3 平方米。就是上面搭个斜的瓦片，放了一个折叠式的小床，我住的。

家里面那么热、那么小的房子，没想到父母还收留了一对老夫妻。男的是个老船长，远洋船的船长，很有性格；夫人是我父亲单位的老师。那个小阳台，让给船长夫妇住了。我只得把小床放在父母的床边，连蚊叮虫咬根本顾不到了。

我们像一家人在一起生活。做饭是开门在走廊上，门边放个煤气灶。厕所是在楼梯斜角建的，3 户人家合用一个马桶。

船长夫妇都姓陈，我学英语有什么问题就问船长，船长给我辅导一下。船长很正直，脾气也急躁，我问英语，他的脸也始终绷着。夫妻俩都是广东人，人都很好。做菜是广东的方法，先煮一大锅水，加点油，把青菜放进去，在水里面过一下就捞出来吃了。估计他们是 1977 年左右住进去的。

列平给我看过房子如今的照片，一栋旧楼上面电线密如蛛网，正门上面是圆弧形的，类似陕西窑洞那种。上面的小阳台搭建的房子仍在，排水管有厚厚的铁锈。楼与楼间距只有 3 米宽，几辆摩托车停在那里，充满了市井气息。

列平说，我女儿出生也是在那里。下雨就拿盆子接，可是五六个地方都漏雨，没有办法，把女儿送到里面房间。1986 年哥哥结婚了，哥嫂住在里面，我就走了。我大学毕业分到上海外贸局下属的外贸公司，当时还培养我当科长。我跟公司申请能不能给我十个平方米的小房子，公司说让我去参加分房小组，去看了一圈，还要惨，十个平方米里住五六个人，当时真的是很艰难。

考上大学，满 5 年工龄是可以带工资的，可我只有 3 年半工龄，不够条件。考取了我没钱上，爸爸就支持我，每个月给我 30 元钱，把大学读完。

1980 年爸爸去美国考察回来，人家给了出国留学的指标，当时我还在读书；他把指标给了别人，就没有想到给我。

我一工作，爸爸说家里面就不养你了。爸爸问：你一个月拿多少钱？我说做学徒，一个月 16 块。爸爸说：我再给你补 9 块，25 块，你自己生活。所有的吃用开销都是你自己的。

我后来是通过北京经贸部，通过同一系统去深圳的。过了几年，深圳大学要办校办外贸企业，就让我过去了。深圳是我国改革开放的一个世界窗口，就给学生办了一个企业班，招全国各地企业老总。所以深圳大学的学生很厉害，包括腾讯的马化腾都是的，办学方式比较先进。

除了读书，我没跟父母要过钱。最困难的时候，女儿出生以后，只剩 30 元生活费，我跟爱人说，一天只能用一块钱。我拿七毛钱买骨头，三毛钱买青菜吃两天。再把骨头卖掉，换两三毛钱。我到深圳，没跟家里要钱，两人揣着 300 块钱，抱着孩子，背着行李走了。

我女儿叫方行之，大哥家女儿叫方容之，行之比容之大 26 个月，她们的名字都是我爸爸起的。

我去报户口的时候，户籍警说，女孩子，加个草字头用"芝"吧，女孩常用嘛。回来我爸爸说不行，意思变了，我又跑去改。《礼记·中庸》十九章有云："博学之，审问之，慎思之，明辨之，笃行之。"这说的是为学的几个层次，或者说是几个递进的阶段。意思是要广泛地多方面学习，详细地问，慎重地思考，明确地分辨，踏踏实实地行动。行之，行之，不要多说，要多做。侄女叫容之，有容乃大嘛。父亲特别疼爱两个孙女。

大学毕业搞外贸，父亲告诫我"不要湿鞋"。1986 年去深圳，如果我想发财，早发财了，但我现在住的还是国家分配的一套房子，90 多平方米。外贸生意做得很大，但全部是国家的；国家生意做得再大，个人也不能占一丝一毫。和我一起去的同事后来有出事的。我爱人曹杨，很理解我。她以前在上海第二教育学院，跟我去深圳以后做过很多工作，当过沃尔玛一家店的副总，直到退休。她也从来不占公司的东西。我们家里的风气干干净净，对小孩要求也是这样。不许犯错误，就是做一个好人。

亚平的爱人吴晓路插话说："小时候爸爸会说，容之，明天爷爷要带你出去。容之很早就起来，跟爷爷走了，也不知道他们要去哪儿。回来看见照片，哦，去游泳馆了。爷爷带孩子就是为了激发她的兴趣。他从来不惯孩子。要求她好东西要拆开来，与小伙伴分享。容之在上海结婚的，孩子4岁了。去年9月份带着孩子来看过爷爷。容之现在教自己的宝宝也是这样。"

容之永远记住爷爷的话："容之就是要包容这个世界。"

又轮到亚平说话了。

他整了整眼镜，点起了一支烟：回忆是挺难受的一件事。我曾建议过记者，采访这事啊少找我们家属，我们只记得生活的片段，要多找他的学生、朋友、老部下、老同事。有人说我父亲绝大部分时间都花在学生身上，父亲也承认这一点，他的心用在谁身上，谁身上就有故事。

我不能说我和父亲是心灵相通的，但确实有些方面我们很相像。包括说话的声音啊，神态啊，语气啊，对事情的敏感度啊，等等。

事实上我知道父亲是很疼爱我们的，但是他工作忙，顾不上。我上初中时是住校，学校浦明中学在贵州路那边，离我家很近。我们两个班的学生寄读，一个星期回来一次，平时吃饭睡觉都在学校。他偶尔有一次检查我的功课，他不看你考多少分。知道我学到几何了，他就搬来一张凳子，给我一个任务：你把这张凳子的三面图给我画出来。结果我就给他完成了，完全缩小比例，包括凳子的圆角，都画出来。他的目的是，你学到手没有，就从这里面看出来，他看了就知道你学到什么程度。他关心我的学习，但他不是很啰唆，他找的点很准。现在引申开来想，就这一个点：时间效益。

再说我妈妈，妈妈兄弟姊妹5个，两个哥哥，姐妹3个。我大姨夫是搞地下工作的，电影《51号兵站》里面有一个"小老大"的角色，原型就有他的影子，他是和刘少奇一起搞白区工作的。我大舅当兵了，上海解放后需要接管，需要大量的干部。我二舅章连吉是党校副校长……

父亲结婚的时候是住在我妈妈娘家的，父亲没有房子。后来再住到小南门，是母亲祖母住的地方，我就是出生在那儿。母亲生我的时候，母亲的奶奶去世了，母亲胆子很小，不敢住回去，就在嘉兴路68号住了些日子。直到母亲的单位分了房子，在湖北路，原来是街面房子，楼上楼下都有。我二舅也跟我们住在一起。我奶奶也跟过来住。这时候，我奶奶，我父母，我和我舅舅，还有我小姑方锡明都住这儿。我妈妈让我奶奶住二楼，她在二楼往三楼的过道上放了一张床，妈妈就睡在那儿。

后来我五叔当兵回来分到房子，他叫我奶奶跟他一起住，奶奶不愿意走，要跟我父母住在一起。

所以在湖北路我们一共有3间房。但是住的人很多，外加上四叔方锡廉的儿子方宏。

我小时候上幼儿园，3年全托，有时候妈妈忙了，也叫同事来接我。父母工作都很忙，是奶奶把我带大。我和父亲相处时间很短，也很少。

父亲怎么锻炼我呢？比如游泳。先教我踏水，会踏水了，大概就是一二年级，然后就带我们几个孩子去深水区，叫我们跳，谁敢跳啊？他就把我们扔下去。把我们扔下去的同时，他自己也跳下去，保护我们。等我们实在不行了，他在底下托一下。第二个锻炼我们的事情，记得寒暑假我们去他学校，回来时就把我和列平放上车，没有大人陪，他和售票员说一下，什么站叫我们下车。现在看来是不可想象的事情。还有一次到南京，也是在上海火车站，把我和弟弟放在火车上，他就是这样。

我1972年中学毕业的时候，分到黄浦区钟表眼镜照相器材有限公司下面的一个钟表店工作。单位姑娘多小伙子少，领导很重视我，要我当团支部书记，我没同意——我自己还管不好，怎么管别人？单位没办法打电话给我父亲。当时父亲在长兴岛五七干校，打倒了嘛，臭老九。父亲专门从长兴岛坐车回来找我谈了一次话，他说叫你干你为什么不干？我说我把自己管好就好了，大家都管好自己的事情不就什么都好了吗？父亲说，你错了，团支书也不是什么官。官是什么？官是人民的公仆。叫你当官不是叫你去管人家，叫你当官是为人民服务，做人民的公仆。

我一听，有点意思，我找领导了，我说做支书我不行，你如果让我任挑一样的话，我肯定工作很出色。做什么？文体委员。自从我上任以后，企业比赛都是第二名，团体分上去了；打篮球，三千米长跑，都是第二名。后来我在单位做团支部书记，这是在上海工作三年半印象比较深刻的一件事情。

后来单位要发展我入党，我说自己条件还不够。参加单位一个学习班，结束时叫我做小结发言。领导找我说，大家对你反映很好，各方面都很出色，可以写入党申请书了吧？哎呀，我说你不让我去学习的话我真觉得我蛮够格的，你让我去学习了以后，我觉得差距还很大，我还得继续学习。那这样吧，我写一个参加学习班的感悟，第二天三千字交上了。领导说，哎，你感悟很深嘛！写份申请吧。又让我参加一个学习班，班里全是团支部书记，叫我做班长。

还有一个，我工作以后父亲就给我规定：除了周末不许在家吃饭，生活一切自理。当时他有一句话叫：限制阶级法权。

学生都说我爸爸会做一手好菜，他很会做上海菜，但大都是做给学生吃的。来我家的学生特别多，一批一批的。一听说今天要来人了，父亲就自己做菜，做个6菜1汤。通常晚饭6点开始，大家开吃，边吃边聊学习啊、工作啊。7点又来人了，爸爸说你们先吃好了，他下去，把这个菜那个菜整一整，添个菜又是一桌，大家坐下来吃。就这么一直有人来，12点来一拨，凌晨一两点还有人来，爸爸会乘机添一两个菜，来回都是一桌子菜。大家不是为了吃菜，是为了谈学习、谈工作。

1976年春节过完以后，我去安徽绩溪"小三线"去了。所谓三线，一般是指当时经济相对发达且处于国防前线的沿边沿海地区向内地收缩划分三道线，进行了一场以战备为指导思想的大规模国防、科技、工业和交通基本设施建设，史称三线建设。

一个人的心胸要开阔起来啊，当年我喜欢旅游，到了很多地方。大草原、沙漠、戈壁滩、中苏边境……还去过公格尔九别峰，位于新疆维吾尔自治区境内，是西昆仑山脉的第二高峰。山上终年积雪，犹如牧民头上所戴的帽子，所以当地牧民就称它为"公格尔九别"，语意为"白色的帽子"。从高处看，一望无际的沙漠，感受到心灵的洗涤。

我把整个中国都几乎跑遍了，他看到这样说不好，又一次找我谈话了。他说你是要学我呢，还是要学你二叔。因为我父亲是一个理想主义者，他只要心中有一个方向，他就要去做，他是这样的一个人。我二叔是一个现实主义者，跟我的观点有点相同，先把小家搞好。这个问题我们讨论过，他说我吃喝玩乐这是不对的，我跟他讨论，怎么不对？不对在什么地方？后来我就拿他是共产党员说事，我说共产党员的理想是什么？共产党员的理想是实现共产主义。现阶段是什么？现阶段是让人民过上幸福生活，各尽所能，按劳分配。共产主义是各尽所能，按需分配。反正是要让人民工作好，吃得好，玩得好。我用我自己的钱规划我的生活，这不正是共产党员对人民生活的理想吗？

我们谁也没有说服谁。这是我印象比较深刻的，事实上我和父亲说的是歪理。

我这个人很多方面远远不及父亲，想法不完全一样，这是这代人和上代人的不同吧。

我工作讲究时间效益。以前我们工厂所有人工资都是 36 元，干了一段大家都没干劲了。我讲效率，领导看到我整天很轻松，再给我增加一件事，搞基建管理，管理一大摊子如民供啊，建筑队啊，材料啊。当中还有测绘，经纬仪都要会用，这就要讲工作效率。到后来搞预算、决算，凭我的签字，财务可以支付。后来看见我还很轻松，我是厂里第一个穿西服的，那时候流行西服，我一个同事会做衣服，我买的料，他给我做了那种三件套西服。我上班就穿着西服去上班，很拉风了，厂长看见我说，小方你这个不对啊，你怎么穿成这样上班啊？很异样的眼光。

很早以前他们给我起诨名叫墨索里尼，取其谐音"总是有理"。

我怎么回答的？我说你不要看我穿什么衣服，你先去工地看我工作做得怎么样？如果工作没做完，你批评我。我还说，如果我们厂工人上班的时候，都穿成我这样，你看你厂长多有面子，连外国人都要来参观。

实际上我反复强调的就是时间和效率。

讲这个故事的意思实际上是说我父亲做事效率很高，他给我的感觉就是这样。所以在单位我的效率也很高，技术也很好。在卷烟厂我是技术改造二等奖。

虽然没有受高等教育，但我很向往高等教育。有一次父亲跟我讲"人"字，他问我人怎么站起来，这两条腿是什么？一条腿是良心，一条是能力。你拿掉任何一条腿都站不起来。有良心没能力，不能报国；有能力没良心，更坏了。

我父亲一直在做事，他似乎顾不上我们，我和你讲讲我们弟兄俩的婚事吧。

我弟媳曹杨，当时弟弟在外国语学院读英语专业，曹杨跟父亲在一个学校工作。她说要学英语，实际上是我父亲介绍认识的。认识了两个人就谈上了，感情越来越好。旁人说风凉话了，说曹杨很漂亮，个头又高又标致，也能干，一个好姑娘追求的人很多。那时候一个姑娘家追的人多了，就会有人说你生活作风有问题。父亲不搭理这些话，姑娘不好，我怎么可能介绍给我儿子认识呢？事实上弟弟和弟媳两个生活得很好，说明没有问题啊，这是社会的偏见。

1984年，我从安徽绩溪小三线回来，到卷烟厂工作。这一年弟弟列平在4月21日结婚，在上海福州路大鸿运饭店，饭店老板是列平的中学同学，参加人有我和父母、列平和爱人曹杨以及列平的两个同学。记得一共7个人，一桌花了50元钱。

行之1985年出生，1986年列平夫妻去深圳，那时女儿不足两岁。

我和妻子吴晓路的婚事，父母没插手。两个人定下来后，我和她父母"斗智斗勇"，最后二老同意结婚了。本来我俩是不办酒席的，妈妈给了 500 元，我俩要旅行结婚的。可是岳母说，一定要办酒席，他家有十五六个亲戚。我跟她斗争了两个月，最后是爱人的姐夫出来打圆场，说哎呀，老人这样想，你就满足她一下嘛。我是计划经济的，我安排好旅行结婚。你这一办两桌，我备用金不够用。所以我和岳母说，你办两桌，我就一个人，新郎官过来。我回家和父母说，现在你们要出面，和人家父母见个面。

岳父大人一看我父亲来了，哎呀老方来了，来来来！孩子这事怎么办啊？我们想办两桌。

父亲愕然了一下，只好说，那我们也陪两桌。

回家后我说，爸爸不对啊，你不是说不能办四桌酒吗？我可没钱了，你办你出钱。

爸爸也没钱，他的钱从来都是随到随走，他就拿起家里一个陶制的小猪储蓄罐，原来我们今天存 1 元，明天存 5 元，后天有钱了也存 10 元；发工资了，就存 20 元，就这样储蓄罐塞满了。爸爸掏出来数一数，300 元，给你。我暗想，是你自己惹的祸，这不在我的计划之内的。

1986 年 5 月 10 日我与妻子领了结婚证，12 日办了酒席，在南京路新亚饭店。结婚那天，父亲没参加。他事先说如果办 4 桌酒，我不参加，他看不惯大操大办。

那么方敬那天去了哪里呢？笔者查阅了方敬日记，5 月 10 日这天他记下 6 件事，第一件事仅 4 个字"亚平结婚"，而他本人呢，"到达西安"。紧接着乘车去内蒙古吉兰泰讲课去了，中午到达阿盟，讲了一下午的课，晚饭后在吉兰泰草原走了一会儿，然后一直到深夜 12 时与学员"谈心"。11 日返回银川，（在白桦家）继续讲课。

列平结婚那天他去了，也仅仅在 21 日的日记里写下 8 个字"列平结婚，请假参加。"之前之后几天的日记，都是密密麻麻的工作事项。

这就是方敬，一个共产党人的家庭观。

亚平说了一段轻松的话："结婚后我父亲来了，我烧一个香酥河间鱼；我母亲来了，我烧一个肚肺汤。过年了，我在家烧一天菜，去岳母家烧一天菜。蒸啊炒啊都是我的。岳母就两个女儿，我们就大年夜小年

　　　　　　　　　　　　　　　　　　先生方敬

夜，初一初二初三初四，两家轮回过，我要讲效率。一个人要凭良心做事，现在社会好，有能力多拿钱没能力少拿钱，一代比一代好。这也是一个竞争的社会，我教育女儿，你的事情做好了，还要帮别人做事。即使裁人了，你也有可能被留下。"

在方敬去世后，儿媳曹杨回忆起和公公在一起的轻松温馨时刻：

记得1983年暑假，爸爸带领我们十几个同事，大部分是年轻人，一起去苏州东山游玩，东山是列平的大姑夫姐姐的家，我们都亲切地叫她"山上阿爸"。其中有叶安然娘舅（叶雪礼的爸爸）、陶莎莎等。爸爸就像孩子王一样地带领我们爬山、下河，怎么开心怎么来。大早上一盒白米饭加一些太湖水就一点萝卜干，吃得可香了，这是我第一次知道太湖水是可以这样喝的。

我们一群人走在前面，这时爸爸的声音从后面传来：曹杨，走路背要挺直，后来又说，我知道你为什么路走得不好看了，说着就拿出铅笔在纸上画了我的两个脚跟说：是脚跟方向不对，不直。后又帮我认真地纠正，这一幕至今清晰记得。到了晚上，大家围坐在一起吃饭，不知是谁的主意，每人面前的小杯里都倒满了白水，就爸爸的杯里面倒满的是白酒。因我有酒精过敏，就在一旁看着。大家一番祝福之后，各自把自己杯中"白酒"（白水）一饮而尽。这时爸爸可高兴了，今天有这么多人陪他一起喝酒而且个个都是满杯。喝完后大家都哄堂大笑，事后有人告诉了爸爸这杯中的秘密。之后爸爸对我说，别人不说你也不说啊？

这就是白酒事件。之后被爸爸说了30多年。每次一讲笑话总有这个内容，每次我听后总是什么也没说只顾笑。

爸爸现在我要告诉你，如果我们还可以一起去游玩，如果还有这样的事发生，我一定会告诉你！

我生下行之后，爸爸很高兴，专门去妇幼保健院看我，连说很好呀，很好呀！奖励你20元。当时我月工资才30元。

亚平接着说，关于"家国"的问题他和父亲间争论得也蛮厉害的。

我认为先有家，后有国。父亲则说，先有国后有家！我说不可能是先有国后有家，人类史的发展，社会的发展，一定是先有家后有国。就现代社会来说，每个家庭都和谐了，社会还能不和谐吗？每个家庭都做好了，全国就都做好了，这是人的素质决定的。父亲则说：中国人自古以来就具有家国情怀，国是第一位的，没有国就没有家，没有国家的强盛就没有家庭的美满和个人的幸福。

有一年，他到故乡已经8年了，一次回上海一起吃饭，聊到这个问题。我说你已经完成了社会责任，社会发展就像一个接力棒一样，你把我们养大，把这个接力棒放到我们手上，我们就要接好，把这个传承下去。现在我把这个接力棒交给我女儿了，女儿成长了，这个社会才会发展。但是你还有一个任务没有完成，人们常说，少年夫妻老来伴，我觉得，你对不起的是我的母亲。你们两个是一个整体，才有了我们。而你现在，把这个整体分开了。他说，我累了，我要睡觉去了——他不跟你说。

我说，你做什么事情，我们不反对，也没有权利反对。但是你不能单单考虑你自己的事情，如果你在乡下待半年，再在上海待一个月，这样你就兼顾了。对于回乡助学，我本人没有意见。但是因为母亲，我有这样一个心结。

父亲这么做我也没办法，他回乡助学不是一年两年了，是几十年啊。所以我说母亲很伟大，她在包容，她在谅解。

父亲去宋庄以后，我要代父亲陪伴母亲。老人嘛，主要是陪伴，父母就生了我兄弟两人，弟弟在深圳，我怎么办？母亲多次跟我说要搬出去住，我都没同意。我说只要有我在，你不用出去。我不让母亲做饭，我煮给她吃。她偶尔也动手，在我们工作实在忙不过来的时候。

这些年，我都在陪着妈妈。妈妈住在家里，24个小时我都要负责任的。父亲没完成的事情，由我来完成。他有事情，跟学生说，跟我母亲说，从来不跟我说。说心里话，我没有一点怨言没有一点意见，是违心的。但是我确实理解父亲！就像古人说的，忠孝不能两全。父亲以前做革命工作，陪父母的时间也少，他年龄大了也想回乡陪伴父母。弟弟跟我说，爸爸在乡下最多住两年。我说可以跟你打赌，他一辈子都不会回来。结果呢，多少年他也没有搬回来。后来我拗不过母亲，2015年7

月份她住进附近的养老院。

父亲内心负疚感我想是有的，但是他要为家乡做点事情。从哲学上说，社会就是一个矛盾体，你解决了一个矛盾，又会出现新的矛盾。

就像父亲的后事，他捐献遗体、不开追悼会的遗嘱要尊重。可是上海的同事、学生、朋友，你让我怎么交代？还有当地政府隆重悼念的愿望，如何找到一个好的平衡点？都说我和父亲很像，可是我和他也有不同；对于场面上的事情，我还要尽量平衡，所以我提出以追思会代替追悼会。


谈到家庭教育，列平说，父亲是一个很有才华的人，他首先是个教育家，他对我的教育是很丰富的。他还教我们哲学，教过《矛盾论》，就是毛主席的哲学。后来我把这些也教给女儿，很有用。我把自己所有东西教给女儿，把报纸上看到的正能量文章剪下来给她，她读书很刻苦。

父亲对我们很严厉，对孙辈很慈爱。特别喜欢小孩上进和读书，容之要学画画，他就给找老师。行之小时候，爷爷经常给她讲书法课啊什么的，她对爷爷很崇拜。我爱好广泛，女儿禀赋并不高，但我把足球、羽毛球、乒乓球、围棋、溜冰、游泳全教她。还有英语，从幼儿园到中学我接送路上都和她说英语，她三年级就可以和我对话。我们很重视教育，在深圳给她上最好的幼儿园和学校，教风学风都是最好的。

父亲说你不要把孩子当成你的私有财产来教，你要把她当成国家财产来教。

女儿中学时候写过《爷爷党龄四十九年》的文章。她21岁就已经硕士毕业了，是英国布里斯托大学硕士成绩前五名，这所大学通信工程专业全英国最好。每个人禀赋各异，发挥自己特长就好。

方容之还记得上幼儿园那会儿对爷爷的印象是特别帅气，很精神，家里永远会有很多学生。她专门写了《琐碎小事一二》回忆爷爷：

小时候我特别爱拿着一大包零食到处跑，不是要自己吃而是想发给大人们吃，想听大人们对我说谢谢，给我一个大大的拥抱，可能这和我读的是寄宿幼儿园有关吧，爷爷看着我老是拿着零食到处跑和我说，放好，不吃就不要拿着，我自然不同意啊，就摇头表示拒绝。爷爷大声说了句：给我放下！那短短的4个字铿锵有力，对一个3岁的小朋友来说很震撼。之后我也重重地把零食放在桌上并且在桌子上重重地敲了3下表示不满，转头就走。事后听妈妈说，爷爷笑着和她说，这小东西不服气！

记得有次星期五从幼儿园回来，晚上吃饭想发发嗲，就是不肯自己吃，一定要妈妈唱歌奶奶跳舞然后再喂我吃。我们跳得正嗨时爷爷回来了，看到这样的场景立马脸色一变说，通通不许吃！走！委屈的我不敢哭，只能饿着肚子回自己房间，妈妈和奶奶也不敢偷偷给我东西吃，直到晚上8点我听到爷爷正准备吃夜宵，我悄悄走出去问爷爷，我可以吃碗泡饭吗？那时候爷爷笑了，于是我和爷爷一起吃了夜宵。

大概还是小班的时候，那时候特别喜欢去爷爷的房间，那里面有一个大大的书柜，上面有很多千奇百怪的东西，每次我都忍不住去摸摸碰碰。有一次爷爷终于忍不住了，又一次大声地说，不许碰！进来必须要敲门！于是我又一次灰溜溜地回自己房间。出于自尊心的原因有很长一段时间我都不愿意进爷爷房间，可是越是这样对那间房间越是好奇，有次按捺不住内心的好奇鼓足勇气用小手去敲了下门，轻声问了句，我可以进来吗？我把手放在背后不碰东西！爷爷乐了，说进来吧。从那之后无论我进谁的房间都会先敲敲门，得到允许才会进入，这是爷爷无形中给我最大的财富，他在教会我如何待人接物，如何让自己变成一位有修养的人！

小时候吃饭，家里一直会满满一桌子人，爷爷那时候就立下了规矩，除了素菜，荤菜上桌最小的那个必须最后下筷，长辈没吃小辈不许吃！

小学四年级，那时候外公重病，父亲和母亲在医院陪着外公，那段时间是爷爷负责我的学习。记得有次暑假爷爷让我背单词还是古文（实在记不清了），我和爷爷保证一小时就可以完成，爷爷问我没完成如何惩罚，我说打手心十下。那时候觉得爷爷不可能打我，可事后我的手心红红的，特别疼。到了晚上，父亲母亲回来了，脸色特别沉重，爷爷问他们外公如何？父亲轻声地说了句，走了。爷爷失声痛哭，那是我第一次看爷爷哭。小时候不懂为什么，现在我懂了。

每个星期天从幼儿园回家，一进门就听到爷爷爽朗的声音说，容之回来啦，来，过来！然后我屁颠屁颠地跑进去，房间里自然满满当当地坐着一屋子人，可我也不怕生，利索地跳到爷爷腿上。爷爷拿起筷子蘸了点高粱酒让我舔舔，再夹了一筷子菜让我吃，最后说了句，好了去玩吧。可能这是我和爷爷之间的默契，这习惯一直保留到了小学一年级，蘸高粱酒的筷子也变成了小勺子。

记得小时候就看到爷爷房间放着一大缸杨梅酒，里面的杨梅个头都特别大，每次爷爷说起这坛酒就特别自豪：容之，这酒的年纪比你都大，知道吗？这是爷爷让别人从新疆带来的杨梅，上海吃不到的！

这杨梅酒应该还在爷爷的故居。爷爷平时都不太舍得喝，我记得大学写生在去日照途中去爷爷的书苑，爷爷还拿出来给我喝过，每次只能吃一颗杨梅。

小时候爷爷就一直留着小胡子，特别的浓密，可是爷爷每次吃好饭都不愿意擦擦嘴。那时候特别好奇，就问爷爷为什么不擦嘴呀，爷爷半开玩笑地和我说：你不懂了吧，我告诉你晚上饿了我还可以舔舔，之后伴随着爷爷爽朗的笑声。

爷爷喜欢给我量身高，每隔一段时间都会让我站在他的房间门口，用尺压住我的头顶最后再用笔用力地在门边画几下，最后在这根线边上写上日期和身高。爷爷说要看看我到底能长多高，这习惯一直保留到爷爷去了故乡，那扇门自然就留在了上海。只可惜后来家里翻新这扇门也没留下来，小时候觉得这只是生活中再小不过的事了，现在回忆起心中百感交集，爷爷为我量身高的情景历历在目。

我和我姐姐的名字都是爷爷起的。记得小时候爷爷说当他得知我妈和婶婶生的都是女儿时乐坏了，当时奖励她们每人20块（在那个年代这些钱很珍贵）。爷爷说我和姐姐是"之"字辈的，我的"容"是希望我学会宽容、包容、有容乃大。姐姐的"行"听说是希望姐姐行走于天下。

容之告诉笔者："还有个小插曲，爷爷怕甲鱼，听说是被甲鱼咬过所以从来不吃甲鱼。之前感觉爷爷从不怕任何东西。"

终于知道他怕一样东西了，这个铁骨铮铮的老人！我问容之："爷爷说过这事吗？"

容之说："有一次在婚宴上吃到一半上了只甲鱼，爷爷放下筷子就走了，我也是听奶奶说爷爷不吃甲鱼的原因的。"

爷爷说奶奶很爱他，可是拿他没办法，她管不住我（得意地笑）。这是在爷爷刚回家乡几年后，来上海和爷爷奶奶外出的时候爷爷和我说的。对了，我上小学时双休日只要有空，爷爷特别爱带着我拜访几位革命老前辈。爷爷让我坐在边上，他们一聊就聊很久。他们聊着毛爷爷也聊着"四人帮"。爷爷事后和我说，我知道你听不懂但是听不懂也给我坐着。出于对爷爷的敬畏我不敢反驳，现在想想爷爷是在训练我的耐心。

我现在特别感谢他那时候这样做，谢谢他对我的严厉。

还有一件小事，这件事让我延续到教育我的下一代：大概小学的时候，爷爷带我去拜访，正巧这家人也有小朋友，等我们要走的时候我特别想要那个哥哥的某样玩具，就去找爷爷希望他帮我去说（平时我想要什么父母都会帮我去问），可是爷爷对我说你想要你就自己去问，但是人家也有可能不同意，因为这是人家的玩具。之后有没有问我已经不记得了，但是爷爷这句话我一直记到现在。现在我带我女儿做客，她会跑过来说姐姐（哥哥）不给我玩，这家主人立马想去批评自家的孩子。我蹲下来和女儿说，这是姐姐（哥哥）的家，玩具是他们的，你想玩你可以去商量，但不是找妈妈，因为这是你自己的事情，自己的事情就要自己想办法解决。

我觉得这个比读书重要，虽然读书也是必不可少的。

孙女方行之回忆：

从小和爷爷相处的时间并不多，印象最深还是六七岁时祖孙俩在屋里一起高声背东坡词："老夫聊发少年狂，左牵黄，右擎苍。锦帽貂

　　　　　　　　　　　　　　　　先生方敬

裘，千骑卷平冈……酒酣胸胆尚开张……射天狼。"爷孙俩背得慷慨激昂，自得其乐。那天奶奶爸爸妈妈去了沙头角买东西，要出门一整天。爷爷先是拿一本《宋词三百首》，跟我一起背苏东坡的《赤壁怀古》，还有岳武穆的《满江红》，两个人在家里手舞足蹈一边跳一边背。背得高兴了，爷爷给我唱《满江红》，我第一次知道宋词是可以唱的，我到现在还记得爷爷是怎么唱的。后来天涯海角到处跑，始终对中国古代史和文学充满热爱，是爷爷领入门的。那本《宋词三百首》，爷爷带着我背了快一百首，是他带我认识了婉约派的柳七郎和秦观，认识了豪放派的苏东坡和辛弃疾。

还有一次，记不清是哪一年了，爷爷说要送一幅字给我，让我说自己想要什么，于是留下了"零落成泥碾作尘，只有香如故"，至今珍藏在我故乡的家里。

小时候家教严，爸爸爱在饭桌上做"思想教育"。有一次爷爷刚好住在家里，吃饭时我爸正说着呢，爷爷一拍桌子："还让不让孩子好好吃饭了！天天老子训孩子，现在老子的老子说话了，吃饭不要做批评教育！"爸爸妈妈奶奶听了都笑死了，我也在心里偷笑。现在自己有了孩子，才明白那种一天到晚替孩子着急希望她成长的心情，有时候也忍不住说起来没完，但是每到端起饭碗的时候，就想起爷爷这个小故事，觉得还是可以忍一忍，吃完饭再发火嘛。爷爷这一饭桌规则可算惠及第四代。

2010年家人齐聚乡下时，80岁高龄的爷爷骑着三轮车拉着妹妹和我走街串巷，逢人就介绍：看我的两个孙女，不错吧。回乡不过几日，临走时，一辈子洒脱的爷爷嘴里干脆地说着"路上小心，快走吧"，我却看到他的眼睛里也有泪光……

9月份回到赣榆看爷爷，爷爷病得这样，还不忘记给我张罗好吃的。特意嘱咐二姑把街坊送来的豆腐烧了，爷爷一直坐在我旁边，还夹豆腐给我吃。跟我说，这个好吃，别的地方没有这么好吃的豆腐，你吃吃看。我心里难过，心想爷爷大概看我吃得香就高兴了，就埋头拼命吃，豆腐是真好吃，玉米也好吃，可是这辈子再没机会和爷爷一起吃饭了。

最后一面他对我说，你已经长大成人了，做得不错，没什么别的要交代你了。那一晚，最后一次，不会喝酒的我陪爷爷喝了一点点高粱酒，像我童年爷孙俩胡闹时一样，我拿个小杯子，喝一点点。

过了30岁以后，我时常在想，人这一生最终都要死的，生命的意义究竟是什么？对家庭的责任，对孩子的培养传承，对自身的挑战，大部分人能够做到这些已经很不错了。我忘了是谁说的，这个世上大多数人都是实用主义者；有理想且忠于理想的，只是一小部分人。但是正因为这一部分人的存在，他们向所有人证明了人世间是真的有纯粹的信仰的。

世间没有完美之事，也没有十全之人，但能够把自己的信仰贯彻一生，想做就去做，做到极致，做到彻底，这样的人生，真的是太棒了。

多久的凝视可以把亲人的样子刻入脑海里呢？关山梦远，我最后一次来看你时，你问我，会不会耽误工作？不会的爷爷，我一辈子都会谨记你给我起的名字：多做事，少说话，踏踏实实。你老人家最喜欢读书的孩子，孙女永远不会忘记家训，不会停止读书思考，也不会忘记把我泱泱中华博大精深的文化，传给下一代。

从今以后，每一次背起豪气干云的边塞词，我会想起您；每一次有人喝高粱酒时，我会想起您；每一次有人叫我的名字时，我会想起您。爷爷您这一辈子走了这么久，做了这么多事一定累了，好好休息吧。

孙女对爷爷如此情深意长，那么爷爷呢。在方敬1996年的日记里，竟然还保存着两个孙女在很小的时候写给爷爷的信，不同的是容之用的是圆珠笔，行之用的是铅笔。写信的孙女可能已经忘了，可是爷爷仍然珍藏在内心。这"隔代疼"，疼得这么深切！

方行之1992年7月26日晚上写的信，尽见孩童的天真烂漫，短短的几行字，她把称呼、问候、正文、祝福语、署名、日期一贯而下。其中"爷爷"两字竟用的是很难写的繁体字，"弹琴"用的是拼音，一个别字"玩"还被爷爷用钢笔圈起来了：

爷爷、奶奶好，大伯伯、大妈妈现在我在深圳，爷爷、奶奶你们有空来深圳玩，我可以弹琴给你们听。

妹妹（容之）放假在家好吗，我很想你，你想我吗？

方敬在信的下方深情地写道：

这是方行之在1992年从深圳写来的第一封信，当时就留了下来，原想等她大了再还给她，但现在把它贴在笔记本上，不还了，留作故事一件。

1996年暑假，因列平肾结石住院，曹杨要照顾他，行之来上海作短暂停留。回去没多久，我阑尾炎急性发作，虽已蜂窝状，没有大碍。暑期来时已经1.6米了，戴了个小眼镜，去机场接时，像个"波黑难民"。

行之英语已经6级，是曹杨逼出来的，1994年去深圳时，行之还叹苦经，1996年去时，她已经成为自觉行为。爱好广泛，酷爱读书，屡禁不止。怕伤了她的眼睛，列平视力连零点一都不到，戴了千度以上的"瓶底"。这种心情是可以理解的，酷爱读书，功课很好，常发议论，如"我要做个天文学家，发行（现）一个小行星要几十年，不可能结婚"。还有，"我是爸爸妈妈的'夹种'！"等等。

能写作，用词丰富且得体，曾告诉我"散文要形散而神不散"；曾让她直接写信给袁鹰老师，讨教一二；买散文集，一直不见有。

1996年夏，为鼓励其学习，写"大江东去"长条，自我感觉良好，要再写一张，难以为继。

而容之的这封信是这样写的：

爷爷：

您好，这是我给您的第一封信吧！这里面有几张我以前画的和现在画的照片，还有一张我的照片给您。

这几天外面感冒的人很多，您那儿有没有感冒？您的脚还好吗？对了爷爷，您什么时候回来，我好想您！

这两天我已经画了色彩，不过画得并不是很好，所以没有照进去，但里面有一张毛奇的画，田老师说我有进步！好高兴啊！（照片上也许是反光的关系，所以这毛奇淡了许多）

爷爷您过年过得好吗？我们这里可热闹了，四家一起过年。外婆、姐姐她们也和我一起过年。

还有那林辰仪（她的小名就有好多，其中有一个是辰辰）她现在人也高了许多，头发也长了，但现在她只会叫爸爸、妈妈、奶奶，就是不会叫爷爷。

哦对了，爷爷，我之所以这么晚给您写信有两个原因，一是我现在是初二了，快要考美校，而且我想考一个好一点的美校，所以没有很多的时间来给您写信；二是我们用的是外婆的照相机，所以很晚才能拿到照片。

好了不多说了，要去画画了，再见！

祝您身体健康，万事如意。

代爸爸、妈妈、奶奶、外婆、姐姐向您问好！

您的孙女容之

方敬接着写道：

我兄弟姐妹9人，能读大学的不多。第三代中如何，不可知。计：

大姐有二子三女翁长松、翁长平、翁绮文、翁晓星、翁晓宾；

二弟有5个孩子，三子两女：方向明、吴向群、方向欣、方向孜、方向荣；

三弟"文化大革命"中不见了，只知道长子为方雄；

四弟有两个儿子，方宏、方兴；

五弟有一子方建平；

六弟长女方芳；

大妹方锡芬，有两个儿子：陈中、陈伟；

小妹方锡明，有一个儿子林云。

以上诸子侄和外甥中，18人高等学历的占百分之五十，也可告慰父母在天之灵。

至于行之这代，皆为独生子女，能有几个进高校，不得而知。

令人欣慰的是，行之、容之这一代，不但进了高校，而且都事业有成。

外孙女翁雪阳回忆：

十几年前，舅爷爷到烟台度假，在我家里住了一周。每天坚决不用我做饭伺候，还教给我好多秘籍。除了学习，我们出去写生，我还有当时的照片和养马岛速写。

我和舅爷爷相处时间不多，除了小时候在合肥跟舅爷爷学书法时那段模模糊糊印象外，最近十年因为爸爸的原因，所以有几次机会去连云港宋庄看舅爷爷。

爸爸对舅爷爷，我觉得像是偶像般崇拜的感觉。而我呢，我觉得我一直是带着一颗平常心看待舅爷爷，他像是一个从书中走来的人物，带着一生的故事。

令我最为感慨的是他的处世方式，明明只是一人隐居乡间，却门庭若市；每天要接待好多人：很多学生，很多友人。他给人的感觉是亦师亦友，有时威严，有时亲近；有时严谨，有时戏谑。总之，他是多面的，总会让人秒变呆头鹅，顺着他的思路走。

儿子大可这几年去了好几次宋庄，我前些天跟他说："你知道吗？大舅公走了。"他很平静也很认真地跟我说："他去哪了？他跟我说让我18岁再去的，他不能骗人。"对于生死的问题，我从他很小便跟他说得很多，这是人生终极的话题，但我却觉得人死，只是以另一种方式存在。世间有很多看不见的东西，比如电波、信号、空气里的灰尘，所以我觉得也许所谓三魂七魄是真的存在，人的记忆也将以某种类似波的东西存在。所以，不必太多悲哀，我想舅爷爷可能也希望我们能快乐地说起关于他的话题。

这两年去看他，因为姐姐拜师学书法，我也在旁听。我一直疑惑，什么是好的书法，怎样才能写出好的书法。舅爷爷的讲课，让我开悟。所谓好的书法，是人内在的外化。也就是说，你这个人有如何的境界，才能写出什么样的字。你是自在的人，就能写出自在的字。书法其实也是一种运动，与太极也是相通的；如果用一个字说出世间运动的关键就是"松"，所有力量只落于一点。"节奏"很关键，运笔的速度，深浅让走出来的线条有美感，这点和音乐、舞蹈又是相通的，字的"骨"

和"肉"，就仿佛创造生命一般的出场。你理解到这些，就能明白他为什么会热爱唱歌，热爱武术，因为其"道"都是相通的。

舅爷爷的字总有种骨感和飘逸，我问他是刻意而为吗？他说非也，他这个人只能写出这样的字，所谓字如其人，看到他的字他的身形就展现出来。他是这样的干净清淡，有骨气而且风雅；他的小字入细入微，他对事物的观察，对人心的洞察也是这样。

他对这个世间的法则了若指掌，他生气但又不真的气，只一眼，他知道每个人的脾气习惯。有时顺着你惯着你，有时又不理你。大可是吃过这样的亏的，大舅公给他立下规矩：自己吃饭，不要吵，否则就赶出去，连同我一起赶出去。他就立刻服了，乖乖不响。舅爷爷说今日有余墨，给你们写些字，大可很想得一幅字，舅爷爷说："你还轮不上！"他悻悻走出门外，我知道小家伙性子倔，果然从不高兴到委屈，捡着地上的柳枝抽打，我劝说："你还小呢，又不识字，别不高兴啦。"小家伙居然委屈得哇哇地哭。我心里却很高兴，小孩受挫是好事，平时他还未必肯服谁，这下子不如意，应该记得深了。

舅爷爷说话做事，我看在眼里，记在心里，觉得能聚人，得人心者应当就是这样。和他相处如沐春风，这真是朝闻道，夕死可矣。每每他说什么话，我其实心里想说的就两个字——懂你！

　　　　　　　　　　　　　先生方敬

# 第二十四章
# 鸿雁啊，请带去我的思念吧

让我们回忆一座桥梁。

桥梁很轻，甚至轻如鸿毛；桥梁又很重，重逾千钧！

桥梁不是钢筋混凝土做的，却是心灵之血凝成的。

我说的是书信，这座桥梁已经有几千年了。

情感与时空的距离，皆因这座桥梁、这传书的鸿雁而变得如此近在咫尺。

人类的书信往来大约始于公元前 3000 多年，起初的书信只是一些表达非常简单意思的结绳，串上涂抹一些颜色的贝壳，或者在泥板上"刻写"一些象形符号。至于真正意义上的书信大概出现在公元前 1000 年左右。笔、纸、邮递系统以及教育（识字写字）构成了往来书信的基本条件。

鸿雁传书、鱼龙传书，书信这种人与人之间古老的沟通方式，传递的始终是人们最真挚的情感。

书信成了一份思念、一种期盼、一丝牵挂、一段亲情和友情的交织与维系。

书信是生活的印记，是人生岁月的凭证，在我们生命的年轮里，有了书信就有了无法抹去的记忆。当我们到了双鬓染霜或风烛之年，收拾一下昨日书笺，那发黄的记忆仍会浮现于眼前，仍有口嚼橄榄回味无穷的韵味。

一摞摞厚厚的信件，因存放年代已久，信笺早已泛黄。但每当看到它，仿佛仍能闻到撕开信口时从里面飘逸而出的那一纸墨水的淡香；每次阅读它，都会拾起那一串串远逝的足迹……

这些纸质的信件，在现代电子、微信时代渐渐稀少。现代通信方式虽然快捷省事，但却少了许多真情实感的交流，陷入平淡与模式化的应酬。

难怪有人说："真怀念鸿雁传书的日子！天还是那个天，我到处张望，只是不见了当年纷飞的鸿雁！"

时至今日，人们才遗憾地看到有意识地保存书信者真是寥若晨星。

方敬，就是这寥若晨星中的一颗。

有些重要的书信，方敬还在日记里誊抄一遍，可见他对书信的珍重程度。

方敬的很多学生说，方老师从不爱煲电话粥。每次通话，言简意赅地把事情讲完就结束了。但是通信一直坚持到他生命的最后时光，包括2018年5月他写给王洵和钱玉音的信。

很难说清方敬一生写了多少信，几千封、上万封？说不准。笔者了解到，方敬给同事王洵的信件有70多封，给石迅生的信件有50多封，给解钢的信件有40多封……方敬的每一位学生，几乎都收到过方敬的信件。方敬与周道振的小楷通信，虽然大都比较简短，但仅周道振先生寄来的信整理起来就有8000多字。方敬还有一个特点，就是每信必复。这样说来，方敬一生发往全国各地甚至国外的信件，实在难以计数。

方敬书信包括老师与他、他与学生、他与朋友和同事之间的大量信件，他细心地保留了华模老师如胡景清、袁鹰、胡文巧写给他的信件。

这些书信，有问候、有鼓励、有思念、有牵挂，这些由友谊和亲情组成的文字来自四面八方，真诚无私。

如果说华模的灵魂在于绵延不绝的大爱传承，那么这份大爱凝聚起了师生们的精气神。真挚的情丝犹如一条绵延不绝的纽带，缠绕着彼此，在千里之外时刻拨动着那生生不息的心弦，这是多么浪漫的情怀。

翻检方敬与师生们的信函和一份份贺年卡，可以看到浓浓的情谊！

锡敬：

世纪之交，千禧之庆，先向你拜年。祝你体笔俱健，百事顺意，阖府安吉！你在年前寄来的信和贺年片早已收到，信封上只写宋庄地址，也无邮编，不知具体地名，我无法复信。正好锡礼由合肥来信，问了他你的详细地址，直到今天才去信，请予原谅。

数年你隐居乡里，潜心著述，屏除俗务，实在令人敬佩。有大志向、成大事业者必须具备这种远离尘嚣、锲而不舍的精神，方可有所成。去年国庆前后。同上海左老师通电话，听说你去沪住医院动手术，很是惦念，近日才得知你已出院，又回老家。病后仍需要多加调理，好在农村空气好，少污染，环境安静宁谧。有利于病体恢复，望多加珍摄。

你多年来从事成人教育研究和实践，是文化建设的重要组成部分。提高全民族文化素质、道德素质和思想素质，当然应"从娃娃抓起"，但中国人口众多，文盲尚占相当大比例，娃娃的素质也依赖于师资素质的提高。可惜在上者，尚未给成人教育以应有的重视，或者看得比较狭窄，比较肤浅，急功近利，只顾眼前，使人慨叹。你是专家，具有真知灼见，望多加指教。

我离休已十余年，1997年起结束返聘，自由自在，没有什么工作负担。但杂事仍不少，也有些社会活动，有文债要还。幸身体尚好，无大病，还可以干一点事，完全没有事做也觉空落落。

附上今年元旦所摄近影，请惠存留念。

日安！

田复春

2000年1月10日

再看袁鹰先生2014年2月23日给方敬的一封信吧：

锡敬老弟：

冬去春临，遥祝马年大吉，阖府安康幸福！

你每年惠寄一张字幅，年年有深意。我将它放书桌玻璃板内，朝夕相对，如同促膝晤谈，乐何如之？

今天来了一位多年邻居，是从安徽老家来京打工维持在老家上学的两个女儿的，他的爱人也时常来我处帮助我家老弱病残。他看了你的手迹，非常欣赏，听了我介绍你的人品和事迹，更加敬佩不已。就请我求足下为他写一副小联，好挂在屋内。不知你能俯允否？他姓赵名成贵，我忽然想到两句，"成由敬业，贵在知心"，供你参考。此事不急，你暇时趁兴一挥可也。

附上黄苗子老人为我所作梁任公集宋词句一联，供你清赏。

顺祝春祺！

复春再拜

信是用袁鹰所在单位人民日报社信封，挂号寄出的。

接信后，方敬便遵嘱写字了；写完之后，觉得字写得小了点，第二天又重写大一些，然后寄出。2016年秋他又写了"景色如画"4个字寄给了赵成贵，如今这些书法作品赵成贵都在珍藏着呢。

这样的信件和贺卡还有好多好多。比如2004年，袁鹰老师给方敬的贺年卡：

海上生明月

天涯共此时

甲申岁暮遥祝方敬贤弟新春大吉，百事顺遂

田复春再拜

还有一份贺卡：

方敬老友：

遥祝新春大吉百事顺遂，体笔俱健，阖府安康

田复春辛卯岁暮

2004年，袁鹰老师的随笔集《抚简怀人》由湖北人民出版社出版，特地邮寄过来，扉页上赠语：

奉呈小作，聊表寸心；常承关注，故友情深。方敬贤弟惠正，复春敬赠，丙戌秋。

2006年12月，袁鹰老师又寄来贺卡，写道："每年收到墨宝，都引起我的思念和欣慰，遥祝新年愉快，康宁幸福！"

还有一次，寄来了一张他们夫妇俩的合影。留言道："方敬老弟惠存。田复春吴芳红2012年12月。"

几乎每个教师节，方敬都给胡景清、左淑东、蒋宏成、姚晶、袁鹰

等老师写信。在方敬的通信中，最感人、最绵长的便是恩师胡景清与他的通信。

"师道尊严"作为一个成语，本指为师之道，在于尊重人性，严谨为学，即所谓学为人师、行为世范，后改变其意思，多指为师之道尊贵、庄严。方敬与各位老师之间，深厚的感情如饮醇酒，经久不散。胡景清老师称呼他有时直呼其名，有时称"老方"，有时称"弟"。他给方敬的信件很多，与方敬信末署名日期精确到时分秒不同，胡老师的来信日期许多有月日而没写年份：

老方：

9月一别，又是一月多了。在中秋节前高足张轶遵师命来看望我，并赠送月饼两盒、香蕉一串，推又推不了，受之却深有愧。她是因感你的师恩，移花接木，而我真是无劳受禄，不成样子。师生之情，本属纯真，不必馈赠，这股歪风，愈演愈烈，务请此等事，到此为止……

老方：

19日来信，收到又是十天了，读了之后，颇多同感。都市喧嚣，确不利于老人，恐怕也不利于儿童。18日我去中心医院取药，途经淮海路，复兴中路，这条马路均近它们的西段，我也是心烦脑胀，急急逃归。目前我住的地方比6年前的桂林西街也安静，自然比不上你现住乡下的寓所……我们是哭着来到人间，我们也应该笑着离开这个世界。

老方：

出乎意料地收到你的信，这说明我对颛桥地区的邮政工作估计错了。能直接收到你来信，我很高兴。目前只有一个缺陷，就是发信还须走到颛桥镇上去寄，据说不远，只是一站路，我准备试试去一下，也就从给你的复信开始。

那天蔡锡瑶就给我做了手势，大概善舞的也善于手语，我当即明白你是去讲课了，这也和你对我说过你来上海的任务有关……从来信，知道你想来，当然你不放心，要了解下我住的情况。

如果来，最好你在东平路上车前，打我一个电话，我便来接你，从东平路到贵都路车费 3 元，还可以住在我处过夜（有一张空床，也有多余的被子）……

老方：

你教书法，一个班有半数有兴趣，这样的成绩已是不小了，至少比我在这里教语文的效果好得多……

你目前搞的工作，确是一个庞大的项目。只有五六个同志负责这项工作，确是艰巨。那只有完全依靠送材料的单位认真负责。如果一些具体教学统计确实，所有的有用的经验汇集无遗，整理得眉目清楚，也就算大功告成了。且不谈其他，仅是整理这项工作就够忙的，对你研究成人教育也有好处，虽然有些内容不仅成人教育，但对成人教育的研究还是有联系有启发的。闲话上不必管他，让他们闲得无事闲话吧。你的书法是成功的，成功的东西不要放掉……

老方：

来信说准备多读些书，厚积薄发，这是好事。不管怎样，开卷有益，每天总有事做，手、脑都在活动，对健康总是有益的。人生在世，只有在读书的时候能够过上几天顺心的日子，读书可贵也即在如此。我想你在赣榆，也如在仙境；听说你的附近就有一座名叫花果山的，你去游玩过吗？我羡慕你，我也在练一种功，我名之曰"返听脑视"功，这样我也可得安静的日子，当然是很为难的……

老方：

7 日出门，你来电话，谢谢你的问候，高兴听到你又写完一本书；我还是劝你，不要赶场，顺其自然，对身体、写作都有好处……

这天上午的例会着重谈到西南服务团华模同学明年回沪的接待等问题，今年校庆即以此为中心，在 1945—1949 年华模校友范围内讨论落实接待准备工作。左羲东很想你抽空回来参加今年校庆，要我写信相邀，我表示"我首先不勉强他（即你）"，我当然也希望见见你，你也可以放松一下。但还是尊重你的意见，不必勉强。明年西南的同志回来，相信你定会回来的。

老方：

谢谢您送来大米一袋，高邮咸蛋一盒，虾米一包。小琳琳爱吃咸蛋，徐京喜欢虾米，这米不但质量好，不易买到，正逢缺待购，虽非断炊，亦已燃眉，更是感激及时雨。

华模校刊分两册付印，6月23日先定由老华模校友写的稿件，辑成一册回忆录，仍由学校托杨国淦待印。从1992年到今，此事总算了结，我只为了向写稿校友有个交代而已。

您7月得远行，请多保重，腿伤新愈，大意不得，毕竟不是二三十岁的人。

老方：

谢谢你托祁新荣同学送来的大米和人参。和祁同学同来的还有一位姓王的女同学，她们谈起元旦都在你家聚会，都称赞你对家乡的贡献。乡间来的青年，言谈举止质朴无华，尤令人欣慰。当你缺钱花的时候给我打个电话。

老方：

你的感情，我心领了。十分感谢！钱是有用的，也是要用的，对我目前来说，是有钱用，并不缺钱，因此带来的钱就无用了。你花钱的地方比我现在多得多，对你来说，比我有用，为此寄还，望能理解。你我情谊并非泛泛，在我确实需用时，决不会寄还的；在我离院之后，会电告。这次发病，有惊无险，所幸徐京安排妥善，要了辆救护车，并关照备有氧气及丹参输液，因此一上车就得到治疗，在车上病情已趋缓解。目前已能下床自理生活，请勿为念。向章老师及亚平夫妇问好！

锡敬：

5日来看您，知道还需住院一周；6日见到锡礼，了解您身体确是好转，也就放心了。

住在医院里，还不老实好好养病，偷偷地给我写信，确不知是喜欢您还是恨您，估计您是在家了。好在有亚平学过武术，可以把您背上5楼；也许您底子厚实自己能走上5楼，这倒不必担心。担心的还是怕您不老实，不好好养病，不是写什么就是想什么。我劝您要耐着性子在一个月里真的像老和尚一样做到净、静、松散，为此才给您写这封信。下周可能来看看，不是特地来。


锡敬：

1月25日张文槐老师来舍，带来你的馈赠及问候，获悉你在深圳寓址。2月14日除夕接到寄自深圳贺年信，2月17日赛赛（叶赛聪）、小红又来探望，盛情殷殷，甚感甚愧。及读来书，不遇之念，跃然纸上，以是又不能止于一言。

知遇之难，自古如此。数十载承蒙眷顾未曾中断者，在我一生中，只君一人耳。刚直见毁，才高遭妒，而你又是勇于仗义，拙于藏身，自更易招忌。

逝者已矣。60岁在人生还是起点，铁夫人（撒切尔夫人）尚有此豪言，君当不甘后于洋人。

"不以物喜，不以己悲"。愿共效古人，幸勿以陈辞见笑，祝你一家快乐。

......

好一个"在我一生中，只君一人耳"，千古知音最难觅，他们是师生，也是挚友知己。发出如此感慨的还有前文写到的周道振先生，方敬对师对友，可见一斑！

姚晶老师的爱人费国华说，方敬赞颂胡景清老师"大爱无疆"，一点也不为过。胡老师热爱学生，谁有困难就无微不至地帮助。

信，是那个时代不可或缺的部分，在波澜不惊的日子里慢慢地走着。一旦有信自远方寄来，那收信时的喜悦、读信时的温馨、回信时的动情，其间的喜怒哀乐、酸甜苦辣，个中滋味一齐涌上心头，真是意犹未尽，堪称回味无穷。

几十年来，一直与方敬保持密切联系的还有老华模校长胡文巧老师，她念念不忘方敬"文化大革命"中的冒险探望：

方敬同志：

收到你的贺年信，又知道你去了故乡。在那安静美丽的地方读书习字，要待三五年之久，这个志向可真不容易。你能真的安心久住吗？交通行吗？离开了家里，不感到寂寞吗？家里放心你吗？这是我产生的许多疑问，相信你是下了很大决心的。1998年新的一年来临之际，祝贺你学习进步，身体健康！

老华模师生团结的传统，希望能够代代传。非常感谢你，在老师最困难的时代，只有你，不忘老师，大胆来看我们。现在你又是这样尊敬老师，老想着老师，使我们非常感动。姚晶老师今天来我家，我说要给你写信了，问他你住的村是叫什么村，他说是个"任"字。

今年的春节晚会也不错，特别那首大中国的歌，由北京、台湾、香港三位歌星唱，非常感动人，你看了吗？好，有空，请讲讲你的生活情况吧，同学和老师们都非常想念你，望虎年生龙活虎，万事如意！


方敬同志：

非常感谢你，送书，又送贺卡；都是你的名贵作品，很难得，心里总感到暖洋洋的。你对老师一片真诚，使我很激动。"文化大革命"时，你就没有看不起老师，依然上门拜访，这一印象，永远难忘。

为什么你仍在农村呢？不好在上海写作吗？远离故乡，很寂寞吧，希望你早些回来。

钱玉音带给我你那里的许多土特产，还有《景清书苑选》，使我感动，不知如何感谢你好。

胡景清老师地下有灵，应为有你这样的学生而感到骄傲。我和姚晶老师也不会忘记你，在我们最困难的"文化大革命"时期，还有你这位学生敢于来探望我们，这是终生难忘的事。

你在那里生活得很好，做了不少有益的事情。除了帮助困难学生外，还建设了景清书苑。还精心筹备，出了这本书苑选，你的晚年生活过得很有意义。你们全家还编写了家庭杂志，每年都出，介绍全家各方面的生活情况，值得钦佩。

2012年4月14日，为庆祝胡文巧老师90华诞，方敬特地从家乡寄去自己书写并装裱成框的书法《大爱无疆》以及本地特产对虾和煎饼。胡老师回信说："你才是真正的'大爱无疆'。半辈子为学生服务，做了大量的好事，你才是我们大家学习的榜样。我仅仅是普通一员，与左淑东老师比差远了，与你比也差远了……"

2013年11月18日，为庆贺姚晶老师90华诞及华模建校68周年，方敬送去"'一片冰心在玉壶'镜框一个，镇纸一对，笔筒一个，大红袍茶叶、芝麻核桃粉各一"。

不知现在的人们，能否像方敬那样尊敬师长?!

这绵延不绝的师生情怀，这世界上最美的情谊！

除了与老师的通信，方敬与老华模同学的信件同样感人至深，钱玉音、胡有咏等同学就保存了不少与方敬的通信。

景清书苑里竹子随风轻摇，唰唰的声响，比起春日繁花，秋雨黄叶更能展现人生的况味。秋雨霏霏，雨滴打在叶子上，声音开始干脆透明，渐渐地随着秋雨潮湿了。

远离亲友和繁华的都市上海，方敬会不会孤独？他在日记里记下丹麦克尔凯郭尔的一句话——衡量一个人的标准是：在多长的时间里，以及在怎样的层次上，他能够甘于寂寞，无需得到他人的理解。能够毕生忍受孤独的人，能够在孤独中决定永恒之意义的人，距离孩提时代以及代表人类动物性的社会最远。

是啊，对孤独的理解，多数人把孤独视为生命的苦境，其实孤独感是个体意识茁壮成长的标记，不是庸庸碌碌的人所能拥有的。如无人能与你进行直达内心世界的攀谈时，你会孤独，但你却是优秀的。艺术家是孤独感最明显的例子，他们把孤独展现出来的同时，也就把个人的独特展现了出来。而因为成功而渐渐高朋满座的艺术家，大多被淘汰出局，原因很简单，他失去了孤独。

有师生和朋友的友谊，有这些传书的鸿雁，方敬在写信和整理书信过程中有怎么样的情感波涛在他心中涌动就可想而知了。

方敬与老同事王洵的通信很多，日记里也多次提到王洵。笔者看到1989年10月20日，方敬写下一行字——"9点45分至10点半，王洵来（王洵小孩明年读大学）。"可谓细致入微，点点滴滴都上心头。几十年来，两人的称呼也几乎是固定的，王洵一直称他为"方校长"，他则称王洵为"王洵老师"：

王洵老师：

华翰悉。余于书，沉湎70年多，自认只是爱好者。此处有冬夏而少春。昨日卸下棉衣即着单衫。前日新竹破土而出，欣喜有加，近来每晚青歌大赛，比上一届有很大提高，向童老师及诸同仁致意，顺请夏安！

庚寅（2010年）夏初

王洵老师：

……昨日此处进入酷暑，赣榆得天独厚，历来台风为过境急转向东北；上周暴雨5天，我处无水漫之患，生活照常，且凉爽无比。比起水泥森林、众空调齐鸣之沪上，优势了然。

碟片也已收到，谢谢。近日仍在写书，已得19篇，凑满40篇即印制，仍然是自行印制。

2012年7月20日

从方敬写给王洵的信中，可以了解到方敬的生活、写作、教学等各方面的情况，有时候心情和天气、环境和风物都跃然纸上："恶病缠身，处之淡然，为存世无多，又收了学生8人，期望有成。""这里自20日起高温向上海看齐，好在只有四五天，是我来这里19年第一次遇到。这几天好多了，特别从昨天起倾盆大雨，暑气全退。我苗条了，只剩下114斤，但近来饮食如常精神也可以，一人读书习字为伴，间或有学生来访，每周二、六有人来帮我打扫，衣服有人洗……""近日身体亦然，饮食正常，唯数量不及往日。岁月匆匆，又深秋矣，几时赴沪从医，需待医院通知。届时又能相聚，不亦乐乎！""人老了确实不行，这两天天又转热，热得晚上盖被单都不行。由于1953年脑震荡后遗症，空调及电扇都不能用。你的同学方锡林癌症晚期，伤心也没用。""镇政府把周围美化了一番，北面的一块地全部翻修，连路也全部装修，焕然一新。真想回一次上海，但医师不召见，岂能贸然行事。"

方敬经常为远近的朋友写书法，同时为学生出版作品集。他是忙碌的，同时也是快乐的：

王洵老师：

一叶落而知天下秋，目前大家都处凋零期，伤感的事多，生生死死死死生生，我几乎淡然了。整个上半年加暑假忙于编书，《景清书苑选》已付梓，月底可成，届时给您寄去，花了大约6万元，已凑齐。还有一本，写了一半，希望今年完成。每天很忙，要做好多饭，每天人、狗、猫各三顿。暑假至中秋，各地来访十余次，直到10月5日才能闲下来，明天又有同学来访，计81、83、85岁，这3位老太太真是老当益壮，情谊感人。明年的安排没想好，年底再说。以您为中心聚集了虬江师生，真的谢谢您，向全家问好，向诸同仁致意。

2012年10月10日

王洵老师：

寄上拙字数张，请裁定。可用，请分发，不可用，则退回重写。返乡后诸事如意，约10月下旬或11月上旬抵沪手术。两本书进展俱顺利，近得丰子恺先生未发表之字画各5张，转告天祥抓紧电子邮件发来。余向来低调做人，能以程十发精品入书亦不易。中秋已过，国庆期间，上海、满洲里、济南多处人马来，加上返乡学生，恐不亦乐乎。

2013年9月27日

王洵老师：

字奉上，字有好差之分，然而都是尽心而书的。如有老师不喜欢的，可以退回按要求重写。我还行，《汉字快写发微》已完稿并付印，《景清书苑汇》正在行进中。蒙医师关顾，因年老，化疗延至11月初进行；为此再过30天，又有劳诸位了。

2013年10月11日

这些信表明了方敬对生死的达观态度，一息尚存，就要工作。"三位老太太"指的是钱玉音、蔡锡瑶和赵霞飞到宋庄来访的事。

王洵老师：

又得华翰。去招生办，为弱势群体做些事，温暖人心是件好事。此处依旧，今清晨又闻蛙鼓，难得，因周围已无池塘。上周为三五友人讲"大数据"，是逼自己读点书而已。昨日起也遇闷热，但比上海的37℃好些。病后，此处多了些"田螺姑娘"，偶尔醒来时，厨房焕然一新。近来斯诺登事充满视频，看来奥巴马不好惹。

2013年7月4日晨6时

王洵老师：

一年又过去了1/3多，今年也写了4本帖，较以前稍有进步，目前抓紧时间再练习，静心而已。近来此处仍以夹衣为主，可能与闰9月有关；有人说2014年不好过，这个判断很难说。但改革的深水阶段，确定难度不小。最近买了本《大数据》，前几年已关心此事了，不知我国能否抓住这机遇，这方面不能落后。

2014年5月9日

方敬一心为别人做好事，故乡人也没忘记他。"田螺姑娘"的神话故事来自《搜神后记》，故事讲述玉皇大帝派白水素女下凡扮作田螺暗中帮助书生谢端。虽然来源于神话，方敬的感激则是发自内心的。连续两封信都讲"大数据"，反映了方敬的超前意识和对国家发展的拳拳之心。他也特别关注世界，"美国大选，甚为注意"。

2016年5月2日，听说虹江中学的学生要来看他，方敬很高兴：

王洵老师：

信笺收得，谢谢！七二届校友想来，热烈欢迎！能接待，只是简陋而已。拄杖而行已3周，唯进步不大，估计再有半月能驱车而行，又有自由了。所以上周起辞去照看我的侄女，开始自力更生。唯易倦，每日上午及下午小睡各一次，闲读及书写依旧，每天约 6 小时。

2018 年 2 月 9 日和 5 月 25 日，方敬发给了王洵最后两封信：

王洵老师：

狗年春节将至，向上海的友人与府上诸位致贺。近来，身体如前，食量增 30%，也算是开心事。闲来仍以读书为主，周六周日给学生讲点书法课。只是佳节即至，情不自禁地想念故友。前两天梦见虬江诸位，欢聚一番：阳光明媚，仍然是一群青年。岁时悠悠，你我都七老八十了。省、县领导都来过，年货颇丰，且价格只有上海的 1/3。


王洵老师：

今日制作了一份照片，给您寄上 5 张。除一张请交童珍春老师外，余下由您处理。这里雨绵绵，仍是春末的味。20 多年来，这里夏冬长，春秋短，今年不知何故，至今仍夹衣缠身。身心依旧，只是阅读时间少了，嗜睡，据说是老年人的正常表现之一。


方敬的同事兼好友石迅生收到的第一封信竟然是这样的：

谨订于 1990 年 6 月 30 日（周六）傍晚 6 时正，请您来我家小聚。粗茶淡饭，务请拨冗光临。

此致：

刘小曼　老师

石迅生　老师

赵养正　老师

吴天祥　老师

方敬

1990 年 6 月 26 日

短短的书信上方敬还盖上了自己的印章，写明了自己的住址和联系电话。石迅生回忆："当晚方老师给我们上课。"

石迅生是一位著名书画家，喜欢画竹、画梅、画松……平时两人书信谈书画的内容比较多一些。方敬对他赞赏有加:"相知多年,你一心作画且淡泊,持之以恒必有所得。""'写意↔工笔'的理解很重要。而先学工笔者远比先学写意更好。试看国画的大家,很多在工笔方面有很扎实的底子。在送来的画中,坐垫以及衣饰(包括衣服底边)都有写意的味,线条也很流畅,在质感上比之前要强。在草的处理上也比之前有变化,青翠中有深厚感。要多画多看多悟。""道法自然,书亦如此;运笔用臂,使笔力出现自然之美。看结果,有千钧之力,有行云流水,均自然之本再现。画竹确见进步。"这样的信件很多,比如:

迅生:

书及字画都收到,与 10 年前相比,在线条上大有长进。我是从两张人物画比较而来的,一张是绢本的仕女与一张纸本的松树老人。只看前一张,大家都说好,但拿后一张对照,前一张就大为逊色。前者认真但呆板,后一张就灵动,竹在变化中,可喜!这里要注意形与性的关系,所谓形,有老与嫩、静与动、疏与密……重要的是有什么想让别人感受的,也就是说你想告诉自己什么。通观兰亭,各个部分都有不同,如起始与结尾,中间的几段都有很大变化。他并不是想作什么变化,而是当时情绪的变化而外露,所以你在画时要有情感。按你目前的把握(技巧)已可以作这方面的探讨,这探讨又不能刻意为之。彻底地放松,随意些,我 3 月中旬有浙江之行,返沪准备多住几天,找个时间几个人作些探讨。这里过春节一样的累人,除夕至今爆竹之声不绝于耳。今天,我已淡化节日气氛,就是写信。初一至今连续晴天,昨天碧空如洗,万里无云,真美。多年来给你添不少麻烦,而你都不厌其烦,尽心为之,谢谢!向二位老人问好!向小严与小家伙致意!

方敬

2003 年 2 月 6 日

迅生:

得画两张,俱佳!特别是竹子,过去是清新,这次是清灵。这一转变来之不易,诚十年磨一剑也,留我珍藏如何?变是绝对的,因而尽快作心理调节,至要。此处抗非典已月余,我每天通风消毒等至今不敢懈怠，请放心。所住附近鸟类繁多，布谷声声。

方敬

癸未（2003）年芒种

迅生：

寄来3张画早已收到，只是各种事接连不断，迟复信还请原谅！竹与前几年相比，用笔与结构更超自然，并具有个人风格。我去年是丰收年，临了20本帖，此处学生有3人入选全国书展，其中一人已得浙江篆刻金奖。另外村里有10人进高校。我除腿外仍然意气风发，生活有序。今中午有羽小鹰，傍在窗外约20分钟，频频望室内的我，真是赏心悦目。特别是清晨的鸟鸣，婉转动听。向令尊、堂问候，小严及孩子代为致意！即请春安！

方敬

2005 年 6 月 27 日

在方敬致石迅生的书信中，有两封是他请石迅生办事的。一封信说自己"方郎财尽"，一封请石迅生画一幅画以感谢李红旗多年为自己的奔波，读来令人动容：

迅生：

请你帮忙办点事，谢谢！

一、给王洵送800元，是我请他代购学生的学习用书。他的夫人是苏惠芝。

二、转8000元给我，今年6月没寄过。今年只给学生用了2万，因方郎财尽。

我很好，此处近日已是秋天。向老人家问安，尊夫人及令嫒亦一一致意！

方敬

2010 年 9 月 5 日

迅生：

请你帮忙办件事。

1. 自 2007 年心脏手术以来，李红旗为我跑了 4 年多。每月跑 4 次配药计 12×4＝48 次；每月寄一次：打包、填写……计 12 次。

2. 每次都要垫款，我不是 100% 报销，从来不告诉我钱数。

3. 每次要加填烟和食品。

为此，请送 4000 元给他；再为他画张画（大小、内容不限），他家地址是……

曾寄《书法教学集思》，不知收到没有。

国庆期间，我接待了 9 批客人（其中上海 4 批），累透了，好在 10 月 10 日缓过来了！

向老人家问安！尊夫人及令嫒代为致意！

方敬

2011 年 10 月 12 日

由于是上海第二教育学院的同事，方敬后期的工资由石迅生代领并保管，以备方敬生活和助人之需。赣榆方面的现金出纳则由秦爱云保管。有一封信中，他请石迅生"另汇 2 万元来，供学生用"。在 2010 年的一封信中，他告诉迅生："每年 6 月和 12 月，每次汇 8000 元就行，因为 7 月及 1 月是我花钱的旺季。"

最早的"方郎财尽"是方敬 2004 年写给胡有咏学兄的："2003 年大丰收，入高校者 10 人，其中 2 名研究生，为历年之最；故资助也多，约 3 万余。方郎财尽矣，但生活无妨。春节一学生送来万余，明年仍可照办。得玉音姐函，知诸位甚佳，心安！祝诸事如意。"

再看两封信：

迅生：

画 4 张收到，只是复信时 1 张小画找不到了，歉！画可以，比以前更精神，有清新的感觉。慰问金之事多谢张惠艻，但找了心不安，想以特殊党费之名退回，又怕不妥。这次汶川地震，我于 5 月 19 日捐了万元，尽心而已。这里到今天为止，最高温度为 33℃。且只一二天。与上海相比，算是避暑佳境了。

方敬

2008 年 8 月 2 日

迅生：

收到单据，是存在备用的活期存折内，此事是我的错，让你费心费事。另外，我发现你那张卡里已没有多少钱，这3万8是否你为我垫的，那就更不好意思了。我要这多钱，因为有人缺钱；这里还有点，凑5万给他们，如此而已。这里酷暑来临已3天，短裤赤膊，一人在家，优哉游哉。吃得下，睡得香，不要为我担忧！

向令尊、堂致意！尊夫人及令嫒处——致意！

方敬

2012年2月23日

方敬曾说："对我个人来说，拿出一万元钱救灾，还要被表扬，这亏不亏心？这是一个公民的责任！"通过方敬我们知道了什么叫拳拳之心，什么叫积小善成大善，什么叫大爱无言；我们还明白了一个道理，只要你竭尽全力去爱，去奉献，你就会变得高贵，受人爱戴。

方敬在日记和书信中几乎是不写"钱"字的，只以一笔画的小口袋图标代替，他叮嘱石迅生："以后请你办什么还是收钱的好，否则我等成'打、砸、抢分子'了。谢谢你的关心。刘谦礼来信说，她三四月份到上海。我在3月20日左右到上海，因为刘璇要当新娘了，这次是王蕾陪我去。"

与王洵的通信一样，方敬与石迅生的通信也是轻松、亲切、诙谐的，从中可以看出方敬在宋庄生活的点滴细节。有一次，方敬请石迅生代买保暖内衣："近10日这里阳光普照，颇有小阳春之意。在这以前，连续一周冰冻。12月初，这里有场雪，堆积约20公分；好在地表温度尚有一定余热，还可以。另外如方便，代为购置'导湿保温'的棉毛内衣一套，是'兆林有限公司'出品，我穿了比羊毛内衣裤都暖。"收到内衣后，他回信说："衣服早已收到并穿在身上。今天这里的温度是-7℃—2℃，有一条你寄来的裤子就可以抵挡；只是到下午稍有凉意，明天我再加条绒布裤就可以了，谢谢你和严慧丽（石迅生爱人——笔者注），并请你在工资或其他款项中扣除。想说明的是，我这里有棉毛裤，羊毛内衣，细、粗绒线裤，由于历来不喜欢多穿，只能像小严那样美丽'冻'人了。去年就穿绒线裤，太臃肿了。说这些是怕你以为我没衣服穿。来这里已一年有余，谢谢二位的大力支持，帮我办了好多事，再次致谢。近来身体可以，可能是发福的原因，弯腰不如以前方便，腰的柔软性与肚子的直径没成正比的缘故。""小孩和你不配合，这是她的特权。过几年就好了，但会有新的'成长的烦恼'。"

方敬是沉醉于故乡风物的，"这里春天太短，脱了棉衣就是 T 恤衫，怪怪的。""这里没遇到酷暑，所以日子很好过，更有树木已高十米，四周成荫，幽静得很。""听说上海高温，这里已连续 3 天，室内温度是 20℃，要穿长裤。""很想回来一次，但天寒地冻，一动不如一静，所以在这里过春节。""北方的气候一立春就渐渐变暖。有趣的是，这里春秋的衣服穿的时间不多，约上海的 1/2 多一些。""今天这里不是太冷，下过几场小雪，自来水管只冻过一次，室内温度一般在 3℃ 左右。身心都可以，在饮食方面很充裕，只是懒得做。"

他告诉石迅生自己的健康状况："余虽过 80，但雄心依然，仍是读书自娱，仍望有所悟。今年此处告老，左手因少动冻了，但十天半月必自愈，勿念。""此处这几天 –10℃ 左右，好在我不怕冷，空调、电热毯、取暖器一概不用，这里人看不懂。这得益于 55 年的冷水浴。""给你的画有一张是穿天杨，一张棕榈可以一看也。特别是穿天杨的气势，也可能不对；我近来身心俱佳，只是腿不听话。"2010 年 8 月 12 日，他告诉迅生："这里 35℃ 以上连续第四天，比在上海这里算是清凉的。我不怕热和冷，无他，是在寒冬和炎夏时，我以感受的心情去体会炎夏和寒冬之魅力，因为这是一种大自然的赐予。""我很好，从 7 月 4 日起至今，只有 5 天没客来，余下每天一来，都是学生（放暑假的），欢乐地忙着。"

他分享自己的创作成果："《成人教育思辨》一书已结集付梓。戊寅大寒后余正步入古稀，于家于国奉献甚微，深以为憾。多年来蒙诸多呵护激励，深铭于心。"

他向石迅生描绘宋庄的发展："这里整体经济发展好，一个中心小学就有近十辆私家车。小青年学开车成风，多数人还买得起，一个小镇好多家小超市。我骑一辆电动车，有顶篷及车厢，6千元，以后不怕日晒雨淋了。整个县只此一辆，从济南买来的（天津产）。近来仍有上海学生来，都60出头了。因为闲，很少写这样长的信"。

他邀请石迅生前来宋庄："你可以安排这期间来我这里，可以住5—7天，时间由你定。不是旅游，是扩大眼界和体验城市和学校生活以外的一些；请通知日程，以便我与友人商定计划，我这有大学生（是孙女）全程陪同。另：什么都不用带，轻装上阵，这里有车辆可以调配。假如要带什么，可以把绘画用具带来，以画竹为主，做些交流。"

没有人可以还原历史，没有人可以回到过去，只有思念是穿行在过去和现代之间的使者。

书信，这一独特的信息交流工具，人类情感生活连接的纽带，几千年来绵延不断，伴随着人类的生生息息。正如杜甫所云：家书抵万金。它同时还具有抵抗遗忘保存历史的特殊功能，与公开发表的历史书籍比较，书信中的历史记录有着私密性、真实性、广泛性和丰富性的特点。

书信比起公开出版物所能提供的历史场景和资料要丰富得多，然而历史的吊诡在于它永远会给人类留下巨大的遗憾：绝大多数的公共出版物被送进一种称之为图书馆的物体内保留下来，而绝大多数的书信的最终命运则是被送进废品回收站而销毁。也有少数人猛然意识到书信对于保存真实历史的重要性，只是一切都太晚了，估计至少95%以上的日常书信早已被以各种方式毁灭了，这意味着万亿计的民间记忆永远消失。

几百年后，这些信件将成为文物；再过几百年，人们将像看到古人的书信一样发出惊叹声。

# 第二十五章
## "书法武术同精神"

方敬曾说过，书法与我以及我与书法，是一种缘分。没有这一缘分，就没有以后的一切。凡是与某一学问或爱好相伴一生的人，不管其成就如何，天然的情趣是根本，这是无法强求的。

他自小就爱字画，"没有任何理由，也没有被启蒙和引导过，见了字画就着迷。任何场合只要看到纸上面有画，都会拣起来端详"。母亲发现了这一异常，在家里空一块墙让他随时涂鸦。墙面是油漆作底，记得是浅黄色的，用粉笔画后可以擦去。那是他少年时期创作的园地，偶尔有彩色粉笔，就更勤奋了。

有一天，小方敬看到一张画，画的是草原的羊群，远处是一座扁长的山，中景是一大群数不清的羊，近景是不多的草。他发现羊群并不难画，前排画得具体些，其他用白粉笔横着一抹一抹，再用深色的粉笔简要地勾勒一下。这样想要多少羊就有多少羊。他画好了，近看看，远看看，陶醉其中。

这幅画保留时间最长，因为来他家的邻居都夸奖不已：那么多的羊，数也数不清，不知要花多少功夫，这孩子真聪明！

母亲当然比他更高兴，这些赞美的言辞，是他放学后母亲"拷贝"给他的，还要他再加些羊。

母亲为他留的这块"空墙"啊，任他在美术梦想的原野驰骋不息。

记得在太华小学读书时，学校在孟德兰路上，南向靠近威海卫路，在威海卫路与黄陂南路的转角上，有个四开间门面的裱画店——刘定之装池。临街的两面都装上大玻璃，连门也是。里面忙着三五位装裱师，一些字画绷在墙板上。后来长大了，才知道这家店很高级，因为裱的多数是清末民初大家的作品。后人称刘定之为最牛装裱师。

　　每次放学回家，方敬情愿多走一些路绕到那里，贴着玻璃如痴如醉地看着，久久不愿离去。时间久了，装池师傅中的一位开门出来问他："小朋友读几年级啦，为什么老在这里看，有什么好看的？"说话时语气极为柔和，方敬一一作了回答。那位师傅就让他进去看看，又嘱咐他双手必须背在后面。他惊喜万分，真像《红楼梦》中的刘姥姥进了大观园，满屋的墨香。上海解放后没过几年，刘定之装池没有了，真让人伤心。

　　还有间朵云轩，位于居家与学堂之间，每日求学路上，必入朵云轩观读。彼时之朵云轩，非今日可比，名儒荟萃，真迹琳琅，无赝品劣迹之充斥伤眼耳。如此流连忘返，成为日课。

　　一次方敬见到了一本《芥子园画谱》，如获至宝，也想好好临摹一番，结果书的主人不肯长借，没几天就要回去了。方敬的字与画是同时学的，区别在于，字有老师，而画是自学，且花的时间多。

　　到了10岁那年，方敬遇到了新成公寓的写字能人——赵有权老师。赵老师那时才结婚，按上海习俗，不能喊赵老师而要喊新大爷。一直到他耄耋之年，见面时仍称之为新大爷，赵老师总是无可奈何地答应着。

　　新成公寓由南楼和北楼组成，南楼占地面积只有北楼的四分之一，但层高一样，南楼住的是印度人，上海人都喊他们"红头阿三"，多数是锡克族人。北楼是凹字形，北面的长，东西两侧短，计8层，每层除最高层为12家外，其余都是13家，其尾部是烘衣间、公共厕所与洗澡间。其中03系列比标准间要大50%。方敬家人口多，所以被分在03系列的103室，新大爷住在107室。按工部局的英国习惯，底楼就叫底楼，以上的一层叫一楼，所以顶层为7楼，其701—702合为一间，由历任的高级警官居住。底楼东侧有大炉间。从底楼到7楼，东西两侧都有倒垃圾的直筒，每天都有垃圾车来清理。说这些，只是想让人们知道英国殖民地的典型建筑。据方敬所知，上海还有保定路和隆昌路有这样的建筑，前者后来改为虹口区中心医院，后者是杨浦区的公安分局，都属于半堡垒式的建筑。

新大爷是新成公寓的管理员，赣榆县赣马镇马厂人，地下党员。他成了方敬的第一位书法老师。

方敬每日清晨去他在107室的家，老师必正襟而坐，对柳公权《玄秘塔碑》的笔画与结构逐一讲解并示范。当日晚饭后，呈上新的作业，如清晨教导而未能纠正者，则板子伺候。这样断断续续好几年。记得的是：执笔要紧，以全身之力送之。并以书圣王羲之操练献之时，突然拔笔的故事相告，以至方敬写字执笔时右拇指内凹很久。

新大爷是典型的私塾培训出来的正人君子，方敬对他教毛笔字的事淡忘了许多，而他的奇人奇事却历历在目。

新大爷"教字甚严，今晚所指出的缺点，明天必须订正"。趣事颇多：

一天早餐，只半根油条，问我，这点油条够不够吃这大碗泡饭，我说能。因为我家偶尔有油条，每人只1/4。他说我半根不用，也能吃下。接着就不用任何菜，吃了一碗泡饭，这个意思是，人要管得住自己。

某一年端午，新大娘返老家赣榆县童家园省亲，新大爷一人住在新成公寓。有老乡念及乡亲之谊，送了些粽子至其办公处——公寓大门边的传达室。只一袋烟时间，新大爷捧着粽子，径往大院广场的中心，把粽子箩一摔，声如洪钟曰："我，赵有权，从不营私贪婪，送这些粽子是什么意思，说说清楚！"底楼至7楼，闲散人员都扒着往下看，新大爷更来劲了，大吼了几次。因为没什么新意，观众渐渐散去，他才抽身返回传达室，留下那些可怜的粽子在大院中懒散地躺着。

是日晚，方敬爸爸到新大爷处说和了一番。"老乡遇老乡，两眼泪汪汪"。第二天一早，公寓的大门口出现了惊人的一幕，一张大字报"我的检讨书"。方敬笑曰：原来"大字报"并不是"文化大革命"时才有的，我的老师早在"文化大革命"前20年就"创新"了。白纸黑字，正宗的颜体字，恳切的言辞，成为公寓一道亮丽的风景，一时传为美谈。

正人君子就是正人君子，处处刚直不阿，就出了个关于剃头的故事。新大爷的头始终是光头，这是当时的制式，并不是劳改犯的规定发式。他每月要刮两三次头。其头发如其人，粗且刚。每次都是位老师傅来伺候，热水一泡，打上肥皂，锋利的刀，从额前向脑后一一趟过。新大爷舒服得闭眼养神，随着刀的节奏嘴角一抽一抽的。工程完毕，摸摸青色且光滑的头皮，拍拍老师傅的背，付钱。

谁知有一天那个剃头老师傅有事，派他的徒弟来。新大爷一看，眉头上好像插了一把锁，"嘴上无毛，办事不牢"。无奈之下，也只得坐在方敬家门口的凳子上受剃。一切按程序办，谁知剃到一半，小师傅一刀下去，青青的头皮冒血珠了。新大爷暴跳如雷，嗓门本来就大，这一吼，小师傅吓得直哆嗦。僵持了一阵子，正人君子的传统发挥了巨大作用。头上冒着一丝血的君子对惶恐的小徒弟说："不要怕，还是请你剃下去，即使再割几道口子我也不怨你，就比如给你当冬瓜使。"结果是以另添3处口子而大功告成。在最后一道洗头的工序时，新大爷的嘴歪着一抽一抽。最后拍拍小师傅的背，付钱。最高贵的嘱咐是："下次还是你来，不要怕，怕就长不了手艺。"新大爷的"光辉形象"，深深扎在方敬幼小的心灵里。

另一个让方敬记忆深刻的是"对对子"的故事：

20世纪三四十年代，在国语教学（当时不叫语文）中，孩子们在"对对子"方面兴趣很浓，时常三五成群作为一种游戏，常常有不少意外的收获。

新大爷——赵老师，他认为我经过4年训练，字有些进步，应当出去历练历练。记得是1943年（我读初一）的春节前，带我去普陀区"大自鸣钟"附近的礼品局去写春联。到了礼品局，寒暄了一番后，他老人家（当时约莫30岁）提笔写了几对，兴致很好，旁边的老板（老乡，同是赣榆人）也轻轻喝彩。该是操练学生的时候了，就命我写一对看看。并点明要写"寿比南山，福如东海"，上下联各4个碗口大的字。老天保佑，那不是平时家里过年用的红纸，而是已装裱好的成品，就以现在的价格来说也要几十元钱一对。老师见我犹豫，就对老板说："马失前蹄总会有的，如这马不敢跑就永远不能成骏马！"接着对我说：

"怕什么，了不起我付钱买下来回去挂，不怕，写！"

我属马，在这样的激励下，豪气顿起，援笔挥毫。8 个大字总算写了下来，但没人说好。细一看，字还可以，就是每一联下面都空了一大块，必须各补上一个字才行。那时，除了外面的无轨电车声音外，静得相当可以。这时，"对对子"的灵感上来了，就在上下联各添一个字，变成 5 字对："寿比南山高，福如东海深"。当我把笔搁在砚池旁时，新大爷第一个喝彩，老板也若有所思。这真是"山重水复疑无路，柳暗花明又一村"。

这就是"对对子"，这就是"对对子"带来的成就感！初战告捷，惭愧惭愧。为什么幼儿会把某个动作重复多遍而乐此不疲，就因为是成就感，成就、成就、再成就。

那天，对子写了好几十副。吃过晚饭告辞时，老板还另外塞给我一包糖。就在春节过后十多天，新大爷来提媒了，老板想把他妹妹定亲给我。当我知道这事后，再也不肯去小沙渡路大自鸣钟写对子了。

之后，我就对"对对子"产生了浓厚的兴趣。曾经设一笔记本专门抄录，可惜几经折腾已找不见了。幸好，还在日记本里留了一些。

上海解放后，新大爷由于是地下党员，被任命为某一派出所所长。也可能因为他有一手不同凡响的毛笔字，没多久就调到新成路分局任协理员（相当于营级干部）。20 世纪 50 年代后期，也可能因为他当过旧警察，上级动员他去支援农业第一线，加强党的农业建设。新大爷二话不说，服从党的号召，举家迁至老家赣榆县马厂村。倒霉的日子就此开始了，因为人隔两地，耳闻他被定为"反革命分子"，其间到各村去要过饭，连方敬的祖籍地任庄也去过……在"文化大革命"后期，可能是实在顶不住了，生平第一次开口要方敬寄点红纸给他，想写春联卖以度春荒。作为学生，方敬立即买了 100 张上好的大红纸，裁成多种规格寄去。为不让老师过于辛劳，方敬也写了几十副对联。

在赵有权老师的教导下，方敬写了 20 年的字，到了 30 多岁，怎么也写不下去了。

老师去赣榆务农了，一直到 1978 年夏方敬回故乡，忙完琐事后立即到了赣马镇马厂村童家园。不用问，看到大门的旧对联，就知道这是老师的家。屋很简陋，但新大爷依然红光满面，兴高采烈，但对过去的坎坷只字不提。临行时，还问方敬能不能回上海为他办离休手续。再后来方敬还书写了鲁迅的一首诗送给赵老师，题跋云"孩提时蒙老师不弃，书道之事予以启蒙，虽离四十载，未敢稍忘，弄管之作恭请权师教之。"

方敬日记里还记了一件事情："1997年乡下寄来一张照片，大姐不知道是什么意思；我一看，是一个陶缸，上面写着'锡敬糖缸已存32年应取走，九五岁末'，这是有权老师的手笔。为什么一个糖缸还要拍张照片，而这张照片又怎么会转到大姐处，大姐说像是有客来，那又怎么到了她手里？"

"4月2日，原定与锡荣去拜望赵大爷的。传说不一，有的说已故，有的说还在。由于在下雨，到赣马还要走一段路，没雨鞋，泥泞不堪而没去，这也是做弟子的心不诚。"


至于美术，方敬读初中时有美术课，两周一课时，上课时老师把作品往黑板上用图钉一揿，每人照着画一张完事。高中不设美术课，但有"木刻兴趣小组"，指导老师是叶飞先生。

方敬弃画而学书是有原因的。1948年方敬报考南京中央大学师范学院美术系，结果没考上。事后他得知，他们那一届没有一个毕业生考入公立大学，听说是因为华模中学和共产党走得太近而上了国民党黑名单。

但是方敬学画的一片痴心未改。

1949年秋，方敬找到一本《绘画教程》（苏联克鲁普茨娅主编），从画鸡蛋开始，操练了一通。

1951年方敬当校长了，画画已没时间。到1954年，方敬已经当了3年校长，这时候他想读东北鲁迅艺术学院，但没被教育部门批准。

学画是没希望了，但他还可以学书法。画画很费事，而练书法则简单得多，一支笔、一摞纸、一砚池，取水磨墨，随时可写，随时可停。

这一年，在无可奈何的情况下，方敬挥泪告别画画，以练字来告慰与画的惜别。

赵老师去赣榆务农，方敬在上海只能自己苦练，但怎么苦也没用。别人都说他的字很好，而自己总觉得不是味。"是不是他们有碍我是个校长，不好意思直面指点呢？"

后来他想了个办法，写些条幅挂在家里而不署名，并推托是别人送他的。在这样伪装下，多少听到些真话，方敬也曾陷入深深的苦闷中。

因为爱字，所以谁字写得好，方敬就向谁请教。1950年，职工学校在新成区有联合办公制度，每周活动一次。方敬认识了同事黄聿丰，他字写得很好，而他的夫人蔡锡瑶又是华模中学的同学，这样开始了交往。"文化大革命"早期批斗之势很猛，过了一段时间，红卫兵和造反派忙着窝里斗。他们这些人就被空闲着，所以每周周日相聚一次。来的都是书法爱好者，且善饮，其间受益不少。

黄聿丰的父亲是黄葆戉先生，黄葆戉，字蔼农，号邻谷，小名破钵，别号青山农，福建长乐县青山村人。方敬称他蔼老，听黄聿丰说，其祖先是清朝末期的武将，黄葆戉是其第七子。而黄聿丰则是黄葆戉唯一的儿子。

黄葆戉书法宗秦汉，得戚伯著碑精髓，承伊秉绶笔意，沉健秀逸，与王福厂、马公愚齐名，称"海上三老"；审定书画与姚虞琴、吴湖帆、张大壮并称，号"沪滨四慧眼"。其篆刻初法皖、浙派，继宗牧甫，上追秦汉，复参汉瓦晋砖、封泥及三代吉金，自成一格。他曾任省图书馆馆长、商务印书馆美术部主任。"文化大革命"开始时近90高龄，"不向老人家请教太可惜，就以习作相呈，老先生看了一会，所说只有一字：好或行。"方敬自称受到的教益太多，他多次拜读了蔼老收藏的字画，诸如张大千、吴昌硕、吴湖帆等等。能见到如此多且珍稀的真迹，人生之大幸，回家后仍不断思考大师们字画的神韵所在。

黄葆戉的字画早有定论，到60年代中期已经不能执笔写字。方敬由于和黄家关系较深，在太夫人及蔡锡瑶的协助下，黄葆戉为他写了一张条幅："山，快马加鞭未下鞍；惊回首，离天三尺三"。"由徐千帆代为保管，以后有机会取回。"有趣的是题款，把无产阶级"文化大革命"写成"革命大文化"。"条幅多年传阅，已破旧得很，其间吴子健看的时间最长"。

黄老先生进入暮年趣事更多，卧室内必燃香烟一支，以驱赶蚊蝇及臭虫。

黄老与同时期书画界交往甚多，吴昌硕先生亦系同辈，故所藏也丰。此外张大千、吴湖帆的作品也不少，善本书更多，可惜一场大灾，损失颇巨。

太夫人石云襄系苏州人氏，只读过一年私塾，但对书画的点评很具功力。她天资聪颖，十几岁便和几个小姐妹到上海的织袜厂做工，后经人介绍，嫁给了黄葆戉。方敬每次临霭老字帖，太夫人常圈点一番，方敬得益不少。太夫人很辛苦，每顿饭做三种，老先生一种，聿丰又一种，余下是蔡锡瑶及其他人，特色炒面，美不可言，方敬说至今没学会。

有一次石云襄在无人陪伴下独自来到方敬泗泾路的寓所，全家且惊且喜，请其稍坐即陪同她返回新闸路。

霭老故去，聿丰因脊椎空洞症也行走不便，太夫人以70高龄仍操劳不辍。聿丰在上海第六师范任教，和方敬一样倍受坎坷。他在黄氏家族辈分较高，原因很简单，乃祖58岁有霭老，霭老50岁得聿丰，爷孙相差108岁。方敬说："这样我们这些人也沾光，来的人很难称呼，后来以老黄、老方处置。在聿丰处认得周志高、吴子健、沈培方、黄简等书画同仁，可惜50多年多变迁，人各一方，久不过从矣。"

但是他们都没有忘记方敬，和周志高同为上海《书法》杂志创办人之一的书法家、评论家黄简，在给黄聿丰儿子黄一知的信里回忆道："'文化大革命'中上海马路上经常有大幅政治标语，一个字可以大到整幅墙，高达两三米，所用书体五花八门，而最醒目者，当属魏碑。一百年前，阮元、包世臣提倡魏碑，大约没有想到会用于'文化大革命'吧。十年中，出现了一批写魏碑的好手，上海北火车站高墙上有一次写的魏碑标语，足称佳品，颇可与赵之谦一较上下。方敬先生（原上海虹江中学校长）赞不绝口，我也去看了好几次。上海出现的新魏体，好手皆在这批通讯员中，周志高为之出版了几本书和字帖，成为一时风气。当时令尊（黄聿丰）卧病在家，周志高请他把《圣教序》剪开，编排成样板戏的唱词，还有唐人写经，也要剪开打乱，变成不能句读的小楷字帖，销售很好。"

聿丰的京剧造诣很深，兴之所至，一板三眼，击节而歌，都是老生戏，怡然自得。他的病少见，由腿足逐渐上升，以至腰、胸、肩、手萎缩。最终弯曲如婴儿，生活不能自理达十余年。他性格开朗，博闻健谈，善饮。在尚能行走时，与方敬过往颇密。在"文化大革命"中方敬搞"走资派地下联络站"，就借聿丰家开会，他明知风险很大，也热诚相助。

儿子黄一知，毕业于复旦数学系，留校后去美国。平时少言寡语，唯一笑置之。擅长口哨，各种古典乐曲，经他处理，娓娓动听；女儿黄一晴，活泼可爱，读小学之前喊方敬阿公老头，长大后坚决不喊。当年在上海机械学院当教师，带学生去工厂实习时被传达室人员误认为是学生。

笔者来到上海新闸路慈孝邨黄葆戉旧居采访，这里是静安区文物保护点。

据黄一晴说："祖父的旧居是 1936 年造的，慈孝邨是个小里弄，3个字是祖父写的。本来这房子只有二楼，当年有个表亲是地下党，要求住二楼上面的亭子间，想靠书法家的名声掩护她做地下工作。她丈夫去解放区了，大概 1947 年左右从解放区回来，造了个三楼作为他们新婚的房子，据说建三楼的经费还是地下党拿出来的。"

她接着说："1983 年我大学刚毕业，碰上母亲大手术，子宫全切。当时我祖母 80 岁，父亲瘫痪在床上，我手足无措。进手术室前，妈妈安慰我说，没关系的是个小手术，3 个小时就出来了。结果我就在外等了四五个小时，像无头苍蝇一样在那里兜圈子。就在那个时候方敬伯伯来了，我眼泪下来了，说你就是我的大救星啊！没多久我妈妈也出了手术室。后来我有一次乘车看见一个人在雨里行走，一看是方伯伯，我马上跳下车去给他打伞。方伯伯也是很感动。

"他跟我爸爸妈妈非常熟悉，关系很好。他到我们家不打招呼就来，来了就吃饭，还带他同事来吃，好多我父亲的学生都是他带来。我祖母做饭很好吃的，就去炒两个菜，让我去隔壁酱油店买二两五加皮酒来。有时没有好的就咸菜下面条。"

黄聿丰1985年去世，病危时嘱咐方敬料理后事。当时家庭的重担一下子砸在蔡锡瑶肩头，孤儿寡母的，她倍感无助。急公好义的方敬在起草《教育年鉴》最忙的时候，抽出3天主持丧葬事宜。并代蔡锡瑶草拟《致谢书》，请人打印分发：

聿丰病逝，蒙第六师范学校领导暨师生、上海工业大学教研室、复旦大学数学系、上海机械专科学校机械系诸老师及蔼老子弟，书画界同好、教育局同仁、生前友好亲临致奠，慰抚老幼。有挽联词逸书美，有鲜花情深意长。是日天雨，群贤跋涉。聿丰有知，当频频心领以谢。

聿丰卧床十余载，师友探视，络绎不绝。关心帮助，无微不至，聿丰与我们深铭于心。

人固有一死，聿丰如此哀荣，足慰英灵。亲人长辞，哀痛怎能自禁。亲友亲临之日，疏于接待。慰抚之际，又失答对，谦甚。辞不尽意，谨奉以达。

黄家决定将黄葆戊与黄聿丰合葬一处。

而墓地是方敬设计的。

学生吴德运至今还保存着方敬设计图纸的复印件。

学机械设计的黄一晴说："方伯伯设计的爷爷墓地，很有创意，寓意是一块倒扣的图章，我们全家人都接受。这种创意没有人想出来，这不是一块普通的墓碑。爷爷是书法家，还是篆刻家，所以方伯伯设计成一个图章的样式。小图纸是他自己画的，那时候他所在的上海第二教育学院有机械专业，他就让教育学院按比例放大。"

蔡锡瑶说："他设计时还考虑到我们的经济能力，当时我们在福寿园买下了6个平方墓地，钱是亲友们凑的。我公公和吴昌硕是忘年交，过去流行做寿穴，或者先做墓碑，公公40多岁时请79岁的吴昌硕写了墓碑：'青山农生圹'，所以印章形状雕塑正面是：黄葆戊头像浮雕，吴昌硕书'青山农生圹'。侧面是冰心写的，冰心也是福建长乐人，我公公和她是老乡，但是他们不认识。当年冰心在中央民族学院退休了，我就去北京，请冰心写了碑文'金石书画大师黄葆戊先生，其人其画永垂不朽'，刻在印章形状雕塑左侧。"

墓志铭由郑逸梅先生撰文，高式熊先生书，方敬的学生吴天祥刻制，可谓是集当代文学、书法艺术之精品于一体：

青山农墓志铭：长乐黄蔼农先生讳葆戊，别署青山农。1880 年 6 月生。世代簪缨，席丰履厚，而先生却弃之似敝屣。孑身来海上，鬻艺以自给。书法青森峭劲，雅近尹墨卿。复由书而悟六法。偶为卉果，幽趣迤致溢于楮素间，人益珍之。旁及镌刻，又饶古泽。旋应商务印书馆之聘，主美术部。发扬光弘，遍传名迹。古香郁郁，蔚为大观。而先生所作《青山农书画集》《暖庐摹印集》及《篆书训蒙集》等复得为度世金针，裨益后学。且其为人慎持绳尺，廉介耿直，亦足为世法。新中国成立，任上海文史馆馆员，上海市三届文联委员。1968 年夏遽归道山，闻者莫不悼惜。哲嗣聿丰，1929 年 1 月生。执教有年，菁莪栻朴，造就多士。而在艺事，载衍弓裘，传薪挥洒，有大小米之誉。1985 年夏，溘然离世而去。越若干寒暑，乃合葬于此。

      1986 年丙寅夏 5 月，媳妇锡瑶、孙一知、孙女一晴立碑

郑逸梅当年经常为报刊写文史小品，被称为"补白大王"，黄葆戊在世时，他经常来一起吟诗弄文。

1997 年秋，黄一知又写了"黄葆戊先生碑记"。

值得一提的是，墓碑正面的黄葆戊像是方敬的学生和忘年交解钢雕塑的。

黄一晴说："妈妈单位一个老师给我祖父做了一个像，我和妈妈去看，一点也不像。方伯伯就让解钢做了铜像，还限定时间完成。"

方敬回忆道：我向黄葆戊老先生请益，继而又向沈尹默先生求教。在沈老的教导下才有点醒悟过来，原来我的第一位老师教错了，但他教

我时不仅认真，而且格外虔诚。我一共跟 3 位老先生学过。但真正可以作为他们学生的，只能说是赵有权老师。黄、沈二位老先生是我崇敬的老师，而我不能把自己当作他们真正意义上的学生，因为不敢！

至今，在景清书苑墙上挂着胡景清老师、赵有权老师和黄、沈二老的黑白照片，"次序就是这么排列的，知道这段故事的人自然理解，不知道这段故事的人常常会不解：为什么不把沈老放在第一位，他是 20 世纪公认的中国十大书家之一啊。人们啊人们，淡泊一些好不好？真正想成为书家心要纯静，学学弘一法师吧！"

1962 年，方敬被委任为虬江中学副校长，主持工作。学校设有校董会，校董会中有沈尹默先生。方敬喜出望外，请俞克侠先生为他介绍，去多伦路 504 号拜望老先生。

从此，他每年都去沈府三五次。

在近百年的书法史上，沈尹默是无法绕过的一位大师。其实，何止是百年，谢稚柳就曾称赞沈先生书法为"数百年中未有出其右者"。

沈尹默对方敬格外关爱，说他当校长太忙，如有空闲，来前给个电话，什么时候都欢迎。

在沈先生处，方敬最大的收获是知道了什么是书法，更可贵的是看沈老写字。当时老先生正在写《历代名家学书经验谈辑要释义（上）》一书，他每次去就是细细地看，看到他搁笔为止。看了多次以后他才明白，书法是该如何控锋运毫的。

沈尹默是深度近视，读书看报非常吃力，白天要对着太阳光，戴着那 2200 度的眼镜片几乎贴在书本上，才能慢慢地读上一会儿。他写书法时，基本都是凭感觉在写，有时夫人褚保权或弟子帮忙抻纸，见他写偏了，会及时提醒他"朝里"、"朝外"，他再作些调整，将每行字尽量写成直线。沈先生是凭数十年的功力，以手的感觉写成的。他用的是心，而不是眼。褚保权出身名门，也是一位书法家。

方敬说，我今天能写点字，都是在尹默先生那里听到和看到的。那本书后来影印出版，方敬有幸保存了一本。

有时沈先生写累了，离案坐在沙发上，一支烟、一杯茶，侃侃而谈。夫人褚保权也始终陪着。在随意的谈话中，蕴含着中国书法的真谛。方敬每次告别回校，立即记下来。可惜这本笔记在"抄家"时失踪了。

认识沈先生才 5 年，"文化大革命"开始了。老先生还要写认罪书贴在门外，其中多数是胡问遂先生代笔的，贴出去的第二天就被人揭下收藏起来。

有一年，沈尹默去北京开会，进入会场时是周总理在迎候。沈尹默因白内障，加上高度近视，他脱下大衣随手递给总理，总理面带笑容地接下并转给随从。

沈尹默向前走了几步后，搀扶他的褚先生就说："你怎么能这样，让总理接你的大衣！"沈尹默愕然，就问："那是总理？"在得到褚先生证实后，长吁短叹。会议期间，陈毅老总告诉褚先生，总理很喜欢沈先生的字。回上海后，沈尹默认认真真地写了两幅，送去北京供总理选一张。总理见字后连连说好，并把两幅字都留下。

方敬只请沈先生写过一次字，当时沈尹默正为豫园题字，趁笔墨方便，沈尹默当即挥毫："把笔无定法，务使虚而宽……"后来褚先生又转交了沈先生主动写的一张字，四尺整张，内容是关于五好学生的，记得其中有句"带好弟弟妹妹"。这两幅珍贵的书法，方敬在多年前都作为奖品，送给了两位爱好书画的学生。

有一年，为了让褚先生高兴，方敬刻意安排三五个女孩常去褚先生处。她们当时都在练字，个个大丰收，每人都得到褚先生的字，还得到了沈尹默读帖时临写的字、斗方、毛边纸。

沈尹默当年每天临帖，方敬常在他书案的右侧，经常见到一叠临写的字。褚先生病故后，其侄儿褚家玑主持沈尹默故居，方敬也常去。

沈先生于 1971 年 6 月 1 日病故，1972 年 10 月方敬被脱掉"牛鬼蛇神"的帽子，立即赶往沈府去拜见褚先生。为了不再失去求学的机会，也为报答沈先生的恩情，还可以替褚先生跑跑腿，他每个月至少去一次，聆听教诲达 10 年。在这期间，听到一些关于先生的趣事，这些故事滋润了方敬的书法，并让他悟出很多做人的道理。

至今在景清书苑，还悬挂着 1975 年 5 月褚保权书写的李白《嘲鲁儒》诗：鲁叟谈五经，白发死章句。问以经济策，茫如坠烟雾。足著远游履，首戴方山巾。缓步从直道，未行先起尘。秦家丞相府，不重褒衣人。君非叔孙通，与我本殊伦。时事且未达，归耕汶水滨。旁题"方敬同志正字"。

正门内侧悬挂着黄简先生 1977 年写的陈毅的《青松》：大雪压青松，青松挺且直。要知松高洁，待到雪化时。旁题"方校长教正"。

还有周世璋于 1979 年炎夏书写的赵丹自嘲诗：大起大落有奇福，十年囹圄发尚乌；酸甜苦辣极变化，地狱天堂索艺珠。旁题"请方敬老师教正"。方敬的学生陈祯和说，当年方老师和赵丹通过信，赵丹称赞过方老师的书法。

还有赵养正一幅"荷"画，旁题"君子之风，其清穆如"。

如今景清书苑里的"方敬故居" 4 字，则是"己亥初月，言恭达题"。言恭达是中国书协副主席，中国书协评审委员会委员、篆刻委员会主任，江苏省文联副主席。他受连云港市书协主席、篆刻家何连海委托而书。

在方敬日记里，有一段看望褚保权的很特别的记录。日记只记述褚保权的讲话，而没有记下自己的问话和答话。而在娓娓话语中，互相之间深切的关怀和眷念之情，跃然纸上：

昨天下午趁去虹口区谈转工作之便，探望久已想去看看的褚保权先生。那是 1984 年 4 月 3 日下午 3 时 15 分。先生是躺在床上，看到我去很是高兴。下面是我的所闻所见：

"我现在气急，胸闷，肚子胀……"

"这样活着，自己痛苦别人也痛苦。"

"赤裸裸地来，赤裸裸地去，我是无牵无挂的。"

"现在耳不聪，目不明。已无聪明而言，愚笨至极，活着是一种浪费；脑血管硬化，记忆力不好，自己讲过的话也会忘记，见到过的人也会忘记，有人以为我说假话。"

"每天只吃一点甜食，是我妹妹要我吃点主食，我就吃像手指那么大一块馒头。"

"我们不是泛泛之交，而是交过心的，所以你一来我就记得。最高兴的是你过去带了一些孩子来写字，她们近来如何？"

"郭妈不能离开我，换个人不习惯也不舒服，郭妈不能走。"

"这是沈先生的一本书，是江苏出版的，我妹妹带来的，送你一本，不送你也就没有了。"

"去年是沈先生诞辰 100 周年，市统战部要请我去吃饭，我不能去；他们来的，我很感谢他们。"

"这是小浦在美国的一些照片，他今年不会来了。他不是我生的，这个你知道。他的生身父母在那边，那边孩子到了 20 岁要自立。小浦在那里半工半读，要汽车，自己开。没有汽车不行，有汽车，各种费用多，比养一个老婆还要贵。他今年来不了了。我的弟弟要来，是今年 9 月 27 日到上海，让他们小一辈去接，我不能去接了。"

"沈先生，有人只说他是书法家，这是不对的。他首先是教诗词的，30 岁时，在北大教诗词，过去大学是没有书法课的。所以称书法家，而不称诗人是不对的。只写诗人，不写书法家可以；只写书法家，不写诗人，不可以。两者都称也可以。"

"这个《秋明长短句》（沈尹默号秋明）中有一阕，是我过生日时，先生写的，叫平君，平君是我的号，是我父亲起的，这里有两阕提到我。"

"红颜绿鬓，红颜尚在，绿鬓已离去十多年了。方敬和方锡敬，哪个是你的号，方敬是号，还是写号吧，过去是不写名字的。"

"你好几个外甥写字，姓翁；你的外甥女还带着孩子来看我，还有一个你的学生，她的妈妈我们认识叫孟昭方。那位姑娘结婚了没有？老了，我们真的老了。"

"你的腿如何？你喜欢锻炼，身体就好。"

"我看报纸能看到大标题，夜报（晚报）更看不清。"

"我活着是一种浪费，对社会没有贡献，是累赘，早点去好。"

"你很忙，不要来。"

"你能来，我就高兴，你能把新的单位写下，叫小弟抄下来，郭妈知道，有事打电话。"

……

我怕先生累着，更怕她激动，所以每谈一段时间，就借口出去一会儿，4时半离开那儿，中间休息了两次。在歇的时候，向郭妈了解一下褚先生的饮食情况，而结果听到的是令人震惊的事，人心不古。

郭妈是1947年到先生家的，家住扬州，随先生已37年。在"文化大革命"中，每次批斗沈先生，都是她陪去的。郭妈今年虚岁68，来的时候37岁。沈先生身体不好时，特别是1968—1971年，连上厕所都是郭妈陪的。郭妈一个字也不识，但家里每天都保持得窗明几净，饮食照顾得非常周到。自1962年以来，我每次去，都彬彬有礼，非常得体。

1966年到1972年，我是"牛鬼蛇神"，怕先生受到影响。1972年10月完全解放，就立即去。打倒"四人帮"后，褚先生珍藏了沈先生的一瓶酒，指定是给我喝的。每次去，浅浅的一小杯，我多数是推辞的。就这样一瓶用红绸带扎在瓶颈的泸州老窖，断断续续地喝到1982年。每次都是郭妈从褚先生的房中拿出，备几碟冷菜，悄悄地候在一边。即使坐，也是坐在圆凳上，侧着身子。

郭妈清癯，很少说话，从不插嘴。褚先生的任何暗示，她很快能理解，褚先生不能离开她，这是事实。但有人要"撺"她跑，说是现在农村好了，你可以回去了。

我只记得三句话：

"褚先生住医院，是7年，家里像'文化大革命'一样，被抄了家。"

"这几年，比30多年前还难过。"

"褚先生在一天，我哪里也不去。"

像这样的人我已不多见。

我更想到，沈先生是一代大家，如果褚先生一去，这日子不知如何，这些书画的结局又不知如何，此时不能和褚先生说。去找胡问遂，不知他身体怎样。要不要向政府部门汇报，采取什么措施，把劫后余生

先生方敬

的一些沈先生的手迹完整地保存下来。

上文中的《秋明长短句》是沈尹默自书词选，收录 32 首诗词，1983 年 7 月出版。


从 1964 年起，方敬的亲友子弟中有爱书法的，开始来他家学写字。"我之所以敢教，除了情面难却和自己喜爱之外，还有些私心杂念。教学生写字少不了示范，示范时与所说的必须一致，否则就出丑。带学生写字还可以逼着自己用心临帖，其责任感与紧迫感让自己坚持下去。教学相长，实际上教的一方更得益"。

尝到了"甜头"的方敬，以后一发不可收拾。除上海外，还受邀去合肥、海拉尔、肇庆、三亚、烟台与杭州等地讲课，也在上海一些中学、中专大专院校、老年大学兼过书法课。除在兼课时收点讲课费外，从不收学生的钱，还不时送点笔、纸和帖给学生。课后必定留学生和家长吃个便饭，为的是在另一种气氛中进一步讲书法，还能听到从小学到大学的学生在想些什么。方敬烧菜的技能也是在这段时间学的。

方敬说，我的字能有今天的一点进步，得感谢那些学生们，没有他们，很可能在坎坷时期就撂荒了。有了他们我得不断往肚子里灌水。因为先哲曰：给学生一碗水，你至少要有一桶。俗话说：半斤教八两，是床底下放鹞子——不高。

退休之后方敬更潜心于书画，他回忆：

1992 年起，主要的是读有关的专业书，单一本《艺术与视知觉——视觉艺术心理学》（鲁道夫·阿恩海姆著）就用了近 200 天。在这 6 年里，读了近 400 万字的专业书，爽透了。鉴于上海太烦人，1998 年初逃到乡下去。仍然是读书练字。在 2004 年至 2006 年的 3 年里，给自己增压，每年用 20 本册页完成临帖的任务，铁定不移，3 年共 60 本。其间还夹杂读《芥子园画谱》和《齐白石画集》。直到完成这一任务后，这才发现自己不会写字。在技法的层面上还过得去，而在艺术层面上，至多是个半文盲。在苦恼之余写了"岸在何方"以自励。又是 5 年过去了，我的岸呢，你在何方？

翻开方敬读《艺术与视知觉——视觉艺术心理学》的日记，我深深地震撼了，因为我从没有想到竟然如此细致、详尽，书中有关米开朗琪罗、马蒂斯、玛丽·卡萨特的例图方敬都在日记里重画了一遍，而且加上了他的分析和领悟。

前文已经说过，方敬画画的梦想起源很早。

无论是在青葱或者坎坷的年月里，他一直没有忘记画画；后来由于工作忙，主要是画速写。

早在1949年，他就画过上海跳舞的西班牙女郎。1956年方敬第一次去重庆，在武汉码头或朝天门候船室外，用4B铅笔画了一幅小吃摊素描，自言线条的质感很好。

周信芳，京剧大师，抗战期间在上海卡尔登演《明末遗恨》，那时方敬小，偷着进去，躲在布缝中看。他最爱看《徐策跑城》。有一次在天蟾舞台看《宋士杰》，回来急忙拿速写稿用毛笔临下来。

1957年方敬经常出差，他发现在湖南大多数火车站附近，由妇联设立了好多旅客休息处，拉起帐篷遮阳，有竹制躺椅供人休息，还提供开水，还有代购车票和按时唤醒服务项目。她们热情真诚，真正的人性化。每次服务只收5毛钱，真正的价廉物美，一派社会主义新风气。方敬深受感动，专门为她们画了速写。

1980年6月28日，方敬到长沙湖南博物馆参观楚文化展览，画了几幅速写。

1981年夏，方敬随上海教育工会组团去绍兴游览，随手写了一段"俳句"：

何处一泓水，半壁青山握难盈，涉舟探幽情。长阶续断亭，一丛修竹自峭拔，墙外欸乃静。曾识巫山云，归来廿年入梦惊，怎又得此景。

1985年7月26日去泰山，画了摩崖石刻。并作诗题泰山"六朝大夫"松：

历几多寒暑，翠色全无，醉心处，有清水激流，更涛声渐渐。闻松尊六朝，疑骚人自怜，褚袍微倚冠如盖，自一品大夫气度。

他去淄博，去郑州大河村参观仰韶文化，他画了好多仰韶文化时代的器物。

兴之所至，他也画自己任职的虹口业余大学，那是 1983 年一个寂静的早晨，他画了展览会的压缩机、原料和半成品仓库、临时指挥部、繁忙的电话、实验室、403 室。

他画新沪钢铁厂、上海工具厂、上海河运学校、上海自行车厂、上海东方仪表厂、上海汽车修理厂，他画上海市郊的弹唱……他画苏州东山的王家泾、龙头山庙、太湖；他画上海市东郊于三县交界处的航头公社，画川沙、宝山、青浦；画南汇县老港公社育才楼，还在画页旁边注明："培育英语人才正及时，一手抓生产，一手抓教育。"

1986 年他去西北，列车上所见，一片灰黄，连天空也泛土色。第一次见沙漠，非常震撼，他急忙速写，那情景经久未忘。

1988 年 4 月 1 日，他去成都讲学，先坐大巴、中巴从大竹到重庆，一路上经常堵车。

这是他又一次去重庆，看见有的建筑物比上海国际饭店还高。

课余他参观了成都青羊宫，跨过金鞭溪，随后去长沙讲学。课余去张家界，见奇峰林立，山河秀美。

1988 年 7 月 28 日，方敬应邀去呼伦贝尔草原城市海拉尔市讲学。穿过海拉尔市的伊敏河，上有大桥，桥很长，也很气派。夏天河水只几丈宽，听说发大水时，10 多丈宽的河道还不够用，两边都是土堆石砌的堤岸。停车之余，他专门画了一幅伊敏大街。

去过内蒙古才知道什么叫地广人稀。据介绍，当地的居民点平均距离为 65 公里，所以每家发一台发电机，每户一台电视机，旗盟才能"广而告之"。

8 月 4 日下午 4 时，方敬乘 519 次列车经过呼伦贝尔市陈巴尔虎旗小良站。这里没有草原与城市的界限，草原便是全部。清新空气迎面扑来，放眼望去，一碧千里，蓝天中朵朵白云似棉絮似雪山，轻轻舒卷开来。低矮的房屋零星地散落着，路边的牛羊在静静地吃草。草原似乎是三色的，碧绿的草地、湛蓝的天空、雪白的云朵和羊群，还有自由生长的各色野花，在草原上尽情挥洒美丽与自由。

停站时，方敬在列车内看到窗外那些房子，甚是稀罕。20 世纪 80 年代没有有线电视，天线林立也是一景，今天想看也没有了。然后穿行在国境线上，去海拉尔讲课，连着讲了 15 个晚上。第 16 天，去满洲里边境线和满洲里参观，马头琴的深沉与宽旷直达心底。

返程到达哈尔滨工人俱乐部，那里举行了一个盛大的联欢会。演员们纵情歌唱，伦巴与探戈轮番起舞，方敬拿起画笔连画三张。

在祖国各处游览，对方敬震撼最大的风景有三处：20 世纪 50 年代的三峡、新疆的戈壁滩和呼伦贝尔大草原，其他还有富春江上游的山清水秀和都江堰的鬼斧神工。

他曾沿长江北上到三峡游览，三峡美景，美不胜收，真是名不虚传。涛声惊天动地，弯弯曲曲的峡江，前朝有遗诗为凭："峡雨蒙蒙竟日闲，扁舟真落画图间。便将万管玲珑笔，难写瞿塘两岸山。"

方敬伫立船头，任水雾沾湿衣襟，想起"巴东三峡巫峡长，猿鸣三声泪沾裳"的诗句，他不禁泪湿眼眶。江轮宛转前行，前面就是神女峰。那缥缈风景中的神女在看什么呢？

他多次去过武汉重镇，武汉大桥做桥墩时他去过，通车典礼他也去了。有一次，在招待所铺一张席子于走廊午睡，醒来"汗水在席子上盖了个章"。1988 年 10 月，他又去武汉，他感叹各大城市电视台高耸的电视塔，已经成为城市景观。记得亚运会时广州又建了一个，比上海的还美。感叹于设计者的制作，他又拿起了画笔。

1989 年 3 月 27 日去九江，坐船最爽。船过苏州河口，沿黄浦江绕过吴淞口，然后进入长江。船行时他信笔画下上海大厦。原来这座大厦与国际饭店、沙逊别墅、中国银行等大厦齐名，现在被东方明珠和金茂大厦等比下去了，其间只用了几年时间，令人感叹。

4 月 1 日，他来到深圳，画下深圳建筑群。这是时隔 4 年之后，他再来深圳老街，变化太大了。

7 月 30 日下午，方敬难得外出休养，去了庐山牯岭。画画之事也奇，一路上触景生情，一种奇特的感觉，促使他情不自禁地拿起画笔。

他画庐山柏杨路上劳动的石工，画牯岭的标志雕塑——一头身强力壮的牯牛，周围花香木茂，绿草如茵。作为庐山风景区中心的牯岭镇，其形状也如一头牯牛。

8月8日，他满怀豪情沿江而上，画下了长江上穿梭不息的船只。

8月10日抵达新疆，他参观了吐鲁番博物馆。移步换景，他画新疆歌舞，画日新月异的乌鲁木齐建筑群。然后到位于新疆吐鲁番市东郊2公里处的葡萄之乡木纳尔村，去画苏公塔。这是一座造型新颖别致的塔形伊斯兰教建筑，也是新疆境内现存最大的古塔，建成于1778年。

他来到吐鲁番西北约5公里交河故城，这里是世界上最大最古老、保存最完好的生土建筑城市，也是我国保存两千多年最完整的都市遗迹，唐西域最高军政机构安西都护府最早就设在交河故城。南门地势险要，有"一人守隘，万夫莫向"的山崖。

城市消失之后，只剩下寂静。1961年国务院将其列为全国重点文物保护单位，被誉为"世界上最完美的废墟"。方敬细细地描画着故城的城郭，连他都没想到的是，2014年6月22日，交河故城作为中国、哈萨克斯坦和吉尔吉斯斯坦三国联合申遗的"丝绸之路：长安—天山廊道的路网"中的一处遗址点成功列入《世界遗产名录》。

他游火焰山，想到家乡的花果山，那是吴承恩创作《西游记》的原型地。《西游记》里曾浓墨重彩地描述过火焰山。

他游达坂城，想到西部歌王王洛宾，方敬感叹："艺术家的伟大，在于创作出令人魂牵梦绕的伟大作品。"

从新疆回来后，他再游杭州，他笑谓："别人是走马观花，我这是走人作画，到处速写。"在坝子桥、保俶塔，都留下他的身影。还专门从虎跑泉带回一桶水，送给嗜茶的老师。

方敬的美术才情，伴着他的讲学之旅一直继续。1993年12月21日，方敬受邀远赴三亚讲课。在天涯海角，有椰子壳的工艺品，很有趣，但笔中无墨水，就吸了点清水画起来。有一只海龟不是椰子壳做的，很精致。

1994年3月12日，方敬来黑龙江省博物馆参观游览。

1995年9月14日，方敬来到龙泉，这里位于浙江省西南部浙闽赣边境，因龙泉宝剑、青瓷而闻名。有人说龙泉是一剑一瓷一座城，龙泉宝剑是公认的"剑中之魁"。更为突出的是这里山连山，山包山，且峰回路转，外人闹不清。据说抗战期间，日本鬼子就进不了龙泉。这里有制剑高手，方敬在龙泉南大街定制了好多传统的单剑和双剑，都送给了至爱亲朋。

1995年11月，方敬赴厦门集美学院讲课。借讲学之便，参观了福建石狮市。11月2日上午，在集美学院归来堂前陈嘉庚先生的塑像旁，方敬细心为之画下来。陈嘉庚先生捐资办学，仅集美水产学院一家，诸如土地、建筑、设备、师资、办公等费用，多年由他一人承担，何况还捐助其他院校等。画完之后，方敬特地题上"伟大的人"四个字。方敬赞叹道："陈嘉庚先生为华侨旗帜，民族光辉。饮水思源，不能忘记爱国侨领陈嘉庚先生！"

在集美学，院方敬第一次见到鲸鱼的标本，他连连感叹"且伟且大"，还在鲸鱼的速写旁边画了好多海鱼，说也算是增长了海洋知识。

同年12月方敬去杭州中国银行培训中心讲课。

1996年1月方敬送书去宋庄中学，1月底返回；列平买了去深圳的来回机票，2月22日返沪。

1996年6月4日，他来到普陀山，那里沙滩很美。恰巧那次台风来了，他们十余人冒险登船。船行一半，白浪滔滔，夹杂着灰与蓝。瞬间，几千条小鱼跃出水面，银光闪闪，此起彼伏，全船上的人无比惊叹。当天中午安抵定海，有惊无险。

方敬的画大多为速写，也是他记录见闻的一种方式。他虽然工作后不再专业习画，可是画画的本领一直在，稍有机会便拿起画笔，这也是一种乐趣。否则，以方敬之豪侠性格，买一部相机来记录见闻不是省事得多？可是他不。他爱这个世界，自有他的方式。画画，让时光慢下来，而让情味留下来，这真是妙不可言的一种表达方式，非性情中人不能懂，更非性情中人不能坚持。笔者的眼前，此刻有无数个方敬的影子在叠加，他的手上，拿着速写本和铅笔；他的眼前，是被他深深爱着的大千世界！

1998 年方敬已经在宋庄定居了。这年 7 月 3 日，上海的学生、画家刘小曼来任庄，方敬陪她去孔望山，画摩崖造像。当时右腿已不方便，1999 年又伤在右腿，之后就不能外出速写了。

这年 9 月 3 日，他画下"退休了的新浦老火车站"。1956 年至 1998 年间，来去就是从这个火车站。新站使用后，他怕这里很快拆了，于是赶紧画了下来。"拍照更好，但没味，因为是'照单全留'。不如画，可以突出主题。"

1998 年 8 月 21 日，方敬返乡蜗居后第一次到上海，让他兴奋的是上海拔地而起的新建筑。他画市光二村，他画上海体育馆，他画"上海新楼群"。自言自语道："3 年一小变，5 年一大变。画的楼除了近景是大陆饭店外，其他的新楼一个也叫不出名字，还算是老上海吗？"

1998 年 9 月 7 日，方敬画了一幅"久违的浦东"。他去浦西，游浦东，感慨浦东的巨大变化："一条江河单边是高楼大厦、闹市，而对面却是农村，世界少见。但上海有，这是大英帝国、法兰西和花旗国留下的。20 世纪 80 年代曾和川沙、南汇的友人讨论过这一现象，开发浦东是必然的。如今陆家嘴这三角地带，低一点的楼也比 24 层的国际饭店高。"

他还来到南仁智里，仁智里有南北两处，在上海虹口区是范围很大的一群建筑。上海称弄堂，也叫石库门，但仁智里属中等偏下的一类，不如"四明坊"等地。方敬在虹口区工作了 51 年，来到老虹口也算是寻根了。他路过该地发现老虹口成片地拆了，顿时涌上一股浓浓的怀旧情愫。

他画坐落在上海西藏路的慕尔堂，这是上海较为古老的教堂。他画上海跑马厅。他惊叹于云南路、福州路惊人的变化。

他造访上海犹太人故居，20 世纪 50 年代他曾在这里办公过，40 年后特意造访并在此写生，后来才知道这里二战时期曾是犹太难民的"方舟"。

上海虹口区的犹太人旧居舟山路霍山路一带有很多古旧的青砖尖顶洋房。二战期间，大批欧洲犹太难民曾暂居于此。这一带被列为上海市历史文化风貌保护区。

方敬把一幅速写《醒》作为速写集《游踪寻梦》的最后一张，意在告诫自己：要不断净化自己，只有这样，才能有益于人。

2011年6月，方敬在自印速写集《游踪寻梦》的后记里说：

兴趣是永恒的动力，画魂未散，偶尔也画一些。到了1986年，总觉得把画丢了太可惜，搞素描与色彩已不可能，最简便的是速写。由于工作关系，全国乱跑，那就乱画。多年来积了千余张，整理旧稿得百余张。

这100张画稿不是作品，所以题为《游踪寻梦》。人做梦，但梦不由人，梦给人以欢愉、以惆怅……童年之梦，至今未圆，留下些期望也好。

方敬不是武术家，但他喜欢武术，身边习武的朋友也很多，有一些还是鼎鼎有名的武术家或体育冠军。

幼时，方敬与小伙伴们在警察公寓与英国、印度以及日本的孩子们打着玩。与前二者对打方敬他们赢的多，但常常输给日本的孩子们。"就凭这一点，从10岁左右，小伙伴们决心习武。那时食不果腹，练得异常艰难，师傅姓王，学的是查拳。""文化大革命"之初，方敬在批斗中突然感悟：孩子们不但要有强健的身体，还要有些武功。这是有前因的。

孩子们学拳，先要找个好老师。1966年秋天，方敬花了近一周时间，每天清晨骑车从延安路外滩起一路骑到黄浦公园，再转到人民广场与人民公园。经过反复比较，选定了人民广场陈、邹、郭3位老师的拳场，经黄浦区体委老袁的介绍，让六七个孩子拜师习武，学的是华拳。

之后，不论寒冬酷暑，每天清晨方敬陪孩子们练武，持续了好多年，也就认识了一些武术界的朋友。"其中有好多趣事"：

有一次，学生们去上海宝山区杨行公社支援"三秋"，方敬身为批斗对象，没有资格去。然而，支援"三秋"的学生发生了一件事：有一个班级被一小撮痞子欺凌，所有的伙食费被他们霸占，炊事班只为这些人做菜备酒，多数学生饿着。区教育局的叶慧英急调方敬去救火。到了那里一看，只七八个痞子。他们之中仅有一个是"一翻领"，而头目是"五翻领"，其余的只有 2 人是"三翻领"。什么是"翻领"，当时兴运动服，长袖大翻领，谁"翻领"多，谁就是头目，最多的是"七翻领"，舒服不舒服无所谓，要的是这个"派"。

方敬一看这阵势，只能"以牙还牙"，急电上海精武体育会的陈少秋指导，要他派个得力干将来。另外，由区教育局垫款，另找个地方开伙，让其他学生吃顿饱饭。而对这些小痞子则让他们照旧开怀畅饮，为的是不让他们作鸟兽散，便于一网打尽。

当夜，摔跤手郭国富到了。方敬让他显示显示实力。因为方敬和陈指导相识多年，郭国富也认识方敬。经反复劝说，他把衣服扯开，胸大肌特别听话，要松要紧都行。要右边跳动左边静止，或反过来也行。最令人叫绝的是左右分别上下跳。方敬一看，果然了得。第二天一早，就到厨房去"拜望"那帮痞子。

痞子们三三两两躺在地铺上，很有警觉性，一见有人来，都站了起来，呈半圆形围上来。郭国富什么也不说，铁塔似的站着，用左手食指朝"五翻领"勾了一勾，低声问，你是头儿？并自报了家门，我是郭国富。这个小痞子立马应声，双腿叉开。郭国富一看，逼上半步，用单脚横敲，那人应声而倒。接着是众人一字排开，聆听训话。这事不用一个小时就结了。郭国富丢下最后一句话，转告你们所有的"小赤佬"，都要老老实实，否则，在虹口区不要混了。

陈少秋是 20 世纪 50 年代的全国摔跤冠军，在 1968 年左右因病毒进入脑部，而被误诊为感冒，英年早逝。至于方敬，隔日回去继续靠边站。

方敬有关武术界的趣事还有两个：

先说"刘邓大军"，这是一个小男孩的名字。父母都是武术教练，父亲姓刘，母亲姓邓，孩子生于 8 月 1 日。初为人父人母的二位几经商量，孩子的"大号"定为"刘邓大军"，并立马去派出所报户口。派出所经办民警听到这样的名字，面部表情就可想而知了。几经商榷，中国的户籍中就有了这独特的名字。遇到方敬时，他们非常自豪地说了此事，特别描述了在派出所的周折。方敬除了抚掌大笑以外，记住了此名字，且至今未忘。

年轻的父亲是家里的宝贝蛋，真应了时势造英雄这句话。因为他父亲和叔伯4人，只有这个男丁，为了这"四房合一子"的茁壮成长，他自幼被他爸送去练武，后来曾是上海工人武术队的队员，上海少年武术队的教练。一套醉剑，确实让人敬佩。

宝贝蛋自有独特的气质。一次，他去苏州参加拍武打片，边上有人说了一句："这些人都是花架子!"竟然有不少人附和。争白几句后，宝贝蛋挺身而出，一路打过去，电影的拍摄也被搅黄了，怎么善后的也不记得了。

方敬说，"文化大革命"中有两个现象值得关注：一是书法大普及，二是练武之风大盛。这中间有位姑娘，同伴们都喊她"石头"，因为在她姓名的3个字中间有6块石头，叫某磊磊。石头后来在某中医药大学当武术老师。东瀛来了个男孩，叫某某光太郎。在该校进修并学武术。久而久之，爱慕上了石头，但光太郎的双亲和姐姐都反对，一场持久战就开始了。

顾名思义，光太郎的家中没有次郎。以独子的优势，经过三四年的风风雨雨，光太郎与石头终于经父母同意喜结秦晋之好。事情敲定后在虹桥某宾馆举行婚礼。方敬很少在这种场合露面，还曾得罪了一些人。但石头的师兄弟姐妹都认识他，其中还有渊源很深的，结果连扯带拉把方敬塞进"差头"。一进大厅，果然武术界一帮子来了不少人。"刘邓大军"一家3口也来了，这是方敬第一次见到才几个月的"大军"，他妈一定要抱着入席，方敬说用不着，去找两张椅子对拼着，再铺块毛巾让他睡。他们二位将信将疑照办了。"大军"也很争气，熟睡到宴会结束还没醒。这些年轻的武士赞叹说："老师太厉害了，连婴儿都服他。"方敬暗笑自己哪里有这么深的道行，说白了，凡婴幼儿都晕车，这是科普知识没宣传到家。

婚礼中还有件事，石头爸爸发现方敬是他的校长，这一来，就被郑重地介绍给光太郎的父母和亲友，十分钟左右的寒暄，为了答礼，鞠了几十个躬，可怜方敬的腰，好酸。"好在当时 60 多岁，坚持了下来；如放在今天，辞谢是最佳的选择。"

如今，"大军"多大了，"石头"又在何方？

即使几十年之后，方敬还记得一对"大力士"夫妻：

那是 1965 年，学生去奉贤的一个公社去支援"三夏"，方敬听说有对夫妻，堪称奇人。一般情况下，夫妻二人能挑 800 斤谷子去镇上缴公粮，听说最高纪录是千斤。

曾有这样一段传说，那位奇人在家门口乘凉，远远有几个挑担的人过来，一路上哎呀呵呀地喊着。经过他面前时，奇人说了句，就这点分量还喊什么。后面一位挑担的听见之后把担子放下，招呼了一下，前面的担子也停了下来。在农村，方圆几里之内都有点认识，打赌开始了。协商的结果是：如果两副担子他一个人挑去目的地，则两副扁担都不要了。那些都是木扁担，其中一根还是铜皮包头的，已用了好多年。扁担被汗水浸得带棕色，晶莹可人。如果挑不到目的地，则回来在他家喝一顿，四碗四碟加好酒。而两副担子的总分量在 600 斤左右。

"奇人返身进屋，找了两头反翘的，比一般扁担略长一些的木扁担出来，一头两麻袋，稍稍起步，走到屋山头，担子不放下，站着尿了一阵。不哼不响地健步如飞。赢来的铜包头扁担，在我去时还在他家靠墙竖着。"

好奇心是长见识的动力。方敬带了几个学生，专门抽空去拜望他们。夫妻俩身高一般，男的约 1.75 米，女的不到 1.70 米，但都壮实，人很和善。听说那位夫人也能挑 300 斤以上，真是"天作之合"。家里四五根扁担靠墙竖着，都是木质的，比一般扁担厚实。

人生啊，无论有多少风雨，这一些与爱好相关的奇闻轶事，也总能像暗夜里的星星一样，让人在摸索前进的路上，眼睛里有喜悦，有新奇，有浅浅的喟叹与希冀……


2018 年 11 月 28 日晚 10 时，上海浦东东明路与永泰路交叉处，一家名为"徽乡情"的饭店依然灯火通明，迎接着远近的客人。

笔者采访了方敬的学生陈祯和，他幼时即习武，几十年不辍。虽然年逾七十，1.78米的他结实有力，看不出体重竟然有90公斤。

他语气平缓，很有条理：

方老师练过武，他认为武术和书法在精神上同源。他还曾经做过上海体工队的特邀顾问呢，我们体工队培养了几个全国冠军。

我有几个师弟师妹，方老师的学生叶赛聪也是我师妹。全国冠军有曹伟民，和李连杰同期冠军，李连杰是全能冠军，他是南拳冠军，连续两届全国冠军，就是方老师推荐入队的。

曹伟民别名"老头"，因为他从当运动员出名时，其前额就开始脱发了，30来岁年纪，粗看上去真像个小老头。他多年任教马来西亚武术队的主教练，带出的弟子成绩优异，马来西亚男队的何偌槟在釜山亚运会上获得男拳全能冠军。曹伟民后来去日本和欧洲做过教练，也做过上海体工队教练，现在还在带二线队队员。熊宝萍，也是体工队和曹伟民同期的队员，是和叶赛聪一起进上海市体工队的。熊宝萍体工队出来后做警校教练。后来在外国人事务管理局。我们4个人在武术方面是方老的得意门生，比较早。

记得最早的武打片叫《405谋杀案》，当时刚开始拍这类电影，导演是张耀庭，没有多少经验，请我们去客串。当时很兴奋，打打闹闹。曹伟民也拍过电影，李连杰拍《少林寺》时，曹伟民则在电影《木棉袈裟》中出演过角色，那是最早的中国武打片。

方老师曾经为我定做了龙泉宝剑，剑身上有方老师的名字；剑锋边沿有花纹，很漂亮。我现在是上海武术协会的顾问，我的儿子、外甥都练武，上海几个大学的武术教练，都是以前我教过的。

有人说，武术是太极，书法也是太极。书法与武术，文武相合。

中国武术和中国书法是我国的两大国粹。源远流长，博大精深，有几千年的历史，并且流传海外，深受中外人民的喜爱。武术，古代称"手搏""武艺"等，近代又称国术，门派繁多，技法各异。书法，是汉字书写的艺术，有笔法、字法、章法之说。书体繁多，有真（正）、草、隶、篆。

书法与武术不同的是，书法是凝固的音乐，武术是格斗防卫。

虽然方敬不是武术家，可是竟有武术杂志向他约稿。方敬日记1987年1月2日记道："去二院，8点半，五期干训班结业式；《武术》杂志来约稿。"

《中华武术》1997年第七期，刊有朱惠兴采写方敬的一篇文章《书法武术同精神》（美术编辑法乃光专门画了一幅插图）：

书法的基本理论，可为武术借鉴；武术的基本理论，也可使书法得益。对此，上海市成人教育研究会秘书长方敬颇有研究，他曾为上海市武术队和武警上海总队武术队等单位多次上课，以探索书法理论与武术理论的源流，受到上海武术界人士的好评。

为此我专程拜访方敬，请他发表高论。方敬开门见山地说："武术书法同源，两者都是力的表现、力的美。书法中曾探讨担夫争道——两位担夫，狭路相遇，既不能相撞，又能各自通过，这是借运动中的变化过程从容而过。武术中的技击，常不容间发，也如担夫争道之理，见隙行事。"

方敬少年时学武术，同时也学书法。几十年来，他从未放弃对武术与书法的追求。"文化大革命"中他白天当"牛鬼蛇神"，晚上却在黄浦区武术队练武。当他的双膝在揪斗中负伤致残不能再练武后，就专门从事武术与书法的理论研究。他把书法理论运用到武术中，取得了可喜的成绩。

方敬又说道："《孙过庭书谱》有3句话，可为武术借鉴，第一句话是：一画之间，变起伏于锋杪；一点之内，殊衄挫于毫芒。书法的一点一划讲究变化，武术的一拳一脚也讲究变化。武林中人知道：两者相斗，力大者胜；力同样大，则快者胜；同为快手，则气长者胜，持久力相等，则多变者胜；两者一样多变，则功夫深者胜；功夫一样深，则勇者胜；勇气也相等，则一正克百邪。可见势无定式，变化为上；持之以恒，纯熟为上；勇为必备，而浩然正气为根本。变化要自然，运用才能自如，如同一点一划地写字一样，先要练好一拳一脚的基本功。写字的一点一划，称点划功夫；武术的一拳一脚，称拳脚功夫。没有一点一划的点划功夫，用笔墨不可能跌宕有致；没有一拳一脚的拳脚功夫，套路的严谨有度也是不可能的。譬如弓步冲拳，行家训练出拳时要求以小臂引大臂，力达拳面。若出拳时，大臂与小臂力不在一条线上，就不成章法。因此，如同笔墨的一点一划一样，先要练好一拳一脚的基本功。基本功练好了，才能形成武技，再形成技巧，进而形成功夫。常言道：书法好坏挂起来看，武术好坏贴肉看。武技高低不靠吹，一拳一脚见功夫。"

方敬侃侃善谈，妙语连珠。他拄着黑漆手杖，笃笃笃地来回走动着。他的走路则是如同他的书法字体一样，掺和着他早年的武术功底，可谓步步见精神！

"《书谱》中的另一句话是：初谓未及，中则过之，后乃通会，通会之际，人书俱老。书法要求通会，达到通会境界则人书俱老，不管你几步，都可称书坛高手；武术也要求通会，达到通会境界则人武俱老，不管你几岁，也可称武坛高手。但要达到通会境界绝非易事，它有一个初谓未及、中则过之的过程。练书法、练武术，开始达不到要求，后来达到要求了，火气又嫌大了，经过淬火，变外露为内藏，才能既柔又刚，柔中含刚，恰到火候，达到通会的境界。"

"《书谱》中还有一句话是：初学分布，但求平正；即知平正，务追险绝；即能险绝，复归平正。平正，指经过一番螺旋运动后，到达高级阶段的平正。所谓分布，指的是布局功夫。练书法讲究布局，汉字部首方块中的位置，或大或小，或胖或瘦；笔划多的字笔划宜细，笔划少的字笔划宜粗，这都有一定的格局。字的结体，要注意避就、穿插、向背等。更重要的还要求笔划的用力要到位，笔的力点恰到好处。练拳同书法一样，也讲究布局功夫，无论踢脚还是冲拳，要求拳脚到位。拳和脚不到位都不可，到位后力点多一分则过之，少一分嫌不足，过之与不足都是力的松散。全到位后还要符合法度。譬如马步冲拳，要求膝尖、脚尖在一垂线上，大腿呈水平方向，收腹、松胯，尾椎中正；若冲拳则

　　　　　　　　　　　　　　先生方敬

力达拳面，若擦掌则力达指梢；加上精气神的配合，达到完美的要求。"

"点划功夫加布局功夫，就是实力。实力还讲究矛盾的和谐统一。所谓书法的矛盾，指提按、虚实、方圆、轻重、徐疾、藏露、逆顺，以及墨汁的枯润——润与枯还分有墨和无墨，此外墨又分五色，出现不同层次。如此丰富复杂的矛盾诸因素的和谐统一，构成书法的实力。谁的变化多，谁的等级就高，武术同理，拳脚功夫加布局功夫，再加上诸矛盾的和谐统一，如刚柔、虚实、攻守、进退、快慢、轻重、方圆……谁的变化多，谁的临场发挥好，谁的水平就高。"

"综上所述，我本人练拳的体会是：轻、慢、圆、虚为柔，重、快、方、实为刚。太极拳'以柔为主，柔中有刚，刚化为柔'，八卦掌的柔与刚类似太极，但有自己的刚与柔；弹腿'以刚为主，刚中有柔，柔化为刚'；少林拳'三分攻七分守'，所谓'拳打七分守三分，拳打十分一脚去'；心意六合即'十大形'，沉实有力而勇猛，青龙剑中的'引而不发，跃如也……'都是矛盾等诸因素和谐统一的结果。"

方敬先生对武术与书法理论的探讨，使我敬佩。接受采访时，方敬先生再三强调，在力的使用上，书法与武术是一致的，并表示愿在花甲之后，能就二者之间的异同做进一步研究，为书法与武术的振兴竭尽绵力。

笔者好不容易辗转联系到作者朱惠兴，提到这篇文章，他说："关于采访方敬老师的细节，由于年代久远，已经模糊了。只记得中午时分，两人一碟花生，两盅小酒，你来我往'舍命陪君子'，几乎是干喝，像喝茶一样。他说喜欢干喝，酒量很好。当年我年轻，酒量也行吧。就这样，我的文章也在'干杯'中完成了。当年我在搞'武术文化'的课题研究，是业余爱好。我是经朋友介绍去拜访方敬老师的。"

当年朱惠兴除了定期为《武林》投稿，还向北京的《中华武术》投稿。《中华武术》是中国武术协会主办的期刊，代表着中国武术界的"声音"。

一张柔和的宣纸，一片飘动的白云，在白云上舞动的是松的魂灵，还有千年历史的回声。一幅书法展开了，灵动的文字间似乎有编钟的余音袅袅传来，灵动的文字一旦成为书法，就化蛹成蝶，蝶变成仙，成就了一生的华美。

书法与武术都是在快慢交替、方圆变换、轻重缓急、开合收放、气血共溶、刚柔兼施、欹正有致的哲理中，不断领悟、修炼、提高而发展起来的。君不见狂草大家张旭路见公孙大娘舞剑器，从而悟得草书的笔法神韵。

虽然隔行的剑术和行草概念各异，但其理存于一。融会贯通的境界，让方敬的思想与胸怀更加雄浑豁达，也让他的人格更有魅力……

# 第二十六章
## 《纶华》与一个大家庭的芳华

一个家族犹如一条长河，源远流长。而且有很多条支流，四处奔流……

大家是从一根藤上结出的瓜，繁衍生息，流散全国各地，甚至远居海外。那么，有没有一种办法让大家的心紧密相连？这几年手机微信非常方便，前些年呢？

此时，你的眼前飘过一本杂志。你看印刷精美，内容丰富，图文并茂，精彩纷呈；而且栏目众多，连卷首语、编辑后记都有。

你看到了，却没想到它是一本家庭杂志，它的名字叫《纶华》。

名字是方敬起的，从父亲方传纶和母亲潘建华的名字里各取一个字，以继承他们的遗志。

虽然是家庭杂志，但"麻雀虽小五脏俱全"，杂志的成分它应有尽有。主办方是"纶华联谊会"，方敬是纶华联谊会的名誉会长，方锡廉是会长，其他姐弟几个是副会长，王贵松是秘书长，其他的晚辈成了理事会的理事。杂志的联络员是上海的方锡荣、新疆的方锡林、深圳的方列平、韶关的方雄、合肥的方向欣、北京的方芳、瑞士的方翔。

杂志的起因要从 2007 年的"祭祖之旅"说起。时光返回到那年国庆节，遍布于祖国四面八方的方氏子女们，子孙三代 26 人，分别从上海、乌鲁木齐、昌吉、深圳、韶关、北京、合肥等地启程，开始了祭祖之旅。

方锡礼携家人方向孜、王贵松、方向欣、邱晓丽、方向荣一行 6 人从安徽合肥来了，方锡荣一家从上海来了，老四方锡廉和老六方锡林组成的"四六方面军"从新疆同机抵达连云港。

方敬大姐方兰英的儿子翁长松、儿媳葛培培携两个孙女翁敏、翁玫一家4口乘火车踏上了去连云港的旅程。

10月3日，大家会聚到赣榆宋庄。久别重逢，激动的心情与亲情交融于难以言表的氛围里。血浓于水啊，这次相聚是空前的，大家回顾先辈不屈于命运艰辛求生、创业的历程，牢记他们对家庭的高度责任心，继承他们视教育为本的思想，学习他们与人为善的高尚情操，发扬他们艰苦奋斗的精神。

他们怀着十分沉重和崇敬的心情，来到先辈的墓地，祭奠着先辈的英灵，倾诉着后辈的心声。

秋风瑟瑟，天色沉沉，方敬撰写的祭文在田野间回响：

岁在丁亥，时属中秋。正值方氏壮猷堂先祖传纶建华辞世30周年之际，子孙集聚任村，叩拜于灵前，祭以文曰：先祖于80年前迫于饥馑，为避战乱，赴沪谋生。育有子女九人，经年食不果腹，衣仅蔽体。其艰辛难以为外人道。然其崇尚教育之志不渝，所有子女均受中等或高等教育，孙辈进高等学府者过半。古今中外，家国之盛者，莫不得益于教育。先祖以一介农村夫妇，识字无多，能如此关注子女教育者几多？当年任庄逃荒者，或去关外，或去海上，子女如此成人成材者多乎？值此金秋之日，叩拜之时，子孙一谢先祖抚育之恩，二谢泽被后人之德，饮水思源不敢稍忘。尚飨。敬拜。

祭语声声，悲声切切，回荡在田野，寄托着他们无限的哀思。

方敬内心深处对父亲有一种愧疚。新中国成立后父亲做了民警，工作勤勤恳恳。20世纪50年代中期转到力成汽车配件厂当工人，1958年被定为"反革命"送蚌埠水泥厂接受管制和劳教，没几年遣返上海在家"管制"。方敬因考虑弟弟妹妹众多，父亲来自农村，又是贫农，就劝父亲回乡务农，可能日子要好过一些。但谁知更糟，乡下的"文化大革命"闹得很凶。父亲除干农活外还为中小学打扫厕所，困难时甚至捡来棺材板烧火做饭。1977年中秋节父亲因脑溢血死亡。方敬请假奔丧，而上级不准。母亲也在当年年底，在忧郁中病故。1987年父亲平反，对他们来说是迟到的安慰。方敬拒绝了800多元的补偿费。

然而祭拜并不是一味的悲悲戚戚，继承先辈的遗愿，规划各自的未来才是应有之义。随后他们参观景清书苑，写字题词，感慨万千。

　　兄弟姐妹原本是天空飘散的雪花，落在地上化成水融成冰，就谁也离不开谁了。自从出生，母亲牵上的纽带是伴随一生的宿命。岁月会留下痕迹，世事会让人蜕变，不变的是兄弟姐妹真诚的笑脸，不变的是兄弟姐妹坚韧不拔的精神。大家对大姐的评价是笑容可掬、胸怀坦荡；对方敬的评价是精神焕发、老骥伏枥……

　　那是一次多么令人难忘的相聚啊。你的额头已有不平的沟壑，两鬓已有细碎的华发，眼睛也有模糊的白雾。而我也已告别了绽放的青春、固执的年少、强壮的身躯，但我们同一种血脉，同一种神情，同一种性格，同一种精神永远不变，就在这时光飞逝的岁月中，让我轻轻搂着你的肩膀，"哥，姐，我们一起照张相吧"，这是手足之情的象征。方敬还临时作为音乐指挥，带着大家同唱一首歌《我爱你，中国》。合唱之前，大家拿着歌词进行了合练：我爱你春天蓬勃的秧苗，我爱你秋日金黄的硕果，我爱你青松气质，我爱你红梅品格，我爱你家乡的甜蔗，好像乳汁滋润着我的心窝……我要把最美的歌声献给你，我的母亲，我的祖国。大家还合唱了李叔同作词的《送别》。

　　"瞧，指挥多么认真，歌唱多么默契，"方行之上前邀请爷爷跳了一支舞，"看，我们跳得怎么样？"

　　垂柳青青，相聚融融，26个人在景清书苑门口留下了一张合影照。

　　这"融融"之情也是方敬在《同甘与共苦》短文中最珍视的："余幼时食不果腹，衣仅能蔽体。除夕前，扯几尺布，缝一棉袄罩衫，光彩不能自禁，雀跃再再，并无隔阂。及长，挑起家庭重担，也淡泊自处，为诸弟妹作牛马之劳。各人自立后，困苦之际相互支援……"

　　外孙女翁玫专门写了一篇《我的连云港故事》：

　　宋庄镇的清晨被薄雾包裹着，还没被晚起的太阳消散，我们沿着门前的路笔直向前走，一直走到任庄村。两边都是农田，田里的一串串成熟的稻穗上沾着清晨晶莹剔透的露水，美丽极了。爸爸凭着记忆中的方向把我们带进一片稻田里，我们在稻田泥泞的田埂上走了几分钟，来到了祖坟前。望着碑上的照片，我感觉到遥远的亲切，脑海里浮现出一个高大有修养的男人和一个手抱婴儿的贤淑女人的形象。爸爸妈妈认真地摆供品，点香，倒酒，我和姐姐把从上海带来的鲜花摆在碑前，之后我们挨个磕头，焚香祈愿。我们向太爷爷太奶奶诉说我们的近况，表达了我们的心愿。

走出稻田时，太阳渐渐升起来了，笼罩在稻田上的雾气变得稀薄了，我们来的那条路上的雾气也散了很多。路上偶尔能遇到大黄狗自顾自地走着，偶尔瞥我们一眼。周围的一切都让我感到轻松，呼吸顺畅。

我们享受着初秋清爽的天气，乡间缓慢的生活节奏和舅爷爷给我们准备的一餐餐丰盛的饭菜，以及他给我们带来的一个个意外和惊喜。这天下午，为了让舅爷爷能得到片刻午休，我们4人就在屋门前的柳树下打发时光，搬凳子坐在门口，吹着小风晒晒太阳。下午的太阳光特别的橘黄，我们每个人都裹在橘子般的阳光里。吃着前天晚上舅爷爷学生送来的鲜甜的葡萄，闲聊着家常，晃晃荡荡地过了一下午。我们4个人能这样聚在一起，大家不急着各自手头上的事，实属罕见。我们放松地享受着舅爷爷犒赏的时间，心安理得地浪费着。

这天晚上的活动是舅爷爷发起的。舅爷爷说，宋庄这里是没有这种氛围的。村民们为生活所迫，被约束的精神世界使他们常年来十分压抑。他们认为唱歌和跳舞是不正经的行为。正是因为精神上缺乏活力，所以他们也难以疏解生活的压力。

我们一家的到来，让舅爷爷得到舒缓的机会，说一定要畅怀高歌。爸爸对生活乐观而积极，在家里做家务的时候都会唱歌。而姐姐和我从小就耳濡目染，对节奏、旋律都很敏感，爱唱爱跳。

我们围着圆桌坐着，开始是一个个轮着唱歌，舅爷爷觉得还不够热闹，把隔壁"大管家"一家三口都叫来观摩。爸爸唱起很多老歌，有我们熟悉的《莫斯科郊外的晚上》，我和姐姐就为他和声。舅爷爷会唱的歌好多，很多我们都没听过。我唱了几支英文歌《月亮河》《卡萨布兰卡》等，歌词记不清时，哼哼调子也算蒙混过关。而爸爸的记性真是好，大段的歌词都记得住，一连唱了好多首，舅爷爷也和他互动起来，成了他俩的赛歌会了，我和姐姐兴奋地用筷子敲击桌子，为他们伴奏。"大管家"一家是打定主意只作观众了，虽然也在笑，可是还是保持着一贯的拘谨，笔直坐着，而我们早已东倒西歪了。我们这些人自得其乐，舅爷爷甚至即兴跳起了舞，完全忘了自己平时走路都会痛的腿。姐姐也被喊起来一起跳，姐姐左右移动脖子的标准新疆舞动作十分专业。后来是怎样结束的我完全忘了，只记得嘴巴笑得酸痛，巴掌拍得生疼，绕梁的笑声几乎掀翻了屋顶。

接下来的一两天，舅爷爷带我们去拜访了好些学生家，甚至在家会（方家会）爷爷家吃饭时，舅爷爷也找来了几个学生。这里的孩子和城里的孩子性格差别很大，话极少，谦虚而拘谨，十分腼腆。我和姐姐时常热情招呼他们一起拍照留念，而他们的笑透着农家的纯朴。舅爷爷特别喜欢学习好的孩子，还特地在当地学校设"景清奖学金"，奖励学习好的学生。舅爷爷说起一个女孩，小学毕业了，母亲不让她念书，要她在家织渔网，舅爷爷知道了此事，就提出只要让孩子上学，他就付给这个母亲孩子织渔网能赚得的钱来作为她的学费和生活费。后来这个母亲还是时常习难自己女儿，时常在她要考试时，派给她农活做。舅爷爷又上门做这个村妇的工作，并告诫她必须让孩子接受义务教育。后来，这女孩终于完成了初中学业。

翁玫感慨地写道：

舅爷爷一个人在这里作出的努力和坚持，开始并不被村民们理解。如果不是亲眼来这里体验，我们这些城里人也并不能真正切身感受到舅爷爷不放弃、不抛弃，坚持在宋庄扎根下去的意义。舅爷爷家屋子北面的墙上刻着好些名字，都是任庄村高等院校的毕业生，其中有博士、硕士，还有更多的学士等。看着这些名字，我就能感受到舅爷爷这些年在这里的付出。他婉拒媒体的采访，生怕把他心中的教育梦想变得功利。

我们的先祖为了生存，好不容易才走出这片土地，把他的子女带到了上海，而他的儿子在晚年放弃了一切，又回到了这里，为这里的教育事业不停耕作。这可能就是所谓"回报"吧！

从连云港回来后，姐姐将连云港的照片寄给舅爷爷，舅爷爷回信说："能使你们一家人开心一次，这太好了。我也好久没有这样畅怀了，看到你爸妈的坚持，你们二人的成长，我发自内心的高兴……"信中还提到他将再为"景清奖学金"筹集5万元。

我想每个人活着都有着不同的使命，正是这个使命让我们努力地坚持下去。而舅爷爷不断地为家乡的教育事业贡献自己全部的物质和精神，应该就是他扎根在宋庄的人生使命。

这次相聚提供了一次交流的机会，但分别后都感到意犹未尽。于是产生了办一个家庭刊物的想法，最早是方锡廉提议的。给刊物起个什么名字呢，方敬去信建议："可称为《纶华》，小气了些，只是个人想法。""随之附上千元，聊表心意，以后如有所需，请来函示之，当即汇之，用于办刊经费。"

谁来当主编呢。方敬推荐了二弟方锡礼的大女婿王贵松，他虽然从医，但爱好文学，经常为报纸杂志投稿，还做过医院的领导，组织能力强。于是成立了纶华联谊会理事会，让年富力强的方锡廉做会长，推举方敬为名誉会长。

第一期杂志，王贵松专门写了一篇《编后记》：

承蒙各位长辈的信任和厚爱，推荐我担任《纶华》杂志的主编，我感到诚惶诚恐，担心难以胜任此重任。尔后一想，有祖辈们崇高精神的鼓舞，有父辈们做坚强后盾，还有兄弟姐妹的大力支持，一切困难都可以迎刃而解。《纶华》杂志为家庭内部刊物，旨在为方氏家族提供一个加强亲人之间感情交流、沟通的平台。因此，我列了以下6个栏目：1. 芳菲苑——主要反映方氏家庭的重要活动和新闻简讯；2. 人生——涵盖的内容比较广，报道一些人生感悟、体会、回忆录等；3. 在水一方——每期报道一方焦点人物或特写；4. 家书——登载或摘录各地有教育意义的来往书信；5. 方兴未艾——突出反映各地二三代子孙在工作和事业上取得的一些成就；6. 精品推荐——刊登一些散文、诗歌、小说、书画、摄影等文学艺术作品。妥否？请大家多提建议，或删减，或增设，或修正，均可。同时请大家踊跃投稿。衷心祝贺《纶华》杂志第一期成功面世，也祝愿《纶华》杂志越办越好！

一个家庭杂志就这样办起来了。

主编王贵松还专门为"方家女兵"作了一个图文并茂的专题："我那眉黛间凝聚的是女子的天真，也是女子的睿智；我那小巧的鼻子泛现的是女子的玲珑，也是女子的勇气；我那敏捷的身躯展示的是女子的温柔，也是女子的坚强。我幼时是父母的掌上明珠，少年是嫩绿勃发的芽儿，中年是贤淑干练的妻子。直到皱纹悄悄爬上我平滑的额头，我也依然是个光芒四射的暖阳，照耀着和谐的庭园和事业的征程。不要问我何来这般明亮灿烂，只因为我是那独一无二水般的女子——有贤妻良母般伟大的胸怀。"

《纶华》也经常刊登方家人的家书，一张泛黄的白纸，印着淡淡的墨水笔迹，不需苍劲的字体，不需华美的语句，那字里行间中透出的是温馨的灯光，谱出的是文字的乐曲。它不同于电话两端传出的惆怅，不同于网络给予的梦幻，这张纸是家人亲自抚摸、折平，带着千叮万嘱落在无限的思念上，那激起的亲情涟漪抚慰着漂泊的心，让其感到宽慰和温暖。

方敬为杂志投稿很多，2012 年是龙年，方敬写了一篇《唯修身圆梦也》介绍了自己的近况：

龙年大吉。

向大姐、翁敏、彦蕾、向荣、宝茹、守培、辰仪诸老、壮、幼龙致以衷心祝贺。也向骨肉之亲的各位拜个晚年，祝大家健壮、顺心、和美与进步。

盘点兔年，过得可以。

写《往事钩沉》、编《游踪寻梦》、撰《书法教学集思》三册；带助教一人，为赣榆县各中心小学培训硬笔书法教师 35 人，接待过去 60 年代学生 4 批，同仁两次，各地亲友与书法爱好者多次。

读书也有所得。

和，天下之大计也。修身日仁，齐家以礼，行之有度。果如此，和不远矣。孔子之说，面对现实世界，以和育人处事，诚至圣也。

中国 GDP 居世界第二，然人均收入为世界百位之后。老大联合老三老五等夹击老二，历史长河中并不少见。居安思危，望我家族男女老幼，皆做好在职工作，以增国力。邓大人创业不易，当有感恩回报之心。

于书法不敢稍怠，每周必有习作，勤练深思，以求"意境"之解。2003年至2006年，重读60本帖，然后又寒暑六易，所得不多，故以"岸在何方"自励。路漫漫其修远兮，吾上下求索。

关于生活。

每天做三顿饭，每周洗一次衣服。每天驾车二次外出（半小时），以保持灵敏度。每周泡澡二次，以舒筋骨。以耄耋之年，尚能自理，诚喜事也。

每周五及周日，课徒三五人自娱，每周五晚有麻雀之战，输者洗碗，余之负率为十中之二，可见尚未痴呆，亦幸事也。

每天必看新闻，清晨《朝闻天下》，中午为CCTV-4。订有《文汇》《新民》二报，有期刊《新华文摘》《环球》《人民论坛》《书法》及《读者》，不忘国家大事，注视国际风云。

有流浪猫六：大猫为一花一狸，小猫为二黄二黑。每日备猫饭三次，每周10元海鱼。人猫之间相坐而已，惜语言不通。亦休闲之一。

以上琐琐碎碎，想闲散也不成。诉之如上聊慰各地之思念。顽童一个，莫笑。

每岁祭祀，曰清明、端午、中秋、大冬、除夕，必美酒上烟，清香九炷，瓜果、荤素皆备。因腿痛，多为学生代劳。其事皆虚，尽心而已。

不想家是假的，然为圆童年之梦，无失无得，好在亲友常入梦，也慰吾心。

龙年吉祥。

多谢贵松先生。

方敬

壬辰雨水前于任庄

说起来，中国自办家庭杂志的可谓凤毛麟角，近代要追溯到沈从文夫人张兆和。作为四姊妹中最活跃的、心直口快亦爱好昆曲和文学的她，晚年自办家庭杂志《水》，发表家族成员的文学作品。1929年夏，《水》在苏州九如巷张家创刊；1996年春，《水》在北京张允和家里复刊。复刊主编历任为张允和、张寰和、沈龙朱。从最初的姐妹兄弟连同好友自发撰稿、印发，到抗战停刊，再到新时代的复刊。张家的《水》，源远流长，它走过了87年的路。

一本杂志联起了一个大家族。采访中，笔者深深地感受到方氏家人对党对祖国和人民的深深的情怀。

二弟方锡礼1932年8月4日出生在上海，家境贫困，求学艰难，大哥读华模高中，他在同校读初中。初中二年级那年15岁，有一天母亲找他谈心，说家里人口多，光靠父亲一人难以维持这一家人生活，要他休学进工厂当学徒工，确保大哥高中毕业后能找到工作挣钱帮助家里。他无可奈何地进了大业印刷二厂，分配到凸版车间当学徒工，每天分日夜两班，每班劳动12小时，一周倒一次班，劳动强度难以言表，下班后筋疲力尽。学徒生活辅助费只有25元，这在当时还算是比较高的。工厂里没有食堂，没有医务室，没有工作服，更没有劳保。自己带饭菜，天热了，带去的饭也馊了，只能在熬胶房里用开水淘淘再吃；冬天饭凉了，也是用开水淘热了吃下去。干了一年左右，一天上夜班，师傅印刷任务完成后，让他去清洗机器时，一阵风把一张印钞纸刮到机器中，他紧急关机用手指拽纸，手指被机器压扁成肉酱，他痛得一声大叫，右手托着左手蹲坐在地上，鲜血染红了左袖，车间学徒工把躲在纸垛夹缝里睡觉的白师傅叫来，被他一顿臭骂。车间工头马股长把他领到工厂后面私人诊所，医生叫他躺在长板凳上，用酒精、碘酒、红汞消毒后，拿了剪子要把他压扁的3个手指剪掉，他说，今后要靠手劳动生活，坚决不同意剪掉手指，医生说你手指已无用了，不剪掉，以后可能胳膊都保不住，无论如何他不愿意，就跟着工头马股长离开诊所往回走……工伤后，工厂停止了他的生活补助，再也不管了。他在家一边养伤一边看书，自己到知行补习学校报名学簿记。又考上正华中学高中读书，因物价飞涨，只上了半学期。父亲把他和三弟方锡义带到离家很远的斜土路一个木棚里摆香烟摊。每天收入仅够弟兄二人一日三餐下酱油面条吃。维持了几个月，上海解放了，他们才歇业回家。

之后方锡礼自强不息，坚持学习，后进华东人民革命大学学习。新中国成立后，学校转入安徽支援内地土改。

1951年，方锡礼与爱人吴春华在安徽省桐城荣军医院相识，当时他俩都在为抗美援朝战争中受伤致残军人做疗养服务工作。1953年他俩参加了省荣军休养院8对青年的集体婚典。吴春华支付了10元婚礼招待费，成婚安家的床上用品、蚊帐和生活用品也是吴春华添置的，就连方锡礼参加婚礼时穿的英雄牌双面卡其布中山装也是她买布定做的，因为方锡礼只有黄军装。婚礼第二天照常上班工作。后来，五个子女先后降生。1959年，因父亲遭受不公正待遇，方锡礼调到合肥的省假肢工厂干管理工作。到了1960年，得知父亲在蚌埠劳动教养，爱人吴春华趁送小妹回上海途经蚌埠之机，不顾后果带着小妹冒着倾盆大雨到郊区蚌埠水泥厂看望父亲，临走时留下20元钱。

"文化大革命"时合肥也很乱，他家邻居、《苦菜花》和《山菊花》的原型于得水，被冤屈致死。1968年12月，方锡礼派大女儿方向孜一人到上海，只为向方敬传达一句话：不要写信了，因为信都被拆开了。方敬回话说，要相信群众，相信党！

恢复高考第一年，方向孜报名考上了大学。吴春华和大儿子方向明同年也接受了高等教育，方向欣和方向荣也通过努力获得了大专文凭。

1948年5月20日，大姐方兰英和翁永龄结婚，方锡礼还记得当时的情景："那天母亲和我大哥在家踌躇不安，我与大哥身上衣着和鞋实在难以去参加二位婚典，还是二位想到我们难处，买了两双白跑鞋和袜子，两条西式短裤和短袖香港衫，我们兄弟二人才能去参加婚礼。蒙大姐记得我不吃荤油肉食，为了我一个人叫饭馆炒虾仁炒鸡蛋和大米饭，让我单独就餐。"

三弟方锡义留下的故事很少，只知道他是一个坦克兵。在景清书苑，方敬珍藏着三弟唯一一张戎装照。照片右上角写着："亲爱的爸爸妈妈留念"；左下角写着："您的三儿，解放军战士，方锡义，2 月 17 日。"方锡义眼睛不大，面目清癯，很像方敬年轻的时候，穿着老式的棉军装。照片上有"美芳照相馆徐州大同街"字样。复员后他当了工人，会拉手风琴和小提琴；方锡廉大学一年级的生活费就是他寄去的。"文化大革命"中失踪了，从此杳无音信。

四弟方锡廉自谓"来到这个世界就和民族一起承受日本帝国主义带来的灾难。童年就是在将近亡国的环境中度过的"。初中在民国中小学、新群中学求学。高中在虹口中学完成 3 年学业。人生观开始形成的时期，受大哥、二哥的影响，1950 年 4 月申请加入了青年团，不足 13 岁成了上海第一批公开发展的团员。此后成为班干部、学校团干部。多次被评为"三好学生""三好团员"。

1955 年他以第一志愿考入了北京地质学院。因为大规模的经济建设需要大量矿产资源，为给祖国寻找更多的矿产资源，选择了地质专业。高中班 40 多名同学，有十几个考取了北京的大学，他们向往着祖国首都。

大学 5 年喜忧参半，他先被分配到普查系，编到 5515 班。被指定为班主席、团支部组织委员，并被列入党员培养对象。1957 年情况突变，各类头衔全被撤销，精神受到很大打击，但大学毕竟给了他一个很好的学习机会，还免学费。伙食费（每月 12 元 5 角）学校给他免除了三分之二，自己交 4 元 1 角 7 分。由于经济困难，大学 5 年只买过一本教科书《测量学》，其余全靠笔记。没有添过一件衣服，没有回过一次上海。

幸运的是有一批优秀的老师给他们讲课，他们中有四五位学部委员，即现在的院士。有的老师一堂课讲下来像一篇论义，几乎没有多余的话。

1958 年方锡廉在湖南实习，12 月实习结束后到安徽桐城二哥处探望母亲和哥嫂。返校时受母亲之托途中停经蚌埠看望在那里劳动教养的父亲，并带去一双布鞋和一袋爆米花，在那"划清界线"的年代，其代价是可以预料的。"见到父亲那一刻，心里有说不出的滋味，他在管教人员的陪同下，走到我跟前接过鞋子，就地而坐试鞋直说：合适、合适……爆米花交管教人员，需检查后才能转交。"

1960 年大学毕业，他的第一志愿去新疆，第二志愿去西藏，第三志愿到内蒙古。想法很简单：到西北去，到祖国最需要的地方去；到最艰苦的地方锻炼自己，改造自己，为边疆建设贡献一份力量。同学、爱人汪玉珍支持他，她把自己去湖南的意向改变了。

他们被分配到更艰苦的南疆阿克苏地质大队，这里远离乌鲁木齐一千多公里。工作 4 年以后，又向西进了 500 多公里，到了西部边陲小镇喀什市。27 年工作区域主要是昆仑山、天山西段、塔里木盆地西部。60 年代初野外工作每月 36 斤的粮食定量，根本不能弥补巨大的体力消耗，饿极了就在野外抓老鼠炖了吃。艰苦的条件锻炼了他们的意志和体魄。

1976 年是中国人最难忘的，一年中周总理、朱总司令、毛主席相继去世，国家处在十分危险的境地。幸亏粉碎"四人帮"，举国欢庆，吃着"三雄一雌"的螃蟹，高唱着《饮酒歌》，这是方锡廉一生中第三次看到国人发自内心的狂欢。

痛心的是，1977 年 10 月至 12 月间，父母先后长辞。方锡廉回忆：那年中秋，爸爸孤身一人在宋庄的草房中突发脑溢血，倒在饭桌边。待四叔的儿子发现时，他老人家已经停止了呼吸。大姐和小女儿从上海赶去料理了后事。过了 49 天，母亲也因重病没得到很好治疗也随父亲而去，他们分别享年 72 周岁和 68 周岁。清理母亲的遗物，除了平时用的小钱包里还剩 15 元以外，还有两个最重要的包：分别用手绢包着全国粮票，每包一百多斤，分别给了两个孩子。只有经过三年自然灾害的人才懂得粮票意味着什么。对于地无一垄、瓦无一片的母亲，粮票就是她生命的组成部分，她用最简明的行为谱写了最终的生命曲。

从年轻的地质技术员，成为高级地矿工程师。方锡廉担任过大队总工、地矿研究所党委书记兼业务副所长等，兑现了志在边疆的最初承诺。

他牢记大哥"孺子牛"的教诲，1994 年他和儿子方兴开始捐助两个新疆孩子阿曼古和汗克孜。退休后他迷上了国画，2017 年 8 月，大哥非常认真地用两天时间看了他寄去的画集《劳作汇集》（方敬题写的书名），在《阅读散记》里就每一幅画一一评点，从构图到运笔等细致地提了 49 条建议，令他受益匪浅。

2017 年 11 月 20 日，他把一篇《八十回首》的稿子投给《纶华》，结尾他说：我很庆幸生长在这个时代，经历了中国巨大的变化。我看到了共产党在近百年的探索中，找到了符合中国国情的复兴之路，为我们开辟了通向更加辉煌时代的道路。我特别欣赏习近平总书记的这句话："人民对美好生活的向往，就是我们的奋斗目标。"中华民族"两个一百年"奋斗目标一定会实现。


共和国军人出身的方锡荣，是个特别容易动感情的人，采访中他多次激动流泪，你能随时感受到他情感的点滴流露。

"爸爸妈妈常说，再穷孩子也要念书，长大后才能报答我们的国家。"

"我是属兔子的，我大哥属马，大我 9 岁。他原来跟地下党工作的时候，专门搞宣传，画讽刺的漫画，写短文。在英国领事馆外面有一座桥，上面用柏油写着：打倒英国帝国主义！"

"我大哥当年，人家叫他签字，享受离休干部的待遇，他就不干。他说我现在可以了，我有退休工资啊，我争待遇干什么呢？这种傻瓜，现在不多。他不签，人家就不再找他了。"

"1992 年姊妹来宋庄，那次住大队部，地上铺满稻草。我大姐在最里面，拉个帘子。大姐夫、大哥、二哥、四哥和小老弟都来了，打了个通铺。哎，那就是亲兄弟的味道啊！那就是我们农村里非常淳朴、非常厚道、非常温暖的味道，只有农村里亲兄弟才能感觉到的。现在也有，只是淡薄了一点。那个家乡稻草的香味啊，我到现在还记得，大城市里不可能有啊！这回忆呀，真的甜甜美美的。一窝不嫌臭，一窝不嫌丑，嗨嗨……感谢乡亲们对我们兄弟姐妹的好，乡情就是亲情。"

"我 2013 年又回到故乡，农村的变化真是举世瞩目，一点也不夸张，变化太大了！小时候我要看看海边在哪里，母亲讲，在村口站着，等舅姥爹的船回来。听说我现在要看海，大哥借了吉普车，开了20分钟就见到了大海！我和小老弟、四哥、大哥，站在大海边，照了一张相。你看变化大不大？我母亲是站在村口，我们是开了20分钟到了海边。"

方锡荣指着满桌的菜说道："这是故乡的味道，乡下的对虾是这个味道，野生的。2005年回来的时候，吃早点，我和爱人两个人旅馆里出来，一块钱四个水饺，我跟爱人一尝，味道不错！我买了带回去，几个兄妹都说好吃！我再去买，只能买到9两。一锅子出来，哄，没了！这就是故乡的味道啊！"他拿着煎饼，什么都不卷，一点一点撕碎放到嘴里，细细地咀嚼。"这是我们赣榆人最爱吃的煎饼，我爱人说你看看这煎饼，太美了，越吃越甜，越吃越香。如果包了其他东西就改了味了，就是要原汁原味。"

"小时候有点煎饼，邻居们先吃到，母亲乐于分给大家。说明她做的符合大家的口味——这就是妈妈的味道。家里穷，妈妈把豆腐渣、油渣用刀剁成馅子，把那个饼摊得圆圆的，把豆腐渣油渣裹在里面，一刀一刀切好，叫豆腐卷。贴在锅边上，一蘸一贴，一蘸一贴，可好吃了，我现在还想吃，可我吃不到了！现在回想起来，这就是妈妈给我留下的……（哽咽）这就是妈妈的味道！"

方锡荣讲母亲做豆腐卷的细节，我们可以想象，饥肠辘辘之中，他曾经多么专注地观察过母亲做饭的每一个细节。一蘸一贴，那样轻松熟练甚至是优雅，在孩子眼里，母亲是多么可爱多么巧手的人啊，她能一会儿就变出美味啊！

"我妈妈擀的面最好吃，小孩多，里面要放点菜，煮得烂烂的，吃到妈妈煮的面，真是香！我现在到哪里去，花多少钱，都吃不到这个面。这就是我妈妈做的——妈妈的手擀面啊。"

"我1954年虹口中学初中毕业，我四哥、我小老弟，都是虹口中学毕业的。我的入党介绍人丁老师，他的老师姚晶是苏步青的得意门生。"

"毕业后4个要好的同学，商量着要考上海中学。4个人中我成绩最差，平均78分，我开了3天的夜车。两个大饼一根油条，7分钱，4个同学一模一样，揣在口袋里，从吴淞路嘉兴路一直走到华东纺织工学院——现在的东华大学去报名，中饭也是那大饼油条，在那里喝沙滤水。咦，谁叫我们名字？哦！我们中学少先队的辅导员，我们好惊讶。老师赶紧到宿舍倒热茶给我们喝，真开心！辅导员把我们当亲弟弟一样。回来我偷偷跟大哥讲，我报考了上海中学。大哥说，好啊，你报了就要想办法拼命学。结果发榜了，下午4点40分，邮差来了，喊着方锡荣，方锡荣，我出来一看，通知书这么厚！我哭了，我考取了上海中学！全学校都在等着消息，我赶忙拿着通知跑到学校。54届4个毕业班，就我一人考取了上海中学。班主任抱着我，比抱着他亲儿子都亲！我在他怀里哭了，我感谢老师。那时候，只顾玩了，成绩下来了，老师把我们叫到他家里去，住了一个星期。跟我们讲你们年纪轻轻不念书，将来国家要你们干什么？我们才改了贪玩的习惯。教导主任、校长也很激动，说我为学校争光了。现在家长和老师的关系那么紧张，我不理解！"

"可是家里没有能力让我念书，我应当自己承担念书经费和生活。后来一个姓朱的同学——他家哥哥姐姐都去参军去了——他说你愿意不愿意去上海市食品供应站的兽医班？我第一个同意。那时跟家畜打交道，在社会上是没有地位的。但是那里面管吃，一个月还给6块钱，当时大饼3分钱一个，米是1毛3分钱一斤，我怎能不愿意？去了，到饲养场了。工作一段以后，我又从单位里当兵去了。"

"当兵的时候，做的那个糠窝窝头，一人规定吃两个。有好多农村兵，只吃一个，因为比吃药还难受。我吃了4个，一个苏州战友问：侬上海人，侬哪能吃得下4个？我讲母亲，说她过年的时候，树皮都没得吃，地瓜叶就是上品的上品！我为什么吃不下去？越是城市里出来的人，我越是不能忘记妈妈的话。指导员吃惊地看着我。我是当兵的人！我一当兵就在部队机关。"

"我们姊妹也受过挫折，但每一段历史都有其具体情况、特定的原因，过去的事情我们不能去抱怨，抱怨是一个没有胸怀、没有出息、没有理想的人才有的。九九归一，历史是人民创造的，不是写出来的。经过历史的风暴，才有现在的美好。整个社会只有不断地克服了种种的问题，才能前进。否则的话，我们永远不可能迈开脚步向前进！"

"我大哥牙都掉了，但他不镶假牙，说是不浪费。这样讲有点不科学，但这就是我大哥。如果我大哥样样事情都随和，样样事情都不得罪人，样样事情都考虑得周全，那就不是方锡敬！但是叫方锡敬的人走了，我也是第一次叫。因为大哥纠正过我了，以后写信不能写方锡敬，我叫方敬。这就是大哥的特权。长兄为父，长孙为大，我们姊妹虽然各有不同，但是都唯我大哥马首是瞻，以大哥说的为准。"

方锡荣对母亲的深情，对历史的宽容，对吃苦耐劳的毫不在意，对故乡的热爱与深情以及对兄长们的敬爱，字字句句无不坦露着方家的忠厚家风，也可以窥斑知豹地明白，方敬的优秀品质，除了华模中学的火焰一直在他的心底烈烈燃烧，父母亲创造的大家庭以及那个家庭里所禀赋的正直、积极、热忱、忠厚，在他身上，一样也没有丢失……

六弟方锡林至今还记得年少时有一天和大哥走在马路上，大哥问：长大想干什么？他随口而出：律师！

可是当时并没有律师职业。

考大学时，虽然北师大的录取分数线比清华、北大高，而且作为学生干部几近被指定进了第十志愿的北师大，但他血管中依然翻滚着另一种心愿。

"文化大革命"初期，方锡林到了西北边疆的昌吉县，作为一名地理老师在干旱的土地上生存下来，开始了执教生涯。他的个性、独特的教学方法、脱稿的活语言让学生、家长、同事耳目一新，在一个小小的县城很有影响。

他忘不了1958年，父亲扛着行李走出嘉兴路68号的背影，也忘不了父亲走时最后的交代：把你母亲照顾好。虽然这句话不是对他讲的，却是他一生听到父亲的最后一句话。13岁的他开始咬紧牙关，走自己的路，他开始沉默。记得母亲曾问他，你怎么老叹长气？他也不知道。他拒绝当时红极一时的要进步的手法，被迫表态时他就讲：父母教我做一个善良的人、正直的人。在一个扭曲的社会中，维持自我，也是一条路。

1987年，由于大哥方敬的坚持，虹口区法院为父亲平反，判决书寄到了新疆银行学校人事科。也是那年，方锡林通过全国首届律师资格考试，正式成为兼职律师；1995年从新疆银行学校退休后，即转为专职律师。北师大一百周年校庆，去北京才知道没一个同学及其他校友改行当律师的。

他的心愿是继承警察父亲的精神，做主持正义的律师，"一定要勤奋到最后，正直到最后……"

方氏家族里做律师的还有方锡廉的大儿子方宏，华东政法大学毕业。他说："2005年我的法律事务所开张的时候，我特意让大伯写了'天赋人权'4个字，他写了不同版本，我用黑体烫金的字做了一面玻璃墙。"

方敬很看好方宏，2007年宣称他是第三代掌门人。

方敬曾在文字里写过自己的父母、大姐以及几个兄弟，也在一篇名为《崴（谐音）窝子》的短文中以幽默疼爱的口吻写过自己的小妹方锡明，还起了一个个有趣的小标题：

（在任庄）住久了，其间结交了当地的两个"崴窝子"。这是赣榆的土语，类似上海的"末大囝"和四川的"幺娃"。

我家就有个高级的"崴窝子"，她有两姐和6个哥哥。"崴窝子"这一现象将很快退出历史舞台，要留下这些美妙的故事。

过去太忙，没有那么多的闲情米塚磨这些事。我想先说说我家的那位。

### "我就是不喜欢读书"

小妹小学毕业了，发榜时没有一个中学录取她。这在20世纪50年代是绝无仅有的事。因为我也是教育工作者，与招生办较熟。没几天招生办要我去一下，在小妹的试卷上除了写有姓名外，每张试卷一律空白。后来才知道，考前她跟她二姐说："我最不喜欢读书。"我那大妹妹跟她说："这简单，你在所有试卷上只写下自己的名字，其他任何题目也不要做。"结果她信以为真。果然真的没学校收她，她确实可以不读书了。但事与愿违，我知道她怕她二哥，经母亲批准后决定送她去桐城的二哥那里受管教。二哥厉害，令她从小学五年级开始重读。

知一斋主曰：浑然天成，令人啼笑皆非的"崴窝子"。

### "你背我去上学"

碍于安徽没有上海那么多的休闲食品，小妹总算回上海读书了。有一年上海发大水，那时她在黄浦区九江中学读初二。一大早，听到母亲大人在楼下喊我，即忙下楼。只看到小妹背着书包，穿着半高的雨靴，依偎在母亲身前。不去上课的理由简单，趟水时街上的雨水会漫进雨靴，水中可能有小虫，好害怕……我随口说："你不会是要我背着你去吧？"回答是肯定的："就是要你背！"从母亲的眼神中我发现她们二位已取得共识。我的天哪，单程约二华里，一个16岁的姑娘，竟然要她大哥背着去上学。碍于母亲的眼神，背起近50公斤的她出发了。一路趟水到九江中学。门口值班老师中有我的老朋友，学校教务主任郑裕家老师，见到这样的组合，惊奇地半张着嘴。

知一斋主曰：骑着马儿（我肖马）去上学，谁能比我会享福。

### 大姐受冷遇

大概由于母亲的反复嘱咐，我家俩儿子和老四的大儿子，成了小妹的"大内护卫"。谁也不能对他们的小姑无礼。后来发生的事充分证明了这3个小东西的忠贞。

有一次，由于小妹太不像话，就被大姐训斥了一顿。从此以后，每当大姐来我家，3个小子连大姑二字都不喊，而且板着脸，转身快步集体转移。我知道这一"示威"的原委，但不能说，只是向大姐再三致歉："教子无方、教子无方"。大姐仍然蒙在鼓中。久而久之，我就变成了"屡教无方"的大男人。实在没办法，只得找个机会向大姐和盘托出，大姐这才恍然大悟，连连说："还有这等怪事。"

知一斋主曰：我是老小，你们忘了。

## 东山杨梅与油爆河虾

苏州东山有个施福明，当地通用的称呼是"伲佬倌"，是大姐夫的亲外甥。东山盛产杨梅，每年都送几篓到我家。我母亲爱吃杨梅，至少转手送一篓去。有一次，老人家开口要两篓，我说不出的高兴，立即奉上。过半天，母亲要我把篓子提回去。我一拎，觉得里面还有杨梅，打开一看，每篓少了三分之一，就带回隔壁的住处。当晚，我去母亲那里问安，只看见已下班的小妹盘腿坐在床上，大嚼杨梅，杨梅个个滚圆且肥硕。

有年夏天，老二从合肥来。吃晚饭前，母亲掏出 2 元钱（当时我工资 36 元）。老二大为惊喜，买了一大包卤菜（全素）来找我对酌，兴致极佳。过一会，小妹下班了，小妹端坐在饭桌边，母亲从菜厨里捧出一大海碗堆尖的油爆河虾，小心翼翼地放在小妹面前，正好让老二遇个正着。老二素不吃肉类，但嗜虾蟹。事后老二跟我说："这也太那个那个些了吧！"喋喋不休。我即刻对他说，你算了吧。并告诉他有一次我因病回家住，母亲为小妹准备的肉烧酱蛋，我只有闻的资格。并告诉他，你只是少见多怪，有什么可以愤愤不平的！老二平静了很多，似乎从中也悟出些什么。

知一斋主曰：唯恐今后少人疼，趁早把她喂个够。

## 钱要花在刀刃上

我家的姐弟相比之下都很孝顺，他们因那个时代周知的原因，多数去了天南地北。每当返沪探亲，总是给母亲奉上不少慰问品，而我和小妹多少也有些。但我总感到母亲并不像预期的那样愉悦。思之再三，问题在于他们的钱没花在刀刃上。

之后，每当有人返沪前，我都再三嘱咐他们，要给小妹准备厚礼。至于给母亲和我们的，有点象征性的意思就可以了，并从心理学角度作了些说明。这一建议被接纳并付诸实施后，凤心大悦。每当小妹收到重礼，母亲都能乐上好几天。逢人便夸：她的儿女真懂事，对小的那么好，今后我可以放心了。

知一斋主曰：天下慈母疼"幺娃"，不知轻重的"崴窝子"。

## "你们给我找对象"

小妹高中毕业后，1968 年分配在某纺织厂当检验工，直到退休。当时一个高中毕业生，在一个厂同一工种干了一辈子，这样的人很少见。但她从来没想过提干等等。下班后和厂休日就和侄子、外甥们疯玩，无忧无虑地永远长不大。

到 20 多岁了，没见她谈情说爱。母亲有点着急，就想给她找个婆家。小妹知道了，态度明确而简洁，你们帮我去找。后来也曾提了几个人，问她好不好，她更干脆，好不好你们定，你们说行就行，我不管。最后还是她四哥把自己的部下，新疆第二地质大队一个技术员说给小妹当老公。

小妹长得标致，读初中时，福州路有家照相馆还把她的玉照展示过。定下小林为老公后，两人没有什么花前月下，结婚等等她只当甩手掌柜。婚后，小林回新疆去干他的地质。鸣笛了，火车徐徐离站，小妹也没有常见的离别的伤感。回家后仍然和那些"大内护卫"们欢乐地玩着。新婚时期，她厂里的小姐妹来过，最多的评价是：一个上海姑娘，找了个那么远的"老头浜"。

知一斋主曰：没心没肺的"崴窝子"，纯得像个襁褓儿。

## "为什么不喊我"

我的小儿子 1986 年去深圳闯荡，经过夫妻二人多年的拼搏，小有成就。经济是基础，其他是上层建筑。某一年腊月，小儿子他们邀我们去深圳欢度春节。

临行前几天的一个傍晚，小妹一家 3 口人驾临。听说此事，立即说："为什么不喊我！"转身拿起电话（当时手机叫大哥大，我家没有），照会深圳的侄子，提出相当热络的责问。没有几分钟，一切搞定。全家飞深圳，并全程埋单。

到了深圳，小妹成了主角，余下的人都是跑龙套。原因简单："大内护卫"的贤内助与小妹是忘年密友，只要两人相遇，打打闹闹，不知有多少知心的话儿相互诉说，还不时地傻笑一阵。逛商场是她们的强项，时不时俩人带回几包什物在客厅展出。在回上海的路上，小林和我是当然的搬运工，"苦力的干活"，累得趴下。

机场告别时，小妹又下达了指示："听说现在时兴直角平面彩电，你们抓紧买好，快点给我送来。"连续几年，像这样的指示还有好些，比如放录像的家用电器等等。她的两个侄儿和侄媳妇都一一照办，并按时送达。物件多数是兼程飞抵上海，还专程去她家安装调试。这时小妹还查问这些是不是正品？不要骗我"小娘娘"。至于付过多少钱，付了几次，我从未过问。

知一斋主曰：习以为常成圆心，不知疼人的"末大囝"。


还有很多"崴窝子"的逸事，写累了，就此打住。

之所以写"崴窝子"的事，是因为在家乡又见识了两位农村的"末大囝"。在和她们的交往中总有些"似曾相识燕归来"的感觉。这二位农村的小妹，现今都有40岁，每人都有五六个哥哥姐姐，其中一位"崴窝子"的味更浓。如果对这3个"崴窝子"作些分析，发现她们言行有较多的共性。

其一，自懂事起，她们全方位地被宠爱着，久而久之，形成一种以自我为中心的习惯。一定要生活在"被爱"的氛围中，否则不行。这一理念还具有相当大的惯性，在她们一生的轨迹中，半衰期又比较长。

其二，极为单纯，始终具有潜在的婴幼儿的态势。即使生理上进入青年甚至老年，而这一状态还不时在言行中流露出来。

其三，生活方面自理能力弱，不爱做饭等是常见的现象。

其四，不关心别人。不是不肯，而是不会。

其五，都有些怪怪的味，如洁癖或埋汰。有时爱发些脾气，这是在得不到关爱时的一种自怨自艾，是一种无意识的发泄。

其六，情绪的起伏大，起也快而伏得也快。

其七，体质都不强。

这些"崴窝子"一般都出现在母亲文化层次不高但为人厚道的家庭中，如果"崴窝子"是男孩子时，则表现与女孩子不同，多数的情况很难恭维，这在农村中并不少见。另外，也有例外，比如遇到日后的环境反差大，个别的也有较大变更。但她仍然留恋着过去，且不断释放出"崴窝子"的威力，光芒四射，神采奕奕。

"崴窝子"在我国即将成为历史，留下这些也是中国历史中的一些边角料。


《纶华》出版日期不定，内容上一直坚持以家庭成员的先进事迹为主，为大家庭树立良好榜样，以促进家庭和睦，事业有成。杂志编排得活泼生动，从其"芳菲苑·各地新闻"栏目上，我们可以看到各个家庭动态以及方氏后人不断取得的可喜成绩：

《深圳特区报》2007 年 3 月 1 日专题报道：《方宏：商海无涯"信"作舟》。文章分 3 个段落报道了方宏不断发展以及在法律与经济两个舞台从容起舞的职业律师生涯，充分展现了方宏用心做事，诚信做人，职业有素，事业辉煌的大律师形象。

上海方锡荣、席伟明夫妇和方锡芬在祭祖行程中来到合肥，欢度中秋国庆佳节。方元珏、缪祺于 2007 年 7 月收到高考录取通知书，并分别于 9 月 7 日和 9 月 15 日到天津商业大学和南京工程学院报到入学。

方翔在瑞士圣加仑大学学习，攻读硕士学位研究生。

方行之今年从布里斯托大学电子通信专业硕士毕业，现已在沃尔玛全球采办工作。

曹杨在沃尔玛（中国深圳）超市任前台经理。

2008 年 10 月中旬方锡廉、汪玉珍夫妇来合肥度假，受到二方面军（方锡礼在兄弟中排行老二）的热情接待。

王子文于 2009 年 1 月考取上海交通大学计算机专业硕士研究生（在职），研究方向是：信息系统和软件开发。

2009 年 4 月 3 日，吴向群、方玉秀夫妇赴沪，其女吴晓蕾也飞抵上海，一家三口相聚在上海，他们处理好相关事务后，拜会了上海方面的长辈亲戚们。

2009 年 5 月 8 日，方锡礼副会长来到上海参加华东人民革命大学建校 60 周年庆祝活动。当老校友们来到原校本部苏州金门北兵营时，受到部队军乐队的热烈欢迎。老校友们个个精神抖擞、兴高采烈。恰逢5月15日，方锡廉会长也来到上海参加上海虹口中学高三同学联谊会。在沪兄弟姐妹亲戚们久别相逢，激动不已。

2009年7月间，应长子方向明家庭之邀，方锡礼携夫人吴春华、女儿方向荣、外甥缪祺一行四人，飞抵瑞士，与方向明、张丽、方翔在异国他乡相聚。

2009年10月，方锡礼携子方向欣，前往连云港宋庄，看望方敬大哥，并带去合肥二方面军衷心的问候和祝福，祝他健康长寿。

2010年12月17日，方向明一家从瑞士回国探亲，与久别的父母和弟妹们欢聚在合肥。

2011年4月、5月方锡林因出差先后两次来韶关，看望了其姐方锡芬。久别重逢，倍感亲切。

曹杨于2011年8月卸下超市副总的重担退休，得以休整，全力主持家庭事务。

方锡廉、汪玉珍金婚，2011年11月家人在深圳小聚。

方锡林出差之余，2011年3月12日来晋江看望了近十年未见的侄子方兴夫妇。

方敬的侄女方向荣至今还记得：1975年，方敬大伯从上海来到合肥，在合肥小住了些日子。我才11岁，刚从一直生活的浙江建德舅舅家返回父母身边生活，还无法适应合肥的环境，常常想念从小将我带大的亲人。他的到来给我带来了许多新鲜感受，心境有了很大改变。大伯一到合肥，就让父母邀请好友小孩来家上课。那个夏天我家的小院热闹起来，家里坐满了小朋友，围坐在他周围，周边还站立着几位家长。他从如何洗毛笔、拿笔开始教起，让我们跟着学写，并当场给我们点评，每个字每个字地批改。在场所有人都静静地听着，站立的家长也认真地听着，现在回想当时的场景依然是那么的神圣，所有人的目光都被他所吸引。课后，大伯总是欣然接受所有人的请求，现场给大家写字，一张又一张，直到所有人都得到满足。

大伯写字的时候，我们小孩总是分配在一旁被要求研墨汁，时而按大伯手所指的地方蘸取多余墨汁，此情此景仿佛就在眼前。后来大伯回上海还让我们将练习的字寄到上海，改过以后再寄回给我们。学习写字期间还穿插教我们自己动手，打糨糊裱字画，由于没经验，糨糊弄得到处都是，他也只是微微一笑。他的到来让我的世界忽然亮堂起来，从此，我盼望着大伯下一次到来。此后很多年大伯常常往返上海合肥两地来给我们上课。

大伯不仅给孩子们上课，当年还去给一位80多岁的书法和篆刻爱好者讲课。我记得他带我一起去这位长者家，他是一位老干部，喜爱书法，但一直苦于没人给指点，大伯的到来让他喜出望外。每次去他家都舍不得让我们走，离开时总是要约好下次何时能再来，我至今都还记得他送我们出门时的眼神。后来只要是来合肥，大伯总要去看望他，再一次交流书法心得。

……

对于方氏家族来说，《纶华》是一个传奇，是一段长长的斯文流动；《纶华》是一份情感，是一个大大的家庭的亲情纽带。作为一份家庭杂志，对于一个国家来说，《纶华》可能更是最小分子的历史亲历和见证。方家人爱着这份刊物，就像他们相互关爱着对方一样，无论他们是在大洋彼岸，还是大海的另一边，没有什么能阻隔得了亲情的联系，就如同没有什么能够阻止自然生物的生长和延续。这两年，《纶华》又有了电子版。

# 第二十七章
## 感动中国的新乡贤

宋庄镇东部就是黄海，这里一切似乎都是蔚蓝色的；天是蓝的，连掠过海的风也似乎是蓝的。

蜿蜒、流畅、浪花朵朵的海岸线，急浪喧腾，气象万千。辽阔的海岸线上，近几年崛起的沿海经济如惊涛拍岸，卷起千堆雪。

面朝大海，就是面朝博大与深邃。

嘹亮的歌声从大海上升起，在赣榆激情似火地唱响着。

这是一片沸腾的土地，海韵潮歌，丝路小镇，宋庄人在追日逐月。他们脚步匆匆，他们目光灼灼。

据笔者了解，早在20世纪90年代末，《新华日报》就有两位记者部主任要采访方敬，还有一位名记者自称是"没有搞不定的采访对象"。但他们每次都"碰壁"了，也从内心深处更加敬重他。连云港市《苍梧晚报》摄影部主任张晓晖曾拜访方敬四五次，2005年，张晓晖想为方敬做一个图片专题报道，同样被婉拒："拍可以拍，但不能报道。"张晓晖就为老人拍了一组照片，方敬很喜欢这组照片。老人去世后，他的遗照选用的就是张晓晖拍的一张放大的照片：无论从哪个角度看，方敬都眼含笑意看着你，慈祥而又谦和。

央视记者范云环曾经在《站在金字塔尖上的人》一文中，回忆采访方敬的点滴：

做调查记者多年，见过太多美好背后的不堪一击，也一直信奉一句话："不要考验人性。"但是，方敬老人，让我第一次认识到：世界上，的确有伟大的人性。

8月的江苏，闷热潮湿。方老住的是自己盖的两间平房，窗户很小，没有空调，我们待一会儿就汗流浃背。他却泰然处之，点上一支香，略微抱歉地对我们说："我几年前得了前列腺癌，现在得用成人纸尿裤，屋子里有味道，用这个遮盖一下。"

中午，他非要留我们吃饭，说他可以花十分钟做出4个菜。看他推着助行器，去开煤气灶做饭，突然觉得一阵心酸。癌症病人、八旬老人、行动不便的骨折患者，这3个身份中，哪怕只占一个，都应该是被家人悉心照料的吧，可他却自己一个人在这里生活。在常人看来，他的境遇似乎已经糟糕到极点了。

但他是快乐的，精神是富足的。

曾经，他的物质生活也是富足的。

我曾经看过他在上世纪80年代拍的照片，那时他作为上海的专家，应邀去美国参观，身穿笔挺的西装，英俊儒雅。

我曾经无比庸俗地问他："为什么把200万元都捐给了学生，自己拿着周游世界也好啊。"他说："八九十年代，早就周游过世界了，不感兴趣。"

我看着这间四处发霉，闷热潮湿的屋子，还是不死心："上海的生活条件多好啊，干嘛留在这个小村子里？"

"上海有什么好？房子一栋栋的，墙都碰到鼻子了！这里空气多好，早上起来一股清香。"

"可是您没有情感上的需求吗？老伴儿、孩子陪着您，一家人享受天伦之乐多好啊，为什么自己待在这儿？"

"我问你，是这一代学生重要，还是家庭温暖重要？两者不可兼得"……他郑重其事地对我说："一个国家建立政权以后，必须树立教育兴国的观念，这样才能真正强大！"

让更多的孩子成才，让国家更强大，这是他自己赋予自己的历史使命。在这样巨大的责任感面前，什么个人享受、天伦之乐都变成了凡俗世界的微末尘埃。

想明白这一点，我才知道：人性，果然是有高下之分的。

我们对方老的拍摄，是在当地宣传部门领导几次登门劝说之后，才得以进行的。这些年，我见过很多只图名、不图利的人。窃以为，这样的人已经很高尚了，但方老竟是什么也不感兴趣。

马斯洛需求层次理论将人类需求从低到高分为阶梯式的五层：生理需求、安全需求、社交需求、尊重需求和自我实现需求。层次越高，有相应需求的人就越少。有些人可能家财万贯，但一辈子都停留在贪图个人享乐的层次。但有些人，生活虽然清苦，却早已站在金字塔的顶端。

方敬老人，就是站在金字塔尖上的人。

2016 年 6 月，从市委宣传部调任赣榆区委常委、宣传部部长的许思文，听到许多人闲谈方敬的事迹，他很快来宋庄调研。了解到方敬从 1978 年开始，每年都从上海回到父亲出生地任庄村捐资助学；1998 年他退休 7 年后，便彻底搬到了任庄村。多年来，他捐资助学，用自己的所学所长反哺桑梓，嘉言善行垂范乡里、教化乡民，感化了十里八乡。当地民风乡风得到淳化，文明新风扑面而来，名不见经传的小渔村成为远近闻名的省级文明村。

方敬不正是一位当代乡贤吗？这与近两年自己一直思索的新乡贤文化多么契合。得知方敬老人秉承"善为人知，并非真善"的美德信条，从来都是默默做事，多年来婉拒媒体采访。许思文相信精诚所至金石为开，多次找机会与方老谈心，从国事、家事谈到生活感受和个人爱好，渐渐地感情共鸣起来。

方敬也打量着许思文，他热情如火，真诚坦荡，谈吐之间不忘家国，自己也会不由自主地被他吸引。究竟被什么吸引，他也说不清，哦，是一团火，他仿佛看到了华模中学时期的自己。他想到了袁鹰 1983 年的《向母校献词》："啊，一团火，一团火！"

许思文是一位优秀的宣传部部长，他目光敏锐、踏实苦干，是一位拼命三郎式的政工干部。这些年来，连云港市在全国引起广泛影响的先进模范人物如王继才、雷锋车组、姜霜菊、柏纪荣、钟佰均、"爱心妈妈"……都和他息息相关。

李宝勇后来说：以前方老师都是不宣传的，有一次方老师刚从上海看病回来，许部长就来了。有两次许部长往宣传上引，方老师都转移话题。许部长慢慢做方老师的工作，方老师才接受宣传。

是啊，就像方敬在日记里说的："我不要宣传，阻止了报道；我是为了对父母的怀念，对恩师的报答而做的；只想有个宁静的心，回到父母身边。"

一位文友说："具体许部长是用什么办法说服这位'倔强'的老人，我不得而知。但是能让方敬先生进入公众的视野，让更多人知晓他的感人事迹，许部长的游说功力可不一般！"爱是一盏明灯，火苗虽然微弱，但可以照亮周围的空间。胡景清先生用爱的火种点燃了学生心中爱的明灯，让爱传递下去。让方先生爱的火种点燃更多的明灯，这个世界就会变得更加温暖，更加充满光明！方先生可能正是基于这样的原因，才愿意被宣传的吧！

只是方敬先生提起这事就后悔不迭，他不无幽默地笑着告诉我们："自从大家知道我的事情后，各种媒体前来采访，我差点崩溃，这样的日子可怎么过哟！"

什么是乡贤？一般来说，乡贤大多是饱学之士、贤达之人。他们或从政，或治学，或经商，或有独特的人格魅力。以往，乡贤是社会教化的启蒙者、乡村内外的沟通者、造福桑梓的示范者。而当代乡贤则增加了摆渡者的角色，带动家乡在精神文明和物质文明方面共同发展。

近年，新乡贤文化在农村社会治理中有着重要作用。2015年到2017年连续3年，"中央1号文件"指出"创新乡贤文化，弘扬善行义举，以乡情乡愁为纽带吸引和凝聚各方人士支持家乡建设，传承乡村文明。"赣榆区高度重视此项工作，决定推出当代乡贤方敬，为全省新乡贤文化建设工作破题、探路。

当代乡贤的回归，对美丽乡村建设的积极意义日益凸显。

经区委宣传部、区文明办、连云港市文明办组织推荐，2016年11月，方敬被评为"中国好人"。

中央电视台、新华社、《光明日报》《现代快报》等中央、省、市主流媒体和200多家网站迅速关注、集中报道，在社会各界产生了强烈反响。

令许思文感慨的是："区委、区政府拿出 5 万元，来褒奖方敬老师的高尚行为，方敬老师把这 5 万元又拿出来，用于资助身边的困难学生。"

12 月 5 日下午，《现代快报》采访组一行不顾一路车马劳顿，直奔宋庄镇采访方敬。采访中，记者们与方敬亲切交流，并倾听了学生家长、村民、学校老师等讲述方敬捐资助学的点滴故事，从不同角度深刻挖掘方敬身上一件件感人的"小事"，用手中的镜头、录音笔、笔记本记录着采访细节，一直工作到晚上 7 点多。第二天，采访组一行又同有关采访对象深入交流，补充采访材料等。

作为"中国好人"，方敬的事迹被《现代快报》整版大篇幅报道、《央广新闻·晚高峰》黄金时段播报、新华社《中国网事·感动 2016》栏目重点推送、《光明日报》派出报道组实地采访。相关报道引发广泛关注，人民网、搜狐网、腾讯网、新浪网、凤凰网等 100 多家国内门户网站纷纷予以转载。由此，方敬进入公众视线，成为全国读者、网民心目中的新乡贤、"当代武训"。

12 月 13—15 日，中央电视台新闻采访组专程来到宋庄镇，专题采访"中国好人""当代乡贤"方敬先生。

寒风凛冽中，采访组深入宋庄镇任庄村与方敬先生"零"距离接触，并通过采访受助学生、家长、任庄村老干部、学校老师、学生等，倾听他们讲述方老的嘉言善行。方敬的事迹深深地打动和感染着记者。有记者问方敬："这么多年这么做，你到底图啥？"方敬一字一句地答道："图一个中国人应当尽的责任，图一个中国共产党员应当遵守的行为！""你是中国共产党党员，你就要像个样子！"

央视记者汤涛说："方老的善举，树起了文明的乡风。那种根植于他骨髓的大义和时代担当，是当今社会最为需要的，值得每个人好好学习，我们有责任把他的事迹宣传好。"

随后，新华社采访组抵达赣榆区，聚焦"中国好人""当代乡贤"方敬。方敬回忆了自己的成长历程，着重介绍了他的恩师胡景清对他的帮助，如何影响他的人生，对自己捐资助学的事却谈得很少，甚至是只言片语一带而过。采访中每个人一提到方老，说得最多的就是"感动""了不起"，崇敬之情溢于言表。朴素的语言以及对方敬满怀感谢的诚意深深地感染着记者。"与其说这是一次采访，还不如说是对我们的一次精神洗礼。"做一件好事容易，能一辈子做好事很不容易。20多年来，方敬不仅自己做善事，他的嘉言懿行也一直影响着乡亲们。

这里还有一个小插曲。

方敬有一次看到本市《苍梧晚报》对他的介绍不够确切，加上了"教授""导师"之类的头衔。一贯实事求是的他，着急地给版面女编辑李萍写了一封信：

苍梧晚报10版李萍先生：

前数日见贵报关于我的报道，有几处失误不知是哪位撰稿者撰写，因无作者姓氏，只能给您写信，请代为更正。

我只是作为一个共产党员和教师做了些该做的事，目前年事已高，只能在村里做些力所能及的事，仍然以读书习字为主。有劳了，即请撰安！

方敬

2017 年 2 月 17 日于景清书苑

为了让李萍看明白，他先是把《苍梧晚报》关于介绍他的竖长条形版面复印了一张，然后在一侧作了改正："方敬，男，86 岁，华东师范大学教师，现为连云港市赣榆区宋庄镇任庄村村民。"在"华东师范大学教师"之后，方敬本欲加上"曾为上海……"后来干脆一笔勾掉了，他从来不喜欢虚名。

范云环也回忆：《人民日报》把他的身份写成了"华东师范大学教授"，他特意把我叫到身边，用笔把"教授"删掉，在旁边写上"教师"，还让我用手机拍下来，叮嘱我千万别再犯这样的错。

2017 年 3 月 1 日上午，《现代快报》总编赵磊在许思文陪同下，专程赶赴任庄村看望慰问"中国好人"方敬。许思文将方敬老人获得的"中国好人"、"江苏好人"和"连云港市助人为乐模范"荣誉证书，转交给老人。赵磊在临别前感触地说，看到老人他很受教育，深感敬佩。

4月20日下午，南京艺术学院音乐学院师生来任庄村看望"中国好人"方敬。

音乐学院党总支书记吉爱明、院长周建明一行26人，专程来聆听方敬对艺术、对人生的独到领悟和见解。

"人这一生受各种因素影响，想要的得不到，不想要的又挥不去，唯有自强不息、潜心钻研、保持本色，才能在艺术上有所成就。""告诉你们4个字，'上善若水'，一个人要像水那样，不仅适应环境，还要改变环境。"一个多小时的时间里，88岁高龄的方敬以其渊博的学识、幽默风趣的话语，多次博得大家由衷的掌声和笑声。

周建明说："作为一名赣榆人，同样在高校当过老师，方敬老师是我学习的榜样，他的大爱义举让我深深敬佩，受益良多。我将来退休以后，也要回到家乡，用自己的行为来影响、帮助身边的人。"

"您是和煦的春风，春风化雨！您是灿烂的阳光，温暖人心！"临别时，两名学生代表全院师生朗诵诗歌《我们向您致敬——致方敬》。

5月31日，《光明日报》头版刊发长篇通讯，挖掘方敬嘉言懿行背后的故事，探寻他内心深处的动力源泉……

守望相助，大爱无声，精神路标点亮满天星辰。当代乡贤的感人故事像长了翅膀一样在全国快速传播，引起了各级领导的关注重视，纷纷作出批示：向"当代乡贤"方敬学习。

江苏省委常委、宣传部部长、统战部部长王燕文一口气读完《光明日报》头版关于方敬的长篇通讯，深受感动，在批示中指出："新乡贤"的事迹生动感人！

省委宣传部常务副部长周琪也作出"选树新乡贤，让盆景变成风景"的批示。

2017年7月，方敬被评为第六届全国道德模范（助人为乐类）候选人。

10月27日下午，重阳节前夕，连云港市委常委、宣传部部长、市文明委主任滕雯到宋庄镇走访慰问第六届全国道德模范候选人、江苏省道德模范、"中国好人"方敬。

滕雯说，县区和有关部门要积极关心方敬等道德先进典型的生活，拿出切实可行的关爱礼遇措施，为他们及时解决工作和生活中面临的困难和问题，做好学习宣传。通过拍摄纪录片、编排文艺节目等多种形式，讲好道德故事，发挥道德感染人、鼓舞人、激励人的正向作用，让道德新风照亮更多的人，让社会充满更多的温暖，也让文明芳香更多的城乡。

11月9日，第六届全国道德模范获奖者名单在中央文明办官网发布，"新乡贤"方敬跻身全国道德模范（助人为乐类）行列，排在58名全国道德模范的第一位，成为连云港市历史上第一位获此殊荣的道德先进典型，江苏省仅两名。

喜讯传来，全市沸腾，社会各界再次聚焦这位老教师、新乡贤，探寻他走上全国道德建设最高峰的历程。

选择一条将退休后的生命如此燃烧的方式——选择一个小渔村，发挥余热，对于个体生命来说，也许是生命的巧合，更是他坚定的意愿——一种作为共产党员的信仰使然。

"我是带着思想来的，不是带着私欲来的"；"是来给种子的，不是只给大家送白菜的"。这个"种子"就是新思想、新观念和新思维。

2017年11月17日上午，人民大会堂金色大厅暖意融融，参加全国精神文明建设表彰大会的600多名代表精神饱满、笑容洋溢。9时30分，中共中央总书记、国家主席、中央军委主席习近平来到这里，现场响起热烈掌声。习近平亲切会见参加大会的新一届全国文明城市、文明村镇、文明单位、文明校园、未成年人思想道德建设工作先进代表和全国道德模范代表，向全体代表表示热烈的祝贺，勉励他们再接再厉，在社会主义精神文明建设中再立新功、作出表率。他高兴地同代表们热情握手，亲切交谈，代表们纷纷向总书记问好。

现场视频中，方敬坐着轮椅，被安排在第一排，分外明显。

习近平一边走一边挥着右手和大家握手，见到方敬，他弯下腰亲切地双手握住方敬的双手说："老人家好！"

　　　　　　　　　　　　　　　　　先生方敬

望着日夜操劳的总书记，方敬笑着问候："您辛苦啦！"

温暖的力量，感人的瞬间。

热烈的掌声，铭记着一个暖心感人的场景。

这样一个小小的细节，通过电视的转播温暖了无数人。

习近平总书记一个自然而然的举动，身体力行中华民族尊老敬贤的传统美德，展现出亲民爱民的崇高风范。

党的十八大以来，习近平总书记对先进模范的尊敬与关爱，一次次为全社会作出示范，引领着社会风尚。

方敬老人还于当晚出席了在中央电视台举办的全国道德模范颁奖晚会。

会见结束后，记者第一时间对方敬老人进行专访。老人告诉记者，得知自己当选"全国道德模范"的消息后，心情非常激动。"我深知这是莫大的荣誉，同时也是莫大的激励。"

老人表示："能够来参加这个颁奖仪式，心里是激动的，我自己做得还不够，获得这个荣誉，对我的鼓励也很大，以后我要继续为孩子们做事，要坚定不移地为家乡的老百姓多做点好事。"

2017 年 11 月 17 日晚，中央文明委在中央电视台举行"圆梦中国，德耀中华"第六届全国道德模范颁奖仪式，方敬在许思文陪同下，应邀参加现场领奖。

颁奖仪式分为"助人为乐""见义勇为""诚实守信""敬业奉献""孝老爱亲"5 个篇章，每个章节通过播放短片、现场讲述、童声合唱等方式，生动诠释了道德模范的精神价值。

作为第一位出场领奖的道德模范，颁奖典礼首先用视频短片的形式，讲述了方敬从华东师范大学退休，只身回到赣榆区宋庄镇任庄村助学扶困、教化乡邻，26 年倾尽 200 余万元积蓄成立"景清奖学金"，资助 260 名寒门学子步入高等院校的感人故事。

"方敬——华东师范大学退休教师，成立 200 余万元奖学金，资助 260 名学子，26 年坚持崇文兴教、反哺桑梓的新乡贤。"台上，主持人诉说着方敬老人的动人故事；台下，观众们深情聆听，热泪盈眶。

"善行无疆，你们帮扶伤病者，救济贫弱者，无怨无悔奉献着善良与仁爱，你们想他人之所想，急他人之所急，像黑夜里的灯，如冬天里的火，你们的胸怀宽广，你们的精神感人，向你们致敬！"颁奖仪式上，给予方敬等助人为乐道德模范的致敬辞中如此写道。

颁奖仪式最后，方敬老人与其他全国道德模范再次被邀请至舞台中央。全场观众仔细聆听主持人宣读《德耀中华赋》，亲眼见证两名少年在《德耀中华赋》上盖上刻有"止于至善"字样的印章，并合唱《共筑中国梦》。

颁奖仪式结束后，不少此次荣获全国道德模范的先进典型也被方敬老人的事迹所感染，纷纷与其合影留念。

李宝勇回忆：

"央视的彩排方老师参加了，他本来计划去看袁鹰老师的，他对老师非常尊敬。我说买点东西看老师吧，方老师说以前老师教育过：不许带东西。我推着轮椅打的，结果出租车不带。我又想联系一辆车。方老师觉得太麻烦了，就把这事搁下了。

"颁奖结束 11 点了，方老师心情也不错。头一天我买了 3 小瓶二锅头和一点小菜。回宾馆我陪他喝到凌晨 1 点，全国道德模范对他这一生也是一个交代。

"本来可以作为 10 名代表上台领奖的。当时中宣部打电话问能否自己上台，因不能独立行走而放弃了。央视记者范云环被他的事迹感动，专门买了两包稻香村点心看望，方老师回来后专门写了幅字寄给她。

"在北京，他能做的事情坚持自己做，脱下的袜子、衣服都是自己收拾，带回来自己洗，不让我洗。"

精神力量从哪来？平凡人做不凡事，用个人行动诠释时代价值。

如果只能活一次的生命可以如此壮阔，一生亦是永恒。

一个人影响一座城，一个道德模范引领一方新风尚，方敬的精神像火种在赣榆大地蔓延，如春雨般滋润市民心灵。

11 月 17 日晚上，宋庄镇村民自豪地收看央视一台播放的"圆梦中国，德耀中华"颁奖仪式。

"听到姨叔当选全国道德模范，我们全家都很高兴。晚上大家都守在电视前，准备第一时间看到姨叔出现。"祁昌记告诉笔者，这次他当选全国道德模范，全村人都认为他众望所归。"即使作为亲戚，他在助学上也是一视同仁，刚开始，很多自家的亲戚不理解，埋怨他有钱却不接济自家人，但他不改初衷，他说要帮助更多真正有困难、有需要的孩子。"

在上海工作的尚天潇的爱人郁音阶看到颁奖视频，很兴奋。她称方敬是"不服老的红毛衣爷爷"，"方老师姓方，有着方正的面庞，也有着特别有棱角的性格。他原来蓄着胡须，而今又留起了银白的长发，用黑色发箍固定住刘海，晚年的他倒是显出了几分仙风道骨之感。"

她说：天潇曾给我看过他教课的视频，方老师穿着一贯偏爱的红色毛衣站在黑板前，慷慨激昂地说着专业内容，那模样看不出是年逾古稀的老人，我还笑称方老师的外形有点像肯德基爷爷。

天潇每逢回老家，必然要去探望一下方老师，而我只见过方老师两回。第一次是我和天潇在他老家办婚礼，方老师不爱太热闹的场面，于是我们婚礼办完后，当晚就去造访了方敬的家。

由于我是上海人，方老师一上来就和我讲起了上海话，这样一来，我俩的距离很快就被拉近了。我说："您和我爷爷差不多同岁，刚恋爱那会儿，天潇经常说起您的故事，您是他的人生榜样。"方老师听了可乐了，晚上亲自下厨做了三道本帮特色的小菜，最后一道主食是野荠菜馄饨，他说吃这个会让他想起上海，我会心地点点头。

第二次是前年寒假期间，方老师由于得了膀胱癌在沪住院，我和天潇去第一人民医院探病。那时的方老师憔悴了不少，周围人也不清楚他的疾病能否好转。他躺在病榻上胡子拉碴，但眼神依然坚毅，我俩本想与他多说几句慰问话，却被他劝退了，"你们时间忙，别在这儿待着。"或许他觉得自己能行，无需像普通老人般需要安慰。

"教育可以救国，把教育搞上去了，整个国民的素质也就上去了。"这是方老师常说的话……

村民宋世高说："如果我退休了，一定会向他学习，充分利用自己的知识和经验，找一个合适的位置，传播文明，传递正能量。"

一位校长说："方老的事迹荡涤着心灵的每个角落，让我见证了一个人由于坚定的信念和无悔的执着，最终绽放出耀眼的光芒。从他的身上我看到了、读懂了什么是大爱，什么是诚信，什么是乐于助人……他是赣榆的骄傲，是我学习的榜样，是我今后一盏明灯！"

一位老师说："敬佩方敬老师那么多年资助培养了那么多后生；他的事迹让我看了汗颜并深深地自责反省……"

一位村民说："我从心里敬仰方敬，因为方敬做到了我不能做到的事情。他的事迹感动着我们，感动着中国，感动着每一个人的心……"

一位机关干部说："我感动的是他那种坚持不懈的精神，那种无私奉献的爱。正是有了他们这些人无私的爱，我们的生活才会这么美好。一个人或是平平凡凡，或是轰轰烈烈，方老师在平凡中升华出不平凡，体现出舍己利他的崇高品格，正因为如此，他赢得了社会的赞誉，得到了人们的尊重。他的执着付出影响了一方人，改变了一代人。"

全国网友是这样评价他的——

一位网友说，方敬先生像极了孔子，饱读诗书，慈眉善目。

一位网友说，方敬先生身上，尽是大真大善大美。

一位网友说，方敬先生是民族的脊梁。

一位网友说，最平凡的人，最善良的人，最长久的关怀，最永久的感动。

一位网友说，希望方敬先生长命百岁。

……

2017 年 11 月 18 日下午，方敬在许思文的陪同下，从北京载誉而归，接受社会各界的欢迎和祝福。

宋庄镇乡贤广场内花团锦簇，掌声阵阵，处处洋溢着喜庆气息。

"向当代乡贤'中国好人'方敬先生致敬！""向全国道德模范方敬先生学习！"广场四周拉起了一条条欢迎横幅。群众代表来了，曾被资助过的学生来了……鲜艳的红地毯铺开百米，大家自发地走到一起，等候着载誉归来的老人。

15时40分，在热切的目光中，老人乘坐的商务车徐徐驶进广场。在工作人员帮助下，老人缓步下车，只见他胸前佩戴全国道德模范奖章，面带微笑，频频向现场群众挥手致意。15时50分，欢迎仪式正式开始。两名美德少年向老人献上鲜花，当老人接过鲜花，现场再次爆发雷鸣般的掌声。

"真正是不敢当，这次我能到北京领奖，真是没有想到。因为我回到农村，只不过是为孩子们的读书尽了点绵薄之力，其实还有很多比我尽力的人。让我到北京领奖，更多的是对我的一种鼓励，更是对宋庄镇、对赣榆区的肯定，所以我感谢宋庄镇，也感谢赣榆区。我希望我们宋庄镇的父老乡亲们，特别是青少年要把书读好，把国家建设好，这样我们的国家才会兴旺发达。"老人动情地说着获奖感言。

这真是：独行时的坚守，盛誉后的淡定。

"方老的事迹温暖人心，感动中国，为全社会树立了价值标杆，获评全国道德模范是实至名归、当之无愧。学习方老，就是要学习他情系桑梓、热爱家乡的精神，学习他助人为乐、甘为人梯的精神，学习他重教崇礼、淳化乡风的精神，学习他甘于清贫、淡泊名利的精神。"许思文全程参与了方敬在京期间的活动，一路陪同照顾，他对方敬老人当选全国道德模范有着很深的感悟："每一次聆听方老的事迹，心灵都会得到一次洗礼，思想都会得到一次升华。要让方老的精神特质融入赣榆大地，使其成为激励和鼓舞每一位党员干部砥砺前行的强大动力。"

"之前对道德模范的事迹不是很清楚，参加这次活动，才知道他很了不起。"现场所有的人都被方敬老人的事迹所感动，动人场景和真情，融化为涌动在心头的欣慰、洋溢在身上的温暖。他们争先拿起手机、相机拍下这珍贵的时刻，并纷纷表示，今后将以方老为榜样，从自身做起、从身边事做起，学习模范、争做模范。


温馨感人的余波还在荡漾。

2018年1月15日早晨6时许，白发苍苍的82岁老人贾海珊，受众多"吉林好人"的委托，挥别担心的老伴。独自背着行囊，拄着拐杖，从吉林松原市出发。乘火车到长春转车，再乘动车到徐州东站下车，转乘汽车来到连云港，辗转1600余公里，用时一天半，跨越大半个中国，于16日中午风尘仆仆来到赣榆。只为在晚年，再见一面30年前帮助、指点过自己以及众多松原书法爱好者的恩师方敬，捎带来松原人民对道德模范的由衷敬仰。老人说，在遥远的黑土地，"近学身边秀（好人），远学方老师"已蔚然成风。

原来，方敬荣膺全国道德模范，受到习近平总书记接见并亲切握手上了《新闻联播》，这一幕让包括贾海珊在内的松原市前郭尔罗斯蒙古族自治县的百姓们激动不已。

30年前，贾海珊在方敬的一场讲学中与他相识、相知相交，结下深厚的情谊。为让更多的松原人认识、了解、学习方敬，他还把方敬在北疆的点点滴滴编辑成《道德的力量》书册。

"谢谢！谢谢你们的宣传让更多人认识了方老师，也特别谢谢你陪同方老师前去北京。"在区委宣传部的接待室，老人家握着许思文的手，献上了洁白的哈达。

许思文说："贾老不远千里来到赣榆看望方老，代表了松原人民对方敬先生的敬仰之情，这就是全国道德模范的力量！这充分体现了生活在不同地区的干部群众学习先进、崇尚先进、践行先进的良好风尚。非常感谢贾老不远千里来到赣榆，我们今后将继续做好宣传工作，传播正能量。"

"这次相见可能也是最后一次了。我和老伴说，见到恩师，就算这次回不去，人生也无憾了。"即将见到恩师，贾海珊激动之情溢于言表。

1月16日下午3点，天正下着雨，耄耋师生再相会。贾海珊情绪十分激动："恩师啊！终于见到你了！""你独自一人，从松原市千里迢迢来看我，让我既惊讶又感动！"见到只比自己小6岁的贾海珊出现在景清书苑，方敬由衷高兴。他对现场记者说："真没想到他能来，他老得都不像从前了，耳朵也背了，但我们的情谊永不变。"

　　　　　　　　　　　　　　　先生方敬

这是两人 17 年来的首次见面，也是相识后的第四次见面。"这些年来，方老师来我家中看过我两次，又给予我的学生很多指导。"感念师恩，贾海珊一直想来连云港看望老师，"特别是前不久在《新闻联播》上看到习近平总书记和方老师亲切握手的画面，我当时就下了决心：有生之年，一定要来拜谒恩师！"

"这次来，不仅仅代表我个人，也代表松原人，您的事迹在我们当地广为流传！"贾海珊边说边从随行的包中拿出洁白的哈达，献给恩师："这条圣洁的哈达，代表蒙古族最高的礼仪，祝您健康长寿！"

哈达的外包装上，写有"内蒙古最高礼仪哈达献给方敬先生：荣获全国第六届道德模范称号志庆"字样；落款有 3 个名字，分别是宁布、贾永光和贾海珊。

宁布，是"吉林好人"榜入选者，吉林省前郭尔罗斯蒙古族自治县关心下一代工作委员会顾问；贾永光，是一名公益志愿者；贾海珊，是吉林省西部区蒙古文学学会理事、松原诗社顾问、内蒙古大兴安岭林区退休干部。

"这次我还带来宁布亲手雕刻的一只葫芦，上面刻有'善行无疆，德耀中华——敬献全国道德模范方敬'。"贾海珊说，这些礼物代表了当地百姓满满的心意。

方敬连声说："替我谢谢他们！""一个人，一辈子，总要做点好事。"

贾海珊还拿出蒙古王酒，两位白发苍苍的老人久别重逢，回忆往昔，谈论近况，温暖动人的真情感染着在场的每一个人。

贾海珊向记者打开了话匣子："我老家在吉林省松原市前郭县，后来去内蒙古呼伦贝尔市满归镇当了一个职专的校长，我才得以和方老结缘。"30 年前的初见恍如昨日：1988 年，成人教育研讨会在呼伦贝尔市海拉尔召开，方敬作为成人教育专家去做讲座，贾海珊以职专校长身份参加会议。经中国职工教育研究会顾问邵子言引荐，贾海珊拜见了方敬。"研讨会持续半个月，我时常听方老讲学，受益匪浅，对他十分景仰，就邀请他去满归镇为我的学生们讲课。"

"我对他印象很深刻，那么多来听我讲课的学生中，就属他年纪最大。"方敬笑着说。当时贾海珊已有50多岁，在一堆年轻的学生中十分显眼。"当时就觉得，这人这么大岁数了，还这么用心。"

方敬欣赏贾海珊孜孜不倦的求学精神，贾海珊折服于方敬在教学、书法上的造诣，互相欣赏的二人就这么结下了不解之缘。

两人第一次见面，彼此都留下了深刻而又美好的印象。

内蒙古林业管理局教育处宝力道处长向方敬介绍了贾海珊的情况：全林区职工教育先进个人、林业局劳动模范、民族团结先进个人。"文化大革命"中被误伤，平反后更加努力工作，要把失去的时间补回来……半个月会期，他俩经常在晚饭后晤谈、散步。

"会议结束后，方老师送我两个条幅：'春晓松涛'、'孺子牛'。我回去就挂在了校长室，常有人来看这两件墨宝"，贾海珊说，"我一直谨记着方老赠我的这7字箴言，时刻鞭策、检验自己是否真正以'孺子牛'精神教学。"

方敬启程回家临别前说，他还会再来满归镇。

"从那以后，方老来我家看过我两次，一次是在1992年，一次是在2001年。"虽然耳朵背，但谈到和恩师几次见面的场景，贾海珊记忆犹新。

1992年6月30日，方敬应邀前去满归镇为贾海珊的学生们讲学。上午10点半下火车，贾海珊热情地安排在离家不远的小饭店就餐。菜没过五味，酒没过三巡，宝力道处长和同事陈忠民大老远来请方敬到林业局食宿："方老师到满归，令我们蓬荜生辉……"方敬说："我是一介布衣，何劳诸位……"实在拂不过两位的情谊，无奈放下手中箸，随他们接走了。他们安排方敬住在林业宾馆最高级的204房间，还安排小车随时专用。方敬说："此行满归是来看朋友的，谢谢你们的热情。"他没有住宾馆，住到了贾海珊的家中。

这让贾海珊对方敬更多了几分敬佩。

其间，方敬给林业局机关干部300多人做了成人教育学术报告，给职业高中及社会上的书法爱好者讲了书法。

"学生们没听过大学老师讲课，都很好奇，都争抢位置要听课"，贾海珊说，"方老师学识渊博又平易近人，讲课非常精彩，真是太少见了。"

本来方老师计划一周后返回，却因发现了3名在书法上有潜力的可塑之才而延迟了10天。

这3名学生——高志宏（日本遗孤）、孟广辰、杜建设，后都成为有名的书法家。杜建设身有残疾，方敬就在晚上到他家中上课。

贾海珊说："他每天都安排得特别满，除了讲学还是讲学，我只有等他晚上9点回来，才在院内摆桌品茗与他长谈。"有晚长谈，方敬说及1987年黑龙江大火而伤感。那次大火50多天，又致空气污染。得知火场就离满归林业局不远，他执意要去看植被恢复的情况。于是他们去了145公里外的黑龙江漠河县城，看了"八七大火纪实馆"。回程看见很多烧坏的白桦和松树桩，方敬难过地说："5年啦，还没恢复好。松树百年成材，多少年后才能有成材的树林。"

满归镇的夏日，牛虻到处都是；短袖短裤不能穿，早晚温差又极大，方敬没有丝毫抱怨，心里只有学生。

半个月的学习，贾海珊常常与方敬促膝而谈，交流书法作品，分享人生经历，成了至交好友。"令我这山野之人如醍醐灌顶，茅塞顿开，于飒飒松涛中依稀能听到大鸟振翅的声音。"

7月16日，方敬要离开满归，贾家按照"上车饺子下车面"的习惯为他包水饺，做了6道菜。得知贾海珊的爱人牡丹是成吉思汗第三十代直系，也因牡丹祖父是王公贵族，方敬开玩笑说"牡丹格格歇一歇"，然后与往常一样下厨房炒菜，逗的笑得大家合不拢嘴。

临别时难分难舍，方敬对贾海珊说："我还会再来看望你的……"

方敬与贾海珊自此书信往来越加频繁。每年春节前，方敬都会给贾海珊寄去亲笔书写的贺卡。"方老不留糟粕于人间，出手都是精品，都有保存价值"，贾海珊珍藏着方敬的每一张贺卡。

"2001年4月的时候，方老给我来信，说要再来满归镇"，贾海珊说，"真是一诺千金，7月份，我们终于相见了。"那一次，方敬不是一个人来的——宋悦和宋炎搀扶着老人下了飞机。

是年方敬70岁了，因腿部骨折挂上了拐棍，但为了看看学生的近况，和老友叙叙旧，方敬还是开启了满归之行。他们坐飞机来到海拉尔换车来到满归，没有两人的陪同，方敬根本无法成行。往返坐飞机，花钱不少。"为了讲学，他真的是鞠躬尽瘁！"贾海珊感叹。

1992年贾海珊的三儿子俄日贺方才16岁，还在中学读书。9年后在扑火中队任指导员，成了家，入了党。方敬很高兴地和小夫妻合影留念。

两人海阔天空地谈天说地，得知高志宏办了"景新书画院"，孟广辰办了"映山红广告公司"，杜建设开了"建设刻印书画社"，3个人都靠书法艺术生活着，方敬很高兴，一一探视了他们。考虑满归地方不大，3人争着开公司，方敬鼓励他们："飞出去就海阔天空，施展才华大有空间。"再次应邀为3人上了书法课。方敬还强忍时有疼痛的伤势，分文不取地给当地中小学老师上书法课。后来杜建设去秦皇岛开办公司，贾海珊把高志宏接到了松原市区……

回到家里，方敬给松原市的书法新秀朱继文、米金玉、张影寄去书法讲义，进行远程教育。他们大有长进，北疆人一直感恩铭记。

得知贾海珊的二儿子特睦习乐快结婚了，方敬给贾海珊寄来了1300元的贺礼。

"人之相遇在心，我在满归镇做了我所能做到的全部，能尽力的地方我都尽力了。"提起在满归镇的两次讲学，方敬没有半分夸耀之意。

得知贾海珊是清公主下嫁郭尔罗斯前旗王公的钦差第八代后人，至今还在祭祀公主，方敬让他把这段满蒙联姻的历史编纂好。

贾海珊不负所望，编辑出版了《郭尔罗斯前旗王系及彼》一书，反映了郭尔罗斯人的历史传承以及新时代的生活。

方敬还叮嘱贾海珊，要把家乡的历史写好，贾海珊又创作了《郭尔罗斯骄子——特等功臣布和吉雅》一书，联合社会各界为功臣树立了塑像。

薪火相传，贾海珊学方敬做了很多好事。

17 日一早，返程前贾海珊说："我们都是八旬老人了，我照顾不了方老，还要给他添麻烦。他是我们永远的道德楷模，蒙古族人民永远铭记他！"

······

2018 年 2 月春节来临之际，在连云港调研的省委书记娄勤俭来到方敬简朴的住所，紧紧握住老人的手，对他回乡 26 年矢志不渝崇文兴教、涵育乡风、造福乡邻的模范行为给予高度评价。向方敬赠送了由著名书法家孙晓云书写的"弘扬好风尚，传递正能量"匾额，并代表省委、省政府向他表示诚挚的感谢和节日的问候，叮嘱他保重身体，祝福他健康长寿。

娄勤俭对随行的地方领导和省级部门负责人说，精神的力量是无穷的，道德模范对全社会特别是对年轻人健康成长具有重要的示范引领作用。要持续深入开展宣传学习道德模范活动，弘扬中华民族传统美德，用社会主义核心价值观凝魂聚力。要给道德模范以更多关怀关心，彰显道德模范崇高的社会地位，在全社会形成崇德向善、见贤思齐、德行天下的浓厚氛围。

有一种精神无坚不摧、深入人心，这就是道德的精神；有一种力量撼天动地、世代传扬，这就是榜样的力量。2018 年 6 月，许思文在《学习时报》上发表文章：《凝聚乡贤力量 助推乡村振兴》。

2019 年 2 月 2 日，娄勤俭在省委、省政府举行的 2019 年春节团拜会上的讲话中再次提到全国道德模范方敬先生，并满怀深情地追忆去年慰问时的情景："去年我在连云港慰问从上海退休返乡的全国道德模范方敬，他说，最大的愿望就是让村里多出一些大学生。"通过回忆过去一年在调研、慰问等工作中的一个个小故事和小细节，娄勤俭将最牵挂、最感动的人和事娓娓道来。

······

2011 年，方敬在《谢祖国》的短文里写道：

爱祖国如同爱母亲一样，她是与生俱来的，我为生在这古老的中国感到幸福。

世界上只剩下中国是个文明古国，根本原因之一是：中国有着固有的文明并绵延几千年。文明并不抽象，《易经》，老子与孔子的学说，中医的阴阳五行说等等都算。

我之能投身革命，除了共产主义学说外，是3句话启示了我："国家兴亡，匹夫有责。"我当过亡国奴，深感这句话的分量。"老吾老以及人之老，幼吾幼以及人之幼。"因为我在悲惨时，得到过大爱。"先天下之忧而忧，后天下之乐而乐。"这是大器的召唤。这3句话也是中国的文明。

当听到国家领导人反复提出"和谐"这词时，我重读了孔子学说并自行概括为："和，天下之大计也。养身曰仁，齐家曰礼，行之以度。果如此，和可得矣。"这几年，多次写成条幅送人。"和谐"就是中国的古老文明。

有人说中医不科学，这是一叶障目而不见泰山。试问上世纪30年代中国有多少人口，四万万同胞，全球第一。这四万万应归功于中医。中医是中国固有的文明。在古老的年代，把人与天地一统起来，把阴阳和五行学说用起来。不知这些智者，怎么写出《黄帝内经》的。目前针灸征服了欧洲，针灸只是中医宝库里的冰山之一角。

中国的文明博大精深，千万不要坐在米堆上讨饭吃。

中国的今天是前60年和前30年实践的裂变，没有中国的过去不会有今天中国特色的社会主义学说。

我认为邓大人蹲在江西那几年没有停止过思索，不然哪来这么多直白的深邃。初级阶段，计划经济不等于社会主义，市场经济不等于资本主义，让一部分人先富起来，改革开放，一国两制，"摸着石头过河"……百废待兴、党内党外、国内国外、千头万绪，小平同志容易吗？

1980年前后的上海，有几个秀才对"摸着石头过河"颇有微词，认为这话不够理论。可是在方向已明而情况不清时，过河如不摸着石头，那是找死。

什么是社会主义，如何建设社会主义，这是庞大的系统工程，千百

　　　　　　　　　　　　　　　　　　先生方敬

倍地难于登火星工程。曾经有过的样板失灵了，世界一片混乱。北欧富国模式，西方民主论，休克实验，一时在中国大地明浪暗涌。谁力挽了狂澜！汶川地震与新奥尔良海啸，比一比孰优孰劣，一目了然。中国是个强势政府，政令统一，一声令下以最短的时间和最快的步伐，举全国之力迎战。世界一片赞叹！对中国赞美，有些国家是很吝啬的。中国近30年的崛起，引来了一大片中国威胁论。还是老百姓的话简单明了："羡慕、忌妒、恨！"

30年的改革开放，全世界有目共睹。金融危机中，中国给世界经济复苏的推动力占全球的50%。在利比亚撤侨中，35860是个实实在在的数字。决断正确，行动果断，敢花钱。想想今天仍滞留的印度、埃及等难民吧。说来也巧，在宋庄镇的孙店村，也有10多个劳工是35860的组成部分。

目前，中国步入更为艰难的第十二个五年规划时期，高兴的是党中央清醒地洞察了这一点，国务院在"规划"中作了明确的部署。一个退休老人居高临下地观察，其难度较大，但视平线所及也觉察了一些"中等收入陷阱"的现象。

食饱衣暖，"胡思乱想"就多了。老百姓的事，先是衣食住行。先说衣，各种款式，多种面料。再说食，不吃肥肉就给你瘦肉精，鸭蛋黄不红给你苏丹红，馒头不顺眼给你涂上点什么。奸商该杀，勾引他们的是钱，但起因却是那些受害者的新的需求，真正的"自食其果"！再说住，忘了上海的"七十二房客"？忘了草帘子当门留个洞当窗的日子吗？我不喜欢"忆苦思甜"。至于行，机动车的增长世界第一，首都变成了"首堵"。这些需求和不便国务院都负责改进，那么，谁买单，谁来办呢？

国家真有钱了吗？不像美国，金融系统在1972年被美国偷天换日，从金本位换成美元本位。他们有的是印钞机，机器一响，黄金万两。宽松一下，6000亿的美元涌向全球，周小川还在为3万亿美元储备在犯愁呢。那些绿色的滚滚的浪，明的暗的在和发展中国家较劲呢。

中国有钱但不多。因为13亿多的男女老少都靠这块占世界7%的耕地活着。除了人不算，还有那些珍稀动物等待保护；因为人的愚昧，它们已不能保护自己了。让它们死光了算，这不行！地球不答应。因为没有了它们，地球最后就没有一个高等生物。

除此之外，要保卫祖国，要为今后老龄化备点养老金，要治山治水保生态，科技要领先等等，都得大把地花钱。

前一阵子，"姜你军"、"蒜你狠"、"豆你玩"……在作怪，因为有人有的是余钱！据报道，上海一地，具千万元资产以上的为13.2万人。假如他们每人拿出十分之一，放在一起，集中在一个点上操作，那是千多个亿。既诱人，其破坏力也大。

以内需为主，调整发展模式，要学会社会管理并划定各个主功能区等等，都是"十二五"规划的亮点。

我感谢祖国抚育之恩，我爱祖国，希望今后我们的祖国更可爱！


种得桃李满天下，心唯大我育青禾。方敬是春风，是春蚕，更化作护花的春泥。心之所向是祖国，他要把自己完全燃烧。即使透支自己，也要让人生发光。稻谷有根，深扎在泥土；他也有根，扎根在人们心里。时光虽然沧桑了面孔，但方敬初心不变。

先生方敬

# 第二十八章
# 我思故人，故人或亦思我


方敬一生重视友谊。

友谊是美酒，年份越久越醇香浓厚；友谊是心灵的神秘的结，像磷火一样在你周围最黑暗的时刻显得最亮。

长留史册的，不是锱铢必较的利益，而是肝胆相照的情分。

2011年，在景清书苑，方敬写下《感恩》的短文：

善欲人知必非大善，恶恐人知必非小恶。施恩图报者，其行不真；受恩不报者，其人不可处。在《往事钩沉》之末，不能忘了感恩。

一谢父母之恩，二谢师长之恩，三谢友人，四谢祖国……

在《谢友人》中方敬写道：

"益者三友，友直、友谅、友多闻，益矣。"语见《论语·季氏》

"一死一生，乃知交情。一贫一富，乃知交态。一贵一贱，交情乃见。"句见司马迁《史记·汲黯郑当时列传》。

在乡下住了十多年，有三种人我不接待：一是不孝，二是爱占别人便宜，三是说瞎话的。虽然得罪一些人，但这值。因为我因此而拥有了更多的患难与共的友人。

我感谢始终关心我身心健康的友人。当我处境顺利的时候，他们多数悄悄地隐退了。当我又一次遭遇不公正待遇时，他们会分别来到我身边，相对而坐。言语不多但从他们的眼神中体会到鼓励。一封信、一本书或一杯酒，能销万古愁。我已82岁了，真正的"80后"。像这样的友人已逐渐凋零。但他们的作为，在我的脑海中仍鲜明存在。上个月，一位50多年前的同事，得知我仍然行走不便，很快从上海寄来两瓶药。药瓶上全是外文，看不明白。但我仍遵照嘱咐，每天按剂量服用。1999

年我回上海去看她，40年前的酒杯依然晶莹。以小见大，怎能不使人感慨万分。这样的友人不少，我感谢上苍赐给这多的宝贵财富。他们不仅给我太多的精神支持，还在物质上给予更多的帮助。

2007年，我在上海中山医院做心脏支架手术，4月1日就返乡，配药就成了大问题。医院规定每次只能开一周的药，李红旗每月为我跑4次，并按月从上海把药寄来。劳民伤财地连续4年多，从未中断。能不谢谢他吗！

在乡下住着，好多体力活不能干。十多年来，多少人主动为我打扫卫生、整理衣服和采购一些任庄和汪庄买不到的物资，购买和维修代步的电动车等等。他们无怨无悔且兴高采烈地干着，这是钱能换得到的吗？这是关爱，是高尚的友情。他们不是钟点工，是志愿者，比志愿者还要志愿者，因为一没登报、二没上电视。

还有好多好多的好人好事。

十多年来，每逢春节、中秋节、假日等，不少友人到我上海的家，看望另一个老人。每逢我要些印章和宣纸，立即为我办成。多少人成群结队不远千里来家乡看我，成为一道任庄少见的风景。他们小的50多岁，大的都七八十岁了；而夜宿，竟坦然住在大众浴室，他们中间不少具千万家产。来时，还带来上海产的贵重礼物，甚至我点名要的粢饭团、生煎馒头和牛肉包等。10多年来，我基本不缺烟、酒、茶和大米等。特别当我生病时，鞍前马后，来回护送，悉心侍奉。还有铺路种竹建围栅、筑下水道，都是主动征询且很快完工。这些，我既感激又愧对。

共苦易同甘难，确实有这现象。但患难之际见真情，这是真话。如从利害角度衡量，像我这样的人可利用的价值已不高。而我有求于人的太多，今后还会更多。

"出水才看两腿泥"，一个还有知觉的人能不感谢这样的友人吗！即便我生理上麻木了，但我心却不会不仁。

感谢我的父母、感谢我的师长、感谢我的友人、感谢我的祖国！

知恩报恩，当永远身体力行。

月光越是清冷，记忆就越发清晰。

方敬曾感叹，平生知友 4 人刘筠、郑裕家、黄聿丰和叶津生，4 人先后辞世，很伤感。

因为从小时候就迷上"对对子"，方敬说：我也撰写过一些对联，都是些伤心事：

《悼叶津生先生》：

常人只逢一甲子，三十多年执着，二十余载折腾，才得几许宽松。惜韶光急过，犹留青简数册，朱墨两笔遗后学，居高声自远。

平生难得几知己，七八个星天外，两三点雨山前，留有多少参差。悲焦尾不继，谨备苦茶几盏，村醪一瓢奉先生，非是借秋风。

以上是 1987 年 11 月 24 日留下来的。与叶津生夫子，相识于 50 年代末，书香门第，厚履丰席。然爱国之心执着，独留上海。然诸多海外关系，岂有好果子吃。

十年浩劫中，常偷闲与夫子对酌，喜怒哀乐，皆成文章。80 年代初，去上海虹口区教师进修学院任教。钻研现代逻辑，蜚声沪上，曾编《辞海》"逻辑学"条目。我对于逻辑学一窍不通，为他抄写现代逻辑，尚错误迭出，他不以为怪。

珍春（童珍春）老师与他相伴，真是奇人，泰山崩于前而面不改色，女中丈夫也。否则，50 年代后期以来的淫威，叶津生早已仙逝。

余生也偏颇，知己无多，能畅饮而不倒者更不多。至今夫子已去，能对酒畅怀者，虽求之而不得。

《挽费仕璋》：

初入芳草乡，倏尔远逝，何处寻寻觅觅何处觅；久留翠柏荫，依然常在，此意沉沉浮浮此意沉。

谁信仕璋早去，又失旧知，相别八载，未获·叙，其可再也夫。撰此以奠。

1987 年 12 月 1 日夜

费仕璋毕业于上海师范学院数学系，因不去外地，在家赋闲，我主持虬江中学的时候，彭文元介绍他来校任数学教师。喜乒乓球，因此与李妙珠喜结连理，于排球冠军赛中因为过于激动脑溢血而逝。

《挽林金鑫先生》：

祖国恋，一片精忠寄杏坛。更难忘，一曲春天来了，复兴园内，盛夏握别，余温在。君竟去穷泉，重壤永幽隔，泪咽无声，岂一痛哉消得。明月又起，何处话当年。

甲戌暑自呼伦贝尔草原归，惊悉金老师长辞，谨撰数语，以奠英魂，有知当以梦示。

与林老师相识于1984年，是年夏，某天早晨姚晶老师来我家，要我给复兴中学预备班上写字课。与林老师的小提琴课交互进行，每人一半；各上一节课后再交换上第二节课。记得上了两学年，在上课期间培养了钢笔字与毛笔字老师各二人。大约在1992年夏天，复兴中学要我为语文组教师上课；1994年为青年教师上硬笔字课，因而与林老师前后相识10年。

林老师喜欢抽烟，与我有共同的爱好，所以接触得稍多一些。他是印尼华侨，50年代初返回祖国。仅记忆所及，林老师在读初中时已自立。在小学上课，工资所得，能潜回祖国，后不准又返回。之后隐瞒年龄，再报效祖国，辗转进复兴中学任教。

他多才多艺，尤其是素描，纯用"A"铅笔，直线处理静物，质感甚强。虽绘画专业毕业生多数难以企及，谙音乐，对于提琴与合唱功力不浅，而且任劳任怨。

1994年春夏之际，为迎接日本友人，操练多瑙河圆舞曲，故有"春天来了"一句。1994年7月5日，准备去海拉尔，行前得知林老师肝癌晚期，去祥德路告别，他还精神抖擞，畅谈半小时。开始以为至少能支撑3个月，但是8月21日返沪在25日打电话给他家问安，林老师已于8月15日仙逝。追悼会请假未允，购4米白布写成挽联送去。

在复兴中学我写过两块匾。一块是"教工之家"，另一块是"图书馆"，都是林老师所刻，刻得真好。

还有挽于传仁先生的，方敬代学生所撰的是：

"知识越多越反动"，正其时，先生设帐课徒历8年，长流及远泽后学，清气若兰；学到用时方恨少，值今日，弟子凭灯求知逾十载，青云直上报师恩，乐情为国。

方敬另撰一首表达对于传仁深深思念的挽联：

白云绿茵，几度驰骋，正丽日中天，好男儿未能一抒胸怀，费思量，松凌雪霜；孤灯幽室，一番煎熬，值高帽遍地，大丈夫依然相濡以沫，倍亲切，水映青天。

这些对联或者骈句，对仗工整且又切合每个人的人生履历，情深意切又清雅特立，很好地表达了方敬的思想情感，同时也可见方敬深厚的古文功底。


方敬也经常怀念华模的同学。2000年7月18日，方敬在日记里写道：5月27日，搬到景清书苑后，从7月初开始整理书籍，昨天见速写本内有两首长歌，转录于后——

1945年秋，在上海华东模范中学读高一时，有同班同学李伦英，同桌。1946年偶尔知道她和我是同年同月同日生，比我长一两个时辰而已。她是硖石（今属浙江海宁）北长埭人，幼年丧父，家道中落。不幸于上世纪70年代初英年早逝。

1987年8月23日，去硖石讲课，突然想到长辞的她，没有地址，只能一路寻去。从来没有去过的地方，竟然找到了，真是不可思议。遇到她的叔父，她的女儿端来一碗茶，让我震惊，和她像极了。此行结果，是更多的惆怅。

从嘉兴坐火车回来，没有座位，站了两个小时，记下了这段行踪。

《硖石行》

东山，西山，

青黛弯弯，

千百年硖石的美谈。

市河，

宁静温柔，

消逝的水波；

青瓦、粉墙，

曲曲折折的人生路。

棕色的手杖，
轻轻地，
叩问着青石板，
哪里啊？
是你，
过去的青春，
曾经的歌……

八宝山，
肃穆的树丛，
一行行，
一列列，
墓碑，
有着你青春的歌！

青春的纷扰，
金色的探索，
火花的撞击，
带着青春去，
青春，
消逝的水波。

青条石，
有你童年的蹒跚，
留有压抑的微笑，
还有，
深沉的泪波。

　　　　　　　　　　　　　先生方敬

依依的青苔，

无言的杉木，

伴着，

手杖的断断续续。

1987 年 8 月 25 日，方敬去新疆而买不到机票，"偷闲又写了一段《碛石行》，以补前词之不足"。

一水逶迤见双峰，

两山相望又相从；

一日惊梦策杖去，

小小幽径觅归踪。


新楼旧居匆匆过，

唯向深巷觅新梦；

迂回曲折终不弃，

天怜狂生指迷津。


不曾相识却依稀，

一语道破至殷勤；

吴语清茗促膝对，

楼在人去有余韵。


三年同窗十年别，

十年一别杳无音；

飘然素纸惊异时，

换来男儿泪沾巾。


一支心香一抔土，

未见故人入梦中；

望君英魂长驻处，

娇儿弱女能相逢。


平生从来慕英俊,
豪杰自古亦多情;
蝉歌阵阵禁不住,
彳亍一路长街行。


一撮野菊迎夕照,
几点黄花丽如金;
金色青春留不住,
月照芦荻鹤立眠。


长唳声声惊寥菽,
此时更是吟无声;
华发已满懒作愁,
衰翁强作少年行。

这诗行,悼念的是少年时的同学,又何尝不是在悼念一代人的青春,悼念当初无畏又火热的年华啊! 行行复行行,这里面有着多少缠绵悱恻与感慨苍茫!

他又想到了华模同学杨国淦,新中国成立初参加西南服务团。"文化大革命"期间任教某校被打成反革命,一生坎坷,离休后为西南服务团联谊会秘书长。为恢复华模,他与杨国淦东西呼应,终于完成此事。当年他与朱梅鸥到重庆杨国淦家里商谈复校,晚上都睡在杨国淦的床上。

1976年初夏,杨国淦自四川山城转来小豆一包。6月16日夜深时分,方敬给杨国淦写信,"偶有所思,竟然写成一首诗":

绿豆生北国,
盛夏解暑意;
奉君进一盅,
此时更宜人。

江南青青草，

西望巫山云；

去时才及冠，

何曾鬓似银。


银丝不属君，

须看赤子心；

曾见貌如玉，

却现严冬时。


须发霜染比比是，

却思山城小楼不老心；

它日进酒不须劝，

我自醉赴天府踏歌行。

2002 年 12 月 3 日晚，方敬在景清书苑里久久没有入睡，约在午夜渐渐入梦。竟然梦见了刘筠和马福龙等《中学时代》和"进步青年协会"的战友：

似乎自己从外地归来，刘筠来接我，音容宛在。我请他等等，寻找一下回去的路线，好像在黄陂路和威海卫路口。像多次梦境一样，总是问不到回家需要的车，至少几十次（不知弗洛伊德如何解释）。

接着找刘筠，他把我领到一个小饭馆，里面约 4 个八仙桌，靠门口一桌已经坐满。留下两个座位，桌上每人一碗油面筋塞肉和百叶汤。他一一介绍客人们（全部男性），有刘洪父子（刘洪是他儿子），并说今天由他来埋单，接下就模糊了。

刘筠，1947 年在华模时叫刘志毅。1948 年 10 月我加入进步青年协会的时候，他就是我的直接领导，临近解放的时候才知道我们这个小组人也不少。

除了王景，还有马福龙，他 1976 年仍在《文汇报》，后调入党史办公室。是个大好人，文笔也佳。

要紧的是刘筠，我视他为知己，人品特棒。

刘筠解放初在市委组织部，不知为什么一个"上海帮"的亲信整他，下放到龙华附近一个军事工业部门工作。70年代后期在上海电表厂任党委书记，又去仪表局，最后在上海对外服务公司任老总。1949年至1976年之间的事，刘筠很少说，按常规我也不问。

刘筠的人品首先是坚持真理和与人为善，不管别人处境如何，他总是关心着。我的事暂不说，1974年他让我去王景那里："目前政治情况复杂，王景所处的位置十分敏感，要他头脑清醒些。"因为我与王景小时候是邻居，好说一些。

我生性刚烈，从1957年到1966年没有一次不当"运动员"，在这种情况下日子不可能好过，但刘筠隔三岔五找我去杯酒谈心，包括家中有什么困难都能尽心解决。

更为难得的是，王景家有一段时间由车水马龙变成门可罗雀。刘筠约我去了好多次，特别是1976年末及1977年初去得很勤……像刘筠这样胸襟宽广的人是不多了。

正因为这样，凡在刘筠手下工作过的人，无不想念他。

刘筠的父亲是开银楼的，是素食者，但烧得一手好菜。多数情况下我们在刘筠家活动必定有点饭，真是山珍海味，鲜美无比，至今还没吃过那样可口的佳肴。这里有个原因，当时我处于食不果腹、衣不蔽体的境地……我们这些小青年在一起吃，刘筠的父母及一个妹妹从不参加。

刘筠不仅胸襟宽广，而且政策水平高。他善于有原则地处理人际关系。

刘筠因胰腺癌病故，临终前已经不能言语，执着我的手，在掌心划了一些字，而我实在辨别不出，终生遗憾。好在我们曾经讨论过生死的事，为了不使他承受无谓的痛苦，我在询及医院有否逆反的可能后，家属的意见是停止抢救，当天午夜去世。

从发病到以后的治疗抢救过程中，上海对外服务公司确实竭尽全力。

昨夜又梦见刘筠的父亲，真是奇迹！

至于杨正明，方敬几十年一直在寻找。1995 年他在日记里写道："1950 年后就不知其下落，听说曾在人民大学工作，准备请杨国淦查一下。"后来才听说杨正明已经在深圳去世了，时为某一公司董事长。

1995 年 1 月 27 日夜，是农历除夕的前三天，天寒地冻。方敬翻检师友信件，忽然看到虹口区业余大学好友胡钟京先生 1982 年春天写的一封来信和一首诗，他连忙誊抄于日记本里：

敬老尊右：

久未晤教，时深遐念，想一切顺遂，体力日健为颂。仆近驰骋于教学一线，间亦从事专业写作，桑榆夕照，只拟争取作最后微薄贡献，庶几无愧我心而已。奈旧事未解决，隐痛在心。难以自遣，春暮奇寒，爰成七律，亦无非疏分真情，聊倾心底而已。适李宏兄来，特烦将拙作携呈，恭请指正。

匆此敬颂，教绥。

胡钟京顿首

1982 年 4 月 4 日

《春晓偶诗》：

郁郁埋怨信有之，个中况味寸心知；风尘底事文廷角，冷月无声雪鬓丝。

抱铁冯生还展略，怀沙屈子只遗辞；刑余恻恻名山意，斗室春寒日上迟。

钟京口占于妙哉楼

壬戌暮春清明前三日

方敬回忆：胡钟京先生原来是财经学院教师，后去劳改农场；至少在 1977 年仍然戴有"帽子"，曰历史反革命。1977 年秋，蒙虹口区委召我去虹口区"721 大学"工作，从五七干校返回。当时教职员工约 50 人，办一所大学，谈何容易。

其中，教师是第一位，而当时持有大学教师资格的有几个人呢？所以我就冒天下之大不韪，于统战部等处觅得"地富反坏右"计 29 人，其中就有胡钟京先生。记得还有麻省理工学院硕士李宗芳先生，宾夕法尼亚大学冯国华博士，爱荷华大学叶骊发博士，东京帝国大学张令澳先生，早稻田大学林先生等等，当时是1977年至1978年之间。

胡先生攻读经济专业，年轻时风流倜傥，证婚人为李宗仁等。为此，做个"历史反革命"绰绰有余，请他来虹口业余大学主持经济及管理专业，筹备两年而区教育局某公不准。闸北区业余大学校长钟一灵，颇有胆略，且事业心很强。我见虹口区不要，故商定自胡钟京先生以下8人，全部由闸北区业余大学接去。闸北区业余大学因此蒸蒸日上，以经济与管理为主要专业，是其重要因素之一。

胡钟京先生如健在，应该有80多了，印象中他住在拜德路。当时来信即复，已10年多没有见面了。

胡钟京善诗，著有《妙哉楼诗存》。方敬还用心地把胡钟京发在《新民晚报》"十日谈"栏目上的短文《暮年春晖》的剪报，贴在自己的日记里。文中说："落实政策后，我重执教鞭回大学讲课。到了74岁的时候，不得不退出我热爱的讲台，心中不免有几分失落，也正在这时候，朱镕基市长聘请我当上了文史研究馆馆员，从此以后，文史馆成了我人生的加油站，我的晚年又焕发了青春。"

方敬随后感慨地写道："隆冬之夜，思故人，想故人或亦思我。"


1993年4月方敬在皖南太平去九华山路上发生车祸伤及右腿，踝关节粉碎性骨折，小腿股骨骨裂。11月，应列平约去深圳，甲戌春节后返回，回家时看到张令澳一张留条——"方校长：一别数月，不知尊驾是否南旋归来？……"

1993年1月22日也是春节，张令澳留条写道："时值岁序更新，雄鸡唱白之际，谨献白酒两瓶，聊表区区微忱，礼轻意重，尚望哂纳。并祝阖府安康。"

方敬记述：张令澳先生是东京帝国大学读农业经济的，后为侍从室侍从，在陈布雷手下工作，后来成为蒋经国外事顾问，去东北一段时间。1948年被任命为国民党台湾党团书记长，因周恩来秘书劝说，未就职，在上海等待解放。后参加华东联络局工作，不知什么原因，送西北劳改。

大约在"文化大革命"后期特赦，返沪闲居。"印象里在财贸系统水果行业工作，我去虹口区业余大学时，礼聘来学校主持日语组工作。"

方敬说，1980年末，因区里一些"左"派又跟我过不去，愤而辞职。大约在1982年离校，张令澳、冯国华诸先生也离职回家。

像这种事很多，实在令人叹息不已。当时日语组是很强的，记得有毕业于早稻田大学的林君老人（姓名已经忘记）；有从小在日本长大，高中毕业时因中日交战而返回的陶莲；有在北海道住过的蔡虎臣（已故）；等等。记得还有胡铎（已经离休，五七干校的难友）。

张令澳先生放着好的条件不去，屈居华东局联络部做些海外工作，如此下场寒心。

张令澳1998年出版过一本《侍从室回梦录》。

方敬很珍惜与老朋友的感情，这从来往的信件中可以看出来。比如他与张令澳先生的两封信：

方敬老师如晤：

日前有快递送来《景清书苑选》两大册，拜读欣赏之下，十分快慰。由此得知当年阁下断然离开繁华纷扰的上海，毅然归乡幽居，必有所为。如今十余年过去，阁下的苦心笃行，果然有成，实令我这个遗世老人感慨钦佩不已。

我和老妻张镜仪，由虹口迁居沪西龙柏新村已历10年。当时因和大儿（天马）住在邻近，有所照顾。3年前大儿天马不幸去内蒙古通辽考察风力发电而遭难殒命，令我等老人失去依托；次儿仲恺定居美国，每年来省视一次。我俩一个98岁，一个95岁，堪称长寿。然而终究体力日衰，不能执笔详叙。

随邮另寄奉汇款3000元，聊表对《景清书苑选》发行之贺意，集腋成裘，希书苑事业更为扩大。

张令澳　华华

2012年11月16日

令澳先生尊前：

又得华翰，见书写如此劲道，欣喜有加，所赐款项从命，多谢长者之关怀。蜗居故乡近 15 年，图在清净、安宁，以读书习字为主，圆童年之梦耳。余暇讲授书法，为播些种子，期他日开花结果，岂能得乎？自 70 年代末，为祖籍之任村，劝说与资助子弟重学，其间得博士 2 人，硕士 4 人，今岁又添硕博士研究生有 2 人，好人所植之柳竹已茂密成林。奉上拙著《书法教学集思》，敬请二老教正。附家乡土产些许，不成敬意。望哂纳。已入冬更请珍摄。

专此，即请大安。

壬辰（2012 年）大雪前后学方敬再拜于景清书苑

方敬也想到董小川，他是安徽天长人，曾任安徽省人民银行副行长，比方敬大 30 岁不到。爱书法，尤喜郑文公碑。董行长一定要他教书法，而他在虹口区五七干校，两地相隔千里，函授是很困难的。

在 1975 年至 1977 年这段时间内，方敬每年去合肥一次，当面讨论书法。干校到上海，上海到合肥，然后再回去，整个要花 4 天时间。在合肥只能住 4 天，在这 4 天中每天上午讲课，董行长很用心。

20 世纪 80 年代中期，"董老已 90 高龄，身体不佳，住高干病房，仍挣扎着写点字。由于 1977 年后，我忙得可怜，失去了联系"。但方敬保存了写给他的信：

董老：

时值佳节，皓月当空，大地如洗。对此美景，击剑高歌未能尽舒激昂之情；静思奋书，亦难一谢造物之赐，此时未知凭栏远眺同赏玉兔之东移为谁？初春之会，缅怀久之，中秋之夜，更思池水之交，更请长者安康。

冗于家事，久不习字，偶尔欲书，简陋之处，更望有所教也。

谨此，专请秋安！

方敬
丙辰中秋夜于长兴岛

方敬思故人，故人确实也在思他。

上海的潘文彦就是其中之一。

世界上的事情，大都是双向的。

2018 年 11 月 30 日，在上海普陀区长寿路知音苑 7 号楼，笔者见到了方敬的老友、丰子恺的学生潘文彦老先生。潘先生已 87 岁，身体康健，精神爽朗，他已经等候在门口。穿深灰色一字扣立领大褂，里衬白色棉布同款衬衣，袖口挽出两寸有余，下着青色长裤，脚蹬青色千层底一道脸布鞋。一身舒展，步态轻松。头发与眉毛花白，而面色饱满红润，气宇轩昂又自足，精神舒展又内敛。

走进潘文彦家的客厅，钱君匋篆书"若己有居"4 字挂在沙发上方，寒暄落座，潘文彦步伐轻快地拿出《若己有居文集》，并讲述"若己有居"4 字的含义。

他语调轻松，语速很快，且思路清晰。开场一句话：我有方老师这样的朋友感到很光荣。他是一个积极实践的理想主义者，国家的发展不是靠喊口号，是靠行动干起来的。

我怎么认识方老师的？认识他是 1978 年，正式交往是 1980 年。我的爱人是幼儿园教师，章锦秀是幼儿园园长。幼儿园很多老师和方敬认识，我也就和他打个招呼。方老师问我几个问题：我问你，什么是自我，什么是超我，什么是本我？当时怎么回答的我忘了，后来知道这是弗洛伊德的人格理论。

我说我是教物理的，他说教物理好啊，讲的是科学。他说他是拜丰子恺为老师的，也学点文学。哦！丰老，这是我老师啊！这使我很震惊。以后就到他家里去了，他请客吃饭，弄得我都不好意思了。

我从浙江嘉兴师范学院调动工作回上海，按道理那时候不可以的。但是我爱人是三八红旗手，大名上了《文汇报》，是虹口区的一面旗帜。她就跑到黄浦区人大去问，能不能照顾夫妻分居 20 多年的呢？黄浦区教育局想安排我到重点中学去教毕业班，刚好那时我去方老师家里。我说，老方啊，这段时间我教的都是大学，到黄浦区教中学，而且学校搬到了浦东，离家还是远了。

方老师了解了我的教学情况，思忖一下说，那我介绍你去南市区业余大学看看吧。那个大学校长看了方老师的推荐信，就问，你在嘉兴师范教物理，有证明吗？我说有，是嘉兴师范学院教导主任的证明。我教的是陈绍祖的大学物理，他是大学物理的权威。他又问了一句，如果叫你不从头教，从中间教，或下学期开始教行吗？我回答，无论从任何一章开始，明天就可以上课。他看完我档案问，你编过五省通用教材？我说年轻嘛，没人编就编了。他说回去等通知吧，结果3天后就打电话给我了。那个大学校长很厉害，教导主任抓教学很紧。我去教了一个学期下来。当时上海的10个区，每个区大概4个班。全市统考，结果我的班在40个班级中第一名。校长过年时来了，在二楼就对着三楼喊：潘老师，给你拜早年来了。他坐下来第一句话：方敬介绍了一个好人，有用的！

最初我拜丰子恺先生学古文，学《古文观止》。《古文观止》从先秦到明代的222篇优秀散文，最多的时候我能背诵150篇。

"文化大革命"结束了，也没人再打小报告了，方敬是很开心的。有一次方敬到我家里吃饭，我们背古文，对酒当歌，慷慨激昂。

我觉得"赋"这一体，《阿房宫赋》是很高的，《秋声赋》比较成熟，到苏轼就是高峰了。

方敬问我，现在还能背多少篇？我说大概还能背100篇。他说：来来，背两篇试试看！

我当着方敬的面把前后《赤壁赋》，都背下来。

背到"饮酒乐甚"，方敬说：来来来，喝一口，喝一口！

背到"望美人兮天一方"，方敬问：美人是谁啊？我说开明君主。他说对了！来来来，喝一口，喝一口！

背到"驾一叶之扁舟，举匏樽以相属"，方敬又说：来来来，喝一口，喝一口！

背到"洗盏更酌"，方敬又说：来来来，喝一口，喝一口！

那天背前后《赤壁赋》，方敬最高兴。因为苏轼也是个很潇洒的人。

谁知道方敬突然说了一篇文章《书洛阳名园记后》，李清照的父亲李格非写的，我也背下来了：

洛阳处天下之中，挟崤渑之阻，当秦陇之襟喉，而赵魏之走集，盖四方必争之地也。天下当无事则已，有事，则洛阳必先受兵。予故尝曰："洛阳之盛衰，天下治乱之候也。"

方唐贞观、开元之间，公卿贵戚开馆列第于东都者，号千有余邸。及其乱离，继以五季之酷，其池塘竹树，兵车蹂践，废而为丘墟。高亭大榭，烟火焚燎，化而为灰烬，与唐俱灭而共亡，无余处矣。予故尝曰："园圃之废兴，洛阳盛衰之候也。"

且天下之治乱，候于洛阳之盛衰而知；洛阳之盛衰，候于园圃之废兴而得。则《名园记》之作，予岂徒然哉？

呜呼！士大夫方进于朝，放乎一己之私以自为，而忘天下之治，忽欲退享此乐，得乎？唐之末路是矣！

他点到这篇文章，我知道他的古文功底是很深厚的——这文章他读过了。

那天我们很高兴，背了很多名篇，像李白写给韩荆州的一封信。

和方敬一起背书，很有意思。

前两年我去医院看望方敬，我说还能背诵50篇，然后背诵《陋室铭》，方敬说，老潘，这个不算，太短了，才81个字。我说的是长文哦！

我跟丰子恺本来是学文学的，大家知道他既是画家又是书法家，其实他文学造诣很深。

1957年，读大三时的我偶然从《文汇报》读到一篇写丰子恺的文章，是夏目漱石《旅宿》译文的节录，很受感动，就慎重地去信求教。不久收到丰子恺回复，我欣然前往丰氏居所日月楼拜访；而后，逐渐建立起亲密的联系，成为丰氏弟子，主要学习古文。与丰子恺相处的18年中，我深受教益，更感动于先生的为人。在先生过世后，我完成《丰子恺先生年表》著作，这应该是研究丰子恺的最早的出版物。

记得我去桐乡参加丰老诞辰120周年纪念会。叫我发言，我就一句话：我字也不好，愧称丰门弟子。跟了他 18 年，学了文学。除了文学之外，最主要的是学了怎么做人。我有一本书叫《立雪丰门》，有一个典故叫程门立雪，讲的是宋代著名理学家杨时求学的故事。41 岁的杨时投于程颢的弟弟程颐门下，到洛阳伊川书院学习。他和朋友游酢"一日见颐，颐偶瞑坐，时与游酢侍立不去，颐既觉，则门外雪深一尺矣"，程颐甚为感动，把自己哲学思想的精髓全都教给了他。后来杨时果然学有所成，成了理学大师。"程门立雪"的故事成为尊师重道的千古美谈。

我敢于写"立雪丰门"4 个字，是因为丰老师最困难的"文化大革命"时候，没人敢去看他，我去了。那时候有一条就是家属划清界线，我不是家属，不用划清界线。

1966 年秋，坊间不断传说"丰子恺怎么怎么了"，一个有雨的下午，我怀着忐忑不安的心情前往上海中国画院探望丰子恺老师。

他正挨批斗，我只能在旁边无奈地等着。最厉害的一次让他在地上爬，在背上贴一张纸，抹上糨糊，他 70 多岁，爬不起来了。我不敢上去，为什么？我顶上去的话，受罪的不是我，他肯定要受更多的苦。批斗结束了，这伙人散了，我赶紧把他扶着回家。两人顺着岳阳路走了 10 来米，开来一辆三轮车，彼此并无多言，丰子恺只轻声地说：我们上车吧。我扶老师上车，并对三轮车工人说：到陕西路新乐路口……话未讲完，被那人打断：我知道。这一回答，引起我的极大疑惑，在当时社会一片混乱的形势下，什么事情都可能发生，这究竟是怎么一回事，我又不便向老师询问，只得默默地关注着，但见，前面的那个工人的背影：穿深色上衣，外套蓝色布背心，浅灰色长裤，打了裹脚，看着他的双脚，穿着一双黑跑鞋，缓缓地稳稳地踩着。大约是为避免"招摇"，车子停在距"长乐村"尚有几米远的地方。三轮车工人回头一招手，就默默地离开了，丝毫没有谈及费用。这个人黝黑的四方脸，平头，并没有任何表情，他的年龄约莫比我大一点，有 40 岁的样子。这印象至今不能忘却。我问丰老师，这人你怎么认识？丰老师说，我也不知道怎么回事，他每天都趁人不注意来接我回家，也不收钱。我过意不去，就送了他一幅画。

1975 年 9 月，丰老师去世。因为当时不许登报声张，只有几个亲近的家属和朋友在龙华殡仪馆大厅给他举行了追悼会。追悼会开到一半时，我看到那名三轮车夫进来了。他悲痛地走到了丰子恺遗体边，不像其他人一般行鞠躬礼，而是坐在地上号啕大哭。他边哭边嘟囔些什么，具体内容被哭声掩盖，分辨不清，但他的悲情真切，泪水是止不住，咽不下，也擦不干。让在场的悼念者无不动容。但因当时大家都忙于治丧之事，也没有留下他的联系方式。哭完后，他就走了。后来，再也没有见过他，包括丰先生家里人都不知道他是谁。

后来报上曾登过"寻人启事"：《50 年前在画院接丰子恺的三轮车工人，你还好吗?》，结果还是没找到。

这让我心里很震动。这个事情说明，丰先生在人民群众中是很受爱戴的。

潘文彦说，陪丰老师回来后，有时候陪到夜里一两点。我问老师你怎么看"文化大革命"，他说，要保持独立思考。这是老师对我的教导。其实方敬老师的头脑，也不是人云亦云，你讲的对的，他会接受。他是独立思考的，我认为这样的党员才是清醒的。

席间，潘文彦与方亚平有过短暂的"教授之争"。潘文彦说方敬1980 年访美时教育部给他印的名片上的"头衔"就是"教授"，"说明国家承认了嘛，国家可以聘你嘛。以前北大教授也是聘的，比如钱穆、启功……"方亚平则说："那是出访时的面子工程，要实事求是"，"开始评讲师职称，父亲想参评，人家说你已经是教授水平了，评什么讲师啊；到了评教授的时候，他们说，你连讲师也不是，你怎么评教授?"

潘文彦在《彻悟人生》这本书里写道：

借此，我很想向读者诸君介绍一下为本书题字的方敬先生。我们交往近 40 年，他长我两岁，由于经历了相同的时代，又都是做教育工作的，秉性相投，遂成知己。他不是教文学的，但学养功底比语文教师更胜一筹；他的专业不是书法，但他的书法比一般书法家更具个性；他的学生可谓门墙三千，他办教育始终把做人放在第一位；他平易近人，无论是说事、论理或谈艺，都充分尊重对方。

像方敬这样的人，"不为自己求安乐，但愿众生得离苦"，从佛教观点认识，他就是菩萨。所以我把他的事迹写在这里。2017年方敬先生被评为全国道德模范，受到习近平总书记亲切接见，中央电视台有专题片介绍其事迹。当记者看到他案头放置着一套《中国共产党的九十年》，好奇老人家也关心党史。

他很平静地回答："共产党员应该了解自己党的历史。作为一个共产党员连党史你都不去仔细看看，里面有什么经验教训，怎么做一个共产党员呀。"

面对着这位67年党龄的老人，记者紧接着问："您认为作为党员，首要的条件是什么？"

方老毫不迟疑，脱口而出："首先要有良心，其次才是党性。"

这个回答显然出乎记者的意料，甚至有点惊讶。

老人家朗声答道："一个人，如果连良心都没有，哪儿来的党性啊。"此言给我很深的印象是：方敬就是方敬，过去是这样，现在还是这样。他很实在，有主见。

我对方先生的为人为艺倾赏之至，此次拙著出版，请他题书名，长期罹患癌症的老人，欣然命笔……

方敬去世，潘文彦作诗痛挽：

知交又复一人逝，再忆当年共话诗。

记得兄台文采好，韵逸高标入梦时。

与方敬互相思念的还有好朋友周志高。周志高，笔名季高、辛默、诚公等，别署兴墨楼，是著名书法家。1977年6月创办国内首家《书法》杂志，先后任《书法》杂志执行主编，《中国书法》杂志特约编审。周志高说，当年去黄葆戊家，十次有六次会碰见方敬。我婚后与爱人第一次回兴化老家，方敬硬塞给我30元（相当于半月工资），让我给父母买点东西。方敬落难时，两人就着花生米喝老酒。他在长兴岛时，两个人仍然来往。

有一位叫白为民的先生，在《华东交通大学校名题字考》里写到周志高与方敬的一件轶事——

"华东交通大学"作为校名是独一无二的，所使用的校名题字业已成为学校的书面符号，是学校的无形资产。但"华东交通大学"题字到底出自谁手？这个不应该成其为问题的问题长久以来一直是不少人心中的困惑，知道答案的人可谓少之又少。

只要问一问交大的老同志，他们多多少少也知道题字是出自一位上海书法家之手。有人告诉我，当年从沈阳铁路局教育处调来交大任副校长的李允竹是上海人，是他到上海请人写的字。只可惜李允竹已经不在了，给我们留下来的线索便是写字的时间——在1978年到1980年之间。

有信息显示，现上海书法家协会的王立忠曾经师从于方敬，但细节极其有限。还有一位年逾八十的书家王文学，在对他的介绍中，也提到了曾师从方敬老师。王文学曾就读于华东师范大学，方敬原来正是华东师范大学的先生。在国际象棋运动员王蕾的一篇文章中也提到："有一段时间，王蕾的棋进步不快……拜上海市虹口区业余大学原校长方敬为师，开始练习书法。"有一则2007年10月上海华东模范中学的消息，提到了一个叫方敬的老校友，说他"原是上海华东师范大学的教师，上海虹口区业余大学的校长，退休后，为继承其恩师胡景清先生爱生助学的崇高精神，在家乡江苏省赣榆县宋庄中学，设立了景清奖学基金会。"

经过深入查找之后，终于在网上"博客"中认识了方敬在连云港的一个学生，名叫"夙省斋主人"，才知道方老师的下落。

2008年11月3日，我专程来到连云港市，到了之后才知道方敬还远在赣榆县宋庄乡间，他在那里已经隐居了10个年头，平时除从事助学活动外，多数时间都深居简出。当他听说我苦苦寻找了半年之久，便让"夙省斋主人"一路风尘地把我送到景清书苑——一座独门独院，屋内飘逸着墨香的"陋室"中。

在与这位年近八十的老先生相处近24个小时的时间里，我感觉要比在外界度过一年的所得还要多，他让我体验到的那种淡泊的心性、深厚的积淀、雅致的生活近乎于梦境……他向我道出了真实情况。在方敬的一生之中他只给人写过一次门匾，那还是为一位乡间教师，因为清贫的他向学生捐出了仅有的 5000 元钱。有感于他助学的精神，在这位教师成立宋庄文印社时，方老先生欣然为他题写了门匾。

原来，华东交通大学 1978 年学校独立办学后需要挂牌，当时学校领导在寻找题字人时首先想到了铁道部的一位副部长，但人家觉得不合适，于是副校长李允竹就来到上海，请自己的亲戚方敬帮忙。方敬 10 岁开始习字，后来投到书法界老前辈黄葆戉的门下，又师从沈尹默先生。黄葆戉有一个学生，便是方敬请他给学校题写校名的周志高。那时周志高的字已经具有相当的功力，之所以请他写，按照方敬的话说，是因为他的字已经很成熟了，我们现在所看到的题字是周志高认真创作的 6 幅字中的一幅。

……

友谊是珍贵的，但现实世界中也会出现"友谊的小船说翻就翻"的情况，也会让人警惕并辨别友谊的真伪。方敬有一则日记《答客问》：

心近而形疏，可也；

神远而影密，殆矣。

伏枥老骥，时贫且神乏，

欲其不远不疏，可乎！

以残烛之微，寄志于"书"

其言弱，其时短，自珍自怜耳。

见谅否？

己巳（1989 年）谷雨后

方敬补记道："同窗之谊，同仁之情，师生之义……随着条件的改变，倍增苦恼的也有的是。

"之所以强调友谊，歌颂友谊，是因为人类需要它，但又太少了。

"答客问，只是对某些消失的'友谊'作些说明而已。"

友谊是知情，是知音，是知心。岁寒知松柏，患难见真情，没有友谊则世界不过是一片荒野。即使天各一方，美好的记忆也会终生珍藏在永恒的回忆中，由怀旧中寻回，经过忠诚考验的友谊才是真正的友谊。

# 第二十九章
# 与死神对弈的日子

每次读诗人于坚的《避雨之树》，我都有一种眼睛湿润的感觉：

寄身在一棵树下　躲避一场暴雨

它用一条手臂为我挡住水　为另外的人

从另一条路来的生人　挡住雨水

它像房顶一样自然地敞开　让人们进来

我们互不相识的　一齐紧贴着它的腹部

蚂蚁那样吸附着它苍青的皮肤　它的气味使我们安静

……

它是树　是我们在一月份叫做春天的那种东西

是我们在 11 月叫做柴禾或乌鸦之巢的那种东西

它是水一类的东西　地上的水从不躲避天上的水

在夏季我们叫它伞　而在城里我们叫它风景

它是那种使我们永远感激信赖而无以报答的事物

我们甚至无法像报答母亲那样报答它　我们将比它先老

我们听到它在风中落叶的声音就热泪盈眶

我们不知道为什么爱它　这感情与生俱来

……

那是一棵怎样的树啊，它呈现柔软与力量，于天地之间大美而不言。它 1 月荣，11 月凋，承受闪电、雷雨、斧子。它稳若高山，给鸟儿、蝴蝶、蛇、袋鼠、蚂蚁和鸟蛋提供居所或歇息的地方，为躲雨的人遮风挡雨……它包涵了生命的耐力、慈悲、荣寂；但它并不关心这些，它只"牢牢地抓住大地"，抓住身体本身的开与阖，完成它本身的自在和张力。即使它在死去之后，也要成为斧柄或者火焰。

方敬，不就是一棵挺立于大地上的参天大树吗！

不过，这棵树越来越苍老了。

方敬的心脏越来越衰竭，没有力量。

白色的窗户，白色的墙壁，白色的床单，映入眼帘的一切都是白色的。方敬躺在白色的病房里，他环顾四周，眼神里透露出几许无奈。他是一个闲不住的人，可是因为身体的原因，又不得不住进了医院。

其实，早在 2007 年，方敬就做了支架手术，与死神展开了生死搏斗。

他也早就拟好了捐献遗体的协议书：

迅生：寄上协议书一份，请交章老师盖章后，送单位盖章。此系夙愿，家里人都知道，但有的人还不适应。因条件差，角膜等无法利用，浪费了。解钢年初寄给我的信，昨天才发现，赶紧补了一信。《芥子园》已结束，昨天开始谈齐白石，难度大于前者。即将立夏，我仍能兴高采烈地一天天过，只觉得时间不够用，饮食依旧，只是易于疲劳。向令尊令堂致意，问小严及孩子们好！

方敬

2006 年 5 月 9 日下午于景清书苑

2007 年是丁亥年，3 月 6 日，农历正月十七，是惊蛰节气，惊蛰的意思是天气回暖，春雷始鸣，惊醒蛰伏于地下冬眠的昆虫。《月令七十二候集解》："二月节……万物出乎震，震为雷，故曰惊蛰，是蛰虫惊而出走矣。"

"春雷响，万物长"，惊蛰时节正是大好的"九九"艳阳天，气温回升，早已是一派融融春光了。华北冬小麦开始返青生长，土壤仍冻融交替，而沿江江南小麦已经拔节，油菜也开始开花。

就在这个时候，方敬把他的"遗嘱——身后有关事项的处理意见"，专门写了一个册页，郑重其事地署上"丁亥惊蛰方敬于景清书苑"。

余已过 80 岁，虽身心尚可，但对身后有关事项做些安排，亦属必要，凡我学生一体遵照执行，勿违余之心愿，至嘱。

一、关于景清书苑。

设管理小组，由吴德运、秦爱云、宋悦组成。吴德运全权负责，并有最后决定权。

书苑所有房屋及物品的使用权归管理小组……

证明人：张永信，祁德博

从 2012 年 10 月起，方敬发现自己有血尿现象，起初并没有太重视，没想到这一现象持续了 5 个月之久。2013 年邻近元宵节前两天，他还买了两盏宫灯送给村里的两个小孩子。当晚再次发现大量出血，不得已才决定到上海就诊，2 月 23 日早晨，宋庄镇政府派出专车，李卫东和姜金萍陪同，来到上海第一人民医院。

对于这次住院，医院在出院小结里记述：

住院时间：2013 年 2 月 23 日至 3 月 12 日。

入院诊断：膀胱肿瘤。

3 月 4 日行膀胱镜检查，术中见肿块位于膀胱右侧壁，诊断为膀胱肿瘤。住院行经尿道铥激光膀胱肿瘤切除术，术程顺利，术后患者恢复良好，未有明显血尿。

病理诊断：膀胱移行细胞癌，低度恶性潜能。

出院诊断：膀胱肿瘤，心脏支架术后，右股骨颈骨折术后，胆囊切除术后，糖尿病待查。

看看吧，在肿瘤之前，方敬已经有了这么多"术后"：心脏支架术后，右股骨颈骨折术后，胆囊切除术后，糖尿病……这些病就是单个"落户"在一个人身上，就是一场"浩劫"。可如今这些可怕的疾病却在他这个羸弱的老人身上"集体落户"。即使再好的医疗水平也回天无力，唯一的办法就是保守治疗，延续方敬 段时间的生命。

方敬在上海的书画女弟子磊蕾回忆：

方老师来的当晚我就得知了，是金萍和李红旗送他来的，当年正好我从一家公司辞职，直到他 3 月 12 日上午出院。我中午去新公司报到的，正好当中那段时间没有工作，老师得意地说，他生病，病在淡季。

头一回了为膀胱癌来上海，知道的人很少，老师要求保密，很小范围知道（得知老师后续要经常做膀胱镜，所以后来他多次来上海住院，大家都定期追踪，防止老师保密住院行程）。

李红旗很忙，要和医生沟通病情和治疗方案，还要办各种手续。我因为恰好不用工作，就可以陪着老师，特别宁静。

记得做完手术后，是日夜和老师在一起的。我睡得死，怕他叫不醒我，就白天黑夜和他手拉手，他一动我就能知道了。白天没人拜访他，我就让他睡觉，为了自己也能睡午觉。

方老师到上海的头天晚上我和父母一起去医院，看到老师换下来的衣服都是血，有些害怕有些担心，又不敢让他看出来，有些发呆。倒是老师冷静，和我说，把那些带血的扔了。弄干净后，我们想陪着他，他却不同意。老师一直是这样，做手术之前从来不给陪夜，总和我们说，要养精蓄锐。每次手术几天后，他能自己坐起来了，就一定不给人陪夜了，特别心疼人。

应该是第二天，亚平叔叔和李红旗都在忙着商量老师的治疗方案，列平叔叔和曹杨阿姨也从深圳赶来，后来童老师家也都知道了，叶宪童老师（童珍春老师的儿子）、叶茜老师（童老师的儿媳）、叶宝珠（叶茜老师的妹妹）先后来看望方老师，由于他家离市一医院很近，3位叶老师几乎是天天来的。有时一天来几趟，各种生活用品都从家里带来。叶老师厨艺极高（难得方老师表扬的），经常做好吃的糟蛋带来医院，方老师也特别欣赏叶老师的厨艺，每次来上海住院前后总要在他家住上几天，他笑称"过过泥头（过过瘾）"。

叶茜老师身体不好，走到医院这段路也很喘，但每次方老师说她辛苦，她总说吃过饭散步而已。

每次方老师到上海住院，王洵老师几乎是每天都到的，一般是下午4时前后。方老师爱看报纸，王老师每天好像送报员，带来一沓各种报纸。有时他夫人苏老师也来看方老师，聊一些往事。

王老师来了，要是知道当晚有人值夜，他总会让其他人去吃晚饭，他帮着值班一会儿，让值夜的人吃一顿安心的晚饭。

第一次手术后，当晚是我、李红旗、叶宝珠一起陪的。有个药物过敏，特别危急，各科医生来会诊。老师不停地喘，医院搬来了好多机器。半夜里亚平叔叔和列平叔叔也赶来，后来分析出了原因：药物过敏，慢慢才平稳下来。后半夜亚平叔叔睡在走道里，特别有趣，遗传了方老师的打呼。老师在病房里打呼，亚平叔叔在走道里和声，也是一个趣事。

老师为了膀胱的病来上海10多次，记忆中列平叔叔和曹杨阿姨大概只有一两次没有来上海，是我们特意不通知。一来老师来做膀胱镜检查不会太过危险，二来曹杨阿姨身体不好，所以我们有时候就会瞒着。

说到这打呼的事情，有时候和列平叔叔一起陪夜，因为两个人陪夜可以轮班，这样既可以轮流休息，又不会太闷，可以聊聊天。轮到列平叔叔打盹的时候，有趣的事情就又发生了，他的呼声没有老师响，两个人好像二重奏，我还为他们的"演奏"录音过，哈哈。

应该是2015年腊月，方老师骨折了。这次是第二次骨折，特别麻烦，具体日期忘了。记得老师打电话给我，我又联系了亚平叔叔，因为他比较熟悉救护车这方面，后来亚平叔叔联系了救护车去赣榆接老师来上海。骨头断了应该是特别疼的，不过老师几乎没有因为病痛而发声。

老师骨折后，石迅生老师几乎每天都来好几次，因为他家中有90多岁的老父亲，分身乏术，总是不停地在家里和医院两边跑。冬季，我们很担心曹杨阿姨的身体，不过他们还是赶来了。那次印象特别深，因为恰逢过农历年，所以值夜班人手不够，毕竟过年大家也都有任务，老师又喜欢保密他每次的住院信息，所以列平叔叔就连轴转了，差点被隔壁床误认成医院的专职护工了。

翁长松老师也经常来陪夜，他推拿很好，有时候老师躺在病床上腰很不舒服，他会有办法，但是老师不怎么配合，抗拒各种"享受"。翁老师特别仔细，护理的经验也丰富，还经常帮我们推拿。

居凤玲老师一般是白天来送点心多，老师在赣榆很是嘴馋上海的小点心，居老师知道，就经常满上海跑，找特色的点心店买了送来。经常一进门就说，"娘舅快吃，还热的"，变着法子让老师有胃口。

董诚老师是居老师的先生，居老师经常自己白天陪着，晚上通知自己先生来陪夜，他不声不响地照顾老师。

陈祯和老师，是习武的，也是经常打电话来说，有需要一定要叫他来一起帮忙陪夜。特别是老师骨折的这次，他也来陪老师。

叶宝珠老师也经常来陪夜。原来家住得离医院还近，后来搬家了，但是听说老师需要陪夜，有时候就不回远的家里住，在原来的老房子休息，白天再来看老师。

李红旗老师，应该是陪夜最多次了，老师每次手术出来的第一第二晚，老师喜欢熟悉的人陪夜。这样比较有经验，不容易慌乱。因为头一两夜要注意的药水或者仪器多一些，所以那时候李红旗就陪得多。他家住得离医院也不是很远，但家里有岳父90多岁了，卧床需要每2小时看护一次，他和妻子很辛苦，长年照顾。方老师来上海的时候，李老师经常两头跑。有时候岳父那边送120，稍微平稳点，他又赶来这边医院；或者半夜起来看护完岳父，又跑来医院，看看当晚值夜班的人是不是累了，有时候还带些点心来。

白天他也忙，来的人都找他要电话号码，怕影响方老师休息。而且方老师不煲电话粥，所以好多人都是找李老师问这问那，医院这边也是他沟通，反正每天看到他都是忙忙碌碌的。老师还最喜欢"凶"他了，老师一旦发现看病行踪泄露，第一怀疑对象就是李红旗泄密了。

俞静芝老师，方老师爱喊她"阿二"，还有她妹妹俞明芝老师，她们经常来看老师，厨艺也特别棒。经常是一个在家里烧，一个送来，煲汤高手。有时候还发动家里人，连她们的老母亲也来帮忙。记得好几次方老师出院后，静芝阿姨都陪着方老师去赣榆一个月左右，每日烧饭给方老师，等他身体养好一些再回上海。

童珍春的儿子叶宪童回忆：

每次到上海治疗出院后，都会到我母亲家里休养二三天，因身体虚弱、腿也因多次骨折而不利于行。方老师就是在这种状况下仍然念念不忘为学生们上书法课，并精心准备教案。授课时还专门穿上纸尿裤——担心手术后遗症：尿频、失禁影响讲课。课后方老师的疲惫之色更甚，大家劝方老师休息，方老师说最好旳休息就是看书看报纸杂志看新闻。上书法课是每次来上海必有的活动——这也是方老师生活的乐趣之一。

方老师在沪休养期间每天早上6时起床，吃早饭后看电视新闻，9时半左右看书看报，准备书法课教案，11时半吃午饭，饭后小睡一会儿（为授课储备能量）；下午2时左右上课，4时半看书看报，6时吃晚饭，7时看《新闻联播》，8时上床睡觉。

方敬的学生和好友解钢夫妇、孙剑狄鲁重亮夫妇，以及王蕾、叶赛聪、陈隽、陈少峰、王懿颖、郭兰贞，虹口区业余大学和虬江中学其他师生，都来看望方敬。

方敬的同学胡有咏说：有一年他手术在第一人民医院，我说方敬我做的烤麸也很好吃的。2013年春节后，我做了烤麸给他吃，我说咱们比一比。那时候他已经几次手术了，但是你看他完全没有手术癌症晚期的样子。反正他到医院去，一般我知道，就去看。我看他好几次，但是他不愿意我们去看他，说你们都年纪大了。不要出来。摔着怎么办？他关心别人比关心自己还重要。

在上海采访，说起父亲的病，方亚平回忆说：

我父亲是2013年3月份住院，我是10月份在中山医院动的手术，胃拿掉一半，胆也拿掉了。2014年2月份，膀胱里面有肿瘤，在第一人民医院拿掉了。结果我今天出院了，他明天住进来了，还是同一个床位。2014年6月，我查出来鼻癌，治疗完毕到9月份，在肿瘤医院放化疗40多天。这三场病，我从197斤到117斤，整个人瘦掉80斤。

爸爸治病，联系医院都是我的，然后跟进服务都是李红旗做的，服务到什么程度呢，我这个做儿子的没有学生好，讲到这个话别人要反感、辩解的，但是我很高兴，说明父亲委托红旗没有问题。本身是儿子应该做的，学生是帮忙的，结果反过来了……关键的治疗方案，我定下来，以后就给红旗了。

李红旗插话说："关键的事情，方老师有几次危险的时候，都是亚平大哥掌控的。不是他的话，肯定不行，真的很危险的。他来了，我心里就有底了。他和医生把方案都搞定了。"

方亚平接着说：

对于红旗，我是真心感激的。人家说久病床前无孝子，可这是学生呀。前面我不说了，（父子生病）都集中在2013年，真不容易啊。我父亲开药啊，检查啊，都是他。

有一次我去看父亲，父亲很微妙的，我从他的行动上看出来了。那天我去看他，我第一次瘦到117斤了，父亲躺在床上，叫我爱人拿个椅子叫我坐。他对儿子很深很深的感情，只是没有表露而已。

（吴德运说过，方老师从上海回来以后，很心痛，一天多吃不下饭，说，很可能我要白发人送黑发人了。）

很多细节问题啊，即使不交流，但是都相互明白的，父子情深啊！比如他学生后来跟我说，有什么好方子啊？红旗也跟我说过好几次，但是他们要搞明白，我父亲的状态是癌症晚期，如果彻底治疗，膀胱全切，尿道改道，腰里挂个袋子。我问父亲你的意见是什么？他说保守治疗。第一，80多岁也算高龄了；第二，他是心率过缓，不能长时间麻醉。如果做这么大手术，麻醉时间最多6个小时，他最长能撑一两个小时。做这个手术，风险太大。所以就没有切除。讲得好听叫保守治疗，就是维护生命，让病情发展得慢一点。我把病情充分地告诉他，很多人说你要瞒着他，我说瞒什么？瞒不住的，用的药一看就知道。

2017年12月父亲到上海来，那天我和红旗说好了，没有特殊情况明天我就不过来了。结果早上红旗打电话给我，说医生要家属谈话，我马上打的赶过去了。医生说得很清楚，父亲癌症已经大面积扩散，医疗措施已经不能用了，一用会出现大面积出血，血流止不住的话，那人就完了。谈完以后，我就把这个情况告诉父亲，父亲很坚强的，但是我感觉到，真的面临死亡，他也有一瞬间难过。后来他说，我累了，我要睡觉。第二天我过去，他说，不要再住了，马上出院。后来他慢慢地安排后事，我跟他说，半年没问题，最多一年。结果10个月。

父亲的遗嘱，他要两个没有血缘关系的学生签名，而吴德运有一票否决权。这事很早了，在爸爸还没定他们名单的时候，就告诉过我了……

旁边一位学生插话说，方老师在医院，我去几次都是红旗接待。每次都是他送到地铁口，所以我才知道李红旗哦，真不容易！有一年，方老师住院，下海庙的方丈到医院看望他。医生护士看到和尚到了还以为是谁家请来做法事的。后来知道是来看望方老师的，不由对方老师肃然起敬。

采访中，亚平把一大塑料袋交给我，里面满满的都是有关父亲住院治病的诊断、小结、治疗措施和票据。

这些票据都是李红旗多年来分批次交给他的。有一些是从2008年5月8日到2013年5月22日挂号和配药的单据。

李红旗不是方敬的儿子，但他尽到了儿子的职责。

我们看几张上海第一人民医院的住院明细和小结吧：

入院日期：2016年6月13日到6月20日。

入院情况：方敬，男，85岁。患者2013年3月份因肉眼血尿5月余，就诊于我院。诊断为膀胱肿瘤，住院行经尿道铥激光膀胱肿瘤切除术，术程顺利，术后患者恢复良好，未有明显血尿。

2013年7月份入院行膀胱镜检查，见二处病灶，出院后定期膀胱灌注。

2013年9月份再次入院，行经尿道铥激光膀胱肿瘤切除术。

2014年6月份，患者复查，再次发现膀胱占位，入院行经尿道膀胱肿瘤激光切除术加膀胱上部成形术，术后患者病情可没有明显肉眼血尿。

2014年9月患者复查发现膀胱占位，至我院，在全麻下行经尿道膀胱肿瘤激光切除术。后患者再次发现膀胱占位，于2015年3月23日全膀胱肿瘤激光切除术。于2015年10月23日行经尿道膀胱肿瘤激光切除术。

2017年12月25日

上海市第一人民医院

患者家属签名：李红旗

出院时间：2017年12月29日

入院情况：方敬，86岁，因膀胱肿瘤术后一年入院。

还有大量的复旦大学附属中山医院的票据……

笔者看到，李红旗以病人家属的身份登记好多次，他还多次支付护工费。

在方敬回宋庄养病期间，李红旗多次快递药品和方老师喜欢吃的点心：

2009年9月18日，药品、饼干，从提篮桥寄出。

2009年12月21日，寄来药品和点心。

2010年4月，寄来药品和烟。

2010年9月16日下午2时，寄来药品和月饼。

2011年1月27日、2011年4月11日下午，寄来药品和点心，如烤麸等等，从上海虹口区东余杭路寄出……

有一次，李红旗、张龙芳夫妇骑二轮摩托车从上海赴赣榆宋庄，拜望方老师。方老师书赠墨宝："清品至兰，虚怀同竹"，附文："与红旗先生相识数十寒暑，戊子立秋前三日，偕龙芳来访，酒后书此请正。"

方敬曾经不止一次地在信中表达对李红旗的感激：

红旗、阿芳：

千里单骑相访，感人至深。来去匆匆未及细谈，连药费都忘了付，歉之。

所嘱字随信附上，其中"景色如画"，只供参考，不要示外，那是目前很流行很俗的写法。这次相见足证余身体恢复得可以。上海又遇高温，请谢师傅珍摄，向令郎致意。

红旗如晤：

年年佳节年年有，真是足见深情，岂一谢字了得。搬入书苑已3个多月，经各方铺路，运转基本正常。这里已进入秋季，蓝天白云更为明亮，诚读书之佳处。10月中旬可能有沪上之行，届时当请来小聚。余身心尚佳，请勿为念，向令堂致意。

霓虹闪烁的上海，笔者来采访千里走单骑的李红旗。

虹口区东余杭路上有一个小区叫保民新邨，在周家嘴路和保定路交叉处。小区里有很多赣榆人，也有很多山东人。这里原是不少赣榆人和山东人种菜的地方，后来开发成了小区。

上海的发展总是日新月异。

附近一个叫"相庆缘"的酒家里，李红旗的爱人张龙芳已经点了菜在等我们。

2007年方敬心脏搭桥后，以后就需要终生服药。从那时起李红旗开始了从上海到宋庄的十几次"摩托车长征"。

上海到赣榆，一千多里。可是为了看望身患重病年老体衰的老师，无论是寒冬酷暑，还是阴晴雨雪，李红旗的摩托车来回驰骋在204国道上。

用这种方式报答恩师，在当今世界，还有吗？

李红旗说："我去宋庄，一般是去送药，二是送我给老师批改的书法作业，还有就是每年的大节日给他送点上海的特色小吃，像烤麸啊，粢饭团啊……比如'六月鲜'酱油，那时候赣榆买不到，我就给他拿几瓶。"

我问李红旗："骑摩托车去宋庄，单程要多长时间？"

李红旗说："要9个多小时。开始我开的是老式的幸福250大炮，后来换了一辆雅马哈，快多了。后来我基本在路上都要停一停，不再一口气地跑。基本上早上四五点钟出发，到景清书苑也要下午四五点钟。吃完饭后，我就连夜赶回来。因为我在外企菲利普公司上班，做行政管理，13000人的单位，后勤管理人员加起来只有10个人，请假很难请的。那几次都是当天打来回，在方老师那边吃一点点心就回来，待的时间很短。"

李红旗反复说："心里想说的很多很多，归纳为一句话就是：没有老师就没有李红旗今天。"

张龙芳插话说："没有跟方老师之前，他是个粗人；跟了方老师以后，他慢慢地学得像个文化人。"

她笑着又说："认识方老师之前，我们就结婚了。没有我支持他，他也学不那么好。我家里什么都不让他操心的。"

李红旗说:"初识方老师是1970年,我们结婚是1982年。"

张龙芳说:他这人没有心机,性情中人,不会弯弯绕。当年喜欢他大概也最喜欢他这一点。有时候他也会好心干了坏事。

这么多年,在上海,方老师生病用药啊,方老师和别人的联系啦,那时候手机少,没有这么方便的,都是靠他跑。

开始,一个月跑4次医院,医生不给多开药,他就把药攒起来,给方老师送去。后来和医生熟了有经验了,一次多挂几个号,一次就把药开出来了。

红旗身体不好,腿上有骨刺,很疼。手也骨折过,什么时候断的我竟然不知道。去年爬华山的时候,选了最险的道路,我看风景时一步踏空,他一把把我抓回来。过了两个星期,手臂受不了了。去看医生,手臂断了,医生说,以前也断过,已经长歪了,接不上了,怎么办?医生说掰断重新接。他不,自己天天拉,说要拉回来。脚上也有伤,他现在从手到脚都有伤,大概只有胃是好的。

我们俩有一次10月2日去宋庄,然后去日照,回来是10月4日。方老师很累,脸色惨白,说前两天我说不出话了,今天还好。他凝着神对红旗说:这么多年,多亏了你!

方老师说这话时,我把脸转过去,难过。

红旗接话说:我做的这一点,比起方老师给我的,那是九牛一毛啊。我这一生遇到很多问题,方老师给我一点拨,我就少走很多弯路。

我举个例子。改革开放后,我从原来的烟草公司转到一个叫德尔福的大企业,里面有1800多人,让我做人事科科长。进去以后发现,里面人际关系很复杂的。当地的一批人,加上上海的一批人,再加上台湾以及外资美国、新加坡的管理层,这3个管理层是相互矛盾的,碰到问题意见不一致。这个老板这样说,那个大经理那么说,我没办法了,就给方老师打电话,为了这件事我还专门去找方老师。方老师就给我画图,说就像那个系统工程一样,他画了一个三角鼎立。分析过后,方老师让我不管他们的矛盾,第一,要为公司好;第二,人事科一定要和大老板一条心的,你把多数人的意见汇报给他,看他是什么意见。最后事情的发展，就像方老师分析的一样。

后来，那个大老板离开这家单位了，去做亚太地区的人事总监，他问我，你愿意来吗？邀我去做安全经理，其实那里没有一个安全经理的位置，我去了他给我安排的。到后来，除了生产，我别的什么都管。为什么去呢？因为那家企业正气不伸展，里面的工人如果抽烟，班长去管——车间是禁烟火的，下了班他们就要打班长。

那时候2800人吃饭，我还管进货。送货人送的货不达标，我每天早早就到，通过观察掌握证据。我说，你必须严把质量关，不过关别怪我不客气。有人给我送红包，我就送给领导，领导直接找他老板了，他吓死了。

我对方老师佩服得五体投地，他对我和孩子都有极大的帮助。恩师走了，天塌下来一样。

儿子10多岁时，方老师来我家，他让我儿子背书，儿子背了《愚公移山》，方老师很高兴，给他写了一幅励志的书法。对我儿子鼓励很大。方老师去宋庄以后，儿子也去看过方老师。儿子很争气，早已经工作了。

现在很多朋友的孩子来我这儿学书法，我都不收分文。我说我老师没收我的钱，我怎么能收你们的钱？

我去看过收钱的书法讲座，老师先讲几句话，就让临帖；学了4年，等到考级了，还是学的那些字。方老师不是这么教我们的，没有人像他那样把书法理论讲得那么清楚。

方老师捐献遗体，我看到了他对待生命的态度。这是老师给我上的最后一课，以后我也把遗体捐献。

李红旗转头看了 眼爱人笑着说，当然还得看儿子的态度。

正因为我有这样好的老师，所以老师生病后，我无数次奔赴宋庄，在所不辞。

有一次前面修路，我跑着跑着，前面路拦上了，有人在那里问："你的车子要抬下去吗？"那我得下去，"好，80块钱"。

几个人把车抬下柏油大道。走不多远，"要上去吗？"再花钱抬上去。

还有一次，修路过不去，那边一个拖拉机司机说，要帮忙嘛？40块钱，把车子搬上去，突突突突帮你开过去。

我基本上走204国道，头些年几乎不停地修路，我经常迷路，每次到宋庄走的都不是同一条路。

有一次到宋庄，来到灌云县地界，路没修好，桥也没造好。本来想午后能到的，可到了下午4时还没到。

方老师一直在等待，打电话给我，红旗，你几点到啊？不急，不急，你骑车当心点。

老师的电话真温暖啊，我的眼泪就快掉下来了。

过了半小时又来个电话，红旗，你现在到哪里啊？不要着急，安全第一！

等到我赶到宋庄的时候，头发全被风吹竖起来了。

方老师和景清书苑的师兄弟们都等在那里呢，方老师端上来一盘大对虾，对虾那个大啊，我心里对老师充满了感激！

张龙芳说：我第一次去宋庄，是七八月份吧，他开着摩托车，带着我去宋庄。到大丰那个地方，太阳晒得啊，路边也没有树，没有遮阴凉。摩托车晒得烫屁股，颠簸一路，浑身都要散架了，连路都不会走了。回来后，都晒得皮肤蜕皮。

路上我们做了一个很危险的动作。他握油门把的手一直压着，很酸，我在后面说我来捏油门，他另一只手和我配合把握方向。现在想想，很吓人的啊。我也像男的差不多，小时候也练过武术，虽然我们两个人都在企业。

路上有一个桥没有造好，在灌云县，是花钱让人抬过去的。到了宋庄，方老师说，你们这是千里走单骑啊。他对红旗说：你还可以，坐在后面的更累。方老师说你们住在这里吧。他说怕老师麻烦，我们走吧。下午三四点钟了往回走，回来的路真是吓人，因为修桥绕了一段，有一段边上都是芦苇荡。没有灯，路上没人，感觉特别黑。因为戴着头盔，面罩有点颜色，显得夜晚更黑。我从来没见过那么黑的晚上，他还吓唬我说，那地方是强盗出没的。摩托车又没油了。我们推着车走，后来看到一间小房子，门口摆着一个油桶，我们就问能不能加点油，对方说：50块！那时候的钱，我把摩托车加满也用不了50块的，可是不管了，我说加！加！

谢天谢地——这要找不到油，那一夜更麻烦了。那一晚上在路上折腾得够呛，开到盐城已经将近12点了。一路是泥巴路，浑身上下成了泥人，脸也看不见，就剩下眼睛吧嗒吧嗒一眨一眨，互相笑了起来。我说以后再也不跟你骑摩托车出来了，那天我们在阜宁住下了。

李红旗：骑摩托车去了十五六次吧，记不清楚了。

张龙芳：他是太崇拜方老师了。有一次冬天，他回来，摔了。因为半夜开车困了，打起了瞌睡，那时候要连夜赶回来上班的，撞到了河堤上，差点掉到河里了。

李红旗说：我是路盲，还会耍小聪明啊——就是绕啊，反正是条条大路通宋庄。有时候，围着连云港市区绕个半圈或一圈，才出了市区。冬天最冷的时候，我手戴棉手套外面再加一层皮手套，腿上裹一层婴儿被。每次来，方老师都打很多遍电话问"你现在到哪里啊？"要我注意安全。他说：骑摩托车是肉包铁，开车乘车是铁包肉。

李红旗说：方老师把整个人生最美好的时间，最好的爱，都给了学生。我本身是练武的，马路上打架都有我的份。一看见有几个人打一个人，我就会过去给拉开：来来来，一对一，对打！不知道给家里惹了多少麻烦。后来我都结婚了，单位同事谁在外面打架了，来个电话我就去了。后来我想拜方敬老师学书法，他故意使了个激将法：你考不上大学，不要进我的门。然后我就关起门来苦学，没日没夜地学。结果就考上了，然后登门拜师。方老师可高兴了，做了菜，请了自己知名的学生来陪。方老师的激将法真好，因为考上了大学，改革开放以后，进单位时面试过关；评职称时，别人没评上，我评上了；家庭命运改变了，孩子教育也有了后盾，有了更好的起点和环境。所以，我无限感激方老师。

方敬在1997年1月24日日记里如此记述：

李红旗是方有勇的好朋友，小俊称其舅舅。

少时从叶隐谷先生学。叶老故后，找不到老师，记得 10 多年前，曾说起要写字，上个月开始教。

人很好，学也认真。

但单位常常要他出差，为之很苦恼。实际上吃饭是第一位的，人无饭吃，何论其他。

李红旗自言在工厂里除了厂长和门卫没做过，别的什么岗位都干过。方老师叮嘱他要把自己定位在厂长的位置上，看看每个岗位怎么管理。李红旗就一个岗位一个岗位地锻炼，技术和能力一天天进步。有时他会主动找厂长说，这个岗位没做过，要去锻炼一下。"我做仓库管理员时，上海市有糕点裱花大赛，我想去参加，可厂长不让我去，他不相信我。最后得了奖，我把奖杯捧回来以后他说：'我不能再让你在仓库里做了，否则人家会骂我的。调你到西点间。'西点间是厂里最好的工作。"

李红旗说："参加上海市职工协会后，坐在上海市糕点裱花大赛主席台上，下面坐着的是厂长，我还参加过上海轻工比赛。如果没有方老师，我怎么会有今天？"


郑雪梅现在的家住在宋河（也叫后河）边，在景清书苑南边不远，河里水流潺潺，爱人王功勋有时候张网搬罾，打点小鱼小虾什么的。她跟我们讲起方老师病后的日常生活——

2012 年方老师摔了腿，就不再剃头。他不想麻烦人，我对象帮他剃过一次，以后就不再剃了。他对头发过敏，落到身上就过敏。以前都是把理发师叫到澡堂子剃头，一剃完就洗澡。

第一次扎头发是 2016 年夏天。他都热得起痱子了，我说给你扎头发吧。当时在我儿子的房间。方老师穿白色汗衫。我给他戴个浅色塑料头箍子，扎一个朝天辫，下面的头发太短扎不住，都散着。有一张照片：白发垂髫，刚扎好辫子的方老师微微低着头，看不见表情，那情态，像极一个乖顺的孩子。

后来方老师不肯戴浅色的头箍，我又给他买了一个黑色塑料的。我还给他买过一个镶水钻的，亮晶晶的。方老师说太亮了。可是他有时候会把头箍弄得找不见，就偶尔戴戴。

近两年方老师的胸部骨头很高，和常人的不同。他还让我摸一摸，说：雪梅啊，你看我这儿的骨头怎么这样了（其实那是肿瘤）。我看见他那么瘦，很难过；他说，到时候了。

对于死，他有心理准备。

2013年镇里司机郑磊，开车送方老师去上海医院看病。那天是正月十六。元宵节那天他还买了两个灯，送给谁家的小孩子。他从2012年底就不舒服，一直没看病。那前一个晚上就出血了，很多。

他平常不睡午觉，有时间就看书看报，看央视四套海峡频道，他很关心台海局势。有空还出去转转，不休息，很有生活规律。年前就常说累，我们以为是老了。

最后一次到我家吃饭，就在这张纯木栋枣树八仙桌上。最后一次吃饭，也是家常菜。一来，方老师会扶我肩膀进门，有的照片都是对象和儿子拍的。

中堂挂的画是方老师让吴德运给画的。2013年，方老师知道我搬家，他在住院，还惦记到我家"踩当门"（赣榆民俗，送庆贺礼），我说不用，他就让德运画画给我。

雪梅给我一张一张地看方敬的照片——

这张照片，是2015年5月18日晚上来我家吃饭，菜有韭菜鸡蛋，西红柿，辣椒炒蛏子，炒土豆，烧茄子，炸花生米，卤猪耳朵，烤麸烧肉；烤麸是一种豆制品，方老师带来的，里面有百叶结，这是李红旗帮他做的。他最喜欢做的菜是烤麸，还把黑木耳、肉丁、虾米放在一起炒，我没学会。他不太吃茼蒿和丝瓜，喜欢豆腐烧海米。那时方老师还胖一点，但已经生病了。当天吃过饭还唱歌了，他很喜欢唱歌，喜欢唱《敖包相会》《半个月亮爬上来》。

2015年6月11日来我家吃饭，那天方老师穿了件白色条纹衬衫。

2018年7月5日，方老师穿了一件马甲，他瘦多了。他带来黄粉和虾，我也准备了黄粉，还烧了沙光鱼，青椒土豆，猪耳朵，炸鱼，酱瓜子，晚饭是面条。

8月8日，方老师戴了头箍，留头发了，扎了小辫子。

雪梅打开手机上2016年中秋节的一段视频。视频上景清书苑的弟子黄勋正在唱《掀起你的盖头来》，方老师坐在那儿伴舞，很起劲。唱到"让我来看看你的脸"，方老师用手比画自己的脸。因为是坐着，方老师动作非常简洁，但一指一划间，新疆味儿特浓。

方老师唱《半个月亮爬上来》，他喜欢穿红色衣服，穿着桃红色唐装。每次翁长松来，都要搞小型演唱会，那天每人都得唱一首。

第二次摔腿是2015年腊月，那天下雪了，大家喝多了，在他家打麻将。晚上10点方老师打电话说，雪梅呀你快来，我摔了。我匆忙赶过去，他正在厨房边角，一只手压在身下。他说摸电话摸了半个小时，我把他弄床上，他不让人陪，把随后来的人赶走，让我们各忙各的事去。

又在家待好几天才去医院，医生说骨头断了，就去上海治疗了，没在家过年。

上海回来后再也不去澡堂了。他平时每周去洗澡，泡池子。最后一次摔了后，让我给抹红花油。我问他在哪儿摔的，他说在家洗澡摔的。他不会说在澡堂摔的，因为他怕影响人家澡堂的生意。他腿不好，洗澡不能洗淋浴，都是泡池子。我就说以后你再洗澡，就让人把你领到池子里，不要自己走。

今年7月以后就不怎么出来了。

9月17日是他最后一次出门，在我门口按喇叭。我说方老师你进来啊，他说不了。对我儿子笑笑，走了。

2018年的方敬先生，似乎真的很老很老了。

身体已经发出强烈预警，可他却依然像一台永动机，一刻不停。

最后的日子里，他写给老同学钱玉音最后两封回信，这是他和同学们的最后绝唱。

玉音学长：

热情洋溢的来信，感人肺腑，卧床月余，难以执笔为书。教师节前夕，敬书以达，谢校友们的关怀。深知沉疴缠身，疼痛有加，仍然安静以对，不作呻吟！不敢愧对校友及景清老师之教诲。返乡定居20年，自1978年起，住在千八百人村庄，得硕博生近10人，本专科生百余人，非一人之力。国家兴盛，渔村巨变，高校兴办是主要因素，个人仅尽其力而已，不敢贪天之功以自居，仅报答华模师友之教诲而已。每日沉睡，清醒仍以阅读书报为主。国事艰难，难以身报国，甚憾。没有良心，难有党心。报载诸多腐败分子，是无良心之辈，何来党心！华模之主要精神为赤胆忠心于国于民，华模校友以国家为重，人民为重！可以有私，但不能损公，仅呈愚见，更望指正！

即请秋安！

方敬

2018年9月9日于景清书苑

玉音学长：

前数日来电，因断电而未能聆听，今日始能执笔为书。体重只剩下88斤，非弟之拖延。目前唯一进步处，是能吃些除粥以外的食物，强行为之，以度残年。此处学生未经我同意而告知亚平、列平等，以致他们来此处，很是累人。以上事请勿告知华模师友以免惊动多人，目前依然经常便血，无法可治。然心情依然坦荡，每天疼痛20—30次，习以为常，谨报如右。

即请秋安！

方敬

于景清书苑2018年中秋前一夜

方敬的同学童本义说："当我们读完这两封最后的回信，真是欲哭无泪。方敬在瘦得只剩88斤皮包骨头、继续便血、每天疼痛20—30次的时候，仍然'习以为常，请勿告知华模师友'，这需要何等的毅力啊！强忍疼痛不作呻吟，为的是'不愧对校友及景清老师的教诲'；他重复'华模之主要精神为赤胆忠心于国于民，华模校友以国家为重，人民为重'，这是他心目中对华模及校友的最终评价和要求。我们还有什么理由不以他作为榜样呢！"

9月24日，是传统的中秋佳节，"景清书苑杯"第二届书法作品展如期开展。"景清书苑杯"书法作品展是方敬提议举办的，已举办两届。

早在2014年6月1日，赣榆县举办了"景清书苑杯"青少年书法大赛，书法大赛主题为"感恩社会，传承美德，书写国粹"，全县中小学生和广大青年书法爱好者积极参与。大赛期间，共收到参赛作品180余件，其中包括河南、四川、重庆等省市书法爱好者的佳作。方敬来到现场，为获奖者颁奖。

中秋节那天早晨，他叫着照顾陪伴他的本家侄女方芳的小名"小好"，现在几点了？小好说，6点了。方敬略显吃力地说，小好，你把轮椅推出来抹一抹，我得去看看。不到10点，到了展览现场。学生李斌推着轮椅上的他一张一张看着展览作品。全部看完了，把参展学生叫到一起，在一一评点了弟子的作品后，方敬与弟子作了最后一次书法讲座。方敬强调要始终坚持学习，"3个月不写，水平就会明显下降"。

在生命的最后日子里，方敬也没有忘记教学生。

他最后教的两个学生是方芳和秦爱云。

方芳高中文化，圆圆的脸蛋，敦实淳朴，在方敬去世前的几个月里方芳一直陪伴照顾着他。她讲述了方老师最后的日子——

从8月19日后我整天在景清书苑，9月30日后晚上也在这儿。

发现大伯便血，硬劝他去医院，秦爱云爱人李卫东陪着。但回来以后没做任何治疗，有时吃点三七片。

便血时多时少。他有时感叹说：我这病也快到头了。

他是怎么想起来教我画画呢？有天，我闲得无聊，就拿一张白纸和一支铅笔在那儿随便画，画的是一间老房子和一个门楼子，画着玩的。他看见了，突然说一句：别乱画！你乱画形成习惯了，以后就画不好了。

他是会画画的人啊，看见我那样乱画，着急。其实他不能教了，他很累了。可是他还是说：我教你画，明天是星期二，小好，我教你。

然后秦爱云来了，他说，你把贺天健的书找出来，我要教小好画画。秦爱云一听，就说我也想学。他就说，那你也学。

"贺天健的书这一套9本，你俩随便挑，一人挑一本，想画哪个我教你们哪个。"

我当时存了私心，想，小鸟好画，我以后自己画。山不好画，我让他教我画山。我想他的身体情况，一定教得很少的，我就说我画山。他说，那行，你就学贺天健的山。爱云说画小鸟，他说那你就画小鸟。当时书不齐，他又现掏钱买了5本。我们要付钱，他坚决不同意。我自己也买了一本花鸟的，爱云买了本山水的，一共好几本。

大伯说明天星期二，我们7点上课，半个小时的课。

我每天都在这儿，什么时候都能学；爱云事情多，时间是爱云定的。

从此就每周二上课，一共给我们上了3节课。

第一次上课，我因为是初学，连拿毛笔都不会。大伯说，爱云，你去挑个什么什么样的毛笔来。大伯给我们一人一支细的毛笔、一支粗的毛笔。郑雪梅来了，让雪梅裁了毛边纸，一人发了一沓。大伯先给我讲15分钟的画山，再给爱云讲15分钟的画鸟。我寻思，他教爱云画鸟的时候我也可以学嘛；他教我画山的时候，爱云也可以学。互相都能学。雪梅帮着拍讲课的视频。我爱人也过来拍。

第一天的课后作业，大伯说：小好你练卷云山，爱云你画小鸟的轮廓。我们回去就画轮廓。

第二个周二，他先看我们的画。我把小鸟拿给他看，他气得说，我叫你画山，谁让你画小鸟了？我本来想两样都学，他气得不看我的小鸟，他的意思是要专心。

我画的小鸟真的像小鸡，爱云只画了鸟。

那天是10月9日早晨。他说，小好，你以为给你们上课我容易呀？我备课都是两遍，躺在这儿想了好几个小时。他又看墙上的钟表，问几点了，我说，6点多了，他说起来吃饭，7点开始讲课。

那天上课他讲山，讲平地上的山是什么样的，岭上的山是什么样的。平原上的树，树的根须是不露出来的；山石上的树，根须是露出来的。具体的样子，要根据具体地点仔细观察。他一边讲一边画，还说，你们要仔细看清楚了再画，不要想怎么画就怎么画。我画了很多，发给亲戚看，他们说，你画得真像。可是大伯一次也没有夸我。他看我的画，就像批改作业一样，有的地方画圈，有的地方画框。爱云说，画圈的表示画得好，画框的表示画得不好。你看这个画圈的地方，我是一笔拖下来，没打顿，可能是像吧。对爱云呢，大伯也没说画得很好。

我问大伯，我画得像不像？大伯就不说。爱云说，你就想让方老师夸你说像。

然后他就说，叫你画山你就画山。

大伯最后一次上课，是 10 月 16 日，只上了 20 分钟，每人 10 分钟的样子。

这一次，我就一座山画了七八幅。他看了说：你就只画那一座山吗？树呢？树也得画。我就画树。

我画树也不像，上下一样粗，很不像。爱云画得比我像。

上课到 7 点十几分，他就累了，问几点了，爱云说，方老师你休息吧，今天就可以了。你领好路，后面看我们的悟性了。

大伯说："哎，你说这话对了！得看自己悟性。"

7 点 20 分，他就上床了。

他上课，每次都留几分钟，说，你们有什么问题，提提吧！

大伯的这种教育方法，也许就是常说的师生互动、因材施教吧。

他说："看目前这个情况，我还能教你们半年。拖过半年，你们就能自学了。"他那天可能觉得自己身体还行，谁知道那是最后一节课。

他每次起来就喝一点儿水，吃饭已经越来越少了。

方芳眼含热泪，继续说：10 月 17 日他就彻底躺倒了，吃饭都不能起来了，但每次都自己撑着去卫生间。下一个周二，那 23 日就更可怜了。22 日想给他打针，药水兑好了，爱云到床跟前说，方老师，你打针吧，明天周二了，你好起来给我们上课。其实就是找个理由，让他接受治疗。他说，好吧！

打了针，医生走了，最多打了有 10 分钟，就让我拔针。

他自己去卫生间，坐在马桶上就是起不来，我想帮他，他不让我帮。他说，我试试。试了好几下，终于起来了。出了卫生间，非要自己转身关门。他侧身都很费事，我说我来，他说不用不用，自己关。然后累得喘，坐在那儿说，小好啊，自己能干的要自己干啊。

他坐在那儿歇了好一会儿。

看他去卫生间费事，我就在手机淘宝上给他买了一个移动坐便器。他说不买，我说用得着，就和爱云商量着买了。这时大师兄吴德运来了，他急匆匆进来看了大伯，听说我在买坐便器，他说我有，不用你买。你退货，很快我就送来。吴德运回去后，午后张永信就送来了，这样晚上他就不用上卫生间了。

他就那样慢慢躺下，头都没靠到枕头；我们舍不得动他，拿枕头给他垫着。下午，李卫东给他垫了一块大的护垫。

那晚大师兄吴德运排了班：第一晚上吴德运，第二晚上宋悦，第三晚上我和爱云。依次循环。

翁长松大哥和女儿翁敏来好几天了，住在大众浴池。

11 点 53 分，他疼得抓墙。啊啊，难受，难受，疼得抓心。我和爱云俩人着急了，说快给他吃保心丸，我就扔一个到他嘴里，我说大伯你喝水，你嘴里有个药片。药丸很小，他没有注意我就扔进去了。他喝了口水，也不知道咽进去了还是在嘴里化了，好像轻了一点点。到下午 1 点多，又开始喊了，疼得啊啊啊喘不上气。我说大伯给你吃止疼片，他说不吃。我说你不疼吗？他说不疼，不疼。爱云心疼得光簌簌地掉眼泪。大伯，给你打止疼针吧，我拿手机急得要打电话，他看见说不打电话，他使劲说，我不疼！说完眼睛往天上望。李卫东来了，又打电话给吴德运。硬挨到 3 点，把医院值班护士喊来了。4 点，药水兑好了，他不打。他疼得喊啊，却说不疼，不打针。爱云说直接打吧，可是他不打。一夜熬了过去。

第二天喊得缓和一些了，可能是累得喊不动了。

他一直不糊涂。去世的那天八九点钟有一会儿糊涂，其他时间一直很清醒。当时他说，火，火！快灭火，灭火。又说点火，点火了。我问什么火，他猛然抓住我的手说：江西，南昌起义⋯⋯

是腹部火烧火燎的疼痛，让他的意识模糊，看到了燎原之火，想起了南昌起义？这个不平凡的老人，在生命之最后，他所思所想的依然是国家的大事件。抑或是他想到巴金先生写于抗战期间的那篇短文《火》：⋯⋯4年前上海沦陷的那一天，我曾经隔着河望过对岸的火景，我像在看燃烧的罗马城⋯⋯我咬紧牙齿在心里发誓：我们有一天一定要昂着头回到这个地方来。我们要在火场上辟出美丽的花园。我离开河岸时，一面在吞眼泪，我仿佛看见了火中新生的凤凰⋯⋯我的眼光追随着我脑中的幻影。我想着，我想到我们的苦难中的土地和人民，我不觉含着眼泪笑了。在这一瞬间似乎全个江，全个天空，和那无数的山头都亮起来了。

方芳接着说：那天晚上，我用针管吸了点蜜糖滴到他嘴里，说你喝点米汤，坚持一下等两个儿子来。他说嗯！他也想儿子。

这天白天大家轮流给他推背顺气。翁长松上午给他用化痰器，他还不用。下午用了，那是他没有劲了，不怎么能说话了，没有意识了。

晚上我和吴德运值班，李卫东也在。后来卫东回去了一个多小时，大伯就不行了。最后是我和德运在身边，方依在书房（方依和我家儿子相海柱都跟大伯学过字，大伯说我儿子适合读书，不适合写字，方依适合写字。他一直说，姓方的门上，就小依字好。小依一直和爷爷接触，她十五六岁的时候，常来给爷爷打扫卫生。大伯说小依的卫生做得最好，现在小依在上海做珠宝鉴定，大学也是在上海读的，当时大伯曾关照李红旗经常去学校看她）。

大伯去世的时候，我在床里边，德运在床外边，一人拉着他一只手。他最后也没有像其他人那样流眼泪，他憋足了劲，看了德运一眼，又看了我一眼，就不行了。德运就说赶紧找衣服，准备温水，给他擦洗。我就拿来温水和两条毛巾，我擦上身，德运擦下身。这时候，卫东也来了，就帮着穿衣服。

大伯的衣服，外套是他去北京领奖的那套呢子的中山装，他不让买新的，就说有两身比较新的，你们看着随便穿。我们为他新买了帽子、鞋子、袜子，这些他都不知道。

腰带用的是蓝布带，也是用了很久了。因为有一次他说，小好你看我衣服都肥了，冷。他说衣橱里有个大腰带，你给我找找。找到了，是半尺宽、两三米长的一条蓝布带。太长了，我给截了一段。他把衣服往一起一窝，拿布带在腰上绕了两圈，就像一个农村老头。他说，这样暖和。

雪梅说，25日下午给他暖水袋，他说痒，不给碰。26日用了一天暖水袋。下午李晓、刘双和我3人轮流帮他推背，搓手，小好累得睡觉了。10月26日，翁长松给他推背，方老师说很好很好。翁长松自学了推拿，也善于推拿，他还教大家推拿。

学生孙飞腾回忆：26日排班轮到我，下班6点半，我来到景清书苑，前一天是爱云和方芳值班。我去的时候，吴德运和宋悦都在。方老呼吸困难，过分把钟都疼得很，一会儿雪梅给他吸氧，一会儿又不吸。我让雪梅休息，老师手凉，我就拉着他的手。下午的时候，老师有时候糊涂，会说我还有多少钱，留给景清书苑。晚上吴大哥让我回家，他说夜里方老师疼得厉害，会惨叫，你在这儿也拿不定主意。8点多我回去了，那夜方老师走了。

老师从来不在别人面前表现疾病带来的痛苦，一直是硬汉形象。流血很长时间了，吃三七粉、云南白药，几乎不管用了，只要小便就疼。有一次午后，我看见地上和铺被上都是血，我问你尿血啊？老师说是的，吃药已经不管用了，既然被你看见了，不要和别人说。后来我和永信说了，永信又和德运说，德运就过来要陪他去医院。他很牛气，说以后啥也不告诉你了。

有一次，我问，你是不是很疼，他说是。但他还是用微笑面对每一个人。他说，生病也不是我要生的，要生就生呗。

从这段最后的日子与最后一课，我们可以看到：方敬多次书赠师友弟子的"孺子牛"正是他的信仰，他是践行到生命的最后啊！一名教师，一个偏居乡村的老人，一个乡贤，一个中国好人，一个全国道德模范，他一生顶风冒雨、不分寒暑躬耕的，是渴望真知与光明的心田！这不是传说，一个因为癌痛而耗竭的老人用力迸发的火光，多么美丽，多么温柔，像呢喃的歌谣，久久萦绕在有幸聆听的人们的心头……

在上海，解钢听闻方老师癌症晚期放弃治疗的消息，在日复一日的怀思与心痛中，他决定为恩师塑像，提前祝福老师的90华诞！

那尊青铜头像，如今仍然摆放在景清书苑的书桌上。因为诸弟子都想留作纪念，同样的雕像，一个模子，解钢一共塑了十尊。分赠方亚平、方列平、吴德运、张永信、石迅生、李红旗、潘家亮、磊蕾，他自留一尊。

这让我忽然想起海子的一句诗："春天，十个海子全都复活"。这是巧合，或是一种神奇的暗喻。那个经常"祈愿吾师再来"的解钢，一定盼望恩师复活。

在实验小学上六年级的余俊成，小名欢欢，是个清清秀秀的聪明男孩，学书法很有悟性。方敬很喜欢他，在他去世前的半年前，有一次他对孩子说："你坐我腿上来，我拿你的手写，你来感受我的运腕。"方老师很瘦弱，孩子不忍心坐到他瘦瘦的腿上去。他说："没事，你这么点小孩子，我还能撑得住。"余俊成就虚坐在他怀里，他拿着孩子的手运腕，然后说："现在轮到你了，你带着我的手运腕，让我也感受一下。"孩子照做了，他说："不错，你学到了。"

暑假里特别闷热，孩子爸爸余勇飞打电话问明天去不去批作业？方老师说："我身体不行了，明天先别来了。"听说爷爷病了，余俊成跑回自己房间，趴在那儿抽抽噎噎地哭了。

方老师去世后，余勇飞心里咯噔一下，和儿子说："欢欢，爷爷走了。"他有预感，心里特别闷。欢欢大哭起来，哭声拖着酸楚的翅膀，飞出窗外。他忘不了爷爷从北京颁奖晚会回来，把奖牌给欢欢戴上，爷孙拍照留念的瞬间。

方敬逝世后，微信群"我们爱方敬"一直传递着大家的哀思、怀念和崇敬。方敬的外孙女翁敏 2018 年 11 月 7 日中午在群里发言："我想用比较笨拙的语言，描述最后两天在舅爷爷身边的感受"：

他在呻吟，一阵响一阵轻，时不时地还会有一阵大叫。有时候觉得这种节奏与某种音乐类似，是他最喜欢的交响乐吧！这是他用血肉与病痛一次一次搏斗。即使他已经 8 天没起床了，即使他彻夜疼痛难眠，即使他已经痛得无力吃饭，即使用吸管吸进去的水吞咽都那么艰难，他也坚持不肯用止痛药。因为他认为他不能用这种药麻痹他的大脑，他躺在那里呻吟，但是头脑依然很清醒；他虽然眼睛几乎无力睁开，但他也知道谁来了，谁又走了。我和爸爸赶到的时候，他用力睁开一只眼睛，嘴巴里吐几个字"安—排—吃—"然后就又睡过去了。

有时候宁愿他一直睡着，因为只要睡着了，他就不会呻吟。他用力把气吐出，上嘴唇抖了两抖，强大的气流冲了出来；紧接着又深吸一口气，吸入时，上嘴唇迅速瘪了进去。就这样，就像在高原上空气稀薄时的呼吸，偶尔会听到一阵呼噜，这是我最希望听见的，因为只有在这一刻他才是深度睡眠，这种呼噜一般很少。我就这样静静地坐在他身边。

昨天（10 月 24 日）早上到达舅爷爷家已经 7 点了，打开门围着一圈人，舅爷爷被 5—6 个家人及弟子围在里面。听声音是昏迷，喘气的声音明显与昨天不同。

小好娘娘说，他昨晚折腾了一夜，现在才睡着。看见小好娘娘疲倦的眼神，知道这一夜舅爷爷肯定是痛得不轻的。大家见我们来了就逐个去外间了，爸爸和他们聊着什么重要的事情，我陪着舅爷爷在里屋。

舅爷爷继续喘着，与昨天用嘴巴吐气不同，今天的他张开着嘴巴，似乎气是从肺里面出来的，肺就好似一个风箱，呼噜呼噜的，好像是痰堵在肺中，好似哮喘病人一样地呼吸。

他就这样一动不动，同样的呼吸很多遍。

突然他呻吟了一下，两只瘦骨伶仃的手臂从被窝里面伸了出来，环在了头部；呻吟声更大了，头放在左边或者右边都不舒服。

我大声地问，舅爷爷你痛吗？需要注射止痛针吗？他强力睁开眼睛看了我一下，又闭起来了。

我又大声问了一次，他用尽力气说"不痛，是累。"

累？我不知道如何理解这个字，是因为空气无法吸入体内而累吗？

正在这时舅爷爷开始蠕动了，我感觉是因为被子压得时间长了。我分别提起被子两个角，然后放下；再提起两个角，再放下。舅爷爷开始希望自己转身，头往里面侧身，这时的背正好对着我们。爸爸上前一步，伸手开始帮舅爷爷顺气，从后背最上部开始往下推。舅爷爷没出声，如果他不喜欢一定会拒绝说，不要。这次他什么也没说，爸爸就继续推，1次，2次……

"我来"，又听见一个声音说。就这样，我们一个一个轮着给舅爷爷推背顺气，他貌似好一些。过了一会儿，爸爸说，要不让他换一个姿势吧！他爬上床，走到床的内侧，一边跟舅爷爷商量换一个姿势一边协助他身体往外侧，然后同样的顺气动作。接着大家也学他的样子，一个人，两个人……虽然舅爷爷还会呻吟，但是，他完全没有拒绝我们给他推背。

这说明一点，这个动作对于他来说还是很舒服的。慢慢地他把两个手臂放回了被窝，又开始了均匀的呼吸。亲人们一个一个地去了外间，我留下单独地和舅爷爷相处了。这里除了哮喘一样呼吸的声音还有外面打桩施工的声音。这个施工与舅爷爷有关，爸爸说，县里正在他屋子南面建一个小楼，我想估计是打算等舅爷爷百年后陈列舅爷爷事迹以及字画吧！想到这里，我喉咙突然很痒要咳嗽的样子。因为怕咳嗽声响吵到刚入眠的舅爷爷，我迅速走出内屋，咳了两下，看到外屋的桌子（6个书桌拼成的一个长桌）被谁整理得非常干净，不像舅爷爷平时放着很多书、报纸、信件还有文房四宝，现在的桌子几乎啥都没有，只有几张纸，纸上还压着一张舅爷爷的照片。我凑近一看，"协议书"几个字从密密麻麻的文字中跳跃了出来，"自愿、无偿、不保留骨灰"。这难道是遗体捐献？我内心血液涌动着。再仔细一看，是爷爷12年前与徐州医学院签订的遗体解剖的协议书。

有一句话突然跳到了我的脑海："生的伟大，死的光荣"。您永远活在我们心中。

……

一艘白帆船，像梦一样在波浪里航行，仿佛进入了一个遥遥无期的梦境，芦苇中有白鹤掠起，一眨眼都成了过去。

毕生渡人的老艄公已完成毕生的使命，一阵风吹来，无数白帆穿越而去。

疼痛与悲哀，比深秋的风更肃杀！

而大地上的冬小麦，也正是在这个季节，焕发着不可遏制的生命力，像绿地毯一样向着四面八方铺展，铺展！

# 第三十章
# 爱是不能忘记的

方敬走了，烛烬了，可他用生命的烛光点燃了无数人的灵魂。

他为教育奉献了自己的全部，他在宋庄度过了生命中珍贵的 20 余年，这是怎样炽烈燃烧而又痛快淋漓的人生啊！

他心里永远装着一团火！

钱玉音痛心地回忆道：

约在 90 年代前后，你送我几本书，其中有一本是《成人教育思辨》，你是新中国第一代从事职工教育者，继而从事成人业余大学教育工作，你没进过大学，却担当起大学校长，并著有成人大学教育研究专著。我在记忆中，你对新中国职工和成人教育情况分析切实，论点独特，这是以你的实践经验为基础的。你不知，我内心是多么佩服你！送我书中还有你资助出版的《文徵明年谱》，我想从文徵明大师那里定会得到学识、品格各方面的滋养。你的才华出众还有一例：黄葆戌书法家老前辈如此重量级的墓，是方敬你设计的，这在福寿园中被称之为国宝……锡瑶给我看过照片。方敬，你的多才多艺，书法、绘画、文章和木刻诸方面，都有成就，是你聪颖好学，积累所得。但现在一切的一切，都随你而去，烟消云散了，今后我们需要写字著文，又去哪里找你啊！怎不叫我们心碎心痛心惜啊！

同班同学蔡学渊，在《一幅漫画——致我的同桌三毛（方敬）》短文中回忆她鼓励方敬战胜病魔一事：

记得吗，三毛。高三时，我从读惯的教会学校，转到华模，你和我同桌，坐在第一排。男女同校我是不习惯的，但你没几天就给我取了绰号（洋囡囡），我既诧异又觉有趣。更令人惊奇的是数学老师姚晶，他能把枯燥的数学课讲得风生水起，激情澎湃，当然，唾沫星子不断飞溅到我俩头上。当难题解完，老师把粉笔头"啪"地扔向黑板，用力较猛，回弹到我头上。当然，姚老师在兴奋中，不会注意这细节。课间休息时，你递给我一张画，画上有黑板，老师，前排一女孩缩着脑袋，撑着雨伞，上面有零星的雨滴，有从黑板方向射来的一颗子弹。你用一幅漫画把姚老师的唾沫星子和粉笔头的激情生动体现了，我开心得大笑不止，几十年难忘。

三毛，你诙谐的性格给人欢笑；你几十年的坚守，足见你的品格高超。时至今日，我想给同桌进一言，不要放弃，癌魔再凶险，战胜它的人也不少。你要积极止痛，中药治疗，你有足够精神力量去战胜它，我们等待着听你的欢声笑语。

同桌的洋囡囡

比方敬高一个年级的童本义写了《忆敬弟三则》：

1. 方敬变戏法

一次方敬来我家，我孙女尚未上小学。方敬很爱小孩，我孙女也很喜欢他。一瞬间，方敬从马夹的袋里变出一根巧克力给她，乐得我孙女开心得笑个不停。

2. 方敬的大度

有一次，我陪方敬乘长途车去建德看王曾康夫妇。到王家后，方敬发现口袋里的钱不翼而飞，他毫不惊讶，说我的钱给有困难的人取走了，他有困难，我给予帮助，也是一件开心的事。这不仅是大家气度，还是"幽默"。

3. 方敬的正气

我陪方敬去浙江医院看似官（副厅级）的同学，方敬要和他握手，遭拒。我打圆场说"他不习惯握手"，这就过去了。那时，浙江医院病房小，有坐的地方，方敬要坐在病床边和他说话，又遭拒。我无法圆说，方敬拉我立刻就走，对我说："官腔十足，不理他。"

王梅椿老师写道：

方敬同志虽然离开了我们，但他高贵的灵魂永远存在。他是华模的骄傲，华模培养了他，他为母校增光，他用非凡的才华贡献给人民，培养了许多人才……我虽然年老但要学他精神不老，乐观对待人生。

方敬的朋友崔可嘉在微信里说：

小许，你认识方敬老师？他原来是虹口做教育的，棱角分明，才华横溢，仁德善心。我和他认识还是20世纪70年代，交往并不多，但不知为何，我在他心目中留下了很深的印象，还帮我起了"阳光少女"的外号，说我的阳光是从骨子里透出来的。前几年他到上海，我还去医院看他。

一切犹如昨天，可斯人已逝，世上少了一个"好人"。

在这之前，华模同学在来往信件中也多次提到方敬。

同学魏敏丽听说华模要搞纪念册，1992年在写给钱玉音的信中说："小方（锡敬）我还去过他们家，他在校表现就很突出，给人留下很深印象。其他同学也能记起，他们现在工作都很好，给母校增添了光彩。"

左羲东1999年3月写信给钱玉音说："校史陈列室最后部分可能要加上：'桃李芬芳'，我们初步提议4名：吴文达、方锡敬、徐雄、凌云，还没有征求老师们的意见，先听听你的意见如何？"

1991年底，病魔夺走了钱玉音的爱人。那种悲痛无穷无尽，失去的情爱无法弥补。"是胡景清老师暗中吩咐我班同学，组织一次聚会，地点定在我家。左羲东从我家楼下买来许多高桥烧饼，方敬负责拍照；而我为了迎接这次聚会，全神贯注做准备。这样我在制点心做皮蛋肉糜粥、搬沙发、摆座位、洗刷玻璃杯中，把悲痛淡化，而沉浸在迎接聚会的忙碌和喜悦中。以后我接受亲友邀请，去外地、老家游玩。在亲友面前，我像祥林嫂那样一遍遍诉说爱人发病、治病、抢救过程，亲友们分担了我的哀痛，慢慢地我开始一点一点地平复。"

钱玉音继续在《倔而有人情味的方敬》一文中回忆道：

……两次跌断腿后，家人劝他留在上海家里休养，他放不下那里的寒门子弟，回到家乡继续助学。心脏装支架仍坚持，后来不幸，得了癌症，他不怕，精神不倒。刚发现来上海治疗，蔡锡瑶和我去看他，我们的脚还未跨进病房门槛，他即大声说：我生癌，毫不惧怕。后来数年一次次复发，他一次次从宋庄来上海治疗，那时住在第一人民医院。有一次，義东、有咏和我一起去看他，他仍神色泰然。做好手术，即回宋庄，继续助学、教书法。癌症扩散，他隐瞒了两年多，为了继续坚持助学，为了不打扰大家。后来一位学生不听话，透露出来，我们才知道。他疼，我们劝他住院治疗，至少减少痛苦，他说：浪费，没用的……方敬的倔劲，包含了他的勇敢，舍己，和一身浩然正义之气！

方敬是位有人情味的人。新中国成立后到"文化大革命"长长的数十年，大家忙于工作、政治运动，对当时亲如兄弟姐妹的华模师生，也很少联系。方敬却不，有一次他特地去幼儿师范，看望左淑东老师。竟看到身体瘦弱、年纪已大的老师在游泳，原来老师为了培养德智体全面发展的幼儿教师，带头跳下泳池游泳，方敬深深地感叹，老师为教育的赤诚之心，并传播给我们，使我们更加敬仰左老师。又如，约在80年代初，一天方敬来我家，约我一起去看望一位他从师的书法老前辈黄葆戊老先生的儿子、躺在病床上已久的书法好友老黄（黄聿丰），约我一起去，因他的爱人是我们华模同学蔡锡瑶。我们看望了病人，同时，使我看到了锡瑶的艰难和坚强，原来我对锡瑶不很熟悉和了解。老黄1985年走了，锡瑶培养两个孩子成才，为国家的高等教育做贡献。在以后校友会活动中，进一步使我感到锡瑶的能力和责任心，提出请她做文巧老师的助手，联系华模老师。这项出色的工作，令校友们对锡瑶都赞誉有加。1991年，我的爱人走了，方敬来我家，对我的安慰鼓励，使我终生难忘。

1992年，他自制了150张贺卡，寄送给他所敬爱的华模老师和友人，还远远不够。又如：凡校友会需要写字时，他总是迅速完成。复校后，校友会决定送母校一座石碑，方敬迅速题写了"饮水思源"的题词，刻在碑上，敬送母校。2003年，校友会为老师集体祝寿，想对创校老师姚晶、蒋宏成以及胡校长和左、杨二位创建和领导校党组织的老师，敬送条幅。方敬深情地思考，为5位老师写来5张条幅，让裱好后敬献给老师。他写给左老师的是"幽香风远"，写给杨老师的是"中流"。校友会有关同志不慎，把送左老师的一幅遗失了，大家十分着急，方敬毫无责怪地又迅速写好。数年后，我们庆祝胡校长、姚晶老师90大寿时，方敬知道了，立刻写好"大爱无疆"和"冰心玉壶"并裱好装上镜框，托同学代表校友敬赠给两位老师。去年，我们老校友微信群做相册时，他已病得不轻，但他又按要求，迅速写好"华模精神放光芒"的册名题字寄来。方敬的人情味，另一方面表现在从1978年开始至今的整个人生后半生，为家乡助学、义务教书法的公益事业上。1991年退休，1992年他筹集了书籍几千册、衣服近40公斤，运至家乡。每月定期给困难学生寄钱，而当时他的月工资仅330元。为了筹钱，他接受一些单位的邀请，一年中，共去了16个地方，为从事成人教育工作的干部讲课。他把讲课和稿费主要用给学生了……仅在家乡就培养出了好几位中国书法协会会员。

方敬之所以能作出如此贡献，我感到：动力来自于华模老师的教导，与他的本性结合。老师的行为，为他树立了榜样，他要像老师那样做人。他的本性，是有人情味，对人有感情，特别是对困难群体有同情心，有侠义心肠，还有个性上倔强和横溢的才能，两者结合，形成了他高尚的思想品德和实际行动。他对教育的重要性、对国家的责任心和一个共产党员就要像党员的样子的模范性有深刻的认知。所以把整个后半生，贡献给家乡助学、助困、改变风气的公益事业上！方敬的正义、善心、感恩、牺牲、坚毅、排除一切困难、对病魔作斗争的乐观主义等崇高思想品德和精神，永远是我们学习的榜样！是华模的光荣和骄傲！

华东师范大学教授吴遵民是老三届，1977年参加高考，由于他1976年患了肺结核体检不合格，没办法只得上了虹口区业余大学，这是他第一次看见方校长。1979年吴遵民考入华东师范大学教育系，毕业后分配到上海第二教育学院成人教育管理系，这是他第二次见到作为成人教育研究所副所长的方老师。他说："方老师是风风火火、大大咧咧的一个人，我6年后留学日本，再回到华师大当教授。那时方老师已经回故乡了，他心在基层，而学院派的教授不想下去。他是有实践管理经验的，他奉行的是陶行知先生知行合一的教育理念，从实践中来到实践中去。"

记得方敬去世以后，学生李朝华在挽联上写道：沉痛哀悼慈父般的恩师方敬先生。称方敬"慈父恩师"的还有好几个学生，其中就有叶雪礼。他在《影响我一生的人——忆先生方敬》一文中，专门回忆了当年学习书法的事：

表姐叶赛聪大我两岁，自幼跟随我父母长大。因为是早产儿，先天不足，父母就让她多参加武术锻炼，健体强身。表姐天资不错，训练成绩一路提高，最终走上职业道路，加入上海市体工队武术队。

那时正值"文化大革命"中期，先生属"走资派"，还在"靠边站"。因喜爱武术，身边有不少体育界朋友，和当时黄浦区武术队的领导有交往。表姐那时已经在区武术队，我父母经常陪同训练比赛，认识了先生。

当了解到表姐自幼失去双亲，是随我的父母长大之后，先生感叹我父母的善良，垂怜我表姐的不幸，就此认下表姐当义女，常来常往，就此我们两家结下半个多世纪的不解之缘。

我自幼体弱瘦小，当先生来家里时，我大约五六岁，人没桌子高，小身板顶个大脑袋。先生见我如此瘦小，似乎也不是练武的料，就说：人要有一技之长，不能练武术，就跟我学写字吧。于是在好奇与懵懂中，开始了书法学习。

先生教学生，历来是贴钱赔时间的。

开始习字时候的笔墨纸砚、碑帖、笔廉毡垫，都是先生免费提供的。那时先生住在黄浦区湖北路，印象中的先生，戴一副黑框眼镜，留点胡子，亲近中有一丝威严，我有点怕他。

和所有的小孩子一样，玩性高了，先生布置的作业就有敷衍的时候。应该每天的练习，经常是赶在上课前一天赶工完成。去上课的时候，虽然揣着七八张字够数交差，但心里总是战战兢兢，怕挨先生批评。

循序渐进和临阵磨枪，作业质量肯定不一样。回想起来，那时先生一定是能看出来的。不过他从来不会当面责备，给的都是鼓励和奖励。最喜欢先生在习作上画红圈圈，因为那是好字。有时一张作业几乎都圈满了，那足以兴奋一周。

好的笔墨纸砚成本是不小的，平时会蘸水在旧报纸上练习，但毕竟和用笔墨在纸上写感觉不一样，长久以往买纸笔也是一笔不小的开销。福州路文化街是常去的地方，有机会就淘一些打折的毛边纸。先生向来体贴，奖励自然离不开笔墨纸砚，还时不时地"奖励"一些很好的宣纸让我过过瘾。先生的无私切实缓解了我不少经济压力。

先生的奖励不只是简单的给予，每每会将之中的文化底蕴讲解一番，大到典籍，小到传说，如何制笔选笔，生宣熟宣的差异，墨的区别，砚台的辨别等等，从小就熏陶在这样的环境中，视野开阔了，心境自然宽广。

因为我年小，够不到站着写字的高度，开始时都是跪在凳子上写字。每次我上课的时间，先生一定是早早把凳子垫子准备好，写字时也是抱上抱下，还经常手把手教执笔运笔。可能是经常锻炼的缘故，先生的手很暖，大手握小手的感觉真的很好。

每次去先生家上课，总是非常兴奋。除了可以看先生写字，其实还有一个小小的秘密，那就是馋师娘的南瓜面疙瘩汤。

师娘长得福相，记忆中的师娘总是在微笑。师娘在幼教系统工作，我们都喜欢叫她章老师。师娘与同在黄浦区教育系统工作的父母，自然有共同语言。我们上课的时候，他们就在边上聊天。印象中每次上课，师娘都是在边上作陪的。下课后，师娘就会端上一碗热腾腾的南瓜面疙瘩汤，特别是冬天，一碗下肚，全身心暖洋洋的。美味之极，至今难忘。

那时墨汁还不是很常用，经常要自己磨墨。

磨墨是我最喜欢的零工，因为既可以看先生教别人，也可以看先生示范写字。先生总是把我拉到他的左前方的桌边，站着看他写字。开始时不解何故，后来先生悄悄告诉我，这个位置是看写字最好的角度，整个运笔过程可以全部看清楚。看来先生是有小偏心的。

随着字慢慢成形，每次作业上的红圈圈越来越多，对书法的兴趣也越来越高，慢慢地，变成每天主动要写。到上学年纪，我的字已经有点模样了。

记得一年级的第一次作业，就被老师叫了家长。

老师拿出我的作业本对父亲说：我堂上问，哪些同学的作业本是家长写的？他举手了。所以叫家长。

我爸疑惑：我没帮写作业啊，都是他自己写的。

老师说：不可能，一年级的小孩不可能写出这样的字。

我爸恍然：作业真的全是儿子自己写的，我只不过是在书皮上写了名字班级（那时书本、作业本都要用书皮纸包上美化一下）。可能是因为儿子学前就在学习书法，所以字比其他同龄孩子写得好些吧。

老师当场考究，自然服帖。

自此之后，班级的黑板报就是我的任务了，从小学到高中毕业从未旁落他人。后来弄堂里的黑板报也都是我的作品，上班后单位的墙报、简报、横幅、钢板刻字，直到后来的单位总结、工作报告，差点就成专职文书。

先生总说，字如其人。所以那时单纯的想法就是，写好字，做好人。随着年龄的增加，习字的兴趣越来越高，渐渐写字成为每天的必修课。

那时小朋友大多是在弄堂里玩的，打弹珠滚铁圈，这些我都不会，我从来不下去玩。每天放学回家，作业后空余时间就是看书和写字。一摊开笔墨，人就静下来了，经常一写几个小时。捧起一本书，那就不用吃饭了。直到高中毕业，弄堂里的人几乎都不认识我。

我的学习生涯和职业生涯，都得益了一手好字。

16岁那年，在先生的鼓励下，我参加了上海市中小学生书法比赛，获得了二等奖（记得那届一等奖两人，二等奖三到五人，算是名列前茅了）。先生万分欢喜，收藏了刊有我获奖作品的图册，逢人便拿出来展示。直到前年，这本图册才托人辗转还到我的手中。这本图册陪了先生四十多年，我想先生是开心的。

先生一直说，我的基本功是几个学生中最好的。先生家里有一幅沈尹默先生的字，一次先生感慨地对我说：三年后，你应该可以临下这幅字了。

踏上工作岗位后，遵循先生"勤勤恳恳工作，清清白白做人"的教诲，努力工作，钻研业务，20岁就获得了上海市金融红旗手的称号，还获得工商银行总行业务技术全能手，经常参加比赛，还上了电视。先生自然高兴。包括后来读在职硕士研究生，先生始终是鼓励支持的。可惜，工作生活琐事，惰性渐渐起来，习字就慢慢松懈了。此后再无进步，愧对先生。

现在，年过半百，生活安定，慢慢地又开始心动。拿出了已经尘封许久的笔墨，桌上一直铺开着书写摊子，情绪上来就去写几笔。一炷香，一杯茶，试图找回儿时的感觉，但总觉得缺了点什么。

是的，字也许还可以从头再来，毕竟还有童子功，只是，先生已经驾鹤西去，没人给我的字画红圈圈了。

怀念先生，怀念先生手把手教我写字的感觉。

痛哉！

叶雪礼还回忆了方敬先生的几件逸事：

先生是一个才情横溢的人，和他相处总能感受到阳光暖意。回忆近半个世纪和先生相识相交的点点滴滴，辑几则逸事趣事与大家共同怀念先生。

1. 早年在长兴岛干校的时候，周末回家探亲。那时没有大桥隧道，来回是靠渡船的。一次回家途中，在码头遇见一位受伤的人，手臂断了，要赶到上海就医接上断臂。无奈人生地不熟，正在焦虑中。先生了解情况后，主动上前帮助，一路陪他们到医院，帮他们找到专家，直到顺利进行手术才放心离开。干校假期是有时间限制的，送医救助耽误很多时间，那一次先生家都没回，又赶回干校了。

2. 不知是谁给先生织了一件毛衣。先生穿着新毛衣去上班，回来，身上毛衣没了，师娘问起，先生说：见一个学生衣着单薄，了解到是家里生活比较困难，所以脱下毛衣送他了。

3. 先生有个习惯，就是遇到开心事，习惯性地往椅背一靠，用左手五指往后捋一下头发，然后哈哈大笑。

4. 先生一贯严谨，但也不乏童心，喜欢和我们闹。记得十来岁的时候，先生来我家玩，时值新年，家里还有不少炒货。先生见我们咬小核桃很辛苦，立马表演掌开核桃的绝活——把小核桃放硬桌边，用手掌一拍，核桃碎成很多小块，很容易就能吃了。羡慕这一手功夫，我也学样用手掌砸。哪那么容易，尝试很多次的结果就是——我捧着手掌龇牙咧嘴在转圈，小核桃依旧在桌上闲庭漫步，先生哈哈大笑。多年后，偶尔想起那一幕，也尝试过，能拍碎，但手掌很疼，碎开的小核桃也是大小不一，没有先生拍得碎的那么均匀。这就是功夫吧。

5. 在虹口业大的时候，先生得知门卫生活条件很差，主动接济他。为了不伤人自尊，没有当面给；先生和财务说，每个月从先生工资里划20元到他的工资上，这样接济了很多年。

6. 先生老家赣榆宋庄，先前属于山东境，1953年划归江苏。经济比较落后，很多孩子辍学在家务农，而且重男轻女现象比较严重，女孩子更容易失学。先生救助的学生中应该是女生偏多的。

7. 当地有女人不上桌的习惯，家里男人地位高。吃饭的时候，爷爷、父亲、儿子可以上主桌；奶奶、妈妈、女孩只能在边上小桌吃，或者干脆在厨房吃。先生回去，力破此局，请女人一起上桌，女主人不来他就不吃。如果哪个小子稍有不规矩，立马赶下桌。当地人都怕先生，不敢反抗，小子尤甚，乖乖靠边站。

孙女方行之写道：

一生不入名利场，只做教书翁。

桃李芳菲风化雨，公道在人心。

爷爷您给我们看了一颗孤胆，一身傲骨，一腔赤诚，一缕忠魂，可以过出怎样的人生。

余下的悄悄话，和小时候一样，还是写信给您说。


方敬的书法学生很多，吴天祥是其中之一。吴天祥生于1949年，从小喜欢书画篆刻，初从方敬、黄聿丰、王哲言诸先生学习书法、篆刻，复受业于高式熊、钱君匋先生研习金石篆刻。受方去疾、叶潞渊先生点拨，凡数十余年，获益匪浅。为西泠印社社员，中国书法家协会会员。

在方敬日记里，吴天祥是很多次出现的，尤其是90年代，方敬经常提到吴天祥：

1987年1月3日，"《苏联成人教育》稿件改完。天祥来，写字停"。

1988年1月31日，"生日得5000日元，310美元，给天祥5000日元，110美元，付钱铮200美元"。

1989年1月21日，"与天祥讨论1992年的行动计划"。

2月12日，"50新加坡币，留给天祥，备来时之需"。

12月25日，"夜，天祥生日，蔡锡瑶来，少量的人"。

黄葆戊的孙子黄一知在《书坛往事：慈孝邨和上海的几位书法家、篆刻家、作家》一文中回忆：

在所有这些来我家的人中，我最熟悉的是吴天祥。后来他也成了我的朋友，曾给过我很多帮助。吴天祥原来是我父母多年的朋友方敬带到我家来的，方敬当时是上海虹口区一所中学的校长，吴天祥则刚从这个中学毕业，在一家工厂做钳工。吴天祥一直喜欢篆刻雕刻等，方敬发现了吴天祥的才华，觉得他如果能得到名师指点，将来前途无量，于是将他推荐给了我父亲。吴天祥来我家次数很多，人多的时候常常是默默地坐着，似乎有意不希望引起他人注意。我父母甚至祖母都会很信任地托他办事情。我读中学时一直不会骑自行车，也是吴天祥一再要我学，我才用他的自行车学会了骑车。我一直觉得比较奇怪的是那时他从来不在我家吃饭，不管怎样留他，他都坚决不吃，直到现在我还不知道为什么。吴天祥是默默下功夫的人，他极为谦虚，有时我会觉得他谦虚过分。但我也知道，正是在这种谦虚的背后，他对篆刻、书法等等逐渐有了常人无法领会的深刻体验。他是那种士别三日当刮目相待的人，一段时间没有见面，看起来还是同样的人，艺术上却常常有了惊人的进步。

我用的印章多数都是他给我刻的，应该有十几方之多。从他给我刻的章中可以很明显地看出他从年轻时到最近几年篆刻风格的变化。

王蕾是女子国际象棋大师，原籍天津，出生于上海。

1983 年王蕾进上海市静安区体育俱乐部学棋，1985 年进上海市体育运动学校，1988 年入选国家集训队，1989 年 2 月进上海市象棋队。是年获女子国际象棋大师称号。1987 年获全国女子少年国际象棋冠军，1989 年获全国女子第六名。1990 年 11 月参加奥林匹克团体赛，是第三名中国队的成员之一，同年获国际棋联大师称号。1993 年、1995 年两次获国际象棋世界冠军赛分区赛中国独立赛区第三名。1992 年获罗马尼亚国际象棋邀请赛冠军。1996—1998 年获第三届全国国际象棋比赛女子冠军。1996 年 11 月参加第三十二届奥林匹克赛团体赛，是第二名中国队的成员之一。是年又获世界大学生国际象棋赛女子冠军。1998 年 10 月，与谢军、王频、诸宸组成中国队参加第三十三届奥林匹克赛，为中国队首次获女子团体冠军立下大功，同时获第四台个人金牌和该赛事最佳表现奖。2000 年与谢军等组成中国队在第三十四届奥林匹克赛中再次夺冠。曾两次获国家体育运动荣誉奖章。棋路稳健，擅长简明流畅的局面弈法。

可能很少有人把她与方敬联系起来。

2001 年 8 月 17 日，《中国体育报》刊登了陈君写的《才女王蕾》一文，讲述了她"拜师学书法"的一段经历：

国际象棋女国手王蕾擅长打团体赛，代表国家队已经两次登顶世界冠军，今年 9 月将在首届中俄对抗赛中再次披挂上阵。有趣的是，王蕾不仅棋下得好，还是一个少见的才女，音乐、书法、绘画、舞蹈，样样都会，如果在任何一项上投入更多的时间和精力，她都有可能成为某个领域的精英。

1990 年的一段时间，王蕾的棋进步得不快，她和妈妈都认为应该想办法提高棋以外的素质。在一位老师的介绍下，王蕾拜上海市虹口区业余大学原校长方敬为师，开始练书法。方敬老先生有着教育家的文化素养和眼光，他在教王蕾书法的同时，还从教育家的角度教她哲学、做人的道理。方敬老师曾经送给王蕾一幅字"上下求索"，勉励她不要畏惧一时的困难，要学会在逆境中保持平静的心态。

几年下来，王蕾感到受益匪浅，真正学会了胜利时不骄傲、逆境时不气馁，因此她总是有着异乎寻常的平静和沉着。她当然更学到了一手漂亮的书法。在考上海财经大学时，校长看了王蕾的书法一脸的惊讶："我没有想到一个棋手会写出这么漂亮的字。"

直到现在，王蕾仍跟方敬老师保持着师徒联系，如果她比赛下得好，方敬老师就会给她发奖品：精美的篆刻作品和微雕。如果下得不好，方敬老师也会跟她一起分析原因。虽然他不懂棋，但这位"旁观者"每次的分析都会使王蕾有所启发。

"国际象棋王国"俄罗斯队实力超强，这是举世公认的，尤其是男队。1998年，王蕾与诸宸和谢军再次对阵俄罗斯。上一次顶尖棋手在央视演播室下棋是1997年，当时是世界棋王卡尔波夫来中国，与诸宸、许昱华、王频、王蕾、秦侃滢和宁春红下过一对六的车轮战。

1998年夏天的北京，最热的时候，备战期间的王蕾收到了方敬的一封信。收到这封信之前方敬和王蕾有过一次会面，信中方敬与她谈了许多许多：

王蕾：

回乡后收到你从北京来的信，这是至今为止我收到的你的信中质量最高的一封，这是教练或指导、心理学家和社会学家必须回答的问题。想说说个人看法，供你参考，不是客气话，仅仅是参考，否则就没意义了。

1."圣贤受苦"现象。在五七干校期间（1973—1977）我读了大量的史书，约2000万字。是想知道为什么在神州大地会出现"文化大革命"，偶尔发现多数的圣、贤都受苦，圣、贤如何界定，我认为圣者超越了世代，如孔夫子、耶稣、穆罕默德、释迦牟尼……贤者，处在时代前沿，如孙中山、哥白尼、塞尚……谁想处于某一事业的前沿，必定是受苦。我不是贤者，但见贤思齐，受的苦也不少。

2. "极限状态"。任何竞技、文学艺术，都有一个脑力和体力的极限状态。当极限状态出现，常常会使人做出一些异乎寻常的举止或行为。这种现象是不少的。

3. "选择"。是我选择了书法，还是书法选择了我，这是说不清的事。从唯物主义观点来看，是我选择了书法，但我为什么选择书法并结下不解之缘，说不清，你能说明棋和你是谁选择了谁吗？

4. "累"。累有类别与层次之分，体力的极限，睡一大觉就行；而脑力的极限，睡是不解决问题的。我的办法是痛快地玩一下（是体力消耗的），作为层次之分，不管体力与脑力，不同层次的极限是不一样的。王军霞的极限，与初练长跑者的极限不是一个层次。同样是棋，地区赛与国际赛是不同层次，后者的累更累人。

5. "综合"。根据以上及四个方面的分析，可以得出的结论是：

a. 难以形容的困倦与疲惫是正常的，但还缺少一种孤独，这是圣贤者所特有的。能够忍受孤独，比忍受疲惫更难。

b. 平常心与大将风度，是高层次的；而处于低一层次的"平常心"与"大将风度"正好比"少年不识愁滋味，为赋新词强说愁""而今识尽愁滋味，却道天凉好个秋"。如果是处于仍然有"平常心"，这才是真正的"平常心"，不知卡尔波夫有没有这味。

c. 该不该继续下棋是"2"与"4"的必然互应，处于这种状态的并不是少数。比如我这样的人也有这种想法。

d. 如何化解，如何选择是各人自己的事。我认为，如果把某一件事以事业（和艺术）予以追求，则以上是可以化解的。如何选择则是这一前提下的思考。如这一前提没有，则为舍；如有这一前提，则为取。

这样写不知有没有参考意义。

这信写了两遍，第一遍不满意，撕了重写，这对我是少有的。

我的情况是回来后特别疲惫，第二本书处于准备阶段，在大量阅读，尚未进入构思阶段。

返乡后，虽然累，心情还是很好，但遇到的一些事，也很不痛快。

其一，人变得比过去精明；其二，吃喝风在中小学教师中蔓延，这是很可怕的；其三，什么事都"塞钱"，其广度与深度令人咂舌；其四，不想读书在青少年中甚为普遍。根据4月份的调查，任村初一学生43%不及格，初二为88%，初三为54%，这次初三升高中的考试，能以590分进省重点的一个也没有。我不是生活在真空中，但不能不闻不问。否则，书写不下去了。

我已告诉陈少峰，让他请徐岷为你画张油画小品，我为你的胜利由衷高兴，这高兴是基于事业性的。我不想你为名为利，说实话，如以有什么好处于自己来判断，我大概属于"外星人"。

信寄北京，我7月8日去济南讲课，讲一天就回来。

天很热，注意身体，这次你比以往憔悴。两瓶王朝，孩子们实实在在地开心了一阵子。

祝健康愉快！

方敬

1998年7月2日11时于任村

还有，你的字大有长进！

也就在1998年秋，由诸宸和谢军、王蕾、王频组成的中国女队再次问鼎奥林匹克团体赛，荣获女子团体冠军。这是中国女队第一次突破"欧洲包围圈"，坐上冠军宝座。

事实上，方敬并不懂国际象棋，什么王车易位和打将，什么棋规和棋子实力评定、舍罕王的赏赐、怎样杀王，什么争夺与占领中心、开局套路，什么纵横驰骋的车、八面威风的马、斜线火力的象、战斗的主角后、棋局中的灵魂兵、御驾亲征的王等，方敬不懂。但"功夫在棋外"，他和王蕾谈的是人生和哲学。


上海市松江区莘松路解钢家的庭院，就像是个微型的艺术殿堂。

资料显示：

解钢，字冶夫，1956年生于沪上，书画家，雕塑家。上海文史馆特约研究员。幼嗜丹青，拜诸前辈，曾随为善先生（王蘧常高足）习诗文，随方敬先生学书法，于雕塑创作之余，临池染翰，以为乐事。沉浸于钟鼎魏晋、颠素陈迹，以至孟津蝯叟及近世先贤。

城雕作品：清末状元、中国近代实业巨子《张謇》巨型青铜塑像，立于先生故里江苏海门纺都大道；《多瑙河》青铜雕塑，立于上海古北新区维也纳广场；著名烈士《王孝和》花岗岩石雕，立于上海市提篮桥监狱；为上海首届国际茶文化节所塑《神农氏》立于上海闸北公园；为上海东方绿舟所塑青铜群雕《耶雷欧尔》。

肖像作品：《爱因斯坦》《毛泽东》《霍元甲》《蔡元培》《沈尹默》《弘一大师》《赵朴初》等。

在雕塑方面，解钢师从"泥塑神手"张充仁先生。

二楼是解钢的书房，里面到处都是字、画、雕塑和藏书。

一个书架的最顶端，解钢并排放着父亲和方敬先生的雕像。看得出，解钢对方敬的爱戴之情。

他对笔者说，他（方敬）就是我的父亲。

说起解钢，不能不提他的雕塑《曼德拉》。

他动情地在《我塑曼德拉》一文中回忆了创作过程：

2009 年我正在为上海东方绿舟创作青铜群雕《耶雷欧尔》，是一组表现非洲丛林狂欢场景的雕塑，那时第 64 届联大通过决议，自 2010 年起将每年 7 月 18 日曼德拉生日定为"曼德拉国际日"，为表彰曼德拉为和平与自由做出的杰出贡献。我忽地萌生一个念头——为曼德拉塑像！因机缘未成熟，只能把这念头藏在心里。从此，一个坚贞不屈、刚毅和雅的长者形象，常常在我脑海闪现，挥之不去……

2013 年 12 月 6 日，我生日的前一天，曼德拉与世长辞。

忽地想起那年一瞬的闪念，撞击着我，久蕴的灵感终于涌动，创作就这么开始了。我拍打着那堆泥土，呼唤着已浸入心田的形象——曼德拉，多少次推倒，重塑；再推倒，再重塑，我在这重复中不能自已。在泥土中寻觅曼德拉的构型的影子，那影子渐渐向我走来！是慈悲沉雄、坚毅智慧的复合体，终于，一个世界上最具尊严的灵魂，在我的指间出现！整个造型如一块尚未雕凿完成的岩石，静谧伟岸，紧闭双眼，却洞穿一切；紧闭嘴唇，依然雄辩；左手食指竖起，放在唇间，让空间、时间乃至呼吸都在这里凝固，此时无声胜有声。纵使惊涛骇浪、电闪雷鸣——复归无声、复归无言……

我终于释怀了！用旷达苍茫的再现，告诉人们，这是曼德拉，马迪巴！

"风中挥舞狂乱的双手，写下灿烂的诗篇……"啊！是《光辉岁月》的旋律，凝神静听着，潸然泪下……

2017曼德拉百年诞辰，他（雕像）要回家了，我真不舍，神交数载，得益良多；今天他终可回家了，带着华夏大地泥土的芬芳，带着中国人民的真诚祝福，回到他为之奋斗的故土，回到特兰斯凯！

谨以此作品向曼德拉致敬！

解钢说，曼德拉的雕塑，我从万金不卖到分文不取。我有这个魄力，我相信自己已经走进曼德拉的内心世界。我希望将此捐给南非曼德拉基金会，在南非华文教育基金会主席邵震宇先生积极牵线搭桥下，南非文化部、外交部和曼德拉基金会对此经过7个多月的严格审批，最后批准了《曼德拉》的回归。

2018年5月4日下午一点半，《曼德拉》在南非驻上海总领事馆举行了简单而隆重的移交仪式。《曼德拉》终于"回家"了！

上海美术家协会副主席朱国荣先生高度评价了《曼德拉》——"解钢善于通过作品，架起通往心灵的桥梁，尤其是《曼德拉》，神秘的仪式感，让人动容——澎湃汹涌又静谧无声，这是他的力作。他将《曼德拉》原作赠与南非，体现了中国雕塑家与曼德拉崇高精神的相应！"

令人感叹的是方敬与解钢一家绵绵不断的情谊，解钢是知青，解钢妻子夏巧英是长兴岛土生土长的渔家姑娘。家住海星村，两个人相识相恋了。方敬就让解钢每次带着小夏来，那时候方老师裤脚一挽就是个渔民，角色转换没有时间差。解钢说，方老师跟第三代交流最多的是他的儿子川川，川川受教育的种子是方老师给的。方老师问过川川长大了想干什么，川川说当雕塑家。10岁左右，川川给方爷爷做了一个小狗雕塑，想换方爷爷养的狗；方爷爷 80 岁的时候，正在和病魔作斗争，川川专门做了一匹马的铜雕，祝福爷爷的生日，方老师非常喜欢这两个雕塑，说这两样东西能陪他安度晚年。

除此之外，景清书苑里还有解钢送给方敬的黄葆戊的铜雕。当年他一共做了 3 尊，其他两尊，一尊给黄葆戊陵园，另一尊自己保存。

他们的书信来往很多：

解钢、巧英二位：

以椰林一支（附画）贺甲戌新春如何？向川川大画家问好！

方敬

1993 年 12 月 21 日

解钢：

昨日清理，才发现你年初给我的信，真是抱歉万分。2004 年、2006 年两年，各临了 20 本册页，余为碑帖。今年选临芥子园画谱得 4 册，昨起摹齐白石画集，颇难驾驭笔墨。除腿行走不便外，身心尚可。那个雕塑很耐看，恕我眼拙，不知是哪位菩萨，得罪莫怪。川川的小狗以及蔼老的浮雕，每日可见。不知川川近况如何，大约也是 20 岁了，巧英如何？念念，今年五一长假，有友自济南、海州、南京及新浦来，热闹了几天。寂静的我，已不习惯了。主要是影响读书及画画。此处生活不要担心，年货至今没吃完，其间还发动群众突击了一批。上海诸友，常入梦中。有便与迅生来玩。

方敬

2006 年 5 月 9 日

解钢：

前一阵子，从迅生处得知你受了重伤，已经好多日子了，不知恢复得如何，体力活能否承受？近日处理旧物，得两件转奉。上海酷热，水泥森林之效应不无影响。此处近来也热，室内温度连续 5 天 30 度。我冷热都不怕，放心。向巧英、川川致意。

方敬

2010 年 8 月 22 日

川川：

　　2013年收到的礼品中最喜爱的计两件，其中顶尖的是你的作品。在我的书桌上已经放了近半个月，有空就看看，真是百看不厌。我算来算去，你几岁了？大概有30了吧，仍然像巧英那样苗条。在我的脑子里仍然是长兴岛的领头"羊"，那个小狗进我的书橱上已20多年了，真是岁月匆匆。生病期间，解钢先生多次来看我，也谈及你小学的豪言壮语："我以后是雕塑家！"果然，有志者事竟成。祝你百尺竿头再上一层，向令尊令堂致意！有什么得意之作，给我些照片来。我很可以，只是病了几个月，已不会写字了。

方敬

2013 年 5 月 13 日

　　作为一名雕塑艺术家，解钢雕塑过大量的人物塑像，但方敬的塑像却是充满了他的情感和心血。在创作阶段，他几乎几天几夜没有合眼，但是感觉不到疲累，他心中充满了崇敬之情，这也化作了他的精神动力。

　　浇铸成青铜后，方敬的形象栩栩如生，他的双眼深邃地看着前方，额上的皱纹沟壑纵横，嘴唇轻启着，脸上洋溢着惯常的笑容。

　　青铜定格了方敬的笑容，一个老人风光地画上了人生圆满的句号。

　　解钢说，给方老塑像，我闭门不出，一直待在家里，我要在这里跟他对话。在家里把模子变成雕像。

　　解钢说，我是一个特别喜欢寂寞的人。

　　解钢与方敬相识46年以来，与恩师多有唱酬，会面谈心、书信往来不绝。解钢说：我们情同父子，也是知音。这个世上，最懂我的，是敬公！仅在方敬去世半年的时间里，他在上海的寓所画恩师头像速写50余幅，形神兼备，气韵生动；所作哀悼诗词20余首，句句哀婉：

　　　《哭敬公先师》

　　　萧萧霜寒兮师尊忽弃世，

　　　悲泪难收兮长歌号已迟。

　　　德馨弥漫兮今付此病躯，

慨当以慷兮壮心天下知。

2018 年 10 月 28 日为师守灵泣赋

这位业绩不菲的雕塑家，何以情深若此？请看 2018 年 7 月解钢的这首诗——

戊戌小暑，忆 40 年前，流落荒岛，蒙师不弃，传笔法三昧。虽苦旅不堪，有丹青作伴，幸甚！欣逢敬公九轶华诞，塑小像为师寿。

弱冠放逐时，恶浪击舟去。滚滚洪涛惊望鸥，野岛和师聚。

荏苒四十秋，总忆和师聚。破袄严霜难报德，墨洒丹青雨。

……

方敬的学生杨庆美说：读了解钢多幅方先生素描，仿佛晚年的先生又出现在我的眼前。笔墨不多，却形神毕现，并以绘画独有的视觉张力，给人一种审美享受和情感冲击。素描完全打开了人物的心灵窗户，一种丰富的甚至有点震撼的潜藏在画面中的精神实质被凸显了出来，即一种淡定、睿智、敏锐、慈爱的神情。应该说，这是画家与先生心灵碰撞而出现的独有的"以形写神"的艺术画面。王洵专门为解钢的速写制作了一个美篇。

方敬与解钢亦师亦友，有伯牙子期般的至交情谊。

方芳动情地说，每天对着大伯的这座什么也没变的书苑，看到他的床就想到他躺在床上看电视和最后卧病的样子。看到书房就想起每次到这里来吃饭大伯都坐在那里等我，随后就是几乎不变的那句话：小好来了，好开饭。看到餐桌总想起他坐的位置，说着书法学习之外的琐碎家事，偶尔还会带着点幽默。如今文房四宝桌椅板凳都在，大伯的学生往来这里，院子里的竹林，柳树上的鸟叫一切都没变，就是少了大伯的身影，少了大伯的声音，多了大伯的遗像。

至今，景清书苑里还保存着一幅红色的祝福："'鹤寿'——海上张静芳书"。

还有住在上海的刘小曼，70 多岁了，她开始不知道方老师去世的消息。2019 年 2 月 1 日，她给方老师寄来贺卡："方老师：新年安康！小曼敬贺。"没有收到回音，小曼 20 日再寄来一封信："方老师：好久不见，念念。希望一切均还安好！"直到听说方老师走了，她大哭不已。她还记得当年章锦秀想学画画，方老师让她辅导章锦秀的细节。

李红旗一直没撂下书法，到各地看碑刻。几个节日，李红旗忍不住跑来祭奠方老师。李红旗说，就当老师睡着了，等他醒来他会说：红旗你做得对，读万卷书行万里路。

张信哲有句歌词：我为你翻山越岭，却无心看风景。

一个人去见另一个人，要么是恋人，要么是亲人，要么是灵魂相通的人。

这是什么力量？谁能告诉我？我问苍茫大地。

有的人死了却还活着！

# 第三十一章
# 方敬日记，一份罕见的个人和家国遗产

65 本日记本，静静地躺在那儿。

日记翔实，历史长久。自 1949 年 7 月起，方敬年年记日记，从未间断。65 本日记本，真实地记录了方老一生所作所为、所言所行、所善所爱。第一本日记本（1949.7—1954.3）的扉页上鲜艳的斧头和锤子映入眼帘，一个进步青年的日记就从这儿拉开帷幕。

到 2017 年 11 月，方敬荣获第六届全国道德模范称号，并受到习近平总书记亲切接见。这一些，日记里都有记载。

方敬最后一篇日记离去世仅 9 天："2018 年 10 月 17 日，列平等 4 人来，下午到。"

方敬所记的"最后一课"离去世仅 10 天，这一天之后便卧床不起。日记很简单，他已无力记述更多。

最后一次给人写字是 10 月 12 日，离去世只有两周。这个日期前不久还有一次，是写给孙飞腾等 3 人的。

……

萧楚女说：人生应该如蜡烛一样，从顶燃到底，一直都是光明的。

是的，方敬就是这样。

你会感叹，这个人，多么劳碌的一生啊！

而方敬，可能会用他年轻时就崇拜过的保尔·柯察金关于生命的名言来回答你：人最宝贵的就是生命，生命对于每个人来说只有一次。人的一生应该这样度过：回首往事，他不会因为虚度年华而悔恨，也不会因为碌碌无为而羞愧……

方敬去世，不仅留下肉身以作医学研究，还留下大量的精神财富。

而他自己，金蝉脱壳，云游去了。

方敬不死，他留在他的日记里。

日记是人们对自己一天的生活、工作、学习和思想等情况的真实记录文字。它可以"备遗忘，录时事，志感想"。翻到一个人不同时期的日记，就能很直观地体会到这个人不同时期的境遇。

许多名人都有写日记的习惯，俄国大文豪列夫·托尔斯泰曾说："日记就是我。"

鲁迅先生就有坚持长期写日记的习惯。写日记只是为了记录自己的日常生活，但所述内容真实、坦率、自然，没有过多的辞藻修饰。鲁迅日记如同流水账一般，神秘又简洁。能用一个字概括的，绝不用两个字。有人把鲁迅日记归为备忘式日记。这类日记往往以十分简略的文字，对日常事例作个记载、以备需要时查看。有事则长无事则短，少了无病呻吟又可节约时间。

方敬日记，类似于鲁迅日记的记述方式。在绝大多数日记的首页上，他标明的是"工作日记"。他的日记绝少私情，生活只有在平淡无味的人看来，才是空虚而平淡无味的。人只有献身于社会，才能找出那短暂的生命的意义。

限于当年日记本比较小、比较少或者不适合做日记，也是为了节约成本，方敬日记大多为钢板油印纸张，眉头上刻"工作日记"几个字，页面为一张表格，表格左肩为某某年，右肩为第几周，表头依次是主要工作、星期、早上、上午、中午、下午、晚上。主要工作一列到底，为一周大事记。星期一开始分行，下设七行，正好一周，从周一开始，周次格子内并有月日可以标注。纸张是普通的白纸，一般为十六开大小。一页一周，一般一本记一年，也有随着工作地点和职务的变动一年记两三本的情况。

有时一页日记，他分别用红色墨水笔、铅笔和蓝色圆珠笔记，日期有时也用蓝色墨水笔填写；有时一年的日记也大都用双色或者三色的，看上去有点乱，实际上他本人是清楚的。这些反映了他平时的课务和事情比较多，经常有备课和论文修改或者写作的记载。

从日记里可以看出，方敬是没有休息日的，即使中秋和春节这两个重大节日也不例外。平时如 1982 年 1 月 13 日、14 日、16 日晚间，方敬都在整理文字稿件，分别熬夜到 12 时和凌晨 1 时、2 时不等。

方敬日记，也鲜明地打上了时代的印记。

1956 年的日记，在每一页顶端的眉头上，都印着"在祖国的建设中，我做了哪些工作！"这句话，也是那个火热年代的一个缩影。

1957 年的第一本日记，封面上是自己名字的印章，每张内页的最上端刻着一行字："为了祖国你做了什么！"这年的 10 月 1 日这一天，他写下了粗大的"国庆节"3 个字，记下了这一天与章锦秀学习与研究工作的情况。

1958 年 3 月，方敬在第五十九职工业余中学的日记眉头上印着"为了赶上英国，乘风破浪，苦战 3 年，奋勇前进！"这又和当年的历史吻合。

1962 年 1 月，方敬在上海市虹口区第三职工业余中学的《工作日记》，他拿出了在《中学时代》做美工的本领，为日记设计了一个很漂亮的封面。最上端的"上海市虹口区"与"第三职工业余中学"分成了两行细笔画的隶体字，两行字中间用美丽的蓝色花边图案点缀，使两行字长短对等；"工作日记"4 个字则是另一种立体的印刷体，连"1962·1"都是镂空的印刷体，封面下端的蓝线方框内，则是方敬漂亮的毛笔行书："杂草多的地方庄稼少，空话多的地方智慧少！"方敬把这句话作为自己对人生的反思和格言。

从这个月至 1963 年 2 月的日记，每页眉头上印着"教育为无产阶级政治服务，教育与生产劳动相结合！"

而 1964 年的日记，每张内页的最上端印着"鼓足干劲，力争上游，多快好省地建设社会主义！"一行字。

1965—1966 学年度，方敬在虹江中学工作，日记眉头上印着"我们必须学会全面地看问题，不但要看到事物的正面，也要看到它的反面——《关于正确处理人民内部矛盾的问题》"。

……

这些口号式的语句是时代的印记，也是了解时代的窗口。20世纪六七十年代，每一个标语都意味着一个或一系列重大社会活动，如"广阔天地大有作为"，背后是大批城市初、高中生到农村去生活，安家落户；还有"深挖洞、广积粮、不称霸"，"备战、备荒、为人民"，其社会背景是中苏关系紧张，中苏边境双方陈兵百万，战争有一触即发之势。

顺着这类话语，我们可以感受到时代的脉搏。"学好数理化，走遍全天下"，这是刚刚恢复高考，全社会开始重视科学知识的学习，开始尊重科学，尊重知识，尊重人才。中国从此造就了一批又一批建设国家的人才，为我们国家几十年的快速经济增长储备了雄厚的人力资源。"发展就是硬道理"最早出现在改革开放的最前沿深圳市的最显著的位置，标志着中国社会整体走向经济建设，而且清晰地表明了向着这个方向的决心和信心。

这类话语是一个时代的主流导向，是历史留给我们的记忆，更是我们走过的足迹。一路走来，我们的国家从动荡走向了安宁、和谐、强大！或许，"国泰民安"就是现在矗立在我们心中的一条大标语。

心怀家国者，家国记忆与生活图景往往密不可分，方敬日记将个人命运与政治、民族、时代紧密联系在一起。

方敬日记不仅是研究方敬个人，也是研究中国成人教育的非常珍贵的原始资料。对研究方敬各时期的思想态度、工作情形及生活状况等等，具有重要的学术参考价值。可为研究中国教育特别是上海教育史提供重要的补充，尤其是成人教育这一块。

成人教育是一国家级课题，在新时期发展史上有着不可磨灭的功绩。而在当时要得到国家的承认，"首先要得到行业的承认，要得到多方面的承认……"首先是站住脚，方敬多次去教育部找领导、提建议、搞调研。

比如早在1978年，方敬就提出关于制定《成人教育法》的建议：

1978年，我草拟了一份成人教育法寄给北京，回答是很好。但要做4点补充（朋友转述）：长期以来成人教育的有关法规；世界各国的；条文的依据；多方面可能存在的意见。

"挟泰山以超北海"，非不为，实不能也，就此告一段落。判定某一事业是否成熟，有否有这方面的法是重要标志之一。80 年代末，曾在一篇文章中提出，能否在世纪末，我国的《成人教育法》能颁布，现在看来有点希望。

直到 1996 年，方敬才看到国家教委成人教育司组织编写的《成人教育政策法规》一书的出版。

长年累月超负荷地调研、写作，方敬的身体早已多处亮起了红灯，日记里有很多记载：

1987 年 1 月 28 日，除夕夜。给规划领导小组办公室、教育科学研究所报课题；《2000》课题工作开始；《参考文献》书目编写；下午继续《2000》课题；夜，身体不支，未守岁。

1987 年 2 月 3 日，几位同志来要我积极治疗；6 日，姚老师（姚晶）第七次来电要我去医院检查。

1989 年 4 月 28 日，《成人教育研究》送成人教育委员会；工作思考；写作《成人教育四十年》；写农村成人教育，今天已结束 2500 字；再写职工教育；血，暗红，多；血，中等；突然疲惫不堪；鲜血，中等。

1989 年 6 月 15 日，构思第四、五节；去第二师范大学；人很不舒服，争取第三节结束；夜 0 时 30 分结束。

1989 年 6 月 22 日，少渣米流质，上午冲服；下午 4 至 8 时服，500cc+2000cc 的药汁。

1989 年 11 月 20 日，关于研究课题等各方面的安排；联系去宝钢约定成人教育之事；写提纲一天，精神不支，可怜；是否在 1990 年后把外语及成人教育的博士学位谈下来，能否函授？

1997 年 6 月 3 日，到今天下午 2 时，已连续工作 26 小时。人很疲劳，昨夜，实际是凌晨 4 时，稍作休息时把眼药水滴进耳朵里了。

……

1987 年 5 月 21 日，在飞往北京的途中，他也见空插针地记下几个问题：

1. 如何理解岗位培训是职工教育有方向的改革和职工教育的重点，岗位培训内容方法的探讨；

2. 如何搞活企业职工教育，其内在机制是什么；

3. 如何发挥城市在职工教育中的作用，发展境内联合，实现企业、学校、社会一体化办学，提高职工教育效果；

4. 如何适应职工教育的发展，加强职工教育师资队伍建设。

这就是方敬，一个夜以继日不停工作的方敬。吴玉章诗曰：春蚕到死丝方尽，人至期颐亦不休。一息尚存须努力，留作青年好范畴。

列夫·托尔斯泰说，人生不是一种享乐，而是一桩十分沉重的工作。他还说，人生的价值，并不是用时间，而是用深度去衡量的。

历史是人写出来的，路是脚踏出来的，人的每一步行动都在书写自己的历史。人生的价值，即以其人对于当代所做的工作为尺度。但愿一个人在晚年的每次回忆，对生活都不感到负疚。

那几年，他要为各类成人教育干部进修班讲课，要作条分缕析的教育分析。

1989 年方敬主要写《成人教育四十年》，写《职工教育》，写《教育管理体制》……即使在这年 9 月 9 日星期六于兰州车站，他也在日记上写下给江苏省教委主任的思考：每县一成人综合中心（多功能，多方位）；每县乡有一个电视中专；初中毕业证要求与毕业后技术职业证书一块发，用成人职业技术教育促进办学方向与精神，传统职业技术教育转向地方经济服务……邀请江苏省教委在 1990 年 5 月进行理论研究。

他忙得像个陀螺，他去纺织工业部讲课，他与日本佐贺大学的朋友森山沾一谈中国成人教育，他到兰州作国外成人教育与上海成人教育动向的讲座……他奔波于全国各地。

回顾 1996 年，方敬在日记里记下"学无止境，教也无止境"。

1997 年 1 月 5 日，方敬记下："自 1964 年以来，我没有星期天。因为每周日下午是学生练习，讲书法。"

看方敬日记，能感觉到他简洁明快的文风。他的日记用字极为洗练、简省，能用一字的，绝不用两字。所记事件往来，极其客观，少有情感的因素在其间。可做史料读，叙述悄然无声，然信息密度大，每日情形历历在目，爱好、兴趣、工作态度，都可看出来。

无论是为周道振先生《文徵明年谱》出版，还是为景清助学金，方敬日记都记下详细的捐款名单。

方敬日记也不全是流水账地工作记录，也有一些比较长的思考。他偶尔也生发出一些议论或感慨，比如上海一个清寒学生为出版《文徵明年谱》捐了200元，方敬感叹道：

以上海的价格约200多元，这对他来说是超负荷的。

在我学生中，家产亿元的约1—2人，千万元的3—5人，百万元的十多人……但这些人并不能像他那样，为什么呢？

前者与后者都是"过"了，但"过"的味道不一样。前者让人感动，后者让人清醒。我对后者，敬而远之。

1997年1月3日，方敬记下这么一个事情：

我去了曲阳路邮局，是胡景清老师寄回800元。

使我感到高兴的是，邮局的服务态度确实是改好了，具体表现为服装整洁；工作过程规范；精神专注；态度和蔼可亲；主动招呼……这些是很可贵的，报纸上关于这方面的报道是可信的。

为人民服务不是空话，要有实际行动表示出来，邮局，至少曲阳路这样做了，回来后心情特舒畅，这种舒畅又能提高自己的劲头，要学着这样去影响带动大家。这会形成一个良性循环。

曲阳路商行改变不大，遗憾！近在咫尺，为什么不学呢？

要给曲阳路邮局写封信。

这则日记很有意思。方敬67岁了，还是那么容易被美好的东西点燃，就像他常常热情地把别人点燃一样。此时你会觉得他天真热切得像个孩子，所谓赤子之心是也！他希望社会变好，渴望人人学好，倡导身体力行，去做这"变好"路上最积极的一员，这就是方敬！

有的人虽然年轻，但看起来暮气沉沉，老气横秋，对于一切事件，见怪不怪，自以为看透人性与人生。可是方敬经历的人世沧桑，比我们多多了！为什么呢？

1997年7月17日，方敬记述：

希望工程搞了好几年了。

这点够用吗？特别是如何用。

首先，义务教育应当由国家承担全部责任，这就是设备、师资以及日常教学活动的开支，这方面应由国家负责。

另一方面，孩子读不起书怎么办？这方面的事，比学校的教育经费还要大。一个初中生，每天如按照10元开支计算，6元吃饭，其他的是衣服等，一年就是3650元，而很多农村，一个劳力一年是达不到这个数字的，不给孩子读书就是必然的。如降低生活标准，以1500元计，也是很难维持的。宋庄任庄三队的方小转，就读不起，我寄了500元去，这只是学杂费，吃饭怎么办？

7月15日，方敬对社会上的不正之风感慨道：

……现在社会上至少有这几件事是很难理解的：

1. 什么事都要开后门，这已成为一种习惯；

2. 吃喝之风遍及神州大地，屡教不改；

3. 没有敬业精神，各行各业很普遍，做好在职工作已不是普遍现象；

4. 相互不信任，做人于是都得提防；

5. 理想，简直在思想境界成为稀有金属。

各个社会及国家，这一现象历来就不是占多数，但至少有10%左右，最重要的是要考验政府官员以及企业管理层的素质。

当然，他时时刻刻地关注的还是教育。7月16日，方敬记述：

王焕秋有个孩子，叫王寅超，是个读书的材料，目前的家长有这么一些情况：吵嘴，一件事，反反复复；在外人面前，当着孩子的面指责小孩；不让孩子做家务，不给他们一些行为规范。

我要求王寅超做到以下几点：为什么要读好书，想明白；如何读好书，在方法与习惯上要改进，改进哪些？

作为一名老党员，方敬时刻关注着国家的政治经济和军事等各方面的最新消息，做到思想上与党中央同步。让我们再来看几则日记：

1997年9月23日，昨夜读十五大主要文件，看到深夜，凌晨2时才读完。

这是我自八大以来，见到的最好的文件，确实是在解放思想的前提下，确确实实的实事求是，是邓小平的精髓，想得很多。陆续记下来。

其一，初级阶段。

初级阶段一提出，全国哗然，各个阶层的反应不同。

干部：搞半天还是初级阶段；

个别群众：你们说是什么阶段就是什么阶段。

提出初级阶段，要极大的政治勇气，这是因为：

50年代后期是15年内赶英超美，年年的社会主义建设的辉煌胜利，处处的社会主义优越性。"大锅饭""铁饭碗"，并不是社会主义的优越性。

定下初级阶段是实事求是，要100年更是实事求是。

以半殖民地半封建作为零点是可以的，离开这一点不行，事实证明不行。

邓小平同志找准了坐标位置。

如不是零点漂移，中国至少比现在强几倍（指70年代后期和80年代初期）。

那段时间，方敬在日记里思考了很多，写了很多感想，比如：

9月29日，"其七，摸着石头过河"。

这是邓小平同志的名言，伟大的大白话。在80年代有段时间，上海一些理论家想在哲学的高度批判"两猫论"和这句话。

某某舞剑，意在邓公。

小平的说法是重要理论的变化，伟大！

目标是明确的，道路是曲折的，在没有充分把握之前，只能摸着石头过河。

深圳珠海是石头，有了这才有浦东新区。

这些理论家不是不懂，而是被有的人煽风点火，是一个教条主义者的有色眼镜，是习惯于空想思维。

既定路线比较清晰了，还是摸着石头过河好；至于"两猫论"，这是一种表达形式，何错之有？

……

10月6日，"其十三，三论什么是社会主义"。

发展是硬道理，当前的主要矛盾是生产力与人民的需求，中国主要任务是发展生产力，满足人民的需求。

如何发展生产力？计划经济不行，只能是市场经济，是社会主义的市场经济。

我要为中国思考，为中国的长远思考……

说得多好啊！"为中国思考，为中国的长远思考"，这是方敬一生的写照。方敬日记也为研究现代上海市文化艺术界提供了很多资料，比如他与沈尹默、黄葆戊等书画家的来往……

日记也记录了方敬与师友和学生的情谊，如刘筠、解钢巧英夫妇、张文槐、王永贤、李利、孙世路……比如张显崇、孟建柱……

方敬是极其乐于助人的，也是极其体恤人心的，比如：

1997年1月26日：

海生（原教育学院院长，虹口区）故去以后，经常去佩秋处看看，时间不长。无他，人同此心而已。

佩秋始终不能忘怀，这是必然的，但长此以往，于身体于工作是不利的，海生如有知，也不见得同意。

倒是君君，专心致志地学习，这很好，也可以说是化悲痛为力量，我希望他选择与国计民生相关的专业读，他想读生命科学、应用数学或材料物理，这一选择是够水平的。

5月17日：

王哲言先生，84岁。随黄葆戊先生学篆刻，至今仍奋刀不止，迁居苏州桃花坞大街200弄14幢101室，目明耳不聪，为人平和，是日造访，请为红旗、小俊示范。

所见甚美，不是不示人者。对金石界很熟，知者颇多，金石界元老，拟对联一赠送：明智而淡泊，致远自云舒。

5月18日：

景清老师已78岁，青年时（26岁）即羸弱，老更清瘦，体重约40公斤而已。一生从事教育，爱生胜子，高风亮节，在教育界各方面非常人所能及，他认为要顺其自然，教师的责任在疏导、培植，而不强求学生。

7月25日：

这几个星期连续有事，有好几个通宵达旦。

6月2日，为胡景清老师做画册。

6月10日，为商委来信的备课。

6月25日，为中专校长的课。

6月30日，看香港回归。

此外，5月20日为行之的时事题，5月23日陈祯和与吴天祥来，5月30日黄葆戊墓碑的思考。

在这样的强度下，人还可以，说明是可以冲击一下的。

方敬日记内容丰富，包括起居饮食、书信来往、亲友往来、文稿记录、旅行游历等等。他对自己每一天的时间，都作出规划和记录。这是研究方敬生平的第一手重要文献。

除工作之外，方敬皆以读书习字为乐。

从日记中可以发现，方敬经常入不敷出：

1997年4月27日：

4月1日至30日，共用去约1610元，这样的开支过大了，是工资收入的一倍多。这里很多是奖励费。5月开始，要省。

7月29日，这两个月花了近4000元，把全年的工资都花完了，出现经济危机。

方敬也会及时警醒自己，1995年10月4日，《职工教育干部修养》截稿，第二天方敬记下：

"身体不适，休息一天。为什么不能抓紧读书！为什么体力下降那么厉害！1995 年即将过去，还剩下几年！"

1997 年 7 月 5 日：

又看了一天的书。

有目的地看了塞尚、高更和梵高的简介，3 个不同的类型，都为近代绘画贡献了自己，他们都可以安静舒适地度过一生，但都没有，其中还有些非常惨。

近来缺乏激情，自己仍在找，但没找到。

大部分情况下，写日记的人默认内容是仅自己可见。方敬记录每日的起居行踪包括沐浴吃饭购书写作，时间具体，地名确切，或详或略，不厌其烦。日记没有故事情节，没有虚构的人物，有的只是一个真实的自我。

日记之所以是一种特殊的文字体裁，在于它原本是完全私密的，不加掩饰的，也不打算公开的，因而有可能更为具体地记录当时的历史语境和文化氛围，更为真实地袒露个人的思想和情感，以及揭示人世间复杂的互动。大大小小鲜活生动的历史细节和世事线索，通过日记得以一一呈现。日记是时代风云和人情冷暖的投影之所在，能够承载这种投影的文类并不多，日记恰恰是其中最具代表性的一种。

日记是方敬生命活动中最丰富的真实记录，是和自己的对话。如果印制出来，是非常宝贵的，可作为了解和研究他平生工作和治学、为人的参考。

在方敬去世以后，赣榆图书馆资深馆员、退休不久的张霞同志，满怀敬意和热忱，义务整理了方敬的专著、论文、书法、绘画、临帖、藏书、手稿和日记，一一作了编码。她作了如下总结：

其一，方老是成人教育的实践者，也是成人教育理论研究者。自 1951 年起历任成人教育初等、中等与高等学校的校长，上海教育学会、中国教育学会理事，上海哲学社会科学联合会委员，上海成人教育研究会秘书长。出版成人教育类专著 2 种：《职工教育专题讲座》（机械工业出版社）、《成人教育思辨》（香港华夏文化出版社）；为成人教育类书作序 5 种：（美）罗伯特·M.史密斯著《学会如何学习——成人的应用理论》（中国劳动出版社）、《职工教育新路探寻》（新华出版社）、《工商企业岗位培训研究》（中国劳动出版社）、《成人教育·人才与经济发展》《成人教育改革探索》（内部资料）；担任副主编副组长4种：《成人教育学基础》（职工教育出版社）、《成人教育面面观》（职工教育出版社）、《工商企业岗位培训调查报告》（中国劳动出版社）、《中国：从实践中吸取教训》（英文版）；发表论文十几篇：论文《成人教育"多变"现象与成人教育管理》发表在《武汉成人教育理论讨论会论文集》（武汉出版社），论文《职工教育的断想》和《上海职工教育在今后几年可能出现的一些变化》发表在上海市成人教育研究会秘书处编辑的《上海市成人教育研究会论文集》（第一辑），论文《上海市成人教育研究所十年历程》（孙世路、方敬、丁胜源）、《成人教育的回顾与思考》（孙世路、方敬）、《成人教育被误解的忧思》（方敬）、《2000年企业职工队伍建设目标及主要对策》（孙世路、方敬）发表在《成人教育研究论文集——纪念上海市成人教育研究所创建十周年》，论文《成人教育被误解的忧思》还发表在《深化改革的思考——京津沪成人教育理论讨论会论文集》，论文《国际成人教育简介》发表在《上海冶金职工教育通讯》等等。

其二，方老自幼善书画，1964年起，在工作之余讲授书法，退休后仍然如此。有书法专著《书法教学集思》（星辉图书有限公司）；论文《书法教学思辨》发表在《上海第二教育学院学报》；为封面题签3种：《歌山画水：东阳市初中优秀作文选评》（江西少年儿童出版社）、《涛声依旧：上海虬江中学部分退休教师影画集》《劳作汇集：方锡廉、汪玉珍作品集》；为武术拳式配图2种：《推拿与搏击：武术集锦之二》《御敌法：武术集锦之三》；方老临帖册页40册：礼器碑、柳公权小楷、褚遂良雁塔圣教序一读、临张迁碑、临张猛龙碑、毛公鼎、米芾诸帖、临黄葆戊隶书千字文、尹默先生论书诗墨迹、文徵明小楷七种之一、曹娥碑、金刚经等等；临画册页11册：选临芥子园画谱之竹菊梅、选临芥子园画谱之花卉、临白石老人画集之山水、临白石老人花卉（牵牛荷梅菊等）等等；速写本2册；宣纸手书2册：《毛主席诗词解》

《古诗十九首》。值得一提的是，民国三十七年 6 月 30 日出版的《中学时代》的封面插图是方老的作品《哪儿是我们底出路》。

其三，说方老是连云港市书法类图书收藏家一点也不为过。方老收藏书法类作品不仅有名家名帖 100 余种（含同一法帖不同版本、版次）近 400 册，还有书法、篆刻技巧类（沈尹默的《执笔五字法》，据世界书局 1924 年版本影印的蒋和编著的《习字秘诀》《颜体间架结构歌诀习字帖》《刻印技法图解》《中国刻印艺术》等），还有书法心理学、书法字典、中国书法大字典、篆刻字典、草字辨典、法学概论、高等书法教程、历代书法论文选、书法指南、中国书法简史、新印谱（革命样板戏唱词选刻）、著名篆刻家作品选、书法刻印（四届人大文件摘录）等。还有绘画藏书《荣宝斋画谱》《徐渭画集》《动物画技法》等。

其四，未出版未发表作品：《汉字快写发微》《关于汉字行书的思考》《游踪寻梦》《往事钩沉》《壬辰拾穗》。

其五，手稿。

其六，日记。

方老藏书特点：

方老藏书千册，墨香满屋。每每翻阅，如食哀梨。藏书特点，备受激励。1. 图书种类全，留存有重点。《中国图书馆图书分类法》中的 22 个大类，方老的藏书有 17 个大类（仅缺 P.Q.U.V.X），并且突出成人教育类和书画作品类，尤其着重收藏法帖书写基本功和名家名帖类。如沈尹默《执笔五字法》（齐鲁书社），《颜体间架结构歌诀习字帖》（1993 年中国工人出版社），《颜体多宝塔标准习字帖》《补订急就章偏旁歌》（1988 年中国书店出版），《刻印技法图解》（1989 年上海人民美术出版社），《中国篆刻艺术》（1980 年上海书店出版，韩天衡执笔），名帖更是数不胜数。2. 排列有秩序，取放皆容易。一个橱柜里存放同内容的图书资料，如政治读物、诗歌散文、书画作品等，整齐排放，书名朝外，便于取放。3. 藏书精品多，经典加名作。好书太多，版本珍稀，增长见识。如沈尹默的《秋明长短句：沈尹默自书词选》（金陵书画社出版）、中国书店出版的《续刻三希堂法帖》、上海书店出版的《中国历代法书墨迹大观》、1962 年朵云轩出版褚遂良的《孟法师碑字帖》、吕叔湘编注的《英译唐人绝句百首》，刘旦宅绘图、周汝昌题诗的《石头记人物画》等等。尤其是毛泽东诗词，有印刷版、蜡纸刻印版、线装版、楷书版、隶书版、行书版、草书版（林散之书），还有方老自书体本《毛主席诗词解》内有毛主席诗词经典句刻章印痕（"红军不怕远征难"等，精美至极）。4. 读书做标记，藏书有来源。方老读书，字读细研，标记干净，凸显见解。著书写作，字斟句酌，存留手稿，校对认真。学友赠书，题字注明。字里行间，友情亲情。5. 临帖册页活，印章装满盒。方老自临法帖册页 40 余本，临芥子园山水画、齐白石虾蟹册页 10 余本，极为精美。印章 70 余枚，印石质美，印章技高，名章闲章，唇唇相印；印章精美，印泥精良。6. 书画有包皮，爱书护书人。图书包皮天衣无缝，这是我这辈子见过图书包皮包得最好的作品。珍贵字画、图纸卷起后，另用一张没用的纸张加一层外衣，再用胶带胶起，以防散开，并题上主题词，方便查找。

您爱图书，书爱您，护书爱书敬方老。

2005 年 11 月 4 日，方敬读 10 月 21 日《文汇报》纪念一代文学巨匠巴金的专版，他把其中的几句话记在日记里：

巴金：我就是从探索人生出发走上文学道路的。50 多年来我也有放弃探索的时候，但是我从来不曾离开文学。怎样做人？怎样做一个好人？我几十年来探索的就是这个问题。我不能说我的答案是正确的，但它们是严肃的。

诗人流沙河写了一副代挽联赞巴金先生：

乘激流以壮志抛家，风雨百龄，似火朝霞烧长夜。

讲真话而忧心系国，楷模一代，如冰晚节映太阳。

笔者不由感叹，方敬不也是这样吗？一生都是"一团火"。"火萎了，我走了"，但精神永在！这些摘抄，正是他的人生理想和自身价值的写照！

"斯人已随云水去，风范长存天地间。"

方敬留下的遗产很丰厚，他的遗嘱，他的日记，他的书札……他更重要的遗产是在人们心里。

# 后　记
## 他走了，景清书苑的灯还亮着

他走了，景清书苑的灯还亮着

灯光照出的小小空间，就像一个温暖的鸟巢

乡村之夜的明灯啊，是他唱给故乡不老的情歌

他走了，景清书苑的灯还亮着

灯光就像一位诤友，一份亲情，一卷好书

灯光点亮多少迷茫的心，指引着学子不断前行

捧着一颗心来，不带半根草去

他走了，景清书苑的灯还亮着

灯光多像一个温暖的拥抱，一个鼓励的眼神

这里，有世上最美的师生情谊

这里，是他鞠躬尽瘁的地方

……

对于笔者来说，方敬是一个熟悉的陌生人，又是一位陌生的熟人。

追溯起来，从 2018 年 5 月开始的采访，并非我第一次见到方敬先生。早在 33 年前，我就在故乡青口镇方敬先生的一次书法讲座中，有幸见过他一次。那时我还是一个师范生，我第一次听到了一次具有海派特色的演讲。他潇洒而又博学，这是我对方敬的第一印象。

1978 年，上海女作家陆星儿就想写一写方敬，可是那时候方敬先生不同意。1949 年出生的陆星儿，因患晚期胃癌与病魔抗争了两年多后于 2004 年去世。这位 1968 年上山下乡到北大荒，在黑龙江生产建设兵团工作十年的作家，与方敬先生应该有很多的心灵共鸣。

"其为人也，发愤忘食，乐以忘忧，不知老之将至云尔"，孔夫子

说这话时 63 岁，而我采访方敬先生时他已是耄耋，但他的生命就像种子一样，充满了活力。而他本身就是一个播种者，你看那些种子、那些花儿；那些种子都已茁壮发芽，那些花儿都已热烈绽放。

曾有人说，遇见，即是一次改变。

笔者全身心地走近了方敬，他的故事不需要文字的修饰就从心间、笔下流淌出来，像清澈的溪水，映照着他纯粹的灵魂。在梦中，"我也在他左右，我们在交谈……"

青春无悔、中年无怨、到老无憾。这就是方敬追求的人生境界，也是他一生的真实写照。

他走了，正像上面那首诗写的那样："景清书苑的灯还亮着。"

他的形象会在人们的点滴回忆中跳脱出来，历久弥新、清晰而深刻。

有人说方敬是一面旗帜，旗帜的意义在于使人跟随。而一盏心灯能点燃满城璀璨的灯火。如今在连云港街区、窗口，随处可见方敬先生"德耀中华·道德模范在身边"的公益宣传。

公益情怀不灭，爱心仍在延续。

方敬的同学胡有咏这些年一直定期地为景清基金会捐款，即使方敬逝世以后也从未曾间断。

为缅怀方敬老人，2018 年 11 月 15 日，宋庄镇党委、宋庄镇文化站联合举办了"景清书苑杯"第二届书法作品展。春节前夕，景清书苑的学生们再次上街为父老乡亲义务写春联。

2018 年 12 月 11 日，"景行清声——方敬先生书法遗作展"在连云港市博物馆开幕。

那一天，好一场大雪啊，纷纷扬扬，飘飘洒洒，从宋庄镇到市区道路两侧的房屋、街道、田野、沟渠都铺满了雪花。

此时的大地，多像一张无边无际的宣纸啊，正好在上面作书作画。也好，在这一天举行他的遗作展，想必也是苍天的垂爱。

2019 年 4 月 5 日上午，"逝者往矣，精神永存——己亥清明方敬恩师追思会"，在宋庄由大师兄吴德运主持。大家默哀后播放缅怀视频，亲友弟子诵读缅怀的诗篇，随后去方敬衣冠冢献花，一人一支白菊花，清雅不俗，恰符合方敬移风易俗的主张。小小衣冠冢，前前后后，一时摆满了鲜花。

之前的几天，上海的解钢、李红旗、磊蕾一道来缅怀过；杨庆美以及翁长松分别来过；列平和曹杨也来了。

解钢先后作词两首以悼念，其中一首是：

己亥清明，景清书苑诸师兄，举行先师敬公追思会，感以颂之：

日照清明，小邨衣冢。迎风热泪凝成冻。别来画里总叮咛，新焰燃火吟斯痛！

心念留春，一息相奉。斜阳错染劳师送。光摇禅影立柳前，丹青不老情思共。

解钢

2019 年 4 月 5 日

那天的清明追思会，大师兄吴德运也写了《清明寄思》一首并记：

垂柳鹅黄发，竹林鸟啼鸣。

梨花春带雨，落花细无声。

戊寅筑屋舍，青灯耐寂寞。

遥知先生意，疑是效东篱。

方老师门前当时种植 5 棵柳树，我和方老师说笑，称方老师为五柳先生，方老师说我哪敢和陶渊明相比，可能也是天意只活了 4 棵。

方列平语带哽咽地读着缅怀父亲的诗：

岁次己亥清明前夕返乡祭祖，睹物思人，触景生情。

梨花开，春带雨，清明前夕返故里。

竹摇曳，柳飘逸，小屋依旧人却离。

游子情，弟子谊，景清书苑同回忆。

净修身，俭养德，先父教诲心中记。

少年强，中国强，教育理念永不忘。

秦爱云也哭读了一首词：

梨花开，春带雨，繁花乍映小楼台；翠竹曳，鸣雀在，唯余春风独徘徊，泪满腮。

昨日与列平二哥、小好、卫东等人，于我家楼上赏梨花，说起方老师栽种梨花树。今晨，见二哥发来词首、梨花图，遂有感而发。无奈才疏学浅，不能尽其意也！己亥春，清明前，爱云记之。

2019年6月7日，方敬先生20余位书法学生在宋庄举办了"己亥端午景清书苑书法临帖展。"

6月27日，赣榆经济开发区、宋庄镇举办"颂方敬、学方敬、做模范"景清基金募捐活动，当天募捐70余万元。

在方敬逝世前，宋庄镇就开始建设方敬纪念馆。布展前夕，解钢竭尽心力为恩师雕塑的铜像也已完成。其恩师王致远先生特作词《蝶恋花——冶夫塑恩师像》以赞之：

铁笔丹心神斧铸？含笑飘髯，眉宇流光炬。磊落鸿儒曾寄语，功成不必当时誉。

共卧荒坛期破雾。布袜青灯，示范飞天路。揣圣果犁波坦渡，情思化雨滔黄浦！

……

开馆几个月以来，纪念馆接待中央党校、新华社、省委宣传部等单位70余家，参观人次数万。

记住，不仅仅为了纪念。一个人之所以令人怀念，在于他生前为别人做了什么，给后世留下了什么生命的意义，就是如此简单。

老百姓的心就是一座丰碑。

应该说，方敬创造了人类感情史上的新高度。

从一般意义上说，他可以遵循自己的天性和传统美德，做一个颐养天年的老人，但是共产党员的天职，又使他的亲情之爱升华为对教育的责任和使命。

遇见方敬，让我们意识到，人的灵魂假如只局限于狭小的自身，陶醉于自我的小生活、小成就，内心的天平就会因为利害得失而倾斜。而总有一种人，乐于为祖国和人民奉献自己的一切！正是这样的人高擎着信仰，推动了中国！他们无论面对怎样的艰难困苦，从未忘记自己的初心而永远在路上。

毛泽东在《纪念白求恩》中说："我们大家要学习他毫无自私自利之心的精神。从这点出发，就可以变为大有利于人民的人。一个人能力有大小，但只要有这点精神，就是一个高尚的人，一个纯粹的人，一个有道德的人，一个脱离了低级趣味的人，一个有益于人民的人。"今天读来，倍感亲切。

方敬就像一位殉道者，更像一座山，他就是一座山。很抱歉，方敬先生，你生命的重量留给这世间的震撼，也许我的笔力难以企及万一。

方敬的故事，永远没有尾声。留下一段传奇，震撼世间心灵。

在此书出版之际，我要感谢江苏省作协、省报告文学学会、连云港市委宣传部特别是赣榆区委宣传部以及赣榆经济开发区、宋庄镇党委政府的大力支持。

是的，我们应该记住，在我们的国家，在赣榆的一个角落里，曾有这么一位善良的老人，用大爱精神感动着中国。让我们记住这位平凡而高贵的老人。

青山未老，让我们燃旺信仰的火炬。

"云山苍苍，江水泱泱；先生之风，山高水长。"

感谢赣榆区作家韦庆英同志多次陪同采访，并帮助整理资料。本书也参考了方敬先生自印书册《往事钩沉》与《壬辰拾穗》等资料。

我要向所有爱心梦想不灭、为此书提供帮助的人们，致以最诚挚的敬意。

责任编辑：方国根　夏　青
装帧设计：林芝玉
责任校对：张倜然

**图书在版编目（CIP）数据**

先生方敬/王成章 著. —北京：人民出版社,2019.12
ISBN 978－7－01－021718－5

Ⅰ.①先…　Ⅱ.①王…　Ⅲ.①报告文学-中国-当代　Ⅳ.①I25

中国版本图书馆 CIP 数据核字（2019）第 293927 号

## 先生方敬
XIANSHENG FANGJING

王成章　著

**人民出版社** 出版发行
（100706　北京市东城区隆福寺街 99 号）

北京盛通印刷股份有限公司印刷　新华书店经销

2019 年 12 月第 1 版　2019 年 12 月北京第 1 次印刷
开本：710 毫米×1000 毫米 1/16　印张：42.5
字数：620 千字

ISBN 978－7－01－021718　5　定价：98.00 元

邮购地址 100706　北京市东城区隆福寺街 99 号
人民东方图书销售中心　电话（010）65250042　65289539